U0600182

九州公寓

上

（全两册）

醉饮长歌 著

ADDRESS

长江出版社
CHANGJIANGPRESS

图书在版编目（CIP）数据

九州公寓 / 醉饮长歌著. — 武汉：长江出版社，2022.8
ISBN 978-7-5492-8336-1

Ⅰ.①九… Ⅱ.①醉… Ⅲ.①长篇小说－中国－当代 Ⅳ.①I247.5
中国版本图书馆CIP数据核字(2022)第084255号

九州公寓/醉饮长歌 著.

出　　版	长江出版社	
	（武汉市解放大道1863号　邮政编码：430010）	
项目策划	力潮文创·蜜读	
市场发行	长江出版社发行部	
网　　址	http://www.cjpress.com.cn	
责任编辑	江南	
封面设计	Recns	
封面绘制	菊子　景一	
印　　刷	北京盛通印刷股份有限公司	
	（地址:北京市大兴区亦庄经济技术开发区经海三路18号）	
版　　次	2022年9月第1版	
印　　次	2022年9月第1次印刷	
开　　本	710mm×1000mm　1/16	
印　　张	36	
字　　数	830千字	
书　　号	ISBN 978-7-5492-8336-1	
定　　价	75.00元（全两册）	

目 录 CONTENTS

第 1 章　　　钥匙　　　　/　　　001

第 2 章　　　生活轨道　　/　　　023

第 3 章　　　金色梦境　　/　　　047

第 4 章　　　密友　　　　/　　　079

第 5 章　　　采风　　　　/　　　103

第 6 章　　　点墨山河　　/　　　131

第 7 章　　　思亲　　　　/　　　159

第 8 章　　　爸爸　　　　/　　　189

第 9 章　　　亘古幽冥　　/　　　215

第 10 章　　　小泥巴　　　/　　　241

第1章
钥匙

正值仲夏。

顾白在S市的烈日灼烧下，背着画板，拖着小行李箱，举着手机，站在路边的树荫底下，顺着手机导航调整着自己的方向。

他已经汗湿了的手心里攥着一张纸，纸上的字迹有些洇了，但还是可以清楚地辨认出上边写着的一行地址：

S市五藏区山海路001号，九州山海苑666房。

这个地址来自顾白他爸前两天寄来的快递。快递里只有一张卡、两把钥匙，还有扣在钥匙扣上的皱巴巴的、上面写着一串地址的纸。

顾白打小没有妈，也已经很久没有见过他爸了，大学期间生活费和学费也是他用奖学金加上自己打工赚来的钱支付的。

现在临近毕业，兜里没有一毛钱，工作也还没找到，正窘迫的时候，他那个总是联系不上的爹突然扔了个包裹过来，顾白哪有不接的道理。

顾白在S市待了四年，没怎么来过五藏区这个出了名的高消费区域。

他站在九州山海苑公寓小区门口，瞅着装修豪华的大门愣了好一会儿。

门口的亭子里有人探出个头来，顶着个帽子，精气神十足，长得还挺帅。

"您找人哪？"他问。

顾白回过神来，有些紧张地将行李箱把手握紧了，微微抿着唇，沉默了好一会儿，才小声道："不是，我来住的。"

顾白的声音很小，但这位管理员耳聪目明。

他笑眯眯地看着这个浑身上下都透着"别跟我讲话"的内向青年，翻了翻记录的本子："666房新房客……顾白是吧？"

顾白愣了愣，连忙点了点头。

管理员打量了顾白一番，问他："门禁卡呢？"

顾白后知后觉地摸了摸兜，拿出了他爸快递过来的卡。

管理员看了卡一眼，然后站起身来，指了指刷卡的地方："进来吧，我带你过去。"

"……"顾白看着那个一身笔挺制服的管理员，整个人尿得不行。

他性格内向，不太擅长跟陌生人相处交流，在学校里人缘也不怎么好，现在只想对管理员表示拒绝。

"我……我自己去就好了。"顾白说道，声音还是小小的。

刚准备离开亭子的小哥一听，也不多说，从抽屉里翻出一张地图来，交给了顾白。

"666房就是6单元6楼6号房。"他提醒道。

顾白松了一大口气，接过地图的时候仰头冲着管理员露出一个笑容来："谢谢！"

他的笑容特别甜，眼睛都弯成了两弧可爱的月牙。

顾白长着一张娃娃脸，一头漆黑的碎发蓬松柔软，穿着简单的白色T恤和牛仔裤，脚上踩着双看不出牌子的板鞋，个子不高，笑容灿烂，看起来软绵绵的很好捏。

管理员看着这个新住客拖着行李箱离开的背影，摸了摸心口。

要命了，这人怎么这么可爱的。

顾白走在主干道上，不知道是不是因为这小区里的树长得特别茂盛，觉得进了小区之后，气温就变得凉爽了许多。

他走得慢吞吞的，低头看着手里的地图。

这个公寓小区占地面积很大，小区里有很多娱乐区，中间有个人工湖，也有营业中的健身房，后边还有一个大型泳池。

小区里九个单元，每个单元九层楼，每层楼九个房子，房屋面积还不小。

九个单元的分布毫无规律，顾白看来看去也看不出这样的分布有什么道理，但俯瞰图的确挺好看。

顾白熟悉着路线，慢吞吞地顺着地图找到了第六单元，抱着地图刷卡进去。

地面上铺着柔软的地毯，踩上去还会有轻微的塌陷感，顾白一边感叹这未免也太奢侈了，一边拎着他的小行李箱噔噔噔地直奔电梯，按下了楼层。

五藏区寸土寸金，挂在外边的房价已经超过二十万一平方米，但穷苦的顾白却一点儿都没去疑惑他爸怎么会有这么牛的房源给他住。

究其原因，大概是顾白打小就觉得他爸一定是拯救世界的超级英雄。

不然他爸怎么会没老婆还三天两头就失踪，一问起来就顾左右而言他呢？

顾白甚至还记着他爸忽悠他的那些理由一、二、三。

普通的例如：爸爸工作忙、爸爸要出差。

一看就不走心的例如：爸爸其实是下凡历劫的神仙，或者是爸爸去阻止末日火山爆

发拯救世界了。

小小的顾白思来想去，最终选择接受他爸说自己是超级英雄忙于拯救世界的设定。

超级英雄，做出什么事情都不奇怪的。

顾白虽然性格内向又软又尿，但有个特别大的优点，就是适应性和接受度非常高。

他能够顺利地接受他爸直言他没有妈这个事实，也能够很顺利地接受他爸在他六岁会自己煮面之后就隔三岔五地失踪，并且在那之后，顾白就以极快的速度适应了自己一个人生活。

父母对六岁开始就自己对自己负责的顾白来说，不是非有不可的存在。

但偶尔伸出援手帮他一把，顾白还是会很高兴地接受的。

特别是这种疑似他爸良心发现送过来的天降大礼包。

顾白从电梯里走出来，左右看了看。

这栋公寓呈"口"字形，中间是能从楼顶直接往下看到一楼大厅的敞亮天窗，光线明亮，西边是电梯，东、南、北三边各有三道防盗门，门上挂着金光闪闪的门牌号。

今天是工作日，这会儿整层楼都关着门，没什么声音。

顾白走到电梯右边的 666 号房门口，摸出钥匙来打开了门。

玄关已经准备好了鞋，顾白将行李箱和画板放在玄关，换上拖鞋走了进去。

房子很大，还是跃层，已经完全超过了公寓的概念，比顾白老家那个两室一厅的房子大了三倍不止。

顾白看了一圈一楼，三室两厅一厨一卫，被褥、厨具什么的准备齐全，装修风格十分温馨，真正的拎包入住。

顾白站在一楼愣了好一会儿，转头上了二楼。

出乎意料的是，二楼没有房间，就是一个宽敞的大厅，整个一面墙都是透亮的落地窗，采光极好，窗边摆着画架和一些画具。

避光的角落里有几个柜子，顾白视力很好，一眼就认出了柜子最顶上放着的老荷兰油画颜料套装。

顾白走过去，看着一整个柜子的各种品牌的颜料，半晌，忍不住微微抿唇笑了起来。

"这不是挺关心儿子的吗？"顾白看着这个柜子，心情一下子变得很好。

他趿拉着拖鞋啪嗒啪嗒地回了楼下，将那个小行李箱里的衣服都收拾好，给他常年不开机联系不上的爸发了条感谢的信息过去。

顾白摸了摸肚皮，看了看手机上的时间，发现到了午饭的点了，干脆跑去厨房翻了一圈，发现了厨房柜里放着的米。他转头看了一眼冰箱，想了想，拉开了冰箱门。

冰箱里食材放得满满当当的，瓜果蔬菜肉类俱全。

爸爸是这么体贴的人吗？

顾白看着冰箱里的食材，扪心自问。

很显然不是的。

顾白怀疑他爸是不是给他找了个后妈。

顾白一边怀疑着，一边摸了两个鸡蛋，又拿了两个番茄出来，准备弄个番茄炒蛋应付一顿。

他才刚洗完番茄，屋里就响起了"叮咚"的门铃声。

顾白愣了愣，将番茄放下，擦干了手，凑到猫眼边上看了看，然后小小地拉开一条门缝。

门外的人似乎顿了顿，然后站到了那条缝隙前边。

顾白仰头看着门缝外边的人，在完全打开门和就这样对话之间挣扎了足足两秒的时间，然后毅然决然地选择了后者。

他对着门缝，小声说道："你好？"

"你好。"门外的男声充满磁性，听起来十分温和，"我是隔壁 667 号房的……"

"啊。"顾白短促地应了一声，发现只是普通的邻居拜访之后，又将门缝放开了一些，"您……您好，我……"

顾白的话说到一半，硬生生被吓了回去。

站在门外的人，那张脸顾白特别熟悉，在来的路上顾白还看到了他的巨幅广告。

来人正是从出道起就以势不可当的姿态横扫国内国际各大奖项的实力派老牌影帝，翟良俊。

江湖传言，在华国随便扔块砖，砸到的人里有一半是翟良俊的女友粉。

国民老公毫无所觉地笑着跟新邻居打招呼："你好呀小家伙，我是翟家的狐……嗷！"

英俊的影帝先生话音未落，那颗金贵的脑袋上就被狠狠地砸上了一只高跟鞋。

他疼极了，蹲下身来，整个人都团成了一个球。

他蹲下来之后，顾白看到了高跟鞋的主人。

一位姿容妍丽的女士正站在对面的电梯口，丝毫不在意自己有一只脚光着，恶狠狠地瞪着蹲在地上的翟良俊，并破口大骂："姓翟的！去死吧！"

这位隔着一个天窗那么漫长的距离还准确地命中了影帝先生的头部的女士，顾白也知道——

著名流量大花，号称头条女王的黄亦凝。

顾白"啪"地一下关上了门。

怎么回事？

顾白不知所以然。

他站在玄关，想到刚刚听到的话，感觉自己可能要被杀人灭口了。

但这还没完。

顾白听着门外影帝先生的痛呼和大花女士愤怒的咆哮，感觉更难以面对。

他从衣兜里摸出手机背靠着门，伴随着门外"别打脸"和"你有完没完"的吵闹声，

给他爸打了个电话。

他一如既往地，打不通。

他爸的手机一年不见得开一次机，这会儿打不通，顾白也不意外。

他收回手机，深吸了一口气，透过猫眼看了一眼流量大花爆捶影帝的惨案现场，跑到客厅里翻出地图，找了半天也没在上边找到物业的电话。

最终在外边号着"再打就要死了有没有人来管一管"的时候，顾白沉默了两秒，非常冷静地再次按下了他爸的电话号码。

九州山海苑其实是一个隐藏在人类社会中的灵族聚居地，从成立至今已逾三百年。

这个老牌灵族聚居地，平常鲜少会有人类踏足。

影帝先生还在嗷嗷叫，而黄女士显然气急了，听动静这俩人估计是在围着六楼的走廊绕圈子，闹出来的声音哐哐响，一听就感觉画面非常血腥。

间或还夹杂着这栋楼里的邻居烦躁的骂声和摔门声，一时间高端洋气安静平和的公寓楼吵得像个菜市场。

顾白低头瞅了瞅自己的手机联系记录页面，还是没人接。

顾白听到外边影帝先生的痛号又忍不住缩了缩脖子，握紧了手机，给在外边遭受暴力的影帝先生予以精神上的支持。

顾白在心里给影帝先生鼓劲。

正在顾白使劲给外边被爆捶的影帝先生鼓劲的时候，门外又是一声号，伴随着"当啷"一声响。

顾白忍不住轻嘶一声，转过头面对着门，犹豫着要不要出去从行为上帮助影帝先生。

顾白打开门的时候，感觉自己仿佛受到了整个公寓楼还待在家里的住户的强势围观。

刚冒出个脑袋来的顾白瞬间尿了回去。

"看什么看！"黄亦凝光着两只白白嫩嫩的脚，踩在铺着柔软地毯的走廊上，一手拎着自己作为凶器的高跟鞋，敲了敲走廊栏杆，对着探出脑袋来的那帮家伙柳眉倒竖，"看什么看！都给老娘回窝里待着去！不然今晚上就去找你们！"

她这话一出，下一秒整栋楼变得一片清爽。

黄亦凝长得温柔可人，属于那种乍看惊艳又越看越美的类型，所以即便她演技宛如一摊烂泥，也多的是颜粉冲着她这张脸给她砸钱。

再加上黄亦凝对外是识趣温和又情商极高的优雅知性的形象，又从来不去掺和那种需要演技撑场的大制作，在圈子里的人缘特别好。

至少，从来没有人看过黄亦凝这副凶了吧唧的样子。

顾白抿着唇点了点头。

只见黄女士把翟先生逼到了墙角。

她一手撑墙，另一只手拎着跟部锋利的高跟鞋，正在翟先生的脖子上比画，恶狠狠道:

"再敢碍我好事，我就把你给卸了！"

被堵在墙角的翟先生尿了，呜咽了一声。

黄女士满意地收回了手，捡回了扔在一边的另一只高跟鞋，然后打开了 665 号房的门，进门之前，扫了一眼站在门口的顾白。

顾白感觉全身一凉，往后大退了三步，目送着黄亦凝宛如胜利女神一般昂首挺胸地进了屋，才哆哆嗦嗦地走到了尿成了个球的翟先生身边。

顾白从小就没见过黄亦凝这样的女性，大概是得益于他那张特别能激发女性母爱的娃娃脸。顾白遇到的女性，对他都是温温柔柔的，就像和煦的春风。

这种对待一个成年男人，一言不合就是一顿爆捶，还气势汹汹地把人家逼到墙角的女人，顾白真的是头一次见。

顾白看着尿成一团的翟先生，觉得把他一个人孤零零地扔在这里，是不是太可怜了一点儿？

翟先生现在说不定觉得很丢脸，在他这个陌生人面前被那么漂亮的一位女士追着一顿狠揍。

他现在脑袋埋在臂弯里，说不定是被打到了脸不想被人看到呢？

顾白想了想，决定体贴地假装成什么都不知道的样子，安静无声地退场。

可就在他抬脚的瞬间，翟先生哼哼唧唧地抬起了头，仰头瞅着他，那眼神宛如一只被饲主抛弃了的可怜巴巴的金毛狗。

顾白听到这位翟先生，轻轻地、忧愁地叹了口气，然后对他说道："好饿。"

顾白：被打了一顿，您的反应就是好饿吗？！

翟良俊站起身来，顾白发现自己的身高才到他的肩膀。

"小家伙你叫什么名字？"翟良俊一边整理衣服，一边问道。

"顾白。"顾白乖乖答道，"我知道您，翟先生。"

翟良俊对眼前的小崽崽抱有十二万分的耐心，温柔地告诉他："我们这里住着的人身份都不一般。"

顾白看了看眼前的影帝，又看了一眼紧闭的 665 号房门，想到他们在娱乐圈里的地位，点了点头。

翟良俊看着眼前这个乖乖巧巧的小崽崽，看着对方仰着脑袋看着他十分认真的样子，眼神清澈，脸上带着歉意的难过之色，好像下一秒就能哭出来。

翟先生手指微微动了动，又停住了，然后又动了动。

他终于还是没能控制住自己胡来的双手，抬手就对顾白进行了一番惨无人道的搓揉。

啊啊啊这是谁家的崽啊！

他八百年没见过这么乖巧可爱听话好捏的幼崽了！怎么这么可爱的！

"顾白啊！"翟良俊捏着顾白软绵绵的脸，笑容满面，"你会不会做饭呀？"

顾白被这一笑勾得神情恍惚，一瞬间如坠梦中，乖乖答道："我会。"

"我想吃鸡。"翟良俊说着，把顾白转了个方向，面对着 666 号房敞开的大门，一大一小一起走了进去。

直到翟先生喝醉了趴在沙发上鬼哭狼嚎地发酒疯，顾白才迷迷糊糊地回过神来，愣愣地看着洗碗池子里的碗筷。

他竟然把第一次见面的邻居带回家了，还给人做了饭！

顾白扭头看了一眼沙发上的影帝先生。

他正吸着鼻子，委委屈屈地团在客厅里的单人沙发上。

顾白把眼前洗碗池里的碗都洗干净，又收拾好了厨房，才回到了客厅。

翟先生正团在沙发上发愣。

顾白看了他两眼，转头去将自己的那些画作翻出来，准备挂到楼上的大画室里去。

"顾白啊！"翟良俊突然号了一声。

顾白拿着画，被他这一嗓子吓得一哆嗦。

"你说黄亦凝怎么还不喜欢我呢？"翟良俊问。

顾白：啥？

"唉。"翟良俊重重地叹了口气，抱着酒瓶子，满脸愁绪惹人心疼。

然后下一秒，他就一拍大腿，又变得美滋滋的："幸好本狐狸精没事找事地跟她吵架，让她没时间搭理别人，不然都不知道她会跟哪个野男人跑了！"

顾白满脸震惊地看着这位影帝先生。

追不上人他就跟人家吵架还骄傲地自称狐狸精？

恕我直言，翟先生。

您是小学生吗？

不，现在的小学生都没这么幼稚了。

再不济的人，都知道买根棒棒糖好吗！

顾白欲言又止地看着抱着酒瓶又开始鬼哭狼嚎的翟良俊，最终还是默默地把想说的话咽了回去。

他跟这位先生不熟，实在是没有说点儿什么的理由。

顾白被发酒疯的翟先生哼哼唧唧地缠了好一会儿，并对翟先生时不时突然而至的微妙魅惑感产生了抵抗力。

他抱着画，绕开了人高马大却跟熊孩子一样赖在地上耍赖的翟先生，往楼上走去。

顾白即将从 S 市美术学院的壁画系毕业。

S 市美术学院在华国是首屈一指的艺术类院校，学校毕业设计展览刚过，作为冷门壁画系，顾白只能眼巴巴地看着同学们一个接一个地卖出了设计拿到了工作，而他的画作虽卖了出去，但没有公司或者团队收留他。

顾白两手空空口袋里布贴布，一毛钱都没剩。

他爸记得给房子，怎么就不记得给生活费？

顾白从二楼角落的柜子里翻出了两个挂钩和一卷钢丝线，踩着柜子把挂钩贴墙上，穿好了钢丝线，开始拿着夹子一张一张地挂上画。

这些都是顾白练手的作品，数量不少，在这宽阔的大画室里横跨两头，满满当当地挂了两条钢丝线。

趁着光线正好，顾白拿出手机，开始一张张拍摄。

即便是练手的作品，对于顾白这个穷苦学生来说，也是有着变现价值的。

比如他把这些东西挂到某宝上，两百多一张，销量还算不错。

实在缺钱的时候，顾白还会拎着画架带个小板凳，去市中心步行街边现画现卖，水彩速写，五十一张。

画人、画景、画想象，给钱他就画，指哪画哪绝不含糊，一天蹲在路边上，运气好的时候能收个两三百块，加上奖学金勉强够用。

毕竟画画是个烧钱的行当。

尤其是顾白这种传统的纸上作画的专业，纸张、颜料、画笔、特殊材质，哪哪儿都要钱。

还不好找工作，顾白已经闭着眼睛投了上百份简历了，来电说面试的只有六个，但由于竞争太激烈以及顾白本身不善表达，全都吹了。

脸在找工作的时候并不能发挥太大的作用。

尤其是面试官基本全是男性的时候。

顾白对于自己的未来有点儿忧心。

他将这些画都拍好了，准备回学校一趟，蹭一下学校机房的电脑，给这些照片稍微修一修，修得高端洋气一点儿，顺便给自己的某宝店上个新。

顾白趿拉着拖鞋下了楼，发现影帝先生已经离开了，离开之前还顺便替他把桌上那些乱七八糟的酒瓶子和面巾纸收拾了一番，连垃圾袋都拎走了。

桌上唯一留下来的一张面巾纸被平整地摊开，上面压着一袋真空包装的小零食。

纸上边用顾白遗落在茶几上的签字笔写着：顾小白做饭很好吃，这是报酬。

落款是翟良俊。

字迹华丽流畅，看起来还挺有功底。

顾白看着这张面巾纸，笑了笑。

虽然智商……不是，虽然追求心上人的手段幼稚了一点，但翟先生到底还是个好人。

不知道这张面巾纸挂上某宝能卖多少钱？

顾白想到这里，不由得小心翼翼地将面巾纸拿起来，把小零食塞进衣兜里爬回了二楼，像供人民币一样小心又小心地把这张面巾纸挂了起来。

可惜上面有他的名字，不好卖。

顾白对此万分遗憾，有些小失落地回一楼稍微收拾了一下，揣着钱包出了门。

S市美术学院站跟五藏区山海路站隔了八个站的距离。

地铁满座，但并不算拥挤。

顾白给一个老人家让了座，摸出了口袋里翟良俊给的小零食。

真空袋包装看起来应该是一大袋里的小分装，也没有什么花里胡哨的商标，上边就印着翼望山鹙脯肉。

顾白把包装撕开，里边就是鸭脯肉一样的东西，闻起来特别香，吃起来也特别香。

他鼓着脸嚼着肉，抱着栏杆琢磨着自己是不是应该买台笔记本电脑，毕竟学校的机房答辩完拿了证之后就蹭不了了。

顾白想到自己无限接近于零的存款，觉得这半个月他又该出去摆地摊了。

快到暑假了，生意应该不会差。

到时候他去学校论坛里买台别人的二手笔记本，价格应该贵不到哪里去。

那栋公寓的水电煤气费用问题，回头他也得去找物业问问。

精打细算的穷苦学生心里啪啪打着小算盘，在出了地铁站重新见到艳烈的阳光时，忍不住悲伤地感慨人生百分之八十的烦恼果然都是来自没有钱。

没有钱的顾白给自己的店铺上好了新，又去他老师那里转了一圈，眼巴巴地看着壁画系的导师，求活干。

壁画系人不多，差不多毕业即转行，不转行的人基本都是家里从事这个行业，并不缺少客源。

像顾白这种穷苦又不擅长交际的人，不转行就等于饿死。

"还没找到工作？"导师说着，不意外地看到顾白点了点头。

他对这个乖巧努力又有天赋的学生印象非常好，这个小家伙平日里闷不吭声的，画出来的画却透着一股活泼的灵气。

他家里还挂着顾白的两幅大作业，一幅阳光下的向日葵，一幅是海上日出的印象画作。

画的色彩和构图明艳温暖，有一股让人看了就身心舒畅的感觉，挂在家里，仿佛整个房子都变得明亮而温馨了。

"其实你不来找我，我也准备联系你的。"

导师打开了一封邮件，摆给顾白看。

邮件不长，大意是看上了导师带领的团队的壁画作品，希望能够达成合作。

"三百平方米，新盖的S市艺术博览中心的展厅墙，工期一个月，团队作，分到你的话，一平方米只有一百块左右，干不干？"

一平方米一百块，三百平方米就是三万块！

穷到变形的顾白眼睛都要绿了："干干干！"

导师爱抚地摸了一下顾白软绵绵的碎发，笑道："工作是下个月……嗯，七月十五号开始，下周一先集合去实地看看，这一次展览的主题是传承，九月初开展，你可以提前准备一下，内部会给我们留两个大展位。"

言下之意就是，老师带你上展带你飞！

顾白感动得都要哭出来了。

他能够蹭到一次这种大项目，可不仅仅是接到了工作能够拿到钱这么简单。

壁画这个圈子说小不小说大也不大，团队协作的项目是除了私底下交际之外，光明正大地交流拉近关系的机会。

很多人都不只是待在一个团队里头，往往会横跨两个甚至多个团队，一个扣一个的，表现得亮眼一点儿，给人留下印象了，就意味着以后也会有得到推荐的机会。

毕竟壁画这种东西，需要的人数不定，基本都是视工作项目的需求来定的，一个两个三个的都有可能。

更何况，老师还有意要给他的画留一个展位。

多的顾白不敢想，在这种大展上能够蹭到一个展位，对顾白来说就已经是巨大的惊喜了。

这种大展会跟学校的毕业设计展览可不一样，大展会上很多大老板和业内人士都会来看，观赏艺术的同时，还会挖掘适合自己团队的苗子，挖不动也会结个善缘刷个脸熟。

顾白要高兴死了，简直想给他老师表演一个三百六十度旋转上天连环爆炸，还想给老师一个巨大的"么么哒"。老师十分感动，然后拒绝了他的"么么哒"，并把顾白轰出了画室。

顾白解决了心头大事，回去路上的脚步跟来时的沉重完全不同，一步三蹦跶，脚步轻快还哼着歌。

管理员看着这个小家伙一天来来回回跑了好几趟，这会儿脸上红光满面，浑身上下都写着高兴，把报警那破事压进了心底，笑着问他："什么事这么高兴？"

顾白刷了门禁卡，听到他这么一说，顿时有些不好意思地抿了抿唇，但下一秒又控制不住心中的欣喜，露出了大大的笑容："我有工作啦！"

"哦！"管理员恍然，"恭喜恭喜啊，在哪儿高就？"

顾白更加不好意思了，小声道："跟着老师打杂。"

"那也挺好啊。"管理员表示羡慕，"你们这种有正儿八经传承的真好，你老师是哪位啊？"

顾白没想到会被问到这个问题，一般不都是问学校和工作内容的吗？

他愣了两秒，还是答道："S市美术学院的高教授！"

管理员脸上露出茫然来。

高教授是哪个大灵族？

但没等他问，顾白就挥了挥手，高高兴兴地进了小区，一蹦一蹦的背影透着一股生

机勃勃的朝气。

管理员小哥回过神来，嗅了嗅空气中残留的气味，又忍不住露出羡慕的表情来。

鹌鹑肉的气味。这小家伙的老师对他可真好。

顾白回到公寓的第一件事，就是跑上二楼，把他用习惯了的那些牌子的颜料和画具从柜子里拿出来。

那些死贵的顶尖颜料品牌，顾白也很心动，但是油画颜料这玩意儿，不同的牌子成分含量都不一样，设计底稿来说，肯定是要先用自己熟悉的画具来铺一遍。

最终成品的时候，顾白才会考虑用那些死贵的、充满了诱惑力的高级颜料。

谈及传承这个主题，通常而言，艺术的表现形式大多是承上启下，或者是通过传递、承接的表达方式来体现这个主题。

顾白对于这个词没有什么特别的感想，深知自己的长处是画面的故事性和色彩表达能力，也很清楚地知道自己的短板在于阅历不足。

传承这么厚重的主题，对顾白来说难度有些大。

尤其是要放到大展会上展出的作品，一定要出彩才行。

顾白从楼下搬上来一个沙发垫，把落地窗帘底下的那层窗纱拉上，背对着落地窗盘腿坐在软绵绵的垫子上，仰头看着画架发呆。

被窗纱遮挡住的阳光变得温柔了不少，降温的空调声也不吵闹，被小心铺展开夹在钢丝绳上的画作在空调风的吹拂下轻轻摇晃，小区的建筑远离公路，安安静静的，一偏头就能看到被蒙上了一层窗纱的模糊蓝天。

顾白被门铃声吵醒时，太阳已经西斜。

他从沙发垫上爬起来，甚至都没意识到自己刚刚睡了一觉，脑子一片空白，在恍惚中下了楼。

翟良俊看着满脑袋头发乱翘、脸上还有睡痕的顾白，瞅着他那一脸茫茫然的样子，在他眼前晃了晃手。

顾白回过了神，手里已经被翟先生塞了一包小零食。

"报酬！"翟先生说道。

顾白拿着小零食，看着翟先生进门换鞋，然后说道："我来蹭饭！"

"哎？"

翟先生开始点菜了："想吃辣子鸡丁！"

顾白愣了愣，摇摇头："没有鸡了。"

冰箱里拆好的鸡就一只，中午已经被翟先生吃完了。

鬼知道这位看起来高高瘦瘦的影帝先生哪来的肚子吃一整只鸡，但事实就是被他吃完了。

"怎么可能没有了？"翟良俊轻轻推着顾白走到了厨房，拉开了冰箱冷冻层的门，"你看，这不是有吗？"

"……"顾白瞪圆了眼，"我没有买！"

"干吗要你买？会自动补充啊。"翟先生说得理所当然，"这栋公寓福利很好的。"

顾白拉开了保鲜层，发现他中午拿出来的两个番茄和两个鸡蛋也已经完完整整地补充进去了，个大水灵，连补充进来的青椒也绿油油的，一看品质就特别好。

什么时候的事？

顾白头皮发麻，对于在他毫无所觉的时候有人悄悄进门给他送菜这事表现出了极度的抗拒。

他转头看向翟良俊，问道："什么时候送啊？谁送啊？安全吗？"

"兔子家自家种的，专供咱们这儿，谁送、什么时候送，我不清楚。"翟良俊答道，"他们是不会让我们发现的。"

灵族的领地意识都不弱，这会儿虽然被人类挤压了生存空间选择了聚居，但也仅限于这栋公寓楼了。

实力不够的人随便出入别人家，指不定就被一巴掌拍墙上抠都抠不下来了。

送菜的小灵族应该是挑的比较温和敏感的植物精怪，不会留下什么气味痕迹，动静也微不可察。

翟良俊从来没有注意过这个事情，因为他从来不自己做饭。

"整栋楼的生鲜都是他们供应，这么多年了，没问题的。"影帝先生打包票。

顾白不知道兔子家是哪家，但听起来应该是这栋公寓的蔬菜供货商。

可即便翟良俊打了包票，他还是有些惊慌，感觉这种有钱人的待遇他真的享受不来。

翟良俊瞅瞅他，估计这小家伙是没有体验过这种群居生活。

领地意识在这个时候，是要适当收敛的。

"你要是介意的话，回头给物业打一个电话，让送到门口就好了。"翟良俊说。

以前也不是没有这样的例子，反正最后适应了都会嫌麻烦，最终还是让人直接送冰箱的。

顾白听到这个解决方法，微微松了口气，而后抿了抿唇，小声问道："那这边的水电煤气物业之类的价格呢？"

翟先生叹气，拍了拍顾白的脑袋："都是你家长辈交的，你还这么小呢。"

顾白一听是他那个常年神龙见首不见尾的爹负责交钱，顿时一颗心就放下了。

水电煤气物业费都不用缴，还有人定时送菜。

那就是说，他的生活成本可以压缩到极致。

顾白忍不住又在心里噼里啪啦地打起了小算盘。

房子解决了生活费也解决了，他接下来就可以存上一笔钱，买台二手的……不，买台崭新的笔记本电脑！

有电脑他就能随时卖画还能接定制私活。

顾白从冰箱里拿出鸡和配菜，对未来充满了期待。

他多攒点儿钱，就可以没有后顾之忧地专心画画，就能够有更多的工作机会，能挣更多的钱，等钱越来越多，工作越来越多，认识的人越来越多，足够开个人画展，就提高身价！

顾白拿刀片着鸡肉，心情无比舒畅，一旦突破了第一桶金的口子，之后就会像滚雪球一样越赚越多。

人生，追求不外乎升官发财快活。

顾白不追求升官，但十分想发财。

翟良俊看着被顾白随手放进冰箱里的小零食，转而把它拿出来，顺手撕开递到了顾白嘴边。

顾白愣了愣，往后避开，放下手里的刀，接过了那袋小零食，看了一眼包装。

这个包装跟今天中午那包看起来像是酱鸭脯的小零食一样，不同的是上边印着上申山当扈翅尖，闻起来很香。

翟良俊笑眯眯地看着顾白吃掉了小零食："好吃吧？"

"嗯。"顾白重新拿起了菜刀，觉得自己这个反应是不是冷淡了一点儿，又说，"今天中午的那个也很好吃。"

顾白其实很少吃零食，他的钱除了留下来当生活费的，富余出来的都拿去买画具了。

没有能够横向比较的参照物，顾白就觉得翟良俊拿出来的零食都挺好吃的，甚至让他觉得有点儿馋。

"这些都是在哪里买的呀？"顾白问。

"华山那边买的。"翟良俊答道。

"哎？"顾白愣了愣，"有网店吗？"

翟良俊被顾白的这个问题问住了，摇摇头："没有。"

顾白又有了一个赚钱的想法，这么好吃的小零食放到网上开个店，销量肯定很高。

都是信息时代了，还不开个网店，现在的商家怎么这么不会挣钱？

翟良俊则是被点开了窍，寻思着什么时候联系一下华山那边，开个网店的确是个好出路啊。

每次他都要横跨半个华国去买这些。虽然不麻烦，但也挺累的。

这些特殊制品虽然不能交给人类的物流公司运送，但灵族送快递可比人类高效有素得多了。

拓展销售渠道，弄个灵族自己的快递系统，正巧还能解决一堆灵族在深山里蹲着当无业游民的问题，加快他们融入人类社会的速度。

尤其是那些坚定地说灵族和人类无法共存的老顽固，把他们的崽崽全都从深山里挖出来渗透进人类社会，说不定还能从那些老家伙手里抠出一些好东西来呢。

翟良俊忍不住搓了搓手，决定吃完晚饭就去找同层楼那位镇宅神兽，商量一下这个问题。

能够蹭到那位大佬一点儿光，就不愁这个事情会翻车了，到时候那些窝在深山里的老家伙手里的好东西还能藏得住才怪！

翟良俊仿佛已经看到了成堆的异宝正长着翅膀朝他飞过来。

他偏头看向顾白，眼神变得分外慈爱。

好孩子。

翟先生想，到时候一定要分这小家伙一份。

什么法宝呀异兽呀乱七八糟的玩意儿，让这小家伙先挑！

这件事要是办成了，他也算是灵族中正儿八经事业有成的了！

黄亦凝一定会对他刮目相看！

翟良俊靠在厨房门口，浑身都要冒出粉红色的泡泡来。

饭后，翟良俊吃饱喝足，仔仔细细地环顾了一圈顾白的屋子，又转头看了一眼在厨房里收拾的顾白，想了想，走到主卧门口，一翻手一根拂尘就出现在他手里了。

翟良俊一伸手，把拂尘扣到了门上，然后那拂尘就慢慢陷入了门扉，消失不见。

做完这一切，影帝先生满意地点了点头，转头见天要黑了，便跟顾白打了声招呼准备离开。

顾白听他说要走，忙不迭地从厨房里跑出来，送他到了门口。

"晚上早点儿睡。"他说道。

顾白楞愣登地点了点头。

"别熬夜，睡前喝杯牛奶，说不定还能长个儿。冰箱里的东西每天都有人送。"翟先生交代道。

顾白："……"

"早点儿睡，别熬夜。"翟先生又重申了一次。

顾白对这位先生这样的关怀感到十分不好意思，笑容腼腆，小声地应了一声。

翟良俊这才关上了门，下一秒就转身直奔顾白对门那户人家里去了。

顾白睡前对着镜子比了比自己的身高，接着，整个人就以肉眼可见的速度蔫了下来。

他也好想长高啊，这个身高看起来特别没有气势。

顾白蔫头耷脑地趿拉着拖鞋，路过厨房的时候，停下脚步看向了冰箱。

牛奶的味道很好，顾白睡得很香甜，近日来因为苦恼生活费的问题而纠缠着他的梦魇消失得一干二净，只有一片……黑……

顾白睁开眼，在一片漆黑之中，隐约听到了门外有窸窣的动静，那动静在他门外徘

徊了好一阵，似乎是进不来。

顾白在黑暗中将房间的一切看得清清楚楚，感觉到了视野的异常，却被吓得没有心思去关注这一点。

他清楚地看到门缝下边漏进了两道黑影，应该是外边的人……不，贼的脚的影子。

顾白快吓死了。

他听到外边的贼"啧"了一声，渐渐远离了房门，然后上了二楼。

顾白听着顶上的脚步声，抬眼看向放在床头柜上的手机，拿过来看了一眼时间，凌晨三点。

这不是最重要的。

最重要的是，手机没信号。

没有 Wi-Fi 和 4G 网络，连信号也没有。

他没办法报警，也没办法求助。

顾白听着楼上徘徊的脚步声，想到楼上挂着的那些画作，想到那些画作可能变成的钱，就觉得鼻子一酸，想哭。

这栋公寓怎么回事啊？

不是说这里住着一堆重要的人物吗？

顾白抱着他的手机，在冲出去和尿回来之间犹豫了半晌，最终吸了吸鼻子，委屈地团进了被子里，拱成了一个球。

顾白迷迷糊糊地醒了过来。

被子里很闷，手机还被他抱在怀里，这会儿正振动着，屏幕上是早上七点的闹钟。

我居然还睡着了？！

顾白霍然起身掀开被子，顶着翘起了好多小揪揪的碎发，瞪着眼仔细细地环视了周围一圈。

什么都没有变，也没有什么异常。

顾白套着一身哆啦A梦睡衣蒙了好一会儿，低头看了看手机，手机已经有了信号。

安全感瞬间回笼，顾白松了口气，翻身起来，低头看了眼地上的拖鞋，光脚踩在了地毯上，猫着腰悄无声息地靠近了门口，将手搭上了门把手。

顾白有点儿后悔昨天忘记问翟良俊要物业电话了。

万一那个入室行窃的贼今天还在屋里怎么办？

顾白光着脚丫子站在门口，手搭在门把手上犹豫不决。

但最终，顾白还是深吸了一口气，缓缓地拧动了门把，悄悄将门拉开了一条缝。

客厅里的光亮透进来，明艳亮丽。

没有什么异常的动静。

顾白小心地将房门拉开，探出头来左右看看，从不算多宽敞的缝隙中间钻出来，轻手轻脚地穿过了客厅。

客厅还是昨天的样子，没有任何被翻动的痕迹，就连昨天睡觉之前随手扔在茶几上的面巾纸都没有移动位置。

顾白还是不放心，走进了厨房，抽出了一把水果刀，对着空气比画了两下，看着刀锋上的寒光感觉有点儿不妥，又把刀轻轻放了回去，抄起了一旁的拖把，踮着脚上了二楼。

他的动作极轻，连衣料摩擦声在这个时候都显得有些响亮了。

顾白小心地从楼梯间探出小半个脑袋，眼睛扫视着整个二楼。

没有人。

他的那些画作没有被偷，也没有被毁。

顾白的视线细细扫过挂着的两排画，最终在第一排尽头看到了两个空荡荡的夹子。

顾白一下子警觉起来，扛着拖把噔噔噔地上了楼，走到那两个夹子下面，在地板上看到了一小团焦黑的灰烬。

顾白看着旁边的画，回忆了一下这里原本挂着的东西，不由得陷入了沉思。

这贼进门……就烧了翟先生签过名的那张面巾纸？

这是什么娱乐圈新生职业吗？

顾白匪夷所思。

顾白现在最值钱的东西也就是这些画了，只要画好好摆在这里没有出什么事情，顾白就没什么可担心的了。他把拖把支在地上，把那摊灰烬扫干净，然后扛着拖把下了楼，洗漱完毕换好了衣服，准备出门去找物业调一下监控。

这个小区报警不太合适，但他也不是没有别的办法。

他没有经济损失是一回事，小区物业得担起业主遭入室行窃这个责任来。

虽然他不是业主，但是以这个小区的价格来说，物业不至于低端到对租户的投诉不管不顾。

顾白刚走到门口，就听到了熟悉的"哐当"一声，跟昨天黄女士暴打翟先生的动静极其相似。

顾白愣在了玄关，心想原来这种戏码竟然是日常。

外边动静这么大，他有点犹豫要不要现在出去。

要不他回屋里吃个早饭先？

顾白这么想着，脚尖一转，偏向了厨房，然后又转了回来。

翟先生是个好人，总是被打未免也太可怜了。

顾白悄悄拉开了门缝，外边的吵闹声便瞬间变得明显而清晰。

"翟良俊你出息了啊！你还敢给人家门上挂拂尘防我！"黄女士抄着顾白屋里同款的拖把，绕着六楼走廊追着抱头鼠窜的翟先生打。

不过看战况翟先生手脚麻利，反应迅速，并没有被打到。

公寓楼上下一堆顾白没见过的人已经从屋里走了出来，吹口哨的、骂人的，嗷嗷喊着要迟到了叼着吐司往电梯里狂奔的，一瞬间公寓楼里就充满了热闹的生活气息。

黄女士更生气了："你给我站住！"

"人家就一个小恶趣！你半夜吓人家做什么？"翟先生跟黄女士隔着一个天窗对峙。

翟先生说完犹觉得不够，冲黄女士说道："你有本事夜袭，你有本事冲我来啊！"

"冲你来是吧？"黄亦凝气得柳眉倒竖，手里的拖把宛如一支标枪向着对面的翟先生投掷了过去，"冲你来就冲你来！"

翟先生连滚带爬地躲开了飞过来的拖把，转头看了一眼入门三分的拖把，又看了一眼这扇门的门牌号，然后露出绝望的表情。

"你往哪儿扔啊？"翟先生崩溃了。

黄女士也跟着抬头看了一眼门牌号，一身气焰以肉眼可见的速度瘪了下去。

"你还愣着干什么？"她蹬着高跟鞋，健步如飞地冲到翟先生身边，一手拔拖把一手拎男人，然后以极快的速度，带着人和拖把跑回了自己屋里，"嘭"的一声关上了门。

与此同时公寓楼上下的喧闹也是一静，所有人齐刷刷地各回各家，各上各班，全都假装无事发生过。

目睹了全过程的顾白："……"

黄女士的真实设定原来是女壮士吗？

这栋楼到底是怎么回事啊？

顾白满脸惊惧地看着他对面那户标着 663 号房的门上的洞，觉得娱乐圈里果然是人不可貌相。

顾白等到刚刚看热闹的人走的走、散的散，整栋楼彻底平静下来，才慢吞吞地换鞋走了出去。

就在顾白转身关门的时候，对面那个遭受了无妄之灾的邻居同样也缓缓地打开了门。

顾白转头看向那边，从里边走出来的人穿着正儿八经的白衬衫和银灰色西装裤，脚上蹬着一双擦得锃亮的黑皮鞋，正微微皱着眉扯着领带。

这人长得很帅，是传统意义上的阳刚的帅气，没有一丝奶油小生之气，轮廓分明鹰目剑眉，天庭饱满，一头标准的男士商务发型，整个人从上到下从里到外都透着一股成功人士的气质。

简单说就是——钱的味道。

他关上了门，恰巧看到了门上的洞，眉间的褶皱一瞬间就紧拧了起来。

他转头看向顾白，那眼神像是闪着寒光的刀刃，刮得人皮肤生疼。

这个人很不高兴。

顾白缩了缩脖子，一秒尿了，无比小声地解释："不……不是我。"

话音刚落，隔壁 665 房的房门突然开了一条缝，下一瞬又被狠狠地关上了。

顾白都没敢转头去看，而他对面笔直站着的男人已经大步流星地冲了过来，从他身边路过，停在 665 门口，抬起一脚，直接将门"嘭"的一声踹了开来。

顾白看了看推开门冲进去的那个成功人士，又看了看隔壁报废的门锁。

一个零件骨碌碌地滚到了他脚边上，然后轻轻撞上了他的脚尖。

顾白一个哆嗦回过了神。

防……防盗门啊！

这可是防盗门啊，怎么一脚就被踹开了？

顾白要吓傻了。

这栋公寓到底是怎么回事？

顾白傻愣愣地站在门口，听到隔壁黄女士的屋子里丁零哐啷一顿响，仿佛在搞拆迁。

顾白站在原地瑟瑟发抖不敢往前。

响动持续了大约五分钟，刚刚进去的那个男人一边整理衣服一边走出来，动作利落地扣着袖扣，连发型都没乱。

顾白忍不住往自家门边上贴了贴，默默缩小着自己的存在感。

那男人察觉到了顾白的小动作，偏头看了他一眼，顾白一愣，马上转开视线，低下了头。

男人挑了挑眉，也没说什么，转头走向了电梯。

直到电梯下去，顾白才猛地喘了口气，跑到隔壁黄女士门口，悄悄探出了头。

房子里一片狼藉，就没剩下什么完好的东西。

而房子里的两个人，则是一个"横尸"在地上，一个宛如咸鱼干一样挂在了沙发背上。

顾白悚然一惊，条件反射地摸出了手机，以迅雷不及掩耳之势，按下了无比熟悉的三个键。

"横尸"在地上的翟先生痛苦地呻吟了一声，动作缓慢地挣扎着。

顾白赶忙把手机塞好，顾不上太多直接走进了屋子，小心地将翟良俊扶了起来。

翟良俊一张英俊潇洒被粉丝称作世界瑰宝的脸这会儿被揍成了猪头，身上也没好到哪里去。

而挂在沙发背上的黄女士更是一点儿动静都没有。

顾白不知道应该怎么办才好，这两个人都是娱乐圈的焦点人物，有点什么小动作都能闹出巨大的动静来，顾白不知道他能够做点什么来帮助这两个人。

他紧张地问道："要……要打急救电话吗？"

两人这都要毁容了啊！

简直吓死个人。

翟良俊摆了摆手，伸手碰了一下自己的脸，然后疼得龇牙咧嘴的，龇牙咧嘴又扯到了脸上的其他伤口，顿时他那张已经不再英俊的脸上一片狰狞。

"电视柜下边有医药箱。"翟良俊含混地说道。

顾白点了点头，从电视柜下边拽出了一个箱子，打开之后发现里边的药他一个都不认识。

别说药不认识了，就连药瓶他都没见过。

谁家会拿玉石当药瓶啊！

"顾小白，把药箱拿过来！"翟良俊喊了一声。

"哦，好！"顾白拎着箱子回到翟良俊旁边，转头看了一眼还趴在沙发背上没动弹的黄亦凝，"黄女士她……"

翟良俊偏头看了一眼："没事，在休息。"

他一边说着，一边熟练地拿出两个药瓶倒了两颗药出来吞下去。

他动作太快，顾白甚至都没看清那药长什么样子，翟良俊就已经换了另外一个药瓶，倒出了散发着植物香甜的几滴大概是精油的东西，往脸上的伤口擦。

他刚擦完，后脑勺就被不知道什么时候爬起来的黄女士踹了一脚。

黄女士这会儿说话有气无力的："你又用老娘的宝贝。"

翟先生将贴在自己的后脑勺上的脚握住，转头看向黄女士，关切道："没事吧？"

黄亦凝摆了摆手："也就被打了个四分之三死。"

顾白看着这位女士的狼狈样，"噫"了一声。

"哎？小崽子在啊。"黄亦凝这才注意到还有另外一个人存在，站起身来走到翟良俊旁边坐下，"正好，昨晚上找你没找成，今天也一样。"

翟先生动作一顿。

顾白脸上露出茫然来："昨晚上？"

"对啊。"黄亦凝说着，对翟先生翻了个白眼。

顾白愣了两秒，觉得有哪里不对，但又抓不住点。

他有些腼腆地问："有什么事吗？"

"小家伙 S 市美术学院出来的，画作我看了，挺好的。"黄亦凝说道，"想找你帮个忙。"

顾白突然被夸，有些高兴，但又十分不好意思。

他语带雀跃地问："是什么忙？"

"小事而已，你……"她的话被旁边手机的铃声打断，黄亦凝顿了顿，像是想起了什么，脸上露出懊恼的神情来。

"今天下午有空吗？"她问顾白。

顾白点了点头："有的。"

"那行，我下午来找你。"黄亦凝一边说着，一边拿起手机接电话，然后风风火火地上了二楼，三分钟不到就重新出现在了楼下。

她换了身衣服，正在匆忙整理着妆容。

这会儿她除了脸色还有些苍白之外，整个人都鲜妍靓丽，丝毫看不出刚刚的狼狈痕迹。

黄亦凝转头看向客厅里的两个人："我今天有工作，翟良俊你帮我把屋子收拾好听见没有？"

翟良俊举手投降："好好好。"

顾白惊讶地看着踩着高跟鞋大步流星地冲出去的黄亦凝，然后转头看向翟良俊，发现这位影帝先生脸上肿胀的伤痕也消下去不少。

翟先生重复着倒精油涂抹的步骤，顺口问道："昨晚熬夜了？"

顾白摇了摇头，顿了顿，小声说道："翟先生，我家昨天半夜好像进贼了。"

翟良俊动作一滞："啊？"

哪个贼胆大包天敢来这里？

"昨天半夜三点，没进我的卧室……"顾白满脸苦恼，"但是什么都没偷走，就是把您留给我的那张面巾纸给烧掉了。"

翟良俊反应了一下他留给顾白的面巾纸是什么，然后一脸欲言又止。

半夜三点，那是黄亦凝的活动时间。

这事黄亦凝一大早就找他吵过了，说他不该给顾白留拂尘防着她进门。

黄亦凝本身凶性强，进了别人家的门，是一定要弄坏点儿跟主人家有直接关系的东西的，不然会给主人家招祸。

她估计还是找了半天才找到那张跟顾白有关系，但看起来又不算多重要的面巾纸。

想到面巾纸上有他的签名，翟先生觉得黄女士气得想揍他也有这个原因在里边，所以才烧了那张面巾纸解气。

翟良俊给顾白挂拂尘还投喂了他两样小零食，本身就是防着黄亦凝半夜跑去吓顾白。

毕竟黄亦凝心眼儿小脾气大，整栋楼上下除了那位镇宅大佬，得罪过她的基本都被她夜袭过了。

但翟良俊还真没想到，黄亦凝昨晚上是跑去找顾白帮忙的。

怪不得一大清早她那么生气。

翟先生觉得自己好像又给自己的爱情之路上放了一块巨大的石头。

顾白等了半天没等到翟良俊搭话，觉得有点儿小尴尬。

他摸了摸鼻子，给自己找补："我准备去找物业调监控。"

翟良俊倒药水的动作一顿："咱们楼里没监控。"

顾白："哎？"

"咱们小区都没监控。"翟良俊一边揉着自己脸上的伤痕，一边说道，"而且昨晚上的也不是贼，是黄亦凝。"

顾白："……"

"你没锁门呀，她直接开门就进去了。"翟良俊说着，指了指门旁边一个锁的按钮，"你按下那个，就是锁门。"

其实那个按钮是开启防御阵法，虽然在一堆灵族里这个阵法没什么实际防御作用，但开启了之后约定俗成的言下之意，就是锁门不见客的意思。

住在这个小区里的灵族都习惯称之为锁门。

灵族之间没有人类那么讲究，不把门锁上，就跟人类农村里门大敞着随时欢迎客人直接进门是一个意思。

灵族里有翟良俊这种直接进门之前会喊一声按按门铃意思一下的，也有黄亦凝这种看到没锁门就直接开门进去找人的。

毕竟一层防盗门而已，对灵族来说跟一张纸没什么两样。

锁了门，那些非上门拜访不可的灵族，才会规规矩矩地按门铃。

顾白茫然地转头看向那个锁的按钮："那……为什么要烧那张面巾纸呀？"

翟良俊一脸慈爱地摸了摸顾白的脑袋，给出来的答案简直闻者伤心见者流泪。

他说："大概是她看我不顺眼吧。"

翟良俊觉得他找不出另外的理由了。

那么多东西，她怎么就烧了他留给顾白的那张面巾纸呢？

翟先生有点儿想哭。

顾白看着翟良俊，感觉自己被说服了。

可能这就是有钱人的套路吧。

对富裕世界一无所知的顾白这么想着，勉强接受了这样的设定。

翟先生想到自己的未来，感到有些悲伤。

但他还是跟顾白保证道："你想要我的签名，回头我给你签上百八十个的！"

"不用了。"顾白摆了摆手，虽然有点儿可惜不能有百八十个影帝的签名去卖钱，但对于别人这样的心意，他实在不太好意思接受。

"还是给你补一个吧。"翟良俊说道。

他以为顾白是他的粉丝，不是粉丝怎么会特意留下那张有他的签名的面巾纸呢？

面巾纸哎，又不是什么签名卡纸之类的东西值得收藏。

翟先生下午有工作，只能利用上午的时间帮黄亦凝收拾屋子。

他以"小宝宝会被玻璃划伤"这个搁灵族里会让同伴嘲笑到死的可笑借口，把担心他的伤势的顾白轰出了屋子，并定下了中午一起吃饭的约定。

翟先生在去顾白家蹭午饭的时候，送了他一张自己的签名海报。

顾白也想起问他要到了物业的电话号码，翟先生非常友好，还附赠了一个他的私人号码。

在离开顾白家里之前，翟良俊语重心长地告诫道："你对门那个大佬，你千万别招惹他，他超凶的。"

顾白想到早上被飞的那个眼刀子，忍不住缩了缩脖子，小声问："那是谁？"

"司逸明，咱们楼的镇宅神兽。"翟先生一脸严肃地答道，"超凶。"

顾白一脸欲言又止，总觉得说人家是镇宅神兽是不是不太好？

但看翟良俊那一脸郑重的样子，顾白也忍不住跟着板起了脸，严肃地点了点头。

送走了翟先生，顾白按下了那个锁门的按钮，坐在二楼瞅着自己一笔没动的画纸发了一下午的愣。

传承这个主题的画作，他竟然抓不到一丁点头绪。

这个苦恼一直到黄亦凝摁响他家的门铃的时候都没有结束。

顾白给黄女士泡了杯茶。

黄女士接过茶，摸了摸自己的脸，对顾白说道："我这皮有点儿老了。"

顾白愣了愣，仔细打量了一番黄亦凝。

黄亦凝是个美人，用肤如凝脂、眉如远黛之类的美好词汇来形容她都丝毫不为过。

"很好看呀。"顾白诚实地说道。

黄亦凝看着顾白这副诚恳的样子，忍不住笑了笑。

她认真反驳了顾白："不，已经有细纹了。"

顾白向来不太能理解女孩子对于自己的皮肤的挑剔，但他保持尊重，乖乖地没有说话。

黄亦凝说道："你给我画一张新的吧小家伙。"

顾白愣了愣，说道："把您现在的样子画下来吗？"

黄亦凝点了点头："嗯，要无瑕版的，价钱你开。"

顾白从没遇到过这样的主顾。

他紧张地揪着自己的衣摆，小声试探道："油画的话，一……一千块可以吗？"

黄亦凝顿了顿："一千块？灵石？"

"哎？"顾白茫然地摇了摇头，小声纠正道，"人民币。"

黄亦凝满脸震惊，不可思议地看着顾白，怀疑自己听岔了。

这到底是哪家跑出来的老实孩子？

第 2 章
生活轨道

黄女士对"人民币"三个字表示无语凝噎。

顾白看着她的神情，有点儿着急，揪着衣摆的手更紧了些。

他抿了抿唇，试探着问道："贵……贵了吗？"

"不不不，没有！"黄亦凝赶忙摆了摆手，生怕这傻了吧唧的老实孩子还降价。

她的良心会痛的。

顾白两眼发亮："那……"

"我的意思是，一千低了。"黄亦凝说道。

顾白"咦"了一声："可我还没毕业，也没有相关的工作经验……"

"油画成本不低，你总不会给我用最基础的材料吧？"黄亦凝说道。

的确准备这么干的顾白尿尿地缩了缩脖子。

"我要最好的材料。"黄亦凝说，"价格多少？"

顾白心里噼里啪啦地算着各种用具的成本价，小声道："五……五千？"

黄亦凝看着顾白，感觉自己良心揪着疼。

"好，给你一万五，就这么说定了！"她干脆地拍了板。

顾白的画她昨晚上看了，比她自己画得要好得多，还透着一股子旁人所不能及的灵气。

山水画像是氤氲着朦胧的云雾，静物画极似真实，人物画栩栩如生连眼神都分外灵动，透着一股要脱画而出的生机。

一万五千元人民币能买到那样的画，黄亦凝感觉自己的良心剧痛无比。

她想着那些画，觉得这小家伙往上寻的血脉，恐怕是很不得了的。

但这样的性格……

好吧，也说不定正是这样赤诚单纯的性格他才勾画得出那样充满灵气与鲜活气息的画。

黄亦凝看着顾白听到价格之后慌张局促的样子，问道："你缺钱？"

顾白一愣，被戳穿了囊中羞涩这一点之后，不好意思地低下了头。

"也不是很缺钱。"他小声嘟囔，"下个月我就有工作了。"

所以其实还是缺钱的。

黄亦凝恍然大悟。

这种情况其实很正常，家里长辈把小辈踹出家门历练，让小辈住进这里，有个安稳居住的地方已经很不错了，要知道还有不少小灵族出门历练，差点儿因为人生地不熟而饿死街头呢。

黄亦凝看着顾白这副实诚的样子，觉得她要提价顾白估计也不会收，于是绕了个圈子，问顾白："你楼上那些画卖不卖？"

"卖呀！"顾白一点头，然后反应过来，"您要买吗？"

黄亦凝点了点头："多少钱一张？"

顾白感动死了，觉得黄女士简直是个惊天动地、举世无双的大好人。

他声音清脆掷地有声地道："两百块！"

想名正言顺地给顾白钱花的黄亦凝："……"

顾白看着黄亦凝的神情，连忙保证道："那些都是我练手的作品，挂在某宝上也是两百块一张……给您画的一定会比那些画得好看的！"

顾白紧张兮兮的，有点儿怕弄丢了这个主顾，楼上挂着的都是他练习用的作业稿，用的也不是什么多贵的材料、多好的纸张，甚至都不是油画。

油画都被老师和学长学姐们搜刮走了，报酬是一堆油画颜料和各种画具。

黄亦凝看着顾白，觉得这小鬼放出去说不定被人卖了还给人数钱。

她叹气，选择投降："行行行，我全要了。"

顾白得到了黄女士的私人号码，又收到了黄女士全方位无死角的素颜照和全身照，包括只穿着一层轻薄贴身的稀少布料的照片。

黄女士的意思是，她要等身全裸毫无瑕疵的画。

顾白对此倒是觉得没什么——搁学校里学习的时候他可画了不止一幅两幅裸的男男女女了。

干画画这行的，对于人体普遍是用美观与否的艺术角度去看的。

顾白收图收得十分正直。

给黄女士的画，顾白出门买各种材料花了半天时间，然后专心致志地宅在家里画了四天半。

为数不多的几次下楼出门，都是因为某宝店有人下单他要发货，又或者是去门口

拿菜。

黄女士来他家取画的时候，看着画感觉有些出乎意料。

画简直是好过头了。

灵族对于画作的审美，除了本身是不是好看之外，还有这张画作上所蕴含的精气神。

画者作画，是不是倾尽了全力，对这张画作是不是抱有强烈的热情和信念，都是会反映在作品上的。

放在普通人眼里，也许就是表达意境与乍看上去时所激发的那种虚无的直觉，但到了灵族的眼中，这样的精气神一目了然。

顾白交出来的这张画作，每一个角落都透着一股强烈的、活跃的精神和灵气。

挂在屋里说不定都能让住在屋里的人变得越来越美。

顾白那个老师觉得挂了顾白的画之后家里变得明亮而温馨并不是错觉，认为顾白的画有一股让人看了就觉得身心舒畅的魔力也不是错觉。

倾注了作画者强烈的热情和信念的画作就是有着这样的力量——尤其是画者还不是个普通人的时候。

"您满意吗？"顾白忐忑地问，"我真的很认真地画了。"

"当然！"黄亦凝笑眯眯地道。

这可是她的新皮，新皮这么好，她心里自然高兴。

黄女士爽快地付了钱，顺便还摸了摸顾小白的脑袋，拿着那张大画卷美滋滋地走了。

换皮这事毕竟还是不太雅观，而且这幅画要糊到自己的皮上，黄女士还得自己稍做加工才行。

顾白看着新鲜热乎的一万五的余额，感动得眼泪汪汪。

黄女士真是个好人。

翟先生也是大好人。

顾白觉得自己这二十多年来真是运气极佳，总是能在重要关头遇到及时雨。

他低头看了一眼手机上的日期，明天就该跟着导师去实地考察了。

现在有了钱，出门可以顺便去看看笔记本电脑，顾白决定先找找网上推荐，看看什么笔记本性价比比较高，明天再去实体店里具体了解一下。

S 市艺术博览中心是最近市政府文宣部的新项目。

三栋后现代风格的主建筑在今年四月份竣工，敞了两个月之后，开始向 S 市各个文艺团队和个人广发邀请函。

高教授这一次的团队人数不算多，加上顾白满打满算九个人，四个是主设计的，另外五个是主绘画的。

顾白属于主绘画的那一拨。

展厅墙不算很大，总共三百平方米，高度就有两米出头，还不是室内墙，也不是笔直的一条，而是在三栋主建筑之间起分割空间增大面积感所用的墙，直角处和波浪形墙面的地方不少，中间甚至还有断裂的设计。

顾白看着不规则的墙面，有点儿傻眼。

学习的时候倒的确是说过经常会有这样的情况发生，但真正遇到了，毫无工作经验的顾白还是有点儿应付不来。

毕竟说到大作业，也就是几平方米大的布面版画，与其说是模拟壁画来设计，不如说是大型的版画油画。

学校可没有那么多墙给壁画系的学生用来做作业。

团队九个人，就顾白一个是第一次接触工作的小菜鸡。

顾白跟在高教授的屁股后边，手里拿着个小本本，竖起耳朵听着前辈们关于壁画设计的讨论和争吵，一边录音一边迅速提炼出他们讨论的重点。

简单来说，这一次的项目需要考虑到的因素很多，因为这个墙面也算是整个艺术博览中心园区的一部分，要结合环境不显得突兀，要符合建筑主体风格，要有艺术性、观赏性、象征意义与鉴赏价值，还要考虑到成本预算。

这种户外壁画的材料成本可不算低。

顾白麻溜地跟着那些前辈的讨论记录下了一堆材料，准备回去好好查查了解一番。

这些前辈都有工作经验了，他们说的材料里，有些是顾白这个还没毕业答辩的小菜鸡听都没听过的。

顾白敏锐地听到了"便宜""好用"和"性价比高省预算"这样的词汇，一下子警觉起来，走到那个提到这些的前辈旁边，将他说的几家店默默记了下来。

这次过来的人并不算多，不怎么讲话捧着个小本本记笔记的顾白其实是很显眼的。

高教授的团队里基本是他这些年带出来的学生，要么是画得好的，要么是天赋很不错的，要么是设计能力非常强的，他们都有一个共同点，就是脾气好又细心，尤其重视团队精神。

一个人注意到了顾白手忙脚乱地记笔记的样子，接着两个人注意到了，最后全都注意到了。

顾白忙不迭地做着记录，写着写着就发现原本快到让他需要录音回去重新整理的对话，渐渐放缓了节奏，让他能够完整地记下来，甚至还有余裕去思考。

顾白仰头看了看这些前辈，最终对上了高教授欣慰开怀的笑脸。

意识到了这是来自前辈们的体贴，顾白微微睁大了眼，抿起唇露出了欣悦愉快的笑容。

顾白胆小内向怂了吧唧，但这并不妨碍他回报这些无言照顾他的前辈们。

仗着年纪小身体素质好，顾白把团队端茶递水的活全包揽了，其他时候就抱着笔记本屁颠屁颠地跟着几个主要负责设计的前辈，认认真真学习实地工作中的设计技巧。

壁画这种东西，可是要连光照强弱和角度之类的因素都考虑进去的，学校里可教不了这种需要实地工作经验才能够进步的技巧。

今天一天收获很大，但跑实地这事不是一天就能结束的，虽然合同上写着工期一个月，但实际上加上先期考察和设计的时间，这个项目整体下来花两个月的时间是肯定会有的。

明天他还得继续来。

顾白在团队解散各回各家之后，去了市中心的商业街，准备在实体店看看笔记本电脑。

S 市中心的商业街相当繁华，作为国际性大都市，哪怕是周一的工作时间，也是人贴着人。

顾白正往电器大厦走，目光四顾。

要善于观察和学习生活中的设计和美，用专业的眼光去评判所能看到的一切有形的事物，哪怕是一片枯叶下落的轨迹，也是值得留意观察的，这是那几个前辈对顾白说的话。

顾白是个很听话的好学生。

前辈让他仔细注意周围，他就认认真真仔细地注意周围，目光扫过旁边奶茶店里的电视，电视上正播放着娱乐八卦，主角是黄亦凝黄女士，主题是黄亦凝身陷整容风波。

顾白眨了眨眼，看着电视里仔仔细细地分析照片，觉得没什么意思。

镜头下的形象会受很多方面的影响，比如灯光、妆容和角度。

见过真人的顾白知道，黄女士很好看的，而且是个很好的人。

虽然在面对翟先生的时候有点儿凶。

顾白在电器城溜达了一圈回来，进小区门的时候，刚巧碰到黄亦凝开车回来。

黄女士坐在车里跟顾白打了个招呼。

顾白转头看过去，发现是黄亦凝之后，想到刚刚看到的八卦，有点儿担心地看向她。

黄亦凝却丝毫看不出丑闻缠身的担忧感，悠闲地冲顾白招了招手："要不要搭个顺风车？"

小区门口到第六单元约莫要六分钟的脚程。

顾白不大好意思，想要拒绝，黄女士却已经打开了副驾驶的车门。

顾白想了想，还是坐了进去，思及今天看到的八卦报道，便满脸认真地对黄女士说道："您今天真好看。"

女性在被夸奖外貌时总是会感到高兴的。

黄亦凝也不例外，一下子笑开了，发动了车子，开启了商业互吹模式："你画得那么好看，我自然是好看的。"

顾白摇了摇头："主要是您本来就很好看呀。"

本来就好看，再加上要的是无瑕版，那画能不好看吗？

黄亦凝被夸得心里美滋滋，脸上带笑，整个人容光焕发。

容光焕发的黄女士和顾白一起上了楼，一抬头就看到了正准备开门回家的镇宅神兽。

两个人顿时安静如同仓鼠，在那位大佬的注视下火速进了屋。

而被留下的大佬，看了黄亦凝的 665 房好一会儿，满脸沉思，最终抬步过去，按响了门铃。

他发现这个画皮换皮了。

作为这栋楼的责任神兽，他得确认对方没有因为换皮而搞出什么需要他收拾的娄子才行。

顾白回到家，揉了揉自己在外边跑了一天饿得瘪瘪的肚皮，从冰箱里拿了点猪肉解冻，又拿出了青椒、蒜和小白菜。

清炒小白菜和青椒炒肉。

再煮小半杯米。

顾白心情相当愉快。

冰箱里的蔬菜都水灵灵的，吃起来跟大棚里出来的菜的味道完全不一样。

顾白打小自己负责自己的伙食，对自己的手艺还是有点数的，到底是食材好还是他自己本身手艺进步了，心里门儿清。

想到刚刚在保鲜层里看到的黄油，又看了一眼厨房里一应俱全的中西式厨具，顾白决定做几包曲奇饼，明天带给前辈们吃。

顾白还想到刚刚偶遇的凶残大佬。

他今天的神情看起来比上一次平静了很多，至少没让顾白觉得吓人了。

扒掉了被惊吓的那层皮之后，顾白隐约觉得自己应该在哪里看过这张脸。

他肯定是不认识那位的，顾白一边洗菜一边回忆。

他能够了解外界的渠道也不多，估计是通过媒体渠道见过的。

洗完了小白菜掐掉青椒梗，顾白看了一眼还没解冻的肉，擦干手拿出手机打开千度。

翟良俊是跟他说过这位大佬的名字的，虽然顾白不知道是哪三个字，但如果是大佬的话，说不定能够通过模糊搜索搜出来。

结果顾白并没有用上模糊搜索，而是输入法里直接就有一个联想出来的名字。

司逸明，国内顶尖的金融业大拿。

可考的履历里，这位先生靠赌石发家，有了第一桶金之后，身家就以一种堪称诡异的速度呈几何式上涨。

他是国内金融界的风投传奇，在人有失手马有失蹄偶尔稳定经常翻车的风险投资行业，这位大佬的投资项目全部一帆风顺，投谁谁稳，干啥啥成。

江湖传言，这位大佬走在路上捡个一块钱的钢镚投出去，转头就能回笼一百万！

江湖传言，这位大佬买股票，买一只涨停一只。

江湖还传言……

顾白："……"

嗯……捡到钢镚还是交给警察叔叔比较好吧。

不管怎么说，这看起来真的是个非常厉害的人。

顾白看完了千度的资料，抱着一种崇敬的心情放下了手机。

真厉害啊，他想道。

顾白的毕生梦想就是躺在家里也能拿钱，想买什么就能买什么，不用担心钱财问题专心画画。

要是有机会的话，也许他可以去请教那位大佬买哪只股票。

想到这里，顾白脑子里闪过第一次见面时那个眼刀子，因为金钱的诱惑而生出的勇气瞬间消失得一干二净。

他还是别做梦了，不如专心画画卖钱，现在有房还不需要考虑生活费的问题，卖一张画可就是纯赚！

顾白拍了拍脸，转头把泡在水里解了冻的肉拿出来，放在案板上。

顾白那边在美滋滋地做饭，黄亦凝这边都要被吓死了。

她心眼儿小脾气大成天追着那只狐狸精打，还把整栋楼上下都整得服服帖帖是没错，但是不意味着她就敢跟这位大佬正面对上了。

毕竟这位大佬平日里不管事，一管起事来就贼负责。

打架这事在灵族里算是稀松平常了，只要不像上一次那样动到他头上，这位一向是懒得管的。

动到他头上了其实也不是什么大事，也就是跟昨天一样被打个四分之三死而已。

可能劳动这位大佬上门来的事情……

黄亦凝苦思冥想，都想不到自己最近犯什么事了。

司逸明站在门口，没有进去的意思，面对眼前越发娇妍美丽的女性，语气平静无波："你换皮了。"

"啊。"黄亦凝愣了两秒，干巴巴地应了一声。

画皮是凶性很大的灵族，尤其是活到现在的黄亦凝，进别人家门都能给主人家招灾，总是不得不弄坏点什么东西给主人家化厄。

而画皮换皮，是要找个替死鬼取皮的。

司逸明记得这画皮已经改邪归正三百年了，打从九州山海苑这个聚居地存在开始，她就住在这儿了，也一直没有换过皮。

于是司逸明换了个问法："你杀人了？"

黄亦凝听完这话，松了口气："没有。"

司逸明看了黄亦凝一会儿，点了点头，似乎是不打算深究了。

时代在进步，灵族要适应这个日新月异的时代，也要跟着进步，钻研出一些新的法术和生存方式都是非常正常的事情。

比如那些猫猫狗狗就特别喜欢变成原形混进人类社会，找个好心人当饲主，帮着人家保家卫宅，以此生存。

灵族之间甚至连种族都不会擅自去问的，毕竟有些奇珍异兽修炼而成的灵族就跟唐僧肉似的，说出来指不定就要被别的灵族给吃了。

没谁会把自己当菜送，能混到这种大妖辈出的聚居地里来住的灵族，更没几个是傻的。

当然了，也有黄亦凝这种仗着自己实力强、凶性大就毫无顾忌的，更有翟良俊那种仗着自己一张好脸还会勾引人和灵族就大咧咧地四处浪的，以及司逸明这种一尊神兽就稳稳镇着一群大人物一点儿都不慌的。

司逸明得到了答案就准备走人。

他偏过头，目光扫过黄亦凝放在玄关处的三十几幅画作。

大佬脚步一顿，指了指那些画："这些？"

然后两手空空来的大佬，手上就多了三十多幅画作。

在路过666号房的时候，他若有所思地停顿了半息时间，抱着怀里的画作，抬步回了家。

顾白吃完了饭，又烤了几盘曲奇饼，洗完了澡就准备睡了。

第二天集合的时候，顾白做的曲奇饼受到了前辈们的热烈欢迎。

没别的，因为这群自由自在从事艺术行业的自由画家，没几个生活作息是规律的。

九个人里，竟然只有顾白和高教授两个是吃了早饭才来的。

其他人……据他们自己说，没迟到就谢天谢地了。

顾白背着背包，照样拿着个笔记本，跟在啃着曲奇饼对着第一面墙琢磨的前辈们屁股后边，根据他们所说的设计画着简笔设计图。

旁边一个胡子拉碴一看就熬了个通宵的前辈凑过来，打着哈欠指了指顾白右上角的草稿："这里的线条不是这样的，你这个弧度，会衔接不上第一个拐角的内容。"

顾白一愣，偏头看向对方。

"不过你这样设计也不是不行。"他说道，"但是这样的话，第二面墙的整体也要有改变才行。"

顾白低头看了看自己的底稿，有点儿不好意思："前辈，我就是画着试试看。"

"叫学长就行。"那人摆了摆手，"我们也是高教授的学生。"

顾白从善如流："学长！"

有人一对一地针对性教导和指出错误的设计点，跟蹭在别人旁边听，自己摸索是完全不一样的。

这位随时都一副要睡过去的样子的学长在顾白旁边跟了两个小时，两个小时之后又换了一个胖胖的学长过来。上午结束的时候，顾白身边又坐了个瘦瘦高高的学长，饶有兴致地看着他笔记本上记录下来的设计图。

顾白再傻，也知道这帮学长是有意在教他了。

他抱着盒饭，看着自己旁边一边扒饭一边翻看着他的笔记本的学长，有些小紧张，又感动得鼻子酸酸。

那个困得眼皮子都快合上了的学长蹭了过来，问顾白："教授说让你参加这次展览，设计定好了没有？"

"还没有。"顾白看着周围的几个学长，脸上露出笑容来，"不过有点儿思路了。"

周围一群人听到这话，顿时兴致勃勃地端着盒饭围了过来，你一言我一语地给出设计思路的建议。

他们知道这个师弟，多半是通过高教授转述的：穷苦，努力，天赋高，性格内向不善交际，但是特别听话乖巧，还很会照顾人。

昨天一天已经足够这群人清楚地认识到顾白是个什么样的性格了。

跟在他们屁股后边当小尾巴当了一天，除了他们主动搭腔之外，顾白自己主动表达的次数一只手都能数得过来。

几个前辈、学长一合计，这不行啊，团队协作怎么能有人掉队呢？

于是今天，他们就开始轮流跟在顾白旁边刷存在感了，一个一个地刷脸熟，有了最基本的交流底子，之后顾白加入集体就很顺畅了

就像现在这样，一群人围在一起，交流设计经验和创作技巧，趁着给顾白开小课堂的时间，借着设计讨论得热火朝天。

高教授坐在旁边，笑眯眯地看着他们，也不插嘴。

关于设计和画作，每个人都有其不同的习惯和方法。

学长们给出的建议对顾白来说并不全都适用，但顾白一向是善于对号入座的，哪些建议对他来说非常适用，他就把那些方法挨个儿记下来。

他们这一整天的收获，也就是定下了第一面墙的设计和第二面墙的草图，这样的效率大家都习惯了，反正距离正式开工还有大半个月的时间，足够他们设计完成并且画出底稿了。

在离开艺术博览中心的路上，高教授发现了顾白低头在搜电脑的消息。

"你要买电脑？"他问。

"是呀。"顾白点了点头，"不知道应该买哪个。"

话音刚落，高教授就把顾白塞给了一个学长："他懂，让他带你去买。"

顾白点了点头，懵懂地跟着学长去电器城花了八千买到了一台性价比相对较高的媒体型工作笔记本。

顾白坐在家里的沙发上，看着新买回来的电脑，忍不住傻笑了两声。

原来团队协作的感觉是这样的啊。

想到自己今天收获的善意，又想到了最后在电器城里那个学长絮絮叨叨地说着电脑型号、配置、品牌之类他听不懂的内容，顾白没忍住再次傻笑了几声，往沙发上一倒，

高兴地蹬了蹬腿，然后翻身爬起来，趿拉着拖鞋啪嗒啪嗒地爬上了二楼大画室。

在跟老师和学长们相处过后，他对传承这个主题终于有了那么一丝灵感。

艺术是源于生活的。

传承这个主题，也许并不需要多么高端的画面体现，一代一代流传耕耘，一笔一画最朴实常见的教导，便是传承。

顾白花了三个小时，起草了四张设计稿，美滋滋地卷起来，准备明天带给老师和学长们看看，汲取一点儿意见。

他刚将设计稿收好，准备下楼去做饭的时候，门口就响起了门铃声。顾白跑到门口看了一眼猫眼，吓了一跳。

门外站着的人，正是那个被翟先生特意叮嘱的，千万不要惹的超凶的大佬。

顾白低下头摸出手机来，给翟良俊发了条信息求助。

"对门司先生来找我了怎么办？"

但很遗憾，他并没有立马得到答复。

翟良俊虽然没工作的时候很闲，但是有工作的时候，基本上都是连轴转，几个月回不来一次都是常事。

门铃又响了。

顾白凑到猫眼上，看到门外的人已经微微皱起了眉头，似乎快失去耐心了。

司逸明长得很好，个子又高，那张脸板着的时候有一种不怒自威的气势，眉头一皱，露出不愉快的表情的时候，更是让人腿肚子打战。

打遇到司逸明之前，顾白对于这种玄乎的气势和威势之类的词汇并没有一个具体的概念，直到司逸明一眼刀子把他钉在原地瑟瑟发抖，他才对这类词汇有了一个明确的认知。

说实话，顾白挺怕司逸明的，想不到司逸明来找他的理由。对方总不会是因为之前自己看到了他对翟先生和黄女士的暴力行径，所以来威胁自己闭嘴的吧！

顾白越想越怕，尿唧唧地靠着门，手搭着门把不知该不该开。

门铃第三次响了起来，落在顾白耳中宛如催命符。

他深吸一口气，拧开了门把，慢慢拉开了一条门缝。

"您……您好？"顾白小声地透过门缝打着招呼，"有事吗？"

司逸明看着那条门缝，沉默了两秒，说道："找你画画。"

顾白一愣："哎？"

"黄亦凝介绍的。"司逸明睁着眼睛说瞎话，"有空吗？"

顾白在金钱的诱惑之下犹豫了好一会儿，终于还是选择了屈服。

出乎他意料的是，司逸明平和的时候一点儿都不吓人。

此时，这位传奇大佬正端正地坐在客厅的沙发上，接过热腾腾的茶水时，还有礼地向顾白微微颔首。

"您想要怎样的画呢？"顾白问道。

司逸明顿了顿，答道："什么都行，想看你现场画。"

顾白一时间不知道应该怎么回答。

现场画也不是不行，他以前摆小摊子的时候，水彩速写效率奇高，五十一张，最多四十分钟就能画完一张，快的时候二十分钟也不是做不到。

但是给这位大佬画一张五十块钱的画……顾白瞅瞅司逸明，觉得五十块的价位对这位先生来说仿佛是一种侮辱。

"不方便吗？"司逸明问。

"不是。"顾白抿了抿唇，"您想要什么完成度的画呢？"

司逸明答得很快："黄亦凝那种。"

顾白蒙了一会儿，想到自己给黄女士画的那张等身大小的画，说道："那种很花时间的。"

他的言下之意，现场画基本不可能。

他最近每天都得跟着老师和学长们去跑实地做设计，余下的时间画参展的画都已经显得有点儿紧张了。

顾白算了算时间，说道："我最近一段时间……都不太有空。"

司逸明的眉头皱了起来，顾白瞅着他的脸色，心里"咯噔"一下。

"我不急。"司逸明缓缓展开眉头，又沉思了好一会儿，然后将手中的茶水放到了茶几上，转头对顾白说道，"稍等。"

顾白目送着司逸明出了门，三分钟之后他又走了回来，手里拿着装裱好的一卷画轴，交给了顾白。

"画这个。"他说道。

"临摹？"顾白接过画轴，缓缓展开，入眼的是一只狰狞咆哮的水墨龙头，仿佛要对着画外之人扑袭而来，漆黑的笔触上有着晕染的痕迹，再继续展开，便可见其四爪张开，指尖锋锐，气势恢宏。

水墨画比起形更讲究意，这一卷怒吼的龙首，却将形意都画出了极致。

顾白将画卷全部展开，但没有看到作画者的落款，偏头看向司逸明，犹豫着要不要问一问。

司逸明敏锐地察觉到了他的犹豫："怎么？"

"能请问一下，这画是……谁画的吗？"顾白鼓起勇气问道。

司逸明拒绝回答，顾白默默收回视线，小心地将画轴卷了起来："抱歉，司先生，我的水平够不到这份上。"

"没关系。"司逸明说道，"你画，价格你开。"

顾白有点纠结，他的水平怎么样他心里有数，这画让他临摹，一是画风不符，二是折辱了这画的原作者。

再说了，从事艺术行业的，对于买画的人要求他们临摹他人作品这事，本身对他们就有点儿不尊重的意思。

但是资本家估计不会明白这种艺术从业者敏感脆弱的心情，于是顾白实话实说："我临摹不出来。"

"不是临摹，是再创作。"司逸明纠正他。

顾白轻"咦"了一声，以这幅画为基础进行再创作，那还是可行。

司逸明问他："你想要什么报酬？"

顾白听到这话，把昨天才被他扔到角落里去的想法瞬间刨了出来。

"那个……"他满脸忐忑地问道，"能请您给我介绍一只股票吗？"

司逸明露出了跟黄亦凝同款的不可思议的表情。

"等过两个月我有了本金之后……"顾白的声音在司逸明一言难尽的注视之下越来越小，越来越小。

那因为金钱的气味而生出的勇气，以肉眼可见的速度瘪了回去。

"不可以吗？"他小声喃喃。

"可以。"司逸明头一次遇到这种类型的灵族。

应该说，他头一次遇到不趁着跟他交易的机会狠狠宰一顿的灵族。

现在的小灵族竟然已经淳朴到这种程度了吗？

不，现代社会里那些心眼儿贼多的灵族绝对配不上"淳朴"两个字。

都是人类的错，看看，他们把那些脑子里只有暴力思想的灵族都给掰成什么样子了？一句话能拐十八个弯，谁教他们的？

灵族在千年以前明明不是这样子的，千年前的灵族淳朴、脑子直，除了大部分都以人类和人类的恐惧为食之外，没啥大缺点。

司逸明看着顾白，想到自己外出的时候偶遇的那些花式碰瓷的小灵族气就不打一处来，真正淳朴的大概只有眼前这个还没有深入过人类社会的小灵族。

司先生看着顾白因为他点头同意了那个报酬而高兴得两眼亮晶晶的样子，看了好一会儿，直到顾白感觉不自在了，才挪开了视线。

司逸明面无表情，心里觉得顾白很是可爱。

"最近不太有时间，但我会尽快完成您要的画的！"顾白被金钱蒙蔽了双眼，甚至忘记了司逸明给他带来的惊吓，赞美道，"您可真是个好人。"

被发了好人卡的司逸明心里还挺高兴，喝了口茶水，站起身来准备告辞。

走到门口的时候，他对送出来的顾白说道："少跟翟良俊、黄亦凝玩。"

这狐狸精和画皮成天闹得整栋楼鸡飞狗跳不得安宁，司逸明不爱管不代表他喜欢这种闹腾，这么淳朴听话的小灵族，被带坏了多可惜！

顾白仰头看着比翟良俊还高的司逸明，想到前不久，翟先生也是站在这里，用同样的语调，严肃地告诉他："不要招惹咱们楼的镇宅神兽，超凶的。"

看着司逸明同样严肃的脸，顾白忍不住笑了两声，小声道："谢谢司先生。"

司逸明权当小家伙答应了。

他满意地关上了门，回了家一趟，又抱着之前从黄亦凝那里搜刮来的三十多张画，离开了这栋楼向隔壁的七单元走去。他找顾白画画，自然是有原因的。

这十来年里，神州大地自然灾害频发，不少象征大凶的异兽从自己窝里跑了出来，负责镇守神州的神兽，工作量暴增，恨不得一个拆成两个用。

如果顾白的画能够达到要求，是能帮上不少忙的，只是司逸明还不确定顾白那些画上特殊的灵气来自哪里。

他似乎有点印象，但这感觉似是而非的，实在是有点儿模糊。神兽活了这么多年了，对于久远的记忆感到模糊是很正常的事。

司逸明猜测，大概是哪个老家伙放崽出来历练了，到底是哪个老家伙的崽，隔壁七单元负责管事的白泽应该是能够通过画作辨认出来的。

结果他到了七单元却被告知白泽出门旅游去了，而且是跑去了隔得老远的丛林深入探险。

这种时候这人还敢出去旅游！

司逸明刚刚在顾白这里养出来的好心情瞬间消失得一干二净，气得一脚踹废了白泽的家门，拎着画怒气冲冲地走了。

顾白把那张画卷小心地挂在了二楼的大画室中间，揉着饿瘪的肚子去做了饭。

吃饱之后，他收到了翟先生的回信，翟先生给他发了根蜡烛。

顾白顿了顿，给翟先生回了条信息，说："翟先生，我觉得司先生是个好人。"

在影视城里准备拍夜戏的翟良俊看到这条信息，露出仿佛见了神仙一样的惊恐表情。

顾白做了个梦。

梦里他飘在天上，底下是夜深人静、除了路灯之外漆黑一片的九州山海苑。

周围安安静静的，偶尔能看到小区外边驶过的车辆，灯光一闪而过，声音也传不到小区里来。

夜空清朗，在污染有些严重的 S 市里，竟然一抬头就能够看到一条横穿夜空的璀璨星河。月亮的银光轻柔地笼罩着夜色下的城市，远处可见不夜城至深夜也依旧辉煌如同白日的灯火。

这个公寓小区，就像是一团烈火之中仅有的静谧，在月光下显得格外安宁、平和。

顾白低下头看着自己光溜溜的脚丫子，身上还穿着那身哆啦 A 梦的短袖睡衣。

星月缠绵缱绻，光辉逐渐浓烈如雾气，影影绰绰间，似乎浮现出另一个世界的幻影。它与这里异常相似，车马如流光，风声喃喃，呼唤着他，让他感到几分久隔多年的熟悉。

恍惚间，顾白抬脚，向那方世界迈去。有一团将黑夜照亮的光团正在天上盘旋着，仿佛在巡视领地一般，绕着偌大的城市走了数圈。

那光团满是正气与肃杀之意，悬在天上缓慢地移动着，最终以迅捷的速度向着顾白所在的方向奔来。

顾白渐渐看清了被光芒所包裹的东西。

其首尾似龙，马身，麟脚，形似虎豹，身披鳞甲似金似玉，行走间仿若含着大军之势，威猛骇人。

顾白看着它从高处缓缓落下，似乎是转头看了他一眼，然后安静地在他所居住的单元楼顶上停留，仰头发出了一声清亮悠长的龙吟。

顾白醒了。

他迷迷瞪瞪地关掉了闹钟，打了个哈欠翻身起来，木愣愣地看着窗外发了好一会儿呆。

昨晚上好像梦到了什么，顾白换衣服的时候想着梦里的场景，但梦境像是蒙上了一层迷雾，最后停留在记忆里的，只剩下了那一声龙吟。

他洗漱完，煎了一个蛋和几片培根，从冰箱里拿出几片吐司随意至极地做了两个三明治把早饭敷衍过去，然后爬上了二楼。

那四张设计稿收拾好了，因为昨天司逸明的突然来访而放在二楼没拿下去。

顾白今天要把它们带去，问问老师和学长们的意见。

他将卷成一卷的四张画卷拿起来，一抬头就看到了如今二楼的钢丝绳上唯一还挂着的画轴。

那张形意运用极强的水墨图，怒咆的龙首正张牙舞爪地对着画外的人昭示着自己的威能。

顾白微微歪了歪脑袋，耳边还残留着梦中的龙吟，他觉得昨晚上那个记不太清的梦多半是受到了这张画的影响。

文艺从业者的精神敏感度总是要比其他方面的从业者要高出不少。

他们总是能从一件微小而普通的事物中捕捉一些别人所看不到的细节，并将之延伸扩充，最终以这个物品为起始，完成一个作品，从而表达出自己的思想与情怀。

所谓的设计与创作，也是这类思想的具体化，比如因为看到一幅优秀的画作而梦到了画作之中的东西，是非常常见的情况。

顾白将怀里卷着的画小心拿好，又看了那水墨画一眼，趿拉着拖鞋下楼，把新买的笔记本电脑塞进背包里出了门。

出门的时间正是大家出门上班的高峰期，顾白刚关上门，转头就看到了同样出门的司逸明。

这次没有翟良俊和黄亦凝两个人折腾，楼上楼下虽然同样热闹，但也维持在一个适当的范围内，顾白对于这样充满生活气息的热闹并不排斥，甚至觉得十分轻松愉快。

这些天得到的他人主动给予的善意，让一贯内向被动的顾白感到了发自内心的欣喜与熨帖。

他忍不住向对门的大佬露出了一个灿烂的笑容，隔着一个天井，主动打了个招呼："司先生早！"

整栋楼诡异地停顿了一瞬，而司逸明恍若未觉。

他转头看向顾白，被顾白灿烂的笑容给刺了一下，微微愣怔之后向站在对面的顾白微微颔首，刚想走人，又停下脚步，回了一句："早。"

顾白听到了这栋楼的住户倒吸凉气的声音，忍不住上下看看，发现那些不认识的生面孔都用不可思议和观摩珍惜生物的眼神看着他。

顾白脸上的笑容在这样的注视下一点点消失了，他灰溜溜地贴着墙，避开了上下楼层看过来的视线，缓步往电梯走去。

他跟司逸明同一趟电梯下了楼，司逸明在顾白离开电梯的时候，突然开口说道："晚上要好好睡觉，别乱跑。你差点就回不来了，知不知道？"昨晚上要不是他反应及时，这小朋友就被蜃光带去另一个世界了。

"欸？"顾白露出茫然的神情来。

但电梯门已经关上，下到了地下停车场。

顾白背着背包走在去艺术博览中心的路上，对于司逸明的话还有点蒙。

不是必要想通的事情，顾白一向不会多去在意的，想不通就不想了，男子汉大丈夫，要拿得起放得下。

顾白扔掉了疑惑，走在路上深吸了口气，总觉得今天的空气似乎变得清新了许多，连路边的草木都散发出了令人放松的清香。

他拿了通行证，率先进了园区，园区里特意隔了个工作室出来，给他们做设计用。

顾白今天来得早，进工作室的时候，发现自己是头一个到的。

他们每天的上工时间是非常标准的朝九晚五，这会儿才八点，那群放飞作息的学长踩点成瘾，不到最后一秒都不会着急。

顾白把自己的设计图放在桌上，拿出新买的电脑连上了园区 Wi-Fi，要在等人期间先摸摸鱼，再检查一遍答辩的 PPT。

答辩在六月底，还有几天就该到了，顾白早就准备齐全。

高教授是答辩导师之一，顾白现在有电脑了，还准备顺便蹭蹭教授的指导，最好是能拿到个优秀评级什么的，履历好看不说，学校还会发点儿钱做奖金。

蚊子再小也是肉，特别是在司逸明点头同意了给顾白介绍一只股票之后，有多少本金可就意味着他之后有多少收益！

那可是捡个钢镚投出去就能回笼一百万的传奇！

顾白觉得如果把自己这两个月里能拿到的钱全投进去，说不定出来的时候，他就拥有能买下 S 市郊区一个厕所的钱了。

足足一个厕所！

想想他竟然还有点儿小激动！

高教授年纪不小了，早就过了熬夜放纵的年纪，提前进入了老干部式的养老生活，是第二个到工作室的。

他到的时候，顾白正背对着门口坐着，打开网页搜着资料。高教授敲了敲门，提醒顾白有人来了。

顾白回头看过来，看到是高教授之后，露出了笑容："老师早！"

"早。"高教授点了点头，坐到了顾白身边，"查什么呢？"

"查点儿龙的资料，邻居找我买画了来着。"顾白解释道，然后点开了最小化的PPT，不太好意思地说，"这是我的答辩资料，老师能帮我看看吗？"

高教授挺喜欢顾白，都带他出来试着跟自己的团队合作了，帮这么个小忙，自然是不介意的。

顾白在教授的建议下修改细化了不少地方，几个学长也陆陆续续过来了，问了顾白一声之后，把桌上卷起来的四张设计稿展开，在那边聚众围观。

顾白对传承这个主题的概念理解其实很青涩，但好在他在画画这方面胆子很大。

自己领悟了什么、想到了什么，他就画什么，传承这个主题他从谁身上领悟到的，画里就有谁。

他的设计思路直白而明确，一脚直球踢得吓死人，却又让如今站在工作室里的一帮大男人有点儿意外的感动。

小师弟发现了他们的帮助，反馈到了画作上，这种帮助了他人之后被清楚记住的滋味实在是不错。

但最终几个学长琢磨来琢磨去，还是选择了有高教授的那张图。

设计稿也是能够看出一些名堂的。

比如说有高教授的那张，构图和大致铺色就比另外三张要清晰明确得多，显然在顾白脑子里已经有了完整的画作了。

兵家有句话说得好，不打没准备的仗，画画同样如此，心里没个谱的图，画出来总是会有缺憾。

这是顾白刚毕业参加的第一个大展，对他非常重要，最好是能大获成功，这对他树立自信、斩除对工作的恐惧相当有帮助。

大家都是过来人，深知心态对一个文艺工作者的影响力。

谁都不想作品充满了灵气、人又乖巧可爱、做小点心还特别好吃的小师弟刚毕业出社会就栽个大跟头。

他们听老师说顾白没有娘亲又没爹养，跟他们这种栽了跟头还有爹妈支撑可以翻身的情况完全不同，万一——个跟头栽得人家一蹶不振了怎么办？

尤其是小师弟还特别穷苦的时候。

于是在下午工作结束之后，老师都拍拍屁股走人了，顾白被七个学长留下给他开小课堂，教他修改设计的小细节。

一群人在园区里待到了日头西沉，又一窝蜂地跑去小餐馆里撮了一顿。

顾白从来没觉得集体活动原来是这么令人高兴的事情，小时候爸爸总是不来给他开家长会，别的小朋友也就不愿意跟他玩，每次集体活动他都孤零零的一个人，久而久之就对这种活动没什么期待了。

但现在跟导师和学长们的相处，给顾白带来了截然不同的感受。

顾白抱着一瓶芬达，叼着吸管笑眯眯地看着学长们闹腾，眼眶中翻涌着一股满足的酸胀滋味，有什么感触似乎要满溢而出，影响到了他的视觉。

顾白现在看他的学长们，都自带三米厚的柔光滤镜，仿佛他们就是世界上最好、最帅的人。

在他们准备各回各家的时候，年纪最长的那位学长突然停住了脚步，提议道："要不，咱们让小白试着单独做一下那两面断墙？"

说这话的时候，大家都愣了愣，然后你看看我我看看你，对这个突如其来的提议感到发蒙。

如果让顾白单独负责两面墙的话，那最后分账就得重新算了。

俗话说断人财路如杀人父母，虽然这事没到这份上，但是牵扯到金钱问题，也足够让人多转几下脑子了。

高教授当初跟他们说要带上一个还没毕业的小师弟的时候，说的是带这小家伙来学习学习，意思意思给个一百一平方米的价格，主要是奔着学习加上打下手来的。

不然一个还没拿到毕业证的学生想拿到这样的项目资源？做梦呢？

就算是名校出来的人也没门儿。

这种市政府扔过来的项目，至少是从业经验五六年打底，还得有人脉资源和过硬的团队实力的团队才能够接下来的。

一个刚毕业的学生，正儿八经出来接壁画的活，刨除成本，一平方米挣五六十都算不错的了。

顾白把包背在前边，手里还拿着一杯学长投喂的奶茶，冰冰凉凉的，散发着香甜的气息。

他茫然地转头看了一眼学长们，愣了两秒，重复道："我？单独做？"

他迅速回过了神，摇头："不不，不合适。"

"没有什么不合适的，其实也不是不行。"另一位学长觉得没啥，"要不你出个设计试试，能成最好，不成你就当是练习。"

"对。"提议的大学长赞同地点了点头,"不管什么方面的才能,都是要通过大量的练习才能够提高的。"

最重要的是,高教授的这个团队里,基本上人人都有稳定的客源,自己本身身价也不低,倒是不会过度地去在意金钱和名声的事情。

谁不是小新人过来的呢?他们能够混到现在这个地步,也多是仰仗这一路走来的朋友与同门学长学弟们相互搭桥介绍。

顾白听着学长们你一言我一语,最后把这事定下,顺便还在等地铁的时候打电话给老师报备了一声。

"行了,地铁来了,走走走。"学长们像是赶小鸭子一样把顾白赶上了车,"咱们就这么定下了啊!"

顾白还能怎么办?

他当然是美滋滋地答应啊!

S市艺术博览中心的墙面哎!

第一次的墙面至少可以保留一年,除非以后有专门的壁画展需要重新刷墙,不然还能够保留更久一点儿。

这可是免费宣传的大好机会啊,只要壁画摆在那里,那就是他的活招牌!

顾白当然明白这两面墙对他而言意味着什么,钱都是小问题了,能够在这种专业的艺术博览中心留存自己的作品一年以上,那可是意味着无数的机会!

顾白回到公寓里,抱着电脑和参展的设计图上了二楼,又噔噔噔地下楼搬了张小桌子上去,新铺开了一张画布,转头看了一眼旁边被展开的画纸。

画纸上的设计稿被修改得一团糟,铺满了各种形似抽象主义的分块底稿,上边还标注了不少字,这稿子放出去,也只有顾白一个人能懂了。

顾白瞅着画布犹豫了半晌,最终收回了画布,换上了画纸。

他准备再定一次稿,免得在画布上画的时候翻车。

难得熬一次夜,顾白重新定了稿又在画布上起草了底稿,铺上了第一层颜色。

画面上有他和老师两个人,背景是学校的画室,画面表达的主题是老师的教导。

但这画体现传承的核心却并不是教导,而是两张画中画。

顾白需要在那两幅小小的画中画里展现不同角度的同一种画技,表现出他从老师身上汲取而来的技巧和知识,以此来表达教导和传承的主题。

第二天,顾白就被单独扔到了那两面断墙面前,学长还拍了拍他的肩膀,说:"面壁思过吧,可能思着思着就知道怎么画了。"

顾白:"……"

这两面断墙的位置比较特殊,是独立于那片空间切割、类似于迷宫一样的墙面群之外的断墙,距离第三博物馆比较近,所以设计风格是要偏向于第三博物馆的建筑风格的。

第三博物馆是什么风格呢？

是后现代主义的时尚轻灵风格，外墙轮廓以黑白几何线条为主，是典型的极简主义艺术的建筑设计。

让学习擅长古典油画和壁画的人去做后现代极简艺术，不是扯淡呢嘛。

顾白看着一左一右仿佛门神一样孤独地竖立在第三博物馆广场前边的两面刷得雪白的断墙，脸上写满了茫然和惆怅。

面壁面了一整天都一无所获，顾白蔫头耷脑地回了家，愁苦地抱着笔记本开始查极简艺术的资料。

一直到回学校答辩了一圈回来，顾白都被学长们拎过去开始帮忙画他们那边的第一面墙了，分给顾白的那两面墙还是光溜溜的。

顾白查了一堆极简主义设计的资料，最终还是只能仰躺在自家二楼的地板上，脑子一片空白。

灵感啊！

顾白叹了口气，抹了把脸，觉得既然没有灵感做设计，不如赶紧把要参展的画完成了再说。

翟良俊在影视城待了十几天，一回来就看见顾白蔫巴巴地从电梯里出来，吓了一跳。

他站在自家门口，瞅着双目无神明显正在神游，完全没有发现他在旁边的顾白，琢磨着他出门之前还活力四射的小可爱，怎么才小半个月的时间就蔫了吧唧的一点儿都不开心？

他琢磨了半晌，突然想到了顾白之前给他发的信息，翟先生脸皮抖动了两下，浮现出了一抹感同身受的同情来。

一定是司逸明打他了！

那只超凶的貔貅，生气起来竟然连这么可爱的小崽崽都不放过！

看看都把小崽崽欺负成什么样了！！

翟良俊痛心疾首，但是并不敢去给顾白讨公道。他走到顾白旁边，拍了拍顾白的肩。

顾白吓了一跳，抬头看向拍他的肩的人，愣了两秒，蔫蔫的双眼亮了亮："翟先生，您回来啦？"

"是啊，看你不太开心的样子，送你颗糖。"翟良俊说着，手一翻，不知道从哪里变出一颗水果糖来。

顾白的心情霎时明亮了不少，他接过糖，说道："报酬？"

翟良俊一愣，没反应过来。

"今晚上还要在我家吃饭吗？"顾白说话的声音并不大，但非常清亮好听。

翟良俊这才想起自己之前在顾白家蹭的两顿饭，似乎都是拿小零食作为报酬的。

但是他刚刚给顾白的水果糖只是普通的水果糖。

翟良俊摸了摸兜，发现自己没有特殊的小零食了。

下次再补吧，翟良俊想道，然后美滋滋地跟着顾白进了屋。

在门关上之前，电梯门开了。

司逸明从电梯里走出来，一转头就看到翟良俊那个死不正经的狐狸精颠屁颠屁颠地进了那个小可爱家里。

想到自己告诫过顾白不要跟翟良俊玩，司先生的眉头皱了起来。

但他也并没有合适的身份去教训人家小崽子。

司先生站在自家门口，看着对面屋里，沉吟了许久。

那他下次再见到这个小家伙半夜灵魂出窍跑出去玩，就把人抓回来狠狠打屁股好了。

年纪那么小就敢灵魂出窍半夜浪，也不怕被魑魅魍魉吞掉。

不听话！

司先生在内心怒斥道。

不听话的人就应该吃教训！

看翟良俊和黄亦凝见到他就尿得要死莫敢不从的态度就知道，疼痛教育最有用了。

司先生低头看了看自己的手，转头开门进了屋，正打开冰箱拿菜的顾白突然感觉一股凉意从脚底板直蹿上天灵盖。

他愣怔了一瞬，纳闷地看着冰箱，保鲜层的温度有这么低吗？

翟良俊混入人类社会多年，多少沾上了一些人类的社交习惯。

比如他会在发现隔壁新搬来邻居的时候去敲门打招呼，会喜欢像人类朋友之间相处一样偶尔串串门、发发短信，还比如，他会注意到他新交的朋友心情低落，并表达关心。

顾白切菜的时候有点儿心不在焉，菜刀的寒光看得站在门口的翟先生胆战心惊。

他干脆过去将顾白手里的菜刀拿过来，问道："看你不高兴的样子，怎么回事？是不是司逸明揍你了？"

顾白被这话问得一愣，有点儿怀疑司逸明在翟良俊眼里到底是个多可怕的形象。

"没有，司先生很好。"顾白摇了摇头，"是工作上的事情。"

"工作？"

"嗯，壁画设计，没有头绪。"

顾白拍了拍脸，将翟良俊手里的菜刀拿过来继续切菜，这一次专注多了。

"没太接触过极简主义的设计，现在让我做，什么都做不出来。"

翟良俊没听懂："什么？"

顾白轻声细语地解释："就是两面墙，要配合建筑风格画壁画，风格是我没有接触学习过的，现在我不知道画什么才好。"

翟良俊靠着一张脸加上狐狸精天然的伪装魅惑的天赋混饭吃，娱乐圈对他来说如鱼得水，压根就没有太过了解过别的行业。

翟先生蒙了两秒，最终在高雅的艺术面前低下了他高贵的狐狸脑袋，选择了离开厨房，躲在客厅里默默千度。

不懂归不懂，但他可以查呀！

翟良俊偏好吃鸡，嗜辣，口味重。

顾白做了一道口水鸡，浇上辣油，红彤彤的一片端上了桌。

顾白口味比较淡，这一碟子，他是不会碰的。

他看了坐在沙发上玩手机的翟良俊一眼，又回去炒了一荤一素两个菜。

整张桌子上分量最大的就是那一大盆子口水鸡，翟良俊咂咂嘴收好手机去盛了饭，觉得跟顾小白当邻居真是无比幸福的事情。

尤其是在他曾经感受过黄亦凝的手艺之后。

翟先生看着啃青菜的顾白，有点儿遗憾黄亦凝凶性太大不能随意串门，不然她肯定会常驻顾小白家里，到时候他和黄亦凝独处的时间就会变长，说不定黄亦凝就看上他了呢！

嗯……不对，如果这么干的话黄亦凝看上顾白的可能性要更大一点儿。

意识到这一点，翟先生的内心充满了悲伤。

顾白咬着筷子，看着翟良俊脸上的表情变了又变，一会儿愁眉苦脸一会儿又露出笑容，忍不住喊了他一声。

"翟先生？"顾白声音小小轻轻的，但对于耳聪目明的狐狸精来说并不是什么问题。

翟先生习以为常地将自己的悲伤揉巴揉巴扔到脑后，想到自己之前查的千度百科，夹了一块鸡，对顾白说道："小白啊，我是不懂你们搞艺术的，但是我们拍戏入不了戏的时候，就会用技巧掩饰过去，入不了戏就炫技，只要镜头能过就行，跟你这个抓不住设计灵感的情况也差不多了。"

顾白鼓着腮帮子咀嚼着白米饭，看着翟良俊，脸上还带着茫然之色。

道理他都懂，可是要炫技，首先也得有个思路，心里有个谱在那里了才能够动手画，动手画了才能够炫技啊。

翟良俊想了想，说道："是这样的，我就随便千度了一下，说你们壁画，除了传统的那些宗教壁画之外，现代壁画普遍是面向群众的，对吧？"

顾白点了点头。

"那你就画点儿好玩有趣的！"翟良俊说道，"能让人眼前一亮的，能够吸引人的，能够让人看了就忍不住惊奇地拿出手机拍照合影的画。"

翟良俊作为混迹娱乐圈多年的狐狸精，思路跟淳朴的顾白完全不一样，他的脑子里充满了营销炒作的骚操作。

"你的画足够有趣，就肯定有人拍照发到各大社交平台上，到时候再炒作一波，肯定能带动不少人去，到时候不就人气、口碑都有了？"

"哎呀我觉得这个不错!"翟良俊说着一拍大腿,觉得自己简直牛气哄哄。

艺术博览中心也是需要人气的,并不是所有人都会对艺术感兴趣,一次展览一两百一张的门票,不是感兴趣的人或者是学校、公司组织的,闲着没事会去花钱看看艺术作品陶冶情操的人少之又少。

主要原因就是"艺术"这个词不够接地气,有些绝妙的技巧只有内行人看得出来,而外行只会以最纯粹的审美观去评判这是不是一个好作品。

翟良俊后边说了什么,顾白都没听进去,他就听到了翟良俊说画点儿好玩有趣、让人看了就忍不住拿出手机拍照合影的画。

什么画好玩有趣、既能炫技展现实力又十分出挑能让人一眼就注意到呢?……

顾白满脸沉思,有一口没一口地扒着饭,干吃完一整碗白米饭之后,把手中碗筷一放,两眼亮晶晶地道:"我知道啦!"

翟良俊一愣:"嗯?"

"我知道画什么啦!"顾白猛地站起身来,拥抱了一下端着碗一脸茫然的翟良俊,"谢谢翟先生!您吃着!吃完放着我来洗!"

顾白的话语随着他趿拉着拖鞋噔噔噔爬上楼的动静一起传进了翟先生的狐狸耳朵里。

被抛弃在饭桌上的翟先生看了看顾白吃得一粒米都没剩下的饭碗,又看了看那碟一筷子都没动的青菜,满脸愁苦。

浪费粮食可耻,但他不爱吃草。

翟先生注视着那碟青菜,筷子伸到一半又收了回来。

等会儿他要去拜访司逸明,问问先前他说过的那个灵族物流公司的事情。

不如他把这碟青菜打包带给司逸明吧,就说是物流公司的提议人顾白的敬意!

翟先生美滋滋地吃了一块鸡,觉得自己今天简直智计无双!

翟良俊昨晚上又被司逸明打啦!

九州山海苑六单元的住户们都同情地看着 667 号房,纷纷觉得要不是有这只生命不休作死不止的狐狸精在前方为他们冲锋陷阵扫清地雷,现在躺在家里差点儿被扒下皮做成围脖的恐怕就是他们了。

翟良俊简直是只义薄云天可歌可泣的好狐狸!

住户们一边想着,一边对 667 号房行了三秒钟注目礼,礼貌性地表示了一下尊敬,下一瞬就纷纷拍拍屁股各干各事去了。

顾白昨晚上熬了夜,今天却起了个大早不说还精神头十足,一大清早就背着背包一步三蹦跶地跑去了园区,从学长们随手扔得乱七八糟的资料里扒拉出了墙面和光照之类的基础数据,记录下来之后又抱着工作室里放着的单反,屁颠屁颠地跑去了属于他的那两面断墙。

　　什么样的画是有趣好玩，既能够展现作画者的功底，又能够让人感到惊艳和冲击性，连不懂艺术的人也会惊叹不已的呢？

　　3D 画。

　　3D 墙面画顾白是学过的，需要稳扎稳打的基础能力。

　　透视、光影、色彩、构图等，都是构成一张 3D 立体画的重要因素。

　　3D 画足够彰显作画者的能力，又十分抓人眼球具有冲击性，甚至单独作为园区一景也是可以的。

　　哪怕不懂艺术的人也会因为这样的画作而震撼。

　　顾白没有什么别的出挑的优点，就是坐得住、学得稳、练得多，对外接活没有什么经验，但基本功却是实打实的深厚。

　　顾白在几个定点上绕着墙面拍了一大堆照片，每张照片里都有第三博物馆在里头。

　　他并不准备让他的墙独立出来，那太过喧宾夺主了，不如顺势沿着建筑做文章。

　　顾白抱着单反跑回了工作室，对着几个看起来又熬了夜、宛如咸鱼一样挺尸在工作室里的学长露出了灿烂的笑脸。

　　"这么开心？"大学长瞅瞅顾白，看到他脖子上的单反，露出了笑容，"有思路了？"

　　顾白高高兴兴地答道："有啦！我准备做 3D 墙面，学长您看可以吗？"

　　"可以啊。"学长点了点头，"先出设计稿来看看。"

　　"好！"顾白觉得自己要有尾巴，这会儿肯定已经翘上天去了！

　　回头他一定要给翟先生做一顿全鸡宴报答对方，如果可以，再试试喊黄女士一起来吧！

　　上次她包下他全部的练习作，他还没找机会感谢她呢。

　　顾白顺手给黄亦凝发了一条询问口味和时间安排的消息过去，然后又给翟良俊发了条消息。

　　差点儿因为一碟子青菜被镇楼神兽扒了皮的狐狸精看到顾白的短信，心里呜啦啦地拉起了警报。

　　不行！

　　黄亦凝可是谁做饭好吃就跟谁跑的！你小子难不成想撬我的墙脚吗！

　　翟良俊十分愤慨，然后给顾白发了信息过去，能够跟黄亦凝多待一点时间干吗要拒绝！

　　翟先生收好手机麻溜地翻身爬起来，去敲了 663 的房门。他决定再喊上看他俩都不顺眼的司逸明，如果司逸明能出现在饭桌上，那他跟黄亦凝就有共同的敌人了，就不会撕了！

　　黄亦凝更不会有心思琢磨勾搭顾白的事了，翟良俊信心满满，耳边仿佛都听到了"智商 +10"的提示音！

第 3 章
金色梦境

司逸明开门的时候表情并不怎么好，翟良俊这只狐狸在他眼里没啥优点不说，还总是马屁拍在马腿上。

昨天的青菜以为他看不出来其实是剩菜吗？就算是没被动过的，那也是剩菜！

貔貅香火向来旺盛，受到的供奉就没有断绝过，供品里什么东西都有，司逸明眼睛尖得很。

最重要的是翟良俊自己瞎扯淡还把锅甩到顾白身上，顾白是那种会拿剩菜给他吃的人吗？

他司逸明可是见过顾白的灵魂的，清正、纯粹、明亮、柔和，这样的灵族可少见了，司逸明都在猜顾白是不是哪个瑞兽的小崽子。

貔貅搁以前可是象征着军队的，脾气凶暴得很不说，对某些规矩还特别看重，给貔貅剩菜加上忽悠神兽，罪加一等。司逸明都不用多考虑的，逮着狐狸就是一顿揍。

狐狸被揍完还半死不活地趴在他家地板上，无比坚强地把那个物流公司的事情提了一提，司逸明觉得也就是因为狐狸这么些年被他揍皮实了，胆子才这么大。

司逸明从来对事不对人，前脚揍他后脚就冷静下来听他说事了。

司逸明看着这只狐狸，感觉脑壳疼得厉害："你又来干什么？"

"请你吃饭！"翟良俊说道。

司逸明冷漠地看着他，反手就要关门。

"别，别！不是我请！顾小白请！"狐狸麻溜地顶住门，满嘴跑火车，"就你对门那个小崽崽！人现在老缺钱了，你多去人屋里溜达两圈给他蹭蹭财气啊。"

"缺钱？"司逸明动作一顿。

翟良俊点点头："是啊！"

狐狸精多精啊，顾白之前小心翼翼地问他水电物业费的时候，他就看出来顾白兜里没钱了，他这会儿也没胡说八道。

司逸明抬头看了一眼对门的 666 号房，又凉飕飕地看了一眼翟良俊，微微点了点头之后，无情地关上了门。

翟先生完全没感觉到司先生的无情，毕竟司逸明点头应下了那个物流公司的主意，也点头应下了吃饭的邀请。

翟良俊一直单方面且执着地认为司逸明是个外冷内热的闷骚的人。

不对，他一点就爆的外在好像也没冷到哪里去。

反正他和黄亦凝成天在司逸明眼皮子底下皮来皮去的，蹦跶了这么多年也没被一爪子拍死，这个事实就足够证明这只貔貅不是那种被惹怒了就下杀手的类型。

怎么说都是神兽，跟那帮一言不合大开杀戒的凶兽不一样，虽然翟良俊被揍的时候生不如死，但也比真凉了好呀。

翟先生给顾白回了条信息，回到自己屋里打开了医药箱，娴熟地把药涂抹在伤口上，准备恢复自己帅气逼人、潇洒倜傥的国民老公形象。

顾白正站在工作台旁边，拿着笔和照片确定透视线。听他说有了设计思路之后，学长们就把他扔在了工作室里，没有再拎他出去打下手了。

顾白的那两面墙加起来大约十平方米，边缘是不规则的断裂，一面大一些一面小一点儿。

小的那一面近三米高，一米多宽，顾白准备作为整体画作的尾部。

顾白正琢磨着构图，手机同时收到了两条消息，一条是翟良俊说随时可以的，一条是黄亦凝说最近小半个月都没空的。

顾白想了想，决定今晚就先请翟先生吃一顿。

翟良俊肠子都悔青了。

司逸明看着对他的到来感到意外的顾白，又看了一眼变得蔫蔫的翟良俊，眯了眯眼。

这狐狸胆子不小，又忽悠他。

"没想到司先生会来。"顾白赶忙拿了一次性拖鞋，毫无所觉地一句话戳穿了翟良俊的谎言，"我以为只有翟先生一个人，只准备了全鸡宴，您喜欢吃什么？我再去做。"

司逸明偏头看了一眼翟良俊，那眼神意味深长，看得狐狸腿肚子直打抖，刚刚恢复的伤口隐隐作痛。

"没关系，我都吃，我今天是来作陪的。"司逸明对顾白说道，仿佛无事发生一样进了屋。

屋里正吊着一锅鸡汤，香味已经漫出来了，勾得人食指大动。

顾白站在门口，看着蔫了吧唧的翟良俊，疑惑道："翟先生？"

翟先生悲从中来，生无可恋，心如死灰，夹着尾巴进了顾白的家，一进门就瘫在了沙发上，觉得苍天负他。

司逸明看了他一眼，跟着顾白走到厨房里，直接问道："怎么想到请他吃饭？"

面对司逸明，虽然对方态度十分平和，但顾白还是有些拘谨。

他轻声答道："翟先生帮了我很大的忙。"

司逸明倒也不意外翟良俊会乐于助人这事。

在如今这个生存条件下，绝大部分灵族是习惯性护崽的，不管是不是自家的崽，只要不是什么会招来灾祸的类型，基本上见着都会帮一帮。

这些小幼苗可都是未来的希望，灵族修行本来就困难，生育率还奇低无比，压根没办法跟人类的繁殖速度比，久而久之护崽的行为就成了一种习惯，包括司逸明，对于犯错的小崽子也是会网开一面的。

"翟良俊说你缺钱。"司逸明说道。

顾白翻炒着鸡肉的动作一顿，转过头来，对于司逸明问这话感到出乎意料。

顾白不太好意思地道："是的，但是我已经有工作了。"

司逸明瞅着顾白，走过去按住了顾白的肩膀，在顾白满脸蒙的时候，抬手轻抚了三下他的额头，然后收回手来。

顾白尿了吧唧地缩着脖子往后退了两步，锅铲放在身前做防御状，连说话都磕磕巴巴的："司……司先生？"

司逸明解释道："财火亮，你会发财。"

"谢……谢谢？"顾白愣愣地点了点头，鼻尖嗅到一丝焦煳的气味，顿时手忙脚乱地抢救起那一锅鸡。

等他拯救完毕的时候，司逸明已经离开了厨房，顾白抬手摸了摸自己刚刚被轻抚过的额头。

司先生虽然神神道道的，但刚刚的行为应该算是一种特殊的祝福吧。

顾白想着，将这道菜起了锅，决定把这事当成是金融传奇赐予的祝福，说不定从此以后自己就身披财富增益，有如神助数钱数到手软直登人生巅峰！

司逸明出了厨房，坐到沙发上，低头看着自己的手，那个小崽子的灵气他绝对是见过的，但就是想不起来。

顾白不仅给这两位大佬投喂了一顿全鸡宴，因为自觉怠慢了司逸明，顾白晚上烤了一袋子小饼干，还做了一份戚风奶油蛋糕卷，特意在大清早去敲了司逸明的门，给他当作早饭。

顾白昨天看司逸明压根没动辣的菜，而喜欢吃甜口的菜，口味偏甜，送蛋糕总不会有错的。

司先生把这份早饭顺手带去了他开的公司，身为董事长，难得有个需要他出席的会议，司逸明不得不从巡逻自己负责区域的间隙里分出点儿时间来应付那些人类。

这些人类虽然很麻烦，但有一点很好，就是开发了网络这个东西，让任何一个进入人类社会的存在都有迹可循，能够迅速查找到相关的履历。

司逸明一边拆着蛋糕卷，一边看着顾白的人生履历。

上边从幼儿园到大学的履历巨细无遗，还写着自幼丧母，父亲的资料查不到，连姓名都消除掉了，司逸明看着这份履历，皱了皱眉。

皱眉的原因倒不是查不到顾白的爹妈的资料，而是司逸明觉得这份资料太详细了。

任何一个灵族，都不会在人类社会留下这么深重的痕迹。

司逸明摩挲着手里的纸张，看到最后一栏条目上写着"正在参与S市艺术博览中心展览墙项目"，想到昨天吃饭的时候顾白在对翟良俊表达感谢时的诚挚语气，微微抿了抿唇。

这小崽子怎么活得跟个真正的人类似的？

哪家家长这么傻？人类不是有那什么性别认知障碍的病症吗，万一小崽子染上了种族认知障碍的病怎么办？

司逸明皱着眉，还不告诫小崽子没事别出窍，这个家长简直不负责任到了极点！

司先生咬了一口手里的蛋糕卷，入口松软香甜，奶油口感滑腻如同丝绸，他沉默了两秒，看着手里的履历，觉得自己非常有必要好好教一教小崽子灵族的生活常识！

报酬的话，这个蛋糕卷就可以，或者其他的什么甜品也不错。

司先生不挑甜食。

司先生决定从今天开始对他对门的小崽子翘首以盼。

然而最近那些从深山里蹦跶出来的象征着大凶的异兽越来越多，各地灾害频发，司逸明在开完了会之后，回去的路上就被通知说哪儿又山洪暴发了。

司逸明本来不想管这事，结果紧跟着这条消息的，就是鹿台山飞出了一只鸮鸺，让司先生不得不警惕起来，放下了对甜食的期待，马不停蹄地离开了S市，往G省疾驰而去。

顾白对此一无所知。他还沉浸在终于有了思路的喜悦之中，每天大清早就爬起来赶去园区，干劲十足。

"早上好呀萧先生！"顾白出门的时候，跟打着哈欠的管理员打了声招呼。

管理员哈欠连天，看到顾白这一副生机勃勃的样子，忍不住笑了笑："今天又这么早啊？"

"嗯！"顾白点了点头，"您昨天值夜班啊？"

见对方点了点头，顾白干脆地从背包里翻出了一袋子牛奶曲奇饼，交给了对方："辛苦啦！"

管理员一愣，鼻尖微微动了动，牛奶的香甜和曲奇饼的焦香迅速占据了他的嗅觉。

他也不矫情，伸手接过了那袋小饼干："多谢了啊！"

顾白看着管理员毫不犹豫地拆开袋子吃了起来，连着夸了好几次他烤的曲奇饼好吃，顾白听了心情颇佳地说了声再见，脚步轻快地走了。

人是社会性动物，具有非常明显的从众心理和同理心，心理和生活状态极易受到身边人的影响。

就比如顾白最近动力满满的活跃度，对他的学长们产生了非常大的影响。

大半个月过去，这群犹如吸血鬼一样一到白天就没什么精神的艺术家，终于恢复了正常人类的状态，工作的时候生龙活虎的，最近到得也一个比一个早，用他们的话来说，打从不熬夜之后，腰不酸了、腿不疼了、画画都有劲儿了。

更何况还有小师弟给他们带亲手做的早餐。

顾白做小蛋糕、面包和其他甜点用的原材料都是物业送过来的，品质极佳，就连最基础的白砂糖，都颗颗分明，晶莹剔透，就像纯白的雪花一样。

原材料好，加上顾白本身手艺不算差，做出来的东西自然不会差到哪里去，反正比便利店里的那些面点好吃多了。

小师弟说过了，这些早餐就算成他的心意，不算心意就算给他们的学费，一帮吃甜点吃得美滋滋的大男人没有一点儿意见。

小师弟愿意用学费的名头尽点心意也没什么不好的，他自己心里过得去，他们吃得也开心，皆大欢喜，下次合作肯定十分愉快。

顾白花了三天时间定下了 3D 墙的设计，交给了老师看。

他的设计其实并不复杂，由于要承接第三博物馆，让墙面设计跟博物馆融为一体，他的设计图里是包括第三博物馆在内的。

那两面断墙在第三博物馆前边的广场上，左边那面墙比较小。

顾白就在左边那面墙上，沿着第三博物馆的黑色屋檐线条，在视野内的墙面上对屋檐线条做了一道延伸线，然后在延伸线末端加上了有裂痕的立体几何，下方是一堆零散放置的几何方块。

而右边那面较为高大一些的墙，顾白跟左边那面墙做了同样处理的同时，还按透视的比例画了一幅比较契合墙面设计的画。

画面上的小朋友拿着一块小小的黑色几何方块，企图将手中的方块重新安回建筑的缺口上，却转头伸出另一只手去够自己背后的另一块小方块。

站在 3D 墙面的规范视野内看起来，就是着重强调了第三博物馆的极简几何设计，而墙面上的内容则延伸了这个设计。

结合整体，突出的效果就是第三博物馆是一栋未完成的积木拼图，而右边那面墙上的小朋友，就是拼出这栋建筑的人。

墙面上要表现的细节很多，比如要毫无违和感地在墙面上添上被墙遮住的广场的细节，要规定画框来突出立体感以及根据光照来确定阴影位置等。

众所周知，3D立体墙面做在室外，往往没有室内来得方便简单，因为室内有固定的灯光方向，而室外则需要综合考虑很多问题。

顾白已经初步考虑到这一点了，所以没有做特别复杂的设计，至少高教授瞅着设计稿，觉得还挺满意。

"回头送去审核一下。"他说道。

过了老师这一关，顾白就大大地松了口气，能够让老师满意，老板一般也不会太过于纠结。

顾白一下子变得轻松起来，拎着画具就去帮在大太阳底下认真干活的学长们。

在顾白自己纠结设计的这段时间里，团队已经掐好了预算准备好了材料，连着顾白可能要用到的那一份，也匀了出来。

之前墙面设计的完成图已经画出来了，第一面墙也尝试完毕，顾白同样参与其中了，这会儿进入了七月，再往后会越来越热，正好手里也没其他活干，他们就干脆提前开工，早点儿做完免得遭罪。

在大太阳底下忙活的人见顾白走路都带小跳的高兴样子，嘴里叼着一支棒棒糖的学长笑出来："设计画好了？"

"画好啦！老师说可以送审！"顾白高兴得不行，抬头一笑露出了整齐白净的八颗牙，在阳光底下亮闪闪的，那股欣悦感几乎要闪瞎人的眼。

学长摸了摸兜，摸出一根草莓味的阿尔卑斯，塞给了顾白，又抽了一张设计图出来，递给顾白："八号墙的完成稿是你画的，你就去画八号吧，线条已经画出来了。"

顾白点了点头，扛了一架梯子，脚下生风"噌噌"就过去了。

顾白刚一走，那个学长就咂咂嘴，对旁边的大兄弟小声说道："我当初第一次跟着老师接活，设计被打回去改了足足十二次！"

旁边正调色的人抬头翻了个白眼："废话，你当年有小白那天赋那基础？"

叼着糖的人可理直气壮了："没有！"

"那就憋着。"

"……"

他憋着就憋着吧。

叼着糖的学长哼哼唧唧的，低头看了看新收到了私信的手机，转头看了一眼已经麻溜地上了梯子，正拿着涂料上第一层底的顾白。

听话好使唤，让干啥干啥，天赋高、基础深厚还会做好吃的小蛋糕，这样的小师弟上哪儿找啊。

以后要合作的地方可多呢，比如新联系到他的这个项目，刚好需要两个人。

他叼着糖，左瞅瞅右看看，决定先下手为强，免得小师弟先被别人拉走了。

他走过去，问顾白要微信号，顾白这才发现他都还没有跟学长们交换联系方式。

于是涂完了第一层之后，他挨个儿去要了电话，收获了六个亲切慈爱的笑脸，面对那个给他棒棒糖的学长满脸痛心的神情，十分疑惑。

"怎么了吗？"他问道。

那学长点了点头，表示的确是怎么了。

他说道："我先预定你一个项目，如果谈下来了，就是九月份开始，双人的小项目。"

顾白一怔，毫不犹豫地一口应下来："好啊！"

学长又给顾白塞了颗糖，托那张娃娃脸的福，顾白乖巧起来简直是让人控制不住自己塞糖的双手。

顾白万万没想到自己又收获了一个新项目的邀约，只觉得天格外蓝、云格外白，一切都变得格外可爱起来。

他忍不住摸了摸自己的额头，怀疑自己是不是真的被金融传奇司先生加上了发财的光环。

顾白哼着歌回到家的时候，正巧遇上了司逸明，刚准备打个招呼，话还没说出口，就被司逸明阴沉的样子吓得咽了回去。

他安静地出了电梯，脚步飞快地走到了自家门口，打开门准备进去，却被司逸明喊住了。顾白一愣，转头看向走过来的司逸明，怂怂地缩了缩脖子。

司先生心情不好，板着一张脸，简直是要吓死人。

顾白回忆起了第一次见面时的恐惧，细声细气地问道："有……有什么事吗？"

"你还做了什么甜点吗？"司逸明问道。

顾白一愣："哎？"

"我买。"司逸明说道。

顾白愣愣地说："没……没有了……不过我可以再做。"

"那就做，多做点儿，明天早上八点之前给我。"司逸明说道。

顾白看着司逸明渐渐缓和下来的神情，点了点头："噢，好。"

司逸明："去吧。"

顾白回家吃了饭，打发蛋清的时候，才神游般意识到一点。

原来司先生喜欢吃甜点啊，跟他的人设和长相完全不相符哎。

顾白不知道司先生的"多做点儿"是什么概念，反正他不重样地做了不少，还尝试着按照食谱做了一些新的口味，第二天拎着一大袋子甜品敲开了司逸明家的门。

司逸明很满意，拿出了十张粉红色的百元大钞递给顾白，顾白只收两张。

司逸明觉得顾白真是太单纯了，这可是貔貅拿出来的钱，他竟然不收。

"我最近不会在这里，你乖点儿。"司逸明和颜悦色地对这只小崽子叮嘱道，"晚上好好睡觉，别跑出去，有事就找翟良俊。"

顾白不懂司逸明这样的叮嘱是从何而来，又是以什么身份说的，这种话，怎么听都应该是以保护者自居的人才会说出来的。

上一个对他说这种话的人，还是他爸呢。

顾白觉得自己跟司逸明可没熟悉到这个程度，最终还是在对方的注视下点了点头。

司逸明满意了，看着顾白回了屋，把一袋子甜点全都塞进了自己的乾坤袋里。

他得出国一趟，没别的原因，就是今天他没逮住的那只凫徯，据说飞出了国境线，往东边去了。

在引起国际非自然生物之间的纠纷之前，他得把那只鸟逮回来才行。

顾白感觉这几天公寓楼冷冷清清的，黄女士在外拍戏，翟先生说是精神受到了重创决定出远门走一圈，而对门的司先生，在拿了甜品之后就不知所终了。

这层楼另外几户都是空的，明明上下楼都住满了，只有六楼空落落的，翟先生说这是因为本楼层住着司逸明。

顾白的那个壁画设计老板通过了，顾白也暂时脱离了给学长们打下手的位置，独自负责那面墙，墙面的钱也另算了，这个项目下来，他能拿到四万多，省点花够吃一年。

但今天顾白不去园区，该去学校拿证拍毕业照了。

十点才集合，顾白难得睡了个懒觉。

他在学校人缘一般，在集体活动的时候总是平平淡淡，没什么激情，也不热衷于参加社交活动，每天就是寝室、画室两点一线，唯一称得上爱好的，就是去别的绘画专业蹭课。

谁都知道壁画系的顾白是个学霸，也都知道顾白是个穷光蛋。

能够从事艺术行业的人，家里虽然不说特别富裕，但小康肯定是有的，像顾白这种口袋里没有一毛余钱，偶尔还需要去步行街摆摊的穷学生，纵观整个 S 市美术学院，都是少之又少。

顾白成天忙忙碌碌的，没时间社交，自然也就没有什么人缘，除了老师们都特别喜欢这种乖巧又充满灵气的学生之外，顾白在同辈之间就像一个透明人。

同样，拍毕业照这种事情，顾白并不热衷，对于那些抱头痛哭为毕业的分别而感到难过的人，顾白也无法理解。

拍完了毕业照，学校组织的校园毕业总结演讲，在体育场里边举行。

顾白穿着学士服，拿着毕业证和学位证，顶着黑色的学士帽，盘腿坐在学校的足球场草坪上，漫不经心地低头玩着手机。

在主席台上发言的是谁，说的是什么内容，顾白都不关心。

正好学士帽可以稍微挡住点儿太阳，顾白就干脆拿着手机查询起了龙的资料。

他参展的画也画好了，S 市艺术博览中心的墙面设计也做好通过了，现在终于可以腾出手来，琢磨一下司先生要的画了。

司逸明给的那张水墨画，主体就是个狰狞咆哮的龙脑袋，但那后边是可以看到一条龙尾与四只爪子的，主体躯干并没有特意画出来，但仔细看的话，也有几笔粗浅的线条略微勾勒了躯干的线条。

从那几条粗略的线条看起来，这画中的主角不像是一条传统意义上的龙。

不像龙，又有着龙脑袋，顾白只能查资料了。他总不能画条龙交差，毕竟人家要的并不是龙。

司逸明那么有钱的主顾，顾白是绝对不愿意马虎的，他的职业道德和绘画精神也不容许他敷衍了事。

他挺想直接问司逸明的，可惜没有司逸明的联系方式，去敲门人家又不在。

司先生说过他最近会不在，顾白只能苦哈哈地自己查资料了。可这一查，他发现长着龙脑袋的家伙还挺多的。顾白苦着脸，发愁。

旁边的学生都在抱怨，穿着学士服在太阳底下简直要热成傻子。

顾白将注意力从手机上移开，看了旁边的同学几眼，发现他们一个个热得脸上都冒出了汗珠。

顾白丝毫没感觉到热不说，他的额头和脸上甚至还冰冰凉凉的，一点儿热气都感觉不到。

顾白天生体质偏凉，但也不带凉成这样的。

回忆起最近这些日子去画壁画的时候，好像也没觉得头顶的烈日有多刺人，顾白有些疑惑地看着自己的双手，想着他以前并不是这样的。

他还记得前些日子在搬进公寓之前，那会儿日头还没七月份这么烈，他都热得手心冒汗，弄糊了他爸给他寄的那张写着地址的小字条呢。

顾白摩挲着自己干燥的手心，疑惑不已，在他琢磨着怎么回事的时候，周围突然爆发出了一阵激烈的尖叫声，把顾白吓了个哆嗦。

他抬起头来，看到了站在主席台上的人，竟然是翟良俊。

翟良俊看起来是正儿八经受邀来工作的，S 市美术学院和 S 市戏剧学院之间的往来不算少，翟良俊的履历里明确写着他是 S 市戏剧学院毕业的。

美术学院开设了影视场景、灯光设计之类的专业，这几个专业的学生偶尔会跟戏剧学院共同合作，完成一些小节目和微视频什么的。

这些都是有想法的学生，跟顾白自然是扯不上什么关系的。

顾白听着翟良俊在台子上讲话，明显是背的稿子，却被翟良俊一张嘴说得妙趣横生，刚刚还被太阳晒得蔫蔫的艺术生们，这会儿一个个比头顶的太阳还要热情。

顾白心想着翟良俊跟司逸明那么熟悉，说不定知道司逸明的那张画里画的是什么呢。

毕竟两人是好到能够被暴打都不生气的关系。

顾白对于这种友情不是很能理解，但翟良俊跟司逸明关系熟悉是肯定的，司先生还叮嘱他有事就找翟先生来着。

两人看起来虽然打得厉害，但从内心来说还是十分信任彼此的。

顾白安静地听着翟良俊用他那温和富有磁性的声音发表演讲，主要讲的是成功之路，给这群刚脱离象牙塔进入社会的学生树立一个明亮和美好的未来。

演讲结束了翟良俊还没有离开，被一大群迷弟迷妹迅速包围，顾白根本挤不进去。

顾白望而却步，决定还是晚上回家了再去找翟先生比较好，或者发条短信问一问也是可以的。

班长在一片嘈杂中大声说着毕业了大家晚上去撮一顿，一个都不能少，酒店都定好了什么的，这种事顾白一向是自动屏蔽的。

但班长眼尖，一见他要走，霎时气沉丹田，大喝一声："顾白！站住！聚餐！"

他声音颇大，中气十足且是发自肺腑，竟然生生把一众迷妹迷弟的尖叫给压了下去。

顾白被这一声吓得一哆嗦，瞪圆了眼看向班长，终于还是停住了脚步，跟着班上那些没有围着翟良俊的人一起出了体育场。

晚饭之前，他们还是要继续在校园里溜达溜达拍拍照的。

顾白跟在最后边当小透明，也没有人邀请他合影，大部分时候是麻烦他帮忙拍个照。顾白对此并没有什么特殊的感触，对于这种情况早已经习惯。

在顾白拍好了照将手里的手机交还给班长的时候，听到旁边有人喊他："顾小白！"

顾白和一群同学偏头看过去，发现是一个大热天还戴着兜帽、墨镜和口罩的可疑人士。

别人一时没认出来，顾白却认出来了。

是翟良俊，他走到顾白面前，摸了摸兜，拿了一包顾白非常熟悉的小零食出来。

顾白顺手接过，满脸问号："您不是出远门了吗？"

"刚回来。"翟良俊说道，"晚点儿又要走了，刚刚看到你了就顺便来打声招呼。"

翟良俊的确出了一趟远门，远到边境一带去了。

主要目的其实是想问问那一带做这种小零食的灵族，有没有开个联合网店的想法。

顺便也去当地的灵族市场买了一堆小零食，回来的时候揣了两个在兜里，随手投喂了偶遇的顾小白。

顾白点了点头，看了一眼往他这边看的同学们，将手机拿出来，打开了相册，递给了翟良俊。

"怎么？"翟良俊低头看了一眼，"这不是司逸明的那张画像吗？"

"是的。"顾白点头，对于翟良俊一眼认出来这是司逸明的画感到十分高兴，"您知道画里的是什么吗？"

翟良俊说道："司逸明啊！"

顾白愣了愣："啊？"

"就貔貅啊。" 翟良俊解释。

顾白恍然："原来是貔貅啊。"

翟良俊点了点头，刚准备说点儿啥，远处就传来了一声尖叫，喊的是他的名字。

顾白和翟良俊都被吓了一跳，翟良俊更是火烧屁股一样蹦了蹦，留下一句再见就脚底抹油刺溜一下跑没了影。

在顾白不远处的那帮同学也反应过来，齐刷刷地看向顾白。

"那是翟良俊？"

"顾白你认识翟良俊？"

"你们什么关系啊？"

顾白看着突然变得热情起来的同学，抿抿唇，摇了摇头。

但他的拒绝并没有阻挡这些同学的热情。

他们对顾白的旁侧敲击和刺探一直持续到了晚饭聚餐的时间，最终在顾白反复拒绝和沉默之下，才无趣地收回了对他的关注。

聚餐的气氛相当热闹，而顾白作为只被老师喜欢的学霸，并不热衷参与进去。

他在一边默默地啃着西瓜片，一边看着大圆桌背后的电视。

上边正播放着一起监控画面拍下来的奇特事故。

是夜，一片灰蒙蒙的监控之中有一道身影行动迅捷无比，手里还掐着一只使劲扑腾着的鸡。

那道身影背对着监控，画面之中最多只露出了四分之一的侧脸，加上昏沉的光线，让人根本分辨不出那个人的脸长什么样。

但研究人物画多年的顾白却一眼就看出了这人是谁。

他手里的西瓜片"啪嗒"一下掉在了桌面上，满脸震惊目瞪口呆地看着已经切换了的电视画面。

司……司先生？！

顾白低头看着刚啃了一口的西瓜片，怀疑自己是不是在做梦。

说不定是他眼花了，毕竟灰尘那么重那个人脸上又是漆黑的灰烬又是血痂的，怎么看都不应该是风光霁月的大佬才对。

大概只是长得像的人而已……吧。

顾白重新拿了片西瓜，再抬头看的时候，发现电视已经换台了，这会儿正在播放《人与自然》。

他收回视线，脑子里还想着刚刚那个画面。

顾白吃着瓜，想着回去的时候再看看重播。

如果真的是司逸明……

顾白鼓着腮帮子吃着瓜，觉得自己可能即将触碰到一个惊天大秘密。

顾白对电视节目一般都是不挑的，有什么就看什么，能够放到电视上的东西，总是有可取之处的。

要是他能够从中学习到一些东西，那自然是再好不过的。

顾白一个人捧着瓜看着电视，偶尔拿公筷夹上一两筷子味道不错的菜品，一边看电视一边跑神想想这些菜都是怎么做的。

他跟整个大圆桌上热闹的氛围一比，显得格外安静。

旁边打闹的男生手肘一不小心撞到了顾白桌上的红酒杯子，顾白并没有碰酒精的打算，所以他杯子里的小半杯红酒原封不动地待在那里。

顾白躲闪不及，倒下来的酒杯里淌出来的酒液洒了他一身。他愣了愣，忙不迭地接住了马上就要滚下桌面的酒杯。

造成这一事故的男生慌忙道歉，一边抽出了两张纸递给顾白："不好意思啊顾白！"

顾白摇了摇头，接过纸擦擦已经瞬间浸透了白衬衫的酒液，小声道："没关系。"

顾白并没有把这事放心上，但旁边那个男生却十分愧疚。

顾白穷，这事大家都知道。

虽然顾白并没有申请低保的钱，但从来不放弃任何一个能够挣钱的机会，奖学金、季度年度优秀作品的奖金、某些奖项的奖金，甚至连练习画作都扔去某宝上卖，这除了穷基本上没有其他的理由了。

顾及顾白的面子，那男生小声问道："这衬衫多少钱，我赔你吧？"

"哎？"顾白一愣，看着对方笑了笑，也跟着小声说道："不用啦，没多少钱。"

男生有些着急，抓耳挠腮的似乎是想说点儿什么，但在顾白微笑的注视下渐渐偃旗息鼓，又说了一声："对不起啊，我不是故意的。"

顾白点了点头，还想回一句没关系，那男生就被搭住了肩膀。

搭他肩膀的人满脸通红，一副喝醉了的样子，嚷嚷道："人顾白现在出息啦，跟着高教授做了市政府那个艺术博览中心的项目，还跟大明星翟良俊认识，谁稀罕你赔那点儿钱啊。"

餐桌上的人被这一嗓子嚷得一静，满脸惊奇地看向顾白，似乎完全没想到顾白有这样的能力。

翟良俊这事似乎不太靠谱，但是跟着高教授做项目这事不能随口瞎说空穴来风的。

高教授是谁啊？

S市美术学院系主任这个头衔算是他那一堆名誉头衔里比较低级的一个了。

他们壁画系的学生人数实在是不多，也就成绩和画技顶尖的那四五个拿到一封推荐信而已。

跟着高教授干项目？不存在的。

"看不出来啊顾白。"班长十分惊讶，说道，"你运气真好。"

　　顾白对于自己成为所有人的关注点这件事始终无法适应，他硬着头皮点了点头，然后起身说去一趟厕所，匆忙逃离了他们的视线。

　　顾白的确去了一趟洗手间，对着镜子拿清水擦拭着红酒的痕迹。聚餐的红酒并不是多好的酒，顾白以前还丝毫分辨不出酒的好坏，但这会儿就是觉得一股奇怪的劣质味道萦绕鼻间，怎么闻怎么难受别扭。

　　顾白觉得自己一定是被公寓里那些新鲜水灵的菜给惯坏了。他以前下苍蝇小馆都从来不挑的，这会儿在这种大酒店里吃东西竟然也开始挑剔起来。

　　由俭入奢易啊，顾白叹了口气，一边擦着一边寻思着要不要去问问物业那些蔬菜的来源，到时候给老师和学长们带点儿回家去吃。

　　不过除了几个成了家的学长之外，他也不知道另外那几个单身的会不会做饭。

　　顾白摸了摸裤兜准备问一问，结果没摸到手机，只摸到了翟良俊今天下午给他的小零食，不周山果干。

　　顾白看着包装上的字，觉得不周山这个名字真是特别眼熟，应该是在哪里看过的。

　　他摸摸另一边裤兜，也没有摸到手机，一拍脑门，想起他那部破手机好像放餐桌上了。

　　顾白赶紧擦掉身上的污渍，回了他们聚餐的包间，他的返回让整个包间里一静。

　　顾白有些拘谨，微微皱了皱眉，坐回了自己的位置上，看到自己的手机还在原位，松了口气。

　　周围似乎又热闹起来，顾白顺手开了锁屏，就看到了翟先生五分钟前发来的短信。

　　他说："司逸明最近不在 S 市，晚上会不安全，十一点前记得回家。"

　　顾白不明白司先生不在 S 市跟 S 市晚上的治安有什么关系，想到之后的聚会安排，吃完饭还得去唱歌，散场估计都凌晨两三点了。

　　顾白虽然不热衷社交活动，但也不会在大家都很开心的时候扫人家兴，如实回复了过去。

　　翟良俊回得很快，态度难得的强硬坚定。

　　他说："不行，十一点前必须回去。"

　　最近司逸明不在，人类聚居地的邪气和魍魉没谁镇得住，子时，也就是十一点一到，就是他们开餐的时候，万一顾白小崽崽运气不好，被吞点儿灵气还是小事，要遇到个棘手的受了伤，那就不好了。

　　之前顾白一直乖乖巧巧的，每天出门回家都非常规律，翟良俊也就没有提这一茬，但是今天要聚餐的话，显然会散得比较晚。

　　为了顾白的安危，被司逸明特意叮嘱过的翟良俊自然要提个醒。

　　顾白看着翟良俊发来的消息，抿着唇皱着眉，有些苦恼。

　　他并不擅长拒绝对他好的人，翟良俊对他很好，虽然认识的时间不算长，但顾白对他的印象可好了。

顾白在翟良俊和毕业聚会之间权衡了足足十秒钟，最终选择了前者。

他去跟班长说了一声，吃完饭就回家，班长和他旁边的几个表情有点儿诡异，但还是打着哈哈点了点头。

之后饭桌上的气氛更加热烈了，顾白发现他们的热情有一部分竟然匀到了他的身上，话里话外都是在旁侧敲击他和翟良俊的关系，顾白全都当听不懂，听懂了也不回答，安静地吃菜吃瓜看电视。

一顿饭从六点吃到了快十点，大家酒足饭饱后坐在桌边上侃大山，还有旁边几个小桌凑在一起打牌。有人提及金融界传奇司逸明最近出国跟 J 国谈某项大型商业合作的消息，状似随意地问顾白知不知道，顾白才明白过来。

"你们看我的短信了。"顾白平静地问道。

包间安静下来，一群人都谴责地看向那个说漏嘴的人。

顾白很少生气，生起气来也只会瞪着眼睛看着别人，不知道应该怎么表达自己的气愤。

班长尴尬地解释道："你的手机放在桌上，来短信了就……"

顾白重复了一句："你们看我短信了。"

班长面子上有点儿挂不住："多大点儿事啊，你……"

"你们看我的短信了，我没同意。"顾白瞪着班长，将手机收好，起身离开了包间。

顾白直接离开了，反正最后这一顿用的是大学期间剩下来的班费，顾白可从来没有拖欠过班费。

他气得脸都鼓了起来，一张娃娃脸上情绪异常明显，形象一点儿的形容就是：满脸都写着不高兴。

司逸明辛辛苦苦逮到了凫溪，马不停蹄地跑回他负责镇守的 S 市一带，隔着老远就看到了冲天的灵气。

那灵气太过于浓烈，饶是司逸明都愣了两秒，脚下一转就直接奔着那团灵气去了。

现在临近子时了，这会儿搞事情不是闹呢？！

司逸明脑壳疼，在看到那团灵气是在市中心之后，脑壳就更疼了。

他变回人形，落到小巷子里，几步走到正低头搜着去地铁站导航的顾白面前，拍了拍他的肩膀。

顾白吓了一跳，心情本来就糟糕，抬起头来看人的时候也是一副超凶的表情。

娃娃脸摆出一张超凶的表情，都没有司逸明随随便便往那儿一戳来得更有震慑力。

顾白看到是司逸明，超凶的表情空白了足足两秒，那怒气值瞬间以肉眼可见的速度降回了安全点以下。

司逸明就眼睁睁看着顾白那一身爆得跟泄洪的大坝一样的灵气，在见到他之后以肉眼可见的速度迅速收敛了回去。

"司……司先生？"顾白磕磕巴巴地小声问候了一句，"您怎么在这儿？"

"刚回来。"司逸明顺口答道。

那他刚刚果然是眼花了，眼前的司先生衣冠整齐，脸上白白净净的没有任何伤痕！

"顾白。"司逸明问他，"你的家长是谁？"

顾白一愣。

"名字就行。"司逸明补充道。

这已经不是等白泽回来再问他顾白是谁家崽的问题了，顾白灵气这么强，一个不好是要被那帮不服管教的凶兽拆吃入腹的！

崽能有这么强的灵气，家长肯定差不到哪里去，说个名字他肯定是知道的。

司逸明觉得他得跟顾白的家长好好谈谈。

"我爸爸？"顾白犹豫了两秒，还是说道："我爸爸叫顾朗。"

司逸明想都没想地道："不可能！"

顾白愣愣地看着司逸明，然后再一次气鼓了脸，没有人能质疑他跟他爸爸的关系！

就算是司先生也不行！

顾白气呼呼地转头就走，司逸明手长脚长，一伸手就拦住了他。

顾白浑身上下散发着黑夜灯塔一样的灵气，在这个时候放他一个人走，那怕是活不到家就要被别人拆了吃了。

弱唧唧的小崽子应该好好听话，但首先得让顾白不生气。

司逸明一手抓着顾白的手腕，另一只手伸进西装外套的口袋里，摸出了一块小蛋糕。

顾白正低着头生闷气，他的手腕很细，司逸明的手很大，一个巴掌就将他的手腕整个儿包裹住了，抽都抽不出来。

他看到司逸明摸出来的小蛋糕，是他之前做的抹茶蛋糕，然后看着司逸明把小蛋糕塞回去，掏出了一包顾白相当眼熟的小零食。

司逸明翻过小零食的包装，顾白也跟着看到了包装上的字，不周山果干。

司逸明松开拉着顾白的手，拆了包装不由分说地递到顾白嘴边上："张嘴。"

顾白别开头，嗅到这果干散发着一股桃子的清甜香气，又忍不住将目光悄悄瞥向那颗果干。

司逸明看了看手上的表，眉头一皱，重复道："吃掉。"

顾白一声不吭，从口袋里拿出翟良俊给他的那包果干，拆开吃掉。

果干入口甜蜜清香，味道像极了水蜜桃，明明是果干，一口咬下去却像是能够透出甜蜜的汁水一般甜美丰厚，比他吃过的任何一种水果都好吃。

顾白有些惊讶，连自己生气的事都忘了，转头看向了司逸明，犹豫了两秒，还是没能控制住自己的手，就把手伸向了司逸明手里的果干。

司逸明眉头一挑，收回了果干，毫不犹豫地吃掉了。

顾白："……"

既然顾白自己有，吃完了见效了不生气了，被小崽子拒绝的司逸明感觉自己也需要吃颗果干冷静一下。

不周山的果干价格可不算便宜。

司先生心里的小火苗也降了下来，看着表情和灵气都恢复正常的顾白，说道："回家了。"

顾白点了点头，司逸明闭上眼扫了周围一圈，把最近一辆司机是灵族的车给喊了过来。

等车的时候，顾白扯着司逸明的衣服问他："司先生，您认识我爸爸？"

"认识。"司逸明点头，想纠正那不是他爸爸，然后想到了什么，问道，"你妈妈是谁？"

顾白摇头说："我没有妈妈。"

司逸明仔仔细细上上下下地观察了一番顾白，再一次笃定道："顾朗绝对不是你父亲。"

顾白瞪圆了眼，觉得自己应该生气的，但在他心中生出怒气的时候，果干的香甜在心中弥漫开来，悄然而温柔地安抚了他躁动的神经。

他鼓着脸蔫蔫地低下头，瞅着自己和司逸明挨得极近的鞋尖，嘟哝道："为什么呀？"

"你们浑身上下没一点儿相似的地方。"司逸明答道。

顾朗是谁？司逸明跟另外几个司战的神兽对这个名字再熟悉不过了。

他们从上古年间开始撕，一路撕到神力逐渐消失的年代，上一次见面是在三百年前，九州山海苑这块灵族的聚居地刚出现的时候，顾朗本是准备大闹一番搅黄这里的，结果白泽出面跟他协商，最后把顾朗给打发走了。

顾朗那头凶兽生性贪婪无所不吞，司逸明并不知道白泽到底拿什么东西打发了顾朗，白泽也从来不说。

顾白是顾朗的崽？先不说饕餮能不能生这个问题，就算能生，也绝对生不出这么淳朴的崽。

哪怕母体再牛也不可能。

说实话顾白也早就发现了，他跟他爸长得完全不一样。

他爸爸属于那种一看就特别凶的，比司逸明还要凶，后来虽然平和了不少，但那股凶煞之气还是的的确确存在着的。

可那又怎么样？顾朗从来没有对着顾白凶过。

每次看到顾白，他都是带着笑特别满足的样子，顾白从来不介意他爸成天在外边浪不着家。

他这些年过得穷归穷，但也没有过吃不上饭的时候，只是始终没余钱而已，他可喜欢他爸爸了。

顾白低着头，感觉心里闷闷的，那股清甜的香气不停地安抚着他，他只是觉得鼻子酸酸的，没有哭出来。

司逸明听到情绪低落的小崽子吸了吸鼻子，意识到自己刚刚说的话大概对这只小崽崽造成了心灵暴击，顿时有些后悔没有委婉一点儿。

以往他遇到灵族，基本上是眼睛一瞪对方自己就吓跑了，在他面前哭，基本上没人敢这么做。

司逸明摸着衣服口袋，寻思着除了果干之外还有什么好东西能够控制这个局面。

他们站在聚餐的酒店门口，在霓虹灯下边特别显眼，那帮结了账出来的同学一出门就看到了顾白以及跟顾白靠得挺近的另一个男人。

一群人喝高了，胆子就特别大，之前嚷嚷顾白跟着高教授合作了项目的那个男生笑了两声，大着舌头说道："顾白？你还没走啊？"

顾白循声看过去，马上收回了视线。

"没走就一起去唱歌啊，你能不能把翟良俊唔唔唔……"

他的嘴被之前不小心撞翻了红酒的男生捂住，除他之外其他几个还清醒的人，都傻了一样愣愣地看着顾白旁边的男人。

司逸明？！

司逸明偏头看着身边的小崽子，问他："你之前生气就是因为他们？"

顾白撇了撇嘴，移开了视线。司逸明看着那帮浑身酒气的年轻人类，微微皱了皱眉。

他这眉头一皱，整个人就显得十分骇人。

一群没见过大世面的年轻人吓得一个哆嗦，就连那个开腔的人都瞬间醒了酒。

"怎么回事？"司逸明冷声道。

他对人类的崽和神兽的崽完全是两个态度，虽然他并不讨厌人类的幼崽，但要论偏心，他肯定是偏向顾白这种的。

何况按照人类的年纪来算，这帮小鬼全都成年了，成年了就得为自己做的事情负责，人类的法律不会再额外袒护他们了。

司逸明的问题没有人回答，也没有人敢说话，司逸明的目光紧盯着这群小年轻里的领头班长，说道："回答问题。"

班长一个哆嗦："顾白之前去洗手间，手机放桌上来了条短信，那个……"

他说着，指了指刚刚那个大舌头的人："看了一眼，念了出来。"

被指着的人瞪眼："是你们起哄让我念的！"

司逸明嗤笑一声，抬手揉了揉顾白的脑袋："然后你就气跑了？"

顾白一顿，惊愕地抬头看向司逸明。这样的举动太过于亲密了，顾白觉得他跟司逸明真没熟到这份上。

"你连发脾气都不会，还说是顾朗的崽？"司逸明完全没觉得自己摸摸顾白的脑袋有什么不对，他的关注点始终都在顾白生气这件事上，"是我平时示范得不够？"

顾白愣了愣，反应过来司逸明所指的发脾气的示范是什么之后，生怕司逸明心情一个不好就上手打人，吓得说话都磕巴："打……打人是不对的。"

司逸明想了想："也是。"

毕竟他是神兽，万一没个轻重把人打死了，要收拾尾巴总是个不大不小的麻烦。

他转头看向惶惶又不敢离开的人类，又问："你们谁起哄了？"

没人在这个时候吭声，但活了不知道多少年的司逸明，一眼就看出了是谁。

"这样，从犯我拿走他们一年份的财气。"司逸明偏头对顾白小声说道，又指了指那个主犯，"这个，两年。"

随着司逸明的话音落下，顾白恍惚间看到有什么金色的东西一闪而过，他抬头看了看闪烁的霓虹，怀疑是不是眼花了。

司逸明感觉事情圆满解决了，满意地收回了盖在顾白脑袋上的手，转头看了一眼停在路边的一辆宝蓝色劳斯莱斯。

"行了，车来了。"司逸明拍了拍顾白的肩，转头带着他上了车。

顾白在后座上安静地系好了安全带，扫了一眼还在霓虹下边不知所措的同学们，然后收回了视线。

顾白听到驾驶座上的司机先生突然开口道："要到子时了，司先生。"

司逸明低头看了看腕表，又看了一眼车后追逐而来、宛如奔腾的漆黑色河流的邪气和魑魅魍魉，轻啧一声。为了小崽子的身心健康着想，司逸明抬手捂住了顾白的双眼。

"睡觉。"他低声说道。

司逸明话音刚落，顾白就感觉一股困意翻涌而来，迅速包裹了他的意识，拖着他向着香甜黑沉的梦境而去。

顾白睡了个好觉。

顾白愣愣地坐在床上，头发翘出了无数小鬏鬏，乱七八糟的。

他打了个哈欠，看到了床头柜上电量告急的手机和手机旁边放着的钥匙。

顾白给手机插上电，看了一眼时间，才早上六点。

夏天天亮得早，这会儿房间里已经落入了晨曦的辉光，顾白迷迷糊糊地下了床，刷牙的时候才惊觉不对。

昨晚上他不是睡在车上了吗？

发现自己身上还是昨天穿出去的衬衫，顾白顿时露出了无比嫌弃的表情，刷完牙就去洗了个澡，还顺便换了床单、枕套和被套。

大概是司先生送我回来的吧……

顾白想着，打开了洗衣机，对于自己是怎么从车上回到床上的没有一点儿印象。

把他送回来之后，司先生大概把从他口袋里摸出来的钥匙放到床头柜上了。

顾白趿拉着拖鞋进了厨房，想到昨天可能是被司先生送回来的，得去道声谢才行。

顾白清楚地记得昨天司逸明的行为是在给他撑腰，这种"我上头有人"的感觉对于顾白来说相当新奇，不只新奇，还觉得暖洋洋的，就连他爸爸都没这样给他撑过腰呢。

不过顾白也很少遇到之前那样的情况就是了——大概是因为他不合群，但是也始终保持礼貌并不会得罪人。

昨天那些同学闹腾成这样，大概有很大一部分原因是喝高了吧。

顾白给烤箱预热，准备做一个大点儿的黄油蛋糕和奶油泡芙，做完之后切好装好，给学长们和司先生分一分，可以当早餐。

一大早嗅到了面点温柔的香甜气味，他就感觉有一股莫名满足的幸福感在心中膨胀起来。

在等待的时间里，顾白抱着电脑，去看了昨天的节目重播，结果却发现那一段镜头里并没有他之前看到的人影。

顾白愣了愣，把那一段反复看了好几遍，发现的的确确是什么都没有的。

昨天那个说漏嘴的同学也说司逸明去了 J 国，跟他们可隔着一整个华国的距离呢。

顾白觉得自己昨天大概是真的看错了。他向来不会将除画画和钱以外的苦恼和疑惑放在心上，像其他人一样时时刻刻惦记着。

人只要学会放弃，就再也没有什么事情能够难倒他了，而很巧，顾白是个特别擅长选择放弃的人，虽然这样的态度不对。

绝大部分会让人如鲠在喉的遭遇和困惑，搁顾白这里很少能够停留三天以上，大多是睡一觉醒来，就被他抛之脑后了。

做人呢，最重要的是自己开心。

顾白觉得司先生煞有介事地说减少人家的财气，说不定是真的呢？

得罪了一个大佬，对于普通人而言，足够他们坐立不安很长一段时间了。

工作状态和生活状态因此而受到影响，是非常正常的事情，影响到挣钱，也是非常正常的事情。

顾白现在想想，司逸明哄人的手段真是特别幼稚，简直像是在把他当小学生一样瞎糊弄，但不否认，他挺喜欢这样的。

虽然当时对司逸明给他撑腰的举动很意外，但顾白现在回过神想一想，竟然觉得有点儿开心。

顾白起身去将烤好的黄油蛋糕切好，又给泡芙挤上奶油馅，看了一眼时间，就背上包去敲司逸明的门了。

司逸明已经一周多没有休息了。他追那只鸟，从华国追到 J 国又从 J 国追到了 E 国，感受了一把 E 国广阔平原上荒凉的风，又马不停蹄地追去了 Z 国，好不容易逮住了，回国交了差收完了尾，又被顾白的灵气闷头敲了一棒。

昨晚上那奔腾的漆黑色河流实在是太过于凶猛，在失去了貔貅镇守一周之后，那些邪气和魑魅魍魉肆无忌惮地跑了出来，被顾白的灵气一勾，全都倾巢而出。

不仅仅是 S 市这一块区域的魍魉，就连其他神兽管辖区域里的鬼怪，都像是饿了许久闻到了肉腥味的狼一样，不远万里地奔袭而来，毫不犹豫地冲着有貔貅庇护的顾白扑过来。

司逸明好久没见过那样的阵仗了。

但也不是没有好处，最大的好处是，昨天他把那些东西一波带走之后，整个神州大地都骤然一清，那股始终弥漫着的黑沉沉的压力，在今天金乌东来露出第一缕天光之时消散了不少。

而坏处是司先生睡眠严重不足。

睡眠不足还被打扰了清梦，在他打开门的时候，屋里仿佛有一股子阴风吹出来，配合着司先生的脸色，就像鬼片拍摄现场。

顾白打了个哆嗦，拿着包装好的一块黄油蛋糕、一小袋奶油泡芙，递不是不递也不是，傻了吧唧地瞪着眼站在原地，被司先生阴沉的脸色吓得不敢动弹。

顾白这个人其实很双标的，比如他眼看着司逸明揍过翟良俊，连黄亦凝这位女士都照打不误，按理来说，应该相当畏惧这种喜欢用暴力讲话的人。

但搁顾白心里，司逸明没揍过他啊！

按照顾白的逻辑，那就是翟先生和黄女士一定是先犯了错才被揍的。

他很乖，不会犯错也不会冒犯司先生，更不会被打，所以始终觉得司逸明是个很好的人。

但这会儿被司逸明一脸阴沉冰冷地盯着，就算是一直都觉得他是个好人的顾白，都闭紧了嘴不敢吭声了。

"什么事？"司逸明的声音都带着暗哑。

"那个……"顾白无措地把手上的东西往前递了递，说话声音都细不可闻，"谢谢司先生昨晚上帮我。"

司逸明点了点头，接过顾白递来的蛋糕和泡芙，看着被他吓得钉在原地不敢动的小崽子，忽然抬手按上顾白的脑袋，胡乱地揉了两把，才关上了门。

顾白把被揉乱的头发扒拉齐整了，然后捂住发顶在门口停留了一会儿，嘴角忍不住翘了起来，然后背着包脚步轻快地离开了。

在去艺术博览中心的路上，顾白给他爸爸发了条短信，一点儿没提自己是不是他亲生儿子的问题，而是很高兴地说："爸爸，我遇到您的朋友了，司先生真的是个很好、很厉害的人。"

能够跟司先生这么厉害、这么好的人成为朋友，顾白更加坚信他爸是个了不起的大英雄了！

顾白的爸爸依旧没有回复。

短信记录往上翻，都是顾白单方面自话自说，像是把短信当成了日记本在写，即便没有得到回复，顾白也是很开心的。

他总是喜欢将自己的快乐分享给他爸爸，哪怕是单方面的热忱，也足够让顾白从中汲取到温暖的幸福感。

因为他知道他爸爸都会看的。

每次见到爸爸的时候，顾白说起他最近发生的事情，他爸总能够非常顺畅地接上话来，就仿佛一直在他身边一样。

顾白高高兴兴地到了园区，今天他又是第一个到工作室的。

他把背包里的蛋糕和泡芙拿出来放在了工作台上，然后系上围裙，扛着梯子和画具，兴冲冲地跑去了自己负责的那面墙前。

生活总是充满希望的，顾白沐浴着阳光，将梯子摆好。

不管他遇到的是好人还是坏人，经历的事情是好是坏，往前看，始终为改善自身而努力，才是最正确的选择。

更何况，好人总是比坏人多得多的。

还有看起来像坏人，实际上护短又温柔的人，比如他爸爸，比如司先生。

认真地对待那些善良的亲近之人，可比将那些无关紧要的糟心事放在心上要重要得多啦！

顾白头顶着艳阳，哼着歌，手中的画笔几乎都要跳起舞来。

"顾小白！"

学长的声音远远传过来，穿过第三博物馆前的广场，落入了顾白耳中。

"吃午饭啦！"

顾白拿出手机看了看时间，应了一声，将最后几笔小心地涂好，麻溜地爬下梯子，把涂料盖好放到墙角蹭阴凉，然后噔噔噔跑回了工作室。

蛋糕和泡芙已经被贪吃的学长们分食精光，但今天的午饭出奇丰盛——虽然这么丰盛也依旧是盒饭。

但竟然不是商务套餐了，是炒菜和汤！

午饭摆在拼出来的大桌子上，竟然有足足十二个装菜的盒子！

"哇！"顾白惊叹地瞪圆了眼，跟学长们一起坐在小矮凳上，将一次性筷子掰开。

"庆祝咱们小白毕业！"学长们说道，"从今天开始咱们小白也是个社会人士了。"

顾白没想到这种事情也是值得庆祝的："这种事也要庆祝啊？"

"那当然了。"学长们煞有介事地点了点头。

"哎……"顾白咬着筷子，看着缩在小矮凳上的学长们，"那要不，今晚上收工我请学长们吃饭？"

学长们一愣，想到顾白的经济状况，连连摆手。

"没事，请学长们去我家吃饭，我自己动手做！"顾白这样说道，然后转头看向高教授，"老师您说呢？"

高教授点了点头："也行，那就去吧。"

傍晚收工之后，顾白搭上了大学长的顺风车。

一行九人有三个是开车来的，分配下来刚刚好。

"小白你家住哪儿啊？"

顾白答道："五藏区山海路 001 号。"

五藏区是 S 市出了名的高消费区域，老师和几个学长都很错愕，大学长一脸疑惑地打开导航，向着目的地驶去。

"五藏区房价挺贵的啊。"大学长说道。

"好像是。"顾白隐约还记得好像是二十多万一平方米的房价，"是我爸爸安排我住的地方。"

大学长一愣："你爸爸……"

他说到这里，没再继续说了。

"我爸爸前些日子给我寄过来的钥匙，我就住进去啦。"顾白一边低头给物业发消息要他们送菜，一边抱怨，"要是能折合成钱就好啦。"

现在比起钱，顾白需要一个能够安心画画的地方，公寓里二楼那个大画室就特别好。

"你爸让你住五藏区的房子，却不给你钱？"大学长不可思议地问。

"我爸从小到大就没给过我钱啊。"顾白鼓着脸道。

应该说，他爸好像根本就没有"衣食住行是要花钱的"这个概念。

大学长隐约觉得顾白他们家的模式有点儿奇怪，到了顾白所居住的小区门口的时候，这些学长包括老师都已经傻了。

倒不是震惊于这里的房价，而是惊讶于穷得叮当响的顾白竟然住在这样的房子里。

顾白并没有察觉到他们的诧异，他从车里探出头，扒着窗户对着跑出来的管理员笑得眉眼弯弯。

管理员看着三辆车，嗅到这些人身上的人味儿，愣了愣："这些人是……？"

"我的老师和学长。"顾白说道，"我带他们回来玩，要登记吗？"

"……"

老师和学长？！

管理员又嗅了嗅空气中的人味儿，怀疑自己的狗鼻子是不是失灵了。

"登记是要登记的……"管理员拿出了登记本，"这些都是人？"

顾白听成了"这些都是啊"，低头填着登记表，点了点头："是啊。"

管理员被他的理直气壮震得整个人都茫然了几秒，等到他回过神来的时候，顾白已经把登记表填完递给他，然后三辆车都进了小区。

管理员低头看了看登记表，忙不迭地拨通了公寓里几位大佬的电话。

灵族窝里又进人类啦！这次玩大发了，一次进了八个，人味儿简直要冲破天际！

管理员一个一个电话打过去，急得要死，那些以前以人类为食的灵族，千万要控制住自己啊！

九州山海苑，一个成立时间已逾三百年的灵族聚居地，在一个平凡的下午，陷入了一片兵荒马乱之中。

他们从来就没见过胆子如此之大的人类，居然敢组团闯灵族根据地，简直是太大胆了！

其实国内包括九州山海苑在内的几个灵族聚居地，都是白泽在几百年前预见到未来灵族生存空间被无限压缩之后提出来的主意，主要是为了让那些没有家族，却又有意改变自身适应时代洪流的灵族抱团取暖。

风水轮流转，在经历了漫长的神话时代，属于这些大地生灵的时代终于还是到来了。

那些不愿面对灵族将要转变为弱势一方这一现实的人，基本上都会被时代的洪流直接拍死在沙滩上。

而留下的那些，自然是图变求存的那一部分了。

以前那些以人类为食的灵族，历经数百年的调整也差不多适应了，适应不了的都死得飞快，被淘汰得没剩下几个了，留下来的都是成功控制住自己，强行改变食谱的。

但改变食谱不意味着他们就全都扛得住人味儿的诱惑，小区里住着不少改变了食谱，但还没有彻底戒断食人冲动的灵族，他们一般都蹲在小区里当死宅。

小区有阵法，护住了里边的灵族不被邪气与魑魅魍魉所扰，也护住了外边的人类，让他们同样不被灵族当食物觊觎。

对于这类灵族而言，一两个人类还好，一次性来八个简直是要了命了！

特别是在九栋楼楼管们的眼皮子底下，那些闻到了人味儿的灵族住户争先恐后地跑回了自己家，按下了锁门按钮，蹲在家里努力控制自己。

另外一部分已经没了食人冲动的灵族住户，在小区里该怎么溜达就怎么溜达。

他们都是已经步入人类社会，成功混进人类里还有了工作的社会人士。

小区里人心惶惶，一部分灵族见了人比见了天敌还跑得快。

另外一部分都奔着六单元去了，在各个角落里躲着，还有一部分干脆施法隐了身，躲在暗处围观着这一群胆大包天的人类。

顾白带着他的学长和老师进了公寓楼，总觉得周围好像有人在看他们，但四处环顾却没有发现任何异常。

青天白日，顾白心里总是毛毛的，干脆加快了脚步，麻溜地带着人进了屋。

门刚关上，藏起来的灵族就从公寓楼各处探出头来，目光齐聚在顾白家门口。

六单元因为有某位知名司战神兽坐镇，聚集了整个小区里最不服管教的刺头们，在貔貅的暴力震慑下最为老实，改变食谱的速度也是最快的。

司逸明接完电话甚至都懒得出面，这会儿六单元上下也安安静静的，只有一群住户凑在那边嘀嘀咕咕。

嘀咕的内容是 666 号房那个小崽崽，是不是跟司逸明有什么不可告人的小秘密？

小区里并没有硬性规定过不能带人类进来，隔壁九号楼就住着两个人类，是百多年前跟小区里的灵族谈了恋爱才住进来的。

那两个人类现在都已经脱离普通人类的身份开始修真了，身上已经没有了人味儿，勾不起其他灵族的食欲。

但像顾白这样一次性带八个人类回来，实实在在是三百年来破天荒头一遭。

一个灵族住户咂咂嘴："这是准备开后宫呢？"

"胡说八道！"另一个住户一巴掌拍在他的脑袋上，"666 号房住户还是个小崽子！开什么后宫！做梦呢你！"

再说了，以那个小崽子最近跟司逸明表现出来的亲近态度来看，司逸明肯定不会放着崽子瞎浪的，什么对象找个人类之类的事情，不存在的，不可能发生的。

司逸明向来不怎么信任人类。

"666 房住户是不是司逸明的亲崽？"又一个灵族住户嘀咕道。

"不可能！"他旁边的邻居吹胡子瞪眼，"那么乖巧可爱还会给做早餐的崽怎么可能是司逸明的！"

"……"

"……"

不是，这你就不讲道理了啊。

为什么司逸明就不能有乖巧可爱还会给做早餐的崽了？就因为司逸明经常揍不听话的灵族吗？

被揍过的灵族想到这里，沉默了好一会儿，然后纷纷点头，对这个说法表示了赞同。

"对！那绝对不会是司逸明的崽！"

顾白隐约听到了楼道里吵吵嚷嚷的声音，具体说了什么隔着门也没听清。

老师和学长们还在努力地将这间豪华公寓，跟穷苦得不得了、总是穿地摊货的顾白画上等号。

S 市五藏区的公寓，实际面积一百二十多平方米，还是跃层，上下加起来两百四十平方米。

不，这已经不能说是公寓了，说豪宅、别墅都行。

所以顾小白到底为什么过得这么惨？他爸脑子里是不是缺了根很重要的弦？

还是说有钱人都喜欢这么干啊？学长们百思不得其解。

"顾小白，我们去楼上看看啊！"学长们说道。

顾白应声："好！挂着的那幅画别动啊！我去给你们泡茶！"

顾白按下了锁门的按钮，给老师和学长们泡了茶，泡完了茶学长们还没下来，就高教授一个人悠闲地坐在沙发上，看起来对沙发的柔软度非常满意。

"老师您喝茶，我去准备菜了啊。"顾白把茶放到了茶几上。

顾白对茶没什么研究，但高教授一品，就咂摸出了很大不同。

"小白啊！"高教授端着茶杯冲厨房喊。

正在清点菜的顾白应了一声："欸！"

"这是什么茶啊？"高教授问道。

"我不知道！"顾白随口回答了一句。

这里的一切都是顾白住进来的时候就有的，缺什么了只要打个电话，物业就会送过来，方便得很，连菜都不用特别挑选，送过来的都是最好的，比菜市场里精挑细选的都要好。

顾白觉得这个小区的物业费肯定不会低，不过既然是他爸给他的福利，顾白接受起来没有一点儿压力，人活着就是要轻松一点儿！

高教授喝了两口茶，咂咂嘴，决定等会儿问他这个学生讨点茶叶回去。

这个时候那帮上了楼的学长参观完画室从楼上下来，一冒头就冲厨房喊："顾小白，楼上那幅画是谁画的啊？"

顾白回答："我不知道！"

高教授听见了抬头看着他们："什么画？"

大学长答道："一幅水墨画，您上去看看吧。"

学长里有两个会做饭的，这会儿也没让顾白一个人忙活，在另外几个人都陪着高教授去看画的时候，他们撸起袖子进了厨房，准备给顾白打下手。

厨房是开放式的，进了三个人也不会挤，九人份的饭一个电饭煲根本不够煮，顾白在学长们帮忙洗菜的时候，翻箱倒柜地扒拉出了另外一个电饭煲。

两个学长洗着菜，觉得这菜真是水灵得不像话。

"顾小白你什么时候买的菜啊？"学长随口问道，"哪儿买的？看起来挺不错。"

"不用我买，这里的物业负责送。"顾白一边淘米一边说道，"要什么直接打个电话给物业，十分钟内就送过来啦。"

两个学长手上动作一顿："那得交不少钱吧？"

"不知道，钱都是我爸交。"

所以你爸这么有钱，到底为什么让你过得这么凄惨啊？两个学长无语凝噎地看着顾白。

之前他们觉得顾白可能不是亲生的，他爸那个渣男管生不管养，顾白妈又死得早，导致顾白好好一个乖宝宝过得惨兮兮的。

听老师说顾白刚入学那段时间连油画材料都买不起，就用自己的油画大作业跟学长学姐们换材料，后来材料倒是够了，但油画的大作业一张都没留下。

材料他也基本上是刚换来手上没留几天就用了个精光。

他们还听说顾白收集了自己剩下的大作业、小作业挂某宝上去卖钱，水彩、速写、素描全都有，四年下来周作业、大作业攒了厚厚一大沓，两百一张挂出去卖得还算可以。

但讲道理，他这得多缺钱才会把脑子动到作业上去啊？

先不说卖不卖得出去这个问题，美院传统绘画这一方面，不少人都是作业画完交完了就直接扔到脑后的，毕竟作业任务真的太重了，大二开始几乎每天都是熬着夜赶作业度过的，几乎压得人喘不过气。

顾白能够在这个空余还想到要卖作业换钱实在让人佩服。

毕竟跟电脑绘图的专业不同，传统绘画市场有限，是真的不好卖。

电脑板绘还能在上课之余接点儿外包或者商业插画，画一画打响名气，粉丝数和热度的上涨肉眼可见。

但传统绘画这个行业基本上都是吃资历的，粉丝牛皮吹上天，网络人气再高，都不如名家夸赞一句来得有用。

名家夸一句，身价能连跳好几层，名家说个不好，一个新锐艺术家就可能被打击得一蹶不振。

传统绘画无比烧钱而且回笼极慢，翻车的可能性还非常之大。

这一系列的操作下来，就让顾白显得尤为凄苦，惨得仿佛下一秒就要睡桥洞。在学长们眼里，这个穷苦却又非常执着地坚持和热爱着壁画这一行业的小师弟，实在是可怜又可爱得不行。

但现在看来，顾白他爸好像又挺看重这孩子的。

这么好的房子，他爸还主动承担了房租、水电、物业费，每年可都是一笔不小的花费。

那么问题来了，顾白他爸到底为什么不给顾白钱？

两位学长脑子里想的事情复杂无比，顾白已经淘完了米，拿了根筒子骨出来，准备剁骨头了。

高教授他们回到了客厅，凑在一起琢磨楼上那水墨画的作者到底是谁。

华国的水墨大家不算多，能够画到那种程度的，屈指可数，但那样的大家，不可能画完了之后不落款。

"笔触看起来倒像是早已作古的那位老先生。"高教授说道。

他们凑在一起琢磨的时候，厨房里传来了"哐啷"一声响。

一群人都吓了一跳，转头看向厨房，发现厨房里两个大男人都惊恐地看着比他们矮了小半个脑袋的顾白。

"怎么了？！"

"顾小白剁筒子骨把案板给剁开了！！"

"大理石料理台都被剁出裂痕了！！"

顾白茫然又慌张："我……我没使多大的力啊！"

屋里一片兵荒马乱，比之刚刚的小区有过之而无不及。

杀害案板的凶手顾白最终被两个学长责令远离刀具，让他在锅子前边等着炒菜就行，好歹是没有直接把他撵出厨房。

顾白系着围裙，先把玉米大骨汤炖上，然后站在锅子面前，满脸沉思地看着自己的手。

不对劲，最近他的身体状况真的很不对劲。

先是耐热不说，晚上黑漆漆的环境下，他也能看清东西了，除此之外，味觉和嗅觉也变得格外灵敏，现在连力气都变大了。

他以前一个人扛梯子走个二十来米就气喘吁吁，工作室跟他的那面墙可隔着一百五十多米的距离呢，他这几天扛着梯子过去，别说喘气了，连呼吸都不带乱的。

他顶着太阳一整个上午画下来，也没见流多少汗。

虽然自己的体质变好是个好事，但顾白还是不可避免地感到了一丝不安。

他在思考是不是应该去医院做一次全面检查，但这个念头一起来，他又迅速把它塞了回去。

万一真的检查出来什么不得了的东西怎么办？他的下半辈子岂不是要在医院里度过了？

顾白一边炒着菜一边冥思苦想，将饭菜端上桌后，给他爸发了条短信。

他说："亲爱的爸爸，我感觉我最近好像发生了不得了的变化。"

顾白顿了顿，又发了两条过去："爸爸，我是不是受过什么人体实验呀？比如打个血清一夜之间就变成胸大健壮、金发碧眼的超级战士什么的，我比较喜欢这个。"

顾白照样没能联系上他爸爸。

老师和学长们一顿饭吃得心满意足，顾白的手艺更是得到了大家的称赞。

高教授在得知楼上那幅画是司逸明的之后，顿时就失去了探究的意思，谁知道那帮有钱人能够挖到哪位大家的墨宝呢？

有钱人的世界不能轻易想象。

除了那一幅让高教授关注的水墨画之外，楼上还放着顾白准备参展的那张画，完成度已经很高了，只需要再加上一些小修饰就可以。

大学四年里高教授的技法已经教得足够多了，他对顾白那张画相当满意，虽然有些小瑕疵，但现在顾白需要的不是纠正和提点，而是自我领悟。

一群人聊天到晚上九点多，这么多年下来，顾白家里还是头一次这么热闹，也是头一次这么有人气。

顾白喜欢安静，但并不排斥这种充满了生活气息的热闹。

送走了老师他们之后，顾白收拾起屋子来都是高兴无比的。他大约能够理解为什么大家总是喜欢集体活动了。

这种热热闹闹的温馨感是顾白从来没有体会过的，虽然家庭的温馨感跟集体活动的温馨感应该不太一样，但他今天很开心，这是实打实能够察觉到的情感。

九州山海苑的灵族住户们就看着这群人类安安静静地来，又安安静静地离开，一个个都全须全尾的。

那些说是没有戒断吃人冲动的灵族也从屋里钻了出来，一出来就被楼管们逮了个正着，那些闻着了人味儿脸色变都没变一下的灵族，全都被楼管教训了一顿，责令这帮子米虫赶紧进入人类社会找个工作。

九州山海苑可不是慈善机构，他们在人类的世界里买了地，在人类的世界里生存，那就是要按照人类的规矩来的。

简单说，居住在九州山海苑是要花钱的，钱自然是要从住户那里收。

没有钱也可以交一些珍稀物件来抵，比如唐宋年间的遗留物或者更早时候的酒樽食鼎一类的东西，或者是灵族市场上通用的交易货币灵石也是可以的。

但也有一小部分掏空了家底之后就交不出钱，还借口没有戒断吃人冲动的灵族在，这种也没办法直接撵出去，因为能倾听万物之心的谛听并没有在司逸明的辖区内，他们也没法判断这些人说的是真话还是假话。

今天那些人类来一趟，倒是让他们逮住了几个好吃懒做的灵族。

这事说来其实也很令住户们生气，九州山海苑这个小区以前只是座小山包，正好贴合那个笼罩着神州大地的大阵的一个阵点的缘故，白泽就带着他们在这里定居了。

而又因为有一只貔貅坐镇，短短几十年之后，这里就从一座小山包发展成了一座富庶的城市。

在三百年后的今天，更是发展成了华国超一线城市，国际性的大都市。

貔貅的影响力就是有这么大。

只要这些灵族还住在九州山海苑里，财运就会始终笼罩着他们。

简单来说就是干啥都能成功，不说走在路上都能捡到钱吧，但是他们在金钱上所要付出的努力，是要比别的人类和灵族少上许多的。

可即便这样了，那些灵族还是死赖在这里不出去为集体做贡献，但他们又没有犯下什么足够让他们被赶出去的罪责，所以一直就拖着。

这会儿终于抓住了把柄，几个楼管都高兴得不行，因为楼里的住户交上去的东西，是会分他们一部分的，不然谁吃饱了撑的每天勤勤恳恳地管着这帮人啊？

一群被抓包的灵族简直被这波操作惊呆了。

你们这帮楼管心怎么这么黑啊，放足足八个人类进窝，就是为了把他们这群不想出门工作的人抓出来？就不怕这几个人类被吃掉吗！

这种行为简直是令人发指！

顾白收拾完屋子，远远听到了楼下传来的动静，打开窗户探出头去，发现整个院子都挺吵的，唯独六单元还冷冷清清，倒是不少人从家里探出脑袋来看热闹。

顾白还是第一次见这小区里这么热闹。他不擅长跟陌生人搭话，就瞪着眼好奇地看着楼下，凝神一听，听到了一些内容。

诸如什么"成天在家待着也不知道出去上班""啃老就算了啃对象、啃邻居你丢不丢脸"或者"出去工作和被赶出这里，你选一个"之类的对话。

听起来倒是很常见的家庭矛盾，但是这种全小区大规模爆发是不是有点儿太奇怪了？

顾白瞅着楼下的动静，想到这个小区几乎是把人往废了养的服务模式，又觉得养出这么多懒汉是很正常的事情。

可能今天是一家爆发了之后接二连三地牵扯到了别家吧。

顾白看了一会儿，对这种情况还感觉挺新奇。

顾白在进入 S 市念大学之前，住的是十八线小县城里一栋待拆的老旧筒子楼。

小学的时候就喊要拆了，邻居一个接一个地搬走，到后来楼空了一半，只剩下了几家老人还留在那里，初中和高中顾白都是住的学校宿舍，也就寒暑假回去一次。

他几乎没遇到这么热闹的情况，这大概就是所谓的人气儿。

顾白想到以前住过的暮气沉沉的筒子楼，似乎从来没有这样富有生活气息的热闹。

哪怕是吵架也有种微妙的温柔感。

顾白趴在窗户边上看了好一会儿，才缩回了脑袋，关上窗户上了楼。

那张参赛的画稿还需要精修一下，给司先生的画也需要开始查阅资料，他准备动笔了。

也许 S 市图书馆里会有电脑上查不到的资料，他也得找个时间去看看。

还有，等到手里有些钱了，最好再去买个打印机，一直看着电脑眼睛感觉太累了……

顾白把摆在角落里为避免阳光直射的画架挪出来一点儿，搬着凳子坐了过去。

柜子里的画具被他拆了不少，那些死贵的颜料也被他拆了一部分。

画架旁边有一张小木桌，桌上胡乱摆着各种款式大小的画笔、调色油壶和刮刀，刮刀上还沾着一些残留下来的颜料。

这些用具都挺新，唯有顾白手上拿的那块颜色偏深的木质调色盘显得有些旧了。

这是顾白用了一年多的调色盘，现在已经十分顺手了，顾白暂时没有更换掉它的打算。

这些画具颜料，都用在顾白面前的这幅画卷上了。

顾白很擅长人物画，应该说，对于以人物为主体的画，具有一种天生的敏锐度。

在没有正儿八经受到美术训练的时候，顾白就自己摸索着拿铅笔瞎画了，那个时候，他上至人体比例下至皮肤褶皱，几乎是信手拈来，随手勾勒就能够描画得栩栩如生。

顾白也说不清楚为什么会这样，后来的老师将之称为天赋。

既然是天赋，顾白也就不在意了。

顾白拿着细貂毛笔蘸着颜料，小心地勾勒出着重强调的高光与空气中粉尘的质感。

这幅以传承为主题的画作已经接近完成了，用的是顾白本人最擅长的以人物为主体的构图，两人为主，一个是背对着画面的他，一个是露出了侧面的高教授。

画面语言是正在完成油画作业的时候，老师放下了示范的画笔，带着些笑意前来纠正教导他技法。

画面里两张内容相似的画卷上，一张是技巧纯熟圆润的高规格作品，一张是尚有些青涩的画作，但从中可窥见其中一脉相承的技法。

这两架作为主体的画架后边还有另外两个画架，还有一些画室都会有的石膏像和作品墙。

窗外是秋日金红的法国梧桐，阳光透过梧桐树的遮挡，从大开的窗户里落进来，留下了斑驳的光影，并将整个画面晕染成了一片温暖的橙红。

顾白一向喜欢在画布上挥洒饱满而明亮的颜色，这幅画作之上笼罩着鲜艳的橙红，就仿佛秋日的阳光化作光的溪流，在作为主体的画室里悄然流淌。

空气中仿佛都能闻到独属于秋日的芬芳。

顾白手中一顿，疑惑地凑近画面嗅了嗅，然后露出了无比嫌弃的表情。

哪有秋日的芬芳，明明只有一股子调色油的气味。

在等最后修饰上的颜料干的时候，顾白把旁边桌上乱成一团的工具全都拿去清洗干净，又去洗了个澡。

洗完澡出来，他爬上二楼打开电脑刷了刷某宝，准备买个合适的画框。

他抬头看看自己的画，琢磨着用什么材质和花纹的画框比较合适。

找来找去都没有找到合适的，顾白还是决定定制，但时间已经很晚了，连楼下的喧闹声都已经消失，戳人家客服，头像都是灰的，估计也是睡觉去了。

顾白叹气，把画架重新挪回了角落里，准备去睡觉。

明天开始他要为了司先生要的画而努力了！

顾白吹干了头发，穿着印着海绵宝宝的睡衣，在手机备忘录里把事情记录下来。

明天他收工之后去一趟 S 市图书馆找找有没有什么魍魉相关的资料吧，这可是价值 S 市郊区一个厕所的重要事件！

顾白喝完了牛奶，刷了牙上了床，感觉自己距离暴富越来越近，挣来的钱四舍五入就是一个亿，马上就要走上人生巅峰了。

今天一定能够做一个被淹死在钱海里的美梦，穷苦了二十多年的顾小白带着这样美好的愿望，陷入了安稳的沉眠。

顾白的确是做梦了，但并不是被淹死在钱海里的美梦。

他又梦见自己飘在了小区上空，这画面似曾相识，除了他穿的不是那身哆啦 A 梦的睡衣之外。

顾白抬起头来，之前被他遗忘的梦境画面渐渐回了笼。

之后应该是龙吟——

顾白想着，抬头向左前方看去，惊讶地发现上一次梦里见到的那个东西，这一次并没有在高空逡巡。

这一次它正跟一团漆黑的、宛如水流一般铺天盖地而来的怪物对峙。

在顾白的目光转过去的瞬间，那个怪物像是察觉到了什么，立刻放弃了与它对峙的那一团凛然光芒，转而向着顾白所在的方向凶悍地扑了过来！

顾白瞪圆了眼，往后退了两步，就看到那个怪物像是撞在了坚硬无比的屏障上，瞬间在半空炸成了一摊烂泥，然后消失得无影无踪。

紧随其后的是顾白先前见过的那一团凛然肃杀的东西……姑且算作神兽吧。

这头神兽紧随着充满了不祥的漆黑而来，一声怒咆，龙尾一扫便是一道刺目的强光，带着千军万马一般的威势，将那铺天盖地的漆黑一劈两段，白色的光芒宛如吞噬纸张的火焰一般追逐着那些黑色东西，以无可阻挡的趋势将那些漆黑的不祥之物燃烧殆尽。

顾白惊叹地看着眼前发生的一切，没想到自己的梦境居然这么丰富。

他看着那头神兽以十分凶猛的姿态扑向了一团企图逃离的黑色，它的利爪将之撕裂，尖牙撕咬着那些不祥之物，有力的尾部每一次摆动都能轻而易举地打散一堆漆黑的东西。

顾白看着那头神兽，其首尾似龙，马身，麟脚，形似虎豹，身披鳞甲似金似玉，浑身都透着一股凛然肃杀的战场之气。

顾白凝神看了好一会儿，最终一拍脑袋。

这不是貔貅吗？！

顾白看向那头神兽的目光倏然变得无比灼热起来！

司逸明要气死了。

虽然顾白带那几个人类回来的结果称得上是好的，但是那些跟着人类而来，徘徊在小区外边的邪气和魑魅却一点儿都不好！

昨晚他清理了一大波，还以为可以休息了，结果今天这群家伙竟然又凑起来了！

顾白看着貔貅收拾了那些怪物，又看着貔貅再一次上天巡逻了一圈，然后眼睁睁地看着貔貅气势汹汹地冲着他就过来了！

顾白惊得往后大退了好几步，扭头就想跑，但他并没有冲过来的貔貅跑得快。

那只身形巨大无比的貔貅落到他面前的时候，变得跟人差不多大小，然后一只前爪直接搂过吓蒙了的顾白，一爪子就拍在了他的屁股上。

顾白感觉屁股一痛，还没反应过来，就听到那貔貅用十分耳熟的声音怒斥道："又不好好睡觉！"

顾白猛地惊醒了，看了一眼晨光熹微的天际，翻身坐起来摸了摸自己的屁股，竟然感觉有点儿疼！

顾白震惊地揉着自己隐隐作痛的屁股，感觉昨天晚上做的梦在回忆之中纤毫毕现。

顾白觉得自己的梦最后以被貔貅打屁股结束实在是有点儿奇怪，但是被打一下屁股换来画貔貅的灵感，顾白觉得非常值，于是一大早就捂着屁股冲上了二楼画室。

至于貔貅开口讲话竟然是司先生的声音这件事，顾白非常坚定地认为这是来自金主爸爸的指引！

感谢司先生保佑！

顾白拿着铅笔画着草稿，觉得 S 市郊区的厕所一定稳了！

第4章
密友

第一版草稿的完成度要求不用太高，够自己看懂就行。

顾白拿铅笔画完了一堆乱七八糟的线条，又拿颜色重的炭笔在只有他自己看得懂的线条里，勾出了大致轮廓和花纹示意，就扔下了笔冲到楼下去洗漱了。

时间还来得及烤几个面包。

顾白成天变着花样给老师和学长们准备爱心早餐，今天准备的是菠萝包。

当然，金主爸爸也不能忘记。

顾白背着包出了门，拎着一个菠萝包走到司逸明家门前，刚准备按下门铃，回想起昨天早上看到司先生那副睡眠不足的样子。

顾白回屋拿了个塑料袋和透明胶，把包装好的面包放进了塑料袋里，挂在了司逸明家的门把上，稳稳地系上了一个结。

然后他又撕了一张纸，写上"给司先生"四个字，贴在了塑料袋上。

干完这一切之后，顾白喜滋滋地去园区开工了。

眼看着七月将要过半，顾白的两面墙终于进入了尾声。

他一点儿都不嫌邋遢地盘腿坐在地上，整个人团成一团缩在墙角，一笔一笔地上着衔接墙面与地面的颜色。

底部与边缘的颜色相当重要，关系到墙面和后方景象的衔接是否会产生违和感。

顾白一气呵成地将底部边缘涂完，站起身来把头顶的太阳伞转了个方向，往后退了几步，看着被阳光直射而迅速变干的涂料，在失去了湿润的水油成分之后，渐渐跟大理石的广场地面融为了一体。

这下，最后一点点违和感也没有了！

顾白把手里的刷子和调色盘往水桶里一扔，扭头就往学长们在的那边跑，一路连跑带蹦跶，兴冲冲地告诉学长们他完工了！

学长们十分给面子，纷纷放下手里的工作，一窝蜂地去了顾白的那两面墙。

顾白那两面墙只有正面作画，反面是留作签名墙用的。

学长们看到成品的时候咂了咂嘴："这两面墙一千一平方米给你真是一点儿都没浪费。"

"感觉还给少了。"另一个学长接茬道，"简直物超所值。"

"加上小白给我们打下手的工夫……"大学长算了算，"小白画了哪几面墙了？"

"这两面，加上四号打底，八号一半，九号一整面。"

顾白要真是来蹭着学习的，意思意思分他一百一平方米倒是无可厚非，还有不少跟着老师学长学习一分钱都拿不到的呢，分他三万说出去都能吹上好几年了。

但现在情况不同，顾白单独负责了两面墙近十平方米，从设计到上墙绘画一条龙包圆了，再加上另外的几面墙的工作量，按理来说，不该只拿这个价钱的。

来学习蹭资历的人和正儿八经来工作的，是两码事。

就这两面墙的工作量和精细度，一千一平方米也少了。

"去跟老师商量商量吧。"大学长说道。

顾白拎着画具准备去给学长们帮忙，听到他们这么一说，愣了："要给我加钱呀？"

学长点了点头："对。"

顾白看了看这两面墙，也不知道该同意还是该拒绝。

"别想了，让老师想去。"大学长帮忙拎了一部分画具。

另外几个学长拆掉了大型遮阳伞，笑着说道："咱们老师可不差钱，他要看到你这样的作品，指不定高兴得找不着北呢。"

"对啊。"大学长点头说道，"第一次出来工作就独立完成了两面墙，你可是独一份儿。"

以前高教授也干过这种扶贫的事，就是意思意思带着不愿意转行又找不到工作的学生来自己团队里学习，别说学习的时候直接负担两面墙的重任了，绝大部分人连项目结束之后留在团队里都做不到。

顾白被学长们左一句右一句吹得很不好意思，拎着工具箱两眼亮晶晶，脸颊也红扑扑的，嘴角微微翘起来。

他害羞得连笑都带着点儿偷偷摸摸的窃喜意味——虽然完全没能瞒住学长们的眼睛。

学长们一见顾白这样，纷纷话锋一转，开始感慨小师弟真是好可爱。

他们一路扯淡扯回了迷宫墙那边，说得顾白简直想找个地缝钻进去，才笑嘻嘻地收了声。

吃午饭的时候，学长们把事情跟老师说了，高教授看完一圈回来，果然笑得见眉

不见眼的，大手一挥就说加钱。

合同是改不来了，但不妨碍他结束之后包个大红包。

学长们非常捧场，纷纷鼓起了掌。

"对了小白，你以后是什么打算啊？"

"哎？"顾白被这个问题问住了，皱着眉想了好一会儿，"我就想画画。"

学长问："你想搞纯艺术啊？"

顾白就是单纯希望能够自由自在地画画，但也清楚自由自在地画画的前提，是不愁物质。

他有些苦恼："算是吧，但还是得挣钱才行。"

这话说完，周围的学长们齐刷刷地看向了高教授。

刚刚决定了加钱的高教授大手一挥："那就留在团队里吧！"

顾白一愣，大学长开口说道："不过咱们这个团队不是正规工作室，没有底薪，基本上是私底下资源互通，我没空的你来干，你没空的我来干，有大活就凑在一起干然后分钱的意思。"

顾白蒙了一会儿，才意识到学长们和老师这话是什么意思。

"我……我可以留下来吗？"顾白指着自己，语无伦次，"可是我才毕业……还……那个……"

"没人反对啊，你的水平很好，只是差了点儿资历而已，不要怀疑自己。"大学长说道。

顾白跟以往老师带来学习的那些人不同。

他的绘画水平和性格都很好，主要是脾性跟团队里的人很合得来，留在团队里没有人会反对。

顾白愣愣地看着他们，吸了吸鼻子，默默低下头动了一下筷子，迅速抬起头来，带着些微的哭腔小声说了句谢谢，然后猛地低下头来使劲扒饭。

坐在他旁边的大学长拍了拍他的背，给他夹了几筷子菜免得他一个劲儿地吃白饭，落在顾白背上的手轻拍着安抚他。

果然，就算是住那么好的房子享受那么好的服务，小师弟还是那个穷苦孤单的小师弟，小小一只，又尿又软，特别容易感动，偶尔还会红眼睛。

难得啊，小师弟竟然没有被浮华迷了眼。

在座的其他人感慨地想着，也不再去戳顾白的泪点，吃完了饭就麻溜地拎着小师弟去干活了。

什么感动什么沉默，都是太闲了！

忙起来看你还有没有工夫哭鼻子。

塞工作的止哭效果立竿见影，前几分钟还红着眼睛吸鼻子的小师弟，这会儿就已经拿着工具忙忙碌碌地开工了。

到了下午收工的时候顾白已经恢复了正常，搭了学长的顺风车去了一趟S市图书馆，下车之前问了一句S市哪里可以定制画框，得到了好几个地址之后，高高兴兴地跟学长们道了别。

他在图书馆一直待到晚上九点钟，心满意足地抱着一堆抄录下来的资料离开。

直到呼吸到了夜晚微凉的空气，顾白才从满腔酸涩与感动之中回过神来，惊喜地发现他能够留在这个团队里，拥有了许多同级同学无法拥有的机遇。

他抛却了那份触及内心的酸胀感，便像一只快活的小鸟一样活蹦乱跳的，仿佛下一秒就要飞起来！

九州山海苑的管理员发现这个小家伙似乎总是很乐观，就好像他的生活里总是充满了惊喜一样。

除了第一次见面陌生内向外，后来每一次见面，小家伙好像都要比前一次更加开心，而这个性格内向总是有些羞赧的小崽子，并不吝于跟他分享快乐。

管理员从亭子里探出脑袋来，问他："今天又有什么好事？"

"我成功留在老师的团队里啦！"顾白说着，翻着背包里的门禁卡，顺便把剩下的一包小饼干递给了管理员。

管理员经常受到顾白的间歇性投喂，顾白递给他，他就干脆地收了下来。

实际上他很多时候并不明白顾白开心的点在哪里，但顾白每次跟他分享的时候，他总是能跟着感受到顾白的愉快。

这是个很温柔的人，管理员一边啃着小饼干一边想着。

可惜他跟司逸明走得近，注定了没多少灵族敢跟他玩在一起。

回到家的顾白坐在二楼大画室里，看着今早上临时画出来的粗略草稿，重新铺了一张画纸，一边翻找着今天查阅的资料，一边确定着除了貔貅主体之外的构图元素。

要给司逸明的画，不管是用料还是笔触和用心程度，都不能有一点儿敷衍。

顾白还不好确定画面风格，这几天只能先定好构图，然后送去给老板，也就是司先生看看，他还得画个画框的设计图。

顾白正琢磨着构图的元素，电脑里就传来了提示音。

他从画架后边站起来，晃了晃鼠标，就看到某宝的聊天软件正闪烁着提示，一连来了好几个人的询问。

顾白一一点开，发现都是来问为什么最近没有上新画的，说想买，不然定制也行，询个价。

顾白看着这几个窗口，手在键盘上敲了两下，忍不住去看今天到底是什么日子，财运竟然如此亨通。

他思来想去，最终目光落在了画架上，然后摸了摸屁股。

总不能是因为他在梦里被貔貅打了屁股吧？

顾白想着，顿时就感觉有点儿遗憾。

如果真是这样的话，他应该多被打几下再醒的。

顾白一边遗憾地唏嘘着，一边敲着键盘回复这些询问的消息。

他最近得主攻艺术博览中心那个项目，这个项目进展喜人，一周左右才能结束。

接下来他要专心画司先生的图，之后大约有一个月的休息时间，剩下的看学长那边的新项目的联系。

足足一个月的时间，够顾白蹲在家里画上两幅画。

但是他有些不知道怎么定价格才好。

这又不是那些学校里三天就能画上一两张的作业，成品变现和特别定制的价格肯定不一样，油画还是水彩还是素描或者其他什么画，价格也不一样。

用料的成本和时间成本也要计算进去。

顾白考虑到成本问题，还是挨个儿询问了这些人想要定制什么样的图。

四个人，一个要油画，两个要水彩，还有一个要水墨。

但顾白拒绝了最后那个要水墨的。

水墨作业顾白的确画过，也卖出去了，但这并不是他擅长的领域，对于自己的能力他有自知之明。

顾白又问了规格和他们想要的画面主体，默默拿出了手机，点开了高教授这个小团队的微信群。

以前黄亦凝找顾白画画的时候，顾白也不知道怎么定价，更加不会想到寻求老师和学长的帮助。

但现在不同了，顾白打心眼儿里信任他的老师和学长们，需要帮助的时候自然而然地选择了向他们求助。

学长们讨论来讨论去，结合了一下顾白的资历，最后照着他们的经验给油画定价六千一幅，水彩四千一幅，不接受修改稿件。

这又不是电脑板绘，改一次就是一次材料的钱，那成本太高了。

顾白觉得可以，然后照着学长们的意见回复了某宝上要画的人。

要油画的那个倒是毫不犹豫地接受了这个价格，而那两个要水彩的，估计是被顾白从两百直接跳到四千的价格吓到了，一时半会儿没有吭声。

顾白并不介意他们的沉默，能够接到一个六千的私单已经足够开心了。

收到了油画客户打过来的一半定金之后，顾白把这件事记进了备忘录，将这幅画排在了司先生的后边。

顾白在工作间隙将要给司逸明的画反复修改，最终定下构图已经是五天之后的事情了。

他晚上九点钟抱着线稿去找了司逸明。

司逸明也觉得这崽子真是神奇得不行。

他还以为被揍了屁股之后，顾白就会绕着他走了，万万没想到那天之后，顾白照旧给他准备了早餐，只是没有按响门铃把他喊来开门，而是选择了把东西挂在门把上用小字条留了言。

估计还是被吓到了，司逸明当时是这么想的。

然而顾白之后几天却照旧按门铃给他送早餐，笑容满面地说早上好，丝毫没有看出一丁点儿畏惧的意思。

被一个灵族崽子——还是被他揍过一次的灵族崽子这么黏着，对司逸明来说实在是头一遭的体验。

"司先生晚上好。"顾白拿着画，站在门口看着司逸明。

司先生的精神看起来恢复得相当不错，顾白这几天看着司逸明的脸色从阴沉沉渐渐变得平和下来了。

顾白微微松了口气，然后把手里的线稿展开给司逸明看。

"这是线稿，您看可以吗？"顾白问。

司逸明的目光落在了顾白的画上。

只一眼他就看出了顾白画的是那天晚上，他驱逐邪气魍魉时的画面。

司逸明很少从旁观者的角度去看自己，瞅着顾白的构图，只觉得有一股与他出自同源的凶悍气势扑面而来。

司逸明微微一顿，点了点头，对顾白说道："你自由发挥，我不限制也不干涉艺术家的创作。"

顾白被"艺术家"三个字砸得有些蒙，却又禁不住开心，从来没有人说过他是艺术家呢。

他本人是以此为目标而努力的，但距离配得上这个头衔还差着十万八千里。

但被人喊一喊他也是十分开心的。

顾白高兴地抱着线稿回了家，决定晚上做几份奶油小方，明天投喂司先生。

司逸明凝神看着顾白的背影，轻轻托着腮思忖了一小会儿，眼底有几道浅白色的流光闪过，而后露出恍然的神情来。

他将目光收回，然后转向了 667 号的房门，轻轻勾了勾手指。

一个小时之前刚回来的狐狸精屁颠颠地跑了出来。

"你最近休假。"司逸明说道，"多看着点儿顾白。"

翟良俊一愣："怎么着了？"

"大概最近吃得太好。"司逸明看了一眼 666 号房的房门，"把以前亏的一口气全补了回来，估计是开始进入成长期了。"

说白了就是营养过剩，这些过剩的营养堆积在一起，身体就准备脱离幼崽阶段迈入成长期了。

灵族的寿命相当漫长，由于在幼崽阶段对外界威胁毫无抵抗力，他们会迫切地用尽一切方式迈过这个阶段。

而没办法迅速迈过去的灵族，大都有天生就能死憋着自己的气息不泄露一丁点儿的天赋。

这个天赋会一直持续到他们积攒下足够的营养，也就是灵气，并且感知不到外界威胁的时候，骤然放松，然后一举进入成长阶段。

成长阶段的幼崽状况相当不稳定，具体体现在骤然增强的身体素质上，还有间接性随情绪而起伏的灵气泄露，以及一些不可控的意外。

多年没有接触过幼崽的司逸明到了今天才反应过来，但是他又没时间一直盯着顾白，所以这个责任就落在了实力还算不错的狐狸精身上。

"随身多带点儿不周山果干，万一情绪激烈起来了就喂他吃一块。"司逸明说道，"别让他出事。"

司逸明对于顾白的画是相当满意的。

还是线稿的画就能够感觉到一丝与他同源的威势，等到成品出来了，必然不会差到哪里去。

司逸明看了黄亦凝的新皮，就一直殷殷期盼着自己能够多个帮手。

顾白的画要是能一直保持这样的水平，甚至更进一步，他们这帮操劳的神兽工作量会降低不少。

司逸明十分温和地表示，如果这个小崽崽出事了，他就拔光专业拖后腿的影帝先生的狐狸毛。

结果第二天顾白一早去投喂司逸明的时候，撞上了不知道什么时候回来的翟良俊。

翟先生看到了顾白，暗中观察着顾白跟司逸明每天早上的例行晨间交流结束之后，就从角落里蹿出来，抱着被吓了一大跳的顾白一顿猛蹭。

狐狸精哼哼唧唧的，嘟囔着说司逸明吃什么他也要吃什么。

顾白毫不犹豫，直接从背包里拿出一份奶油小方，递给了翟良俊。

"好久不见啦翟先生。"顾白被蹭得脸红彤彤的，仰头冲着翟良俊笑。

"哪里好久了。"翟良俊算了算，"也就一周出头。"

顾白也跟着算了算，的确是这样，但就是觉得已经很久了，S 市艺术博览中心的壁画工作都已经接近尾声了。

"我最近放假了。"翟良俊说着打开了奶油小方的盒子，拿起顾白放进去的塑料叉子切了一大块塞嘴里。

翟良俊的新电影杀青了，之后的活动全都被他推了个干净利落，因为他要开始为灵族物流公司而努力了。

在此之前他需要养精蓄锐几天，免得到时候面对那帮圈地为王的灵族心虚气短。

说是养精蓄锐，翟良俊又是个闲不住的人。

他平日里骚扰黄亦凝，黄亦凝不在他又不敢去骚扰司逸明，昨晚上又被司逸明拎出来耳提面命，要他保护这个小崽崽，为了自己美丽的皮毛，翟先生这几天准备化身顾白的背部挂件，对他不离不弃。

"你今天要去哪儿？带我一个。"翟良俊说道。

"我要去上班。"顾白抱歉地说道，"园区里不能带外人进去的。"

"没有什么不能带的。"翟良俊几口吃完了奶油小方，把盒子扔垃圾桶里，"你猜我能不能刷脸进去？"

然后顾白目瞪口呆地看着翟先生在管理员面前摘下了墨镜，畅通无阻地走进了园区。

顾白犹疑地看了看翟良俊，又看了看那边的管理员："这样子……管理员会被扣工资的吧？"

"傻，真当我刷脸啊？我打了电话的。"翟良俊按着顾白的肩膀，将他转了个方向，"带我去看看你的作品吧。"

顾白还是照旧先去了一趟工作室，把早餐和小甜点放到了工作台上，然后带着翟良俊去了那两面 3D 墙前。

"这里，是最佳观赏点。"顾白说道，偏头看向翟良俊，眼含期待，"怎么样？"

翟先生偏头看着那两面墙，又看了看满脸都写着想被夸的顾白。

其实这种视觉误差对于翟良俊来说并不顶用，他隔着老远就能清楚看到颜料涂抹的痕迹。

灵族的审美观不仅仅是画面本身，还有这画上所包含的创作者的精气神。

搁翟良俊眼里，这两面墙就跟大晚上的探照灯一样扎眼，墙体上散发着一股惊人的灵气。

"不得了啊顾小白。"翟良俊咂舌。

怪不得黄亦凝会找顾白，画皮对于画画这一行敏感度向来是极高的。

翟良俊拍了拍顾白的肩膀："你以后一定会变成非常牛的大佬。"

顾白两眼亮晶晶地看着翟良俊。

劳动成果被人肯定是非常有成就感，也非常令人开心的事情。

顾白的情绪一向好懂，那直白的样子，让翟良俊忍不住轻轻掐住了他的脸颊肉，揉捏搓圆。

"我跟你讲，这个壁画，绝对不得了。"翟良俊说道。

不管是放在人类里还是灵族里，这画都相当不得了。

有这两面墙摆在这里，以后找顾白画画的灵族绝对不会少。

"希望能有更多人看就好啦。"顾白被捏着脸颊，含混地说道，"大家好像都不是特别喜欢看艺术展览什么的，这个博览中心十分冷清。"

的确很冷清，九月初的第一次开馆展览只开放第一博物馆，因为是个新馆，能邀请来参展的艺术家并不多。

"胡说八道！怎么会没人看？"

翟良俊拿出手机来点开微博，打开了摄像头，笑眯眯地扭头对顾白说道："顾小白，我给你变个魔术！"

"这面墙要保密吗？"翟良俊问。

"不用。"顾白摇了摇头。

最近已经有人来视察场地准备做展厅设计了，甚至都已经有人跑来这两面 3D 墙面前拍照合影了，可惜并没有激起多少水花来。

顾白看着翟良俊不知道从哪里掏出一根自拍杆，将手机放好，调整了一下角度之后，举着自拍杆从最佳观赏点开始迈着大长腿靠近了那面墙，然后转了一圈之后，放下了自拍杆。

顾白茫然地看着翟良俊一边戳着手机屏幕一边慢腾腾地走回来，然后把手机往裤兜里一塞，一路小跑着回了顾白身边。

"行了，走吧。"翟良俊拍拍顾白的肩，"不是说还有另外的墙面吗？"

"啊……嗯。"顾白点了点头，脚步已经迈向了那一群迷宫墙，脑子却还停留在刚刚的事情上。

顾白问："魔术呢？"

"等下午。"翟良俊答道。

顾白更茫然了，为什么魔术还要等到下午？

"你不玩微博的吗？"翟良俊问他。

"不太玩。"顾白点了点头，然后又摇了摇头，"我对娱乐圈不是很感兴……"

他话说到一半，瞥了一眼身边的娱乐圈人士，默默把没说完的几个字咽了回去。

顾白对于娱乐圈是真的没什么兴趣。

他并不关心哪个明星又跟哪个明星闹矛盾了，也不关心哪个明星跟哪个明星在一起了。

他有很多社交账号，但社交账号上的关注，全是绘画设计行业的顶尖人士。

这些人的日常就是过上十天半个月才慢腾腾地更新一张局部图出来，顾白的各种社交账号基本上是三天才去看一次，又因为他自己的账号里一条内容都没有，经常被当成僵尸粉清理掉。

他对娱乐圈不感兴趣是他自己的事，这话不能在一个娱乐圈人士面前说，很失礼。

顾白抿了抿唇，刚想开口道歉，就听到翟良俊说："不玩也挺好的。"

顾白一愣。

"免得你被骚扰啊。"翟良俊话音刚落，他们就到了迷宫墙面前。

迷宫墙的设计是花了大心思的，每一面墙和每一个拐角都有利用视觉误差的小技巧，有的地方还巧妙地糊上了足够反光的小玻璃片，用来满足光线的需求。

这样的布置使得每个走过拐角的参观者，都像是到达了一片新的天地。

从荒漠到草原，又从草原到丘陵，丘陵转而踏上高山，高山有流水瀑布，落入了深潭，深潭转角是连绵一片的幽蓝深海。

跟顾白想要在这个博览中心留下重重一笔的打算一样，学长们也琢磨着在这个新展馆里留下更优秀的团队作品。

有作品摆在这里，存在期间即意味着不断的机会。

翟良俊倒是没被视觉误差所引导，但是每一个拐角所展露出来的截然不同的风景，着实让人咂舌："人类真是厉害啊。"

"是啊。"顾白赞同地点了点头。

翟良俊揉了揉顾白的脑袋，跟着他踏出了迷宫墙，毫不吝惜地夸赞顾白："咱们顾小白以后也不会差！"

论单体能力，人类都赶不上长寿的灵族。

顾白现在还是个小崽崽呢，根本不需要担心太多，他有足够的时间去成长。

顾白被翟良俊夸得很不好意思，指了指外围的墙面，往工作室走去："这些还没画完，我得开工了，工作室里有空调，翟先生你……"

"没事，我就在这里陪你。"翟良俊摆了摆手，跟着顾白回了一趟工作室，帮着拎了一些画具，重新回到了墙下。

顾白一边调和着涂料，一边问道："您不怕晒黑吗？"

翟良俊理直气壮道："狐狸精从来不担心自己会被晒黑！"

顾白："……"

你不要总是用这么骄傲的语气说你是狐狸精啊。

翟良俊看着顾白从工具箱里翻出围裙来系上，在涂抹墙面的瞬间迅速进入状态。

这些墙面的大色块早八百年就涂完了，在翟良俊这种外行人眼里，这墙面都已经是完成品了。

但顾白所在的团队还在继续精修，这会儿都是拿着小型画刷挑细节，一点儿都不能马虎。

翟良俊百无聊赖地摸出手机，玩了几把消消乐之后，像是想到了什么，点开了微博。

国民老公万年都保持着冷淡画风，主体基本全是工作相关的微博突然冒出了一条微视频。

翟良俊Ⅴ："跟着朋友围观他工作，感觉自己揪住了艺术的小尾巴！"

距离翟良俊上次用微博闲扯淡，已经过去了两个月的时间，粉丝们一个个都快干涸而死了，但也只能在他的微博下边哭爹喊娘地求发自拍。

谁知道时隔两个月，连自拍都不发的翟先生突然扔下了一个大惊喜。

他竟然发了个足足六分钟的露脸小视频！

天哪！

粉丝们奔走相告，轻易把国民老公送上了热搜。

热搜的词条是：揪住了艺术的小尾巴。

一个国民度非常之高的演员的号召力瞬间就体现出来了，就比如热搜出现的瞬间，粉丝们就以迅雷不及掩耳之势，"扒"出了翟良俊视频里的地方是哪儿。

然后众人又以让人防不胜防的速度，摸到了S市艺术博览中心的官网和官博。

还有一部分人已经放下了电脑和鼠标，向着目的地杀了过去。

S市是个人口大市，其中尤以年轻人为主。

绝大部分年轻人都忙于奔波事业，并没有闲暇时间沉淀自己，比如看看艺术展览。

但有"爱豆"的号召就不一样了。

原本冷冷清清的官博和官网被骤然涌入的大量粉丝挤爆，一个个嗷嗷喊着求开票。

见不见得到"爱豆"两说，但能够去"爱豆"私底下去过的地方拍拍照，也足够让粉丝感到满足。

他们还能去揪一揪艺术的小尾巴！！

翟良俊关了微博，给混进了人类警务系统的灵族发了条短信，让他们过来维护秩序，然后收好了手机，一屁股坐在地上，靠着墙，两条无处安放的大长腿一条屈着一条伸直了，又无聊地玩起了开心消消乐。

高教授和几个学长在门口撞见了好几个零零散散激动不已的粉丝，他们还不清楚发生了什么，一脸后怕地拎着工具箱过来，一眼就看到了无聊到睡过去的翟良俊。

还有旁边站在梯子上认认真真细化的顾白。

"顾小白。"大学长见人在睡觉，走到顾白的梯子底下，小声地喊了一声。

顾白回过头来，疑惑地低下头。

大学长问他："翟良俊你带过来的啊？"

顾白看了一眼睡过去的翟良俊，下了梯子小声道："翟先生最近休假，说想过来看看。"

大学长一拍顾白的肩，夸奖他："干得漂亮！"

顾白一愣："哎？"

大学长一脸严肃："这种情况，老板肯定要给我们包红包的。"

一直到收工，顾白也还没明白是什么情况。

他跟着睡得饱饱的翟良俊一起走向了园区大门，隔着老远就听到了喧喧嚷嚷的声音，还有一些维护治安的警备人员在外边待着。

在翟良俊露面的瞬间，尖叫声几乎要掀翻屋顶，直面声浪冲击的顾白只觉得耳朵一痛，脑子嗡嗡响。

翟良俊想到小崽子成长期的特殊性，直接一抬手帮着遮住了耳朵，等到顾白渐渐适应下来了，才缓缓放下了手。

顾白看着正门外宛如丧尸围城一般的恐怖人群，忍不住往后退了两步，拉了拉翟良俊的衣摆，小声道："翟先生，我知道后边有个小门可以出去，我们从那里悄悄走吧？"

"为什么要走？"翟良俊挑了挑眉，然后露出了标准的商业笑脸，"这可是我的魔术啊。"

忙碌了一天正准备回去的司逸明收到了手机软件的推送，随意扫过这些消息条目，视线凝固在了娱乐栏目上。

影帝翟良俊携友人现身 S 市艺术博览中心，引爆艺术狂潮。

头条上的照片，是隔着一张铁门对外边的摄像机露出标准商业笑容的翟良俊和躲在他后边只露出小半边脸，明显已经吓蒙了的顾白。

司逸明手一紧，手机发出"咔嚓"一声，挣扎了两秒之后，颓然按黑了屏。

快入秋了，他不如扒了狐狸皮做件皮草大衣吧。

司逸明万万没想到，让翟良俊看孩子，他竟然就是这么看的！

他没见顾白都快吓傻了吗？

精明的狐狸精翟良俊当然是发现了的，没想到顾白胆子这么小。

所以他在随意露了个面之后，就拉着被汹涌而来的媒体和闪光灯吓蒙的顾白，"刺溜"一下脚底抹油跑了。

顾白被翟良俊拽着跑，好不容易回过神来，给跑在前边却因为不认路而在园区里瞎转悠的翟良俊指了路。

两个人从员工出口的小门后边出来，小心翼翼地探出脑袋四顾着，确定周围没有人，才脱离了主战场。

翟良俊看着顾白吓得有点儿僵的动作，一边拆了包果干，一边心想胆子这么小该不会是兔子精吧？

可顾白身上的气味并不是兔子的气味。

狐狸好歹也是犬科，嗅觉还是相当敏锐的，可他一直都分辨不出顾白的本体是什么。

之前没进入成长期的时候他闻不出来，这会儿进入成长期浑身灵气宛如灯泡，照样闻不出来。

顾白本身的气息就像是完全融入了天地间一样，无味而透明的，让人摸不着头脑。

翟良俊也懒得刺探顾白是什么种族，拆了果干，对顾白说道："来张嘴，啊——"

顾白脑子还被刚刚汹涌的声浪震得嗡嗡响，听到翟良俊这么说，乖乖张了嘴："啊——"

翟良俊被萌得肝颤，投喂了一颗果干之后，使劲儿搓揉着乖得不行的小崽子。

天哪天哪。

以后我也要养个这么可爱的小崽子！

翟良俊一边搓揉着顾白，一边兴奋地想着。

不如等黄亦凝回来他就去表白吧！

顾白并不知道正搓揉着他的翟良俊满脑子想的什么，果干味道很好，嚼着嚼着就有一股柔柔的暖意弥漫开来，从心尖一直蔓延到了四肢百骸。

剧烈的心跳和略微僵硬的四肢随着这股暖意渐渐恢复了正常。

顾白单纯觉得果干糖分足，吃了可以压惊。

他大大地松了口气，活动了一下四肢，把自己从翟先生怀里拯救了出来。

在人类社会里，灵族也要按照基本法行事，比如在遍布摄像头的人类社会里，随便使用法术是不允许的。

翟良俊最后按照《灵族入人类社会生存基本法》，拉着顾白躲躲闪闪地进了停车场。

"刚刚那么多人，是怎么回事啊？"顾白小声问道。

翟良俊高高兴兴地回答道："我帮你们拉了一把人气啊！"

"哎？"顾白被翟良俊塞进了副驾驶座，条件反射地拉上安全带，想到今天上午翟良俊的一系列操作，恍然，"你拍的视频发微博啦？"

"对！"翟良俊笑嘻嘻地坐上驾驶位，"等你们这个展览开票，估计瞬间就要被抢空了。"

顾白对这样的号召力露出了惊叹的神情。

不愧是随便扔块砖，砸到的人里有一半是他的女友粉的国民老公。

"谢谢翟先生！"

顾白觉得翟良俊真的是个宇宙无敌超级大好人。

"小事，小事。"翟良俊老得意了，得意完又暗暗对顾白说道，"你回头帮我在司逸明面前说说好话就行啦。"

司逸明的态度可是会直接影响到他正准备筹备的灵族物流公司的前程的！

翟良俊觉得他必须得在最近这段时间里保持一个听话乖巧的姿态。

要是加上被司逸明看重的顾小白的美言，那岂不就十拿九稳了？

翟良俊发动了车子，心里美滋滋的。

顾白正准备拿出手机来刷微博，听到翟良俊这话，轻轻眨了眨眼。

虽然觉得自己说说好话并不能影响到司先生的主观判断，也不能影响翟良俊有事没事皮一两下找打的作死行为，但他还是答应了翟先生的请求。

说几句好话而已，顾白夸起翟良俊来绝对真情实感一点儿都不掺假，因为翟先生本来就是好人啊！

顾白跟翟良俊高高兴兴地回了家，电梯门一开就遇到了司逸明。

顾白想到刚答应了翟良俊的话，开心地冲司先生挥了挥手，一路连蹦带跳地跑到了司逸明面前。

司逸明看着顾白高兴得直蹦跶的样子，想到了刚刚看到的推送的文章的照片。

看来他是恢复好不怕了，司逸明想着，然后冷冷地看了一眼翟良俊。

突然被眼神攻击的狐狸精满脸问号。

顾白兴奋地说道："司先生，司先生，翟先生好厉害，帮艺术博览中心拉了好多人气！"

司逸明闻言一顿，又抬头看了一眼翟良俊，这一眼里的攻击性降低了不少。

翟良俊对司逸明赤裸裸的双标感到痛心疾首。

顾白还在说："我刚刚在回来的路上翻了一下微博，好多人都夸我那两面墙画得好，说我好厉害！"

能够被大家认同和夸赞实在是太好啦！

顾白有满腔的成就感和幸福感，给他爸连连发了好几条短信还不够，又不好去打扰正在开车的翟良俊，这会儿见到了司逸明，就控制不住自己了。

司逸明看着因为一点点夸赞和认同，就欣喜得两颊都漫上红晕的顾白，抬手揉了揉他的脑袋。

毛茸茸的头发触感细软柔滑，带着些微的暖意。

司逸明觉得手感挺不错，揉着顾白的脑袋就像是撸猫一样，在顾白喋喋不休地分享完自己的喜悦后，鼓励他："继续保持。"

"嗯！"顾白点了点头，然后问道，"司先生明早想吃什么？"

司逸明好像早就知道他会问这个问题，回答道："杧果布丁。"

顾白将之记了下来。

司逸明放下盖在顾白脑袋上的手，看着顾白喜滋滋地招呼着翟良俊回家一起吃晚饭，再将目光移到翟良俊身上的时候，狐狸精头皮一紧。

司逸明跟翟良俊对视了许久，慢吞吞地开口说道："干得不错。"

说完他就关门回家了。

几百年来一直被揍从未被夸的狐狸精被这句"干得不错"震惊了许久，最终神游一样进了顾白的家门。

顾白一回头就看到了震惊得整个人表情都一片迷茫的翟良俊。

"怎么了翟先生？"

翟良俊一拍大腿："我突然觉得司逸明也挺好的！"

顾白满脸问号："那把司先生也叫过来一起吃饭吗？"

翟良俊马上收回了拍在大腿上的手，翻脸比翻书还快："不！"

顾白点了点头，转头去了厨房。

他是不介意跟司逸明一起吃饭的，但很清楚翟良俊跟司逸明同桌吃饭多半会消化不良。

等翟先生下一次出门工作的时候，也许自己可以尝试着邀请司先生来家里吃吃饭什么的，说不定真的能蹭到一些大佬的仙气，发发财呢。

翟良俊坐在客厅沙发上，特别自在地打开了电视，美滋滋地欣赏着自己的娱乐八卦消息。

茶几上顾白的手机屏幕亮着，上边闪烁着来电显示，顾白在车上就把手机调整成静音了。

在跟翟良俊一起上了头条之后，他的手机就变得十分忙碌，都是从各种社交账号上发来的消息，还有一些试探和套近乎的短信，还有人直接打来电话。

可顾白跟这些人并不多熟悉。

他只是礼貌地回复了几个大学期间对他照顾有加的学长和学姐，之后就将手机调成了静音，不回复也不接电话了。

但顾白没关机，担心他爸万一又突然出现给他来个电话或者短信，他没办法第一时间知道。

顾白给帮了大忙的翟先生做了一顿大餐，大餐之后还做了几样小甜点。

送走了吃饱后高兴得尾巴都要摇起来的翟先生，顾白又匆匆忙忙地上了二楼，开始准备制作给司先生的油画画布了。

他从放着许多画具的柜子里拿出了一块宽三米长两米的雨露麻画布，小心地拉伸铺平，在墙上钉好了内框条和画布，然后又翻出了底胶。

没错！

他准备给金主爸爸画一幅足足六平方米的，足以当壁画的油画！

因为司先生跟他说规格随便画。

为了展现诚意，顾白当然是要画一幅足够震撼到司先生的画来。

不是说有钱人都喜欢巨幅的大画嘛，因为看起来很有视觉冲击力，也相当有格调。

所以顾白决定画这么一幅充满视觉冲击力，也相当符合有钱人审美的画作。

司先生肯定想不到那么小的线稿图画出成品能有这么大！

顾白踩着凳子，小心翼翼地给画布涂着底胶，那架势认真得就像在米粒上刻字一样仔细。

涂完了底胶要放置一两天，这个画布面积太大，估计要更久一些。

顾白还是有其他的事情要干的。

比如某宝上要定制画的，两位水彩客户里有一位下定决心要买了。

顾白收了定金，从比较简单的水彩开始画。

这段时间他兢兢业业，白天在墙上画，晚上回家在纸上画，抽空还去学长介绍的地方定制了画框和准备给司先生画的油画的内框条。

每天晚上睡觉的时候，顾白都觉得这简直就是他的理想生活。

翟先生最近似乎是铁了心要当他的背部挂件，每天都会跟他去上工，哪怕无聊到只能玩消消乐也不放弃。

在S市艺术博览中心的项目结束的时候，高教授的团队果不其然收到了来自老板的大红包。

因为翟先生那一波操作，不只初次开馆期间的门票都卖出去了，许多人奔着这未开先红的展馆，主动找上来希望能够参展。

截至目前，已经能够开放第二博物馆啦！

对于将翟先生带过来还免费做了一波宣传的顾白，老板的红包包得非常大方，还说要是展览顺利，再给他们发奖金。

除了老板的大红包，顾白还拿到了项目结算的钱，以及老师给他包的大红包！

顾白被老师和资本家的大方感动得眼泪汪汪，抱着打进了大红包和项目工资的银行卡回去，斗志昂扬地踩在新买来的小梯子上，面对已经制作好的画布，正式落下了第一笔。

为了司先生的股票，为了S市郊区的厕所，为了将来能够有底气砸钱举办个人画展！

一口气拥有了大笔本金的顾白落笔如有神，仿佛已经嗅到了金钱美妙的铜香气。

从S市艺术博览中心的项目结束那天算起，顾白已经蹲在家里三天没出门了。

不止没出门，他甚至都没有喊物业给他送菜。

翟良俊每次从自家伸出脑袋看情况，顾白的家门都是紧紧关着，还锁上了门。

狐狸精把这事跟司逸明说了，司逸明显得相当平静。

大佬大致能猜到顾白是在干吗，多半是在认真画要给他的画，因为这小崽子一向实诚得不行，比如一万五人民币就给黄亦凝画了张至少能撑个上百年的皮。

这种认真的态度司逸明是非常欣赏的。

为了避免狐狸精去骚扰小崽子，司逸明跟翟良俊随口胡说道："可能在闭关修行吧。"

这年头还有灵族静得下心来闭关修行。翟良俊马上肃然起敬。

倒不是这个时代的灵族有多浮躁，而是闭关修行这种事吧，一般就是远离尘世，找个幽静的深山老林待着，避世求真。

但现在这个时代，整片大地已经是属于人类的了。

而人类呢，总有那么些人喜欢开发山头、承包山林、建奢侈的原生态度假村，更深入一些的，那些探险家和濒危动物研究专员上雪山下沼地，入深山探崖壁，就没有

哪个地方是他们摸不到的。

前些年据说有个闭关了十几年的大黑熊，在自己的闭关地点溜达的时候，迎头撞上了一台航拍机，结果没过两天就被一群人类科研人员打了麻醉剂送去了野生动物保护中心，最后他被送到了隔着大半个华国的另一座山头。

理由是原本那片山林不符合大黑熊的生存条件，研究判断应该把大黑熊放归合适的生存环境为佳。

等到大黑熊跑回自己闭关的那座山头的时候，他留在那里的全部家当已经被附近的灵族抢光了。

这样的例子不止一个两个，待在深山里的那些灵族也非常警惕，主要是为了提防不知道会从哪里冒出来的人类和人类日新月异的科技仪器。

像九州山海苑这样的小区，直接坐落在热闹繁华的大都市里的，就根本谈不上什么闭关，闭关修炼的时候受到打扰是很容易走火入魔的。

所以在这种大环境下，会闭关修行的灵族屈指可数，有一个说法是，每一个能够静下心来闭关的灵族，未来都不可限量。

翟良俊听到顾白在闭关修行，仿佛已经看到了一颗冉冉升起的妖界新星。

摆着一张正经严肃的脸，把狐狸精忽悠过去的司逸明沉默了两秒，万万没想到狐狸精居然真的就这么信了。

他只是随口那么一说，免得狐狸精好奇心上来了跑去皮一下。

毕竟创作的时候最忌讳被打扰，顾白一直不出门，连送菜都没喊人，就证明他已经沉浸在其中了。

可这狐狸精什么时候这么好忽悠了？司逸明看着翟良俊，欲言又止。

而他们的讨论中心顾白，这会儿正将那两幅私单的画从画架上拆下来，水彩早已经画好了，油画那一幅刚刚晾干。

他正好有时间带着内框去他定制过画框的店里，把这两幅私单和要参展的那张画全都装裱起来。

顾白揣上银行卡和手机，抱着三个大小不一的内框就出了门。

他这边门一打开，司逸明和翟良俊就齐刷刷地看了过来。

顾白前边被画挡着，完全没注意到他们，抱着画框摸索着关了门就往电梯那边走，走了几步，才看到像是正在交流着什么的两位大佬。

顾白一愣："翟先生、司先生，上午好？"

翟良俊也跟着愣了愣，看了一眼顾白怀里抱着的画："上午好啊顾小白，你这是准备干吗去？"

"去取我的画框，把这些裱起来。"顾白答道。

翟良俊转头看了一眼司逸明，问顾白："你这几天都在画这个？"

"是呀。"顾白点了点头。

其实还有司先生的巨幅画，因为不确定司逸明愿不愿意让别人知道，顾白就没有提。

即便他没有提，狐狸精也知道自己被忽悠了。

翟良俊敢怒不敢言，转过头控诉地看向忽悠他的司逸明。

随口忽悠狐狸，对方还信以为真，司逸明抬手一巴掌拍在了翟良俊的背上，淡淡道："你发财。"

翟良俊登时一口气噎在那里不上不下，瞪着眼半晌都没能说出一个字来。

被貔貅这个财神爷钦点说要发财，那他肯定是要发大财的。

翟良俊不缺钱，但过段时间要去谈的生意，跟人类的货币没什么关系，说实在话，他的心里底气并不是特别足。

这会儿司逸明说他要发财，翟良俊高悬着的心多少落下了一些，也就非常勉强不再记挂司逸明忽悠他的事了。

翟先生重整旗鼓，准备继续化身顾白的背部挂件，却被司逸明横插一脚，直接把活儿给接了过去。

"画不好拿吧？"司先生说道，"要去哪儿？我送你。"

顾白抱着画，其实感觉还行，最近他的身体素质比以前好了太多，三幅画加上内框的重量在他手里跟纸一样轻。

顾白看着已经换好了鞋的司逸明，拒绝的话在喉咙口转了两转，最终还是咽了回去，改口道："那就麻烦司先生啦。"

司逸明点了点头，掠过蒙了的狐狸精走向了电梯，然后像是想起了什么，回头看了一眼翟良俊，提醒道："黄亦凝今天该回来了。"

翟良俊一个激灵就清醒过来了，低头看了看自己相当随性松垮的睡衣睡裤，火急火燎地跑回自己家整理形象去了。

抱着画的顾白，对翟先生的一系列操作叹为观止。

司先生真的很会对付翟先生啊！

对翟良俊自来熟的热情，除了接受和努力回报之外找不到其他方法的顾白，满脸崇拜地看着司逸明。

司逸明转头瞅了他一眼："怎么了？"

"司先生好厉害。"顾白诚实地说道。

司逸明挑了挑眉，对顾白的崇拜相当受用。

司逸明从车库里挑了一台低调的车，刚准备打开副驾驶座的门，就发现顾白已经抱着他的画坐进了后座。

司逸明收回了开副驾驶门的手，也没说什么，问完地址就直接发动了车子。

司逸明对S市实在是太熟悉了，熟悉到不用导航也知道每一条小街小巷应该怎么走。

顾白发现了这一点，张了张嘴想要表达一下敬佩，但想来想去，好像除了一句干巴巴的"司先生好厉害"之外想不出更多的夸赞了。

于是他又默默把话头给憋了回去。

不擅长社交的顾白不清楚应该怎么主动挑起话题，这种在密闭空间里单独相处的情况，跟以前遇到了顺便打招呼，或者是有事情分享的情况完全不同。

他发现自己根本没有什么话题是能跟司逸明聊起来的，而司逸明又不像翟良俊那样，一个人都能高高兴兴地说个没完。

一时间车里很是安静。

顾白小心地护着他的画，低头有一下没一下地戳着手机，想着应该说点儿什么，偶尔会抬起头来，透过后视镜观察一下司先生的脸色有没有不高兴的痕迹，虽然后视镜里只能看到司先生的四分之一张脸。

司逸明察觉到了顾白小心翼翼的目光，觉得有些好笑。

在等一个红绿灯的时候，司逸明主动开了腔："这些画……"

顾白一愣，忙不迭地答道："是我接的私单，您的画我有在好好画的。"

司逸明想说他没有质疑顾白摸鱼的意思，但他在思及顾白接了私单的时候，微微顿了顿："你很缺钱？"

一提到这个，顾白就可骄傲地说道："我现在有钱啦！"

司逸明透过后视镜看了他一眼，并不觉得意外。

废话，他每天跟貔貅走得这么近，挣不到钱才有鬼了。

但司逸明的关注点并不在这里，只是继续说道："顾朗不给你钱……"

司逸明说到这里，恍然道："哦对，他成天在一些乱七八糟的地方蹲着，没钱正常。"

"哎？"顾白愣了好一会儿，"您知道我爸爸他……"

顾白犹豫了一下，思考着要不要继续问下去。

他爸从来不说自己去哪儿了，要说顾白心里不好奇不想知道，那是不可能的。

但是顾白绝对尊重爸爸，他不愿意说，那顾白也不会去问，哪怕是通过别人的描述得知这件事情，顾白也觉得不太妥当。

司逸明已经放弃纠正，在顾白心里"爸爸是顾朗"这个错误认知了。

他也猜到了顾白是想问什么。

"你别去找顾朗，他待的地方都太危险了。"司逸明告诫道。

毕竟是身为神兽公敌的大凶兽，两人从上古年间打到几百年前，结怨颇深。

虽然顾朗从三百年前就慢慢沉寂了，但要是闻着了他的味儿出现在自己的辖区里，是个神兽都会暴起把他赶出去。

还有几个负责巡逻的，就喜欢追着凶兽揍。

顾朗要没被发现，多半是躲起来了，而且是躲到危险程度相当高的地方去了，比如什么活火山口啦，深不见底的海沟啦，或者地壳裂缝和高耸山峰的某个雪洞里，都是人迹罕至不会发生大规模争斗的地方。

神兽和凶兽打起来的动静相当大，折腾出地震海啸什么的太正常了，所以顾朗要躲的地方，都是普通灵族不会去的。

这些地方对还是幼崽的顾白来说危险性太高了，何况顾白根本不可能是顾朗的崽！

司逸明是绝对不会向顾白透露顾朗在哪儿的，万一小崽子想爸爸了跑去找顾朗，结果遇到危险了怎么办？

红灯的倒计时快结束的时候，司逸明满脸严肃地看着顾白，强调道："既然公寓的钥匙是顾朗给你送过来的，他要有事找你的话肯定直接过来，你别动去找他的心思。"

顾白沉默了好一会儿，说道："爸爸他待的地方……很危险？"

司逸明回答："很危险。"

顾白点了点头："哦。"

司逸明诧异地看了一眼低头玩手机的顾白，没想到他的反应就这么平淡。

但他没看到下一秒顾白深吸了口气，打开了和他爸的短信界面。

爸爸他……

果然是拯救世界的超级英雄啊！

顾白满心崇敬，决定回去找个时间画张画，记录那些不为人所知的、默默守护着世界和平的英雄。

比如他爸爸！

听起来，司先生好像知道爸爸在哪里。

顾白觉得司先生跟他爸爸肯定是关系非常好的朋友。

不然司先生不会这么照拂他，还提醒他不要去找他爸爸。

这样的认知让顾白感觉自在了不少，他低下头在某宝上通知了那两位买家今天就会发货，并要求他们拍下尾款链接之后，就打开了话匣子，试探着挑了一些话题说了起来。

然后顾白就发现了，不管他提起什么话题，司逸明都能接上茬来，哪怕是绘画艺术司先生好像也非常了解。

顾白的惊讶不加掩饰，他还发现有的偏门内容他听都没听过，而司逸明却说得头头是道。

而且司先生还一心两用，开车聊天不翻车的绝技！

顾白简直想给司先生送上诚挚的掌声！

司逸明透过后视镜看了满脸惊叹的顾白一眼，难得露出了一丝笑意来。

"不用这么惊讶。"他说道，"像我们这样的，总会知道些别人不知道的东西。"

顾白点了点头，觉得有钱人之所以能这么有钱，其背后的努力恐怕相当不得了。

上至金融业下至娱乐行业，偏门到天然颜料的制作工艺小知识他都了如指掌，实在是令人佩服。

司逸明有心要获取他人好感的时候，效果是非常非常显著的。

顾白上车的时候还小心翼翼地打量着司逸明的表情，到店下车的时候，就已经大大方方地接受了司逸明帮他拿画的举动。

顾白定制画框的店面坐落在 S 市郊的老城区，位处一条车开不进去的小巷子里。

这是他大学长推荐的店面，店主是一个上了年纪的手工艺人，这里的生意并不算多好，价格却相当实惠，来的基本上都是熟客以及被熟客介绍过来的新客人。

店门的入口是非常普通的一扇铁栅栏门，门上没有挂锁。

推门进去，入目的是一座挺宽敞的小庭院，庭院正中间有一棵非常茂盛的榆树。

榆树底下晾晒着几件衣服，种着些花草，角落里阳光能照到的地方，堆放着一些木料。

穿过庭院，才是真正的店门，说是店门，其实并没有挂店名牌子。

门大敞着，顾白和司逸明走进去，就看到有些昏暗的室内亮着一盏台灯，台灯底下有一位头发半白的老先生，正戴着一副大框的老花镜，仔细地雕刻着手中的一个木雕。

顾白放轻脚步，回头对司逸明做了个轻一点儿的手势，然后用很小的力道敲了敲墙壁，小声道："余叔，我来取我的画框。"

老先生看着有些年纪了，但却耳聪目明，听到声音的时候马上就抬眼瞅了瞅，看到来人是顾白就对他露出了一个笑容，却没将手里的东西放下。

"顾白啊！"他说起话来中气十足的，笑声爽朗，"你的画框在那边，你把画装进去看看还有没有需要调整的地方？"

"好的，谢谢余叔。"顾白笑着点了点头。

他第一次和余叔见面的时候就觉得这位老先生相当亲切，加上余叔给他的价格也十分实惠，所以剩下的几家店面都没有去，直接就定下了这一家。

顾白在刚刚余叔指的地方，找到了他的三个画框。

司逸明看了一眼毫无所觉的顾白，又转头看着那个老先生，那位老先生也沉默地看着他。

最终后者率先没能扛住，双手合在一起拜了拜，露出个求饶的表情。

司逸明仔细分辨了一下对方身上的气息，确定没有什么凶煞之气后，微微颔首，去帮顾白装裱他的画了。

余叔的手艺很好，顾白将画小心地装进去之后，没有发现什么不妥的地方。

顾白看着装裱好的三张画，感觉心里美滋滋的："没问题，谢谢余叔！"

老先生还在专心雕手里的小木雕，听到这话摆了摆手："行了、行了，下次再照顾一下你叔的生意就行。"

"好！"顾白欢喜地点点头，跟老先生告辞之后，带着司逸明抱着三幅画离开了店面。

司逸明转头看了看这个庭院，目光在院子里那棵异常茂盛的榆树上边停留了一瞬，便收回了视线。

榆树成精，还在他的眼皮子底下藏起来了，可真是难得。

不过看对方在人类社会融入得相当不错，司逸明也没有去插手这棵榆木精的生活的必要。

现代社会里，灵族都不容易。

司逸明跟着顾白先把那张要参展的画放进了车里，然后又去了这条巷子里的快递点，将另外两幅画包装得严严实实，寄了出去。

顾白将物流信息更新了一下，看着买家拍下的尾款，坐回车里的时候整个人都显得十分兴奋。

"本金又增加啦！"顾白高兴地说道。

司逸明知道他说的是股票的本金。他发现顾白现在因为一丁点儿钱就会开心得手舞足蹈，心想小崽子怎么这么可爱。

等到时候翟良俊的灵族物流真的做成功了，拿着大笔的灵石和法宝给他分红的时候，顾白岂不是要高兴得上天去？

一向不怎么在意钱财的貔貅发动了车子，不急不缓地应和着顾白溢于言表的快乐。

"我觉得不止能赚回来一间厕所了，大概可以升级成一个客厅！"顾白说道。

"……"

司逸明被小崽子这个一点儿都不伟大的梦想震惊了一下，但并没有嫌弃他。

司先生一脸严肃正经地点了点头："说不定能升级成一个一室一厅。"

"那就太好啦！"顾白喜滋滋地应道，"以后我可以想买什么牌子的颜料就买什么牌子的颜料了！"

司逸明应了一声，觉得顾白的成长太不容易了，然后掏出了内心的小本本，给顾朗记上了一笔。

"多画些画，多参些展，要是有机会得到那些大艺术家的赞赏，我就有机会开个人画展啦！"

顾白还在畅想："等我成名了，我就一幅画卖十万！"

说完他低头瞅了瞅自己的双手，顿了顿，纠正道："不，百万！"

一幅画卖百万，四舍五入就是一个亿，进阶一下就是帝都三环内的大花园独栋豪宅！

分分钟千万上下的司先生对此发表了一个建议："拍卖能赚更多。"

"哎？"顾白愣了愣，完全没想到司先生会认真考虑他做的白日梦，蒙了两秒之后，

顿时不好意思地收敛起来，抿着唇摸了摸鼻子，嘟哝道："我……我就是想一下。"

但司逸明却非常笃定地说道："你可以做到。"

顾白抬头看了一眼司逸明，发现对方是一脸认真而非敷衍的抚慰，抿着的唇顿时就控制不住地翘了起来。

顾白觉得自己不能太得意给司先生留下坏印象，忍了又忍，半晌，终于还是没能忍住，抬头对着驾驶座上的司先生露出了一个堪比太阳的灿烂笑容："那就承司先生吉言啦！"

司逸明透过后视镜看了一眼开心到见眉不见眼的顾白，脸上也跟着带出了笑意。

顾朗那家伙，何德何能能有这么个赤诚可爱的崽。

他绝对是跑哪个瑞兽窝里偷出来的！

司先生在内心的小本本上疯狂给顾白他爸上着黑料，面上却不动声色，一点儿颠簸都没有地带着顾白回了家。

到家的时候恰巧是午饭的点，顾白走出电梯低头看了一眼时间，意识到已经过去这么久了，便转头对陪他忙碌了一上午的司逸明说道："司先生，要不要来我家吃……"

他话音未落，就被一声惨号给打断了，伴随着 665 号房的房门打开，衣冠楚楚却被揍得鼻青脸肿的影帝被一只纤纤玉手拎着，扔了出来。

顾白吓得往后退了一大步，直接撞上了站在他右后方的司逸明。

司逸明抬手按住直接撞进他怀里的顾白的肩膀，帮他稳住。

黄亦凝伸脚踢了踢影帝，满脸嫌弃："就你这满脑子黄色废料也想追老娘？"

翟先生被踢得抖了抖，屃唧唧地呜咽了一声。

黄亦凝更嫌弃了，她抬头对坐电梯上来的顾白和司逸明点头打了个招呼，然后关上了门。

翟先生缩在地上，看起来非常凄惨。

司逸明对这样的情况司空见惯，毫无同情心地收回了落在翟良俊身上的视线，然后问顾白："你刚刚是想说什么？"

顾白喃喃重复："您要不要……来我家吃午饭？"

司逸明点了点头："行。"

顾白给物业去了条短信要他们送菜过来，然后走到翟先生身边蹲下，戳了戳这坨浑身都被阴影包围的影帝。

翟先生生无可恋，顶着司逸明冷酷的注视，伸手握住了顾白的友谊之手，带着哭腔无比凄惨地说道："我表白失败了。"

顾白："……"

这不是很正常的事吗？

"心都碎了。"翟先生颤抖地说着，收回手，把自己缩得更小了。

顾白觉得这样真的有点儿惨。

司逸明将顾白拉起来，说道："不用管他。"

狐狸精那颗心都不知道碎过多少次了，过两天就又能重新活蹦乱跳皮得上天，也就能骗骗顾白这样心地善良的小崽子了。

顾白一步三回头地回了家，吃完午饭之后想了又想，还是做了一份辣子鸡丁，装了碗剩下的饭，递给了还扑街在黄女士家门口装尸体的影帝翟先生。

正巧这个时候黄女士打开了门，俯视着盘腿坐在她家门口吃饭的翟良俊，以及蹲在翟良俊身边的顾白。

黄女士眉头一挑，翟良俊端着碗脖子一缩，顾白看了看这个又看了看那个，觉得自己是不是做错了什么。

三人六目相对，场面一度非常尴尬。

"啊！"顾白想起之前邀请过黄亦凝的事，急中生智，"黄女士今天下午要来我家吃饭吗？之前想感谢您的时候您没有回来，今天补上。"

黄亦凝顿了顿，然后点了点头。

说好心碎了之后过两天才会恢复的狐狸精，在听到这么个消息之后，只花费了区区三个小时就迅速修复好了自己被揍出来的伤痕和破碎的心灵！

国民老公还是那个英俊逼人帅气无双的国民老公！

这位国民老公穿着一身随性却帅气依旧的家居服，在晚饭之前敲开了顾白的家门。

翟先生撩起袖子，对打开家门的顾白露出了大灰狼一般的表情说道："顾小白啊，我来帮你做饭！"

第 5 章
采风

那一天，顾白终于意识到，这个世界上真的有厨房杀手这种物种的存在。

"翟先生您放下，那是糖粉不是盐。"顾白把一罐子糖粉从翟良俊手里拯救了下来。

翟良俊愣了愣："怪不得闻起来不对劲。"

顾白没纠结翟先生辨认调味料竟然靠闻这个问题，过了没几分钟，顾白又从翟良俊手上拯救了一个小调料罐："这是味精不是白砂糖。"

翟先生揉了揉被各种各样的调味料气味熏到嗅觉系统混乱的鼻子，感觉痒得厉害。

他溜出厨房，打了个喷嚏，然后又溜了回来。

顾白看着他不知所措地转悠，想帮忙又不敢下手的样子，从冰箱里拿出了番茄和蛋，把番茄和葱花切好，然后又把盐放在了灶台边上。

"翟先生，试着做做番茄炒蛋吧。"顾白说道，"我教您。"

这是最简单的入门级炒菜了，菜和佐料都准备好了，只需要翻炒，总不会出什么问题。

翟良俊瞅瞅番茄和鸡蛋，点了点头。

"先等锅里的水分烧干，然后倒油，不用太多……"顾白站在翟良俊身边一步一步地教。

顾白也猜得到为什么翟良俊会跑过来说帮他做饭，无非因为黄女士答应了他过来吃晚饭。

翟先生在追求黄女士这条道路上可是越挫越勇的。

黄女士看起来应该也不是完全没那个意思。

关于这一点，顾白还是从这俩人上次被司逸明暴打之后的相处看出来的。

翟先生对黄女士家里的摆设相当熟悉，连医药箱在哪里都清清楚楚，而黄女士在赶着出去工作之前要求翟先生帮她收拾屋子，这种信任也非同一般。

虽然不知道他们为什么不在一起，但顾白觉得，这两个人绝对有猫腻。

顾白盯着翟良俊，一步一步告诉他什么时候应该起锅，什么时候应该放盐，什么时候撒上点儿葱花，不需要动脑子只需要翻炒这个动作，番茄炒蛋这道菜对翟良俊来说没有任何难度。

在经历了各种降智打击后，翟先生成功做了份番茄炒蛋出来，闻着味道看着色泽，竟然还颇为不错。

"有意思。"翟先生点评了一句，然后美滋滋地端着他的作品出去了。

顾白看他出了厨房，松了口气，洗锅继续做别的。

给黄女士准备的菜色很丰盛，由于翟先生也在这里吃，顾白还另外做了一道酸辣鸡杂。

顾白瞅瞅吃得挺开心的黄女士，又瞅了瞅把那碟子番茄炒蛋摆在了距离黄女士最近的地方的翟先生，低头默默扒饭。

"这是我做的！"翟良俊把那碟子番茄炒蛋往前推了推。

黄亦凝看了看点头的顾白，又看了看翟良俊，不急不缓地应了一声之后，在翟良俊期待的眼神下，夹了一筷子番茄炒蛋，但没做评价。

翟先生眼底的亮光以肉眼可见的速度消失了，顾白实在爱莫能助。

这顿饭吃得有点儿沉默。

顾白准备收拾碗筷的时候，看着手边的空菜盘和把番茄炒蛋吃光的黄女士，一时摸不清黄女士的态度。

翟先生在一旁蔫头耷脑，顾白刚想说一句话安慰一下他，手里用过的筷子就被黄亦凝拿了过去。

黄女士"咔吧"一下拧断了那双筷子，然后一伸手，拎着翟先生的衣领把他拽了起来。

顾白愣愣地看着被掰成了两截的筷子，发蒙。

而黄亦凝对他露出了一个漂亮温婉的笑容，说道："很好吃，谢谢款待。"

顾白看着被折断的筷子，对黄女士傻愣愣地点了点头。

然后黄女士把蔫蔫的翟先生拖走了，顾白送他们到门口，发现黄女士把翟先生拖进了自己家。

顾白关上门去收拾碗筷，瞅了瞅那双被掰断的筷子，百思不得其解。

这是什么特殊的感谢方式吗？

顾白迷茫地拿着那双筷子，最后把它扔进了垃圾桶里，默默进厨房刷碗。

洗完了碗，顾白麻溜地上了二楼，面对着那张还只是铺了底色的巨大画幅，给自己系上了围裙，拿着刷子搬着小梯子就上了。

顾白画的这张貔貅图，是凭借着他对于那一场梦境的印象画出来的，风格是偏向华国传统壁画的那种彩绘效果。

顾白准备在最后修饰细节的时候，用金箔和银箔来强调线条和作为画面主体的貔貅。

这幅画是一条横着的长方形，貔貅的主体占去了整幅画面的三分之二区域。

剩下的三分之一，是顾白以前梦境中的那些不祥的漆黑东西为原型，经过加工和变形所构建出来的翻涌的白色祥云。

昂首咆哮的貔貅身披金甲，行走间带起了一片翻涌的白色祥云。

顾白在翻阅了大量资料之后，给这幅画定下的背景元素，是士气高昂的古时军队。

绣着貔貅的战旗飘扬，军士身披漆黑铁甲，胯下战马嘶鸣，尖枪与长矛握于手中，前排的盾兵沉默稳重如同山岳，后方身负弓箭的远程弓手立于高处眺望护持。

貔貅之师气势恢宏，宛如画面主体之中昂首怒咆的神兽。

这样的画面还只上了一层底色，背景上的底色偏黄而暗沉，以此来表达行军时被战马与军士扬起的灰尘与战时暗沉的气氛。

与背景的灰度所对应的，就是主体貔貅的明亮。

顾白调试了很多种颜色，每一种颜色都是饱和度极高的，明亮而张扬。

顾白对那个梦境中看到的神兽印象相当深刻，在他反复回忆了那个梦境之后，那一团白光带着肃杀的正义凛然之气，撕破了不祥的黑暗踏空而来的画面占据了他的大脑。

顾白通过绘画将那样肃杀与凛然的画面原原本本地还原了出来不说，甚至还通过背景着重体现了这一点。

顾白不能保证司先生看了这幅画会绝对满意，但扪心自问，他绝对是花尽了心思来作这幅画的。

顾白蹲在家里画了一个多星期，这幅画的细节太多了，只比之前那面 3D 墙稍微轻松上些许。

这一幅画废掉了他两套笔和三套颜料，其他损耗的材料和器具比起笔和颜料来几乎可以忽略不计了。

顾白小心地将适量的金箔粉混入了金色的颜料中，最后再做了一些调整，给貔貅的龙尾上最后一片小小的细鳞覆上了一层亮闪闪的金箔。

完工！

顾白从小梯子上爬下来，沾着一手的金箔粉在穿着的围裙上胡乱地拍拍，退到落地窗边上看着这幅巨大的画，感觉美滋滋的。

画再晾上一会儿就能干透，正好现在他可以叫司先生过来看！

顾白低头看了看自己脏兮兮的双手和邋里邋遢的衣服围裙，也知道不能这么去见金主，于是开开心心地拎着画具哼着歌跑进了二楼的洗漱间里清理。

之前因为画得太过投入而没有及时清理颜料的画笔和画刷基本上是救不回来了，但顾白用得相当顺手的那个调色盘还是可以挽救的。

顾白拿松节油清理着手上和调色盘上沾着的颜料，清理完挤点儿洗手液搓搓，马上恢复了白白净净香喷喷的状态。

他把身上的围裙和工作专用的大码衣服换下来，随手一扔，看了一眼时间，刚准备出门去找司逸明，就接到了来自学长的微信。

是那个说要跟顾白合作新项目的学长。

他发来的微信内容也非常明确，是关于下一次的项目的。

S市五藏区双街路 033 号溪谷博物馆，九月六号正式开工，三十平方米，工期三周，主题是草原艺术展，纯手绘壁画。

连设计带成品，甲方出价三千六一平方米，材料成本可报销。

学长拿六顾白拿四，多拿的一分算是学长当中介绍项目的钱。

这可真是太实惠了！

现在才八月，还有一个月的时间可以让他找灵感瞎浪！

顾白毫不犹豫地答应下来，甚至十分美滋滋的。

学长回了个 OK，然后告诉顾白提前一周去实地考察，得到了肯定答复之后又发了个摸摸头的表情包。

顾白算了算自己能够在这个项目里拿到的钱，再加上之前项目的钱和大红包，还有零零碎碎的私单，一算总金额，高兴得只想在地上打滚。

挣钱也没有他想象中的那么难！

顾白到底是没在地上滚，但也没能控制住自己，在沙发上滚了一圈，抱着靠垫开心得直蹬腿，蹬完了又把坐垫一扔，屁颠屁颠地去敲司逸明的门了。

司逸明打开门，看着顾白兴高采烈的样子，目光在他手上转了一圈，发现没有甜品之后，眉头一挑："怎么了？"

"司先生，我画完啦！"顾白高兴得有些控制不住音量，"您的画！"

司逸明大致是能猜到顾白为什么这么高兴了，画完了，就是说能够从他这里取得报酬了。

报酬是一只至少在一个月的时间里都会连续涨停的股票。

司逸明看着顾白，发现他眼底的期待几乎都要溢出来，才慢吞吞地换好了鞋，跟着顾白去了他家。

司逸明是看过线稿的。

线稿他挺满意，但是黑白的线条稿子跟完整的、上了色的成品图给人的感觉是截然不同的。

司逸明打死都没想到，顾白竟然会画这么大的画。

哪怕是司逸明，在看到墙上的画时都有那么一瞬间的失语。

但排除掉大这一点，司逸明对于这幅画本身非常、非常满意。

他从这幅画上看到了肉眼可见的灵气，那股跟他出自同源的肃杀正气无比强烈且锋利，几乎都不需要他分出自己的力量去附着在画上。

"很好！"司逸明简单而利落地评价道。

顾白两眼明显亮了起来。

司逸明准备把这幅画送到物业大厅里去挂起来，有这幅画镇着，司逸明本人哪怕是离开一个月，都不会发生之前那种短短几天就群魔乱舞的场面。

这可真是帮了老大的忙了！

司逸明看向顾白的眼神漫上了一丝微不可察的热切。

他们这帮子神兽都加了几百年的班了！

几百年没有休假！

顾小白简直就是神兽的救星！

"报酬你现在就要吗？"司逸明问。

顾白想了想自己下一个项目的四万多块钱，忍住了自己蠢蠢欲动的心，摇了摇头："暂时不要。"

司逸明点点头，反正他不会赖账。

但在确定了顾白有这样厉害的能力之后，他倒是有事情要找顾白帮忙。

"你最近这个月有没有时间？"司逸明问他。

"哎？"顾白一愣，而后回答道，"我的下个工作在九月初，但是我准备去采风。"

顾白没见过草原，看视频找资料那是没钱时候的下下之策，现在有钱了，当然还是实地去看看比较好。

司逸明想了想，又问他："你要去哪里采风？"

顾白乖乖答道："还没计划好，但我要去看看草原。"

"巧了。"司逸明露出了笑容，"X 省去不去啊？"

世界上最大的高寒草甸草原！

你去的话一路上的消费我全包啊！

顾白觉得去哪儿区别都不大，去 X 省还刚好可以去某著名宫堡式建筑群看看建筑设计和壁画。

"也可以呀。"顾白看着司逸明，问他，"司先生是有什么事吗？"

"那边有个……"司逸明斟酌了用词，说道，"工作，需要你去做。"

顾白一愣："哎？"

司逸明说："你要去草原采风的话，刚巧就算出公差，给你包差旅费，怎么样？"

顾白惊叹地看着浑身上下都透着一股"老子不差钱"的气势的司逸明，但还是没有马上答应他。

因为他先答应了学长的工作，万一那边完成不了导致耽误学长这边的工期就不好了。

顾白虽然心动于司先生仿佛取之不尽用之不竭的钱，但本身还是非常有职业操守的。

可要让他直接放弃，那也绝对不可能！

所以顾白就问了："是什么样的工作？"

司逸明答道："大约三平方米的一幅壁画，画一头白虎，风格设计你自由定。"

三平方米的壁画，一个月的时间，画精细的具象风格肯定是不够的，想要快速完成还能腾出时间去采风，那就最好是现在墙上挂的这种传统壁画彩绘，底一层，铺色一层，细化一层，不需要勾勒纹理，不需要在底上拿刮刀折腾出浮雕感，最大的难度就是如何用线条勾勒出该有的气势来。

顾白觉得可行，然后点头同意了这个邀请。

但出发之前，他得做些准备，比如收拾行李，做旅行之前的功课。

除此之外他还要去新买一个工具箱、轻便的折叠式画架、一个折叠式小矮凳和一些可以背着跑的画具，还有一台单反，比较便宜的入门级设备，以及最重要的，防高原反应的药。

尽管司先生非常笃定地表示他们不会有这个反应，但顾白还是准备了药以防万一。

司逸明得到肯定的答复之后可高兴了，都想直接拎着顾白飞到 X 省去！

但现在人类的雷达和监控系统几乎可以称得上是无缝覆盖，为了以防万一，灵族都是不能随便依靠特殊手段到处乱跑的。

就是司逸明他自己出国逮鸟那会儿，也得假借个谈生意的名头才行。

当然了，出国跟在本国内还是不一样的，出国他还得顾及国际非自然生物之间的矛盾和影响。

顾白要采风，必然是要去有人群聚集的地方，搁人类的世界里，就是得有他的交通证明才行，不然人类那个非自然生物督劝办公室主任又得苦着一张脸跟他叨叨了。

那简直是精神攻击。

之前被监控拍到已经被念过一次了，司逸明可不想再被念第二次。

司逸明给顾白三天的时间收拾准备，第三天一大早就去敲了顾白的门。

顾白开门的时候手上还套着隔热手套，屋子里扑面而来的是属于蛋糕的香甜。

"司先生？"顾白有些惊讶地回头看了一眼客厅里的钟，才七点，"不是十点才出发吗？"

司逸明嗅到了空气中香甜的气息，微微点了点头，然后将目光转向了厨房。

顾白一下子就懂了。

他将司逸明迎进来，然后举着还套着隔热手套的手，去把刚刚取到一半的戚风蛋糕拿出来脱了模，然后抹上奶油卷好再切好片，最后放到了餐桌上。

吃完蛋糕，司逸明问过顾白之后，把那幅干透了的画从内框里拆下来，喊了两个物业的人帮忙把这幅巨大的貔貅图给运走了。

十点，跑了趟老榆树那边要画框的司逸明准时到达了顾白的家门口。

他们的行程定得相当宽松，看得出来司逸明是以顾白采风这个目的为主的。

　　顾白只说了不要直飞，司逸明就主动表示先飞去川省省会，并且已经联系好了当地的朋友要了台越野。

　　没错，这位金融大佬，准备自己当司机，带着顾白走热门旅游路线。

　　顾白拒绝也不顶用，司逸明铁了心，非得陪他走这一趟。

　　实际上是这样的。

　　顾白不敢直接上飞机，因为怕落地就因为高原反应而当场扑街，直接就拒绝了飞机直飞的提议。

　　而司逸明一琢磨觉得这小崽子可能是想沿路顺便采风，干脆就大手一挥定下了自驾游的行程，沿路慢慢走采采风，自由也轻松。

　　至于自驾游攻略上的那些难题，对于貔貅来说根本算不上什么。

　　顾白看着司逸明这么自信的样子，就默默一个人抱着电脑搜了一大堆攻略和资料，以防止司先生被现实打败之后两个人陷入束手无策的境地。

　　而事实证明，顾白想多了。

　　司先生之所以如此自信，是因为他有着自信的资本。

　　除了到川省那天，一桌子红彤彤的菜色让顾白嘴巴都红肿起来这一点之外，进入了那条热门旅游线路之后，一切都相当顺利。

　　天气总是晴朗的，还有浮云在天际安逸地飘。

　　攻略上说的那些一天三小变、三天一大变的天气完全没见着影子。

　　而干粮和水的问题就更好解决了，司先生在川省的朋友不仅备了车，还备了一大堆够他们吃半个月的干粮和水，味道还相当不错。

　　至于洗澡，顾白都不知道司先生从哪儿知道的那么多偏僻难找的野温泉。

　　司逸明以前经常藏着原形从高空穿越整个神州大地，远远地看着地面上渺小的一切。

　　他极少有像现在这样，慢腾腾地开着车，一点点看遍山、水、人的时候。

　　这种感觉似乎也挺不错的，司逸明穿着一身偏厚的运动服，盘腿坐在一湾湖水边的草地上想着。

　　他的后边，顾白正搬着小凳子，架起了画架，拿着水彩就开始写生了。

　　画里有蓝天，有白云，有草有湖，还有坐在湖边，脱去了那一身紧绷正装的人。

　　顾白手中的笔微微一顿，再抬头时，他便对上了司逸明随意扫过来的视线。

　　两人皆是一怔，顾白率先露出了笑容来。

　　跟之前总是穿着正经西装衬衫打着领带的印象不同，这位先生在离开 S 市坐上了那台车之后，整个人就放松了下来。

　　失去了那种紧绷感，连眉间的严厉都消失了不少，他那种让人见了就忍不住害怕的气势悄然消失了。

　　不过就算这样，路上遇到的那些求搭车的穷游背包客一见到他那副面无表情的样子，也依旧不敢上车。

但对于跟他朝夕相处了不少日子的顾白而言，他能很明显地察觉到司逸明的放松。

司先生大概是很久没有休假了？

顾白一边画一边猜测着。

可是司先生好像很多时候都待在家里呀。

而且以司先生对于这一路的了解程度，感觉他应该是那种经常出来旅游的类型。

顾白瞎猜着，随手换上了细的勾线笔，蘸了一笔黑色的颜料。

司逸明不知道什么时候走了过来，看到顾白的画时微微一怔："画我呢？要不要我重新坐回去啊？"

"哎？"顾白也愣了愣，转头看向这张画的时候，发现不知不觉画面的重点就变成了湖边的人。

而他手里蘸着黑色颜料的勾线笔，正是准备细化五官和头发的。

顾白："啊。"

这是个意外。

司逸明这一路上看着顾白拍了不少也画了不少，有的画里也有他的身影，但大多是剪影，顾白的写生主题大都是在风景上。

哪怕是那些牦牛和野驴子，都比司逸明出场率高，也被描绘得更加清楚一些。

司逸明瞅着还没细化，但整个人都随着风景显得格外柔和的自己，眉头一挑。

他现在的状态是这样的？

那看起来还真是加班使人绝望，不用加班可以摸鱼了，他整个人都变得软和了不少。

虽然司逸明觉得自己软和了不少，但这一路上，浑身的气势依旧吓得没有人敢来跟他搭话。

他们日出之际，开进了有着日光城美称的 X 省首府，跟那些风尘仆仆疲惫到来的人不同，别说司逸明了，连顾白都是精神奕奕干干净净的，浑身上下没有一点儿在路上断断续续开车走了十来天的疲惫。

司逸明带着顾白去了助理帮他订好的五星级酒店，司逸明要的是套房，两室一厅的那种。

两个人将行李一放，各自回屋好好休息了一上午，顾白就搞出了一个骚操作。

他从那些水彩写生作品里挑了自己最满意的四张出来，然后把剩下的六张拍照存好，接着一点儿不见外地拉着司逸明驱车离开了酒店，奔着人流量大的街道，买了几个五十块一个的常规画框把画装好，然后往路边上一蹲，就……摆起了地摊。

"……"

司逸明坐在车里，看了一眼下车买了个塑料布就拎着小凳子，拿张纸写上"五百一张风景写生"，还特意标注了英文的顾白，感觉自己真是见识到了。

这小崽子现在也不缺钱啊。

"但留着也是留着，剩下我最满意的那四张，回家之后会以更高的价格卖出去的。"顾白说道。

真正重要的素材，都已经记录在照片和脑子里了。

这些路上用来找感觉的写生练习作品，一张花费的时间最多也就四个小时，而且摆地摊当然不可能端多高的架子，五百一张还是因为这里来往人流量贼多而且大多是游客。

简单的解释就是，游客，好宰。

顾白美滋滋地在这里坐了两个小时，最后捧着三千块钱钻回了车里。

"怎么样，怎么样？司先生我厉害吧！"顾白两眼亮晶晶的。

司逸明看着他兴奋的模样，忍不住抬手拍了拍顾白的脑袋，夸他："厉害。"

顾白高兴得都要翘尾巴了！

"之前不是说想去看壁画吗？"司逸明发动了车子，"现在带你去。"

"哎？"顾白低头瞅了一眼时间，"可是要过开放时间了。"

司逸明偏头看了顾白一眼，没说什么，专心开着车。

顾白和司逸明到地方时，天已经黑了。

司逸明带着他直接走过了那个人来人往的广场，绕过了整座宫殿的主体，然后敲开了一个偏僻的侧门。

门打开了，但门后并没有人。

在远处灯光的微弱映射下，身处黑暗依旧有着良好视野的顾白，看到了一条蜿蜒向下的阶梯，阶梯很快就转入了拐角，看不清更后方的情况了。

这阶梯并没有让人产生什么恐怖的感觉，反而显得幽静而神秘，从底下散发上来的气息里，混着一股令人心静的檀香，就像是那些著名油画中的神秘城堡里，通往秘密与宝藏的密道。

司逸明见顾白傻傻地呆站在原地没有动静，以为他是因为黑暗而不敢前进，便越过他率先进了门，然后抬手打开了墙边上灯光的开关："走吧，下边就是你要画壁画的地方。"

顾白抬头看了一眼亮堂的白炽灯泡，又看了看被照亮之后完全失去了幽静神秘感的楼梯。

楼梯旁边有随着螺旋的墙壁安装的防摔倒的扶手，墙壁上贴着"楼梯漫长，切记抓住扶手，防晕防摔"的标语。

仔细一看，这楼梯竟然还是水泥砌的，顾白沉默了两秒，觉得自己一颗追求艺术神秘气息的玻璃心被现实击打得稀碎一片。

顾白看着司逸明走进去，也跟着踏了进去，然后反手带上了门。

出乎意料的是，顾白进入这个封闭的通道之后并没有什么不适感，也没有那种常年空气不流通的沉闷感。

顾白扶着扶手，跟在司逸明背后往前走。

阶梯盘旋向下，阶梯降落次第平缓，并不陡，走了约莫两分钟，顾白不可避免地感觉到有点晕。

司逸明发现顾白的脚步变慢了，转头瞅了瞅扶着扶手晃脑袋的顾白，对他伸出了手。

顾白一愣，微微歪了歪头："怎么啦司先生？"

司逸明解释道："我带着你。"

顾白看了看自己正扶着的扶手，又看了看司逸明伸出来的手，犹豫几秒还是没有落司逸明的面子，把手搭在了司逸明的手上。

司逸明的手掌很大，温热且有力，掌心有茧，显得有些粗糙。

顾白画过很多的手，很清楚茧子起在哪里是什么原因造成的。看来司先生并不是什么养尊处优的人，掌心的厚茧一摸就是干重活养成的。

千度上没有司先生赌石发家之前的履历，大约在此之前他的境遇并不好吧。

顾白专心猜测着，注意力从脚底的阶梯上离开之后，竟然也没感觉头晕了。

阶梯的出口是一道拱门，拱门背后是一片漆黑的大殿，应该是可以称之为大殿的。

顾白抬起头来，看到昏暗之中的穹顶上有一片闪烁的细小星子，散发着极为浅淡的光芒，在一片黑暗中争相展露着自己微弱的光。

顾白看着那穹顶，越看越眼熟，直到寻到了稍微明亮一些的北斗七星，才恍然意识到这是一条缩小了的银河。

在这条银河穹顶微弱的光芒下，顾白看到了周围墙壁上的壁画。

很明显，那是一面记叙性的壁画，主题是金戈交战世代更替，间或夹杂着一些看起来像是祭祀祈天的内容，而壁画上边的服饰打扮，像是从先秦时期开始记录的。

这些画遍布整座大殿，可以让人清楚地看到朝代的更迭。

司逸明走到旁边，一巴掌拍在了墙面上。

整个大殿便瞬间变得亮堂起来。

顾白微微眯了眯眼，适应了这样的亮光之后，一眼就看到了大殿主位上那块约莫一人高的空置石板。

"那里。"司逸明指了指那一面石板，"你要画的。"

顾白又看了一圈这些从未在资料上见过的壁画，回头看向司逸明，小心地问道："司先生，这里不是古迹吗？"

"是。"司逸明点了点头，"但也得有人维护，上边多的是人，下边这个就不是随便什么人都能插手的了。"

顾白一惊，顿时心领神会不再多问。

这肯定是什么不得了的秘密任务！

顾白想着，迅速撇去了好奇的心思，但又忍不住觉得激动且刺激。

他似乎向爸爸的世界迈进了一步!

顾白有点儿小开心地想着,然后抬步走向了石板。

司逸明也跟了上去。

要画一头镇得住整个西方的神兽,普通人类根本就没办法做到。

哪怕是顾白也够呛,但是没关系,司逸明想着到时候把不知道跑到哪里去加班加点的白虎喊回来让他给这块石板充充电就行了。

比起中部地区,西方姑且还算安定,但白虎最近递信来求援,说那些异兽接二连三地跑出来,他还要负责镇着那些邪气魑魅实在是分身乏术。

正巧司逸明发现了顾白这么个大宝贝,马上就把大宝贝带过来打算帮一帮老朋友。

邪气与魑魅魍魉生自人心,有人的地方就会有它们的存在。

常年在这种气息的笼罩下,普通人类会感觉疲惫不堪情绪低落,体质虚弱一点儿的,可能就直接病倒了。

但这并不是神兽们加班加点帮着镇压的理由。

他们一直帮着镇住邪气的理由,是这玩意儿对灵族异兽的影响比对人类的影响要大得多!

几十年前的大旱,就是因为负责南方的朱鸟一个没留神,两只旱魃被邪气影响企图报复社会,于是从窝里偷偷溜了出来,导致一场惊天的大灾难。

对于神兽们来说,那些动辄会导致战争、大旱、大水颗粒无收的玩意儿如果满地图蹦跶的话,他们恐怕是扛不住这么多异兽作天作地的。

他们华国的异兽被国际非自然生物联盟盖了戳,反复请求一定要着重注意看守。

尤其是那些会把异兽们勾出窝的魑魅邪气,一定要好好镇住。

这些邪气,往年间也经常见,但正式呈井喷式爆发,大约是从三百年前开始的。

具体是什么原因,神兽们觉得大概是这几百年来人口暴增的缘故。

而顾白的画,是能够替神兽短暂地镇住一片区域的魑魅邪气的,这意味着他们能腾出更多的时间去逮那些不安分的异兽、凶兽。

司逸明发觉了顾白这一项能力之后,当然是毫不犹豫地直接带人上阵。

这可事关地球母亲的安全问题。

换句话说,他们干这个事,可是在拯救世界!

完全不知道自己其实在拯救世界的顾白,正在研究这块石板的材质。

室内壁画并不需要过于注重灯光效果,可以直接支个灯架来调整光线角度。

来的路上顾白心里就已经有底稿了,这会儿琢磨一下材质直接开工也是可以的。

现在唯一的问题是,石板不平。

不平的话他要么利用视觉误差来调整,要么就补平。

顾白觉得他可能得去找找有没有卖丙烯材料和基层处理材料的店。

他带来的那一箱子材料大约是不够的。

司逸明看着顾白围着石板溜达了两圈就跑了回来，沉默地看着他。

"司先生，我们得去买材料。"顾白说道，然后列了一大堆要买的东西出来。

司逸明没意见，能用钱解决的问题都不是问题。

但想到钱，司逸明又意识到了一个问题，转头看向顾白，问他："你还没有提你要什么报酬，这一次的。"

顾白一愣，接着就陷入了苦恼之中。

顾白打小穷苦，见识少，眼界也不高，除了股票基金，对金融行业一无所知。

再加上这次来 X 省出差司逸明一路旅费全包，顾白不好意思再要什么大报酬。

他甚至觉得司先生这种分分钟收入千万上下的人，花一个月出来陪他采风还消费全包，已经完全超过一面壁画的价值了。

顾白这一路看到了很多美丽的风景，体验了许多以前从未见过、做过的事情。

他扎了帐篷，睡过睡袋，在野外搭了灶掐了野菜，泡过露天的野温泉，见过了最蓝的天和广阔的草甸，甚至还摸过了牦牛和野驴子。

他这小半个月非常开心，有的时候感觉自己像是在做梦。

能够这样顺顺利利开开心心地体验这些，而没有发生诸如感冒、吃坏肚子或者是惨遭牦牛和野驴子践踏的情况，司先生的陪伴和帮助尤为重要。

这半个月的经历和开怀，已经足够支付这份工作的报酬了。

再要金钱，顾白觉得有些过分。

顾白是这么想的，也是这么说的。

他不好意思地低着头，说着对司逸明感谢的话，然后小声地下了结论："所……所以报酬就不用啦，司先生陪我玩就已经足够支付报酬了。"

司逸明有些不能理解这个三番五次拒绝貔貅的钱财的小崽子，但能感受到顾白的诚挚和欣悦。

顾白的感谢发自内心，愉快也几乎写在了脸上，他是发自肺腑地觉得司逸明的陪伴就足够抵消一面神兽壁画的价值。

这人真是太乖了。

怎么一点儿都不贪心的呀！

司逸明想着，没忍住伸手揉了揉顾白的脑袋，力道有些重，揉得顾白跟着晃来晃去。

"不要报酬可别后悔。"他说道。

顾白脑袋顺着司逸明的手晃来晃去，听他这么一说，笑着点了点头。

两人走向了来时的阶梯。

顾白看着蜿蜒向上的阶梯，脚步一顿："司先生，这里没有电梯的吗？"

司逸明被这个问题问得一愣，但还是答道："没有。"

"……"顾白沉默了两秒，决定尊重自己娇弱艺术生的设定。

回头他过来画画的时候带上帐篷、睡袋和自热军粮！

在画完之前，他不出去了！

顾白最终还是没有实现扛着帐篷、睡袋去底下猫着直到壁画完工的愿望。

因为那下边没厕所。

也因为司先生义正词严地表示年轻人要多运动。

对于灵族来说，这些阶梯爬上爬下并不是多困难的事情，但司逸明会眼睁睁地看着顾白往咸鱼的方向发展吗？

那当然是不会的。

他带着顾白找到了市场，买到了足够的材料之后，趁着夜色回了酒店。

之前啃干粮煮野菜的时候还没觉得，这会儿坐在酒店里吃着高级料理，顾白嚼着总觉得味道不得劲，还没他自己做的好吃。

顾白对自己的手艺心里有数，琢磨着大概是食材的缘故。

哪怕是神兽也是要进食的，虽然普通的五谷杂粮对他们来说并没有什么帮助，但饱腹感还是可以有的。

司逸明这么多年了倒是挺习惯的，人类的普通食物跟他们公寓里平时吃的东西当然不会一样，而这一路过来他们吃的干粮和调味品都是混迹在人类之中的灵族孝敬上来的，人类的普通食物自然是比不上的。

他转头看了一眼顾白，问道："不合口味？"

顾白正啃着一条羊腿，听到司逸明这么一问，微微一愣，然后摇了摇头："挺好吃的。"

就是他现在五感太敏感了，每一种调味料的味道搁他嘴里都显得格外明显，一口咬下就知道里面放了什么佐料，完全失去了以前品尝美食的乐趣。

顾白觉得自己可能是被惯坏了。

他啃完了羊腿摸了摸已经吃饱的肚子，然后回了房间，拿出那张在路上画好的草稿稍做修改，顺便消化一下那条大羊腿。

这稿子是过了司逸明的眼的。

司先生给顾白做出的唯一纠正，就是他要的是白虎不是白老虎。

仁兽白虎，缟身如雪，无杂毛，啸则风兴。

简单地说，就是一头没有虎纹的白老虎。

司逸明在顾白画线稿的时候纠正过这个，顾白把老虎身上的纹样擦掉，当时就被失去了虎纹的老虎蠢到震惊。

别说什么威猛无双的气势了，那对超凶的眼睛在擦掉虎纹之后就是两只小小的豆豆眼，浑身上下都透露出一股傻了吧唧的气息。

后来他反复调整修改，最终决定画侧颜，侧颜总是比正脸照更能遮瑕疵一些。

今天实地看了一眼石板之后，为了防止翻车，顾白还是决定利用视觉误差来画，结合实际做出调整，说不定还能平涂画出浮雕的感觉，只是工作量会比原定的要多上一些。

不过没关系，距离他跟学长约好的时间还有十几天，来得及。

顾白的记忆力一贯很好，身体素质明显提高之后，他的记忆力就更好了。

这会儿他还清楚地记得那块石板哪里有凸起，哪里是凹进去的，凸起和凹陷的弧度有多大。

顾白坐在桌前修修改改，直到司逸明来敲门提醒他该睡觉了，才放下笔去洗漱。

司逸明第二天一大早就驱车把顾白送到了地方，帮顾白把那堆工具全送到了大殿里。

这扇门普通人类看不见也摸不着，隔着一个结界连游客的声音都会被隔绝大半，下边那个大殿就更加安静了。

司逸明把人送下来之后，拍了拍顾白的肩："今天中午给你送吃的来。"

正在做准备的顾白一愣，刚想拒绝，司逸明就对他表示加油画，自己还有事就先走了。

顾白目送着司逸明快步离开，看了这座偌大辉煌的殿堂一圈，被这过度的安静弄得心里有点儿毛毛的。

他摸出手机来，开始播放歌曲，铿锵活跃的前奏一响起来，顾白顿时就放松下来，浑身都感觉松快了不少。

顾白的歌单里基本都是些经典老歌，这些歌对顾白来说意义有点儿特殊。

自打记事起，小顾白的身边一个大人都没有，别说爹妈了，爷爷奶奶也没有。

一个什么都不懂的小孩子独自生活多危险啊！

所以附近的大爷大妈们在闲的时候，会主动去顾白家里看看坐坐，瞅瞅能不能帮上点儿什么忙。

小顾白很乖，不吵不闹也不会哭，见到人就笑得像团小太阳，乖得一点儿都不像那个年纪的小孩子，特别招人心疼。

他们得闲的时候还会教小顾白唱歌，唱的全都是早些年的经典老歌。

被这么照看着长大的顾白，一听这些歌，就觉得贼有安全感。

顾白哼着歌给石板刷着底漆，处理着昨晚上考虑好的、必须填平的一些地方。

而司逸明在干什么呢？

他本来应该满西部去找白虎的，但由于小崽子昨晚上吃得不痛快，楼梯走到一半，司逸明就改变了想法，直接变回原形奔着东边去了。

供给九州山海苑食材的，是在蓬莱山蜃景生活的兔子精们。

他们世代生活在海外蓬莱山的海市蜃楼里，勤勤恳恳地种地，安安静静地修行，浑身都透着一股子不像灵族的仙气儿。

他们除了会跟打蓬莱山蜃景那块仙地主意的灵族打起来之外，平日里从来不闹什么幺蛾子。

司逸明跑过来要菜，还要成品菜，仰仗他这种大客户的兔子精一点儿都不带犹豫的，族长亲自下厨，除了仙地里种出来的蔬菜与饲养的牛羊肉之外，还附赠了一大堆海鲜。

菜丰富到足够摆上一大桌子，然后司逸明挑着留了两荤一素和几样海鲜，别的全都自己吃了。

这当然不是小气啥的，而是司逸明很清楚顾白的食量。

小得跟猫似的，摆上一大桌子给顾白吃，他也吃不下。浪费粮食是不可取的，顾白吃不完，他当然笑纳了。

等会儿吃完了顺便还可以去搜罗一圈蓬莱山的特产小零食带给顾白，小崽子自己不要报酬是一回事，但他不可能占顾白的便宜真的不给了。

司逸明掐着时间吃完了东西，转头就去蓬莱山的灵族集市搜刮特产，而跟他隔着一整个华国加上一片海的顾白，还在勤勤恳恳地做着准备工作。

激昂的节奏在空旷的大殿里响着，大概是因为材质特殊，哪怕这里是一个完美的回音式建筑，也依旧听不到丝毫的回音。

所以顾白也没有听到有人从楼梯通道里走下来的动静。

白虎难得回了一趟他的窝。

跟只需要巡视 S 市那一小块地方，并负责镇守一个灵族聚居地的司逸明不同，白虎负责的地区覆盖了整个华国的西部，因为地广人稀，出事的地方总是隔着很远，哪怕他们神兽跑遍整个西部也只需要半小时的时间，但半小时对于那些异兽来说也足够闹出大乱子了。

所以他基本上是隔三岔五就要求外援。

而被他求得最多的外援就是辖区范围极小、战斗力却相当牛的貔貅。

可就算是有好几个外援，白虎也是常年忙得脚不点地，四处蹿来蹿去地镇压这个惩治那个。

这个地方说是他的窝，但实际上是那个守护着神州大地的阵点之一，每个阵点都要有一个属性合适的神兽镇守，他不得不隔段时间就回来一次刷刷存在感，但刷完转头就得继续去忙了，每次回来待的时间都不怎么长。

但白虎万万没想到，他这次回来居然会在自己窝里发现一只成长期的小崽崽！

他愣在原地，手里还拿着一包牛肉干，看着背对着入口涂漆的顾白，傻了半晌，脑子里闪过无数曾经的风流韵事，思考是不是落了种现在找上门来了。

白虎嗅到了一股子貔貅的钱味儿，顿时一股恶寒生出，甩了甩脑袋，向着石板前边的小崽崽走了过去。

距离很近了顾白才听到脚步声，以为是司逸明回来了，一回头却看到了一个陌生人。

他吓了一大跳，瞪着眼看着越走越近的男人，整个人都蒙了。

来人很高很壮，穿着十分随意的皮外套和牛仔裤，但长得特别正气，属于那种如果迷路了，在路人里率先会选择向他问路的类型。

但顾白这会儿又没迷路，还在这个疑似古迹的地方，突然见着了陌生人，根本不知道应该做什么反应。

白虎见多了一看到他就吓得浑身僵硬的小灵族崽子，那些草食动物化形的灵族崽子有的一见着他就直接一蹬腿装死，所以看到顾白这会儿茫然的表情他一点儿都不意外。

白虎走近了顾白，又嗅了嗅。

顾白的气息融于天地，就像是无色无味的白开水一样，白虎根本闻不出什么名堂。

但他最近一直都跟司逸明在一起，就沾了一身的貔狳气。

顾白往旁边挪了两步，小心地蹲下身，拿起了还在播放老歌的手机，调出了司逸明的号码，暂时没拨出去，然后小心道："您……您好？"

白虎犹疑地看着顾白，忍不住捏了捏手里的牛肉干包装袋，带着点儿震惊意味地问："司……司逸明的崽？"

顾白：……

"不是。"

事关他爸爸，顾白非常干脆利落地否认了对方的说法。

从对方嘴里听到了司逸明的名字，顾白稍微放下了一些心，但依旧带着些戒备，小声解释道："是司先生带我来工作的。"

"工作？"白虎的目光转向了顾白背后的石板。

这是他的窝，他当然知道这块石板。

这块石板历史相当悠久了，以前没有那么多花里胡哨的家居用品的时候，白虎就是把这块石板当床的，成天赖在上边打滚磨爪子蹭蹭，后来经过长年累月的风吹雨淋，这块石板越来越小，没办法再让白虎打滚磨爪子蹭蹭了，但也没被浪费。

因为这块石板被白虎蹭了这么多年，已经被他的气息浸透了，当作白虎的象征立在这里勉强可以镇住这里和这附近的几座旅游人口流量巨大的城市。

但这也需要本尊隔上两三个星期回来一次溜达几圈，来来回回也挺麻烦。

白虎想起前几天司逸明跟他说要带个大宝贝来帮忙，目光便重新落在了顾白身上。

见多识广的神兽非常容易辨认出正处于成长期的小灵族，尤其是顾白这会儿浑身上下都透着一股要闪瞎虎眼的灵光，一看就属于啃一口就能让邪气魍魉壮大无数倍的那种血脉高端型幼崽。

这种小崽子，晚上子时之后，要么乖乖在灵族聚居地的阵法里蹲着，要么出门身边必须有个很厉害的大神兽护持才行。

估计在这小家伙身边护着的是司逸明，怪不得浑身沾着一股貔狳气，白虎恍然大悟。

"你就是司逸明说的那个来帮忙的大宝贝吧？怎么称呼？"白虎一边说着一边干脆地盘腿坐在了地上，然后撕开了牛肉干的包装，撕了一条牛肉干递给顾白。

顾白摆了摆手拒绝了对方的牛肉干，磕巴道："大……大宝贝？！"

他惊讶完连忙补充说道："我叫顾白。"

"顾白。"白虎点了点头，"我是白……"

白虎说到这里沉默了好一会儿，然后改口道："我姓白。"

顾白茫然了两秒，从善如流道："白先生。"

白虎相当满意地点了点头，然后开始关心顾白需不需要帮忙。

顾白还在折腾那块石板做底胶的那一层，见白虎十分热心，就将昨天修改好的草稿交给了他。

白虎拿着纸瞅了瞅，虽然是草稿，还有不少他看不懂的标注，但多少是能从那些线条里窥见一丝属于白虎的威猛气势的。

顾白很机智，由于没有花纹的白虎正面不是傻就是丧，于是他选择了画侧面。

但正儿八经的侧面也显得有点儿蠢了吧唧的，他选择了昂首怒吼的表情。

可能觉得单纯的昂首怒吼不够有气势，于是他选择在白虎的两只前爪底下画两块垫爪的东西，抬高它的上半身并且添加了一些增加气势的元素，比如背景是被狂风卷弯了腰的树林。

草稿的画面整体呈大仰角，突出主体，白虎的气势一下子就出来了，一点儿都没有那种蠢了吧唧的感觉。

为了遮掩白虎本身的天然劣势，顾白可是花费了不少心思的。

至少这画，司逸明已经点头说过了，现在连白虎本虎都相当满意！

"不错！"白虎赞扬了一句。

这草稿一看，他就明白司逸明带顾白来这儿是帮忙画本尊相分担工作压力的。

自古以来，画都是有灵性的，这世间从不缺乏关于画卷的传说。

比如有不少妖魔鬼怪脱胎于画，甚至有绘画大家死后心有不甘，就会跑进自己的画作里去躲着，以此来逃避被勾魂投胎的命运。

虽然这种逃避方式压根就没人成功过，但足够证明画卷所具备的灵性。

古早的时候，画画厉害的神仙也有不少，他们随手挥毫泼墨便能塑造一片山河，供给无数灵物生存。

可惜在神仙全都翻了车的现代，从古早时期留下的点墨山河只剩下了蓬莱山兔子精的那片海市蜃楼。

其他的墨宝倒是留下了不少，比如那些神仙就酷爱画各种神兽，他们这群神兽手里基本都有一两卷神仙遗留下来的神兽画卷。

但一两卷而已，顶个什么用？！

白虎拿着那张草稿，心里想着这么多年了终于出了个画画厉害的灵族。

救星啊！

　　白虎数了数遍布在华国西部，零散分布在他的辖区里的大小阵点，然后掐指一算，竟然需要足足五百多幅画！

　　白虎叼着牛肉干看着专心致志刷底胶的顾白沉默了好一会儿，一拍大腿就开始挖司逸明的墙脚。

　　"顾白啊，你喜欢吃什么啊？"白虎亲切地问道。

　　顾白一愣，疑惑地看向这位白先生。

　　"你喜欢吃什么，我去给你买！"白虎说道。

　　"谢谢白先生。"顾白十分感动，然后拒绝了白虎的好意，"司先生说会来给我送午饭。"

　　白虎沉默了两秒，锲而不舍地问："那你在西部想去哪里玩啊？我带你去！"

　　顾白心里琢磨着这位白先生好像是跟翟先生同款的自来熟，然后答道："不用啦，我画完这面墙之后就得回去了，还有别的工作在等我呢。"

　　"还有工作？"白虎的眉头皱了起来。

　　哪个家伙跟他抢？

　　南方那只火鸡，还是东边那条四脚蛇，还是北边那个大乌龟？

　　白虎的危机感相当强烈，他直白道："给谁画啊？"

　　"哎？"顾白迟疑着答道，思及对方大约也是他爸爸和司先生那种等级的人物，便乖乖解释道，"就是普通的工作。"

　　白虎撕了条牛肉干嚼嚼，心里郁闷着竟然还保密上了。

　　一看这种套路就是司逸明那个只进不出，嘴巴还死紧的貔貅教的！

　　白虎想了好一会儿，决定换个方式挖墙脚。

　　他开始黑司逸明了，反正他们神兽之间对彼此的底细都门儿清，互黑的历史可以追溯到上古时期。

　　他们没少黑司逸明是一毛不拔的铁公鸡，而司逸明平日里也没少揍他们，不止揍，连揍带黑还附赠抄他们家底的一条龙服务。

　　他们这群神兽的家底不少，哪怕是现代社会，照旧有人类供奉，家底是抄不尽的，但是每次找司逸明帮忙小私库都要被掏空一次，神兽们心里也苦。

　　大家都是忙成傻子的神兽同僚，你优惠一点儿打个折能怎么了？

　　但司逸明就是不，因为他辖区小，还有一堆灵族可以压榨，根本不用担心要找同僚帮忙的问题，掏起同僚的家底来一点儿都不手软，甚至还美滋滋的。

　　"你知道吗？司逸明很抠门的。"白虎说道。

　　顾白张了张嘴想反驳，然后又闭上，决定保持沉默专心刷墙。

　　他发现司先生的朋友都很喜欢黑司先生，而且黑得相当直白，一点儿都不担心被司先生本人知道。

　　虽然司先生好像也知道得清清楚楚。

顾白打小就没什么朋友，对于朋友之间应该怎么相处心里也没数。

他看司先生和翟先生两个人相互黑来黑去但依旧信任彼此的态度，就觉得这大概也是一种关系亲密的表达方式。

虽然顾白本人觉得这样有点儿不妥，但是他也并不会去指责别人说这样不对。

听了就听了，别人爱说就说，反正顾白自己是不会多开口的。

他只会在心里悄悄地反驳，说司先生是个好人，一点儿都不抠门。

白虎坚强地挥舞着锄头："我跟你讲，他以前打完架都会把人家的钱财全都搜刮走。"

顾白顿了顿，心想原来司先生以前还是个不良少年。

作为获胜一方，他拿点儿战利品好像也没什么不妥？

白虎再接再厉："司逸明以前还扒过人家的衣服，非说人家腰上挂的玉是他的。"

究其原因是那块玉上雕刻着貔貅。

顾白依旧不动如山，黑历史这种东西，谁都会有的。

虽然扒人家的衣服，这个……嗯……

白虎锲而不舍："司逸明是咱们这一圈里最不会照顾崽的了。"

"……"可司先生会不会照顾崽跟他有什么关系？

顾白一边想着，一边往石板上加料努力补平石板，仿佛完全没有听到白虎的叨叨。

白虎看着顾白这副不为所动的样子，摸了摸兜，然后问他："司逸明给你报酬了吗？"

以司逸明的天性，偶尔压榨大神兽，帮忙打工根本不带给他们报酬的，甚至还会要人家倒贴点儿宝贝进来。

而且他的理由相当名正言顺：得了貔貅庇佑数百年，你还想要报酬？

以这样的套路，白虎觉得这只丧尽天良的貔貅干出压榨幼崽的事也实属正常。

上次找司逸明帮忙再一次被掏空了家底的白虎感觉心里酸酸的。

但顾白这次却迅速开口给出了答案："给啦！"

白虎震惊了："给……给了？！"

"是呀。"顾白点了点头，疑惑地看着震惊到表情空白的白虎。

貔貅给别人报酬了！

白虎表示他吓得都要长出虎纹来了。

但作为神仙们翻车之后出现的第一个能画出点儿名堂来的小灵族，似乎又属于特殊情况。

白虎犹疑地看着顾白，再一次确认道："你真不是司逸明的崽？"

"不是。"顾白再一次否认。

司先生那么年轻，怎么可能有他这么大的孩子？

白虎犹豫不决，最终还是开口试探道："司逸明超凶的，还喜欢动手，以后说不定会揍你哦。"

顾白惊诧地偏头看向白虎，刚想说黑到这种程度是不是太过了，结果一偏头余光就瞥见了不知何时站在门口的司逸明。

司逸明拎着食盒，不知道已经听了多久，软和了好一阵的脸上又露出了凶神恶煞的神情，凉飕飕地盯着那头背对着门，坚韧不屈地挥锄头撬墙脚的白虎。

见顾白发现了他，司逸明也不再沉默，大步流星地走过去对着白虎就是一脚。

"你很闲啊白云飘？"司逸明的声音平静得让人心底发毛。

他以非常熟练的姿势把同僚踹翻了之后，转头把端得稳稳的食盒交给了顾白，交代完他好好吃午饭，转头对麻溜爬起来的白虎冷哼了一声，拖起捂着被踹的背嗷嗷叫的同僚转头就走。

顾白端着食盒，傻愣愣地看着白先生被司先生一路拖着上了楼梯，紧接着就传来了白先生被暴打的动静。

间或顾白还能听见白先生在嗷嗷喊"我要还手了""别打脸别打鼻子""我真还手了"之类的话。

顾白缩了缩脖子，有点儿想去劝劝，但又怂。

反正司先生下手有轻重的，翟先生被打了那么多次不还都活蹦乱跳的吗？

这大概也是司先生和他的朋友们交流感情的方式吧。

毕竟看司先生的一系列动作那么熟练。

顾白下了这么个结论，然后打开了食盒，听着白先生被暴打的动静，脑子里想着刚刚白先生说的"可能会揍你哦"和司先生说的"白云飘"。

最终顾白本能地忽略了前者，将注意力放在了白先生的名字上。

原来白先生叫白云飘啊。

的确很没有气势，怪不得他只自我介绍说姓白。

顾白夹了一筷子青菜，入口熟悉的口感让他愣怔了一瞬，低头看了看这个大三层的食盒里的其他几道菜，在抽出最底层摆着的海鲜时露出了惊愕的神情。

能在 X 省吃到新鲜的海鲜恐怕不便宜。

而且……之前的青菜跟顾白在公寓里吃的应该是同一个地方的。

顾白又夹了另外几样菜一一尝试，最终抬头看向楼梯口，忍不住露出了一个大大的笑容。

被人体贴关心总是让人万分欣喜。

他就说司先生是好人！

顾白一边听着白虎被暴打的声音一边美滋滋地想着。

最后白先生活蹦乱跳地回来了，脸上连个擦伤都没有。

司先生走在他后边，还在冲他飞眼刀子。

活了不知道多少年的神兽跟翟良俊那种狐狸精还是不同的，耐打耐摔耐揍，皮糙肉

厚的，被暴打了一顿也没受到丁点儿影响。

白虎回来之后一屁股坐在顾白身边，拿起刚刚落在旁边的那袋牛肉干继续啃，眼巴巴地瞅着顾白还没来得及吃掉的最后两个生蚝。

顾白坐在他带来的便携式小凳子上，发现白先生眼巴巴地盯着他面前的生蚝，看了看司逸明。

最终他把最后两个生蚝分别给了司逸明和白云……白虎。

没有多余的筷子了，姑且用牙签敷衍一下，白虎一点儿都不见外地接过去吃了，而司逸明没接，说他吃过了。

顾白手伸到一半又转道继续投喂给了白虎。

被投喂的大老虎来者不拒，甚至十分美滋滋。

司逸明看不得白虎这副蠢样，垂着眼睨着对方，明明脸上没有什么表情，却透着一股子肉眼可见的嫌弃。

白虎看着顾白与司逸明截然不同的处事方式，终于确信顾白不是司逸明的崽了。

在他看来，司逸明的崽肯定会跟司逸明一样抠门！

但是顾白大方呀！

白虎把屁股往顾白那边挪了挪，心里还记挂着他那五百多幅画。

这只老虎完全没有把司逸明放在眼里的意思，就在司逸明眼皮子底下对收拾碗筷食盒的顾白大献殷勤。

顾白有点儿遭不住，收拾好了食盒忍不住往旁边缩了缩。

顾白这一躲，司逸明瞬间就将眉头挑得老高，转脸就想对白虎开嘲讽，但话都到喉咙口了，却在看到顾白的瞬间咽了回去。

小崽子还是得有个良好的成长环境才好。

比如顾白这种嘴皮子不利索嘲讽技能没点亮的小灵族，应该学习的是生气了就直接动手，干脆利落还特别好学习。

司逸明这么想着，收回了嘲讽的打算，伸脚不轻不重地踢了踢正在给顾白卖西部安利的白虎。

"换个地方说话。"他说道。

白虎仔仔细细地打量了司逸明一番，发现对方不是想换个地方揍老虎之后，点了点头，从地上爬起来好奇道："你竟然会给报酬？你给人顾白什么报酬了？"

司逸明拎着食盒，顺便把顾白一上午拆材料什么的制造的垃圾捡出来带走，对于白虎的这个提问，是相当没好气的。

"我怎么就不会给报酬了？"司逸明怒斥，"你以为你们几个闹出的那些幺蛾子是谁给你们砸钱擦屁股的？"

他们这帮神兽经常会有忙到昏头的时候，自己辖区里溜出了什么异兽已经算是重大事件了，而在其他琐碎凌乱的小事件里，发生最多的是他们由于忙到虚脱而不小心把自己暴露在人前。

这个暴露在人前，指的是人们偶尔拍摄或者肉眼窥见的怪异生物的模糊身影。

基本上都是由司逸明出面花钱把网络上流传的图片删个干干净净。

司逸明一边往外走一边对白虎的良心进行了一番拷问："我砸了那么多钱，掏几下你们的老底怎么了？"

一个个跟吃了多大亏一样跳得飞起。

司先生一边凉飕飕地拷打着他同僚的良心，一边没有良心地隐瞒了自己砸的钱数。

实不相瞒，每年司逸明拨出去用以处理这种事情的资金根本就是九牛一毛。

但白虎他们这群神兽大都对人类的消费和货币是没太多了解的，司逸明这么一说，白虎登时就不敢再多说一句了。

司逸明对于自己两句话就成功洗白一个黑历史的口才相当满意。

接下来，他得好好跟白虎聊聊关于那座守护神州大地的大阵的事情。

顾白能够帮忙固然好，但他们也清楚充满灵气的画作并不是随意就能画出来的。

顾白的画对他们来说就是一个短暂的缓冲期，可以让他们有时间腾出手来，好好琢磨一下这几百年来的异变到底是怎么一回事。

邪气魑魅井喷这个事的确跟人口暴增有很大的关系，毕竟人类内心之中的阴暗面是相当多的，但也不至于多到让他们一群神兽忙碌成这样。

"现在八月。"司逸明算了算日子，"我想尽量在今年除夕之前，带着顾白先在你们四方神兽这边走一圈，把最重要的四个点先稳住。"

稳住之后，他们几头神兽先凑在一起过个好点儿的年，欺负一下近代以来突然诞生的年兽，顺便也聚在一起讨论解决之法。

神兽们虽然讨厌加班，但实际上，他们对于时间的概念其实并不强。

他们活了这么多年，十几年的时间对他们来说就是弹指一挥，几百年的时间放以前都不够他们打个盹的。

他们也一直念叨着要凑在一起开个小会议，奈何工作太忙异兽太会搞事情，魑魅多到白天抬头看天都险些以为是雾霾等种种缘故，一直没能成功。

现在有了顾白的画暂时帮忙镇着，一直拖来拖去的聚首也差不多可以计划一下了。

作为四方神兽的第一个受益者，白虎高举着四只爪爪表示赞成。

顾白画这面壁画花费的时间比想象中的要更加久一些，等到他最后一笔落成的时候已经是八月二十六号了，二十八号正好是之前学长跟他约好要提前一周去实地看的日子。

两位监工看到成品都相当满意，尤其是白虎，从那块石板中感受到糅合了顾白的白虎像之后强盛起来的本源气息。

白先生简直要感动哭了，当场摸兜把自己库存的小零食一股脑儿全都塞给了顾白。

白虎前些时候才被司逸明掏空了家底，这会儿也没有什么特别的小零食能掏出来。

司逸明就看着白虎堂堂一个神兽，从兜里掏出了一堆散装的大白兔奶糖、旺仔牛奶糖、棒棒糖、花生糖等各种各样的糖往顾白怀里塞，简直没有任何身为神兽的尊严和风骨！

要不是司逸明还在旁边，白虎这会儿肯定已经抱着这个小崽崽蹭上去了！

顾白把怀里的糖放进收拾好的工具箱里，跟在司逸明和白虎身后上着楼梯。

他盯着白先生的皮外套研究构造，非常想知道那么多糖是怎么塞进这件小小的皮外套里的。

司逸明在前边接了个电话，挂了电话就转头对白虎说道："南边又出了点儿事，我得去看看，晚上要是没回来……"

白虎两眼一亮，拍着胸脯就保证道："行，我帮你看着顾白！"

司逸明不怎么放心，在带着这一大一小回酒店的路上，从自己的兜里拿出了几个小零食。

"翼望山鹠脯肉，英鞮山酱香冉遗鱼……"司逸明说道，"味道都很好。"

"咦？"顾白看着那些小零食，那个有点儿像鸭脯肉的小零食他吃过，的确是很好吃的。

他摸了摸肚子，正巧也有些饿了，也就接过了司逸明手里的几包小零食。

白虎闻着了味儿，探了个头在两人中间横插了一杠子，不服道："有我守着你还怕出什么事啊！"

司逸明自然是知道白虎的实力的，跟他相比其实不分上下。

但要是有个万一怎么办？

毕竟小崽子一脚踏入成长期了，出什么千奇百怪的意外都是很正常的事情。

顾白要是出事了顾朗会不会冲过来跟他杀个天昏地暗先不谈，司逸明自己就特别不能接受顾白在自己的护佑下出事。

司先生沉稳地开着车，脑子却在走神。

他思索了好一会儿，恍然想起他忘记了还有他自己也能算一个。

于是他又从兜里拿出了一串小巧精致的玉雕串子，递给了副驾驶座上的顾白。

"貔貅相，好好收着。"司逸明仔细嘱咐道，"辟邪御凶，一定要贴身戴着。"

顾白看了看单手开车的司先生，又看了看他手心里玲珑剔透的玉石串子，觉得这大概是司先生在被他告知不要报酬之后偷偷准备的。

而且还是当着白先生的面给，要是自己拒绝了的话，司先生肯定很没面子。

顾白抿了抿唇，收下了这块玉石，但并不觉得高兴。

这种对每一件事都清算得十分清楚的作风，对于顾白来说就像是在刻意与他划清界限一样，尤其是在他们早已经针对报酬这个事情达成了共识的情况下。

说好了不要报酬了，现在还给这么好的一串玉，顾白怎么想怎么觉得难受。

顾白的情绪非常好懂，司逸明偏头看了他一眼，就这么一眼，马上发现了顾白的不愉快。

司逸明看着顾白神情低落地把玩着手里的玉石，问道："怎么？不喜欢这个貔貅相？"

顾白摇了摇头："不，很喜欢，谢谢司先生。"

司逸明心说你的表情可不是这么个意思。

司先生想了又想，没明白顾白情绪波动的原因，但瞅着顾白也没说的打算，司逸明干脆放弃纠结这个问题了。

司逸明走的时候把车钥匙给了白虎，告诉顾白明天上午的机票回程，说他尽量赶回来，赶不回来的话就让白云飘送顾白去机场。

白虎点头同意了，而顾白也情绪不高地点了点头。

司逸明看着顾白蔫蔫地回了屋，有些担心。

他转头给白虎塞了两袋子不周山果干，告诉他："顾白心情不好会发生点儿无伤大雅的意外，你看着点儿，不许欺负他。"

谁会欺负那么可爱的小崽崽啊？

怪没品的。

白虎瞅了瞅不周山果干，心想人家小崽子心情不好你竟然用这种东西强压下去，不愧是神兽里最不会带崽的兽。

白虎唏嘘道："苦了顾白了。"

但他才不会给顾白吃果干，情绪这种东西不管对什么种族来说都是宜疏不宜堵的，尤其是幼崽，老憋着很容易出问题。

司逸明不懂，看别人带过崽的白虎心里却门儿清。

白虎觉得自己有必要帮着司逸明解决一下顾白心情不好这个小烦恼，下次还可以带上一堆心理学的书籍去给司逸明看看。

说不上是失落难过还是觉得委屈的顾白回了自己屋里，收拾好了东西之后无比低落地滚上了床，整个人都埋进了被子里。

顾白觉得司逸明很好很好，是一位非常值得喜欢和深入交往的先生。

也是顾白少有的、想要主动与之产生良好关系的人。

翟先生也是，黄女士也是。

他想要跟他们成为朋友，跟金钱没有关系。

顾白只是非常喜欢他们这样闪耀着明亮光芒的人。

司先生跟翟先生、黄女士还不一样，顾白想着，翟先生吊儿郎当没个正形，但司先生却是十分沉稳的，有着顾白所憧憬的一切成熟男人所具备的特质。

娃娃脸、脾气还软唧唧的顾白可崇拜司逸明这种类型的男人了，简直就是他想成为的样子。

他跟司先生的关系本来已经拉近许多了……

顾白摸了摸下车的时候被司逸明强行戴在手上的貔貅相,脸往被子里埋得更深了些。

他总觉得这串手串再一次拉远了他和司逸明的距离。

顾白觉得有点儿难受,抱着被子滚了一圈,把自己团成了一个巨大的茧,然后把脑袋缩进了茧里。

他要好好睡一觉!

顾白窝在茧里想着,刚好他这些天也累得很,睡一觉就什么都过去了。

睡一觉就忘掉烦恼这种事情顾白做得可熟练了。

没有什么苦恼是睡一觉不能忘记的,如果有,那他就大睡三天!

顾白在自己屋子里团成球说睡就睡,连饭都没有吃,一直睡到了日落时分。

蹲在外边的客厅里美滋滋地吃完了饭,并确定司逸明已经彻底、完全地离开了西部的白虎"噌"地一下跳了起来,兴奋地搓了搓手。

他喜滋滋地跑去顾白房门口推了推门,门被反锁着。

顾白的屋子被司逸明上了结界,顾白没应声的时候除了司逸明没人能进去。

白虎干脆变回了原形穿过了客厅的窗户,然后跑到了顾白房间的窗户边上,伸爪子轻轻敲了敲顾白的窗户。

顾白迷迷糊糊地睁开眼,从被子团里探出头来,就看到窗户上印着一张巨傻无比的白虎脸。

顾白一个激灵就清醒了。

而白虎看到他爬起来了,先是一顿,有点儿不懂小崽崽怎么出窍出来浪。

但这也并不妨碍什么,出窍还刚好不会被普通人给看到呢!

白虎那对小小的眼睛微微睁大了些,他敲着顾白的窗,小声喊道:"顾小白! 出来我带你出去玩!"

顾白发蒙地眨了眨眼,指了指自己:"我?"

然后他又觉得这声音相当耳熟,惊疑不定地问道:"白……白先生?"

巨傻无比的白老虎点了点头,似乎是有些不耐烦了,直接穿墙而入,"嗖"地一下蹿过来,叼着顾白的后领往自己背上一甩,翘着尾巴宛如脱缰的野狗一般狂奔了出去。

白虎能控风,顾白这会儿被扔到了他背上,跨坐着,能够清楚地看到白虎在攀升,带着他往更高的地方飞去。

白虎正在奋力狂奔,但顾白在他的背上却丝毫感觉不出颠簸。

他一边奔跑一边说道:"谢谢你给我画了法相! 我现在兜里没什么值钱的东西,西部看久了也没有什么特别好看的风景,我只能带你来看草原云海上的日落啦!"

顾白还没能消化这头巨大的猛兽……不,神兽话里的意思,便发觉自己置身一片绚烂璀璨的紫红色云层之中。

那是被将要西沉的夕阳染成这般瑰妙美丽的云彩，连绵成一片，像极了艺术家手中晕染出的完美渐变色。

顾白头一次这样直观地看到夕阳折射出的颜色，远比常见的金色与橙色丰富得多。

夕阳与地平线相接的部分隐约泛着一丝极细微的绿光，这绿色回馈到天空中，糅杂在一片紫色之中，极为轻柔透彻。

整片天空被即将到来的夜色与照耀着大地的夕阳碰撞糅合成一片通透的紫，橙红的光线被云彩拉扯成丝丝缕缕，宛如拱卫一般趋向那一抹缓缓消逝的残阳。

顾白看着眼前绚丽的色彩，满眼都是对这天地壮阔之景的赞叹，他连呼吸都停滞了，生怕惊扰到悄然西沉的光亮。

那光亮终于暗淡了。

白虎轻轻晃了晃尾巴尖儿："怎么样？好看吧！听说你心情不好，现在心情有没有好起来？"

顾白点了点头，意识到对方看不到之后，又轻轻地应了一声，说道："好看，谢谢白先生。"

"一般人可看不到的。"白虎可高兴地说道。

之后几个小时里，穷困神兽白虎驮着穷困艺术生顾白，从西部这头浪到那头，那头又浪到了这头。

他们在夜色下的草原里追着一群藏羚羊跑，听了高山泉水在寂静的夜里叮咚作响，上了雪山顶触碰了洁白不染尘埃的纯净白雪，兴致来了又重新上天，欣赏着没有云彩遮挡的星河。

白虎掐着时间，在十点钟的时候驮着顾白准备回酒店，今晚上出来浪的事就是天知地知你知我知，司逸明绝对不能知。

至于原因，是白虎本身不想让司逸明知道，他堂堂一头神兽白虎，竟然穷到只能支付出这样的报酬。

神兽里除了司逸明之外，都是要脸的！

然后一人一虎一转头就看到了一头气势汹汹地杀过来的貔貅。

白虎吓得耳朵都炸成了飞机耳，驮着顾白转头就跑。

顾白茫然了两秒，刚想说为什么要跑啊，就感觉后领被人拎了起来。

嘴里叼着个崽的貔貅龙尾一甩，只听白虎"嗷呜"一声像球一样飞了出去。

那声"嗷呜"实在是太过于响亮，距离极近的顾白脑子"嗡"的一声，闭了闭眼甩了甩脑袋之后，再一抬头就是一片温暖的黑暗。

顾白愣了好一会儿，从卷成了一个卷的被窝里探出个脑袋来，又摸了摸自己暖烘烘的被窝和身体，怔怔地看了锁着的窗户好一会儿，滚了两圈把自己从被卷里拯救了出来，翻身下床拉开了房间门。

外边黑漆漆的，没有人。

没有白先生也没有司先生，客厅的屋子没有亮灯，门窗也紧闭着，看起来白先生已经离开有一段时间了。

又是梦？

但不应该啊。

顾白怎么想都觉得不对劲，一边琢磨着一边打开工具箱，拿出了水彩颜料和画纸，丝毫不肯浪费时间地画起了稿子。

顾白直觉自己还能够清晰地回想起每一个细节的记忆，应该不仅仅是梦境而已。

但他又觉得如果不是梦的话，神兽白虎开口说话是白先生的声音这也太扯了。

之前他梦见过的貔貅开口是司先生的声音也很扯。

"……"

顾白愣了好一会儿，目光缓缓地挪到了手腕上挂着的貔貅玉串上。

总不能真的是神兽显灵吧？

第 6 章
点墨山河

顾白握着画笔，瞅着自己手腕上挂的貔貅玉串，感觉有点儿慌张。

他把画笔放到一边，俯身把箱子里那张白虎的草稿拿出来，端端正正地摆上来，刚准备把戴在手上的玉串也取下来，想到司逸明离开前叮嘱他一定要贴身戴着的事情，停下了动作。

他摸着玉串上雕着的貔貅，满脸肃容又带着点儿颤抖地喊道："貔貅……先生？"

玉串毫无动静。

顾白稍微松了口气，又摸了摸那个玉雕，声音稍微大了点儿："貔貅先生？"

玉串一动不动，房间里毫无异状。

顾白犹豫了好一会儿，然后一边摩挲着貔貅的玉雕，一边提心吊胆颤巍巍地喊："司先生？"

依旧什么都没发生。

顾白长舒了口气，依葫芦画瓢地对着白虎那张草稿喊了一遍，喊了一圈也没喊出什么东西来。没有喊出司先生和白先生，顾白使劲儿揉了揉脸清醒了一下，放下了心。

虽然他依旧觉得那不应该仅仅是梦而已，他比较倾向于是神兽显灵。

之前因为他要画貔貅却不知道应该怎么画，所以貔貅跑他面前溜达了一圈，现在他画好了白虎，所以白虎心情一好就带着他跑出去溜达了一大圈。

不是有什么灵魂出窍的玄学说法吗？说不定人家白虎就是带着他的魂魄出去溜达了一圈呢。

至于最后出现的貔貅，顾白摸了摸手腕上挂着的貔貅玉串，觉得大概是玉串的缘故。

毕竟貔貅一到，第一反应就是把他从白虎背上叼过来，顾白觉得那应该是一种保护的反应。

也可能真的是他日有所思夜有所梦，顾白想这样认为，但心里总有个声音告诉他不是的。

不是就不是吧。

顾白收回搓揉自己脸颊的双手，决定把这样的经历当成是爱丽丝梦游仙境一样，只不过这是独属于他的梦境奇遇。

别人想有这样的梦还见不着呢！

能够拥有这样的小秘密，哪怕只是回忆，也是相当不得了的一个经历。

搁普通人眼里，这就是奇迹啊！

顾白正儿八经地架起了画架，端坐在画架前边认认真真地画了起来。

不管是那片夕阳还是山间的泉水，抑或是夜色下奔跑的藏羚羊和璀璨清晰的银河，哪怕是那头憨头憨脑一点儿神兽风范都没有，却愿意驮着他指哪儿飞哪儿的白虎，都是非常值得记录的画面。

顾白手头上只有水彩和彩铅，但这并不妨碍他给自己这份美好的经历留下一个大范围的概念草稿。

司逸明回来的时候天都快亮了，却发现顾白屋里的灯还亮着。

他敲了敲门，并没有得到回应，于是轻轻推开了顾白的房门，发现顾小白正呈大字形横躺在床上，敞着个小肚皮，手里还拿着一支彩铅，画架上晾着一张水彩，桌上放着几张用彩铅画得极其粗略的概念草稿，床上还有一张没画完的。

顾白这会儿已经香甜地睡了过去，脸上还带着一点点未尽的笑意，看起来是极为开心的。

司逸明顿了顿，轻手轻脚地走进去，拿起那几张画看了一圈，微微挑了挑眉。

顾白的笔触总是非常奇妙的，哪怕是黑夜的景象在他手底下也能散发出一股融融的暖意来，连月光的冷色调在他的画面中都像是一层温暖的柔纱。

看来他是真的玩得挺开心的。

司先生将散落的画都整理好放到了桌上，运起灵气，在丝毫没有惊扰到顾白的情况下，将他塞进了被窝里。

司逸明这么晚回来，时间当然不是全花在揍白虎这件事上了。

司逸明并不反对白虎单独带顾白出去玩，但他回去的时间很不巧，都十点出头了，马上要到十一点了。司逸明一见十点多了白虎还带着顾白在偏僻的野外浪就来火，第一反应当然是把顾白抢回来然后塞回酒店里去乖乖待着。

酒店里有司逸明做好的小型结界，再加上白虎和貔貅两头神兽已经在这座城市溜达了好些天，城市里边非常安全。

但在叼走顾白时他的魂魄却自己主动开溜了之后，司逸明就收了手，决定回头再让顾白吃点儿教训。

而之后的时间里，两头神兽主要干的事情，就是白虎捂着被抽的屁股，跟貔貅深刻探讨关于"如何照顾他人情绪（包括但不限于幼崽）"这个话题。

照白虎的说法，他这样把顾白的情绪堵回去，时间久了顾白是会出问题的。

而顾白这会儿的状态，也的的确确证明了白虎的方法有效。

司逸明瞅着顾白带着笑的睡颜，感觉白虎说得似乎挺有道理。

以后视情况给白虎打个折好了，司先生想道。

司逸明瞅了进被子之后就忍不住钻进被窝只露出一小撮头发尖儿的顾白，站在屋里看了他好一会儿，面上的神情渐渐恢复到了先前的软和，心情还算愉快地坐在客厅里，安静地等着天亮。

顾白是被司逸明从床上挖起来的。

前一天晚上熬得太晚，顾白睁眼被司逸明连人带被子兜头掀起来的时候，整个人都迷迷糊糊的。

他瞪着眼看着司逸明，过了半晌才反应过来，慢吞吞地喊道："司先生，早上好。"

司逸明点了点头，回道："距离登机还有三个小时。"

顾白点了点头，刚准备继续往后倒，睡个回笼觉，倒到半路上"噌"地一下坐了起来，转头看了一眼外边的天色之后，连声道歉地掀开了被子，火烧屁股似的冲进了洗漱间。

顾白的早午饭是随便买了点儿干粮在车上吃的，手里还拿着一盒司逸明塞给他的牛奶。

顾白头一次坐飞机，并不清楚是怎么个流程，很担心迟到的问题，整个人都跟做错了事情一样蔫蔫的："司先生抱歉，我今天没听到闹钟。"

"嗯？"司逸明开着车，顿了顿，"你的闹钟我关的。"

顾白一愣。

司逸明偏头瞅了他一眼，解释道："你昨天熬夜了，今天本就该多休息，而且机场距离不远，完全来得及。"

"嗯……"顾白还想说点儿什么，张了张嘴，又闭上，安安静静地啃完了自己的早午餐，看着手上的貔貅玉串发呆。

这一觉睡过去，烦恼却没有完全被他抛到脑后去。

近一个月的朝夕相处，司逸明相当照顾他，绝对不是单纯把他当成合作伙伴的那种照顾，而是当成朋友和亲近的人在关心他。

顾白还清楚地记得他昨晚是困到随意往床上一躺就睡过去了，而今早上醒来的时候，自己不但在被子里安安分分地躺着，连工具箱和画架都已经被司先生收拾好了，直接拎包就可以走人。

有人会对合作伙伴照顾到这种程度吗？

没有的。

顾白对于这种温暖善意的感知并不算迟钝。

他瞅着手腕上的玉串，犹疑了好一会儿，还是深吸了一口气，鼓起勇气问道："司先生，这个玉串，是算作我这次画画的报酬吗？"

司逸明没想到顾白会这么问，显得有些惊讶。

"说什么呢？只是个小礼物而已。"司逸明似乎不太能理解顾白的这个问题，"报酬你不是说不要了？"

"礼物？"顾白也愣了愣，"为什么要送我礼物啊？"

司逸明被问住了。

他是完全没去给自己送出的玉串一个定位的，搁他们这帮神兽眼里，除了交易的时候需要明码标价之外，其他时候随手送点儿什么东西出去，都不会特意去给那些东西安上点儿什么名头。

那些礼数在他们眼里，都是虚的。

东西送了就送了，他想送就送，哪需要那么多由头和名目？

搁司逸明这里，一串貔貅的玉雕都没有他之前给顾白吃的那些小零食值钱。

司逸明感觉有点儿纳闷："送礼物需要理由吗？"

"……"顾白被他理直气壮的反问整蒙了。

送礼物不需要理由吗？

大概是顾白的表情太明显，司逸明理所当然地解释道："想送就送了啊。"

顾白垂眼瞅着手串，并不是很懂有钱人的套路，但得知这手串不是撇清关系的报酬而是更加拉近关系的礼物，着实是高兴不已。

那他跟司先生也算是朋友啦！

顾白摸了摸手上的玉串，欣喜地想着就算不是朋友，至少也是关系良好的邻居了！

回去之后他要再接再厉，坚持给司先生投喂甜点和小零食。

都说两个朋友之间会相互影响，顾白希望司先生能多影响影响他。

他也想变成司先生这种充满男子气概，一瞪眼就能让一群人安静如鸡的大男人！

最好再影响一下他的身高！

顾白美滋滋地想着。他要求也不高，能长到一米八五以上就很好啦！

司逸明看了一眼渐渐变得兴致高昂的顾白，想着这小崽子的情绪怎么这么丰富，也因为顾白高兴的样子而感到了一丝愉悦。

顾白拿到他送的礼物就这么开心吗？

小崽子怎么这么好打发？

司逸明看着满脸都写着高兴的顾白，琢磨着他以后多随手给顾白塞点儿东西的话，这小崽子岂不是能乐到天上去？

司逸明带着对机场的一切都相当新奇的顾白一路慢慢溜达，甚至都没走贵宾通道也没去 VIP 贵宾休息室，就看着顾白抱着他那台相机四处找角度拍摄，竟然也觉得挺有意思。

顾白还问了他的意思，买了些特产，准备带回去送给老师和学长们，还有黄女士和翟先生，感谢他们对他的照顾。

等回到 S 市了，顾白还准备给白先生寄一份 S 市的特产回来，到时候联络方式和地址问问司先生就可以了。

不管他们是不是需要这些，是不是见过也吃过，对顾白来说，感激的心意一定要表达到位。

感情这种东西，就是要相互维护、彼此付出才能逐渐稳固然后加深的。

司逸明看着顾白拎着好几袋子特产去了快递点把东西全寄出去，最后只剩下了一个盒子。

顾白抱着盒子跑了回来，然后将盒子递给了司逸明。

司逸明看着这一盒子甜点一愣："嗯？"

"送您的礼物！"顾白说道，眉眼笑得弯弯的，"谢谢司先生这一个月的照顾啦。"

司逸明看着顾白，竟然也感觉到了一丝惊喜和愉悦。

他瞅了瞅那盒子甜点，一点头收下了，然后带着已经心满意足的顾白去了休息室，顺便吃掉这些甜点。

直到要登机的时候，司逸明像是想起了什么，问道："对了顾白，九月之后你有时间吧？"

"暂时就只有九月份的工作啦。"顾白想到他昨晚上的那些草稿，忍不住开心了几分，"我觉得这次也能提前完工！"

对顾白来说，这一次草原之行简直是物超所值。

来的路上采风写生时所做过的那些以前从来没有接触过的事情先不提，头一次坐了飞机这事也不提，他最大的收获还是昨晚上天降的那个灵感大礼包！

草原主题根本难不倒他了！

顾白甚至觉得，等他回去之后将那几张概念草稿画成正儿八经的概念图，跟学长商量一下，说不定能够省下设计的工夫，直接上墙！

司逸明点了点头，觉得要是能够提前完工也挺好。

"这个工作之后，我还有事要找你帮忙。"司逸明说道。

顾白自然是一口应了下来，然后凑到了窗口，眼睛一眨不眨。

司逸明和顾白出门近一个月，怎么都没想到他们回来的时候，会看到公寓楼下边热闹得像是菜市场。

一群物业的员工苦哈哈地蹲在六单元底下，堵着门口不让那群人冲进去。

顾白坐在车里，看到司逸明打了个电话询问情况之后，转头看向他的目光相当微妙。

真是失策了，司逸明想。

他不应该把那幅画挂在物业大厅里的，这会儿九州山海苑和 S 市周边的灵族，全都知道有顾白这么个会画灵画的灵族了。

顾白被司逸明看着，忍不住低头瞅了瞅自己身上是不是有什么不妥。

"怎么了吗，司先生？"

"嗯。"司逸明点了点头，表示的确是怎么了。

他指了指站在六单元楼下等着的那一群人，说道："看到没？都是你未来的客户。"

顾白一愣，顺着司逸明指的方向看过去："什么？"

"他们都是冲你的画来的。"司逸明解释道，"之前那幅貔貅图，家里没地方放，我放到物业大厅去了。"

物业大厅是九州山海苑这个阵点的中心，摆个貔貅之师的图镇在那里，效果和貔貅本尊坐镇差不多。

而他将画摆在物业大厅里，是为了让貔貅的力量覆盖更广一些，坚持得更久一些。

司逸明也想过自己带来的效应，也很清楚地知道自己招财，顾白跟他朝夕相处这么长一段时间，财运爆发是很正常的事情。

他就是没想到动静会这么大。

财运其实是相当玄妙的一个东西，它通常表现为一种运气和巧合。

对于司逸明而言，顾白为众人所知的最大问题，并不是会有人跟他抢这个大宝贝，而是顾白独自出门时的安全问题。

这里必须解释一下，灵画对如今已经式微的灵族和异兽们有多重要。

前边说了，在神仙大佬们还没有翻车之前，他们以天地为画卷，随手挥毫泼墨便是一片山河。

搁以前，这种地方被称作点墨山河，里边全是灵气，是可以让生灵进入其中生活修行的。到了现在，这种地方被称作蜃景、海市蜃楼。还能够让生灵进入其中生活的蜃景，整个华国只余下了蓬莱山那一片。

蓬莱山的蜃景，是如今整个神州大地唯一一个还能够种出灵植的地方了，为了保住这根独苗苗，蓬莱山被交给了不作妖会种地的兔子精们看守，他们如今得四方庇佑，也为那些神兽服务，其中有多珍贵自然是不用多说。

而在灵气逐渐消退几近枯竭的现在，出了一个能够画灵画的灵族！

这意味着什么？

这意味着在未来，可能会有大量的蜃景出现，他们将会有机会重新进入充满灵气的点墨山河里，专心钻研修行大道！

那些灵族是不会去考虑在如今灵气枯竭的情况下，还画不画得出点墨山河这种牛气的画卷的。

他们就看到了那张貔貅图，灵气充裕得都要溢出来了！

"不过他们这会儿应该是来找我的。"司逸明坐在车里，沉吟思索。

那张画顾白的署名在画布后边，不把画框拆下来将整张画翻过来看，不会知道是谁画的。

而那两个去顾白家里搬过画的物业员工在貔貅点头之前，肯定不敢多说一句话。

顾白的灵气很特殊，跟普通的天地灵气一模一样，只有一丝细微的异样，让司逸明觉得有些熟悉，那是一种很久远的熟悉感，已经被时间的洪流冲淡到微不可察。

但如今有几只上古存留下来的神兽呢？

除了他们这群神兽和逐渐从良的凶兽之外，不过一个巴掌之数。

所以绝大部分灵族只是非常直观地认识到那张貔貅图上有着非常充裕的天地灵气，换成山河风景图，那就又是一卷点墨山河了。

这种情况，对那些异兽的诱惑力可大得不行了！

顾白还小，对外边藏起来的那些大异兽而言，想逮他简直是轻而易举的事情。

"下车。"司逸明说着，解开了安全带。

顾白还没明白发生了什么，听到司逸明这么说，也跟着解开安全带，下了车。

他一下车，司逸明就拉着他过去，一把搂住了他的肩。

顾白震惊地瞪大了眼，刚想躲开，就被司逸明死死地按住，声音听起来十分严肃："别动。"

顾白一下子不动了。

他随着司逸明的脚步缓慢地向前走着，不知是不是错觉，每往前一步，就觉得自己的身影骤然高大了几分。

现在接近日落时分，影子落在了他们身后。

顾白这会儿要是回头，就能清楚地看到他和司逸明的影子糅在了一起，已经变成了一头狰狞昂首的貔貅，正气势汹汹地往前迈步。

在他们迈出第三步的时候，公寓楼下闹腾的住户们像是老鼠见了猫一样，霎时间安静了下来，纷纷转头看向了缓步走来的司逸明和顾白。

顾白看着他们，向来不适应被注视的他这会儿情绪竟然没有一丝波动。

身材并不高大的顾白看着绝大部分比他高的人，心中却隐隐生出了一种轻蔑和睥睨。

司逸明像是察觉到了顾白受到的影响，轻轻揉了揉顾白的后颈。

顾白顿了顿，感觉那种奇异的心情又倏地从他心里消失了。

司逸明气势攀升，将顾白死死罩住，面对这群瞬间安静不敢吭声的灵族，冷冷道："让开。"

这话平静到带着些冰寒的味道，上古神兽无数岁月沉淀的金戈之气宛如利刃，震得在场的人脑子嗡嗡响，脚下不自觉地让开了道。

司逸明的目光转也不转，带着顾白步履沉稳地进了公寓楼。

进了电梯，司逸明就松开了手，那一身吓得人连呼吸都凝滞的气势也骤然消散。

顾白隐隐察觉到有什么东西从他身上抽离了，那种突然膨胀起来、无所畏惧的心情也消失得一干二净。

他小心地偏头看了看司逸明，看两眼又挪开视线，过了没两秒，又忍不住偏头过去看了看。

通过电梯门的反射将顾白的小动作尽收眼底的司逸明挑了挑眉头："看什么？"

顾白一惊，顺着司逸明的目光看向了电梯门，不太好意思地抿了抿唇："司先生、刚刚……是怎么回事？"

"嗯？"司逸明相当随意地答道，"告诉他们你是我的人，免得他们动歪心思。"

顾白问的其实不是这个问题，他想问刚刚那种奇异的情绪是怎么一回事来着。

但他却被司逸明的回答惊住了，完全忘记了自己的问题，只是傻了吧唧地瞪圆了眼看着司逸明，满脸都写着惊讶。

应该不是他想太多，这话里是不是充满了歧义？

以为顾白被吓到的司逸明安慰他道："放心吧，他们不敢动你了。"

司逸明这话说得挺轻巧的，可他刚刚的行为搁那些住户眼里，就跟在顾白身上盖了个"司逸明所属"的钢印一样。

的确是没人敢动顾白了，但也没多少人敢跟顾白深入交往了。

司逸明本质只是要告诉他们："这崽子是我罩的，想动他掂量着点儿。"

顾白压根不知道，所以听着司逸明的安慰，还是有点儿蒙。

"他……他们动我？什么意思？"顾白磕磕巴巴地问。

司逸明解释："就是逮你去给他们画画。"

顾白："……"

这么刺激的吗？

不用逮他也画的啊，大家好好商量给钱，他给他画画不是和和美美十分愉快吗？

司逸明看着顾白茫然的样子，一边在心里骂着顾朗什么都不教，一边问道："你想接他们的单子吗？"

"也可以啊。"顾白顺着司逸明的问题点了点头，"不过得看他们要什么啦。"

司逸明说道："行，你先等着，别急。"

司先生琢磨着，顾白情况特殊，尤其是作为才能特殊的灵族，他是不可能放着顾白随便去浪的。

他觉得，还是应该给顾白抓个懂事的代理人，来帮顾白负责画画单子交接的事情。

八楼住的那只獬豸在人类法律界混得相当不错，同时，也是司逸明集团的法务部顾问，从天性上来说就是相当优秀的，抓他来帮忙应该错不了。

顾白喜欢钱，刚刚那些聚集在楼下的住户大多在人类社会里有着一定的根基，钱财这种东西是不缺的。

就算拿不出钱来，拿点儿宝贝换灵画也行，有他坐镇再加上獬豸，顾白这个实诚孩子绝对不会亏就是了。

也正好，给这些住户画画，也能磨炼磨炼顾白。

谁都知道画技这种东西，是要经年累月大量练习缓慢打磨出来的，而绘画也是个天花板极高、总能够得到新的领悟、新的启发的一门行当。

顾白多多练习灵画，对他来说百利而无一害。

除此之外，司逸明还得给顾小白准备几个法宝揣着，免得有人急了眼不管不顾地袭击顾白。

司先生内心噼里啪啦地给顾白打着小算盘，全然不知他堂堂一个貔貅，搁灵族里的形象已经变成了对小崽崽下手的禽兽。

顾白到了家就把行李扔到了一边，连整理的意思都没有，从箱子里翻出了之前画的草稿直奔二楼。

他的电脑一直是放在二楼的，这会儿他把相机连上电脑上传照片，然后在旁边摆开了画架。

那些照片他准备挑一些自己满意的先给学长看看，然后熬个夜把这些草稿稍做细化，明天带给学长去看。

如果他们实地确认没问题的话，最好是能够稍做修改就直接上墙。

毕竟一面画作，最费脑子的在画面设计阶段，简直是要挠秃头皮的。

顾白看着照片上传完还需要十来分钟，就下楼煮了碗面，卧了个蛋撒上点儿葱花，呼噜噜地吃完刷好碗，又马不停蹄地回到二楼，然后挑着那些上传好了的图片，发给了学长。

学长怎么都没想到，他的小师弟竟然会认真到这种程度！

说句不怎么好听的话，九月这个工作，搁他眼里根本不是什么大项目，为了这样的工作去采风这种事情，基本上是没有的。

不是说他对待工作不认真，而是完全没那个必要。

又不是自己参展的作品，为此花大钱受大苦走一趟高原，那是纯傻的人。

学长被纯傻的师弟震惊了。

他沉默地算了算师弟在上一个项目里拿到的钱，然后又放下了心。

还行，学长想，至少还能剩下个五六万呢，小师弟还没有倾家荡产。

顾白在大学里学过美术与摄影基础的课程，虽然他的摄影技术极其业余，但有理论基础和画面镜头感撑着，拍出来的照片还真有几分草原辽阔无垠的豪迈感。

学长挑了几张，表示他去打印出来明天揣上。

顾白发觉自己真的帮上了忙，心里高兴得不行，又告诉学长他还有几张草稿，准备今晚细化一下，明天揣上他那几张剩下来的写生，也带给学长看看。

八百年没见过这么努力的新人了，学长一边打印照片，一边跑到师门群里感动得眼泪汪汪。

要说这些学长跟新人搭伙做事情，那就是一部被喷打压新人还要被甲方骂得狗血淋头的血泪史。

小师弟真是个令人感动到痛哭流涕的珍稀大宝贝。

这份感动一直持续到第二天，学长学弟两个人碰了头，顾白拿出了他那一张水彩和几张草稿，学长又骤然迸发出了新一轮的激动情绪。

他从来没遇到过这么省心的新人！

他高兴到飞起，把打印出来的照片揉了揉扔进了垃圾桶，从顾白的草稿里挑出了那张星空下奔跑的藏羚羊，拍到他们要画的墙面上："上墙！直接上墙！"

然后他又把剩下的草稿都卷好塞进了顾白的工具箱里，小声对顾白说道："这些也都好，特别是那张夕阳图，咱们就不浪费给商业项目了。"

"今年十二月帝都有个专门的绘画艺术展，名头很大的，我拿到了五个展位，这些草稿你好好画，回头挑一幅最好的出来，学长带你去参展！"

顾白跟学长找了间咖啡厅，铺开了一张新画纸调整起草稿来。

他们得画一张老板看得懂的草稿出来。

虽然是沾着艺术边儿的展会墙，但到底还是商业项目，是商业项目，作品就得给老板审核，老板点了头，才能过。

但学长还是有很大把握一次过的，因为这个老板跟他合作过许多次了，私底下两人关系还算不错，老板自己也有一定的艺术涵养。

学长给顾白端来了拿铁，坐下之后就开始琢磨着改草稿，跟顾白叨叨这一行里的门道。

"小白，你知道为什么有的老板每次艺术展都办得红红火火，有的就门庭冷清吗？"

顾白捧着杯子拿着笔，摇了摇头。

"其实很多小私展，都是花钱请有名气的人来画，撑场面，然后捧新人。"

学长拿了支笔出来："但区别就在于，有的老板懂得尊重艺术家，尊重艺术从业者，而有的则觉得他自己的艺术素养比我们这些从业者要好。"

很多人喜欢半瓶子晃荡，外行指点内行做事。

这种人在甲方里的占比很大，但毕竟是商业项目，他们拿钱办事，人家说什么就是什么，改就是了。

至于自己的作品，那还是要按照自己的构思和设计来好好画的。

学长还说了很多，比如什么甲方和乙方是相互挑选的，合作过一次感觉不愉快之后就不会委屈自己合作第二次。

比如说哪几位是业内出了名的宽厚甲方，他们的单子基本上是挤破了头，人人都想要抢的。

"噢对，你隔壁那位司先生司逸明，他们集团也是这种甲方之一。"学长说道。

"哎？"顾白突然听到司逸明的名字，愣了两秒，而后答道，"司先生人的确很好。"

司先生还叫他艺术家呢！

顾白想着，忍不住微微抿着唇翘起了嘴角。

学长看了一眼偷笑的顾白，挑了挑眉："你跟司先生关系很好？"

顾白认真地想了想，答道："还行吧。"

"那学长们以后可都得仰仗你拿项目了。"学长随口说道，然后摸了一把小师弟软软的碎发，"来，改草稿了。"

学长挑这张夜色图，主要是因为老板让他们画的那一面墙，是处于前展厅和后展厅中间的分隔区的通道墙。

这面墙说是一面也并不准确，它整体呈拱形，连接前后展厅。

前展厅主要是一些大型雕塑和绘画、摄影展览，后展厅主要陈设一些小型雕塑和室内设计展，展馆的室内设计本身就是一个草原元素的设计展览点。

前展厅的色调偏向于明亮，后展区就是一个室内展，整体灯光和色调都偏暗。

一个好的主题展览，整体场馆和每一幅画作都应该是相互呼应，迎合着共同主题的。

所以，学长跟总策划商量了一番，觉得这壁画最好是能够起一个从明到暗的过渡作用。

顾白拿来的草稿里，学长一眼就看上了那张有明有暗的星空藏羚羊。

"拱形天花板上可以画上星河，星星的位置可以装上小灯泡，然后盖上一层膜打成柔光，顺便也把通道里的灯光问题解决掉。"学长一边想着，一边跟顾白讨论。

顾白稍微想了想，说道："我觉得灯泡做成垂落式也是可以的。"

学长觉得也可行，点了点头："记上、记上。"

顾白拿着笔记本把两个构思都记了下来。

改稿和开脑洞开了一整天，最后掐在总策划下班跑路之前，学长带着顾白堵住了他，顺便去下了个馆子，把具体想法和脑洞说明了一下。

然后总策划扒着顾白写的那几页纸，揣兜里带走，准备回家加班加点地做出 3D 示意图来给老板去看。

顾白跟学长告别，到自家公寓楼下的时候已经晚上九点了，他背着包路过物业大厅的时候，听到物业大厅特别热闹。

他想到司先生说那张貔貅图被挂在了物业大厅的事，想了想，还是停住了脚步，走到物业大厅门口瞅了瞅。

他画的那张巨大的貔貅图，就挂在物业大厅进门的前台后边。

顾白刚往门口一站，仿佛有一股凶狠震慑的肃杀感扑面而来，紧随着一丝若有似无的龙吟，转瞬即逝。

顾白愣了两秒，左右瞅瞅，却是什么异常都没有。

物业大厅里大晚上的还聚集了一大帮人，顾白粗略一数，有三十来个。他们守在前台排着队，说话声音虽然低，但因为人多，整个大厅里都是嗡嗡响的声音。

顾白发现他们在排队拿号。

顾白低头看了看手机，发现物业并没有给他发短信说最近小区有什么活动。

他瞅着拿到号的人一个个喜气洋洋地走了，忍不住拦住了其中一个面善的小姑娘，小声而礼貌地问道："您好，不好意思打扰一下，请问这里在排队做什么？"

"你还不知道？"被拦住的小姑娘眨了眨眼，然后指向那张貔貅图，"那张貔貅看到没？司逸明说这幅画的作者愿意接受外界委托，不过要慢慢来挑着画，让我们来物业拿号排队等通知，不许打扰人家本尊，我正好拿到一百号，你要排的话赶紧了。"

貔貅图的作者顾白："……"

什么啊？

顾白震惊地瞪大了眼，转头看了一眼结伴而来排在了队伍末尾的另外几个人，张了张嘴，又闭上，然后转头对小姑娘说了声谢谢，背着他的包脚底抹油似的跑了。

怪不得司先生说让他等着别急。

顾白心慌慌地抱着他的背包，哪里来那么多人啊？！

那张貔貅图是好没错，也不至于好到那种程度啊！

但联想了一下司先生的身份，给他画了那么大一幅画，有人想要跟风好像又很正常。

名人效应是非常可怕的，这一点，从 S 市艺术博览中心现在炒到天价的黄牛票就能看得出来了。

但顾白没想到这名人效应会影响到他身上，那个小姑娘都已经排到一百号了！

顾白在美院里待着的时候高效率，赶作业三天一张图也算小菜一碟是没错，但是这种工作量未免也太吓人了。

顾白到了楼层跑出电梯，"噔噔噔"地冲到了司逸明家门口，毫不犹豫地按响了门铃。

来给顾白开门的是翟良俊。

翟先生红光满面的，浑身透着一股成功人士的气息。

顾白瞅着翟良俊："翟……翟先生？"

"顾小白晚上好啊！来找司逸明？"翟良俊直接把顾白拉了进来。

顾白还是第一次踏入司逸明的家门。他从来都是待在门外的，每天早上就是站在门口跟司先生打个招呼投喂一下甜点，从来没有进来过。

他被翟良俊拽进屋里，换上了鞋，刚轻手轻脚地走出玄关，就看到司逸明正坐在沙发上，手里拿着一沓打印纸，桌上还散落着好几个文件袋。

司逸明家里的装修跟顾白那边的装修完全不同，顾白那间公寓的装修整体是时髦温馨的甜暖风格，而司逸明家里的装修，乍一看去就是有钱，但又不是那种金碧辉煌的有钱，而是充斥着一种雍容矜贵的底蕴。

顾白嗅到空气中飘着一股令人心境平和的香气，说不上来是怎样的气味，因为他以前从来没有闻到过。

顾白跟着翟良俊轻手轻脚地坐在了沙发上，也没有出声打扰。

而顾白也没别的事干，就眼巴巴地瞅着司逸明，观察着他跟平时的不同。

司逸明正专注地看着手中的文件，眉头微微皱着，表情是顾白从来没见过的严肃正经。

顾白见过司逸明平时面无表情的样子、生气的样子、打人的样子，更多的时候是司先生瞅着他，神情冷淡却始终都带着一点儿暖和的样子。

司逸明正经工作的模样，他是从来没见过的。

司逸明看完了最后一张纸，干脆地盖了个章，然后将手里的文件塞回文件袋里，推给了翟良俊。

翟良俊喜形于色，拿着文件袋恨不得高呼司逸明万岁。

跟司逸明和顾白两个去高原溜达休假采风一圈的悠闲不同，翟良俊这一个月是跑去北边找了好几个山头的灵族，又挖出了灵族集市背后的同族，把他们拖出来嘴皮子都要说破，差点儿祭出武力，才让那群老顽固松了口。

他现在准备利用北方作为第一试点，先找司逸明拿钱，拿了钱之后就可以去深山里挖灵族出来，然后成立公司了。

如果第一试点发展顺利的话，不愁别的地方不加入进来。

等他在灵族这边事业有成了，他就去向黄亦凝求婚！

"感谢老板投资！我就先撤了！"狐狸精美滋滋地跑了。

司逸明没理高兴得一步三蹦跶的狐狸精，看向顾白，问他："有事？"

"那个……司先生。"顾白对这副正经样子的司逸明还不太习惯，说话的声音不由得小了一些，"就是，那个在物业排队的那些……"

司逸明点了点头："怎么了？"

"太多了。"顾白哭丧着脸道，"我画不过来。"

司逸明听顾白这么一说，打了个电话给物业马上叫了停。

就算是司逸明，也万万没想到那群灵族的热情会这么高，主要是没想到这些灵族会呼朋唤友、拖家带口地倾巢出动来拿号。

在 S 市附近生活的，包括九州山海苑在内的灵族，满打满算才五百来个，这才一天就排了一百多号的队了，可了不得。

"叫停了，你也不用急。"司逸明说道，带着点儿安抚的意味，"你不用全都接下来，挑你想画的画就是了。"

顾白抿了抿唇，对于这种情况感到十分不自在。

他从未被这么多人所期待过，在感受到他们对他的期待之后，忍不住想要一一回应，舍不得任何一个人失望而归。

虽然心里知道自己接不下那么多单子，但顾白还是忍不住小声道："可是，他们都喜欢我的画……"

"这是交易，一手交钱一手交货，你没拿钱就用不着回应他们的期待。"

司逸明倒不是不能理解顾白的这种心态。

小年轻急切地想要得到他人承认和夸奖的时候，就会控制不住自己，想要回应每一个人的期待。

这种情况的最终结果一般都是小年轻心气太高而手段太低，最终因为达不到自己心里的标准线而导致心态爆炸，然后发生翻车惨案。

司先生对顾白这个小崽崽可是寄予厚望的，决不会允许顾白心态变歪然后翻车。

司先生语重心长地道："顾白，你一步一步稳扎稳打地慢慢来，每一张都好好画。

"不要去想着自己能够有多优秀，能够达到哪位大家的高度，你现在的画能够比自己之前的画有所进步，就是成功了。"

顾白有一个特别棒的优点，就是他特别会虚心接受别人的意见，特别是司先生这种成功人士，愿意这样劝诫他，听了准是没错的。

"我知道了，司先生。"顾白乖乖地点了点头，司逸明帮他把物业那边的排号喊停了之后，顾白也没有再留着的想法了，站起身来，问司逸明，"司先生明天想吃什么？"

司逸明想都没想就说："提拉米苏，抹茶的。"

顾白记下了，告辞之后就往门口走。

司逸明瞅着顾白换鞋，等顾白走出门了，像是想到了什么，让顾白稍等一下，回头去他藏宝贝的柜子里拿了一个拇指大小的紫色貔貅相出来。

这是司逸明古早时候拿建木的树皮做的自己的法相，经过万万年的时间，粗糙的树皮已经被磨得圆润光滑，像是一个正儿八经的木雕了。

司逸明拿了自己的法相之后又翻了一圈，找了根他忘记是什么玩意儿的筋，在法相底座上随意捏了个洞出来穿上，然后回到门口，不由分说地挂在了顾白的脖子上。

上古建木加上貔貅本尊亲自做的貔貅相，再加上手腕上的貔貅玉串，司逸明相当满意，终于不担心顾白在他没看到的时候出事情了。

"不许摘了，洗澡的时候也不行。"司逸明叮嘱顾白，见顾白茫然但还是乖巧地点了点头之后，摸了一下他的脑袋，"行了，回去吧。"

"好的，司先生晚安。"顾白伸手摸了摸脖子上的木雕，道了晚安之后屁颠屁颠地回去了。

司逸明目送着顾白进屋，然后转头看向了站在八楼走廊上不知道看了多久的獬豸。

"下来。"他说道。

獬豸神情复杂地看了貔貅好一会儿。

他本来应该在加班的，但是司逸明说有事要找他，他就回来了，回来之后从路过的住户那里听来了不得了的消息，现在还仿佛眼见为实了。

他直接从八楼翻了下来，走到司逸明面前。

"其实我觉得……灵族也应该正儿八经地立法的。"

獬豸这么说着，然后反手摸出了一本刑法。

"虽然已经进入成长期，人形也是成年状态了，但按照灵族的算法还在幼崽范围里，压榨童工，司先生，人类刑法了解一下？"

司逸明皱起眉头来，并没有明白对方这算怎么个意思。

獬豸解释道："拐带幼童按照人类刑法里……"

"我？拐带幼童？"司逸明将眉头挑得老高，"谁告诉你的？"

"实际上，按照我听到的说法，是你对一个小幼崽下手了。"獬豸一本正经实事求是地说。

要用人类的律法来束缚灵族的行径是不可能的。

就比如说搁灵族眼里，貔貅那么大张旗鼓地表示这崽他罩，按理来说应该理解成护崽的，但那并不是貔貅的崽，所以三观跟人类差了不知道多少的住户们就理所当然地认为，貔貅这是在压榨小崽子。

这在灵族里还真不是什么稀奇的事，多少算是个谈资，对于如今死气沉沉的灵族世界来说，勉强也算是个大事。

司逸明听着獬豸的话，眉头越挑越高，表情越来越凶残，手上那本砖头书险些就要盖上对方的脸。

深谙这只貔貅之暴力的獬豸面无表情地大退了三步，十分冷静地说道："司先生，暴力是解决不了任何问题的，我还是觉得灵族应该立法，只有不具备强制效力的《灵族入人类社会基本法》是远远不够的，灵族之间也需要……"

司逸明没好气道："逮住犯罪的灵族，你来看守？"

獬豸顿了顿，刚想说刑狱问题可以找狴犴，然后想到跑去当法官当得美滋滋的同僚，还是闭上了嘴。

他们一个法官一个律师，日常工作都够忙的，要腾出人手来制定灵族的法律的确够呛。

獬豸忧愁地叹了口气，遗憾神兽几百年都不见生出个崽，导致数量始终不足。

"好吧。"獬豸再一次妥协了，"找我什么事？"

"是关于刚刚那个小崽子……"司逸明说着便把獬豸再一次变得微妙的眼神瞪了回去。

由于老板那边还没给反馈，顾白第二天是闲着的。

司逸明带着初步了解了一下顾白情况的獬豸上了顾白的门。

司逸明对顾白的作息无比了解，顾白这边才刚煮了碗面条准备做小点心，司逸明那边就刚巧按响了门铃。

顾白还准备折腾完甜品，趁着还没正式开工好好细化一下那张夕阳图，听到门铃声之后微微一愣，放下手里的鸡蛋去开门了。

"司先生？"顾白有些惊讶。

司逸明主动上门来找他的次数屈指可数，基本都是他出门去上工，顺便给财神爷投喂甜点。

他将目光从司逸明身上挪开，看向了司逸明身边的人。

司逸明身边的人戴着金丝边眼镜，穿着一身正儿八经的西装，从头发丝到脚底下踩着的皮鞋都规规整整的，整个人看起来就是那种跟顾白这样的艺术生沾不上边的精英人士。

不过从外表和身份上看，顾白跟司逸明、翟良俊他们也沾不上边。

顾白已经完全接受了能在这栋楼，不，这个小区里出现的都是不得了的大佬的设定。

他向着那位陌生人点了点头，露出一丝拘谨的笑容来："您好？"

那位陌生人神情相当平静，跟顾白对上视线，然后主动伸出了手："你好，顾白，我是谢致，司逸明邀请我来做你的代理人。"

"您好谢先生，我是顾白。"顾白条件反射地答完，然后一愣，看向司逸明，"代理人？"

顾白说完才意识到自己还把人堵在门口，连忙将人让进来，顺口问道："司先生和谢先生吃过早餐了吗？"

谢致看了一眼司逸明，没作声，司逸明就很干脆地答没有。

顾白点了点头，跑进厨房给他们炒了点儿肉码，下了碗面，然后照旧一个荷包蛋撒葱花。

坐在外边的两个神兽对视了一会儿，谢致率先挪开了视线，看了一圈这里的装修。

九州山海苑的装修在每一个房客第一次插入钥匙的时候就会根据这个房客心中所想的样子而呈现出来，心里没个具体的想法，基本上就是阵法自己感应。

住进来的房客内心是什么样的，从装修多少能窥见些许。

谢致看着这屋子里充满了家庭温馨的烟火气的装修，脸上微微放松了些："倒是个挺好的孩子。"

这么大一栋房子一个人住也能折腾出生活的热闹感，对于他们这帮活了不知道多少年，内心相当荒凉枯竭的神兽来说，这孩子的确是能让他们打心眼儿里感觉熨帖的特例。

谢致嗅到肉码的香气，这种对于人类而言的普通生活感对于神兽来说其实相当难能可贵。

他探头看了一眼厨房，又对司逸明说道："也怪不得你最近心情变好不少。"

以司逸明以往的暴脾气，每天大清早有人去骚扰他，多半已经被打成饼饼了，幼崽倒是会得到格外的照顾，但是那也得先克服对貔貅的恐惧才行。

仔细数数古往今来，不怕貔貅还坚持不懈地在大清早骚扰貔貅的小崽子，仿佛只有顾白这么一个。

谢致问："这是谁家的崽？"

司逸明被这个问题问得脸皮都抽了抽。

谢致有些惊奇："怎么了？"

司逸明面无表情地说："顾朗家的。"

谢致秒速接口："这肯定不是亲生的。"

司逸明看了他一眼，相当满意地点了点头。

"具体是谁家的看不出来，得等白泽回来问问他。"司逸明说着，顾白已经端着面碗从厨房里出来了。

神兽不讲究什么食不言寝不语的规矩，一边吃着面条一边就干脆利落地解释了一番来意。

他们的大致意思是，让谢致出面去替顾白进行工作的交接，当然了，主要交接目标是在物业排号的那帮人。

反正尽量能捂住顾白就捂住，捂不住了，别人顾忌着獬豸和貔貅，想搞什么名堂也得掂量着来。

毕竟现在神兽们都手拉手镇着整片神州大地上喷涌的邪气，他们这群灵族不想被邪气侵蚀失去理智，就得乖乖听神兽的话，别惹怒人家。

"你给那帮家伙画了画之后，他们对你的画肯定不会藏着掖着，以后找你画画的人肯定只多不少。"

谢致非常清楚顾白的重要性和特殊性，而且司逸明还跟他说了，顾白是想办个人画展的，这就意味着，顾白还得腾出时间来专心画自己的画，暂不出售的那种。

这类作品，一张要画多久就没个准数了，没人帮着打理一下外界的那些事情，只一个劲推辞的话，顾白恐怕要在不知不觉中得罪不少业内外从人类到灵族的大佬。

倒不是说他们作为神兽面对那些人类大佬就会怂了，现在毕竟是人类的时代，而人类最讲人情了，很多人心眼儿还小得不行。

顾白需要个正儿八经的代理人来为他对外发声。

搁人类那边，现在的准备还有点儿早了，但灵族们早就已经急不可耐了。

顾白听完了解释，还有点儿茫然，但又觉得司逸明会把这事推到他面前来肯定是没有错的。

他想了半晌，垂着眼有些不自在，却还是坚强地小声问了出来："那……那谢先生的薪酬问题……"

谢致顿了顿，心想司逸明诚不我欺，这小崽崽实诚且爱钱。

谢致也相当干脆："代理费用你八我二。"

顾白有些惊讶。他不是那个对业内一无所知的人了，很清楚这个代理费用便宜到跟白捡的一样。

尤其是在了解过谢致的履历之后，他觉得八二分比白捡还过分。

顾白实话实说："八二……您会不会太亏了？"

谢致惊奇地看着顾白，又看了一眼叹了口气却一副习以为常样子的司逸明，摇了摇头："放心，不会亏的。"

他从别的灵族和人类手里抠出来的东西，绝对不会亏。

顾白还是觉得谢致亏了。

他还想开口，却被司逸明抬手按住了肩膀："行了，就八二，谢致回去做合同。"

被下了逐客令的獬豸站起身，跟着司逸明刚准备走，又停住了脚步，转头对顾白说道："顾白，你要觉得我亏了，那让我偶尔来你家蹭蹭饭当补偿也行。"

"哎？"顾白一怔，看了一眼谢致连面带汤喝了个精光的碗，忍不住露出个笑容来，"好呀！"

谢致这会儿非常理解为什么六楼的那只狐狸精和司逸明都对顾白另眼相待了。

说实在的，谁不喜欢这样真诚纯粹的小崽子呢？

顾白乖巧听话，又软又甜，有点儿小尿又不熊，笑起来就像一团小太阳，做的东西还很好吃。

最重要的是，这小崽子对生活可热情了，朝气蓬勃灵火明亮，跟他们这帮死气沉沉、成天跟一堆污糟邪气打交道的神兽截然不同。

跟喝了多年的中药突然吃到了一颗糖一样，让人从内到外都觉得轻松愉快了不少。

可惜已经被貔貅给圈走了，谢致遗憾地想着。

跟顾白交换了联系方式，谢致跟着司逸明离开了顾白家。

可司逸明万万没想到，在他还琢磨着怎么把顾白搵紧点儿的时候，顾白就猝不及防地出了名。

九月一日，S市艺术博览中心开展了。

受翟良俊号召跑去这个新建的场馆揪艺术小尾巴的粉丝们，毫不犹豫地把顾白画的那面 3D 墙送上了热搜，连带着顾白本人的资料履历一起，暴露得干干净净。

最近国民老公翟良俊的粉丝们十分躁动。

原因大致分为两个。

第一，是翟良俊最近除了一些已经定档的活动通告消息之外，足足一个多月，一个新通告、新活动的消息都没有，更别说新戏了。

第二，是翟良俊七月份自己发的那条微博里的艺术展馆，正式开馆了。

翟良俊的社交账号一向冷淡，除了活动通告例行转发之外，极少有其他的内容。

这导致七月份的那个小视频，还一直被他的粉丝记挂于心。

S 市艺术博览中心门口人满为患。

S 市作为人口大市，一旦打响了名气，就不愁票卖不出去，如今展馆大门口排着长龙，顾白的那面 3D 墙面前合影的人成堆成堆的，主办方不得不派出了安保部门轮流守在那里，免得在开展前期就给那面活招牌造成不可逆的伤害。

而在一群普通人中间，有不少非人类族群正瞅着那两面墙上普通人所看不见的灵光，满脸震惊。

他们发现，这个展馆里散发着灵气的还不止那两面墙，三个展馆之间的迷宫墙上的壁画，多多少少泛着一股清冽的灵气。

而走入第一展馆，一楼的第三个展位上挂着的那幅画作，更是清清楚楚，有着独立于所有画作之外的特殊之处。

那幅师生传承图中蕴含着浓郁充足的轻灵之气，整个画面上晕染着一抹浓重的秋色，红枫似火，凑近一些似乎还能嗅到一些秋日特有的芳香气息。

运气好抢到了第一批票并发现了这幅画作的非人类族群激动地搓手，转头就去找主办方要买画。

结果等他们到的时候，却发现已经有不少同类发现了这幅画的特殊性，堵在了主办方的办公室门口。

其中还有几个单纯想要买画的人类。

一部分人是觉得这画的确好看，另一部分是发现了这画跟那面 3D 墙是出自同一个作者之手，抱着支持"爱豆"朋友的心思，跑过来询价的粉丝。

万万没想到，竞争对手竟然那么多！

而且还有好多只在杂志和课本的图片上见过的大佬！

跑来询价的粉丝都惊呆了，缩在角落里听着大厅里那些人寒暄，摸出手机瑟瑟发抖地跟朋友分享起这件事来。

顾白的画这个热搜话题始终居高不下，而顾白以前也不是什么不得了的人，非常平凡，平凡到不起眼的程度。

很多人对于他突然飞升这一点感到非常意外，但这并不妨碍这些人将他们认识顾白这一点作为谈资。

想要蹭热度的人总是不会嫌自己说得多的。

才一个上午，网友们在热搜词条里，就总结出了顾白的履历。

他没妈，爸也不养他，打小住在待拆的筒子楼里。

由于绘画天赋肉眼可见地牛，他一进入初中就被特长老师看上带在身边学画画，艺术课和文化课方面都相当勤勉努力，靠低保和奖学金过日子，性格内向不善交际，上了省重点之后又如愿考入了 S 市美术学院。

大学里他照旧安静低调，每天宿舍、画室、教室三点转悠，因为绘画成本极高，想尽办法从各个方面折腾点儿钱出来，学校办的活动里，只要奖品是钱的，肯定就有他的身影，偶尔还会去天桥底下摆摊卖画。

一直到他毕业为止，整个儿就是个小可怜坚强不屈百折不挠努力向上的励志史。

大抵是因为他的坚强真的感动了上天，毕业之后，他的际遇突然急转而上，刚毕业就被他的导师、著名壁画大师高教授接纳进了团队，完成了一个大型项目，又机缘巧合下认识了翟良俊，通过翟良俊的宣传换得如今终于为人所知。

现在他的画还引起了众多大佬争相竞价！

江湖传闻顾白还认识那个金融界的传奇司逸明。

这一番经历看下来，基本是能写成一本咸鱼翻身一飞冲天的大爽文了。

热搜底下除了惊叹和心疼这个人的励志史之外，还有一些颜粉在嗷嗷叫。

S 市美术学院有摄影课程，走在校园里总能看到不少人拿着相机取景的。

人也是景色之一，而好看的人，也称得上是美景。

有人发出了自己取景时意外将顾白纳入了镜头的照片，还有的甚至干脆就是在画室里拍摄的顾白专心画画的照片。

有灵族从网络上知道了顾白的身份和长相，见过顾白一面的都一拍脑门，心想怪不得司逸明那么护着貔貅图的那个作画者了。

灵族们恍然大悟。

不想自己发现的天才画家出来给别人画画是多正常的事啊，换了他们有这么个会画灵画的大宝贝，他们也得死死捂着藏在家里护着啊！

顾白愿意站出来面对外界接受委托，那简直就是非常善解兽意了，真不愧是如今镇守神州大地的神兽罩着的人，简直义薄云天！

对于这个事情的发展，别说谢致了，司逸明都觉得猝不及防。

被谢致告知情况的时候，司先生愣了好一会儿才回过神来，旋即便有些不太爽快地咂舌。

谢致非常机智地开口阻断了司逸明的不爽，说："挺好的，这样顾白的画就能抬价了。"

"可那些老艺术家不喜欢这种。"司逸明说道。

谢致顿了顿，心想的确如此。

顾白想开个人画展，得到实至名归的头衔，首先是他自己要成名。

这个成名，并不是说外界知晓的问题，而是他在业内人士中的名气，得到业内的承认。

传统艺术行业其实是有些闭塞排外的，对于营销和炒作相当反感，这么一下子，顾白的确是被大众知道了，但是放在业内，估计风评会变差。

灵族压根不看重也不用担心人类的看法，但顾白却很在意。

小崽崽有自己的梦想和目标，这是好事。

这么个有天赋又乖巧听话的灵族千载难逢，何况他们本身还有求于顾白，自然是要宠着他的。

谢致思考了好一会儿，摇了摇头："没关系，不是没有运作空间的，但这事得找翟良俊他们去。"

谢致的思路其实挺简单的。

不就是出名吗？

把翟良俊抓过来，利用他的名气做个艺术家的节目，综艺节目也好纪录片也好，大家一起上天一起出名，脱离小圈子出现在公众眼前，这样不就皆大欢喜了？

最后节目组提一嘴这是顾白和翟良俊一起策划的项目，老前辈们不就会觉得小辈做艺术推广真是有心了？

獬豸在人类社会里可是靠脑子和嘴皮子吃饭的，这事交给他办准没错。

而被外界议论纷纷的顾白，此时正坐在自家二楼的大画室里，拿着画笔专注地勾画着他那张刚刚脱离了草稿范畴的草原夕阳图。

放在桌上的手机被调成了静音，但还是被短信和电话连环轰炸。

他已经知道发生了什么，但完全不知道怎么应对这件事。

一切被暴露于人前的感觉并不好，虽然大多是夸赞，但顾白依旧接受不了。

幸好他现在的住处并没有被"扒"出来。

上了热搜对于顾白来说唯一的好处，大概就是他放在那里参展的图，根据老师的说法，已经转为拍卖了。

据说现在图已经拍出了个相当不得了的价格。

与此同时，他的手机也快被打爆了。

学长们都跟顾白说干脆换个号码，顾白深以为然，落下了铺色的最后一笔之后，就把他跟他爸的信息以及通信录备份了一遍，跑出去销号办新号码了。

顾白的通信录里的人并不多，满打满算三十多个，其中包括小时候照顾过他的那些邻居、初中的时候带着他入了绘画门的老师之类的。

顾白拿着换了张新卡之后骤然安静下来的手机，群发了短信给通信录的人告知了新号码，瞅着自己的通信录，有点儿怀疑自己这二十多年到底是怎么过的。

手机的通信录滑一下就能看到底，他仔细看了看，竟然没有一个同龄朋友。

顾白愣了好一会儿，然后使劲揉了揉脸。

没有同龄朋友也没关系啊！

他现在有朋友啦，有翟先生、黄女士、司先生，谢先生也勉强能算上一个。

顾白回到小区门口，看到快递车正在往亭子放包裹。

而管理员正在旁边拿着登记表一本正经地做记录。

哦对，物业的萧先生也算是他的朋友之一。

顾白想着，心情又雀跃起来，跑到管理员旁边，打了声招呼刚准备进小区，就被喊住了。

"顾白，有你的包裹，三个！"

顾白一愣，然后想起自己在 X 省买的特产。

刚刚老师好像在群里说过收到了来着，还拍了照片，挺高兴的样子。

顾白抱着三个大包裹回了家，三个包裹分别是给黄女士和翟先生，还有不知道什么时候回来的爸爸留的。

回头他跟学长一起去买项目材料的时候，还要记得去买点儿 S 市的特产给白先生寄过去。

想到自己如今也有这么多可以记挂着的人了，顾白马上就把没有同龄朋友这一点儿小失落甩到了脑后。

他出电梯的时候，恰巧看到了谢致、司逸明和翟良俊三个人，翟良俊正准备往司逸明那边走。

"司先生、翟先生、谢先生！"顾白喊了他们一声，声音听起来还挺高兴，"要不要来我家吃晚餐？"

顾白在厨房里忙活，整个人都显得特别活泼愉快，他喜欢热闹，大概是因为以前住的地方过于死气沉沉，顾白尤其喜欢那种充满了烟火气的热闹。

他也很喜欢家里来客人，特别是这些客人还称得上是他的朋友的时候。

外边三个非人类生物凑在一起，看顾白似乎完全没有受到热搜那事影响的样子，倒是放下了心，然后开始认认真真地琢磨起给顾白扫尾这件事来。

司逸明表示他可以出钱，谢致提供法律援助，翟良俊可以出影视圈资源。

三个非人类生物一拍即合。

谢致叹气："养崽不容易啊。"

翟良俊跟着叹气，点了点头。

司逸明想到顾白他爸，只觉得脑子抽着疼。

谢致跟他想一块儿去了，一本正经地道："看顾小白的成长经历，应该撤销顾朗的监护人资格。"

翟良俊又跟着点头，点到一半骤然停下，傻了好一会儿，猛地转头看向谢致："你说谁？！"

"顾朗啊。"谢致说道，"怎么了？"

"他怎么会有崽的？

"不对，他有崽了怎么不把崽带在身边？

"不对，顾白怎么可能是顾朗的孩子？！"

翟良俊三连问，问完沉默了两秒，又改口道："不过看他的样子,的确是正经了不少。"

他这话的信息量就有点儿大了。

谢致偏头看向翟良俊，而司逸明则看到了端了碗土豆丝炒肉出来的顾白。

谢致没看到顾白，问翟良俊："你见着顾朗了？"

"嗯。"翟良俊点了点头，"就前些日子，在北方的深山区打了个照面。"

顾白轻轻放下手里的碟子，木愣愣地看向了翟良俊。

顾白感觉怎么谁都认识他爸爸？

难不成他爸爸不只是超级英雄的设定，还是什么隐世高人？

但是，爸爸去大兴安岭干什么？

顾白茫然地看着翟良俊欲言又止，最终只是小声道："翟先生，我爸爸还好吗？"

翟良俊一回头看到顾白，答道："好着呢，活蹦乱跳的。"

他爸还活蹦乱跳啊？活蹦乱跳就好。

顾白对翟良俊点了点头，然后"哦"了一声，又转头回了厨房。

他这个反应太过于平淡，平淡到让外边三个都感到非常意外。

司逸明率先反应过来，想到他之前跟顾白提及顾朗的时候他那个反应，稍一琢磨，也明白了过来。

"顾白估计是知道顾朗以前干的那些事的。"司逸明说道，他上次跟顾白提到顾朗待的地方都挺危险之后，顾白的反应也是相当镇静。

他大概是很清楚顾朗被一帮神兽追着撵的境况的。

这会儿知道顾朗还好好的，估计顾白就放心了。

其实并不清楚自家爹是个什么情况的顾白，在厨房里悄悄地搜了一圈北方深山地区最近的消息。

那边最近风平浪静的，只有科研队又发现了什么稀有物种的消息。

也许爸爸是跑去搞科研了——顾白对于他爸的任何设定都能接受。

不管怎么说，看到大兴安岭风平浪静的，顾白就放下了心，把手机揣回兜里，重新打开了火。

　　饭桌上的三个成功人士在讨论关于艺术纪录片的问题，顾白咬着筷子听着，然后就听到翟良俊问他有没有什么国内的老艺术家可以推荐一下的。

　　顾白想都没想，报出了一溜的名字。

　　有了名字就好办了，在座的三个不管是人脉还是财力都相当惊人，既然有了目标，要找到联系方式是非常简单的事情。

　　说干就准备干，饭后司先生率先离开准备去找人了，而翟先生和谢先生留了下来，却是挤进了厨房，帮着顾白刷碗。

　　顾白瞅着翟良俊那双保养得特别好的手搁洗碗池子里就觉得心里慌慌的。

　　这可是国民老公的手！万千少女的梦中情手！

　　"翟先生、谢先生，还是我来吧！"顾白企图把这两位挤开，奈何狐狸精和獬豸的体格根本不是他能够比的。

　　顾白想从两人中间挤进去，而这两位不动如山，甚至还腾出手把顾白转了个方向往厨房外边推。

　　推着他到了厨房外边的谢致问他："怎么不让物业装个洗碗机？"

　　顾白摇了摇头："不想用。"

　　顾白觉得不管是做饭、刷碗、打扫卫生还是别的什么，都是生活的一部分，家里本来就只有他一个人了，还把活计全都扔给机器，那也太冷清了。

　　谢致不太能理解，但还是点了点头，然后从客厅茶几上拿个苹果塞给了顾白："吃苹果，吃完这边就结束了。"

　　顾白很听话，一边啃着苹果两颊鼓鼓的，一边趴在沙发靠背上，眼巴巴地看着两个客人在厨房里扯着他听不懂的话题顺便刷碗。

　　耳边是碗筷碰撞撩起的水声，顾白趴在沙发靠背上，瞅着厨房里的两个人，恍惚觉得这个画面很温馨。

　　顾白从沙发背上滑下来，啃了两口苹果，又忍不住扭头瞅了瞅厨房。

　　上一次他两手空空地坐在客厅里听到厨房里有动静，好像还是爸爸回来的时候。

　　都隔了快两年时间了。

　　顾白啃完了一个苹果，而两个帮着刷完了碗的客人也结束了工作，跟顾白告了辞。

　　顾白笑容满面地送他们到了门口，等到门关上了，回头看了一眼家里，只觉得灯光亮堂堂的，反倒显得更加空落落了。

　　顾白又忍不住摸出手机来搜了一圈大兴安岭的消息，目光在一堆一堆的旅游团上边扫过，心里有点儿蠢蠢欲动。

　　但他又不知道他爸具体在哪儿。

　　翟先生说的深山里，肯定不是那些热门旅游景点。

　　顾白耷拉着头，蔫蔫地收好了手机。

等爸爸回来的时候，发现他已经可以自己养活自己了，肯定会开心的吧。

他要成长为能够独当一面、让爸爸感到骄傲的大人才行！

顾白想着，揉了揉脸，重新抖擞起精神爬上了二楼。

短暂地休息了两天之后，草原艺术展的总策划那边说稿子过了，可以直接过去开工。

这一次的工作地点离顾白住的公寓很近，就隔了两条街，出门踩个共享单车十分钟就能到。

顾白跟着学长去买材料，抱着一堆小灯泡，顺路去了一趟特产商店，路过自家小区的时候，把特产放到了亭子里，准备下了工顺便取回去。

这个草原艺术展的展厅并不算特别大，现在布置展厅的工作人员包括学长和顾白在内，满打满算也就十六个人。

顾白在热搜上溜达了一圈下来，抱着一堆小灯泡到地方的时候，被其他工作人员围观了一遍。

顾白蹲在他学长身边，默默把梯子架好，也不吭声。

学长转头看了一眼垂着头不讲话的顾白，又看了周围一圈，对那些"吃瓜"群众抱歉地笑笑，说道："顾白胆子小，不好意思啊。"

周围人摆了摆手，也没把这件事情放心上。

学长拿着手里的草稿和炭笔爬上梯子，目测了一下比例，问道："顾小白，这个位置开始可以吗？"

他举着炭笔等了一会儿，却没有听到回答。

学长放下手来，低头瞅下边那个扶着梯子仰着脑袋却在走神的小师弟，然后一屁股坐在了梯子上，轻轻揉了揉顾白的脑袋。

"今天一直走神，想什么呢？"

顾白被揉得脑袋跟着晃，回过神来还是很呆。

学长又轻轻敲了他一个栗暴，温声问："到底怎么了？"

顾白揉着额头："我听……听人说，在大兴安岭深山里看到我爸爸了。"

顾白说完，整个人就蔫头耷脑的。

每次爸爸出去之后，顾白都不知道他到底去哪儿了，工作是什么不清楚，是死是活也不清楚。打小拿着低保过日子，小时候很长一段时间他都心惊胆战地觉得他爸是不是死在外边哪个角落了，所以一直都不回来。

后来随着年龄增长，他知道了这世上原来还有不能跟家人说的保密职业，在得知之后多少也放下了心。

他就当他爸真的是个拯救世界的超级英雄呗，反正保密职业干的事情跟这种大约也差不到哪儿去。

但以前他不知道他爸具体在哪儿，也习惯了一个人过日子，就没觉得有什么不妥的地方。

可现在，他知道了他爸在哪儿，就控制不住地去想。

顾白以前可不会瞅着屋子就觉得空荡荡的，这两天会这么觉得，多半是因为翟良俊跟他讲了他爸在大兴安岭的事。

顾白沉默地揉了揉自己的心口，觉得他大概是想他爸了。

学长没想到会得到这么个答复。

说实在话，要说顾白他爸是个不负责任的渣男吧，也说得通，毕竟顾白这么多年过的日子摆在那儿呢。

但要说顾白他爸完全不管顾白，也不对，现在顾白住的房子可不是轻易就能住得起的。

"大兴安岭深山里……"

学长挠了挠头，他多少也听过一些渺无人迹的深山里藏着什么科研所之类的江湖传闻。

他猜测道："你爸干保密科研的？"

顾白抬头瞅瞅他学长，没说话。

学长恍然意识到了自己的错误："哦对，他要是干保密科研的估计也不会告诉你。"

"科研不是很好吗？"学长拍了拍顾白的脑袋，安慰他，"你想想啊，你爸可能是一位为国为民鞠躬尽瘁的无名英雄，老牛了。"

要是搁以前，顾白听到他学长这么吹他爸，肯定高兴得尾巴都要翘起来。

但现在不同，顾白小声道："我想去找我爸爸。"

学长：别吧。

学长满脸苦恼地挠了挠头，憋了半晌，还是不忍心打击小师弟："也行啊，那边风景挺好的。"

顾白闻言，抬头看着他学长，两眼渐渐亮了起来。

顾白胆子不大，想去找他爸这事在他心里憋了好几天了，但始终都没敢说出来。

他没什么朋友，没有人会陪他去干这事，他自己也怂，不敢一个人进那种地方，这想法就一直是想法，挠心抓肺的，始终没敢付诸实践。

学长被他这副期待的样子盯着，觉得压力有点儿大。

"我记得有那种生物科研兴趣小组组团的深度游，一去就是一两个月的那种，你身体素质要是跟得上的话，回头可以去找找。"学长说着，晃了晃手里的画稿，"但现在，得先把活干完。"

顾白对这种事情完全没有经验，听学长这么一说，顿时喜笑颜开，美滋滋地点了点头，把拿在手里的画稿展开来，动力十足地开始配合着他学长给穹顶上装灯的地方画标记。

除了穹顶要以小型的装饰灯泡来替代星空之外，底下的墙面上也有一团篝火，准备以灯光作为装饰。

到了下班的点，顾白和学长的工作才刚推进了一点点，最艰难的穹顶上的草稿已经有了，明天过来可以试着装上灯涂第一层底料了。

顾白在回去路上给他爸发了条短信，表示要去找他，之后就一直在搜索关于深入大兴安岭的团队的消息，并敲开了翟良俊的门。

翟先生以为顾白是来喊他吃饭的，笑容满面，觉得顾思思真棒！

顾白拿着手机，两眼亮晶晶地看着翟良俊："翟先生，您是在哪儿看到我爸爸的？能具体一点儿吗？"

顾白无比雀跃，满是期待："我这次工作结束了，如果有时间的话，我想去找我爸爸，要是能把他带回来就最好啦！"

翟先生脸上的笑容一僵，渐渐消失。

实不相瞒，翟先生跟顾先生的相遇并不是多美好。

因为翟良俊身上带着被貔貅庇佑的气息，被迎面撞上的顾朗二话不说就爆捶了一顿，捶完了顾朗才发现这只是个狐狸精，才撒开了手。

翟先生之所以说顾朗正经了不少，是因为顾朗发现捶错了人之后，这只从上古时期就横行霸道见啥吃啥的饕餮，竟然规规矩矩地道了个歉，还抓了几个精怪来给他治好了伤，确定他没事了才走的。

他撞上了顾朗还没被啃个尸骨无存，简直是惊天的喜讯了。

而对如今的灵族来说，没有直接扑街就都不算事，日常被貔貅打到四分之三死的狐狸精早就习惯了。

而且顾朗看起来还相当理智沉稳，跟三百年前那一次见面时凶残暴戾的状态完全不一样。

但翟良俊觉得这仅仅是他运气好而已，刚巧撞上了饕餮心情好的时候。

翟良俊不可思议地看着顾白："你……要把顾朗带回来？"

顾白看着翟良俊这副模样，愣了愣，一腔热情渐渐消失了。

他犹豫了一会儿，小心地问道："不……不可以吗？"

翟良俊一下子就激动了："当然不可以啊！"

饕餮哎！那是饕餮哎！

你带他回来，是让我们都变成储备粮吗？

翟先生双手按住顾白的肩膀，将他拧转了个方向，面对着司逸明的门口，说道："看到咱们的镇楼神兽了没？我跟你讲，你……你爸要是来了这里，第一个跟他死磕的就是司逸明！"

翟良俊可是记得清清楚楚，三百年前，司逸明刚从山窝窝里被白泽挖出来镇着这里。

顾朗来搞事情被白泽给拦住没搞成，结果他走的时候，路过了这只貔貅还没来得及收拾的小金库，顺手捞了不少东西。

他还不是拿去花用了，是拿去吃了，还当着司逸明的面吃了！

司逸明都要气死了，那整整五十年的时间，整个九州山海苑的灵族住户赚来的进账到手里还没焐热就入了貔貅的口袋。

翟良俊这会儿手里可是握着一个刚起步的灵族物流公司！

翟先生满脸悲痛地看着顾小白。

您可行行好吧。

他真的一点儿都不想再经历一次貔貅暴怒的黑暗时期了。

他还想功成名就娶媳妇儿呢！

第 7 章
思 亲

顾白愣了好一会儿，转回身看向翟良俊，半晌，才憋出一句："司……司先生跟我爸爸，不是朋友吗？"

翟良俊："你听谁说的？"

顾白张了张嘴，然后又闭上，失落地低下头来。

没有人跟他说，是他自己会错意了。

听起来爸爸和司先生不是朋友，不只不是朋友，关系好像还不太好。

"那……那我不带爸爸回来了。"顾白小声说道，"您还是告诉我在哪里遇到他的吧，我想去看看他，就……就去看看他。"

翟良俊看着顾白这副可怜巴巴的小模样，说道："你要去找，没人带路也找不着。"

顾白垂着头盯着自己的脚尖，不说话了。

翟良俊看着他这副样子，算了算自己的时间安排，说道："也不是不能带你去。"

大不了他到时候把顾白往那附近一扔再吼一嗓子，顾朗要真留在那附近还记挂着崽，肯定会跑出来的。

顾白看向翟良俊，整个人一扫阴云："真的吗？！"

翟良俊点头："真的。"

顾白蠢蠢欲动，开心得脚底下都踩起了小步子，兴奋地小步蹦跶："真的吗，真的吗？！真的带我去吗？"

"真的真的！"翟先生面对着仿佛马上就要跳起来抱住他的顾白高举双手表示投降，"你要不信我现在就带你去！"

顾白努力收了收笑脸，却没能憋住，不好意思地垂下头，又在原地转悠了两圈，然后给了翟先生一个很大的拥抱。

他抱完就跑，贼刺激。

翟良俊被狠狠抱了一下，还没回过神来，就看到顾小白已经"噔噔噔"地跑到了他自家门口，麻溜地打开了门。

翟先生傻了两秒，眼看着顾白要进门了，赶紧喊道："顾小白今天有没有晚饭吃啊？"

顾白探出小半个脑袋，应了一声没关门，直接转身进了屋。

住在这里最好的一点就是，邻居都是很好的人，哪怕大门敞着，也不怕出什么事情，安全感简直爆棚了。

顾白先去洗了个澡，出来的时候发现客厅里坐着的不止翟先生一个人，还有谢先生和司先生。

他们三个打开了电视，正满脸严肃地看着一部人文纪录片。

顾白顿了顿，司逸明率先转过头来，看到顾白湿答答的头发时，提醒道："头发要吹干。"

并没有吹头发习惯的顾白站在浴室门口，看了司逸明好一会儿，有点儿想开口问问司先生和他爸爸是怎么一回事。

话到嘴边了，顾白看到客厅里的另外两位，选择了放弃，转头回了浴室里吹头发。

吹风机的声音有些吵，顾白听着外边电视的声音还有模模糊糊的说话声，瞅着镜子里被吹得一头毛竖起了无数的自己，胡乱扒拉了一下头发，寻思着外边的人里要是有他爸就好了。

等找到了人再看情况好了，顾白想，要是他爸爸要回来，大不了……大不了他搬出去。

顾白关掉了吹风机，沉默了好一会儿，听着客厅热闹的动静，又觉得有点儿舍不得。

这么好的邻居多难找啊，而且外边那几位都帮了他很多的忙。

顾白叹了口气，把手里的吹风机放下，一出门发现沙发上少了两个人。

稳坐在沙发上的只剩下了谢先生一个人，他正观看着纪录片片尾字幕的名单，拿着小本本做记录。

而另外两个，跑去了厨房里。

顾白看向厨房，发现翟良俊正一本正经地淘米，而司逸明则有模有样地切菜，听刀剁在案板上的节奏，似乎还是个熟手。

顾白站在浴室门口愣了好一会儿，才趿拉着拖鞋走进厨房，探头一看，然后拽了拽司逸明的衣摆。

司逸明放下手里的刀具，转头看向顾白："怎么了？"

顾白看着被司逸明切得薄如蝉翼几乎能透过光来的土豆片，欲言又止。

他切这么薄炒起来会碎。

顾白没有直接说出来，而是夸赞道："司先生刀工真好。"

司逸明听到夸奖还挺开心，麻溜地把剩下的半个土豆都切完了，然后放下刀具，看

向了顾白在去洗澡之前拿出来解冻的肉和拆好了的鸡。

"还是我自己来吧司先生！"顾白企图抢过刀具，但是被司逸明拦住了。

翟良俊边淘米边说："一直让你做也不是事啊，打打下手还是行的。"

别的不说，至少司逸明就挺喜欢这种生活感的。

对人类而言这是稀松平常的生活，对于他这种历经万万年时光的神兽来说，反而是十分难能可贵的平和。

他们以前的日子都过得跌宕起伏，不跌宕起伏的时候都躲在渺无人迹的地方睡大觉，没有谁会选择跟人类一样安安分分过日子的。

但现在不太一样了，人类没有涉足的地方已经很少了，不管是异兽还是神兽、凶兽，动物花草修炼成精的还好，其他天生地养的基本都得时时刻刻保持人形。

保持人形，也不意味着就能找个地方睡大觉，要是谁维持着人形找个地方睡上个几十年，被发现的话照样是引人注目。

他们唯一的出路就是融入人类社会。

在人类社会生存对于绝大部分灵族来说并没有什么难度，而天生就带着天地眷顾和吉祥预兆的神兽们就更不用刻意融入了。

再加上他们隔三岔五就要大半夜地跑出去巡查几圈，天天面对那么多恶心的邪气和魍魉，换谁谁都受不了。

像这种站在厨房里慢腾腾做菜的日常，搁司逸明这里就是非常舒心的休憩。

主要还是有这个小崽崽在。

顾白的情绪表现得相当明显，而且整个人都透着一股非常难得的朝气，特别感染人。

顾白抢不过司逸明，而翟良俊又已经启动了电饭煲。

无事可干的顾白从冰箱里拿了两根水灵灵的胡萝卜出来，放到了案板上，说道："司先生，切块就好。"

司逸明闻言，转头看了一眼案板旁边刚好的那一碟土豆片，突然就意会了："土豆我做错了？"

"没有。"顾白笑着说道，"可以炸薯片。"

司逸明看了顾白一会儿，然后点了点头，看着顾白把油炸锅倒上油打开，于是回过头看着手里的胡萝卜，认认真真地切成了块。

顾白本质还是抱着穷苦思想的，他看着那么多油，舍不得浪费，决定除了主食之外给这三位客人做一堆油炸小零食，简单快速好吃，带回去吃还是就当饭吃都很合适。

事实证明顾白的这个打算相当正确。

今天的他照旧没能抢到洗碗的位置，晚饭过后三个客人都没有走，还留在顾白家里继续看那些人文纪录片，人手一碟子薯片边吃边看。

顾白心知这三位是在给纪录片物色合适的团队，这会儿明显看得出意见是以翟良俊为主的。

顾白也不打扰他们，轻手轻脚地上了二楼，回头看了一眼楼下橙黄色的柔暖灯光，听到电视的声音和他们小声讲话沟通的动静，也觉得有几分热闹的意思。

他驻足在二楼的楼梯口，听了好一会儿这样的热闹，才心满意足地带上了二楼的门，隔绝了一楼的声音，在二楼画室里忙碌起来。

下边的三个非人类生物瞅了瞅二楼，另外两个转头看了看翟良俊。

翟良俊吃了一片薯片，老得意了："都跟你们说了我慧眼如炬，一看就知道顾小白肯定是寂寞了！"

谢致推了推眼镜，转头对司逸明说道："我建议你们谁把顾白的监护权……"

说到一半他又把话收了回去。

谢先生又忘记人类的法律对灵族来说并不顶用了。

而且顾白按照人类的算法，已经成年了。

司逸明觉得这事挺好处理的，他们三个轮流来陪着顾白就行。

反正有了那张貔貅图之后，神兽之中辖区最小的司逸明就变得清闲了不少，至少在顾白工作的这一个月里，司逸明都很悠闲。

反倒是谢致和翟良俊各有各的事情要忙，跟司逸明这种坐在幕后把事情全都推给公司去做的大佬完全不一样。

顾白在晚饭后窝在楼上画到犯困，回过神的时候已经晚上十一点了。

他赶忙从楼上下来，发现一楼的那三个人不知何时已经离开，不仅离开了，还替他把茶几收拾得井井有条的，垃圾袋也拎走了，桌上留了一碟薯片，谢先生还压了张字条在下边。

顾白将字条抽出来，看到了上边写着的内容。

"薯片很好吃，小孩子要早点儿睡，明天见。"

明天见！

顾白看着最后那三个字，忍不住揉了揉脸，美滋滋地跑进了浴室里。

他很少会跟人有这样的约定，就算有也是因为小组活动或者是公事公办的事情，像现在这种不是公事，也没有什么正儿八经的事情要做的约定，却令顾白十分高兴。

顾白瞅瞅镜子里笑得贼开心的自己，严肃地咳嗽了两声，努力板起了脸，洗脸刷牙，然后抱着美好的心情爬上了床。

第二天一早，顾白照例去敲了司逸明的门。

今天的甜点是杧果糯米糍。

"司先生早上好！"顾白红光满面，精神头十足。

司逸明稍稍打量了他一圈，看顾白这副模样似乎是睡了个好觉，心情也不错的样子。

他点了点头以作回应，然后接过了顾白递来的盒子。

顾白抿了抿唇，仰头看着司逸明，满脸都写着纠结。

他小声道："司先生……"

"嗯？"

"那个……"顾白的声音更小了，"您……您跟我爸爸关系很差吗？"

司逸明动作一顿，委婉地回答："不算好。"

其实想到那只饕餮就心里冒火，但在顾白面前，司逸明不想表露出这一点。

因为顾白看起来还挺喜欢顾朗的，而即便他这样委婉，顾白在听完他的回答以后也显得十分失落。

他点了点头："这样啊。"

那看来他是真的不能把他爸往这边带了吧。

顾白失望地想着，还好昨天他就已经有心理准备了，顾白调整得很快，马上就跳过了这个话题。

"那司先生，能把白先生的联系方式给我一下吗？"顾白问道。

司逸明愣了好一会儿，最终才想起白先生是白虎。他非常熟练地报出了一串号码，顺口问道："你要他的联系方式做什么？"

"准备给他寄 S 市的特产！"顾白记录着号码，有些不好意思地说道，"不过都是些普通的东西……"

司逸明看着顾白，神情松快了些许，又忍不住揉了揉顾白的脑袋，就像撸猫那样。

"挺好的。"司逸明说道。

白虎孤家寡人的，估计除了供品之外，从来没收到过别人给他寄的特产呢。

别说白虎了，司逸明也没收到过。

不过之前在 X 省机场的时候，他姑且也能算是收到礼物了。

虽然不是特产，但也是顾白的心意。

司逸明端着一盒子圆圆胖胖的杜果糯米糍目送着顾白进了电梯，然后关上了门。

顾白低着头，给白云飘先生发了条短信，告诉对方他是谁之后，又问对方要了能够收到包裹的地址。

白云飘先生很快就回了一串地址过来，并用一系列慷慨激昂的话语表达了对特产的惊喜和期待。

等到顾白走到亭子，翻出了昨天寄放在亭子里的一大堆特产，准备抄一份地址给管理员，拜托他帮忙叫快递寄出去的时候，他的短信收件箱已经被白虎给挤爆了。

白先生似乎对于自己要收到特产这件事有着非同一般的惊喜和高兴。

连带着顾白也被他的惊喜和高兴感染了，感觉心里美滋滋的。

而在顾白打开收件箱准备抄地址的时候，看到的最新一条信息是："顾白，我听说你跟司逸明关系很好？"

顾白：“……”

坐在旁边正瞅着他写地址的管理员也看到了这条信息。

他蹲在这门口，是听了不少来来往往的灵族之间的消息的，最近讨论得最多的就是顾白跟司逸明的关系问题。

他瞅了瞅顾白，看着顾白惊愕地瞪大了眼，迅速敲了两个字回去。

司先生是很好的朋友。

虽然司先生跟他爸爸关系不是很好。

顾白回完就快速抄完了地址，气鼓鼓地把地址交给了管理员，揣着手机扫了个共享单车，哼哧哼哧地蹬着车跑去上工了。

这一次的工作环境跟上一次不太一样，上一次算是独立团队项目，工作搭档只有老师和学长们，这一次是学长带着他另外加入一个临时团队的性质，顾白就不太好意思去那么早了。

他去早了遇到了陌生人也没话题聊天，容易尴尬。

而在外边的临时团队工作，学长也不像在自家团队里那么放飞了，每天都衣冠楚楚的，礼貌性地提前三四十分钟到，跟之前天天踩点到，只有工作时间精神抖擞的状态截然不同，人五人六的，看起来就是个境遇挺不错的成功人士。

新工作每天早上九点开工，顾白就八点半到，不早也不晚，昨天还正巧遇到了学长。

今天顾白的运气也很好。

“学长早！”顾白停好了自行车，小步追上前边的学长，从背包里拿出了一盒杧果糯米糍。

昨天学长跟他说了，这不是他们团队自由负责的项目，得从众，所以早餐就不要准备了。

顾白退而求其次，不用准备早餐就准备小零食。

学长瞅着顾白塞过来的小盒子，很小，里边就四个糯米糍，全吃完还真能当一顿早餐应付过去。

学长看着还有些距离的展区，也不推辞，干脆利落地打开吃了起来。

糯米糍入口香甜绵软，里边的杧果粒也甜丝丝的，透着一股清甜的香气，驱散了秋老虎的闷热气息。

学长吃着糯米滋还不忘强调：“不是说不要准备了吗？”

顾白义正词严：“这是小零食，不是早点。”

学长听了竟然无法反驳，两人一边慢吞吞地往前走着，一边聊这一次壁画的事情。

说到半道上，学长突然跳转了一个话题：“昨天跟你说的那种生物科研小组，我找到了一个，但是他们过两天就准备出发了。”

学长说完这话的时候，还挺美滋滋的。

他的确是认认真真去找了一圈深入北方深山区的那种调研组的，但不是很希望顾白去，至少不是这种时候去。

理由很简单，等他们工作结束的时候都快十月份了，十月份才开始往纬度高的地方走，那会儿晚上的气温都已经往零下走了。

小师弟看起来那么小一只，身上也没二两肉，整个人显得瘦瘦弱弱的，一看就是挺不住的样子。

学长选择性无视了瘦弱小师弟曾经一刀剁开了案板，还剁裂了大理石料理台的事，非常执着地选择了以貌取人。

"他们说十月份的时候，那边很多地方要封山不给人进了。"学长说道。

"哎，这样啊。"顾白点了点头，觉得翟先生应该有办法解决这个问题，于是转头对学长笑了笑，"没关系，我已经找到人带我去啦！"

学长一顿，将手里最后半个糯米糍吃完了，说道："很冷的。"

"我很强壮的！"顾白说道，然后举起双手来做了个大力士的动作，努力鼓了鼓肌肉，发现根本没什么明显变化之后，又默默放下了手，再一次小声道，"我真的很强壮。"

学长沉默了好一会儿，把沾在手上的椰蓉拍干净，抚了一下顾白毛茸茸的脑袋："回头学长多给你备点儿药。"

顾白："……"

他是真的很强壮啊！

顾白环顾四周，企图证明自己是真的很厉害。

而学长没有给他这个机会，两手一抬就轻轻推着顾白一路小跑进了展厅。

小师弟轻飘飘的，推起来都不需要用多大的力。

学长收回手，正琢磨着应该准备哪些药品，就看到顾白跑到杂物间里，一手一架梯子还拎了两筒子涂料，脚步如风地送到了他们的任务地点上。

顾白把东西都放好，然后扭头看着愣在杂物间门口的学长，又做了个大力士的动作。

学长："……"

好好好，你牛你强壮，但还是照样得给你备着药。

顾白感觉证明了自己，美滋滋地架起了两架梯子，又去杂物间里拿了工具，开始往穹顶上贴小灯泡。

现代壁画大多会灵活利用一些工具来进行合理设计，纯手绘壁画最方便的其实就是单纯绘画，但在主办方对画作有一定的要求时，他们自然是需要跟着变更计划的。

顾白跟学长一人一架梯子，麻溜地把那象征着满天繁星的小灯泡，按照规划好的标记都固定好了。

这种装饰性的灯泡灯光并不强烈，灯泡本体也并不大，但对于这一幅画作的比例来说还是显得过大了。

不过这事非常好解决，将透光性不强的材料剪出合适的小孔和形状，然后罩在小灯泡上，被隔绝的光亮就会从那些小孔里透出来。

但在将这些材料盖在小灯泡上之前，得先在上边画出最基本的一层夜色来。

学长和顾白从梯子上爬下来，吃了午饭，之后学长去勾墙面上的草稿，顾白则找了个不会耽误别人来往工作的地方，蹲着开始铺色。

之后铺好了色的这几块材料，要视情况进行裁剪做其他处理，以此来补平因为安装小灯泡而显得不平的穹顶。

穹顶也会适当地顺着之前标记好的地方，将那些线路做出浮雕的纹理效果。

顾白和学长找了个地方把材料晾干，剩下的时间，一人一边墙面开始勾草稿。

虽然这种临时团队的氛围远不如之前老师的团队来得轻松和谐，总是隔着一层，显得十分陌生疏离，但顾白和他学长的工作进度相当迅速。

公事公办的效率并不低，至少对顾白和他学长来说非常顺利。

在九月过了大半的时候，顾白放在 S 市艺术博览中心的画终于撕出了一个结果。

这个结果却不是钱，而是一套据说价值连城的翡翠首饰。

一开始人家叫价叫着叫着突然就不叫钱，转而换成了人脉资源、珠宝之类的东西的时候，顾白就已经蒙了。

不止顾白蒙了，老师和学长们也蒙了。

论画面，顾白的确是非常有灵性和天赋的，但再有灵性和天赋，如果缺少了时间的打磨，有些方面总是会显得青涩一些。

论资历，顾白就更加不用说了。

油画这种东西，原创的人物画叫价向来是不如静物画和风景画的，尤其是这幅画的画面里还是目前尚且活着的人。

一群人凑在一起百思不得其解，最终见多识广的老师觉得顾白估计是运气好，撞上了一群大佬杠上火了。

顾白拿到那套首饰的时候人都傻了。他在学校的时候蹭过几节珠宝设计课，也在图书馆里看过一些书，虽然没有接触过实物，多少能看得出来这套翡翠首饰品相极佳。

顾白觉得这套翡翠拿在手里非常烫手。

他又没有能送这种贵重礼物的对象，也不认识能买下这套首饰的人，这套翡翠首饰放他这里可就是砸在手里了。

顾白小心翼翼地抱着盒子，跟做贼似的溜进了小区，回家的时候路过了司逸明家门口。顾白犹豫了两秒按响了门铃，准备请教司先生这种东西应该怎么脱手变现。

可司逸明开了门，顾白却又改变主意了。

他改口喊司先生记得去他家里吃饭。

这套首饰就当是给爸爸攒的老婆本好了，不当老婆本，当孝敬给爸爸的礼物也挺好的。

这么贵重的东西，如果他和他爸都不要，就只能再拜托司先生帮个忙脱手出去了，中间代理费多拿点儿也没关系。

顾白将东西收好，然后摸出手机给他爸打了个电话，照旧是无法接通。顾白挂了电话，低头编辑着一条长长的小日记。

给他爸发完了消息，顾白听到门铃声跑去开了门，来人是谢先生和司先生。

翟良俊已经开始外出忙碌了，这半个月的时间里，谢先生间歇性来报到，司先生是每天定时定点上门，还会跟他一起在厨房里忙碌打下手。

顾白很喜欢这样的生活日常，特别是偶尔司逸明和谢致讲的一些话题，对于顾白来说是闻所未闻的，相当长知识。

顾白在厨房里淘米，听到外边电视上似乎在放天气预报。

旁边的司逸明已经放下了手里的刀了，转头走回了客厅里，满脸严肃地看着天气预报。

天气预报说我国东南地区近期将会有大量降雨，湿润气流将从沿海蔓延到东北部，居民出行记得带好雨具……

谢致看了天气预报的卫星云图好一会儿，然后扭头看向了司逸明。

顾白跟在司逸明身后出来了，虽然他看不懂卫星云图，但会抬头看天。

他扭头看了看窗户外边的夕阳，天空一片晴朗，连片多余的云都没有，刚想说天气预报又扯淡呢，就听到一声晴空霹雳骤然炸响。

顾白吓得一个哆嗦，司逸明皱了皱眉，转头推着顾白回了厨房。

在厨房里听到天气预报在那边告诫居民配合各部门谨防各种洪涝等灾害，顾白一顿，想到了自己那个在大兴安岭深山里，极可能遭遇山洪泥石流的老父亲。

顾朗在山里转悠了快两年了。

他在长白山发现了一棵生出了些许蒙昧灵智但还没正式成精的千年老参。

这种老参很难得，出来溜达避开神兽们视线的顾朗当时就想挖回去给他乖崽，吃了这棵老参乖崽说不定能直接飞跃成长期一举成年！

老参胆子小跑得飞快，顾朗又是个浑身上下都透着凶气的凶兽，一路追着那棵老参在长白山里打了一年多的游击战，最终那棵老参忍无可忍，硬是扛着它难以适应的环境，跨越了长白山钻进了大兴安岭的老林子里。

顾朗在一片枯色之中窥见了一丝红色的人参子，等到他屏息悄悄蹑过去的时候，那一点红色又瞬间从他的视线里消失了。

“……”顾朗一脸凶煞，忍了又忍，最后不忍了，一脚踹断了一棵树。

骂完了他扭头看了一眼那棵无辜的树，又围着树干转悠了两圈，转头去附近最近被他祸害了好几次的灵木附近抓了几团精怪回来，往那棵树边一放，又把树扶起来，粗声粗气地对那几个精怪说道：“弄好！”

精怪乖乖把树重新弄活了，然后瑟瑟发抖地目送着那头凶兽气势汹汹地杀去了另一座山头。

顾朗刚踏上另一座山头，就倏然停下脚步，抬头看向了南边。

那边天际隐隐传来了轰鸣的雷声。

天气预报很准，顾白他们刚吃完了饭，天色便以肉眼可见的速度暗了下来，闪电与雷鸣紧随而至，过了没两分钟，将天地都模糊成一片的雨幕便砸了下来。

顾白放下碗筷赶紧跑去了阳台上，把窗户死死关上。

他听着雨滴打在窗户上的声音，雨点随着狂猛的风砸在玻璃上就是一片迸溅的水花。

顾白站在阳台上看了好一会儿，想起自己房间的窗户还没关，忙不迭地又从阳台上跑出去，穿过客厅和餐厅，趿拉着拖鞋往自己房间冲。

司逸明和谢致都没在意，还在天南海北地聊着天。

谢先生对于如何顺着司先生的毛捋这事似乎相当熟练，甚至都能开口抱怨一下最近遇到的奇奇怪怪的案子。

当然，是模糊了关键信息的，这位先生哪怕是在面对根本不把人类放在心上的神兽时，也始终秉持着那么一点点的职业精神。

顾白房门一开，外边两个神兽都是一顿。

谢致转头瞅了瞅顾白打开的房门，隐隐察觉到其中有那么一丝非同寻常的气息。

司逸明凝神看了两秒，然后收回了视线："是老翡翠送的小玩意儿。"

谢致点了点头，恍然："老翡翠抢到那幅画了吧。"

司逸明颔首。

他们可是相当关注灵族对顾白那张摆出去的画的争夺情况的。

那幅画对于灵族来说并没有想象中好，充其量就是作为一个灵气源摆着，说珍贵吧，也的确是珍贵，但也没有到能值得这么争抢的程度。

之所以这么争着要，肯定是想借由这个事情在原作者这里留个印象。

算盘倒是打得挺好的。

"你也差不多该出面了。"司逸明提醒道。

谢致点头："明天就去物业。"

顾白关好了窗户回来，谢致问他："最近有空画别的画了吗？"

顾白一愣，摇了摇头："还没有。"

顾白手里还攒着三张草原元素的图没动笔，但那张被寄予厚望的夕阳图，他断断续续画了大半个月了，距离完成依旧遥遥无期。

具象风格的油画要注意的细节太多、太复杂了，顾白保守估计自己在结束了草原艺术展的工作之后，至少还得画上一个来月的时间。

而在工作结束之后，他要做的第一件事还不是完成这幅画，而是去找他爸爸。

学长说要带他一起飞的帝都展览在十二月底，顾白的时间相当充裕，暂时不用着急。

谢致听顾白说没空，干脆地点了点头。

他也不希望顾白当劳模，一开始架子大一点儿最好，免得什么牛鬼蛇神都敢跑过来要画。

最近顾白每天晚饭都有人陪着吃，不知道是不是因为心情好，他的食量变得越来越大了，一顿饭吃三碗都还觉得有点儿饿。

这个状况只出现在晚饭时间，因为中午的工作餐对顾白来说没有任何吸引力，根本激发不了他的食欲，但家里就不一样了，公寓里不管是食材还是佐料，品质都比外边要好得多。

味道也是，顾白今天已经盛了第四次饭了。

由于顾白最近食量暴增，所以煮的饭都特别多，反正吃不完放到第二天早上也能炒个炒饭当早餐吃，但每一次都在当天就被他吃了个精光。

司逸明瞅着顾白扒拉米饭吃得香喷喷的样子，看得最近食量大增的顾白有点儿不好意思。

顾白小声解释道："最近也不知道为什么这么饿。"

司逸明点了点头，觉得这没毛病："长身体。"

成长期的小崽子迫切地渴求灵气是相当正常的情况。

现在顾白身上的灵气跟个万瓦大灯泡似的，要不是身在 S 市，浑身上下都被神兽貔貅的气息笼罩，早就会被心怀不轨的灵族或者邪气魑魅给啃得渣都不剩了。

任何幼崽都要经历这个危险的成长阶段，想办法快速跨越成长期是所有幼崽的本能。

而顾白房间里放着的那套老翡翠，估计过不了几天就会被胃口大增的他吸收干净。

饭后照旧是谢致跑去洗碗，而司逸明坐在沙发上看着电视摸鱼。司先生偶尔会带着些需要他盖章的文件过来，在顾白家的书房里办公。

顾白家书房的使用者从来都不是顾白本人，除了打扫卫生他就没怎么进去过。

书房的书架上除了顾白住进来的时候就有的那些美术相关的书籍之外，剩下的空间已经被司逸明间或带过来的金融大部头和乱七八糟的文件袋给占据了。

书桌上还摆着几个属于司逸明的印章。

现在他们在顾白家里已经不穿一次性拖鞋了，翟良俊、司逸明和谢致三个人，分别都有了属于他们的拖鞋。

虽然拖鞋上的花是让人一言难尽的兔子图案，但三位大佬姑且还算是满意。

除此之外，顾白家里也随处可见属于其他人的痕迹。

比如门口新放过去的衣帽架，这是给那三位经常穿西装的人准备的。

比如沙发旁边的小型按摩椅，这是顾白在听到翟先生抱怨过到处跑腰酸背痛之后准备的。

还有挂在墙上的三版华国地图，这是顾白在发现司先生偶尔会摸出手机查阅地图之后挂上的。

再有电视机旁边摆满了闲书的小书架，这是顾白在发觉谢先生其实特别喜欢看毫无逻辑的狗血言情小说之后放上去的，还非常贴心地在客厅矮几上放了个可随意拉伸移动的阅读灯。

顾白的领地感不强，只要不到二楼搅乱他的画室布置，顾白是非常乐意看到自己家里有别人生活的痕迹的。

这样多热闹呀！

顾白每次都会这样高兴地想，有了那些痕迹的存在，他就不再是孤零零一个人过日子啦！

日子怎么过都是过，但能让自己开心一些，顾白当然愿意开心地过。

顾白这个月每天爬上床的时候都是带着笑的，哪怕窗外下着大雨，还刮着狂风，他也觉得屋里暖黄色的灯光格外温馨。

是夜，雨声传进了昏暗的房间里。

顾白缩在被子里，完全没有受到狂风与雨声的打扰，睡得香甜。

他放在桌上装着那套翡翠首饰的盒子，从缝隙中透出几丝绿色，那绿宛如丝线一般蔓延着，悄悄伸进了顾白的被窝里。

少顷，那绿色逐渐溃散，而紧闭着的盒子里的老翡翠，肉眼可见地小了一圈。

第二天顾白醒得很早，却没有丝毫睡眠不足的感觉，一点儿困意和疲惫感都没有。

就好像喝了红牛一样，他感觉充满了无限的活力！

他摸出手机看了一眼，竟然才六点。

顾白在床上翻滚了两圈，最终还是依依不舍地爬了起来。

这一次的强降雨伴随着狂风来势汹汹，豆大的雨点砸下来，雨幕也被风吹得一波一波倾泻。

顾白抖了抖手上的伞，撑开，才刚走出两步，他花了十块钱买的伞就被吹翻了，漫天雨水闷头洒了他满头满脸。

顾白退了回来，甩了甩瞬间湿透的头发，低头看着自己手里唯一的雨具，发愁。

谢致正巧从电梯里走出来，看到身上湿答答地站在门口不知道怎么办的顾白，想都没想，往天井底下一站就大喊了一声司逸明。

顾白被吓了一跳，回过头来看向谢致，而同时，刚刚跟顾白互道早安的司逸明探出了头，看表情，对于自己被这么喊出来这事，心情似乎不太美妙。

楼里来往的住户们一个个安静如鸡，不敢讲话。

司逸明冷着一张脸，睥睨着楼底下的谢致，一脸"没大事我就揍你"的表情。

谢致一点儿都不虚，仰头说道："雨太大了，你送顾小白啊！"

司逸明脸上的不愉快一扫而光，他偏头看了一眼谢致身边已经被淋湿的顾白，点了点头，对仰头看他的顾白说道："回来换衣服。"

他的声音听起来带着些怒气，但表情却是好了不少。

谢致拍了拍顾白湿透了的肩膀："去吧。"

顾白道谢，重新回去换了身衣服出来，兜头就被司逸明盖了一脑袋雨衣。

这种天气，伞是没有用的。

雨衣也不见得有用，但两个加在一起，总归是会好一些。

顾白坐在车里，瞅着白茫茫的雨幕，叹气："这雨什么时候能停啊？"

司逸明看了一眼天，这事他还真不知道，得看苍龙什么时候逮住那头从东海里跑出来的夔。

"没事。"司逸明说道，"下雨我就送你。"

"您不忙吗？"顾白问。

司逸明说道："除非有什么突发事件，不然最近都不忙。"

顾白也不跟他客气，笑容灿烂地说："那我就不客气啦！"

顾白这次的工作地点离住处近得很，只有四分钟的车程，说两句话就到了。

司逸明看到顾白穿好了雨衣准备下车，说道："这次工作结束之后你要跟翟良俊去北方？"

顾白点了点头，旋即想到司逸明之前说过会有事找他帮忙，于是问道："司先生是有什么事吗？很急吗？"

"不是。"司逸明摇了摇头，"去北方的话也可以，北方也有你能帮忙的地方，到时候我跟你们一起去。"

顾白也不多问，干脆地点了点头，把松紧带系紧了就准备开门。

车就停在顾白工作的地方，但这风刮得实在太厉害了，不想被淋透还是穿雨衣比较靠谱。

司逸明看着顾白开了门，又补充道："下班发条短信，我来接你。"

顾白点了点头："麻烦司先生啦！"

司逸明看着顾白关上车门，雨衣被风灌得鼓起来，走两步就被风吹着往旁边趔趔趄趄地晃两下，不禁抬头瞅了一眼天色。

真没用，他无情地想，一晚上了都没抓到。

司先生发动了车子，全然无视了他本人之前抓鸡抓了一周多才抓到这个事实。

顾白走到门口的时候撞上了同样穿着雨衣撑着雨伞的学长。

"学长早上好。"顾白声音闷闷的，脸上被冰冷的雨水拍得冰凉一片。

"早。"学长点了点头，看了一眼放下顾白之后就离开的车。

他眼不瞎，那好像是一辆法拉利。

他和顾白一起走进门解着雨衣，问道："谁送你来的？"

顾白扒掉了身上的雨衣，大大方方地回答道："是司先生！"

"司逸明？"

"对！司先生人好。"

学长："……"

每分钟进账千万上下的金融大佬送他的小师弟上班？

这是什么时髦设定？

学长震惊地看着他这个小小一只贼可爱的小师弟。

"缺钱一定要跟我们说啊小白。"学长语重心长地说。

别被那些有钱的人给迷惑了，艺术女神才是我们真正的归宿！

顾白看向他的学长，点了点头："我现在已经不缺钱啦！"

学长非常满意地点点头，带着一脸欣慰，看着顾白精神满满地从杂物间里扛出了他们的材料。

他跟着顾白走过去，却发觉了一点不对劲。

学长伸手按住了顾白的肩膀，在他的头顶比画了一下。

"小白，你是不是长高了？"

"长高？"顾白愣了愣，摸了摸自己的头顶，没什么感觉。

"我觉得是长高了一点儿。"学长说道。

大概是艺术从业者，所以他对于细枝末节的小变化，感觉总是要敏感一些。

顾白想到自己最近食量大增，又想起了司先生说的那句长身体，顿时也有点儿激动了："那……量一量？"

学长看了一眼时间，还没到正式开工的点，干脆地点了点头。

展厅里没有能量身高的地方，学长就从旁边做设计的人那里借来了卷尺。

学长踩着底，然后贴着顾白背后拽上去，压了压他蓬松的头发，一比画："哎哟。"

顾白被压着脑袋，也不敢动："怎么样、怎么样？"

"高了一点五厘米！"学长说道。

顾白惊奇地回过头来瞅着标记，摸了摸自己天天吃老多也不见长肉的肚皮："还真是二次发育啊。"

学长看着比他矮了半个脑袋的顾白，摸了摸他脑袋上竖起来的头发，鼓励道："继续努力。"

"好！"顾白应了一声，又揉了揉肚皮，他一定为了他的身高努力多吃！

顺便再多做做拉伸操，说不定他还能多长点儿个子。

"今天把底下的那个灯光处理完。"学长指了指墙面那团完成度不算太高的篝火。

篝火中心是一团特制的柔光小灯泡，又平又小，贴在墙面上之后只有一点儿小小的起伏，是可以轻易处理掉的小瑕疵。

　　但是篝火周围的环境色和光线，在进入细化的尾声时，会相对较复杂一些。

　　顾白从工具箱里拿出了颜料，随手扯了块干净的塑料布往地上一放，一屁股就坐在了上边，盘上腿拿起添加剂和颜料小心地混着，低头配色。

　　顾白之前是不介意直接一屁股坐地上的，但是看这架势，今天这雨恐怕是停不下来，所以他下午可能还得坐司先生的车回去，总不好弄脏别人的车。

　　顾白和他学长的这面壁画，从头顶有星无月的黑沉墨蓝往下看，夜幕之下是山峰顶端上覆盖着的白雪，其下是夜色之中墨绿深沉的群山，暗淡的白色赋予了它们清晰的轮廓。

　　群山之下是一片平坦而丰厚的草场，草场如同绿毯蔓延开来，中心有一湾极浅却宽阔的水滩。

　　有帐篷在水滩边上，生起的篝火明亮璀璨，篝火旁有一只藏羚羊悄悄地凑过来，抬着前蹄对是否继续前进犹豫不决。

　　而夜幕之下由学长主笔的另一面，是一望无际的草场，其上有奔跑着的藏羚羊群，远处隐约还可以窥见牦牛与野驴，以及零星的几匹野马。

　　顾白抽了几缕染色性极佳的棉麻，小心地将篝火中心的灯泡边缘补平，然后一层一层反复地上着涂料。

　　今天天气不好，湿度太高，颜料晾干成了个大难题，即便是用速干的添加剂，颜料也干得很慢。

　　顾白没办法，在等待期间，又转头去细化起背景来。

　　雨天让整个展厅都显得有些潮湿黏腻，偶尔有人进门时带进来的风都像是夹着雨丝。

　　顾白看着自己的墙面，有点儿犯愁。

　　"这样的天气进度都拖慢了，要不我们买个吹风机吧？"顾白出馊主意。

　　学长转头看了他一眼，用手中的画笔轻轻戳了戳顾白的脑袋："别想，乖乖画去。"

　　顾白揉揉脸，刚准备重新坐回那张塑料布上，就听到总策划拿着张表走来，对学长说道："作品资料填一下，准备做展示牌了。"

　　学长点了点头接过了表格，又接过了圆珠笔，想都没想就低头写了起来。

　　顾白伸脑袋看了一眼，却发现作者那一栏里，他的名字在前边。

　　像这种合作作品，展示牌的作者名字排列可是有规矩的，排在前边的，一般理解为作品的主创作者，通常情况下，默认后面的人是负责打下手的。

　　这种时候可不是什么排名不分先后，而是得正儿八经让人知道谁是主创的。

　　顾白觉得学长大概是手滑了，轻轻戳了戳学长的腰，提醒他："学长，作者名字。"

　　学长看了一眼名字，检查了一番错别字，疑惑地抬头："没错字啊？"

　　"我是说顺序。"顾白解释。

　　学长又看了一遍，更疑惑了："顺序也没错啊。"

　　顾白看着表格指了指自己："我……主创？"

"当然。"学长奇怪地看着他，"难道不是吗？这个草稿设计的原作者是你啊。"

顾白傻了半晌，低头瞅了瞅表格，想说点儿什么，但是又无从说起，最终只是看着学长，傻了吧唧地笑了起来。

学长看着他这副傻乐的样子，哭笑不得地抬手揉了揉他的脑袋："这点儿事就乐了？之前艺术博览中心那两面墙还只写了你的名字呢。"

顾白晃了晃脑袋："那不一样。"

艺术博览中心那个群体墙的展示牌，他的名字还摆在最后一位来着！

"行了，行了，画你的画去。"学长收回手，继续填表。

司逸明下午来接顾白的时候，收获了一个宛如上幼儿园得了小红花一样一个劲傻乐的顾小白。

司先生看着顾白这副傻了吧唧的样子就忍不住也跟着乐。

顾白系好了安全带，拿塑料袋把滴着水的雨衣和雨伞装好免得弄湿了车，然后特别高兴地跟司逸明说道："司先生，这次工作我算主创！"

司逸明觉得这很理所当然，但看顾白这副高兴的样子，夸道："不错。"

顾白被夸了，忍不住又嘿嘿傻笑了两声，把雨衣和雨伞放在脚下，看着车外飘泼的雨幕也觉得一片晴朗。

顾白是个特别会给自己找乐子的人，揪住了一点儿愉快，能细水长流地开心上好几天，而与其相对的，那些会让他不开心的烦恼，他揪住了转头就能把它们扔出脑子。

这么多年来没什么朋友也没个负责的家长照顾，顾白就是靠着这种心态坚持下来的，也没觉得有什么不好。

这世上快乐的事情那么多，人为什么非要为不愉快而驻足生气？

顾白这会儿瞅着窗外给他的工作生活造成了挺多不便的雨幕，也觉得它们是可爱的。

雨声多好听，雨水滋润万物，下完了雨空气都会清新不少，天空也会变得一碧如洗。

司逸明发动了车子，就听到顾白心情颇好地哼起了不成调的曲子。

曲调有点儿耳熟，司逸明一时半会儿也想不起来是哪首歌。

正在司逸明忍不住去琢磨的时候，顾白转过头问他："司先生今天晚餐想吃什么？"

"都好。"司逸明不挑，然后补充道，"今天就我们两个。"

顾白点了点头，看着车子驶离了展区，开始琢磨起晚饭吃点儿什么比较好。

他和司逸明都属于甜党，连豆腐脑都喜欢放白糖，口味相当统一。

这场雨来得实在是有些吓人，一直到顾白这一次的工作结束了，也没有停下来。

偶尔雨势会变得小一些，但那雨丝也零零散散地往下落，忽大忽小，始终都没停过，S市的江面水位都上涨了不少，据说有关部门已经开始准备堆建临时堤坝了。

顾白咬着筷子，听着窗外的雨声，看了看翟良俊，小声问道："翟先生，这样的天气，

明天还能飞吗？"

"能啊。"翟良俊答完，专心啃白切鸡。

愿意在人类社会里混的灵族早就渗透进了人类的方方面面，客运机不能飞，可以让司逸明用他的私人飞机啊，抓个在人类社会里当机长的人可简单了，而司逸明的私人飞机叠着好几层阵法呢，哪怕迎头撞上大鹏鸟，坠落的绝对是大鹏鸟而不是司逸明的飞机。

顾白听到说可以飞，就放下了心。

他都已经收拾好行李了，画也都盖上了布防落灰，就等着明天到点走人。

翟良俊忙了这两个月，一手操持那个纪录片的问题，一手紧紧抓着刚起步的灵族物流公司，忙得脚不点地。

这次知道司逸明也要跟他一起去之后，他就放心了不少。

因为翟良俊是要去北方山里挖点儿同族出来干活的，但要真让他把顾白一扔就跑，这事他还干不出来。

有司逸明在就好办了。

让司逸明跟顾朗打架去，他先溜为敬岂不美哉？

私人飞机是司逸明提供的，顾白看着跟客机截然不同的机舱，有点儿不自在，只好扒着窗口，瞅着被雨水糊透了的窗外。

飞机在厚重的雨云中穿行时，顾白隐约看到了那黑沉沉的云层里掠过数道闪电。

顾白惊叹地看着这样的画面，低头抽出画纸就想要来个速写。

他刚抽出纸重新抬起头来，就看到被闪电照亮的那一片云团之后，赫然有一条乱舞的苍青色的神龙！

顾白脑子一蒙，惊愕地瞪大了眼，又是一道闪电伴随着滚雷照亮了天际。

但那云层后边又干干净净的，什么都没有了。

顾白扒着窗口盯着那一块厚厚的铅灰色雨云，等了半晌也没等到下一道闪电。

不仅闪电没有来，他们也逐渐远离了那一片昏沉黑暗的天空。

入目的云海变成了一片纯洁柔软的白色，顾白贴在窗户上往那边瞅，只能看到那边有一大片翻滚的铅黑色云，远远看去，雨云之下的雨幕宛如厚重的雾气一般笼罩着大地。

顾白收回视线，揉了两把脸，低头看自己手上的画纸时，发现画纸已经被他揉皱了。

顾白觉得好浪费，然后将大画纸放到了一边，从自己随身的包里拿出了那本比较小一点儿的速写本。

顾白习惯直接在标准画纸上画东西，速写本怎么说都是本子，翻页的那里总是挡着他的手和笔，怪难受的。

但在飞机上并不合适用画纸画，即便这架飞机飞得非常平稳。

顾白打开了活页速写本，又摸出几支铅笔，把刚刚看到的画面飞速地画了下来。

速写是一门相当重要的绘画基础课程，锻炼的是绘画者的观察力和画面概括能力，让作画者能够迅速抓住画面重点进行描绘。

美术学院里经常能看到背着画板和小凳子随地一坐就开始取景速写的学生，因为街景速写的取景里，主要都是人物，而人物通常都有交互性，绘画者可以从中获取画面故事的表达技巧。

除却静物画和少部分人物肖像画以外，绝大部分成功出名的画作，是能够从其画面中清楚地读出故事性的，而非干巴巴的一张画。

这样的画即便是外行也能够咂摸出一点儿意味来，而那些人物肖像画和静物画，一般都是用来炫技或者练习的。

顾白以前会跑去S市中心步行街摆个小摊子，没生意的时候就会画街景速写，再加上学校的作业练习，他画速写的机会其实相当多。

翟良俊在旁边戴着眼罩睡得昏天黑地，而司逸明正捧着一本顾白看不懂的、不知道什么语言的原文书翻看。

司逸明将书签夹进书页里抬起头的时候，看到的就是坐在他对面的顾白开着阅读灯，低着头认认真真画速写的画面。

娃娃脸显得特别小的顾白垂着头，一脑袋碎发这会儿有点儿长了，随着他低下头的弧度在发顶上翘出了几缕。

顾白的手底下即便已经垫了张餐巾纸，也依旧沾上了铅灰，显得有些脏，但那认真的样子却又格外让人心软。

出行路上都不忘练习，司逸明都忍不住想要夸赞他了。

灵族里很少有这么勤快的，倒不是懒，而是因为他们的寿命总是非常长，甚至是与天地同寿的。

人类必须拼尽全力去努力做的事情，对灵族来说完全可以慢慢来。

这大概就是为什么那些灵族总是死气沉沉地当咸鱼，而人类总是能出一些惊采绝艳、名留青史的鬼才。

大致是因为被时间驱赶，人类总是能做出那些令人惊叹的成就。

而被时间所遗留下来，不会因为时间流逝而老去的灵族，则渐渐地沉淀，不再拥有那样的热情了。

司逸明还挺喜欢这种热情的，让他感到了一丝久违的热切。

司逸明的视线在顾白头顶那几缕头发上徘徊，看着那几缕头发随着顾白的动作晃来晃去，司逸明有点儿控制不住自己的手，想把它压下去。

司逸明扫了一眼顾白正在打阴影的画面，窥见那条腾龙时微微一怔，看向窗外已经被他们远远甩在身后的乌黑云层，意识到刚刚恐怕是苍龙路过被看到了。

他收回了视线，撑着脸看着顾白画画。

司逸明也会画画，但是先天受限画不出灵画。

灵画这种东西要求还是挺高的，首先要求作画者的灵气中正纯和，光这一条，就直接把修行成精的那些灵族全都排斥出去了。

当然了，像司逸明这种天生自带司战属性的神兽，也直接被剔除了，就连麒麟这种祥瑞之兽，也因为身负鉴别帝王贤明之责的天性，在先天上翻了车。

以前都是只有正儿八经的仙人可以画，白泽也可以，但是白泽在早年间画过《白泽图》之后，就再也没有画过灵画了。

据他自己所说，是因为再画就会被榨成白泽干。

当年白泽出门溜达撞上了黄帝，给黄帝画完那些精怪图之后，的确是元气大伤的样子，整只兽蔫了吧唧地躺了几千年，到数百年前才恢复过来。

说到底还是一个天性的问题，白泽正儿八经的天赋可不是画画，而是通晓天地六道的八卦，灵族有什么事不知道就跑去问他，基本没啥事情是他回答不出来的。

连白泽画灵画都会翻车，而如今又处于仙人全都陨落的情况下，顾白的存在显得相当珍贵。

等过个千百年，顾白成长起来画上一卷点墨山河，把那些不服管教的异兽全都塞进山河蜃景里去岂不美哉？

这样他们就只需要镇着邪气，用不着去逮那些抓住机会就开溜的异兽了。

在司逸明规划未来的时候，顾白已经把速写画好了。

他看着这幅画，觉得回头细化一下说不定能卖个好价钱。

顾白将笔收拾好，从杯子里弄了水打湿纸使劲儿擦干净手，然后把垃圾和本子都收好，又瞅了一眼时间，最后才抬头看向机舱内的另外两个人。

翟先生依旧睡得无比香甜，看起来他最近确实累得够呛。

顾白转头看向司逸明，却直直地撞上了司逸明盯着他的视线。

顾白愣了愣，顾及还在睡觉的翟良俊，小声地说道：“司先生？”

司逸明看了一眼顾白脑袋上落下去一部分，但依旧残留着的坚强地翘着的头发，想了想，还是站起身，把它们按了回去，顺手胡噜了两下顾白的头发。

顾白已经习惯司逸明时不时摸摸他脑袋的行为了，司逸明的手掌挺大，干燥温暖，被轻柔地揉两下脑袋，顾白还觉得挺舒服。

司先生坐了回去，顺手拉开了旁边的小冰箱，转移了顾白的注意力：“想吃点儿什么？”

顾白的注意力果然马上就歪了，他转头看了一眼冰箱里的东西，发现清一色是甜点和饮料。

他摸了摸最近总是饿得飞快的肚子，拿了两块小蛋糕和一瓶牛奶。

S 市距离大兴安岭的航程并不多远，加上 S 市最近机场客运几近停摆，航道空置的缘故，也不需要绕开其他客运飞机的航道，他们几乎就是呈直线飞过去顺顺利利地落地了。

S 市最近天气凉，顾白已经套上了大外套，而在这边落了地之后，即便没下雨，竟然也没有暖和到哪里去。

翟先生在刚落地的时候就被震醒了，顾白看着他从行李箱里拖出了大衣、墨镜和口罩，全副武装的样子也掩盖不了翟先生的帅气。

据说翟先生每次因工作出入机场的时候，被粉丝认出来的概率为100%。

根据那些认出翟先生的粉丝所说，就算翟先生连根头发丝都不露出来，他们也能通过走路的姿势和行为习惯辨认出来。

鉴于自己的粉丝搜寻正主的能力如此强大，即便今天他们下了飞机就直接有车，翟先生也不敢大意，照旧把自己包得严严实实的，能防止一点儿意外就防止一点儿意外。

毕竟他要是被发现了，那就是一场大暴动。

好在他们下飞机的时候周围并没有别的客机落地，完全没有给别人看到全副武装的翟先生的机会，今天的翟先生大概是得了神兽庇佑，下飞机一路上相当安全。

司逸明打了个电话，过了没多久，就有一个机场工作人员给他们送来了车钥匙，并告知了他们停车的区域。

司逸明转头就把车钥匙交给了翟良俊。

让他堂堂一只貔貅给狐狸精当司机，显然是不可能的。

灵族的阶级分层可是相当明显，顾白没察觉出来不对，但翟先生却习以为常，接过车钥匙就坐进了驾驶座。

顾白把自己的行李箱拎到了后备厢里，看了一圈后备厢里备好的干粮、水和其他物资，发现跟上次前往X省时准备的那些都差不多。

顾白打开了他的行李箱，抱着他带来的单反，美滋滋地钻进了后座。

他这次出来主要目的是找他爸没错，顺便采采风也是可以的。

据说过些时候就要下雪了，山里的景色会变得非常漂亮。

由于安全问题，景区从国庆之后就要开始限制出入游客数量了，一旦气温跌落到安全线以下，马上就会封山。

到时候雪落下来，满世界银装素裹，山中杳无人迹，将会呈现出最原始、最漂亮的画面。

顾白上网查了一大圈，还特意为此而准备了不知道有没有用的墨镜和拍雪景的镜头设备。

司逸明坐在副驾驶位上，回头看了一眼兴致勃勃、高兴得要蹦起来的顾白，回过头去示意翟良俊走人。

翟良俊见到顾朗的地方，已经是非常深入的原始森林的范围了，硬要说具体位置的话，就是从藏在这片山脉里的灵族集市出来往北走大约六十公里的地方。

让翟良俊说那地方具体是哪里，他还真说不出来，但最方便辨认的坐标点，就是这里的灵族集市。

如今华国内灵族集市不算太多，大多藏在深山里或者地底、水底之类的地方，全都被阵法笼罩着，就算是大凶兽和神兽来了，也得乖乖按照阵法走进来，不然永远都到不了地方。

进山的路程很长，灵族图方便舒服，一般都习惯开车来。

像那种直接用原形往里冲的灵族，走到半路就被人类放置的设备拍得清清楚楚了。

回头被爆出来，又得让司逸明出马解决。

后来这种耿直的行为被严令禁止了。

翟良俊对路还是挺熟的，还记得顾白这会儿在长身体，便叮嘱道："进去至少要花两天的时间，饿了就直接拿车后边的东西吃啊顾小白。"

顾白应了一声，还拿着飞机上带下来的一袋子泡芙在吃。

进山的路还算好走，这会儿正是高峰期，车道上旅游大巴来来回回不少，顾白他们坐的私家越野车还挺打眼。

到了游客止步的区域，司逸明打开窗户刷了个脸，就被放了过去。

之后的路就不太好走了，只有条土路，土路上有明显的两道车轮印，看起来通过这条路进山的人还不少。

翟先生握着方向盘，晃晃悠悠地驾驶出去还没两公里，就踩了一脚刹车。

顾白一愣，眼睁睁地看着在这个四下无人的禁区里，翟先生把脸上、身上的伪装全扒了，一身轻松地下了车，然后动作异常熟练地蹿上了一棵松树。

顾白吓得一抖，泡芙里的奶油都蹭到了鼻尖上，惊恐地看着翟先生没有任何防御措施就顺利地爬到了高高的松树顶，还险之又险地晃悠了两下树顶，晃下两颗松塔来。

顾白看得心惊胆战，直到翟先生揣着两个松塔回来了，才活动了两下僵硬的身体，看了一眼习以为常并不觉得意外的司逸明，默默地憋回了话头。

翟良俊钻回车里，手上一用力就剥出了一大堆松子来，其动作之熟练令人叹为观止，一看就没少干这种事。

翟先生拿着一堆松子，扭头递给了顾白："来，顾小白，尝尝这个，可香了。"

顾白顿了顿，伸手接过了那一把松子。

"这个季节进山有好多好吃的。"翟良俊又剥了一把松子，然后把松塔的残骸扔到车外，顺便抖落了身上的碎屑，先是上供了一把给司逸明，最后才慢腾腾地自己吃起来。

顾白擦掉了蹭到鼻子上的奶油，一路上就看到翟良俊无比熟练地上树下河捅蜂窝，晚上还跑出去逮兔子，然后把收获都拎回来。

两天下来他们进山的路程才走了一半不到，翟良俊不急，司逸明不急，顾白瞅着他们，也不好意思喊急。

翟先生从溪水里抓了鱼出来，兴致勃勃道："今天喝鱼汤！"

顾白和司逸明都没什么意见，司逸明正看着顾白画画，画的是他们眼前的高山流水。

翟良俊这两天在顾白的指导下终于学会了煮鱼汤，这会儿见没人有意见，就在旁边把卡式炉打开，架上装满了溪水的铝盒，开始烧水处理抓来的鱼。

结果水刚滚起来，天际便骤然炸响一声雷鸣。

顾白吓了一大跳，手上歪出一长串乱七八糟的线条。

司逸明和翟良俊齐刷刷地抬头看向了南方，眉头一皱。

"走，回车里去。"司逸明将顾白手里的速写本合上。

顾白看了一眼迅速暗下来的天空，一瞅就知道是要下雨了，赶忙帮着翟良俊关了卡式炉，抱着自己的宝贝速写本麻溜地回了车里。

雨水来得飞快，被淋湿的顾白和翟良俊钻进了车子里，司逸明却并没有坐进来，而是叮嘱翟良俊："看好顾白，我去看看。"

翟良俊点了点头，把车窗全都给关上了，顺便"啪嗒"一下打开了车里的阵法。

顾白看着司逸明在外边淋着雨，拍了拍车窗，转头看向翟良俊："司先生干什么去？"

"啊？"翟良俊随意地抬头看了一眼，努努嘴，"抓牛去啊。"

顾白一愣，回头看向被雨幕覆盖的车窗外，然后就亲眼看着好好一个金融大鳄，像要拥抱自然放飞自我一样，往雨幕里踏出了几步。

顾白傻愣愣地看着司先生放飞自我的背影，而后耳边便响起一道有些耳熟的清亮龙吟。

随着这声龙吟，顾白看到司先生转瞬间化作了一头威武的巨兽，头也不回地踏空而去。

顾白："……"

顾白僵在后座上，瞪着眼看着被瓢泼大雨模糊的世界，脸上什么表情都没有。

他连惊恐都摆不出来了，僵硬地盯着车窗外，像是丢了魂儿。

翟良俊看了一眼瞅着窗外的顾白，以为他是在看雨景。

翟先生也跟着往外看了看，然后默默收回了视线。

窗外的雨幕都厚得三米外人畜不分了，也不知道顾小白能看出点儿什么来。

也许搞艺术的人眼中的世界跟普通人不太一样。

保持恒温干燥的阵法正运作着，整个车子里暖烘烘的，狂风骤雨被死死拦在了外头，一丝冰冷都没有透进来。

车外有许多被狂风卷断的树枝，在触及这辆车之前，就被轻轻地抛飞了出去。

翟先生看了一眼刚刚按开的阵法按钮，再确认了一遍正处于正常运作中之后，将椅背放下来，从后备厢里拿出了两条毛巾，给自己脑袋上盖了一条，又给顾白脑袋上盖了一条。

将心比心，狐狸精对身上湿淋淋这个事情本能地排斥，不舔毛也得把头发擦干再换身衣服。

小崽子肯定也不喜欢水……

翟良俊擦着头发，瞅着顶着条毛巾茫茫然扭过头来的顾白，胡噜了一把他头上的毛巾。

"擦干，然后换身衣服去。"翟先生提醒道。

顾白脑子嗡嗡响，完全失去了思考能力，顺着翟良俊胡噜他脑袋的动作晃了晃头，然后又呆呆地听着翟良俊的话，擦干了身上的水，换了身衣服。

完事他又顶着毛巾，在后座上缩成了一团，扭头木愣愣地看着窗外。

翟良俊回头看了顾白一眼，翻出了一堆碟来，问顾白："顾小白，想看哪个？"

顾白愣愣地抬起头来，过了好一会儿才将目光聚焦到翟良俊的脸上。

他这会儿看着翟先生的脸，想到翟先生这两天所展现出来的野外生存技巧，产生了深刻的怀疑。

顾白一直以为翟良俊的操作之所以那么熟练，是为了拍戏学习过野外生存。

可谁都没跟他说过，司先生……

顾白扭头看了一眼窗外的雨幕，对那个踏空而去消失在雨幕之中的巨兽相当眼熟。

那不就是那个声音跟司先生一模一样、在梦里出现过两次的貔貅吗？！

司先生是貔貅，那跟他关系这么好、身手好到不正常的翟先生是什么？

顾白看着翟良俊，忍不住拉下头上的毛巾捂住脸，把自己团成了一团。

拿着碟的翟良俊满脸问号。

他看了一眼车窗外，想了想，问道："你担心司逸明啊？"

顾白没动静。

"司逸明很厉害的，你用不着担心他。"翟良俊安抚顾白，"毕竟是咱们楼的镇楼神兽，抓只夔牛而已，轻而易举。"

顾白听到了熟悉的形容，微微动弹了两下，从毛巾底下露出了眼睛，一眨不眨地瞅着帅气逼人的翟先生。

翟良俊低头挑着碟絮絮叨叨有一句没一句地安慰着顾白。

就在翟先生拿着两张碟犹豫不决的时候，顾白闷闷地开口问道："镇楼神兽？"

翟良俊抬头看他："嗯，怎么了？"

顾白觉得他的思维已经完全停滞了，只能当一个傻了吧唧的复读机："夔牛？"

"应该是从东海流波山里跑出来的，最近在沿海附近乱窜搞得整天下雨，现在估计是被撵到这边来了。"翟良俊终于挑好了碟片，还想顺口吐槽一下小半个月了还没逮住夔牛的苍龙，思及对方可能也跟着夔牛跑到这边来了，于是默默把到嘴边的话给咽了回去。

要是不小心被听到了，他怕是要被苍龙爆捶一顿的。

顾白的脑子又开始嗡嗡响。

镇、镇楼神兽原来不是调侃的外号吗？！

那翟先生自称狐狸精岂不也是真的狐狸精？！

还有以前在梦里见到的那头白虎，开口就是白先生的声音，他试探着喊过还得到了回应，原来那不是梦，是真的白云飘先生啊！

你们神兽都这么大方直接地告诉别人自己的身份的吗？作为一个人类，顾白缩在后座上，感觉快要昏过去了。

"我们看《海绵宝宝》吧！"瞿先生说着，打开了车载家庭影院，把头顶的显示屏拽下来，放好碟，顺着放下来的椅背爬到了车后座上，从后备厢里翻出了两包小零食，分了一包给顾白，然后跟顾白并排坐着美滋滋地看起了《海绵宝宝》来。

顾白愣愣地接过小零食，怀里抱着顺便也送进他怀里来的小毛毯，思维还在无比艰难地跟上身体的节奏。

他两眼发直地看着大屏幕上播放的《海绵宝宝》，努力回忆自己究竟错过了哪些细节。

黄女士曾经半夜进过他家的门，瞿先生见面就说过他是狐狸精。

白先生也压根就没隐瞒白虎的真身。

司先生更是没有特意瞒着过，他第一次见到貔貅的时候，还被教训不好好睡觉。

谢先生……

顾白努力回忆了一番，惊喜地发现谢先生说不定是个正儿八经的人类！

发现了这一点之后，顾白终于感到稍微轻松了一些。

等一下，司先生是貔貅。

那之前摸摸他额头说会发财的事情……顾白摸出手机，看了一眼打上了一个大叉的信号格，又点开短信去看自己的银行卡余额。

是真的啊。

顾白木然地看着自己的余额，那之前司先生在毕业聚餐的时候，说拿走那些人的财运，恐怕也是真的吧。

那回头要是他犯了什么错，司先生岂不是也能拿走他的财运？

而且江湖传闻神兽吃人啊！

顾白抿抿唇，战战兢兢地转头看了一眼看《海绵宝宝》看得津津有味的瞿良俊，由于对方盘着腿吃着零食刷剧的姿态实在是太过于接地气，顾白才战战兢兢没两秒，就怕不下去了。

如果神兽都是像他认识的这样的，那也挺好的，并不是不能接受啊。

顾白做了半晌的精神建设，然后鼓起勇气，揪了揪对方的衣摆。

瞿先生偏过头："怎么了？"

顾白犹豫了好久，才试着小声问出了他超在意的问题："谢……谢先生是什么？"

"啊？"瞿良俊愣了愣，"你说他的本体啊？"

顾白听瞿良俊这么一说，只觉得眼前一黑。

谢先生也不是人吗？！

"谢致就是獬豸啊。"瞿良俊说道。

"哎？"顾白没能解码。

翟良俊吃了一口小零食，视线往显示屏上飘，答道："就狴犴啊。"

顾白对同音字起的谐音名字感到不知所措，满脸茫然加发蒙。

翟良俊啃着零食，提醒道："不过，问别人本体容易招忌讳啊顾小白，你爸没教……"

翟先生顿了顿："顾朗好像的确是不会教这个。"

顾朗那种大凶兽，就没有讲过道理。

管你本体是什么，逮住了就是一口，就没他不能消化的东西。

翟良俊话音刚落，顾白就骤然收紧了拳头，说话都带上了哭腔："我……我爸爸又是什么啊？"

翟良俊终于发现不对劲了，转头看向顾白，把嘴里的小零食咽下去，问道："你……不知道你爸爸是什么？"

顾白摇了摇头，原本觉得还能勉强接受的世界观，在得知他爸也不是人之后，正在以肉眼可见的速度崩塌。

"……"翟良俊张了张嘴，又闭上，又张开嘴，"那你知道你的本体是什么吗？"

顾白："……"

顾白终于露出了惊恐崩溃的神情，胆都要吓破了，磕磕巴巴虚弱地说道："我……我是人……人类啊！我还能是什么……"

翟良俊陷入了沉默，看着惊恐无措的顾白，憋了半晌，才憋出一句："你该不会……一直以为我们是人类吧？"

顾白吸吸鼻子，干巴巴地应了一声。

翟良俊再一次陷入了沉默，半晌，一咂舌，抚了一下顾白的脑袋："咱们等司逸明回来再说吧。"

顾白呜咽了一声，抱着毛毯在一边瑟瑟发抖。

身边关系很好的邻居朋友都是神兽这一点不算什么，在已经跟他们熟悉、知道他们本性不坏甚至十分可爱的前提下，顾白是能够接受的。

他爸爸也不是人这个设定，也不算……不，算很大的事，但顾白也勉强能够接受。

但连自己也被开除人籍这个事已经完全超出顾白的承受范围了。

顾白很迷茫。

他长得没有司先生和翟先生那么帅气，又不会飞，也没有见过什么奇奇怪怪的存在，更没有什么出众的能力，还十分贫穷，要说有什么非同寻常的天赋，那大概只有绘画这一行了。

可是他这样的天赋，放在真正的绘画天才里，也算不上什么。

顾白裹着小毛毯子缩成一团，想不通自己浑身上下哪里不像人类了。

翟良俊看着团在一边怀疑人生的顾白，甩出了一条洁白的狐狸尾巴，把瑟瑟发抖的顾小白圈住了，拿尾巴尖轻轻拍着小崽崽的后背，然后在心里狠狠地骂了一句："顾朗个废物。"

不管翟先生心里怎么唾弃那只不负责任的凶兽，也照旧不敢在嘴上骂出来。

谁知道顾朗是不是就在附近呢，神兽、凶兽的五感都敏锐得很，要是有心的话，隔着百里地一只虫子爬行的动静他们都能听得一清二楚。

万一被顾朗听到了，翟良俊觉得顾白加上司逸明两个都救不回他这只狐狸。

狐狸精拿着包薯片还在啃，腾不出手就拿毛茸茸的大尾巴敷衍小崽崽，自己坐在一边美滋滋地看着《海绵宝宝》。

顾白躲在毛毯子里，感觉自己像个小宝宝一样，被翟先生抱在怀里安慰了。

他有些不好意思，悄悄地从毯子里钻出半个脑袋，刚一出来就被一团毛茸茸的东西糊了一脸。

顾白愣了两秒，看着在他面前晃来晃去的大尾巴，又看了一眼翟良俊，察觉了这个是什么之后，感觉整个人都要窒息了。

翟先生真的是狐狸精啊！

顾白整个人都木了，僵硬地瞪着这条大尾巴，目光跟着尾巴转来转去。

翟良俊察觉到顾白的动静，转头看了一眼顾白，然后随意摆动的尾巴微微一顿。

尾巴往左晃了晃，顾白的目光紧跟着尾巴往左飘了飘。

翟良俊眨了眨眼，尾巴又往右晃了晃，顾白的目光又紧随着往右飘了飘。

翟先生挪开了视线，继续晃着尾巴啃薯片，觉得顾白跟只猫似的。

以前他逗楼里那只猫妖的时候，对方的反应跟顾白简直一模一样。

翟先生压根没把顾白一直都觉得他自己以及他身边的家伙全都是人类这事放在心上，这对他们来说也不是什么值得惊讶的事情。

顾白把自己当成人类才多久？二十年出头。

以后做灵族要做多久？这得看顾白的本体是什么了。

反正时间最终绝对会比顾白当人的时间久。

这么长的时间，还担心顾白接受不了吗？

顾朗应该知道顾白的本体是什么，翟先生看着动画片，有一搭没一搭地晃着尾巴逗顾白，晃着晃着就感觉尾巴一重。

翟良俊偏头看过去，发现顾白裹着毯子，倒在他的尾巴上睡过去了。

顾白睡一觉也好，这个天气可适合睡觉了。

翟先生想着，调整了一下姿势，让自己舒服一点儿，也没出声打扰，顺手把《海绵宝宝》的声音调小了，继续乐呵呵地看电视，反正狐狸听力好，调小一点儿声音压根不影响。

这个天气的确适合睡觉。

外边瓢泼大雨倾盆而下，车内却干燥温暖，还亮着柔和的暖黄色灯光，动画片的声音虽然热闹，但却被细心地关小了。

雨水打在车顶篷上、车窗上，传入内部的声音却不大，如同密集却相当轻柔的鼓点，催着人赶紧落入深眠中去。

司逸明配合着苍龙把那头牛逮住回来的时候云销雨霁，天际透出一丝柔和的橙黄色夕阳，落入被狂风席卷过的林间，穿过挂着水滴的翠色枝头，有种颓败与新生的交替之美。

司先生走到车旁边，身上也没见哪里湿了。

他站在外边，准备敲敲车窗让翟良俊把防御阵法关上，结果刚靠近，就看到了车窗里抱着狐狸尾巴睡成一团的一大一小。

司逸明看了一眼抱着狐狸尾巴盖着毛毯整个人都埋进了白毛毛里的顾白，又看了一眼估计是因为扯不出尾巴而干脆歪坐在一边睡过去的翟良俊，想了想，转头离开。

雨水过后的森林之中会有许多美味，比如某些菌菇。

司逸明不怎么会做菜，但对于这些东西是相当熟悉的，毕竟古早年间，他们这群神兽也是靠着这些纯天然的自然造物打牙祭的。

司先生采了一堆蘑菇回来，有毒的没毒的都没放过。

有些毒蘑菇味道相当不错，对灵族神兽来说影响很小，毒性强烈一点儿的，撑死了也就是个致幻。

至于那些正儿八经对灵族有作用的菌菇，压根等不到司逸明去采，早就被灵族集市里的那些商家给消灭干净了。

毕竟在集市里生活的可都是血统纯正的灵族，谁乐意留着那些会对自己有所威胁的东西？

司先生捧着蘑菇回去的时候那两个人还在睡。

这一次他没有再默默走人了，而是踢了踢车门。

整辆车都晃了两晃，翟良俊一个激灵就醒了过来，而顾白抱着翟先生的尾巴，埋得更深了一些。

翟良俊扭头看向窗外，司逸明轻轻点了点车窗。

翟先生回头看了一眼抱着他的尾巴的顾白，轻轻推了推睡得正香的小崽崽。

顾白迷迷瞪瞪地被喊醒，抱着白色的毛茸茸的大尾巴，仰头看着翟良俊。

翟良俊指了指顾白怀里："松开尾巴，司逸明回来了。"

顾白愣了两秒，低头看了看自己怀里抱着的毛茸茸尾巴，赶紧缩回了手，眼巴巴地看着翟良俊的尾巴一晃就消失了，然后爬到前面去按下了关闭阵法的开关。

顾白摸了摸刚刚蹭着尾巴的脸，竟然觉得有点儿可惜。

翟良俊看了一眼顾白这满脸遗憾的样子，忍不住笑问："这么喜欢我的尾巴啊？"

顾白诚实地点了点头："喜欢。"

司逸明在这个时候拉开了车门，对车里的两人说道："出来，采了蘑菇。"

顾白看了一眼司逸明，大概是由于刚刚打完架，这会儿他虽然神情平静，但身上还有未曾消散的金戈之气。

顾白瞅着司逸明，哪怕知道司先生不论是本体还是人形都对他相当友好照顾，这会儿也有点儿怂怂地不敢出去。

翟良俊下了车，又从后备厢里把卡式炉之类的便携式烹饪工具拿了出来，看到顾白慢吞吞的样子，抬头看了一眼司逸明。

他将车后备厢关上，看着在车里的顾白，问司逸明："你刚刚出去，察觉到顾朗的气息了吗？"

司逸明摇头："没往那边去。"

"哦。"翟良俊应了一声，"那你知道，顾小白一直以为自己是个人类的事吗？"

翟良俊估计司逸明是不知道的，毕竟这位大佬半个月之前还信心满满地表示过顾白肯定知道顾朗以前干的破事。

果然，司逸明也愣了两秒，垂眼看了一眼车里的顾白："怎么回事？"

"顾小白一直以为自己是人类，还以为我们也是。"翟良俊解释得干巴巴的，"不仅不知道我们的本体，连顾朗是什么都不知道。为了顾白的心理健康着想，我还是没说出顾朗的本体。"

司逸明："……"

"顾白也不知道自己的本体。"翟良俊补充道。

司逸明："……"

司逸明："顾朗这个废物。"

没错！翟良俊表面不动声色，内心给司先生疯狂点赞。

有人替他骂出来了简直美滋滋的。

司逸明皱着眉头，身上那股惊人的肃杀之气越来越盛。

他就说，当初看顾白的履历的时候就觉得不对劲了，除了獬豸那种如果工作就需要去人类社会里刷履历的职业之外，谁家会放自己的小崽子在人类学校里从小学念到大学啊？

当时知道了顾白他爸是顾朗的时候，司逸明还觉得顾朗真是画风清奇，现在一想，顾朗简直就是个大垃圾。

这人竟然把一个小崽崽抛弃在一群人类里，让人类去教导？

而且顾白还可能是某两个瑞兽的崽！

好好的瑞兽崽被交给人类？顾朗其心可诛！

顾白坐在车里，小心翼翼地瞅了一眼司逸明，对上视线之后就迅速别开，落在了司逸明捧着的那几簇菌菇上。

顾白认出了其中几种，其中一部分是能吃的，另外两种有毒。

顾白磨磨蹭蹭，又抬头看了一眼满脸煞气的司逸明，登时吓得一个激灵，忙推开了车门，在司先生面前立定站好。

"司……司先生？"

司逸明看着顾白这副尿尿软软仿佛一捏就能塌的样子，深吸了一口气，决定回头见到了顾朗就先把他打一顿。

他一直觉得顾白是天生胆子小，现在看来还有可能因为自以为是人类，再加上家长不在身边所以才胆子小的。

好好的一个小孩儿！

顾朗……其心可诛！

顾白没得到回复，感觉有点儿紧张，也不敢去看司逸明，低着头盯着自己和司逸明的脚尖，而翟良俊早就开溜跑去之前的那条溪流附近抓鱼了。

司逸明意识到自己这副样子可能是吓到了顾白，顿了顿，把怀里的蘑菇都塞给了顾白。

"走吧。"他说道。

顾白被塞了一怀的蘑菇，看着司逸明气冲冲的背影，愣了好一会儿才迈开步子追上去。

不知道是不是错觉，顾白觉得司逸明的气并不是冲着他来的。

不是冲着他来的，顾白被吓瘪了的胆子就重新回来了。

他跟在司逸明背后，低头看了看自己捧着的蘑菇，然后悄悄把他认出来的那两种毒蘑菇扔了。

认不出来的，他犹豫了一下，也悄悄地扔了，就留下了一些他认识的。

司逸明听到了后边菌菇落地的动静，眉头一挑，却也假装成不知道的样子，没有回头去提醒顾白。

小思思还是要宠着慢慢来的。

司逸明毫不留情地把账都堆在了顾朗头上。

顾白吃饭的时候终于得知了他们这一次的目的地是一个灵族集市，里边卖的都是一些人类世界里少有甚至没有的好东西。

同时顾白也差点儿收获一只巨大的白狐狸抱枕，翟先生表示自己可以友情提供陪睡服务，结果却被黑着一张脸的司先生代替顾白拒了。

司先生的理由非常充分。

因为顾白身上都是他的气味，才镇着那些邪气魍魉不敢靠近，但狐狸精的气息可是邪气，魍魉的重点照顾对象，沾上了遇到危险怎么办？！

不管怎么说，陪睡怎么都轮不上狐狸精！

顾白懵懵懂懂地听着司先生的话，听得懂一半，稍微结合一下，也明白了自己手腕上挂着的貔貅玉串和脖子上戴着的貔貅木雕，其实一直都在保护着他不受侵扰。

他摸了摸手腕上的玉串，再看向被训得尿唧唧的翟先生和黑着脸的司先生的时候，心里的恐惧渐渐消失得一干二净。

好像也没有什么不好的呀，顾白想。

他听着司先生训斥的声音，抖擞了精神，决定拯救翟先生于水火之中。

"那个……"顾白扯了扯司逸明的衣摆，阻止了他继续斥责狐狸精的行为，问道，"司先生，我爸爸的本体是什么啊？"

司逸明一下子卡了壳。

第8章
爸 爸

"司先生？"顾白又喊了一声。

司逸明仰头看了一眼已经铺上了星河的夜空，决定转移顾白的注意力。

他慢腾腾地站起身来，说道："回车里吧，准备走了。"

顾白一愣，转头看了看跟着站起来的翟良俊。

翟先生对顾白摊开手，耸了耸肩，表示自己真的爱莫能助。

顾白跟在他们背后走了几步，才反应过来司逸明这个举动是怎么个意思。

他爸爸的本体是不能说吗？

顾白迷茫地坐在车后座上，时不时抬眼瞅瞅前面坐着的两个人。

怎么会不能说呢？

有什么不能说的啊？顾白十分不解。

司先生是貔貅，那让貔貅避而不谈的会是什么？

顾白想了好久也想不出来。

简单一点儿的理解，应该是很厉害的大人物……不是，大神兽吧。

顾白想，司先生以前那么笃定他不是爸爸亲生的，说不定是因为他太平凡，跟爸爸那种大神兽毫无共通性。

哦对，司先生还跟他爸的关系不好，翟先生说他们俩见面是要死磕的。

顾白又沉思了好一会儿，然后戴着他那副三米厚的"父吹"滤镜，执着地认为能够跟如此牛的貔貅关系不好的，必然也是个非常牛的神兽。

不然他爸估计就要跟翟先生一样，皮一次就被打一次啦！

顾白这样想了之后，竟然觉得有点儿美滋滋的。

他爸爸是个超牛的大神兽，难道不值得高兴吗？

顾白根本就不介意自己是不是亲生的，就是很喜欢他爸爸。

他还清楚地记得小时候爸爸怀抱里的温度，也记得每一次他爸风尘仆仆地回来的时候，都会给他带一些小礼物回来，献宝似的给他看。

顾白坐在车里，扭头看着外边的夜色。

晚上的森林对于普通的人类而言并不存在多美好的景象，相反，森林之中有无数昼伏夜出的危险。

但是对于顾白而言，却是万分惊奇新鲜的。

大致是因为他自己本身晚上很少出门，出门基本都有路灯，以前并没有感受到自己夜间视力的提升。

今天他睡了一下午，天黑之后难得没有困意，这会儿扒在窗口瞪着眼看着外边的夜色，满脸都是赞叹。

夜晚的森林静谧而深邃，偶尔能够看到有夜光植物散发出一团团微弱的莹白光芒，还有许多昼伏夜出的动物，正在林间狂欢。

人生最愉悦之事莫过于见从未见过的风景，做从未做过的事。

对这世界充满探索与求知欲，人才不会变得麻木失落，反而斗志昂扬。

顾白小时候曾经梦想过环游世界。

尤其是在他画画落笔只能靠照片与网络作为参考的时候，"一定要亲眼看看"这样的想法就变得无比强烈起来。

于他而言，去任何一个地方，见任何一个人，都是充满了惊喜和欣悦的。

这都是他未曾见过与做过的事情，对于他来说，都是值得全神贯注去观察、探索与记录的事情。

就像之前他跟着司先生去 X 省，又比如现在半夜在森林之中前行。

车子摇摇晃晃，顾白跟着车摇摇晃晃，一直晃到了一片相对平缓的坡度上，翟先生停下了车。

顾白好奇地看着翟先生下了车，然后走到那一片缓坡底下的一棵乔木下，爬上树，掐了一小根树枝下来，然后走了回来。

顾白脑袋都凑到前座那边去了，司逸明一偏头就看到了顾白好奇地探头探脑的样子，顺着他的目光看过去，解释道："迷縠树，南方移植过来的。"

顾白一愣："哎？"

司逸明见他不懂，翻了翻自己随身揣着的那个小小的芥子空间，发现并没有随身带书之后，选择了自己开口解释："带上它的树枝或者是叶片和花就不会迷路，进入灵族集市必须带着这个。"

进入灵族集市入口的阵法是一直在变动的，不带上迷縠树的树枝或树叶，基本上是没指望进去的，只能在山里转悠。

顾白睁大两眼："厉害！"

顾白在翟良俊回来之后，犹豫了两秒，就向他讨了那枝不过手掌长度的树枝来看。

看起来是很普通的树木枝条，但上边有不规则的黑色纹理。

翟良俊在顾白反复看着那根树枝的时候发动了车子，刚走了十来米，开口问顾白："集市往哪边？"

顾白想都没想，答道："往西。"

翟良俊点了点头，方向盘往西一打，油门一踩，刺溜一下蹿了出去。

完全不知道集市在哪儿，但却直觉往西走两公里之后要往北转的顾白愣了好一会儿，惊奇地看着手心里的树枝。

他再一次感叹道："好厉害啊！"

司逸明看着他这副见到迷穀树都惊叹不已的样子，就非常想暴打顾朗一顿。

顾白竟然连这种常识都不知道！

司逸明越想越生气，一边生气一边拿出自己的手机，打开相册翻了好一会儿，然后塞给了顾白，说道："这是迷穀树开花的时候。"

迷穀树的花是璀璨的橙黄，不知道是拍摄的缘故还是本身就是如此，这照片里的花似乎正在绽放着夺目的光彩。

"会发光啊！"顾白惊奇地道。

翟良俊插嘴道："花期正盛的时候会。"

司逸明凉凉地看了翟良俊一眼，然后将照片往后翻了一页："正常时候。"

顾白看着照片，半晌，轻"咦"了一声："这个我见过！"

顾白一下子笑了出来，整个人变得喜气洋洋："我爸爸给我带过好几朵！不过被我当成普通的花，做成干花夹进相册里了，原来这么厉害的啊……"

司逸明转头看了顾白一眼。

顾白却陷入了回忆中，沉思了半晌道："这么说来，爸爸好像给我带过不少奇奇怪怪的东西。"

顾白想了想说："带得最多的是一些小玻璃珠和水钻。"

司逸明顿了顿，手一翻摸出了几颗小玻璃珠，问他："小玻璃珠？"

"对，就这个。"顾白点了点头，然后迅速发现不对，愣了好一会儿，小心问道，"这个也是什么不得了的东西吗？"

"……"司逸明一闭眼，不想讲话了。

翟良俊："这不是小玻璃珠，这是灵石。"

顾白一愣："吃的？"

翟良俊摇头："是货币，灵魂的灵，石头的石。"

顾白："……"

司逸明又翻出了几块颜色不一的水钻："水钻？"

顾白缩了缩脖子，"是……"

"这是顶级护身符箓的载体之一。"翟良俊叹气，"这些东西你扔哪儿去了？"

"我……留在老家了。"顾白小声道。

他爸爸送他的东西他当然是一个都舍不得扔的，哪怕是小玻璃珠和水钻还有一些奇奇怪怪的玩意儿，他都珍而重之地收在了老家。

翟良俊突然有点儿同情顾朗了。

但想到顾朗之前暴打他的那一顿，翟良俊又迅速甩掉了同情。

而司逸明也稍微对顾朗有了那么一点点改观。

那就从往死里打变成打到四分之三死好了。

经年旧恨可不是那么容易消除的。

一行三人一边游山玩水一边揣着迷榖树枝安然到达了灵族集市。

灵族集市倚靠着一座灵气相对充裕的山头而建，山脚下盘着一条蜿蜒清澈的溪流，看起来不像是集市，更像是一座村落。

顾白眼睁睁看着前方本来群山绵延，在拐了个方向之后，那群山就宛如浮云一般消散，露出了掩藏在云山其后的热闹集市。

翟先生来这里是去找大老板谈生意的，刚下车就直接跑了，留下了司逸明和顾白两个。

司逸明向顾白伸出了手："走，我带你。"

顾白愣了愣，这样的场景跟之前在 X 省往地下的殿堂走的时候完全重合了。

他看了看司逸明向他摊开的掌心，然后毫不犹豫地伸手搭了上去，仰头对司逸明露出了一个灿烂的笑容。

"那就麻烦司先生啦！"

司逸明停顿了两秒，才微微抿了抿唇，低声答道："不麻烦。"

灵族集市也没有什么十分特殊的地方，外表上看起来像是一个普通的村落，走在街上却类似于人类旅游热点的那些古城。

只是相比于翻新过许多次的古城，这里的建筑与街道要显得更加有历史感一些，而且相当热闹，热闹到了摩肩接踵的地步。

而在这里生活着的灵族，就并不全是人形了。

顾白一路上惊奇地看着各种奇形怪状的摊主和游客，偶尔看到人和兽凑在一起的，也会鼓起勇气上去询问可不可以拍个照。

他这当然是为了兽人人体肌肉骨骼组成之类的专业研究了。

顾白还没画过这样特殊的人体类型呢。

司逸明买了本灵族编纂的《山海经》，交给顾白，对他说道："看看。"

这本书流传到现在，一部分是真的，一部分是假的，还有一部分异兽早八百年就已

经绝迹了，另外一些留下来的，现在都已经开始办起养殖场了。

不过跟人类一样，灵族对于养殖的那些生物并不感冒，他们同样也追求野生的。

究其原因，养殖的那些异兽的肉，吃完了效果的的确确没有野生的厉害。

要知道野生异兽的效力可是能持续人类一生的。

虽然这本书编纂的时候，人类的平均寿命也就四五十年，对灵族来说不算什么，但是四五十年跟短短两三年可是差着不少的。

何况养殖的异兽肉，价格同样不便宜，整只的卖不出去，就只好做成了小零食。

东西少，效力就低，价格虽然偏贵但也足够普通灵族一个月里买上几包啃啃了，这才算是解决了问题。

不过像司逸明这种一点儿都不差钱的，买这些异兽肉做的小零食基本上是钱花出去不眨眼的。

顾白见什么都好奇，司逸明基本上把他凑过去看过的东西全给他买了，毫无底线地跟着他逛。

顾白不收，他就塞进自己的芥子空间里，总会找到机会把那些东西送出去。

从第一条街头走到街尾，顾白收下的也就那本《山海经》和几个小零食而已。

而司逸明毫无原则地给顾白买东西这种行为，也赚足了第一条街上的灵族的眼球。

顾白啃着小零食，躲在司逸明旁边避着那些人的视线走。

"司先生，我去拍一下那个。"顾白指了指旁边一个鸡精摊主。

司逸明点了点头，看到人群中有一个卖不周山果糖葫芦的，指了指那边，问顾白："想吃吗？"

顾白顺着看了一眼，美滋滋地答道："想！"

司逸明点了点头："拍完了在摊位前边等着。"

"好的，司先生。"顾白看着司逸明转头去买糖葫芦，自己也跟着转了身，往旁边那位摊主身边走。

他才刚走出没两步，就感觉手被拽住使劲儿一扯，整个人往旁边倒去，接着他被人接住，托着腰抱起来，转瞬便蹿过了一条小巷，进入了隔壁街道的一间茶肆里。

顾白傻愣愣地看着眼前场景腾挪转移，等到稳定下来了，才干巴巴地"啊"了一声意思意思。

他被人放下了，坐在了椅子上。

顾白看向劫持他的人，惊愕地瞪大了眼。

"爸……爸爸！"

顾朗紧皱着眉头看着他的乖崽，不甘心地凑到顾白边上嗅了嗅，脸上露出了无比嫌弃的表情，下一秒又强行压了下去。

令人闻风丧胆的大凶兽眉头拧得能挤死蚊子，他明明一脸不高兴却还是努力放柔了声音，粗声粗气地说道："乖崽，你身上怎么一股司逸明的气味？"

大凶兽的话音刚落，茶肆的大门就被一脚踹开。

司逸明逆着光，手里还拿着一串糖葫芦，浑身杀气腾腾："你说谁呢？"

司逸明转头没有看到顾白的时候心里一惊，但好在顾白身上揣着他送出去的两个貔貅法相，稍一搜寻就迅速找到了地方。

可司逸明是当真没有想到，顾朗竟然会在这里。

顾朗是谁啊？

是上古时就见神杀神见佛杀佛无所不吞的大凶兽。

饕餮的天性注定了他永远都置身饥饿之中，即便吞纳天地也不可能有所缓解。

同时也意味着，顾朗根本控制不住自己的食欲，身处这种灵族异兽密集的地方，顾朗竟然没有闹出大乱子。

这简直太不合常理了。

而顾朗也没想到会碰上司逸明。

讲道理好吧，他们这种凶残的神兽、凶兽，出门到这种地方来，都是要收敛些气息藏好的，不然会造成十分可怕的骚乱。

神兽一贯是高傲的，他们本身也极少会亲来逛这种地方，灵族集市最高的那个建筑看到没？就是专门接待贵客的地方。

通常来说，神兽们都是直接去那里取自己要的东西。

司逸明和顾朗是什么关系？

天敌关系。

凶兽和瑞兽从上古时期一路撕到近代，正面碰上了话都不用多说一句，不是凶兽扑上来张嘴就咬，就是瑞兽扑上去上爪子照脸抽。

他们打架是不需要理由的。

何况这会儿顾朗骂了司逸明，还被司逸明听到了。

顾朗满脸警觉，浑身气息都变得无比凶恶，司逸明也丝毫没有退缩的意思，原本因为陪着顾白而收敛得干干净净的属于上古神兽的气势骤然攀升起来。

顾白夹在中间，只觉得有什么东西从两边挤压而来，几乎就要把他压成饼了。

顾朗和司逸明齐齐一顿，对视着眯了眯眼，然后动作异常一致。

顾白被司逸明塞了糖葫芦，而顾朗则抱着他的崽往屋顶上一蹿。

"乖崽，你在这里看着。"顾朗指了指司逸明，"看爸爸捶爆这只貔貅。"

司逸明冷哼了一声，语气充满了不屑。

顾白手里攥紧了那串糖葫芦，脑子嗡嗡响，这是刚刚这两位大佬气息对撞时被牵连出来的后遗症。

顾白还是个脆弱的成长期小幼崽，毫无防备地碰上两个大佬拼气势，整个人都木在

了那里，眼前都冒着五彩的星星。

而在这两位大佬毫不犹豫地展露出其令人惊恐万状的气息互掐时，正在跟灵族集市的大老板们一起琢磨找什么人运送货物比较保险的翟良俊惊得浑身毛都要支起来了。

不过幸好他在离开 S 市的时候，就意识到司逸明和顾朗撞上肯定会出大事。

翟先生早有准备，手往兜里一摸就掏出了一个阵盘，连滚带爬地跑出去，二话不说运起灵力就把阵盘扔到了天上。

下一瞬，一道无形的波纹便将整个灵族集市笼罩了起来，而那两头气势汹汹撞在了一起的巨兽，被死死地挡在了阵法之外。

顾白坐在屋顶上，好不容易回过了神，仰头看着在虚空之中掐得凶残无比的貔貅和……

顾白看着那个大概是他爸爸的巨兽，满脸茫然。

羊身人面，虎齿人手，脸上该有眼睛的地方并没有，而生在腋下。

顾白无措地看着他爸和司逸明打得不可开交，分分钟就是一摊血洒下来。

顾白"噌"地一下站起来，在倾斜的屋顶上脚步打滑，又不敢跳下去，急得团团转。

"爸！"顾白着急地喊了一声。

饕餮一口咬在了貔貅的背脊上，连鳞片带肉地生啃下一块来，貔貅仿佛丝毫没有察觉到这点儿疼痛，龙吟怒吼，一尾巴狠狠地拍在了饕餮的躯干上，剧烈的碰撞声听得人牙酸，饕餮整只兽都横飞了出去。

顾白倒吸一口凉气："司先生！！"

两头厮打正酣的巨兽并没有分出注意力来。

大约是他们俩都顾忌着用法术会将灵族集市连带着整座山脉直接掀翻，这两头巨兽都选择了最为原始也最凶残的肉搏战。

巨大的神兽与凶兽打成一团，带着令观者几近窒息的源自蛮荒之时的凶狠与暴烈。

底下灵族都躲了起来生怕被牵连，而顾白哪里见过这种阵仗，急得脚直跺，两眼泛红，在屋顶上转了好几圈也没找着能下去的地方，手里也没有能当武器的东西，除了相机就只有一本书和一串糖葫芦。

顾白急得浑身灵气跟炸了一样，甩手就要把糖葫芦往天上扔。

翟良俊紧赶慢赶地找过来，先是被顾白浑身的灵气吓了一大跳，然后凑过来看了一眼糖葫芦，发现是不周山果之后，二话不说塞进了顾白嘴里。

"没事，他们这样打是常态。"翟先生说道，"看起来凶残而已。"

顾白被塞了一嘴糖葫芦，心中的焦急和怒气就像是被戳了个洞的气球，"噗"的一声消失了。

狐狸精看着小崽崽的灵气渐渐平稳下来，见多识广地说："他们都打了这么多年了，谁都没拧过谁，肉搏就更是谁都不会吃亏了。"

翟良俊说得没有错，他把之前那俩打架打出来的伤口挨个儿指给顾白看，顾白发现之前打出来的伤口没过多久就恢复如初，一点儿受过伤的痕迹都看不到了。

"唉，他们这种天生地养的灵物真好，恢复起来飞快的。"

狐狸精拉着被不周山果安抚下来的顾白重新坐在了屋顶上，还从兜里掏出了几袋小零食来分给了顾白。

"几百年没见过他们打架了，很难得的。"

他的意思就是，我们排排坐分果果，等着他们打累了就好了。

顾白摸了摸刚刚还急得怦怦直跳的心口，这会儿已经完全平缓下来了。

他看了看手里的糖葫芦，估计这糖葫芦也不是一般的糖葫芦。

顾白冷静下来之后，看着翟良俊对面前的战况毫无波动甚至习以为常的样子，在"我爸爸是什么"和"几百年"这两个问题之间犹豫了两秒，最终选择了前者。

"翟先生，我爸爸是什么？"顾白问。

"就那个……"翟良俊仰头看了一眼打得不分伯仲的两头巨兽，干巴巴地答道，"饕餮啊。"

顾白愣了两秒。

饕餮是什么他是知道的，但是关于饕餮的各种记载其实相当多，也分不清哪种真哪种假。

但从司先生和翟先生的态度来看，顾白就算是迟钝也能察觉出不对来。

他小声问道："我爸爸……很不好吗？"

"没什么好不好的。"狐狸精想了想，摸着自己仅存的良心说道，"不管是瑞兽还是凶兽，他们都是顺着本性而为的，不能用人类的标准去衡量他们，虽然说凶兽、瑞兽这个定义本来就是人类给的。"

象征着祥瑞与丰收的，就是瑞兽。

象征着毁灭与危险的，就是凶兽。

其实他们都是天地指定生出来的自然象征，有丰收就有荒芜，有安全就有危险，有诞生就有毁灭。

谁能说这不对呢？

只不过凶兽注定被万物所恐惧排斥而已，毕竟有智慧的生命都不会乐意自己被当成食物。

瑞兽们倒是不在意这个，但是天性相斥也注定了他们跟象征着毁灭和危机的凶兽见面就掐。

而凶兽不太一样。

凶兽普遍是见谁都掐，全世界的生物都是他们的敌人，总而言之见到了什么就是一顿打，准没错。

顾朗一贯是看到那帮子神兽就不顺眼的，而司逸明也一贯是看到了那帮子凶兽就不顺眼的，再加上顾朗早先还掏过他的小金库，就更是仇上加仇了。

比起上古年间打起架来就直接往死里磕的毫无顾忌，这会儿两兽虽然有顾忌了，发泄的方式却更加解气一些。

毕竟用法术撕起来之后就算是他们这种天生地养的灵物也得休养好一阵，但肉搏的话，就是又解气又不需要休养的方式了。

顾朗和司逸明从上午打到天黑，又从天黑打到晨光熹微。

一直打到顾白那串糖葫芦的效力消失殆尽，他急得不行，心一横反手冲他们扔出了他超级宝贝的单反相机，两头巨兽才不甘不愿地停了下来。

两兽停下来了还在以眼神厮斗，一副"暂时放过你，我们秋后算账"的态度。

顾白站在房顶上，看着下边回到了街道上变回了人形对峙着的老父亲和好心邻居，发现他们身上这会儿竟然连衣服都没乱，不由得松了口气。

差点儿就以为他要收获一个缺胳膊少腿的老父亲，或者一个身上被啃得坑坑洼洼的好心邻居了。

没事就好、没事就好，顾白庆幸着，伸手扯了扯身边睡着了的狐狸精，想下去。

下边两个都猜到了他的意思，齐刷刷走到了屋顶下边，张开了双臂。

顾朗："乖崽，爸爸接着你。"

司逸明："跳下来。"

他们话音刚落，又齐齐扭头看向彼此，眼里冒火。

"那是我的崽！"顾朗喷他，"你凑什么热闹？！"

司逸明冷笑一声："你的崽？亲生的？"

顾朗一下子卡了壳。

嘿我这暴脾气！

无话可说的顾朗又想打架了。

司逸明不理他，继续抬头看着顾白，低声说道："下来，我接着你。"

顾白看了看一副要气到暴毙的他爸，又看了看气定神闲宛如打了个胜仗的司先生，只觉得背后发麻。

顾白犹犹豫豫地看着两边，思来想去，最后扭头看向睡醒了就"吃瓜"看戏的狐狸精，小声道："翟先生，带我下去？"

美滋滋地吃着"瓜"的狐狸精一个哆嗦，被另外两个大佬的眼刀子刮了个透心凉。

司逸明和顾朗被请到灵族集市最高的那栋建筑里去了。

连带着瑟瑟发抖的狐狸精和死死贴着狐狸精免得落入那个奇怪修罗场里的顾白。

顾白扔出去的单反被司逸明接住了，这会儿完好无损地回到了他手里。

顾白抱着相机和书，一天一夜没睡，精神头也出奇好。

他跟着走进了最高的那栋建筑，一行四个被请入了大堂里。

这大堂也相当有古韵，主座这会儿空着，两旁的位置已经摆上了茶水。

顾朗和司逸明相互看看，都没有去抢那个主座，而是一左一右在堂前坐了下来。

顾白看了看这边，又看了看那边，发觉翟先生往司逸明那边去了之后，马上丢掉了犹豫，屁颠屁颠地跑去了他爸旁边坐下。

司逸明看了顾白一眼，眉头微微皱了皱，却还是没说什么。

顾白冲司逸明笑笑，拉着凳子往他爸那边挪了一段，贴紧了，美滋滋的。

顾朗可得意了。

他从怀里揪出了一棵老参，顾白还没来得及看清，就感觉一股极其诱人的清香扑面而来。

他瞅了瞅那玩意儿，愣了愣："人参？"

"少说千年的老参，给乖崽抓的。"顾朗说着，刚想递给自家崽，思及这老参狡猾得很，于是又收了回来，"等回去洗干净吃了。"

顾白觉得自己吃了怕是要流鼻血的。

司逸明坐在对面，看了顾白和顾朗好一会儿，才开口说话，一开口就直指重心："顾朗，顾白是谁家的崽？"

顾朗刚揣好那棵参，听到这个问题的时候顿了顿，眉头拧得死紧："我家的。"

司逸明直白地戳穿他："扯淡。"

顾朗一拍桌子道："我干吗告诉你？"

这回答，基本就是盖章了顾白的确不是他亲生的了。

顾白早就有所准备，但多少还是有点儿失望。

他低下头来，默默摆弄着手里的相机，不说话了。

顾朗粗枝大叶的，心还很大，一点儿没察觉到他乖崽的心情，反问司逸明："你跟我家乖崽是什么关系？带他来这里做什么？"

司逸明看了顾白一眼，端着茶杯的指尖微微动了动，又按捺住了。

他也没回答顾朗的问题，而是同样质问道："你知道顾白一直认为自己是人类吗？"

顾朗想都没想就准备回喷他，反应过来之后，骤然扭头看向了顾白。

顾朗："乖崽？"

顾白抬头，不太好意思地看着他爸笑了笑。

顾朗嚣张的气焰一下子就凝滞了，他挠挠头，有些控制不住地躁动，转头看了一眼顾白，又渐渐平静了下来。

别人看不见，但司逸明看得清清楚楚，顾朗身上那股狂躁的戾气正一点点被镇住了。

司逸明眉头一跳，这可真是令兽惊奇不已。

"乖崽是我捡的。"顾朗粗声粗气地回答道，明显不怎么情愿，但还是极为勉强地解释道，"前不久白泽跟我讲往西走，能够找到让我平静下来的东西。"

司逸明一顿："前不久？"

"就之前跟你打架那次。"顾朗不耐烦地回答道。

他们之前打架那次，就是三百年前了。

对他们来说，的确是前不久。

司逸明被他这语气挑得也有点儿躁动，控制不住地想暴打天敌。

顾朗也贼想动手了，打从上古时候起，他就没有跟司逸明这么和谐地相处过，也从来没有同屋坐着说过话。

他们哪次见面不是打生打死的？现在看着对面坐着的司逸明，闻到自家乖崽身上的貔貅味儿，顾朗就气得不行。

顾白拽了拽他爸的衣袖："然后呢？"

"然后我就往西走了啊，就捡到你了，跟你待一段时间我能维持很长一段时间的饱腹感。"顾朗顿了顿，不高兴地补充道，"乖崽你跟我一样，都是天生地养的灵物，叫我爸爸也没有不对啊！"

其实这事真的不能怪顾朗。

不说别的，谁家小灵族出生之后不知道自己是灵族的？

至少在顾朗的脑子里，这就是与生俱来的意识。

他们这种天生地养的灵物，诞生之后度过了头几百年的蒙昧期，就有着非常清晰明确的意识和强大的生存能力，哪有像顾白这种过了蒙昧期之后竟然是一张白纸的？

顾朗怎么都想不到，天生地养的灵物脑子里怎么会没点儿数的？

像他，像司逸明，像白泽、白虎、苍龙、穷奇这种的，过了蒙昧期就会对自己有个非常清楚的认知，自己天生该做什么、敌人是什么、象征着什么、本体是什么都清清楚楚。

顾朗发现自己整了个大乌龙，觉得不自在极了，但这个乌龙竟然是他的死敌之一发现的，顾朗又控制不住地感觉羞耻和生气。

司逸明听着也觉得奇怪，问："所以，顾白的本体是什么？"

"不知道。"顾朗喝了口茶水，咂嘴，"碰上他的时候，都是个大娃娃了，会走会跳的，就是有点儿傻，之后也没见过原形。"

顾朗饥饿了无数年，之前凶狠暴戾多半都是饿出来的，饿极了又吃不饱，就成天搞事情打架转移注意力。

后来他听了白泽的话一路往西走，乘着蜃光穿过了一个世界，在另一个世界的山林中看到了一道小小的身影。他发现顾白的时候，小崽崽看起来是人类一岁出头，在深山里光着屁股傻不愣登地发呆，一看就还没过诞生之后的蒙昧期。

而当时的顾朗察觉到自己的饥饿感渐渐被压下去之后，就知道这肯定是白泽跟他讲的那个东西，二话不说就直接把崽捡走了。

他才不介意他的乖崽是什么，他占了这么大便宜，当然要好好照顾顾白。

当他带着崽的两百多年是假的吗？

要不是他带着顾白东躲西藏怕被别的兽叼走了，他顾朗会消失这么久的时间不出现？

最近这二十多年就更好解释了。

顾朗是存不住东西的，毕竟天性如此，这么多年下来什么积蓄都没有，但是乖崽的成长期是一定要过的。

他能怎么办？他只能出去弄现成的东西。

隔三岔五回去瞅瞅崽有没有被别的兽叼走，顺便重新镇压一下他渐渐复苏的饥饿感，恢复了之后他就麻溜地走人继续去搜寻东西。

这年头灵气衰竭又没啥特别好的东西，顾朗又不能去抢，万一闹出什么大动静来被联手打击，那岂不是要翻大船？

他就这么悄悄地攒了十几年，始终没攒出点儿名堂来，还得避着那些隔三岔五掠过头顶上空的神兽走，免得被他们发现，导致大打出手从而耽误自己给乖崽找东西。

顾朗都憋了一肚子火了。

司逸明听着顾朗拍着桌子愤怒地指责他们这帮神兽是不是有毛病，有完没完了成天在天上瞎溜达。

饕餮骂着骂着心头火起，又一副撩起袖子就要干架的姿态。

司逸明转头看顾白，顾白感动得不行，眼巴巴地瞅着他爸，然后伸手抱住了顾朗，整张脸都埋进了他爸的胸口，像只亲近饲主的猫一样拱来拱去。

顾朗一脸凶恶，这会儿却有点儿手脚都不知道往哪儿放，浑身僵硬着，半晌，抬手轻轻拍了拍顾白的背。

司逸明喝了口茶，等到顾白拱够了冷静下来了，才又问道："九州山海苑那边的钥匙哪儿来的？"

顾朗被乖崽亲近了，胡噜着乖崽的头发，心情指数"噌噌"涨破了表。

司逸明这一问他就回答了："白泽给的，说成长期还是在大阵里比较安全。"

司逸明这会儿清楚了。

他看着顾朗，强压下了出于对天敌的本能排斥，姑且不戴有色眼镜去看这只饕餮。

然后他发现他还是哪里都看不顺眼。

天敌偏见实在是太强劲了，根本控制不住自己。

"顾白有灵画的天赋。"司逸明努力了一番也没能对顾朗摘掉有色眼镜之后，干脆不挣扎了，而是慢吞吞地说道，"现在什么情况你也知道，顾白很重要。"

顾朗眉头一皱，显然是知道这件事的："那又怎样？我是不会放我家崽跟着你们这帮神兽混的。"

顾朗说完，顿了顿："白泽除外。"

顾朗现在是有崽万事足，不饿了之后通体舒泰。

他们凶兽其实相当冷酷，自己舒服了哪管他人如何，这世界被闹翻了天他们眼皮都不会跳一下。

司逸明见惯了凶兽这副作态，也不理他，而是转头看向顾白："顾白你自己怎么看？"

顾白看了看司逸明又看了看他爸，想了想，对顾朗说道："我画画很开心，还能挣钱养活自己了。"

顾白还是人类思维，不知道灵族是怎么样的，只知道自己长大了，经济独立了，就是应该赡养父母的时候了。

他现在把画画当成了事业，在人类社会里，有钱了，以后给灵族画画，也能从那边拿到报酬。

搁顾白眼里，他都能够养他爸了！

想想他竟然有点儿小兴奋！

顾白两眼亮晶晶地看着他爸："爸爸要不要一起回去？"

既然他爸不饿了，就不会瞎挑事了，不瞎挑事，就不会变成公敌了。

顾白想得挺好的，但司逸明和顾朗齐声对他的提议表示了拒绝。

天敌毕竟还是天敌，这俩同处一室都快到极限了，还长期住在一起？

这绝对不可能，根本没得商量。

顾白满脸失望，在一边安静"吃瓜"的狐狸精大大松了口气。

顾朗不会因为顾白选择跟神兽和平共处，哦，白泽除外。

而同样的，他也不会去干涉顾白的决定。

顾白喜欢画画、想画画，随意去就是了，父子两个不住在一起又不是什么大事。

反正乖崽还是他的乖崽，他问顾白："你们来这边做什么？"

"找您。"顾白答道，"还有司先生说有个事拜托我。"

司逸明非常干脆，反正也没什么能隐瞒的地方，便补充道："画玄武。"

顾朗听了，转头瞅着司逸明，鼻子不是鼻子眼睛不是眼睛的。

"他拜托你的？"顾朗问顾白。

顾白点了点头。

顾朗想起了三百年前那一架，恶向胆边生，一点儿都不带掩饰地，当着司逸明的面说道："乖崽，你听爸的，把这貔貅掏空，这貔貅屯了老多上古时的好东西了，什么龙筋龙角龙鳞、凤翎凤羽凤血、建木枝条九尾狐心……"

司逸明的脸色一下子就黑了。

因为顾朗报的那些东西，全都是三百年前从他的小金库里掏出去吃掉的！

顾朗话音未落，顾白就感觉眼前刮起了一阵风，等他反应过来之后，他爸和司先生又已经冲出去打起来了。

翟良俊坐在那里，慢吞吞地站起身来走到顾白面前，说道："别出去看他们打架了，打不出什么名堂来。"

翟先生伸手在兜里摸了半晌，好不容易才摸出一张照片来，交给了顾白："看打架不如画画，这是玄武画像的照片。"

顾白思及之前他的老父亲和好心邻居连发型和衣服都没有乱的情况，竟然觉得翟先生说得十分有道理。

于是他伸手接过那张照片，研究了起来。

照片上的画像是跟司逸明之前给顾白的那张画上一样的水墨笔触，整体看来与气势凶悍的貔貅脑袋截然不同。

这幅玄武图整体看来并不锋利，反而相当沉稳安静，透着一股子经年沉淀的气息。

玄武，居北方，五行主水，蛇龟一体，乃镇幽冥。

顾白看了那张照片好一会儿，抬头看向翟良俊："这是分开的吗？"

顾白指的是画像上的蛇和龟。

这张照片拍得并不好，倾斜得厉害，还有点儿走形，细节根本看不清楚。

"分开的，分别是灵蛇和玄龟，你看过心里有个数就好了，回头到了玄武那里，有画像的。"翟良俊解释道。

顾白拿着那张照片点了点头，然后又问道："这个画像跟司先生那张是一样的吗？"

翟良俊说："都是白泽画的。"

顾白一愣，对于今天新听到的这个名字生出了一丝好奇。

他拿着照片没按捺住："白泽，是那个传说里的白泽吗？就是通晓天地万物的那个？"

"是啊。"翟良俊点了点头，"这些都是他们当年偷偷从白泽画的那一堆精怪灵物的画卷里摸出来的，后来流传在外边的都是摹本。"

顾白惊叹地"哇"了一声，看着手里的照片觉得真不得了。

之前他看到司逸明给他的那张貔貅图，就觉得绝对是顶尖大家画的。顾白也学过一点儿水墨画的皮毛，很清楚要画出那种扑面而来的锋锐感有多难。

水墨不同于其他色彩丰富的绘画流派，无法利用利落的线条和明艳的色彩差来凸显对比，从而达到对观者视觉冲击的目的。水墨画讲究形意，做不到像油画那样几近真实地表现，而是更加注重动态抓拍一些。

以形达意，又以意来塑形，要达到这样的境界，没个几十年的刻苦练习是达不到的，另外还得对这方面有一定的天赋。

反正顾白对于水墨画是放弃治疗了，比起水墨画，他对那些颜料油泥混合而成的色彩有着天生的敏锐性，自然是不会绕个大圈子去学水墨的。

白泽画画一定非常厉害，顾白想。

"之前司先生不告诉我画是白泽画的。"顾白小声嘟哝。

翟良俊倒是理解："怕你去找白泽吧，白泽之前应了黄帝的话，画完精怪图之后元气大伤，记性就不太好了。"

顾白愣了愣："元气大伤？"

"灵画不是谁都能画的。"翟良俊站在顾白身边，说道，"白泽画完之后就说再画就变成白泽干了，说完就沉睡了几千年，醒来之后……"

翟先生指了指自己的脑子："之后这里就不太好了，经常是前脚说完的话他后脚就忘。有灵族偷偷摸摸找他画灵画，白泽也忘记自己不能画了，后来要不是我们发现及时，白泽就真的被榨成白泽干了。"

后来司逸明押着白泽让他自己写了一幅墨宝挂在了墙上，写的是：拒绝画灵画，不当白泽干。

每次白泽看到挂墙上的书法就会想起这件事，他们这才勉勉强强地把这只失智神兽给稳了下来，虽然偶尔还会出些意外，但也算是保住白泽的一条兽命了。

"所以啊顾小白，你真的很重要。"翟良俊苦口婆心道。

全华国的灵族都眼巴巴地看着蓬莱的蜃景馋得要命，现在有个能够画灵画还没后遗症的灵族，那些灵族一个个眼红得都要滴血了。

翟良俊说着，看了一眼外边再一次打起来，这次却连原形都没有变回去的顾朗和司逸明，发觉他们在照着彼此的脸捶的时候，忍不住"嘶"了一声，摸了摸自己英俊的脸。

翟先生想了想，还是过去把门给关上了。

顾白拿着照片，视线被翟先生挡住，倒是没有看清楚外边是个什么战况，没像之前一样看到两头巨兽相互撕咬，一会儿龙吟一会儿兽咆的，顾白松了口气。

"那爸爸之前说，带着我两百多年了？"顾白仰头看着端着茶杯坐到他身边来的翟良俊，"可我不记得有那么久啊。"

"我也不记得我成精之前的事情，灵族都这样的。"翟良俊喝了口茶水，"成精呢，就是渐渐生出了灵智，这期间是会有一段转变期的，意味着你已经从低层次的物种飞跃到了另一个阶层，讲白了就是换了个物种了，你总得有个适应的时间。"

这期间也挺危险的，那棵老参就是在成精路上被顾朗这个半路杀出来的拦路虎给弄死了。

他们这种动物草木成精，撑死了也就花个几十年，但像顾白这种天生地养的灵物，那是以十年为一个单位来算的。

这期间，绝大部分精怪会选择沉睡，将自己的活动水平降到最低，保持最普通、最平凡的存在感，免得被逮住变成那些已经成精的异兽的大餐。

而这个转变期，被称作蒙昧期。

这相当于人类的婴儿阶段。

人类会记得婴儿阶段的事情吗？不会。

所以灵族也基本都不记得蒙昧时候的事情。

"不过我挺好奇你的本体到底是什么的。"翟良俊咂咂嘴，"应该只有等白泽回来了，他虽然记性不好，但是什么都知道，问他他就能想起来回答。"

顾白瞅着照片，摸摸衣兜，拿出了一支铅笔，却没有找到能够打底稿的画纸。

他只好继续跟翟良俊扯淡："白泽去哪儿了？"

"某处的雨林吧，这么久还没回来，估计是每天都蹲在林子里思考他是谁、他在哪儿、他为什么要去那里。"翟良俊随口答道。

他们倒是一点儿都不担心白泽在外边出问题。

因为神州大地之外的那些灵族没一个能打的。

就算是不擅长打架的白泽，出去了也是横着走，何况白泽天生亲和，去外边可比在本国待着安全得多。

而且神州大地真要发生什么大事，他白泽回来得比谁都快。

顾白欲言又止："你们神兽是不是除了司先生没一个靠谱的？"

翟良俊觉得这个问题他没法回答，于是假装四处看风景，却看到了顾白手里的铅笔。

缺了画纸。

"你的画纸在车里？"翟良俊问道。

顾白点了点头。

他本来只是准备随意逛逛这个灵族集市开开眼，就跟着司先生去深山里找他爸的，所以压根没准备动车里的东西，没想到直接就撞上他爸了。

"我给你去拿。"翟先生说着，慢吞吞地走了出去。

这个厅堂里没人了。

顾白轻轻眨了眨眼，将照片放到了一边，深吸了一口气，低头看着单反里这两天拍的照片，看到他拍的饕餮和狴犴打架的照片，使劲儿拍了拍自己的脸。

感觉到疼痛之后，他又低头看了看照片，发现并没有变化之后，露出了恍惚的神情。

好吧，看来这真的不是能以梦境来解释的事情。

顾白把单反里的照片挨个儿删掉，重重地叹了口气，抬头看向翟先生留下的门缝。

顾朗和司逸明已经没有在打了，他们对峙着，好像是在谈什么条件。

顾白尊重他爸，也尊重司逸明，这俩看起来是有不可调和的矛盾，而顾白本身对他们是怎么处理矛盾的也并不了解，翟先生说他们打架是常态，根本不用管，顾白也就尝试着去适应这个常态。

虽然还是会担心，但只要不会出事，顾白还是勉强能够接受。

可能这就是灵族吧，顾白想，不过看起来对他的影响不大。

至少在真正看到自己变成非人类的模样之前，顾白并不觉得自己的生活会有什么太大的变化。

顾白很清楚，他自己对于周边环境的适应性是相当强悍的。

当年一觉睡醒发现老父亲不见了，他慌了没一会儿就镇定了，现在只不过发现老父亲不是人而已……

哦，他自己也不是人。

这个事情好像比当年他爸神秘失踪还要刺激一点儿。

这么想来，他的适应性和动手能力这么厉害，好像还真不是普通小孩子能干得出来的。

发现他爸不见那会儿他干了什么来着？

他也没哭，而是感觉到饿了，就跑去厨房给自己煮了个面。

顾白把手里的相机放到旁边的茶几上，慢吞吞地揉着之前被自己拍痛的脸，回忆着以前的事。

他小时候好像的确是比同龄孩子机灵聪敏一些。

打小成绩好，还有画画天赋，没有一点儿小孩子的浮躁，整个人都特别沉得下气来。

顾白仔细回忆了一下自己这二十多年的事，把他并非普通人类的身份带进去之后，竟然发现很多被他自己用天赋之类的蹩脚解释给敷衍过去的事情，都变得合情合理了。

顾白摸了摸自己"怦怦"跳得飞快的心口，觉得自己现在非常需要睡一觉冷静一下。

等到翟良俊揣着顾白的速写本过来的时候，发现顾小白已经靠着椅背在打盹了。

翟先生精明，知道顾白其实从看到司逸明变回原形起就紧绷着神经，而这两天看着顾朗跟司逸明打架的时候，连呼吸都变得小心翼翼的了。

安抚顾白这种事，司逸明做不来，顾朗也做不来，狐狸精也做不到。

但让顾白一个人待会儿，冷静一下，却是可以的。

到底还是人类养大的，对这种事情的接受度并没有想象中高。

不过也算接得快了，翟先生想着，至少顾白一直在努力调节努力接受，没有直接晕过去。

九州山海苑里那两个现在已经转修真的人类，当初知道自己的伴侣是灵族的时候，无一例外全都晕过去了。

顾小白不愧是天生地养的灵物，精神强度就是比人类高。

翟良俊轻轻把手里的速写本放下，转头看向踏步走进来的顾朗和司逸明。

顾朗和司逸明看到打盹的顾白，脚步齐齐地放轻了。

司逸明面无表情地给了顾朗两个拇指盖大小的半透明小圆盘。

那玩意儿翟良俊认识，是这个时代相当难得的通信法宝。

毕竟打从灵气大退之后，通信法宝就不怎么顶用了，跟人类传递信号是依靠电磁波一个道理，当年的通信法宝依赖的是随处可及的灵气。

现在灵气无比稀薄了，通信法宝也就退出了舞台，司逸明给顾朗的，是花了老大功夫才琢磨出来的新的通信法宝，只要是有氧气的地方就能够相互沟通，比卫星电话好用。

因为炼制难度过大，所以有市无价。

翟良俊看着有点儿眼热，顾白似有所觉，迷迷瞪瞪地抬眼看向门口。

顾朗大步跨过来，一把把他的乖崽抱起来，摸出顾白衣服口袋里的手机，把其中一个小圆盘夹进了顾白的手机壳里。

然后他把他手腕上的黑色编织手绳给撸了下来，套到了顾白另一只没有挂貔貅手串的手腕上。

这手绳里边的东西是顾朗仅存的老本了，其中包括了他给顾白抓的那棵老参。

顾朗本身是不在意什么的，交给顾白反倒更有用一些。

"乖崽，保持联系。"顾朗说道，"要是被欺负了就叫爸爸回来。"

迷迷糊糊趴在顾朗肩上蹭来蹭去的顾白一愣，一个激灵清醒了过来："您又要走吗？"

"嗯。"顾朗点了点头。

不是所有神兽都跟司逸明一样还勉强能够交流的，顾朗的确不怕跟那些神兽死磕，但可能会牵扯到顾白。

主要是因为顾朗当年得罪过睚眦，跟他掐架的次数还不算少，这个神兽报复心太强了，万一扯到顾白，小崽崽可不是那么容易能够逃过成年神兽的报复的。

而且，凶兽之间也是打得很凶的，说全世界的生物都是他们的敌人，就是字面意思。

他挑来挑去，司逸明还是靠谱的。

而且白泽很信任司逸明，顾朗就算不爽他的乖崽浑身都是貔貅气，但也清楚这样刚刚好。

顾朗还觉得他其实能揣着顾白一起跑，可惜成长期的变数实在太大了。

至少顾朗就没法在顾白灵魂出窍的时候，在邪气魍魉的浪潮里护住他。

被司逸明骂了一顿之后，顾朗虽然心里不舒服，但也知道不妥。

顾白失望地看着顾朗。

"那之后是要去哪儿？"顾白问。

顾朗想了想，答道："亚马孙雨林吧，去找白泽。"

顾朗一步三回头地走了，走前还特别不放心地看了司逸明好一会儿，被司逸明毫不留情地瞪了回去，整只兽显得特别不甘不愿。

白泽前些时候不声不响地去了亚马孙雨林，时间点就在顾白住进九州山海苑之前。

据看着白泽离开顺口问了一句的邻居所言，白泽说是要去那边找点儿东西。

是什么东西，谁都不知道，也没敢去问，毕竟白泽这种问什么答什么的失智神兽都摇头含糊其词了，那多半是什么比较重要的东西。

顾朗准备去找白泽，也是琢磨着白泽让他找到了宝贝乖崽，解决了他的生存大计，怎么着都算是帮了他一个大忙，这会儿他能腾出手了，去帮白泽也是可以的。

不然谁知道那个记忆力甚至不如金鱼的白泽会折腾到什么时候去？

顾朗挺信任白泽，因为那群瑞兽里打从上古时期就没有跟他打过架的，就只有不擅长打架又沉睡了几千年的白泽了。

特别是白泽脾气还好，见谁都笑眯眯的，看上去都像是笼罩着一层柔光。

顾朗还真就是那种吃软不吃硬的类型。

再加上白泽不忽悠他还帮了他，顾朗对白泽的好感度是相当高的。

饕餮行事向来没什么顾忌，按照以往的嚣张性子，他肯定是直接变回原形飞走的，但考虑到自家崽还得暂时托司逸明照顾，顾朗非常委屈地施了个小法术，把自己伟岸的身形给藏了起来。

顾白看着他爸"咻"地一下就消失了，瞬间就以肉眼可见的速度蔫了下来。

他爸又跑了这件事，对顾白来说比他爸不是人的打击好像要更大一些。

司逸明看着顾白低着头站在那里，整个人都灰暗下来了，他拿过放在一边的速写本和照片，塞进了顾白怀里。

"走，带你去看玄武。"司逸明说道。

顾白闷闷地把照片夹进速写本里，又拿起旁边的那本《山海经》，跟着司逸明出了门。

翟良俊要留在这里，最终回到车里的，只剩下了顾白和司逸明两个。

司先生担起了开车的重任，而顾白坐到了副驾驶的位置上。

顾白缩在座椅里，抱着速写本和那本《山海经》，看着前边的风景，整个人显得过于安静了。

司逸明偏头看了他一眼。

不知道是不是因为最近吃得太好，过得也非常开心圆满，跟第一次见面相比，顾白的变化其实挺大的。

他长高了一点儿，身体比例变得协调好看了不少，跟刚开始尿到有些畏缩的性格不同，性格变得外放热情了一些，双眼之中的光彩都明亮了不少。

从平日的相处里就能看得出来，顾白是那种会因为他人传递而来的友善感到由衷快乐和愉悦的类型。

那张娃娃脸倒是没什么太大的变化，这种天生的短板还是不要太过于深究的好。

毕竟灵族本质上还是习惯丛林法则，没有一个非人类生物希望自己长一张无害的娃娃脸。

因为长相某种程度上来说也是一种震慑力。

司逸明把目光从顾白的脸上挪开。

虽然是娃娃脸，但是挺好看的，司逸明尤其喜欢看顾白笑起来的样子。

司逸明觉得顾白脸上失去了那种暖洋洋的笑容之后，怎么看怎么都不对劲。

司先生把车里正在一点点慢慢枯萎的迷榖树枝拿上，刚准备发动车子，转头把树枝塞进了顾白怀里。

"指路。"他说道，然后又补充，"你要是无聊，可以看看那本书。"

按照白虎之前开的小讲座，这个时候应该让顾白多说说话，转移一下注意力，发泄排解一下内心的情绪。

司先生觉得自己真的是很努力了。

顾白拿起司逸明塞过来的树枝，又看了看那本书，点了点头。

头点到一半他的目光触及手腕上的编织手绳，上手摸了两下，感觉跟普通的编织绳手感不太一样。他举起手来，转头问司逸明："司先生，这是什么？"

说话了！司先生非常满意。

白云飘诚不我欺，以后帮忙可以给他打个折。

"小芥子空间，一个小把戏。"司逸明答道，伸手拿起了顾白的速写本，贴上那串编织手绳，"你就想，把这个本子塞进去。"

顾白看了看速写本，念头刚起，本子就突然消失了。

顾白："……"

司逸明继续指导："想让它出来。"

司先生话音刚落，顾白就被飞出来的本子砸到了头。

司逸明看着顾白被速写本砸蒙的样子，有点儿想笑。

他轻咳了一声："多练习吧。"

顾白惊奇不已，在拿起迷穀树枝指了路之后，认真折腾起了他爸给的那串编织手绳。

司逸明就看着顾白那边时不时蹦出一两颗灵石，又时不时冒出一瓶蓬莱山灵泉水，顾白还从里边翻出了几片龙鳞和凤羽。

最终那棵老参也被顾白给揪了出来，满车乱跑。

顾白慌里慌张地要抓参，而司逸明一点儿都不慌，他把车内阵法按钮一按，又从顾白那里接过了迷穀树枝，就优哉地开着车，任由顾白在车里扑腾着抓那棵东躲西藏却逃不出这辆车的老参。

一直到吃午饭的时间，顾白也没能逮住那棵参。

等到司逸明停车的时候，顾小白已经选择了放弃。

都说了，人只要学会了放弃，就没有什么事情能够难倒他了。

在画画和挣钱以外的事情上，顾白一向是放弃得飞快也忘记得飞快的。

司逸明转头看顾白，顾白已经抱着自己的小毛毯放下椅背睡过去了，大概是因为摊平了会跟着车子一起晃来晃去睡不好，顾白整个人都团成了个球，脸上还红扑扑的，显然是被这一上午的运动量累到了。

这参到底还是遛了顾朗一年多才翻车的，顾白无比深刻地感受到了这几年他老父亲的艰难。

司逸明转头看了一眼在后座上安静蹲着的参，回过头来，慢吞吞地按下了车内一个

按钮。

　　然后只听一声轻响，那棵参就被一团圆润的流光给罩住了，然后飘到了司逸明面前。

　　司逸明看了一眼顾白放在旁边的保温杯，见顾白没有要醒过来的意思，下了车，找了水源把挣扎个不停的老参洗干净了，然后"嘭"地一下把它拍进保温杯里，加入蓬莱山灵泉水，以自身灵火烹之。

　　顾白两天没休息了，司逸明也就没喊他吃饭，把那棵搞事情的参给烹化了之后，把保温杯放回原位，又发动了车子，摇摇晃晃地继续往目的地开。

　　司逸明不知道怎么安慰顾白，大致是因为他从来没有过家人，更加没有被家人抛下之后的经历，无法对顾白的失望感同身受。

　　但顾白不开心，他知道。他并不擅长安慰别人，却也有自己体贴的方式，比如忍痛从他的甜品库藏里拿出一部分来，投喂顾白。

　　人类说甜食会使人心情舒畅，司逸明觉得这非常有道理，并以己推人，选择以此来安慰顾白。

　　于是顾白一醒来就被塞了一盒子奶油小方。

　　他茫然地看了一眼司逸明，脑袋上几乎要挂上一个大大的问号。

　　司逸明表面十分冷静："吃。"

　　他顺便还把保温杯塞进了顾白怀里，提醒道："喝。"

　　顾白被他一句吃喝唬得一愣一愣的，刚把奶油小方放到一边拧开瓶盖，就闻到了一股有些熟悉的清甜香气，光是轻嗅一下，便满是馥郁的清香，刚醒来时的困倦瞬间消失无踪。

　　顾白嗅了两下，终于回想起这股气味在哪儿闻到过。

　　他转头看向后座，又放下手里的保温杯，爬起来找了一圈车里。

　　司逸明收回了视线，踩下了刹车，看着逐渐昏暗下来的天色，怀疑自己是不是也没休息好。

　　顾白转头问司逸明："司先生，那棵会跑的人参呢？"

　　"……"司逸明还在缓神，听到这个问题，指了指顾白的保温杯。

　　顾白爬回来坐好，拿起杯子瞅了瞅，发现里边全是水，一点儿渣滓都没有。

　　但顾白也不会去琢磨司逸明会不会昧了他的人参，毕竟司先生是个非常正直的人，虽然脾气暴躁了一点儿、凶了一点儿，但也比他爸爸要好上很多。

　　最重要的是，司先生也不会对他发脾气。

　　顾白喝了一口保温杯里的水，被苦得整张脸都皱了起来，下一秒竟然一吸鼻子，被苦得直掉眼泪。

　　司逸明震惊地看向顾白，顾白摆了摆手，解释道："生理反应。"

　　实在是太苦了，碰一丁点儿他都想吐的那种苦。

司逸明看着眼泪哗啦啦掉仿佛被他欺负了的顾白,拿起奶油小方,往顾白那边递了递,然后叮嘱道:"参水大补的,不要浪费。"

顾白一边哭一边痛苦地点了点头。

一杯参水顾白喝了整整两天,还把司逸明的甜品库存掏空了一半。

司逸明是真的扛不住顾白抱着那杯参水眼巴巴瞅着他仿佛下一秒就能哭出来的样子。

以前怎么就没发现这小孩儿还挺精,甜品库被掏空了一半的司先生这样想道。

大概是这几天眼泪流得多了,虽然是被苦哭的,但也算是宣泄情绪的一种手段,顾白看起来心情好了不少,那些牺牲的甜品也算是有价值。

参水的确大补,但并没能让顾白直接飞跃成长期。

非要说最显著的变化是什么,顾白觉得应该是他变得耳聪目明,明到百米外的一个小物件他都看得清清楚楚。

顾白对这种变化感觉还挺新奇。

"翻过那座山,就到玄武住的地方了。"司逸明指了指前边那座山,对正在翻看《山海经》的顾白说道。

顾白抬起头来,看向那座山。

司逸明停的地方非常巧妙,正巧能够看到那座山的全貌。

那是一座卧龟,自西可见昂起的脑袋,自东可见垂落的尾巴,看得更细一些,还能窥见这卧龟山上的林木种类区别分明,山上一片金色的枫叶林隐隐约约呈现出盘旋缠绕之势,像极了一条缠绕在卧龟之上的灵蛇。

司逸明看到顾白端起相机拍了好几张照片,顺口提醒道:"见了玄武里的灵蛇之后,不要太惊讶。"

顾白一愣:"怎么啦?"

"玄武算是神兽里年龄最大的了,他们是一蛇一龟,蛇为女龟为男,生来就是彼此相伴的,但是……"司逸明顿了顿,神情显得有些微妙,"他们……始终没有子嗣。"

顾白一直没明白这有什么关系。

直到他一见到灵蛇,就被这位身材曼妙面貌美艳的女性来了个"抱胸杀洗面奶",然后又被使劲儿亲了一口脸,并被塞了一个等身的大泰迪娃娃之后,才恍恍惚惚地明白过来。

顾白转头看向司逸明。

英明神武上顶天下立地无所畏惧的司先生,这时候已经被各种各样的毛绒玩具给淹没了。

司先生不仅被淹没了,还被灵蛇夫人亲切地喊作:"宝宝。"

顾白:"噗。"

神兽们对于北方这一块儿,通常都是习惯性绕着走的,因为这里住着玄武。

北方这边也极少有需要帮忙的地方，因为玄武天生就比别人多了个帮手，所以绝大部分神兽是绕着玄武的辖地走的。

因为他们基本上都被灵蛇夫人喊过宝宝。

不过这没办法，谁让玄武年纪大来着，而且还是上古时候的大功臣，帮着驮过天的。

哪怕是现在，玄武也还肩负着一个非常艰巨的任务，算得上是相当德高望重的老前辈了。

有这么一份功劳在，没谁会去得罪玄武，毕竟得罪也打不过，还会被反噬倒大霉。

玄龟其实还好，但灵蛇是真的喜欢小孩子，闲暇时候无比热爱手工制作各种逗小孩子的玩具，在人类社会里还是儿童教育和心理方面的专家，老厉害了。

顾白抱着那个巨大的等身泰迪熊，没敢放手。

而司逸明从那一堆毛绒玩具里钻出来，脸色不太好，但在触及灵蛇夫人美艳的脸庞上那温柔的笑容时，又默默憋了回去。

要尊老，司先生想。

"我跟玄龟说过了的。"司逸明把顾白抱着的娃娃拿过来放到一边，双手搭在了顾白的肩上，"带来了个帮手。"

灵蛇夫人看了看顾白，一眼就认出这是个成长期的小崽。

她脸上的笑容充满了母性的光芒："画灵画的那个小宝宝？"

顾白："……"也不能叫小宝宝了啊。

司逸明点了点头，卖队友卖得飞快："就是这孩子。"

幼崽对灵蛇的吸引力是非常强劲的，至少放个小幼崽在灵蛇面前，他们这帮成年都不知道有几万年了的神兽基本不会引起她的任何兴趣。

灵蛇夫人看起来开心极了，而顾白经常因为这张娃娃脸被广大女性特别照顾，这会儿虽然有点儿吃不消她的热情，但也没有到想躲的地步。

司逸明扫了一圈这栋房子，问灵蛇夫人："玄龟呢？"

"去幽冥那边了。"灵蛇答道，然后美滋滋地拉着顾白去冰箱旁边，问他想吃点儿什么。

玄武的房子建在卧龟山之后，是一栋建筑风格相当温馨的欧式三层大别墅，第一层会客，第二层住人，第三层全都是灵蛇夫人的工作室。

玄龟是没时间出门工作的，连人类社会的身份都用不上。

自上古时候驮过天直至现代，玄武还始终镇守着幽冥。

幽冥是啥？

是地府的入口，幽冥开的时候就是人类称之为极光的现象。

玄武偶尔还会兼职引渡一下亡魂，整体来说还是很忙的。

不过因为玄武到底是一体同心的两个神兽，就算是需要镇守幽冥，北方也极少出现什么人手不足的情况。

这会儿玄龟去镇守幽冥了，估计是又到了幽冥打开接受亡魂的时候了。

司逸明看着顾白被灵蛇夫人满脸慈爱地投喂了一堆灵果双颊鼓成松鼠的模样，清了清嗓子，扬声说道："能麻烦夫人把画像拿出来吗？"

前脚还在喊着司逸明宝宝的灵蛇夫人，这会儿却十分嫌弃地"啧"了一声，转身上楼去取画卷了。

顾白松了口气，赶忙把嘴里的东西都嚼吧嚼吧咽下去，一脸劫后余生的样子。

"慢点儿吃。"司逸明拍了拍他的背，"回头拿到画像了，看看草稿还有没有什么需要修改的地方。"

顾白点了点头："好。"

他拿出打了个粗略底稿的速写本，又拿出了铅笔。

之前司逸明在来的路上就跟他说过了，需要作画的地方是一块玄武曾经背负了漫长年月的石碑。

石碑不算大，两米高，需要花的时间并不算长。

顾白看着速写本上的草稿，突然意识到自己之前画的貔貅图和白虎图也算是这个系列的一种。

顾白偏头看向司逸明，犹疑了一小会儿，悄声问道："司先生，画这些……是有什么用处吗？"

司逸明也没有隐瞒的意思，答道："补阵而已。"

神州大地有一个自上古时就流传下来的阵法，主要是将邪气魍魉过滤掉，以及将灭顶的天灾拦在外边。

邪气魍魉是人类自身所生出的邪魔之气，而灭顶的天灾，却是实打实的大事。

所谓的灭顶天灾，是全世界所有神系传说里都有的、将会把整个世界都摧毁的大洪水。

这是从古早年间开始，全世界的非自然生物都非常清楚的危机，并且将这份危机传达给了人类，所以几乎所有的神话传说里，大洪水的出镜率都相当高。

但各家也有各家的办法，比如华国这边，就是依赖从那个时候流传下来的庞大阵法抵御。

在灵气逐渐消退的时代里，阵法的主要阵点上，必须有属性对应的神兽镇守，镇压邪气的同时也抵御天灾。

但神兽们除了做镇压这件事之外，偶尔还要跑出去把那些异兽逮回来，尤其是近几百年邪气魍魉泛滥得厉害，神兽们就更是分身乏术。

司逸明找顾白帮忙，也是想要补阵，让神兽们轻松一些。

同时，邪气魍魉泛滥也意味着这座大阵肯定是哪里出问题了，人口暴增的确是原因之一，但阵法肯定也是有点儿毛病的。

不过这事得等到一群神兽一起聚头的时候琢磨商量了。

司逸明和神兽们敢这么拖延，不能轻易离开自己的辖区是一方面，另一方面是他们觉得这估计不是什么大问题。

要真是大问题，白泽早就火烧屁股一样蹦回来了，毕竟每次有点儿什么事，第一个得到未来启示的就是这只通晓天地万物的仁兽。

司逸明还是相当安逸的，抬头看向拿着画卷下来的灵蛇夫人，接过对方随意抛过来的画卷，递给了顾白。

那面石碑就立在院子里的假山边上，不仔细看都发现不了这是块石碑，几乎已经要跟假山融为一体。

顾白走到院子里，照例检查了一番材质和平整起伏之后，就乖乖回到了屋子里，开始琢磨画像。

其实能看到本体是最好的，顾白目前为止，最自我满意的那张貔貅图就是看了司逸明的本体得到的灵感。

但让顾白去对灵蛇夫人说想要看她的本体，这事就有点儿不太礼貌了。

翟先生说过对灵族来说，本体其实是相当忌讳的一个话题。

司逸明在顾白研究石碑的时候，转头去车里把顾白这次带来的画具以及在灵族集市上扫来的那些非同一般的绘画颜料都拿了过来。

灵族里也是有追求风雅的存在的，书法、绘画这两方面，他们可不见得会输给普通人类，这些本身就附带着几分灵气的天然自制颜料，搁人类社会里根本买不到。

灵蛇夫人看着顾白拎着他的画架纠结寻找着能够坐下来打草稿的地方，当即把顾白带去了三楼的工作室，腾了一块地方出来给顾白画画。

顾白画起画来是相当专注的，这一点，司逸明比谁都清楚。

他对一脸慈母神情的灵蛇夫人打了个手势，两个人走下了楼。

司逸明开门见山道：“您能分辨出顾白的本体吗？”

灵蛇夫人听到这个问题，眉头一皱，不赞同地看向司逸明。

玄武是司逸明少数会表现出尊敬的存在，虽然灵蛇夫人的性格和爱好一言难尽了一点儿，但她是个值得人尊重敬仰的前辈，这一点是毋庸置疑的。

比起不知道什么时候会回来的白泽和顾朗，司逸明觉得还是求助玄武来得比较快。

“顾白情况比较特殊，他自己都不清楚自己是什么。”司逸明简要解释了顾朗跟顾白的关系，而后说道，“但我觉得他的气息有点儿特殊，有种很久远的熟悉感。”

玄武比司逸明活得长，自天地开辟盘古陨道之时，玄武就存在了，活得长了，就什么都有机会遇到。

即便是天生地养的灵物不清楚自己的天性这一点，在玄武这里也算不上什么特别惊奇的大事。

灵蛇夫人听到司逸明的疑惑，坐在沙发上轻合着眼思忖了好一会儿：“的确是有些熟悉，闻着有些像洪荒时的气息。"

司逸明听灵蛇夫人这么一说，便又问道："能想起具体的吗？"

"就是洪荒时的气味儿。"灵蛇夫人偏头看他，揶揄道："怎么关心这个小崽子？"

司逸明一顿，觉得灵蛇夫人这话里的意思有点儿不得劲。

他不自在地屈了屈手指，解释道："我担心他万一跟白泽一样……"

万一顾白跟白泽一样画灵画画出毛病了就不好了。

"所以你还是关心他。"灵蛇夫人稀奇地看着司逸明，"以前可没见你对谁上心过。"

司逸明想说关心幼崽不是很正常的事？

灵蛇夫人在他开口之前就把他堵了回去："以前对别的幼崽你也没见上心。"

"……"

司逸明沉默了好一会儿，最终带着点儿憋屈地说道："因为这是第一个见过我打架却没被吓跑的幼崽。"

灵蛇夫人："……"

哦，那你是挺惨的。

第 9 章
亘古幽冥

顾白对于创作环境是不怎么挑的。

他坐在灵蛇夫人的工作室里，一抬头就能看到被他妥帖地挂在墙面上的玄武图。

正如他初次见到那张貔貅龙首图时的瞬间震撼感一样，这张玄武图同样给了顾白无比清晰的震慑感。

只是与那张牙舞爪几乎要冲出画面撕咬而来的貔貅不同，顾白能够清楚地感受到前方那张玄武图所透出来的、宛如高耸入云支撑着天地一般的山岳的沉重气息。

这大约就是普通的画与灵画之间的区别。

不需要什么修养也不需要什么鉴赏技巧，甚至都不需要懂得丁点儿艺术的人，就可以清楚直观地感受到其中的非同寻常。

顾白想起自己之前总是得到"画面十分有灵性""冲击力强"这种评价，这么一想，恐怕就有自己一直以来画的都是灵画这一点因素在里头。

怪不得他的某宝生意和摆摊生意总是那么好。

顾白一直认为是画技不错加上自身运气和几年的积累，现在想来，应当还有这么一份特殊原因。

顾白看了那张水墨图好一会儿，将灵蛇身上的花纹与细节记下来之后，低下头来拿起了画笔。

画玄武要比当初画白虎顺利得多。

在清楚意识到那位亲切温柔充满了母性光辉的夫人就是灵蛇之后，顾白迅速按照白泽所画的玄武图粗略地勾勒了几笔，将结构定下来之后，毫不犹豫地动手画起了那条缠绕在玄龟身上的灵蛇来。

灵蛇本性柔和，然有大毒。

遇险攻击性极强，不动则已，一动则必然收割对手的性命。

顾白对于这种对比极为强烈的性格表现并不苦手。

他花了一下午时间修修改改，最终在蛇尾处轻轻一挑，便勾出了一道锋利如同寒刃的直线。

画中的灵蛇上半身高高竖起，头却微微垂着，注视着下方的玄龟，斑斓的毒蛇在此时却透出了一股温软的柔情来，稍往后看，却又能看到微翘起来的蛇尾，锋利尖锐，警惕万分。

顾白又开始着手画玄龟。

可他刚触及龟背，就停了下来，抬头瞅着那幅水墨图里安然合着眼沉睡的玄龟，开始发愣。

他没有见过玄龟——不管是本体还是人形。

跟当初司逸明对他说画头白虎的状况不同，在清楚地知道了画中的神兽是有原形的之后，顾白反而不太敢随意下笔了。

而且他按照白泽的画里那个安然打盹的玄龟来画的话……

顾白看了看自己画的灵蛇，觉得那样可能会变成母子图。

既然是感情非常好的伴侣，那么灵蛇温柔垂眸的时候，玄龟应当也是会给予回应的。

即便不回应，在他已经给灵蛇夫人定下的这个画面基调的情况下，顾白觉得作为丈夫，怎么都不可能选择睡觉。

而且神兽图，不管怎么说，带有一丝震慑的威能是基本的。

顾白自问自己的画技还没厉害到画个打盹的神兽也能画出如山岳般的压迫感的程度，只能利用构图和画面主体的肢体语言来表达出威慑的意味。

就如同之前的貔貅图和白虎图一样，他还需要利用到背景进行衬托强调。

可白泽画的光秃秃的水墨图，没有背景只有主体，照样牛气。

顾白扒着自己的画架，看着墙上挂的水墨图，幽幽地叹了口气。

没办法的事，顾白想，毕竟白泽比他多活了好几万年呢。

灵蛇夫人来叫顾白下去吃饭的时候，刚巧就听到顾白在叹气。

她悄声走到顾白后边，看了一眼顾白将她的本体细化完毕的草稿，感觉还挺满意。

她弄出了点儿动静来，柔声问道："叹什么气呢？"

顾白一惊，猛地转过身，看到是灵蛇夫人之后一下子放松了下来，显然是被吓到了。

灵蛇夫人体贴地拍拍他的背顺气，却眼尖地看到顾白的单衣底下的吊坠。

灵蛇夫人倒吸一口凉气，然后轻轻钩起了顾白脖子上挂着的细绳。

顾白感觉有点儿痒痒，十月中的深山里已经很冷了，但在神兽家里，是有着阵法保持恒温和干燥的，所以在外边穿的毛衣和薄棉外套到了阵法里就都脱了，顾白现在只穿着一件衬衫。

顾白抬手摸了摸被钩起来的项链，疑惑地看向身旁的女性。

灵蛇夫人又钩了钩那根龙筋细绳，看着那个紫色的貔貅挂坠，问顾白："这是司逸明送你的？"

顾白一愣，点了点头："是的。"

灵蛇夫人收回视线收回手，满脸惊叹。

顾白隐约察觉到了一丝异常："这个……怎么了吗？"

"这是建木的树皮。"灵蛇夫人说道，"天上地下仅有一棵，黄帝栽的，沟通天地，以前天庭没塌的时候，仙人上天下凡便是靠着这棵树，后来天庭塌了，建木也就消失了。"

顾白摩挲着那个拇指大小的紫色小貔貅木雕，别的他都没个具体的概念，唯一知道的就是脖子上这个东西贼贵贼贵，可能是无价之宝。

"这绳子，蛟龙筋，蛟龙早几千年就灭绝了，水族太无能，没有能化蛟的。"灵蛇夫人说完，觉得貔貅到底是貔貅，从上古时期就囤货囤到现在，竟然连建木和蛟龙筋都能随手送出去。

顾白收回了自己摸木雕的爪子，想摸摸绳子又收回了手。

看来这真的是无价之宝。

顾白突然就觉得脖子上的这个挂坠有点儿重。

"貔貅挺好的。"灵蛇夫人拍了拍浑身不自在的顾白，"走吧，下去吃晚餐。"

顾白看着灵蛇夫人迈着优雅的步伐轻巧地离开了工作室，忍不住又摸了摸脖子上的挂坠，感觉有些失措。

他低头看了看手上的貔貅玉串，也不知道这玉串价值几何。

顾白拿出衣兜里的手机，发现竟然有信号了，赶紧拍了两张照发给了顾朗求助。

然后他又把玉串拍下来发到了师门群里求助。

山里信号不太好，断断续续的，师门群里的图片转悠了半天还停留在10%，发给他爸的图片却意外地顺畅。

而令顾白感到惊讶的是，他爸竟然回他短信了！

还是秒回！

顾朗也拍了张照给顾白，画面里是顾朗那张一看就很不好惹的凶恶脸，以及一条满口利牙的食人鱼——看起来是顾朗的战利品。

紧接着，来自老父亲的文字消息是："反正是貔貅找你帮忙，你把他掏到倾家荡产都是值当的。"

顾白沉默了半晌，最终回了个笑脸过去。

他的价值观跟占了便宜还理直气壮嫌不够的顾朗差得有点儿多。

顾白摸着脖子上的挂坠，决定以后司先生要是还找他帮忙，就不要报酬了。

做好了这个决定之后，顾白长长地出了口气。

在楼下等了几分钟也没见顾白下来的司逸明走了上来，一上来就看见顾白满脸凝重的样子，不由得一怔。

司逸明敲了敲实木的楼梯扶手："怎么了？"

顾白回过头来，没有直接回答，而是说道："画不出玄龟。"

司逸明扫了一眼画架上完成度还挺高的灵蛇线稿，又看了一眼还只是几根线条的玄龟和背景："先下来吃饭。"

"好。"顾白乖巧地跟着司先生下去了。

晚饭是灵蛇夫人亲手做的，食材倒不是什么灵植，就是山里采的、猎的野味，妙手烹炒之后味道相当不错。

一桌非人类生物都不讲究吃饭不说话的规矩，顾白好像一下子就忘记了刚刚的苦恼和无措，抱着手机两眼亮晶晶地跟灵蛇夫人取经。

他取的自然是做饭的经。

顾白做饭一直以来都是靠菜谱，从来没有谁教过他什么技巧，撑死不过是看一点儿美食视频学一学。

灵蛇夫人也没见过对做饭这事感兴趣的人，而且还是个小崽崽。

她心情好极了，慷慨大方地将自己的独门技巧教给了顾白。

饭桌上一大一小你来我往侃侃而谈，司逸明一个偶尔负责给顾白切菜洗菜的默默扒饭，不大高兴。

顾白小声嘟哝："司先生喜欢吃甜的东西，炖菜的话再加糖会不会太甜了？"

温柔的夫人答道："先试试，如果太甜了就加水和盐调剂，或者放几块土豆块进去也行。"

"嗯嗯嗯。"顾白点头，埋头戳着手机屏幕做笔记。

司逸明夹菜的动作顿了顿，他突然就觉得心情好了起来。

饭后司先生直接把顾白从屋里拎了出来，在顾白还茫茫然不明白发生了什么的时候，司逸明从口袋里掏出了两张符篆，自己揣一张顾白兜里塞一张，二话不说直接把人带上了天。

跟灵魂出窍时那种自己本身就轻飘飘的像张纸的感受截然不同，顾白能够清楚地感觉到引力在拉扯着他，脚底下空落落的，全靠司逸明才能保持在空中。

顾白眼睁睁地看着大地距离他越来越远，吓得连话都说不出来，浑身僵硬，只能死死地拖住旁边的司逸明。

以为揣个避风符就完美解决一切的司先生感到一阵窒息。

他干脆变回了原形，把顾白往自己背上一甩，开始平稳地向北方飞去。

司先生这一次展露出来的本体很大，大到顾白完全可以在他背上滚两圈。

顾白傻愣愣地趴在貔貅背上，跟他的面颊亲密接触的是貔貅光滑冰冷的鳞片和一

丝丝沁凉的云彩。

平稳前进的高空中没有风，大概是用什么法子避开了，顾白能够看到有飞机在远处安然地航行，同样没有出什么岔子，大约也是用什么法子把自己藏起来了。

顾白终于反应过来，爬起来，想要摸摸貔貅的金色鳞甲，手伸到一半，抬头看向了正破开云彩的龙首。

他小声道："司……司先生，我可以摸摸您吗？"

他的声音虽然小，但其中的兴奋却几乎要溢出来！

司逸明："……"你这话我怎么接？

发现自己的话有歧义，顾白赶紧澄清："我……我就摸摸鳞片！"

司逸明没好气地说："你都已经坐在我背上了。"

他这就是同意了。

顾白忍不住笑了两声，上手抚摸着轻柔而细致的鳞甲。

坚硬，冰冷，就像是战士披着的甲胄，边缘看起来很锋利，在顾白小心避开的情况下，还是擦过了鳞片的边缘。

他都要条件反射地等待手上传来痛感了，却发现那鳞片的边缘变得柔软，擦过之后没有受到任何伤害。

顾白愣了愣，察觉到这是来自这位大佬的体贴，不由得露出笑容来："谢谢司先生！"

司逸明也没否认，只是提醒道："小心一点儿。"

顾白没了顾忌，摸得心满意足，甚至没能控制住自己胡来的双手，爬到司逸明颈后，轻轻碰了碰龙首后面那些看起来细腻又脆弱的鳞片。

后颈的脆弱之处被轻柔地触碰，司逸明感觉浑身鸡皮疙瘩都要抖掉三斤，差点儿没回头把顾白甩下去！

好在顾白很快就收回了手，像是这才意识到问题一般，开口问道："司先生，我们要去哪儿？"

"你不是画不出玄龟吗？"

司逸明晃了晃脑袋，缓解了后颈的脆弱之处被触碰的麻痒，才继续说道："我带你去看看玄龟镇守之下的幽冥的极光。"

大约是为了体贴刚刚被吓到的顾白，司逸明前进的速度并不快，前进的时候也相当平稳。

顾白能清楚地看到随着司逸明的前进而起伏的后背，金色的鳞甲披着逐渐暗淡的夕阳，反射出带着些许暖意的柔光。

顾白小心地凑到边上，俯瞰着荒芜无人的大地。

苍穹下的山脉层峦，荒无人迹，山脊与峰峦清晰地呈现出狰狞的沟壑，连绿色都极少能够窥见。

高纬度地区在这个季节已经开始降温，越往北走，渐渐能看到那些空荡荡的沟壑上蔓延着点点的雪的白色。

夜幕遮蔽了天空，身处云层之下的顾白只能隐约窥见一丝星光。

而下方的大地，不同于先前还能看见的交纵沟壑，如今只余一片被厚重的白雪所覆盖的高山与平原。

顾白看着下边的大地，发觉司先生还在不断升高。

他们正在往上，穿过了云层，下边也已经看不见大地，无限地向天空贴近。

周围突然变得一片黑暗，唯一能够看清的，只剩下了一低头便映入眼帘的宽阔的白色平原。

顾白觉得他们这会儿大概已经不在国境线以内了，甚至可能都已经不在正常人所能接触到的范围之内了。

因为在那一片惨白平原的尽头，顾白看到了海。

一直往北走所看到的海，那不就是北冰洋了吗？

顾白却没感觉到冷，这会儿还穿着那件贴身的衬衫呢。

顾白看着那海岸线越来越近，与一片静谧的白色平原完全对立的，是那片在夜色之中黑沉沉没有一丝光的海洋。

顾白抬头看了一眼天，发觉不知何时天际的云彩已经消失得一干二净，而在无云的夜幕之上，却没有丝毫的星光。

顾白轻轻戳了戳手底下的鳞甲："司先生，那是什么海？"

"不是海。"司逸明答道，"是幽冥。"

顾白还想问幽冥是什么，嘴一张开却感觉眼前倏然一亮。

无数莹莹的绿色光团自水下轻柔而缓慢地浮了上来，一朵两朵，凑在一起，像是毛茸茸的蒲公英种子，随着风轻飘飘地上浮，离开了水面之后便随着气流飘荡，随波逐流，安逸而温和。

司逸明在接近海岸线的时候停住了脚步，滞留在了这片虚空之中。

那些柔软的绿色光团渐渐形成了一道道垂直的光幕，就像是鱼群一般，跟随着气流浮动飘荡，安逸而欢欣地散开又聚拢。

那些光幕时而暗淡时而明亮，将这片昏暗的虚空照亮，连绵成一片，化作了人类眼中神秘莫测又极其美丽的极光。

顾白身在其中，惊叹地看着那些柔软的绿色光团一点点汇聚成了光的洪流。

他再开口时声音极小，生怕惊扰到那些可爱温柔的光团："那些是什么？"

"人类的亡魂。"司逸明同样轻声答道。

他对人类的印象中等偏下，但对这种类同于世界轮回的景况，却也抱着足够的敬畏。

这世间万物，即便是他们这些天生地养的灵物，也是世间轮回的一员。

不论是谁，不论生于何处，对这自然、世界、天地，本就该抱以最崇高的敬意。

他们在这样的景象面前，连高声说话都是冒犯。

"他们在幽冥里徘徊，等到了时间，就会被引渡进入地府，落入轮回。"司逸明这话说得缓慢而低沉，"幽冥在天空之上，每一次引渡的景象太过于宏大，哪怕是人类也足够以肉眼所见，他们称这景象为极光。"

司逸明话音刚落，被亡魂的光所照亮的幽冥如同沸腾了一般翻涌起来，似有庞然大物将要从其下破水而出。

司逸明没有动。

顾白从他背上站起来，刚好高过了貔貅的龙首，清清楚楚地看见了那一片沸腾的幽冥。

痕迹斑斑的龟壳渐渐看得清楚了。

玄武曾经为这世界背负过青天，替这世间抵抗了无数灾祸，那龟甲上的每一道划痕都镌刻着曾经轰轰烈烈的经历。

玄龟自幽冥之中破水而出，无比巨大，水流从他背后的龟甲上滑落下来，形成了无数气势恢宏的瀑流。

玄龟距离司逸明和顾白所在的位置极远，但却并不妨碍顾白认识到他的巨大。

若是放在眼前，那他必然是遮天蔽日的。

顾白看到玄龟慢吞吞地往他们这边看了一眼，然后回过头，仰头看向了头顶那些温柔的绿色光团，昂首长鸣，悠长悠长的、带着亘古之气，引着那些光幕缓慢而轻柔地向着幽冥之后的海平面落去。

幽冥之后，就是地府轮回。

顾白看着那些熙熙攘攘的绿色光团，安静又热闹地簇拥着彼此，随着玄龟一声又一声长鸣，最终化作一道绿色的洪流，照亮了天地，欢欣地向着轮回的起始与终结之地而去。

直到这天地重回黑暗与寂静，玄龟重新潜入了幽冥之底。

顾白轻喘了口气，从那令人神魂震颤的景象之中回过了神，才惊觉自己竟然连呼吸都忘记了。

司逸明却习以为常。

这样的景象他见过不止一次两次，所以他最关注的反而是站在他背上的顾白。

司先生问道："怎么样？知道怎么画了吗？"

"啊……"

顾白还沉浸在刚刚的景象之中，接收了司逸明的问题之后，脑子艰难地进行了一番处理，终于从恍惚之中抽出了神思。

"画……"他顿了顿，"我会了。"

司逸明点了点头，转过身："那我们就回去。"

顾白晃了晃脑袋，转头看向重归寂静的黑暗幽冥，重新坐了下来。

他凑在司逸明脑袋背后，脸上欣喜的笑意蔓延开来，说话语气中也满是愉悦："谢谢司先生带我来看这个。"

司逸明应了一声。

顾白摸了摸脖子上挂着的建木的木雕，发觉眼前渐渐变得明亮。

他又重新看到了高悬于天际的银盘与无风无云的夜幕之下璀璨明亮的星河。

顾白摸出手机看了一眼时间，发现已经十点了。

司先生果然还是相当谨慎地保持着"十一点之前必须回到阵法之内待着"这个规矩，免得成长期的小崽子被邪气魑魅乘虚而入。

他们刚进了门，看到了灵蛇夫人在桌上给他们留下了两碗热汤，还留了张纸条，让他们喝了汤祛除一下幽冥的阴气。

夫人本人并不在家，大约是出去巡视了。

司先生喝完了汤，按住了准备去洗碗的顾白。

"有洗碗机，小崽子就该早点儿睡觉，你的客房在二楼左数第二间。"

顾白看了司先生两眼，乖乖应了一声，趿拉着拖鞋上了楼，却没有留在二楼，而是脱了拖鞋拎在手上，轻手轻脚地跑去了三楼。

自以为自己完美瞒过了楼下那位大佬的顾白，拉着凳子在画架前边坐好，拿起笔就开始画起了玄龟的草稿。

司逸明在一楼，按下洗碗机按钮的动作微微一顿。

在必要的时候，他们这些神兽可是连千里之外昆虫爬动的声音都听得一清二楚的。

顾白这点儿小动作，根本没能瞒住楼下的貔貅。

看穿了一切的司逸明偏头看了一眼楼梯口，没打算说什么，假装成什么都不知道的样子，安静地坐在了一楼客厅的沙发上，仔细听着三楼的动静。

铅笔与画纸的摩擦声、顾白的呼吸声以及他在思考时习惯性轻轻咂舌的声音。

随着夜深，这些声音渐渐慢了下来。

司逸明听到顾白打了个哈欠。

他看了一眼时间，已经快到凌晨一点了。

司先生站起来，上了三楼，一把将困得迷迷瞪瞪的顾白抱了起来，就像是抱小孩子一样，单臂托在顾白腿后，让他整个人都倚靠在自己身上。

以前顾朗也总是这么抱顾白，即便顾白已经长成成年的模样了，也是如此。

顾白对这个其实并不太舒服的姿势反而相当适应，司逸明一上手，他就非常熟练地调整一下姿势，找了个舒服的位置，像小时候靠在他爸爸顾朗身上一样，困得脑袋一点一点的。

司逸明护着顾白的脑袋下了楼，把人塞进客房的被窝里。

在离开之前，他看到了顾白的手。

司先生又拿湿毛巾帮顾白擦干净被铅灰弄脏的手，然后才慢吞吞地收拾了一下，离开了房间。

他刚出房间，就撞上了巡视完毕归来的灵蛇夫人。

两只神兽齐齐一愣。

灵蛇夫人看了看司逸明，又看了看客房的门。

客房里的人呼吸绵长，大约是睡得很深了。

"你竟然还搞夜袭？"灵蛇夫人震惊地看着司逸明。

司逸明："……"

他解释道："送他回来休息。"

灵蛇夫人仔仔细细打量了一番司逸明，敷衍地点了点头，然后拿出了一瓶漆黑色的液体，交给了司逸明。

司逸明顿了顿，这个东西他认识，是灵蛇的毒液。

"给顾白的报酬。"灵蛇夫人说道，"要是他被欺负了，就投毒吧。"

司逸明毫无预兆地感觉背脊一凉。

不论男性还是女性，非常注重家庭的人给人的感受与体验总是非常温暖而柔软的。

就比如顾白还是头一次被轻轻拍着被子温柔地叫醒。

他不是自然醒，也不是因为闹钟，更加不是由于什么乱七八糟闹腾的动静，而是被如此正常地，轻轻地叫醒了。

顾白缩在被子里，看着灵蛇夫人，脑子一片空白。

灵蛇夫人又轻轻拍了拍被子："今天早餐吃鱼片粥，已经熬好了，快点起床吃饭。"

顾白忍不住往被子里缩了缩，意识到不对，重新探出了脑袋，点了点头。

"乖孩子。"灵蛇夫人展颜而笑，脚步轻快地离开了客房。

顾白目送着她离开房间，傻了好一会儿，才慢吞吞地从床上爬起来。

爬起来之后他才反应过来，低头瞅了瞅自己被擦干净的手，意识到他昨天没有睡觉偷偷跑到三楼去画画的事情估计是露了馅。

大概是被司先生送回来的吧，顾白想着，趿拉上拖鞋跑去了二楼的主卫。

主卫里放上了新的洗漱用品，漱口杯是竖着两只兔子耳朵的款型，新的毛巾是淡蓝色，上边还印着朵朵小花。

顾白："……"看出来灵蛇夫人是真的很喜欢小孩子了。

顾白想了想，还是默默接受了自己在灵族里还是个幼崽的设定。

反正，像他这样已经能够在人类社会和灵族世界两边挣钱，还养得活自己的老父亲的幼崽，说出去也老有面子了。

少年成才总是最值得父母自豪吹嘘的。

顾白觉得自己能捡个便宜，让他爸面子上有光，顺便刷刷自己在灵族世界的履历，也没什么不好的。

顾白洗漱完了下楼，却只在餐桌边上看到了正慢吞吞喝粥的司逸明。

鱼片粥的清淡香气弥漫在客厅里，带着暖洋洋的、可以称之为"家"的温暖的味道。

顾白轻嗅一口，脸上就忍不住露出了傻乎乎的笑来。

他迈开步子蹭过去，拉开凳子坐下来："司先生，夫人呢？"

司逸明随口答道："三楼晒太阳。"

灵蛇夫人通常喜欢在三楼工作室外的大露台上待着，晒晒太阳见见光，没有太阳的时候，就跑去屋顶的花房里，坐在暖烘烘、香喷喷的花丛里缝一些小手工品。

她除了身负神兽的重任之外，最大的爱好就是跑去各种各样的儿童福利院和儿童医院，把她平日里缝制的小玩意儿送给那些可怜的小宝宝。

今天天气很好，太阳探出了脑袋来，这会儿灵蛇夫人正在三楼的大露台上舒舒服服地躺着。

"夫人看过我的草稿了吗？"顾白问。

"看过了。"司逸明点了点头，"她说不错。"

顾白美滋滋地喝了三碗粥，又吃了两个水煮蛋，还觉得没饱，但在别人家里，他又不好意思再开口了。

他摸了摸肚子，干脆站起身来，拍拍屁股准备上三楼去把画架扛下来，然后直接对照着实景过一遍草稿。

司逸明抬了抬眼皮："站住。"

顾白脚步一顿。

司先生站起来，又去冰箱里拿了些面包和果酱出来，然后教育顾白："没吃饱就说，怎么都不会让你饿着。"

成长期的幼崽食量有多大，灵蛇夫人可了解了。

当年灵气充沛灵植遍地都是的时候，大家的成长期基本上都不长，但绝大部分神兽是接受过灵蛇夫人的投喂的。

所以她还做了一些面包，还有传统的包子、花卷、馒头，还有自制的果酱。

原材料用的自然是蓬莱山那群兔子勤勤恳恳种出来的灵植。

顾白被重新拽回餐桌边上，而司逸明已经进了厨房，把灵蛇夫人包好了放在一边的八十来个饺子挑了二十个扔进了沸腾的锅里。

顾白看了看手里的面包和桌上的果酱，又看了看进厨房里煮饺子的司逸明，忍不住窃窃地笑了几声，声音小小的，还带着哼哼唧唧的尾音。

司逸明听到动静偏过头，就看到顾白正低着头给面包涂着果酱，入目的侧脸所透出的愉悦和快活挡都挡不住。

真是个好忽悠的小崽子，司先生搅动了一下锅里翻滚的饺子。

只要得到一点点善意，顾白就能笑得像朵花一样灿烂。

司逸明想着顾白的笑脸，心情也忍不住跟着变得轻快了一些。

人类的从众心理还是有点道理的，看到小崽子高兴，他也跟着感到了愉快和轻松。

最近在白虎的建议下开始琢磨起人类心理的司先生一本正经地想着。

冰箱里还有灵蛇夫人做的甜辣酱。

司先生把那二十来个饺子捞起来，又把甜辣酱拿出来，放到了顾白面前。

司逸明没有照顾过幼崽，也早就忘记自己当初食量有多大了——总之是不小。

他看着已经吃掉了五个面包、小半罐果酱的顾白，心里有点没底："这些够吗？"

顾白瞅了瞅那二十个白白胖胖的饺子，又感受了一下自己的肚子，然后不好意思地摇了摇头。

司逸明又起身，继续去煮饺子。

蒸包子、馒头、花卷这个技术性都有点强了，司先生干不来，只能煮饺子。

最终八十个饺子全都摆在了餐桌上，顾白才点头表示足够。

司逸明没有对顾白的食量表示任何惊讶，坐在顾白旁边，撑着脸瞅着他吃东西。在顾白吃下了最后一盘饺子，餍足地眯起了眼的时候，司逸明开口说道："昨晚上……"

顾白心虚地缩了缩脖子，看了一眼司逸明。

看到司先生竟然皱起眉的时候，顾白心里"咯噔"一下。

他好像真的惹司先生生气了。

顾白垂下头，小声说道："我就是……昨晚上很有灵感，就……"

司逸明没说话。

顾白仔细思考了一下司先生可能生气的点，最终小心翼翼地试探道："我以后不熬夜了。"

说完他又小声补充："尽量。"

司逸明有些好笑。

放刚认识的时候，他眉头一皱，顾白都已经吓得连话都不敢讲了，这会儿不但敢讲话了，还敢跟他谈条件了。

事实证明，不管是人类还是灵物，"恃宠而骄"这四个字的确是通用的。

司先生瞅着顾白，看得顾白越来越心虚，在心里火速思考自己还有哪里犯了错。

可是除了昨天没有去睡觉而是悄悄上了三楼画画之外，顾白感觉自己并没有犯错。

顾白抬头瞅瞅司逸明，被司逸明的注视逼回去，又抬头瞅瞅他。

司先生是关心他，顾白知道。

就是因为清楚这一点，顾白就特别特别心虚。

司逸明看着不敢看他的顾白，良久，才慢吞吞地开口说道："熬夜会长不高。"

顾白一愣，抬头看向司逸明，一眼就看到了司逸明脸上明显的笑意。

顾白呆了两秒，难以置信地瞪圆了眼，看着司逸明。

司先生竟然吓人！

恶趣味！

顾白鼓起了脸，鼓到一半又憋了回去。

的确是他让司先生担心了，顾白承认自己的错误，而且司先生这么笑起来可真好看。

顾白这么想着，跑去三楼把画架和自己的工具箱扛了下来，然后跑去庭院里，找到了那座假山。

石碑在假山一侧，正对着围墙，除非谁特意绕过来，不然根本看不到那块平整的石碑。

顾白靠着墙站着，架高了画架，开始比对着实物景象调整自己的草稿。

顾白的草稿已经成型，单纯一张线稿，其中也包括了粗略的背景，这会儿他正在针对实地做调整，并且细化，添加上光影与明暗的对比。

顾白站在外边，这一调整一细化就折腾了一整天。

这是一幅比较偏向于魔幻与色彩运用的画作。

画面上方，一片厚重的铅灰云层之中有几道撕裂天际的枝杈般的闪电。

在玄武的正上方，一团灰黑的雷云剧烈地翻滚，巨大的滚雷在云层之后透出亮光，穿透了厚重的云层，充满了混浊的压迫气息。

而其下，水纹沸腾汹涌，玄龟破水而出，龟甲斑驳，水流如瀑，灵蛇轻柔地缠绕在玄龟身上，尾部翘起锋锐的线条，直面头顶的滚雷以示警告，头却微微低垂着，凝视着玄龟，轻吐蛇芯，含着说不出的似水柔情。

玄龟正昂首长鸣，驭使着脚下无垠的水域，掀起了汹涌澎湃的水墙，将缠绕着他的身躯的灵蛇牢牢护住。他身上的龟甲遍布伤痕与裂纹，而缠绕着他的灵蛇身上却鳞片细腻，没有丝毫的损伤。

顾白反复调整修改着角度和细节，好不容易觉得妥了，落下了最后一笔。

还没有上颜色，但光影明暗却已经足够呈现出一个完美的画面。

厚重的水墙隔绝了天与地，滚雷将落，而其下背负苍天的神兽岿然不惧，甚至还有闲心发发"狗粮"。

顾白看着这张画，感觉满意极了。

他麻溜地拆下了画板，抱着板子跑去找了司先生。

"司先生，司先生！"顾白冲进了客厅，显得无比活泼。

他把画板举到了面前："您看这个怎么样？！"

司逸明闻言，仔仔细细地看了一番，目光落在了那被顾白用光影着重强调出来的斑驳的龟甲与灵蛇细腻、毫无瑕疵的鳞片上。

这两者彼此缠绕着，这对比便越发明显了。

司逸明微微一怔，觉得会画画的文艺派抓重点的能力就是跟他们这样热爱打架的武斗派不一样。

以前他还真没发现玄龟和灵蛇之间有这样的细节。

"很好。"司逸明由衷地夸赞道。

他有一定的鉴赏能力，但对于细节的发掘，的确是自愧不如。

顾白被这么直白地夸了，高兴地蹦了两蹦，脸上大大的笑容像一团初升的小太阳："那我去给夫人看看！"

司逸明点了点头，看着顾白抱着画板屁颠屁颠地上了三楼，之后就一直没下来。

得到了灵蛇夫人的首肯之后，顾白就干脆留在了三楼工作室里，开始就着草稿另开一张，上色。

司先生没事干，又发觉灵蛇夫人和顾白都没下来，就在楼下折磨灵蛇夫人家的蒸笼和那些面点。

准备做晚饭的夫人从楼上下来的时候，看到厨房里那被折腾得沾满了面皮的蒸笼，张嘴就吐出了一串省略号。

在重新起草了一张底稿，并且铺上了色之后，顾白在等待颜料晾干的时间里，想到昨夜所见的盛大之景。

他想了想，小心地将这块板拿下来，放到了一旁的工作台上，然后新放了一块画板，从工具箱里翻出水溶彩铅来，又抽了张水彩纸，翻到背面，夹在了新的画板上。

比起水彩，水溶性彩铅有一个非常好的优点。

就是它有着非常清晰明确的笔触和同水彩类似的晕染效果，可控性也比水彩要好很多。

最重要的是，出门在外的人，带一套水溶彩铅绝对比带一整套水彩用具方便得多。

不过顾白这两样都带了，至于壁画的材料，由于司先生当时说目的地有，他就没带。

现在看来的确是有的，灵蛇夫人的工作室里材料都相当齐全，从缝纫、绘画到大型雕塑的工具都有，顾白所在的工作室旁边还有一个衣帽间，里边全都是灵蛇夫人自己设计制作出来的童装，从婴儿到少年的，基本上都有。

顾白也在这个工作室的柜子里看到了很多大牌的颜料，不过他没有用。

自己带来的小盒装水彩完全够用，这种小便宜完全不需要贪。

顾白拿了一支正黄的彩铅，开始打底。

司逸明被灵蛇夫人撵上来给顾白送晚饭，此前还被灵蛇夫人勒令把蒸笼都洗干净。

作为司逸明少有的会带着尊敬态度去相处的神兽，灵蛇夫人勒令得理直气壮，司逸明也没什么意见，把自己折腾出来的残局都收拾好了，顺便端着那些他蒸熟了，但卖相实在不怎么好看的面点送上了三楼。

艺术者进行创作的时候，是相当忌讳被打扰的。

司逸明很清楚这一点，所以上楼的时候手脚很轻，走到顾白背后了，顾白也没察觉到。

司先生端着两碟子馒头，看到顾白正拿着打湿了头的毛笔，轻柔而小心地晕染着彩铅的一些笔触。

司逸明站在顾白身后，看着那幅画面，有一瞬间的愣怔。

那是一幅非常温暖的画面。

画面中有橙红的夕阳和被夕阳渲染出不同颜色的天空与云彩，以及云海之上，被温暖的光所笼罩，而映射出柔软流光的、身披夕阳的貔貅。

跟以往总是威武勇猛，充满了肃杀凶悍之气的貔貅图截然不同。

这完成度算不上多高的画面里，貔貅竟然显出了一丝让他自己都全然陌生的柔和气息，连冷硬的鳞甲也变得莫名柔软起来，淌着暖洋洋的夕阳，被柔暖的光晕所笼罩，在云海之上，整个画面都显得软和而温暖。

司逸明认得出这幅画面。

是昨晚上他背着顾白去幽冥时所见的夕阳。

而顾白似乎是用尽了他所擅长的那些饱和度极高的明亮色彩，让这画面显得格外热烈又温暖。

司逸明看了好一会儿，然后在顾白低头去洗笔尖时，开口说道："怎么不把你自己画上？"

顾白被他突然出声吓了一跳，扭头看了司逸明一眼，然后有些慌张地站了起来，企图把画架上的画遮住。

"挡什么，我都看到了。"

司逸明把馒头放在工作台上，看到了已经晾干的另一面画板。

他拿起一个小馒头，转头塞顾白嘴里。

顾白叼着馒头，想要伸手拿，又低头看了看自己沾着颜料的手，在站在这里和去洗个手之间犹豫了一下，终于还是选择了后者。

司逸明看着顾白叼着馒头跑去洗手，又低头看了看顾白的那幅画。

他觉得顾白大概是给他加上了什么奇怪的滤镜。

好好一头威武的司战神兽，还兼职招财进宝，怎么看都不该是这张画里的样子。

但这幅画出自顾白之手，到底也还是灵画，画里也的确有那么一丝貔貅该有的气息，只不过是完全没了威猛感，而是四处溢散着一股财气。

顾白洗完手捧着馒头出来的时候，看到司逸明低头看着他的画，感觉有点儿尴尬。

悄悄地画人家的本体图还被发现了，这事的确是有点儿羞耻。

"为什么不把你画进去？"司逸明重新问道。

"哎？"顾白一愣，看了一眼画，"我觉得这样比较好看。"

司逸明觉得真要画其实都会好看，顾白的水平摆在这里呢。

他想了想，问道："你平时也不爱画人？"

顾白顿时不好意思起来，低头瞅着被他咬了几口的馒头，小声道："因为带人物的画买的人少。"

司逸明："哦。"

他都快忘记顾白穷苦艺术生的人设了。

司逸明拍了拍顾白的肩："你继续画，我下楼去给你拿吃的上来。"

要说顾白觉得来北方这一趟最满意的是什么，那绝对不是那一晚上的极光，也不是以前从未见过的那些风景，更加不是得知了自己和自己周围的亲朋好友都不是人，而是灵蛇夫人变着花样给他捣饬的食物。

从主食到小零食，顾白就没怎么断过。

在壁画上墙期间，灵蛇夫人每天除了巡逻之外，就是无微不至地给顾白准备各种各样的食物，还顺便给顾白裁了三套衣服，连内裤都没放过。

被打入冷宫的司先生长舒了一口气，觉得自己在北方就没这么舒服过。

灵蛇夫人喜欢看顾白画画，顾白在等材料干的时候，画了一张灵蛇夫人的半身像，彩铅素描，并不十分惊喜，但却被灵蛇夫人欢喜地挂进了卧室里，顺便还把玄龟人形的照片交给了顾白，拜托他再画一张。

顾白推辞不过，收获了三套衣服，多帮忙画一张素描这个事，自然是答应的，并且非常迅速地画好了。

司逸明看了一眼那两张带着灵气的画，又看了看画上了草稿铺上了底色的石碑，目光最终落在了顾白身上。

"身体有没有觉得不舒服？"他问。

顾白稍微感受了一下，摇了摇头："除了吃得有点儿多，没有别的异常。"

成长期吃得多不算什么事，等到成长期一过，顾白又会恢复以前那种猫胃。

"如果感觉不舒服了一定要马上说。"司逸明提醒道。

灵画对作画者总是有一定的损耗的，要么是精神容易疲累，要么是肉体容易感到虚弱，再不然就是跟白泽一样，强行画画，榨取本元。

打从认识以来，顾白画画虽然没有停过，但对于他们这群神兽而言，其实算不上多少。

白泽当年画精怪图画了近百年，画到黄帝都快"嗝屁"了才画完呢，顾白这样的强度实在是小菜一碟。

但鉴于顾白还是幼崽，司逸明觉得他有必要细心提醒，好好观察顾白的状态。

"谢先生刚刚给我发了三个单子。"顾白说道，"都是人类的。"

司逸明顿了顿，说道："先别动手，过来，我教你用灵力。"

顾白画画习惯性引导自身灵力流入画里，虽然他无意识的行为，但其实也是灵画的一种辅助技巧。

但灵画最重要的还是作画者的本源中正纯和，再辅以一定的技法和灵气，或是添加一些灵植所做成的绘画材料，才能作出一幅灵画。

道理司逸明都懂，但是先天所限，就是画不了。

给别的人类和别的灵族画画，就用不着费那么大功夫了，如今的环境里，分毫的灵气都值千金。

司逸明本质还是非常小气的。

顾白对于学习灵力这个事非常好奇，结果开始学习的第一天，天还没亮他就被司逸明从床上刨出来，拎到了三楼的大露台上。

司先生告诉他："盘腿，闭眼，面对东方，灵台……嗯，思想放空，冥想。"

顾白愣了两秒，拍拍屁股照做之后，不负众望地坐着睡着了。

以顾白的人类思维，完全不知道对于天生地养的灵物们来说是本能的冥想要怎么操作。

失败了三天之后，司逸明没办法，找了灵蛇夫人一起来。

然而两大一小三个天生地养的灵物，折腾了快一个月也没折腾出什么名堂，顾白在作壁画间隙都已经把谢致交给他的三张画给画完了。

然后壁画也画完了，顾白对灵力的使用依旧一点儿进步都没有。

司逸明看着怎么都感受不到灵力的顾白，难得地感受到了疲惫。

小崽崽在身为灵物的锻炼成长这一方面，简直笨拙得像榆木，不，榆木都要好一些，简直笨得像块石头。

司逸明看着顾白跟灵蛇夫人告了别上了车，然后尿唧唧地缩在后座，不敢讲话。

尿唧唧的原因，是他清楚地意识到自己死活都学不会夫人和司先生教的冥想。

哪怕司先生和灵蛇夫人都不介意他笨，但顾白还是控制不住地有点儿蔫了。

从小到大，顾白还没遇到过这样死活都摸不到边的问题。

这都不是努力就能够克服的困难了，这种玄妙的事情，他就是个不得其门而入的门外汉，怎么努力专注都抓不住那一丝气机。

话又说回来，气机到底是什么玩意儿，顾白根本不知道。

灵蛇夫人和司逸明也说不出个具体来。

顾白向爸爸和另外几位求助，竟然也得不到一个确切的答案。

这个东西对灵族来说，好像就等同于呼吸一样，是写在本能里的。

"这是灵蛇夫人给你的报酬。"司逸明把那瓶毒液交给了顾白，"是毒液，以后要是遇到了危险，直接砸掉瓶子就行，包括不小心遇上了邪气魍魉之类的东西。"

顾白这会儿连婉拒的话都不敢讲了，默默抬头，默默伸手，默默收下。

"没关系的。"司逸明安抚他，"等回家了，带你去问问那两个修真的人类。"

顾白点了点头，把画好了准备带回去的那几张画小心翼翼地都收好了。

在历经了数天的车程和半天的飞机之后，顾白跟着司逸明重新踏上了 S 市的土地。

不知是不是错觉，顾白很明显地察觉到脚下的地面传出了一声低沉的龙吟，像极了司先生本体咆哮时的声音。

司逸明带着顾白去了榆木那里定制画框。

然后在顾白跑去一边挑木材的时候，司逸明问老榆木："你觉得顾白是你们木族的小辈吗？"

老榆木闻言一愣，推了推自己假装成是老花镜的平光眼镜，看了那一头的顾白一眼，然后摇了摇头。

"不像咱们木族的，但亲切得很。"

他这样说着，想了想，用脚掌轻轻踩了踩脚底下的大地。

"像是这个。"

木族大多愚钝，但纯善。

除了极个别的种类之外，通常都是非常踏实的类型。

木族虽然极少出彩和优秀的大能，但在某些方面，却有着得天独厚的优势，比如地质勘测，比如珍稀动物保护之类的。

他们对于大地和生灵有着天生的敏感度。

司逸明带着顾白出来的时候，知道了顾白不是木族之后，心里也没轻松到哪里去。

如果顾白是跟土地相关的，那不是更傻了吗？

木族好歹本身就是生灵啊！

土地……指不定更傻吧。

司逸明忍不住想叹气，但是目光在触及顾白的时候，又顿了顿，还是没有叹出来。

顾白灰溜溜地回了家。

回了家之后，他就大大地松了口气。

没有在司逸明眼皮子底下，那种觉得自己智商有问题的念头就迅速被他抛弃了。

顾白觉得自己最优秀的一点，就是沉得下看得开，感受不到气机抓不住灵力的小尾巴这事，他努力过了，做不到也没办法。

虽然在面对司先生的时候会感到一丝心虚和愧疚，但一旦没有面对他了，顾白一下子就轻松起来。

顾白本身其实并不在意自己能不能控制灵气，虽然的确是觉得好奇，可那玩意儿对于他而言并不是什么必须会的东西。

他作为人类都活了这么多年了，也没有什么特殊的能力，不一样过得好好的？

虽然……他在面对为他头疼的司先生时会有那么点儿愧疚。

毕竟他身为灵族，却不会灵族最基础的本能，的确是个让人发愁的问题。

而且司先生也是担心他不管给谁画都是灵画，会对他自身造成什么影响。

目前来说影响是没有看到的，不过日后怎么样也说不好。

顾白被这么担忧着，一方面觉得心里暖烘烘的，一方面又因为始终都学不会牵引气机而感到内疚。

他并不想因为自己而给他人造成烦恼。

每次看到司先生微微皱着眉认真思考的时候，顾白就控制不住地觉得内疚。

不过现在家里只有顾白一个，这个烦恼从来不留三天以上的人！

当司先生那张脸没有出现在眼前的时候，顾白几乎马上就把这个烦恼抛到了脑后。

他一个多月不在家，家里也没有落灰。

顾白上下看了一圈确定不需要搞卫生之后，就把那张水彩的夕阳貔貅图翻了出来。

这张图是标准的水彩纸大小，顾白家里放着几个这种标准大小的画框。

顾白挑了个白色的，将画纸小心地放置进去，然后抱着画框跑进了房间，挂在了卧室床头的墙壁上。

这张图他才不会卖出去呢。

司先生招财，顾白觉得这张画一定是要留给他自己的。

把画挂在卧室里，说不定他就能躺着看钱飞过来！

顾白一边美滋滋地想着，一边"哐哐哐"地把画挂上了墙，那幅暖洋洋的水彩跟房间温馨的画风还挺搭。

顾白站在床尾欣赏了好一会儿，然后摸着手腕上的黑色编织绳，上了二楼。

那张没有完成的云海夕阳还静静地被布盖着。

顾白看了一眼时间，距离晚饭还早，于是把画架推出来，掀开了盖在上边的布。

油画的细腻程度比他挂在卧室里那张水彩要高得多。

顾白拉了凳子，在画架前坐下来看了好一会儿，正准备起身去准备材料继续画，口袋里的手机就是一振。

顾白一顿，摸出手机来看了一眼，发现是师门群里，老师发了个全体的@，然后发了一个文件出来，文件名字是近期项目一览。

顾白点进去，发现里边总共有三个项目，都是团体项目。

师门群里总共九个人，就算老师亲自出马，也只能接下其中两个。

顾白扫过文件表格里的项目介绍，目光落在了最后一个上。

S市新年元旦时正式开通的新地铁线路，别称文化旅游线，今广邀各界文艺工作者，

发扬华夏文化。

这个项目的邀请，是这条新线路在文化广场站的一个出站口的壁画。

文件下边还附带了出站口附近的照片。

这个出站口修的地方很特殊，出站之后一个手扶电梯就直通博物馆，在上电梯之前直接安检加检票，踏上电梯就等于已经踏入了博物馆。

这本质其实是这个博物馆和地铁站共有的面积，不过壁画项目的发布名义，还是地铁方的。

顾白看了一眼壁画的主题要求。

神话传说，纯手绘，总面积五十平方米，包括材料在内，每平方米六千。

顾白又看了看那条通道周围昏暗的环境和并不算多明亮的灯光，想了想，打了个"3"发出去投票表态之后，就屁颠屁颠地跑去把自己离开之前收好的画具都重新拿了出来。

等到顾白把东西全搬出来整理好的时候，群里的表决已经出来了。

他们是从工期和面积来判断需要组成几人的团队的。

第一个项目大致需要四个人，有三个人表示时间可以配合。

第二个项目则是两个人，遗憾的是没有搭得上时间的人。

第三个项目需要五个人，加上顾白，表决下来刚刚好是五个人凑齐。

老师不参与表决，只负责当中介。

最终学长们接下了第一个和第三个项目，顺便对去深山里浪了一个月的小师弟致以诚挚的问候。

如今已是十一月初，长白山早被白雪覆盖，封了山清了林，除却某部分确认了安全的坡度和范围之外，稍微深入一些的地方早就游客止步了。

不过好在顾白到了灵蛇夫人家之后就有了点儿信号，时不时给他们发几张雪景图、几张山景，还有别的一些看起来挺不错的照片。

得知顾白安全到家之后，学长们都松了口气。

顾白这次回来揣了一堆深山里的天然植物和野味当特产准备送给老师和学长们，这会儿那些东西正在他的手腕上的编织绳里头放着，准备回头快递给学长和老师。

在群里约好了项目谁主事之后，主事的学长从老师那里拿来了联系方式，跟人讨价还价去了。

五人团队，不包材料六千一平方米，说实在的，有点儿低了，除非后续有什么大红包。

不过这种主动找上来的项目通常都好商量，提价一般来说问题都不大。

顾白看着群里学长你一言我一语地叨叨，干脆先不画画了，跑去小区门口，把快递先寄了出去。

等到顾白轻手轻脚地重新跑回来时，主事的学长那边已经得胜归来，重新拉了个小群，聊开了。

　　最终谈下来的价格是八千一平方米，不包材料，虽然对团队的价值来说还是偏低，但跟城市建设扯上关系的，多少都是带点公益性质，预算摆在那里，再提也提不上什么价了。

　　大家纷纷表示接受，并约定好明天就去实地考察顺便签合同。

　　顾白又翻了翻文件里那几张灯光昏暗的实地照片，想了想，打了个电话给灵蛇夫人，询问了一番关于玄武镇守幽冥的事情，又问可不可以把她和玄龟先生画成壁画。

　　灵蛇夫人听了还觉得挺高兴，一口就应了下来。

　　顾白刚挂掉电话，学长的电话就打了进来。

　　是在去长白山之前，跟他合作了那个双人项目的学长。

　　"顾小白！"学长喊了一声。

　　顾白答道："在！"

　　"我之前跟你说的，帝都十二月的展览你还记得吧？"学长问道。

　　顾白"嗯嗯"两声，表示自己记得。

　　"主题出来了，是'自然'。"学长的声音听起来都带着笑，觉得顾白运气真好，"你的那幅夕阳图完成了吗，很贴合主题，刚好能直接用。"

　　顾白也觉得自己运气很好，不过也知道这种大展，通常规定的主题都会比较宽泛，以保证参展的艺术家们不至于集体在开展前疯狂赶工。

　　这样的大主题，很多艺术家从以往的画作里拎一幅出来，就可以通过审核参展了。

　　不过那张夕阳图顾白还没画好，他诚实道："还没有，不过还有一个半月肯定够了。"

　　"那你好好画。"学长叮嘱道，那之后又嘱托了一些小细节，才挂掉了电话。

　　顾白挂了电话，转头就准备上楼。

　　结果他才刚踏上楼梯，谢致的消息又发了过来，说是图的照片已经发给那三个老板了，他们相当满意，其中两个给顾白包了个大红包。

　　按照谢致和顾白的合同，报酬二八分包括红包，但扣掉了那两成，剩下的八成对顾白而言也是一大笔入账。

　　谢致说一不二，马上就直接转了账过来。

　　顾白被这一连串的消息砸得发蒙，最后看着自己银行卡上的余额，忍不住跑进卧室里对着床头的貔貅图拜了两拜。

　　司先生万岁！

　　司先生超厉害！

　　顾白激动地想着，转头就看到了被他放在桌上的精美盒子。

　　盒子里是他给他爸攒的老婆本，就是那一盒子翡翠首饰。

　　顾白想到最近开始频繁回复他短信，且每次都跟白泽擦肩而过的他爸。

　　于是他打开了手机摄像头，准备把老婆本拍给他爸看。

顾白对自己挣钱的能力老骄傲了，谁这个年纪就能自己挣一套帝王绿出来了？！

没有的！不存在的！

顾白满面红光，美滋滋地打开了盒子。

盒子打开的瞬间，顾白的笑容一下子僵住了。

打开的盒子里空荡荡的，只剩下了底托上的装饰。

顾白抱起盒子转头就冲出了家门，跑到了 663 号房门口，"啪啪"按着门铃。

司逸明打开门，就看到之前还蔫蔫的小崽子抱着一个盒子，满脸委屈巴巴还带着点儿愤怒的样子。

"司先生！我的翡翠不见了！"顾白打开了盒子，"好贵的翡翠。"

我给我爸存的老婆本！

司逸明一顿，低头看了看那个盒子，又扫了一眼顾白的小肚皮，最终视线落在顾白巨委屈的脸上。

"被你吃了"这四个字在喉咙口转来转去，司逸明突然就说不出来了。

司逸明发现在灵蛇夫人那里待了一个月的时间，他对这崽子竟然越来越心软。

这不好，这不对。

司逸明想着这不应当，正了正脸色，说道："大概是跑出去玩了，过几天会回来的。"

顾白一顿："真的吗？"

"真的，翡翠玉石这种东西，都有灵的。"

司先生一本正经地忽悠完，看着顾白将信将疑地抱着盒子回了屋，重重地叹了口气，拿手机翻出了老翡翠的号码，拨了出去。

司先生就像不忍心告诉小孩子"圣诞老人是假的"这一事实的老父亲一样，没能忍心告诉顾白翡翠被他吃了这一事实。

因为顾白看起来挺看重那套翡翠的。

其实也好理解，司逸明想，毕竟这套翡翠严格意义上来讲，是顾白正儿八经在展上卖出的第一幅画，也是顾白头一次参加正式展览的收获，意义重大，又很昂贵，顾白把那套首饰当宝贝，完全是正常心态。

哪怕是他们神兽，对于这辈子第一次打架的对象和第一次打赢的架，印象都是相当深刻的，隔着万万年都记忆犹新。

司逸明觉得他要是对顾白实话实说，这小崽崽说不定会当场哭出来。

但老翡翠之前送来的那套帝王绿不是一般的帝王绿。

那是老翡翠为了表示诚意，从自身分出来的，带着灵性的翡翠。

这种翡翠没有灵智，但却有着极其丰富的灵气，其表面也是极美的，哪怕在帝王绿里也算是品相最佳的。

但是有灵气的东西，待在一个成长期的小崽子身边，基本上过不了几天就要凉了。

那套翡翠首饰其实在顾白离开之前就已经被他吸收得干干净净，只不过这个时候才被顾白发现而已。

司逸明跟老翡翠沟通了一番，表示想要一套跟顾白那套款式同样的帝王绿首饰。

并且，他只要普通的翡翠，不要老翡翠自己分出来的。

开玩笑，再分一套继续让顾白吃吗？

老翡翠可经不住被这么折腾。

可崽还是要宠的，反正傻傻的顾小白也分不出到底有没有灵气。

司先生跟老翡翠达成了共识，看了一眼顾白的房门，回了屋。

顾白抱着空荡荡的盒子回了家，担心翡翠跑回来的时候找不着家了，便小心地把盒子放回了之前的位置。

毫无疑问，顾白是信任司逸明的。

之前的人参也会跑，司先生和他爸都说人参会跑是本能，有点儿年头的参都会跑，有的地方民间传说人参会跑这个事情确实存在。

既然人参会跑，那翡翠会跑好像也没有什么值得惊讶的地方，说不定也有些地方有这样的民间传说呢。

毕竟他见识少，其实人参会跑这个民间传说，也是前些时候才知道的。

见识少的顾白接受了这个设定，并把盒子打开，方便翡翠回来的时候进盒子。

等翡翠跑回来了，顾白就准备带着盒子去找司先生，麻烦司先生把那些翡翠关起来，不然这么贵重的东西，要是在外边磕着碰着甚至被人捡走了，那岂不是血亏？

顾白把盒子摆好，转头离开卧室，上了二楼。

在知道了那个大展的主题之后，顾白就知道那幅夕阳图他得抓紧一点儿画了。

提前一周提交作品资料加上审核，留给顾白的时间没有多少了，再加上他还有一个新的团队项目，任务并不算很轻松。

顾白坐在画架前，拿起了颜料与油，抽出了画笔。

顾白对于这种紧凑而充实的生活相当满意。

人类就是因为始终在努力追逐时间才屡屡绽放光芒的，灵族因为漫长的生命，反而不会像人类一样努力。

顾白对灵族漫长的生命还没有什么实感，还是按照自己先前的节奏，每天都努力充实自己，埋头画画多多练习，希望自己还能够更进一步。

在触碰到绘画这一行业的天花板之前，顾白是不会去思考生命和时间的意义这种哲学问题的。

不过他也已经考虑好了，如果真的碰到了这一行的天花板，就转头去学别的。

但他真要触碰到这一行的顶端，恐怕很难，毕竟绘画有那么多的分支，油画、水彩、素描、雕塑、水墨等。

顾白觉得要全都掌握精髓攀登到顶峰，没个一两百年是不可能的。

一两百年之后，谁知道绘画艺术会不会有什么新的流派、新的绘画技术诞生呢？

再不济，画够了之后，他还可以去玩些别的。

这世上三百六十行，行行都是值得努力学习奋斗一辈子的，顾白觉得怎么着也不会落到没事干的地步。

他的心态总是相当乐观的，天生就有一种努力向上的韧劲。

顾白坐在凳子上，蘸着白色的颜料，一笔一画稳稳涂抹着细节，颜料层层叠叠，透出厚重的光感与切实的层次。

一团如火的夕阳与被夕阳浸染宛如仙境的云海。

十一月的天开始变得阴沉了，二楼的大画室里灯大开着，将画室照得透亮。

这种冷冰冰的灯光跟当年集训的时候倒是挺相似，顾白抬起头来的时候，恍惚像是回到了被艺术生们誉为"暗无天日的噩梦"的集训。

绝大部分艺术生当那段时间是噩梦，但对除了画画和学习之外没什么别的追求的顾白来说，充实得不行。

顾白恍惚了两秒又回过神来，伸了个懒腰活动了一下脖子，然后蘸了笔颜料，正准备继续落笔，门口就传来了门铃声。

顾白一愣，看了一眼墙上的时钟，发现已经接近晚饭时间了，赶紧起身下楼去开门。

快到饭点了，大概是司先生或者谢先生来了。

顾白想着，打开门之后却惊讶地发现是余叔，就是那个做定制画框的手艺人。

顾白看着这位头发都泛着些白的老大哥，愣了两秒，意识到对方能够进入这个公寓小区，恐怕也不是一般人。

不，对方恐怕不是人类。

"余叔。"顾白打了声招呼，发觉这位老大哥应声了之后，指了指旁边。

顾白探头一看，发现门边立着的三个画框，正是他今天下午挑好了木料的定制款。

顾白张了张嘴，又闭上。

这个速度，对方果然不是人类。

"您怎么亲自送来了？"顾白赶紧让开了门，"进来歇歇……"

余叔摇了摇头："不了，把东西送来，是想跟你商量个事。"

顾白觉得在门口商量也不是个事，但看余叔这副样子，顾白还是没有继续邀请，而是小心地拿起画框，挪进了屋里。

余叔也开口了："是这样，顾白，我想拜托你帮忙画幅画。"

顾白听着这个要求，也没犹豫，点了点头："您说。"

"就不用太复杂，你给我画一片土地就行了。"余叔叹气，"我的本体虽然不挑生存环境，但是最近的邪气魑魅越来越厉害了，我有点儿扛不住。"

顾白搬画框的动作一顿："您不能住到这里来吗？"

老榆树摇了摇头："那里有我的根，不想走。"

顾白看着余叔这副下定了决心的模样，也不再多说，马上就点了头："我会尽快给您。"

"多谢了。"余叔脸上露出笑容，皱纹拥挤着，透着一股子朴实的沉淀气息，"以后你来我这儿定画框，我都给你免单！"

顾白刚想拒绝，老榆树就腿脚如风，一路刮进了电梯里，那矫健的身姿跟他脸上的老态半点儿不符。

顾白："……"打折就可以了啊。

顾白轻声叹气，扛着最后一个画框进了门。

今天谢先生和司先生都没有来，司先生说是去拜访九单元的那个人类了，而谢先生在事务所里沉迷加班。

没有人陪着一起吃饭，顾白就把冰箱里能直接吃的食品都搬了个空，抱进画室里得了空就啃几口。

啃啃画画到了平时睡觉的点，东西竟然也被他慢腾腾地啃完了。

啃完了顾白还觉得没太饱，大约是因为之前在灵蛇夫人那边敞开肚子吃了一个月，顾白觉得自己的胃口被养大了很多。

顾白想到灵蛇夫人那个时候，基本上一天二十四小时有八个小时泡在厨房里折腾，就忍不住瘪了瘪自己的肚皮。

饿着吧，顾白想。

画画都没空，他哪来那么多时间给自己做饭，撑死了睡前做一做明天早上要带给司先生的小甜点的准备工作。

感觉还有点儿饿的顾白揉着肚皮，跑去做好了几份布丁，放进冰箱里冷藏，然后喝了杯牛奶，洗漱完委委屈屈地缩进了被子里。

明明并不贫穷了，为什么他过得比之前贫穷的时候更加凄惨了？

怎么还带忍饥挨饿这么惨的？

顾白叹气，看了一眼桌上空荡荡的首饰盒子，关上了床头灯。

夜深了，司逸明从外边巡逻回来，凑到顾白的房间窗户外边看了一眼。

司先生今天并没有去拜访九单元那个修真的人类，而是跑去找了老翡翠。

司逸明确定床上的小鼓包睡着了之后，抬起了一只爪子，鳞爪上放着好几颗碧绿碧绿的翡翠，那些翡翠被打造成了挂坠、耳坠和戒指，在夜色下呈现出迷人的墨绿色。

那一颗颗迷人的墨绿翡翠，被貔貅小心翼翼一颗一颗地托起来，然后运着灵力，把那套首饰放进了盒子里。

将这一切做完之后，司先生一言不发地转身离去，挥一挥衣袖深藏功与名。

顾白第二天早上醒过来的时候看到翡翠回来了，美滋滋地盖上了盒盖。

时隔一个月，顾白投喂司逸明的日常又在九州山海苑六单元六楼上演了。

谢致打着哈欠走出门，站在走廊上刚准备伸个懒腰，就看到了楼下的楼下正捧着个盒子的顾白和正端着一份大布丁的司逸明。

这两人在说着些什么，声音不大，但架不住谢致身为神兽耳聪目明。

谢先生听到顾白说："一个月没有做甜品了，不知道退步没有。"

司逸明慢吞吞地吃了一勺，而后说道："一样。"

顾白露出了笑容，怀里抱着个精美的盒子。

"翡翠不会再跑了吧？"他问道。

司逸明一边吃布丁，一边点了点头。

"谢谢司先生！"顾白闻言，高兴地抱着盒子跑回了家。

听完了全程的谢先生看了一眼跑回去放盒子的顾白，发现顾白现在浑身上下都透着一股子貔貅的气味。

要不是他知道顾白不是司逸明的崽，都要以为顾白是只小貔貅了！

谢先生对上了司先生抬眼看过来的视线，一咂舌："司先生，翡翠不会再跑是怎么一回事？"

司先生说得理直气壮："糊弄顾小白的借口。"

谢致顿了顿，又问："那顾白浑身都是貔貅味是怎么一回事？"

司逸明想到了之前谢致翻出来的刑法，在面对谢致的时候态度就没有那么平和谦虚了。

他嗤笑了一声："浑身貔貅味怎么了？顾朗都没意见。"

有意见也被他打没了，司先生得意扬扬地想。

谢致难以置信地看着说完就关上了门的貔貅。

顾白背着包，在电梯里遇到了一月没见的谢先生。

谢先生用一种充满了愧疚与惋惜的眼神看着他，看得顾白浑身都不得劲。

"顾白。"谢致把声音放柔了，"如果需要法律援助，我一定义不容辞。"

顾白一愣，犹疑了一瞬："嗯……谢……谢谢您？"

谢致沉痛地拍了拍他的肩膀，带着一脸不忍直视的表情，大步走出了电梯，进了自己车里。

顾白背着包，站在十一月轻微的风里，冒出了满脑袋的问号。

第 10 章
小泥巴

目送着谢致的车开走，顾白开始思考他是不是也该找个时间去把驾照给考了，顺便买台车。

他兜里存款抠着点儿，也能买台十几万的小车车了。

顾白低着头，一边把他刚刚拍的翡翠的照片发给了他爸，一边查起车来。

他看了一堆车的报价和评论，又去查了查最近的油价和保养之类的费用，最终放下了手机，决定还是去买辆电动车。

自己开车不如坐地铁，毕竟 S 市高架经常堵车，堵到能让人把膀胱都憋炸。

限行都没有什么用。

还是地铁好，便宜方便不堵车，虽然有点儿挤。

顾白决定这两天就去买辆电动车，顺便把他肖想了很久的家庭式小型打印机的订单也下了。

有了电动车，至少他来往于地铁站和小区之间要方便很多，不用靠着双腿走过去。

这一次工作的地方来回不怎么方便，顾白得转两趟地铁再坐四站公交车。

顾白下了公交车骑了辆共享单车，顺着导航哼哧哼哧地一路找过去，好不容易找到地方，距离约定好的十点钟已经迟到了十分钟。

八点就出了门的顾白叹了口气，哪怕已经在群里说明了情况，在见到学长们和老板时的第一件事，也依旧是道歉。

老板那边早就拟好了合同，在按照协商结果改正了报酬数额之后，老板拿着学长已经签好了字的合同，带着他们去看了需要作画的墙面。

总共三面墙。

手扶电梯左右两边加起来大约四十五平方米，穹顶不算，正对着手扶电梯上边的是一个悬挂式广告屏，届时所播放的将会是博物馆里的一些展品的广告。

除此之外还有另外一面独立墙，在上了扶手电梯之后就能看到，宽三米、高两米，是用来分流人群的。

按理来说这面墙应该是场馆广告墙，但从踏上手扶电梯开始其实就等于已经踏入了场馆，所以场馆广告直接被放在了手扶电梯下边的入口处。

博物馆因为要保护藏品文物，灯光大都是特殊设计挑选的，绝大部分展厅里显得昏暗。

并且针对不同的藏品，还会使用不同颜色、不同明亮度的灯光来让藏品得到充分展示。

"所以，为了让游客有一个相对舒适的过渡期，在电梯这一段，我们所使用的灯光明亮度就要偏向昏暗了。"跟在老板身边的负责人解释道。

这意思就是，他们在做壁画设计的时候，一定要考虑到灯光的问题。

说到底还是为游客服务，最优先考虑的不是壁画的质量水平、风格和画面要求，而是客户体验。

要在 S 市立足，口碑是相当重要的一环。

实质上就是商人本色，主事的学长表示这完全可以理解："我们到时候可以把符合光线要求的设计稿一起给您。"

负责人露出个笑容来，继续给他们讲解。

顾白跟在学长们后边，拿着相机找角度使劲拍。

这个博物馆负责人挺好，还给他们腾出了一个工作室，工作室里有一个小隔间，里边安装的就是博物馆将会装在电梯那一块儿的灯光。

光偏昏暗，但对于只需要在灯光底下调色控制色差和灯光展示效果的这个专业团队来说，完全够用。

等到负责人和老板走人了，板着脸一本正经的学长们霎时间放飞了自我，齐刷刷回头看向了低头正整理着照片的小师弟。

顾白一抬起头来的时候，就发现他被学长们给包围了，背上的包也被人拎了起来。

顾白吓了一跳，忍不住往后退了一步。

胖学长拎着顾白的包，美滋滋地问："布丁呢，布丁呢？"

顾白松了口气答道："第二个拉链的大包里。"

学长们分好了布丁，一起在这个除了工作台之外没有桌子的工作室里席地而坐。

正在顾白以为他们要开始琢磨怎么做设计，并且已经拿出了笔记本的时候，却听到胖学长吃着布丁，开口就是："咱们小白是不是长高了？"

另外三个学长齐齐点了点头："长高了不少吧，二次发育抽条了，看来出门旅游一趟收获不小。"

顾白拿着笔和本子，愣了好一会儿，忍不住摸了摸自己的脑袋。

他还真没注意到自己的身高变化。

学长们从工作台下边的抽屉里翻出了卷尺，给顾白量了量。

"哦哟！"胖学长惊呼，"竟然长了六厘米！"

"从到我肩长到我下巴了。"

"竟如此令人嫉妒。"胖学长拍了拍自己的肚皮，"年轻真好。"

"嫉妒你昨天晚上半夜还爬起来煮东西吃。"

胖学长晃晃脑袋："那是顾小白寄来的山珍！放久了不新鲜了，不吃浪费。"

顾白听着学长们你一言我一语地聊天叨叨，忍不住眯着眼笑了起来。

他依旧喜欢这样的热闹，在经历过灵蛇夫人全方位无死角的慈母式照顾之后，就更加贪恋这种人类所特有的温情了。

可惜，他爸是指望不上了。

可能他爸给他找个后妈会稍微改善一下这个情况。

不过就爸爸那副样子……不管是长相还是家底，只怕没姑娘有勇气往他面前站了。

毕竟他爸时时刻刻都是一副要吃人的凶恶表情，被当成反派和坏人还真不能怪别人。

主事学长心满意足地吃完了布丁，然后把脸一板："行了、行了，赶紧吃完干正事，这个工作量，一个月工期我们勤快一点儿能提早好几天结束。"

一提到正事，几个学长稍微收敛了一点儿，几口吃掉了布丁，开始讨论。

在这里边，对设计尤其擅长的就是主事的学长。

神话传说这个主题其实早八百年就被画烂了，民间传说那么多，很多时候他们出差给某些政府部门做项目的时候，都会搜集到一些当地的文化民俗和不为旁人所知的隐秘传说。

顾白还没干过这些事情，对于神话传说的了解程度还停留在课本和老师随口提到的一些东西上。

阅历和见识是每一个年轻人的硬伤。

这就是为什么从那些巨匠和老前辈手缝间漏出来的一丝光，都能够让向上攀登的新手获益匪浅。

顾白一边感慨自己果然还是见识太少，一边在自己的小本本上疯狂记着笔记。

"顾小白，你有什么想法没有？"学长问。

顾白看看这个又看看那个，虽然周围都是熟悉的人，顾白依旧不太能适应被人这么关注。

他抿了抿唇，深吸了一口气，轻轻点头，小声道："有。"

学长们顿时来了兴趣："说说。"

像这种纯粹的商业项目，老油条们基本上都是抠着脚讨论的。

他们之所以这样从容，是因为很清楚商业的需求是什么，所以提出的构想大多是典故。

原因很简单，这些故事绝大部分国人耳熟能详。

比如夸父逐日，画出来之后，哪怕是小孩子也能指着画对家长说："妈妈我知道这个，是夸父逐日。"

一点儿艺术素养都不需要有，马上就让人对画里的内容心领神会，不会让人觉得"哇好厉害可惜看不懂"然后转头就走。

人家请你来画画，钱是要花得有价值的。

就比如当初吸引了大量眼球的S市艺术博览中心的迷宫墙和3D墙，就发挥了它们应有的价值，吸引了大量的游客来围观合影，给整个艺术博览中心都带来了极大的流量。

虽然有一部分是翟良俊的功劳，不过也是壁画画得好。

又比如那个草原艺术展，针对需求就不一样，那个展览邀请他们去作壁画的根本要求，是希望能够让整个展厅更加融为一体、交相呼应。

再谈及现在的这个，博物馆门口这种项目的需求，首先是光线的过渡，其次是能让人平静下来，再是要勾起人们的兴趣。

绝大部分人，在进入昏暗而空旷的环境时心情会骤然平静，博物馆需要的就是这份平静，平静的同时如果能激起人的兴趣和探究心就更好了。

简单一点儿来说，就是这里的画，首先要能够配合昏暗的灯光，让人感觉平静。

其次，画面要足够有趣且吸睛，同时要方便理解，不应太高深。

最后，画要有能够吊起人胃口和探索欲的一个因素，比如某些能让有一定文化素养的人注意到的细节，能让他们看到，辨认出来，说出来，并引起别人的好奇。

人们带着这份好奇的好心情进入展馆，看展会要更加投入一些，展馆里的整体氛围都会好上很多。

博物馆开馆虽然大多是想要收点儿门票钱，但其实也有那些希望大家都能够得知每一件文物和藏品背后的故事的心思在里面，至少不想让人们满脸懵懂地看过就走。

要知道，因为文物的故事隐藏在那些藏品的每一个花纹、每一道裂痕里，希望大家能够听听它们的故事。

对于细心地维护和保护这些东西的人来说，这样的小心思大概就是他们对大众最高的渴盼了。

顾白听着学长们的构思已经完全囊括了让人平静和简单易懂的画面这两点。

最困难的点在于怎么调起游客的好奇心。

听完了学长们拿着负责人给他们的资料袋分析了一下这次的项目需求，顾白犹豫了一下，还是在学长们鼓励的注视下，将想法说了出来："你们都知道玄武吧？"

…………

讨论散场的时候是下午三点，顾白揣着笔记本重新背上了背包。

笔记本上写着一些学长们的意见和建议，而顾白则跟学长们一样，回去出一张设计稿，设计稿给三天时间，三天后交负责人，过了就直接上墙开搞。

　　顾白的想法没有被直接采纳，大概是因为极光和人类轮回也是他们头一次听到。

　　为了不打击顾白的积极性，学长们各自提了建议，让顾白也出一版设计稿出来。

　　顾白自然知道学长们是在照顾他，并没有什么意见，背着包回家的路上看到了一家书店，还跑进去买了五本销量最高的言情小说，扔进包里美滋滋地背了回去。

　　家里那些书谢先生应该已经看完了，带几本新的回去，他应该会很开心。

　　顾白揣着书高高兴兴地回了家。

　　在回家之前，他敲门去问了司逸明，余叔的本体是什么。

　　得到答案并邀请司先生今天来家里吃饭之后，顾白把背包里的书放进了客厅的小书柜里，脱掉外衣上了二楼。

　　他今天并不打算先画那边的设计稿，而是先把余叔要的画画好。

　　打从知道了邪气魑魅就是以前夜里出窍时看到的那些黑漆漆的东西之后，顾白就对这个东西抱着十二万分的警惕。

　　余叔找他来说最近邪气魑魅越来越厉害他要扛不住了，那在顾白眼里就是生死攸关的大事，推迟不得也马虎不得。

　　昨天余叔走后他就打了个底稿，这个底稿是顾白随手画的，纯幻想，连个参照都没有。

　　一片土地，姑且就可以理解为风景画。

　　风景画里通常有什么？

　　天空，大地，水流，青青的草地，葱郁的树木和远处的群山。

　　顾白随意地挥洒想象，画好了草稿之后，就准备开始铺色了。

　　土要是肥沃的黑土，有翠绿的草地和繁花，一条川流如同一条银色的光带，从高山上倾泻而下。

　　远处有层峦群山，群山之后，还有一棵极为高大的、直入云霄的树木。

　　顾白低头蘸了蘸颜料，在调色盘上蘸水抹了抹，往那树干上一涂，马上就收回了手中的画笔。

　　他低头看了看自己手中的笔，愣了愣。

　　"怎么蘸成紫色了？……"顾白小声嘟哝，洗掉了笔上的颜色，换上了正常的棕色。

　　棕色抹了几笔，他又怎么看怎么不对劲。

　　"这棵树的树干应该是紫色的才对。"

　　他为这个想法而恍惚了两秒，拿着画笔扣着调色盘，看着那画面里直入云霄的树木，一下子不知道怎么下手了。

　　顾白比画了一下画里那棵树。

　　为什么这树在群山之后，还这么高啊？

　　顾白迷茫地看着自己亲手画出来的画，竟然想不起自己昨天为什么会画出这么一棵树了。

他发了好一会儿愣，直觉肯定有哪里不对劲。

顾白沉思许久，干脆把手上的画笔和调色盘一放，跑去找镇楼神兽了。

顾白秉着他爸和翟先生对他"有事就找司先生"的教导，非常乖巧切实地进行了实践。

顾白本身也清楚，他对灵族的世界一无所知，瞒下什么异常不上报，万一真折腾出了什么大事，那给人家添的麻烦可就不是如今这样的小问题了。

虽然他总是因为零零碎碎的小麻烦去拜托人家的确不太好，但零零碎碎的小麻烦，总比一发不可收拾难以挽救的大麻烦要好得多。

顾白走到玄关，也不准备换鞋了，穿着一双居家拖鞋推开门就往外走。

司逸明听到门铃声的时候，也正巧在玄关准备去顾白家，门铃一响，他就拉开了门。

顾白被这速度惊得一怔，在看到司逸明的时候还有点儿没反应过来。

但不过短短一瞬，顾白就仰着脸对司逸明露出了笑容："司先生，有个小问题。"

他这瞬间的愣怔在司逸明眼里是相当明显的。

司逸明一直都觉得顾白相对于很多机灵的灵族来说有些傻还十分迟钝，反应和头脑总是要比其他人稍稍慢上一拍。

虽然比之普通的人类来说顾白已经是相当聪明的了，但在同类里就显得很不够看。

现在想来，这感觉的确是没有错的。

顾白大概是受了天性影响，反应总是要比其他人要迟滞一些。

这种情况很正常。

玄龟的反应比顾白还要慢上很多，说好听点儿，那叫从容沉稳。

如老榆树所说，如果顾白是跟土地相关的灵物的话，这迟钝到有点儿傻还异常耿直但不贪心的赤诚心思，倒是有那么点儿意味了。

司逸明向来喜欢这类灵族，或者遇到了这样心性的人类，即便是一向不太喜欢人类的貔貅，态度也会好上许多。

司逸明跟着顾白往他家走，顺口问道："出什么问题了？"

"我给余叔画了张画，他昨天来找我，问我要一张有一片大地的画。"顾白一边走一边解释道，看着司逸明从鞋柜里拎出拖鞋来换上，继续说，"我觉得理解成风景画是没有问题的，所以就随意想象着画了一张。"

司逸明换上鞋，点了点头，跟着顾白上了二楼。

二楼的大画室里横排摆着三个画架，一个是那张夕阳图的油画架，一个是顾白腾出来准备之后画设计稿的画架，还有一个，上边摆着顾白给老榆树画的那张风景画。

顾白拉着司逸明的衣袖，指了指最后那张画，显得有点儿紧张。

"我现在已经记不清当时为什么会画这幅画了，大约是觉得有山有水有天空有草地就行，但是为什么画面是这样的，我想不起来了。"

顾白说着，又仔细回忆了一下自己昨晚上一边吃东西一边摸鱼打草稿时的想法，发现那个时候脑子就是一片空白的。

他觉得应该是这样，所以就理所当然地画出来了。

"我还觉得这树应该是紫色的。"顾白小声说道，"但它也太高了。"

可那树在这画面里，却又出奇和谐。

顾白瞅着那幅画，忍不住打了个抖，转头看向司逸明，紧张得声音都有点儿干巴巴的："司先生，我是不是出什么问题了？"

"那是建木。"司逸明点了点那棵被顾白涂了一笔紫色又涂了一笔棕色的树干。

顾白马上抬手摸了摸脖子上挂着的木雕小貔貅。

灵蛇夫人之前告诉他，这是建木的树皮雕的。

"建木？"顾白重复了一句，"可是我没有见过啊。"

"你应该见过的，只不过那个时候你还没诞生而已。"司逸明倒是很能理解这么个套路。

天地灵物从无形到有形到正式诞生到能够自由活动，都要经过十分漫长的时间，这漫长的时间里会有各种各样的意外。

司逸明也对自己无形时的记忆没啥概念，偶尔做梦的时候能够梦见一些荒古的景象，睡醒马上又忘记了。

"这里。"司逸明指了指顾白画的流水，顺着流水往上，轻轻点了点远处倾泻这流水的望不见峰顶的高山，说道，"上古时的不周山。"

"这里应该是在不周山的西面或者南面，我记不太清了。"司逸明微微沉吟了一会儿，然后反应过来，转头对顾白说道，"这真要算的话，你年纪也不小了啊顾小白。"

顾白听得一愣一愣的，听到这话，抬头看了一眼司逸明。

他犹豫了好一会儿，才小声问："那我多大了啊？"

"当时的不周山万万年前就塌了，它塌了之后建木也跟着被压垮了。"

现在的不周山已经不是能撑住天的不周山了，而是当年留下来的残骸。

司逸明看着顾白，转换了人类的计算方式，说道："你少说十亿岁了。"

顾白顿了顿，张了张嘴又闭上，最后还是没憋住："十亿年前地球连生命都没有，哪里来的这些草、木、花？"

"人类还说世上没有灵族，结果呢？"司逸明说完，又看了一眼顾白这幅画，只觉得画里灵气膨胀得相当厉害。

看来放空了一切思绪随心而为的画作，更能让顾白投入一些。

也可能是因为画作里的内容是当年灵气充裕到连呼吸都能修炼的上古时的景象，跟顾白恍惚的记忆相呼应，所以灵气膨胀得几乎要透出来。

司逸明又看了看顾白，发觉顾白身上的灵气并没有什么异变。

看来顾白跟白泽的确不同，画了不周山和建木还没受到丁点儿影响。

司先生对这个发现感到十分惊喜。

"没事，继续画吧。"他拍了拍顾白的肩，"不过现在该准备吃饭了。"

顾白被司逸明轻推着下了楼，还有点儿担心："我画这个，会有影响吗？"

"不会。"司逸明拉开冰箱拿出两个土豆来，"点墨山河，就是屃景，是要以天地为幕来作画的，你这个画出来了，也就能让老榆树和另外几个木族把本体放进去。"

顾白知道不会对现实造成什么影响，顿时松了口气。

"那我要什么时候才能画屃景呢？"顾白从司逸明手里拿了个土豆开始削皮，轻声道，"您和翟先生他们，不都是希望我能够画屃景的吗？"

还有其他灵族也是，这一点倒不是顾白自己想出来的，他的小脑瓜还不至于深入想到这里去。

这是顾朗告诉顾白的，意在告诉他家乖崽，这帮神兽也不是什么清白纯洁的老好人。

司逸明没想到会从顾白口中听到这个问题。

他削土豆皮的手一顿，转头看向他身边正垂着眼同样在慢吞吞地削土豆皮的顾白，看着他那副平静的样子，意识到在这件事情上，不能把顾白当小幼崽来看了。

他正了正脸色："是，我们是希望你能画屃景。"

屃景是不受邪气魑魅侵扰的，还可以保留像上古时那样充裕的灵气。

画出来是什么样的，只要这屃景不被刻意损坏好好维护，里边就可以一直保持什么样。因为普通人类进不去，那些生于人类邪念的邪气魑魅也进不去。

等到屃景画好了他们直接往屃景里一钻，就能彻底跟人类分隔开来完全独立生活，人类爱咋咋去，邪气魑魅也爱咋咋去。

要不是现在要跟人类分享同一个世界，谁愿意替人类镇着这些邪气魑魅啊？

等到有屃景，只要这天地不跟上古时一样垮了，他们就能在屃景里生活得有滋有味。

想想屃景的好处，他们希望顾白能够画屃景，有错吗？

没有。

"你介意这一点？"司逸明问。

顾白一呆："介意什么？"

"画屃景这事。"司逸明说道，"按照人类的思维来说，这叫利用。"

顾白被"利用"两个字给砸蒙了。

顾朗跟他乖崽说这事的时候，顾白其实压根没有理解顾朗真正的本意。

顾白得知了这个事情之后，脑子里就一个想法。

他要更努力一点儿，争取早日画出点墨山河来回报司先生和翟先生他们对他的照顾。

"利用……"顾白艰难地理解了好一会儿，也没能理解其中的意思，"利用我什么了？"

司逸明体贴地给他解释："利用你的感激来替我们画屃景啊。"

"……"顾白沉默了两秒问道，"那你们对我好是想利用我吗？"

司逸明马上摇摇头："不是。"

是看你很可爱，司先生在心中这样想道。

顾白一下子放松下来，露出了笑脸："那就行啦！你们对我好，我也想报答你们呀，除了画画没有一技之长，要是能够画出蜃景给你们帮上点儿忙我很高兴！"

司逸明看着顾白又开开心心地削起了土豆皮，觉得这傻孩子别人说啥信啥以后可怎么得了，又觉得被这么信任着心里暖洋洋的。

司先生轻叹了一口气，把顾白手里削好了皮的土豆拿过来，放到案板上，熟练地抽出了菜刀："切片切丝还是切块？"

顾白打开冰箱看了一眼，想到今天报餐的人数，答道："切丝。"

厨房里传来"咚咚咚"的声响，炖着汤的高压锅时不时"刺刺"两下喷出几缕气来。

顾白烧干了锅下油，油热了把姜、葱、蒜和干辣椒扔进去爆香，"刺啦"一声，香气一下子在厨房里炸了开来。

谢致来的时候发现门没锁，推门进来换好了鞋之后，踏入客厅一眼就看到了厨房里两道和谐的身影。

他将手里的公文包放到了沙发上，扫了一眼沙发旁边的小书柜，一眼就看到了新放进去的五本新书。

新上市的这几本畅销言情，他还没来得及去买。

谢致看着正炒菜的顾白，忍不住笑起来，眼睛都弯成了月牙。

这样暖洋洋又诚实体贴的小崽子，谁不想对他好呢？

谢先生心情颇好地跟厨房里的两位打了声招呼，把顾白放在二楼的那三幅需要交货的画搬了下来。

最后一幅画搬完，谢先生发现沙发上瘫了一只狐狸精。

狐狸精最近累坏了，但在顾白把菜端出来的时候，还是非常坚强地爬了起来。

"顾小白。"坚强的狐狸精气若游丝道，"有没有什么能推荐的设计师啊？"

翟良俊的灵族物流公司已经准备踏出第一步了，但他不只要在灵族中间折腾而已。

都是物流，人类的钱为什么不赚？！

何况灵族在人类社会里也都是上头有人的那一挂！

但想在人类里折腾这种东西，比灵族这边更加麻烦，比如，他得注册商标。

没有商标的翟良俊最近到处跑着疏通了关系，现在就差一个商标了。

顾白闻言，认认真真地给翟先生推荐了好几个团队和个人设计师。

谢先生看着这两个凑在一起，干脆进厨房把剩下的几个菜端出来。

在去端最后两样菜顺便装饭的时候，谢致一进厨房就看到司逸明微微眯着眼，有些不太高兴地看着跟顾白凑在一起的狐狸精。

谢先生胆大包天："看什么？难不成你还吃翟良俊的醋啊？"

"胡说八道！"司逸明怒斥道，"翟良俊不是什么正经狐狸。"

谢先生想说翟良俊最近为了得到黄亦凝的认可已经正经多了，就等着事业有成揣着戒指求爱订婚了呢。

刻板印象要不得。

但他还没来得及开口，司先生就皱着眉头补充强调了一句："我这是长辈对小辈的正常担忧！"

这话说完，司逸明感觉不太得劲，眉头忍不住拧得更紧了一些。

"行吧。"谢先生说道，悲悯地看了一眼司先生，"你高兴就好。"

在得知并不会对自己和周围有什么影响之后，顾白最终没有对画面做出改动，而是顺着自己最诚实真实的想法，把那张要给老榆树的画给画完了。

肥沃的黑土，丛生的花，看不见峰顶的高山，通天贯地的、巨大的紫色树木。

司先生说这画里的灵气都快蹦出来了，但顾白看不出来。

他看着那画，只觉得构图饱满色彩丰富，硬要说有什么特殊之处，大概就是那画里的色彩太过于丰富了，可这丰富的颜色糅合在这个画面里，却一点儿都不别扭违和。

顾白对色彩一向敏锐。

他将这图拍了几张照，好方便上电脑吸色，对应颜色做几套色卡出来。

这相当于他对自己这幅画作的一个经验总结了，画画这条路上，有一丁点儿明显的突破和领悟，都是非常值得高兴的事情。

顾白将那张干了的画拆了下来，看了一眼时间，把画小心地装在画板里，背着画板屁颠屁颠地把画送去了余叔那里。

"余叔，你要的画我画好啦！"顾白进门就高高兴兴地说道。

老榆树没想到这画能来得这么快。

他看着顾白进门，看着顾白打开了画板，又看着顾白小心地拿出了一幅画。

一股让老榆树感到通体舒泰的灵气骤然迸发！

那是许久没有嗅过的灵土的芬芳，这股气息在老榆树极为久远的记忆里存在着，末法时期赶上了成精末班车的老榆树激动得直哆嗦。

"是灵土？"他道，又深吸了口气，"是灵土啊！"

顾白茫然地看着激动得不能自已的老榆树，在周围看了一圈，压根没见着什么土。

他低头看了看自己画的肥沃的黑土地，心想总不能是说这个吧？

"您看看这画您满意吗？"顾白将画拿出来，走到了老榆树的工作台前边。

顾白来的时候老榆树在雕小佛像木雕，可小可精细了。

但这个时候他却直接将桌面上的东西随意堆到了一边，哪怕掉到了地上，也不见老榆树分出一丝视线去。

顾白看着老榆树宝贝兮兮地铺好了那张画，弯腰将掉在地上的那些细碎的工具和小

木雕都捡了起来。

老榆树的屋子里很干净，这些东西落在地上也没见沾上灰尘。

老榆树轻轻触碰了一下画面上平整的土地与那一条银带似的河流。

顾白起身的时候，看到他的手都在发抖。

顾白一顿，抬头看向这位外表年纪看上去已经不小了的老榆树，发现对方脸上老泪纵横，还要避开画，生怕眼泪滴到画上去。

顾白吓了一大跳。

"您这是怎么了？！"顾白惊愕地看着他，手里还拿着小木雕，整个人不知所措。

交个货而已对方这么真情实感的吗？！

顾白把手上的小木雕放回了桌上，抽了张纸递给老榆树，给他擦擦眼泪。

"我还以为……以后再也碰不上灵土了。"老榆树说话声音沙哑，忍不住摸了摸画，又小心翼翼地收回了手，擦干了眼泪，扭头直接从一旁的柜子里搬出了一个早就准备好的画框来。

他深吸了一口气，努力平静了心绪，手也不抖了，也不让顾白插手，就特别小心地准备装画。

顾白站在一边，估计老榆树这是相当满意这幅画的表现了。

但是跟一眼就认出了画里的是不周山和建木，甚至画面主体大概是不周山西面的司逸明不同，余叔并没有认出画里的山和建木。

看来余叔其实很年轻。

顾白感觉自己真是占了这张娃娃脸的大便宜。

"灵土这种东西，以前这里也有的。"老榆树一边处理着画一边说道，"院子里我的本体所扎根的地方，本来就是一片灵土。"

生长在灵土之上的就是灵植，灵植相对就比较容易生出灵智，还有一些土的、木的、小精怪。

老榆树能成精，便是托了当年那片灵土的福。

"但那些灵土，消失得可快啦。"老榆树轻声叹气，"我就看着人类做了开发，把那些灵土全都挖走随意处理，暴殄天物。"

树木对于土地的感情跟别的种族都不一样，他们以此为生，与土地相互扶持互相养育，彼此之间可以说是非常亲厚的。

自己赖以生存且养育他成了精，脱离了普通树木范畴的灵土被挖走了，对此无能为力的老榆树感觉十分难过。

他有几百年没有看到过新的灵土地了。

"听说蓬莱山蜃景里有。"老榆树絮絮叨叨地说着，"但是那群兔子精为了保证自己赖以生存的蜃景不被破坏，除了那些给予他们庇护的大能，根本不让别人进去。"

蜃景归根结底还是画，画里的世界也是需要维护的。

兔子精们不随便给人进去，这点完全能够理解，但这并不妨碍老榆树随口抱怨。

"不过如今咱们也有你啦。"老榆树说着便开心了起来，小心翼翼地将画扣进画框里，高兴地说道，"身为友族，以后还是希望你多少能行个方便。"

蜃景就不敢想了，其他灵族异兽肯定是要抢破头的，他们木族在这种事情上根本就不占优势，还是不争慢慢等待好。

老榆树将画框合上，愉快地看着手中的画作。

"你要是得了空，多画几张能养护木族本体的灵画也是极好的，就像这张。"

顾白看着他手中装好了的画框，疑惑道："友族？"

"是啊。"老榆树扛着画框准备到院子里去，一听顾白这个问题还有些疑惑，不过马上反应了过来，"你年纪小可能不清楚，简单点儿说就是土木相生，我们木族枯叶什么的落在土里也能肥土啊。"

顾白看着老榆树一边说着，一边将画搬了出去，忍不住低头看了看自己的双手。

"……"

难不成我其实是个小泥巴精？

顾白看着自己的手蒙了好一会儿。

小泥巴精就小泥巴精，好像也没什么不好的。

顾白抬头看着院子里的老榆树一挥手，把院子里那棵长得异常茂盛的榆树直接拔了起来。

顾白瞪圆了眼，然后就看到余叔拖着那棵榆树，直接往平摆在地上的画砸了上去。

接着那棵茂盛的榆树瞬间溃散成了点点绿光，光天化日之下，一股脑儿地涌入了画中。

等到老榆树重新扛着画回来的时候，顾白的那幅画里，便多了一棵极为繁茂的榆树，它并没有选择在水边待着，而是选择了远离水岸的地方。

"已经蹭到边界了，你这灵画的范围不大。"老榆树有些遗憾。

背后的群山竟然翻不过去，要能过去的话，他绝对把本体藏进群山里头，谁都别想找到。

顾白没见过这种架势。他之前正儿八经画的灵画，都是画好了给人家镇着阵点用的，这种直接把自己的本体砸进去的操作还是第一次见。

他满脸茫然加发蒙还带着一点儿小震撼："我……不知道应该怎么画大一点儿。"

"啊，别放心上，我随口一说。"老榆树笑了出来，一张皱巴巴的脸上满是慈祥，"以后来定画框不收你的钱，就别跟我推辞了，你帮的忙可大了。"

顾白想推辞的话被堵了回来，他又看了看画里那棵远远的繁茂的榆树，忍不住代入了一下自己。

难不成他的本体进去之后就是一坨泥巴？

顾白发誓他绝对没有种族歧视。

但是他真的不太愿意接受自己可能是坨小泥巴精的事实。

顾白决定回去问问司先生，不过在此之前，去附近的汽修一条街里挑了辆便宜的白色电动车，忧心忡忡地骑回了家。

他回家的时候门口的管理员告诉他，他的打印机到货了。

顾白觉得这个事吧，大约是可以消除一部分自己可能是坨小泥巴精这个猜测的悲伤的。

于是他对管理员露出了一个笑容，把包裹往电动车前边一放，慢吞吞地骑进了小区里。

九州山海苑里基本没什么规范的停车制度，也没折腾什么地下停车场，单元楼底下一溜儿车库门直接敞开随便停，一点儿都不怕有人偷车。

顾白看了一圈找插座，好不容易找到了一个，发现停在插座旁边的车相当熟悉，是司先生的。

顾白想了想，胆大包天地把自己的电动车停到了司先生的车旁边，插上插座，扛着新到的打印机上了楼。

顾白刚打开家门，口袋里的手机就"嗡嗡"地振了起来。

他把手里的包裹放下，拿出了手机。

打电话过来的竟然是他爸！

顾白的表情满是难以置信。

他忙不迭地接通了电话，无比紧张地问道："爸爸？你怎么了？出事了吗？饿了？"

"是我，没怎么，没出事，不饿。"顾朗麻溜地回答了顾白的提问。

顾白大大地松了口气，声音低了下来："那你怎么打电话来了？"

顾白知道，比起打电话，他爸是比较喜欢发短信的，因为以前打电话他爸都不接，偶尔会诈尸回一两条短信，不过最近父子两个的短信来往还挺频繁。

然而顾朗却以为他乖崽比起打电话更加喜欢发短信，毕竟看短信记录，这些年来他乖崽天天给他发小作文，看得出不是一般喜欢发短信了。

这对觉得自己都非常体贴对方的父子天天发着短信，心里甚至还十分美滋滋的。

顾朗听到他乖崽的声音，整个人都愉快不少，问："乖崽，你在家吗？"

"我刚回家。"顾白答道，刚准备关上门，就被顾朗阻止了。

"你让司逸明接电话。"顾朗粗声粗气地说道。

顾白一愣，重新退回了门外，问道："你们不是有号码吗？"

顾朗回答得干脆极了，也理直气壮极了："黑名单里，不想拉出来。"

顾白："……"行吧，你们高兴就好。

顾白去按了司先生家的门铃，没出半分钟，司逸明就打开了门。

顾白举起了手机，声音乖乖巧巧小小的："司先生，我爸爸找您。"

司逸明原本平静甚至还有点儿愉快的心情，登时肉眼可见地阴沉下来，把顾白吓得打了个抖。

但他还是坚强地举着电话。

司逸明做好了心理建设之后，接起了电话。

他冷漠道："说。"

顾朗也说得很直白："把你们守门的那只犬妖送过来。"

司先生的声音依旧冷得掉渣："原因？"

顾朗沉默了好一阵，最终语速极快地大声道："白泽不认识我了，看到我就逃，他太能跑了还躲起来了，我找不着他，所以给我送个鼻子灵的来！"

司逸明也没应声，挂掉了电话，把手机还给了顾白。

顾朗的声音不小，顾白的手机也不是什么质量很好的高端机，顾白将对话听了个清清楚楚。

顾白小心地看着司逸明，本能觉得这事儿司先生肯定会同意。

当然，并不是因为他爸的请求……呃，姑且称之为请求吧，顾白想。

主要大概是因为白泽。

果然，司逸明脸色虽然相当不爽，但还是拿他自己的手机打了个电话出去交代了这件事情。

顾白看着司先生的举动，忍不住露出了一个傻乎乎的笑容，然后想起了自己的事，又将笑容收敛了，眼巴巴地看着挂掉了电话的司逸明。

司先生被他盯得眉头一跳，"怎么了？"

"司先生，那个……"顾白眼巴巴地看着司逸明，小声道，"我……我是小泥巴精吗？"

司逸明看着顾白那副压根不想接受现实的样子，还是答道："有可能。"

答完看到顾白整个人都蔫下去的样子，司先生用他令人万分着急的情商催动了一下思维，赶忙补充道："还可能是别的，比如石头精之类的。"

顾白："……"也没有好到哪里去啊！

司先生认真思考了一会儿，看着顾白蔫了吧唧的样子，灵机一动，计上心来，沉声道："还可能是钻石精。"

顾白："……"好像还行吧。

至少钻石精富贵。

顾白看出来司先生在努力地想要安慰他了。

顾白努力打起了精神，决定从今天开始做好自己可能是坨小泥巴精、小石头精或者小钻石精的准备。

司逸明目送着顾白浑身灰暗地回了屋，跟了上去，堵住了顾白准备关上的门。

顾白疑惑地看向他："司先生？"

司逸明也不知道自己干吗来了。

虽然他觉得本体这种东西其实怎么样都好，反正绝大多数时间他们是保持人形的，但是看顾白这副样子，司逸明总觉得他得做点儿什么才行。

至少……他转移一下顾白的注意力？

司逸明垂眼看着顾白，满脸严肃，满脑子都在想怎么转移顾白的注意力。

顾白被他看得浑身不自在，忍不住往后退了退，抬眼瞅瞅司逸明，对上视线之后呆了一瞬又迅速挪开。

"司先生？"

司逸明煞有介事地点了点头："嗯。"

顾白愣了愣："还有事吗？"

司逸明思来想去，然后低头看了看表，发现这才下午一点半。

很好，来等晚饭的借口不成立了。

司逸明再一次陷入了沉思之中，眼睛还瞅着顾白一眨不眨，脑子都快被他翻烂了。

顾白发蒙地看着堵在他家门口的镇楼神兽，像是想到了什么，主动开口说道："我新买了辆电动车，停在您的车旁边充电了。"

"电动车？"司逸明回忆了好一会儿那是什么，然后才点了点头。

这一点头，他还想问顾白为什么买电动车不买台车，实在舍不得，几万块的二手车也有啊。

哦对，顾白舍不得。

司先生一下子就抓住了重点，开口问顾白："你攒多少钱了？"

顾白一愣："啊？"

"我第一次找你画画的报酬，不是一只股票吗？"司逸明提醒道，"你不要再继续攒本金了，攒不完的，直接把现在的本金给我好了，我帮你买股票。"

顾白算了算自己的钱，想到接下来会挣到的钱，有点儿犹豫。

本金越多挣得越多这一点他是很清楚的，他一直就想着多攒点本金再去赚大钱。

但是最近他工作几乎没有空窗期，钱也是大笔大笔地赚。

说本金攒不完，好像是这么个道理。

顾白想到自己挂在卧室里那幅貔貅图，想了想敛财神兽司先生，于是干脆地从兜里掏出了银行卡，交给了司逸明。

但司逸明没接，直接推着顾白进了门："等我一下。"

顾白在门口看着司先生拎着他的笔记本电脑过来。

顾白拿起地上的包裹进了屋，一边拆着包裹，一边目送着司先生进了书房。

他低头看了看包裹里的家用打印机，想到已经快变成司先生的办公室的书房，干脆就把打印机搬进了书房里，然后乖乖把银行卡和密码以及身份信息一股脑儿给了司逸明。

“行了，做你自己的事情去，然后等着发财就好。”司先生说道。

顾白一听，先前的阴郁瞬间一扫而空，两眼发亮："躺着看钱飞过来吗？"

司逸明抬眼看看他，答道："站着、坐着、躺着都行。"

顾白激动地蹦了两蹦，趿拉着拖鞋去给司逸明泡了杯茶。

司逸明看了一眼茶水，又说道："翟良俊那边那个纪录片在筹备了，已经准备开始拍了。"

"好快啊。"顾白惊叹。

司逸明点了点头："资金到位自然是快的。"

顾白问道："第一集准备做什么内容啊？"

"翟良俊说主题是水彩。"

顾白"哇哦"了一声，脸上显出了几分高兴来。

水彩对于外行来说也属于很直观的美，不像素描之类的基本功一样，对不懂画画的人来说，后者就是"哇好厉害"，而前者画好了，是一种非常直观的、谁看了都会赞叹一句的类型。

同时，它又不像其他方面一样艰涩，作为人文纪录片的第一集，是个非常好的选择。

不过纪录片这种东西，除了专业的顾问团队、优秀的导演和摄影之外，文案也尤其重要。

但这一点并不是顾白需要担心的，知道那边很顺利，顾白就很开心。

能够让自己喜欢的东西更加大众化地推广出去，他为什么不开心呢？

能够让那些在艺术这一条道上顽强奋斗了一辈子，却并不为众人所知的老艺术家在荧幕上留下些痕迹，他为什么不开心呢？

这是很值得开心的事呀。

顾白早就忘记了拍这个纪录片的起因，只是单纯为此而感到万分欣悦。

司逸明看着顾白高高兴兴地跑上了二楼，喝了口茶水，浅浅地叹了口气。

小崽子太好忽悠了，太健忘了，也太天真了。

不过也挺好，司先生放下了手里的杯子，嘴角挑起了一丝愉快的弧度。

顾白跑上二楼，正如司逸明所说的，他该干自己的事情了。

比如他该开始动手画博物馆那个项目的设计图了。

对于要提交给学长那边的设计稿，顾白胸有成竹，下起笔来一点都没带停。

顾白很执着，说想画玄武，交上去给审核的稿子就是玄武。

那样令人震撼的轮回之景，不为人所知实在是太可惜了，哪怕人们只当这是传说或者单纯的谈资呢？

又或者人们只是单纯地欣赏这么一幅画作也好。

顾白就是希望更多的人知道，在他们看不到的地方，有那么多厉害的家伙在默默维

持着世间的一切。

即便不被选中放到墙上去，他肯定也是要自己画下来的。

顾白有点小固执地想着，下笔没有一点儿犹豫，直接用水彩上纸的草稿在他手中逐渐成形。

那是一片黑白分明的世界，天是黑的，幽冥也是黑的。

白色的荒原与幽冥界限分明，也笼上了一层暗色。

然后一片黑暗的幽冥上被画笔勾勒出了一只玄龟，它背上龟甲斑驳，漆黑的水流从它背上如瀑流般倾泻，而它脚下的幽冥也沸腾翻涌起来。

它昂首，嘴张开，耳边仿佛能听到源自亘古的长鸣。

顾白看着画面，然后低头开始混起合适的绿色。

水彩的晕染效果画起极光来效果出乎意料地好。

顾白细心地涂抹着，在底部便不再使用晕染的手法，而是勾出了一条蜿蜒的浅绿色洪流，这绿色温柔轻软，洪流之外还有不少落单的成群簇拥着的小光团。

在这条光的洪流最前方，一条花纹艳丽的灵蛇正带领着它们，向着幽冥的尽头一头扎下去。

这是顾白从灵蛇夫人那里所得知的，她的引渡方式。

跟玄龟先生不同，她是直接飞上去牵引着那些亡魂回归幽冥尽头的。

于是顾白将他们都放到了画上。

绿色的光成了这片天地间唯一的光源。

顾白熟练地给画面添加着环境色，然后又在幽冥的尽头用比光的洪流更浅淡的绿色，晕染出了一条水与天的分界线。

顾白把画刷放进旁边的水桶里，看着这幅他几乎没有动脑、完全就是按照当时所见而落于纸上的画作。

这画看起来冷冰冰的，十分昏暗，但又莫名汹涌，一眼看去满心都是沉郁和死寂。

但在那绿色覆盖于上的时候，画面顿时又奇异地生出了一丝温柔的向往来。

顾白长舒了一口气，无比清楚地感觉到自己进步了。

怪不得都说要画自己所了解的、亲眼见过的、被给予过极大冲击的场景和物品，作画者画出那些被自己的记忆和精神赋予了特殊印记的画面时，画面之中的感情会尤为丰富灵动。

就比方说顾白如今画好的这个稿子。

绿色光亮的温柔与热闹几乎要透出画来，他恍惚之时耳边仿佛能听见玄龟的长鸣，一声又一声，悠长而古老。

顾白简直要舍不得把这幅画交上去了。

他坐在画架前边，犹豫了好一阵，最终还是一咬牙，决定上交。

没关系，他以后一定还能画出更好的画来。

他的目标可是以天地为画布，构建一个蜃景。

区区纸上作画而已，他一点儿都不心疼！

顾白想着，忍着心痛，从画架前站起了身。

这次跟以往不大一样，除了稿子之外，顾白还得附带上一些解说资料和设计思路。

顾白酝酿了一番，盘腿坐在放着笔记本电脑的小矮桌前，用一指禅艰难地打好画作介绍的草稿，又对这百来字反复修改润色，最后搜了一圈玄武的资料挑选删减了一番，才满意地拿着 U 盘跑下去准备打印资料。

他下了楼，发现司先生坐在了客厅里。

除了司先生之外，还有一只瘦了一圈的狐狸精。

狐狸精敏锐地捕捉到了属于顾白的脚步声。

他一翻身爬起来，在顾白还没来得及打招呼的时候，一个猛扑过去，看都没看就开始干号："顾小白你一定要帮我这个忙！"

顾白看着一个箭步挡在他面前的司逸明，听着翟良俊的干号，愣了好一会儿，点了点头，意识到翟先生看不到之后，赶忙开口说道："我可以帮忙的，但是翟先生，您先放开司先生吧……"

狐狸精的干号戛然而止。

他惊恐地看了一眼自己抱着的人，一抬头就对上了司逸明的死亡视线。

翟良俊感觉自己浑身的毛都齐刷刷地竖了起来，一蹦三尺高，秒速退到了玄关处。

这真不能怪翟良俊。

因为不管是司逸明还是顾白，都是一身貔貅气味，对于十分信任自己嗅觉和听觉的狐狸精来说，他怎么都不会扑错人的。

谁知道司逸明会突然挡在顾白前边！

翟良俊在司逸明的注视下打了个哆嗦，整只狐狸都怕成了一坨，贴在门边边上，隔着一个客厅喊话："顾小白我想找你画画啊！"

顾白看了看司逸明，又看了看翟良俊，觉得这两人之间的食物链箭头恐怕是永远都改不了的。

他没说别的，干脆地点了点头："没问题啊翟先生，您想要什么样的画？"

顾白说完又很高兴地分享道："我画画又进步啦，一定能比之前画得更好！"

翟先生忍不住也跟着高兴了一小会儿，然后继续待在门边，小声道："就……就画个貔貅，要物业中心那么大的，我回头挂物流公司总部去。"

"很急吗？"顾白问。

翟良俊猛摇头："不急、不急！"

顾白点了点头："那可能得等一段时间，我手上有别的工作。"

"没问题！"翟良俊满口答应。

顾白对于自己又接了个单子这事感到美滋滋的，完全忘记了交易应该提报酬，转头拿着 U 盘，一步三蹦跶地去书房打印资料了。

然后司逸明开口了，说："报酬。"

翟良俊一听是司逸明开口，心口登时一痛。

但他还是坚强地挺住了，一拍胸脯："随便开！"

司逸明眼里的杀气顿时消下去不少，然后他教训道："别乱扑人，你又不是狗，成天抱着别人，黄亦凝看到了会怎么想？！"

翟良俊震惊地看向了司逸明。

我以前扑谁都没见你叨叨过，扑顾小白咋了？！

做神兽不能这么双标的司逸明！

翟先生心中怒斥着这只貔貅，然后看着浑身财气四溢的镇楼神兽，认命地点了点头。

翟先生战胜了恐惧，坚强地蹭了一顿饭，刚吃完碗一放就火烧屁股似的跑了。

司先生看着玄关，冷笑一声，也没跟出去，而是转头跟顾白一起去刷了碗。

"等下跟我出去一趟。"司逸明说道。

顾白一怔，擦干净手上的水："是有什么事吗？"

"带你去见见那两个人类修士。"

顾白之所以无法感受作为灵族本能的气机，大概真的是因为他那完完全全的人类思维。

道理很简单，任何一种动物被特殊化训练之后也会损失一些本能，或者说，理智盖过了本能，习惯了利用理性来思考之后，反而会过度忽略本能的反应。

人类并没有这样的本能，却依旧能够踏上修行之途，必然是有着自己的方式的。

顾白既然是人类思维，那就带他去见那两个人类好了。

九州山海苑里的两个修士都是有伴侣的，也正是因为他们的伴侣，这两个人类才能够住进这里来，才得到了早已失传的修行法门。

小区里最凶残的神兽上门，这两个人类虽然疑惑为什么已经成精的灵族会需要人类的指导，但两个人类还是把他们的经验倾囊相授。

也没什么不能说的，他们的那些修炼法门本身就来自灵族。

顾白被教育了一晚上，从外边回家的时候两眼都发直，脑子嗡嗡响。

"他们说的话你都记住了？"司逸明问。

顾白晃了晃脑袋，点了点头："勉强算是记住了。"

司逸明满意了："那明早就继续尝试。"

顾白也没什么意见，带着满脑子被灌输的骚操作，洗了澡爬上了床。

他得在日出之前就爬起来，然后跑到屋顶上去，面对东方，打坐冥想，按照以前司先生的说法，就是捕捉金乌东来之时的第一缕天地元气。

现在早已经不比从前了，从前的人类修士和灵族还能利用灵气修炼，现在，他们一整天都只能指望那晨光破晓瞬间的一丝细微的清气。

以前的灵石是正儿八经从灵石矿脉里挖出来的，能让他们这些寻仙问道的修行人士和灵族修炼的好东西，现在却成了灵族联合定下来的货币的名字，想想也是非常惨。

十一月的天亮得很晚，但根据天气预报，这几天都是会出太阳的好天气。

顾白清早五点钟就从床上爬起来，洗漱完摸了摸饿得瘪瘪的肚皮，看了一眼黑漆漆的外边，开始折腾厨房填肚子。

成长期的食量大得出乎顾白的意料，他现在画画都会准备一大堆食物，就放在画架边上。

从干粮到饮品，以及能生吃的水果蔬菜，顾白基本上全都装进自己新买的大食品箱里，扛到二楼大画室里，饿了就吃。

饿肚子的滋味实在不怎么样，也不知道他爸这种天生就吃不饱的凶兽是怎么熬过来的。

顾白想着，顺手洗了根胡萝卜开始啃。

胡萝卜很甜，生吃也没有一丁点儿的涩味，一口咬下去就是一股沁人心脾的清甜。

大概是因为蓬莱山那些兔子精比较喜欢吃素，供应出来的各种蔬菜比肉类明显要养得走心多了。

顾白一边啃胡萝卜，一边在厨房里开始揉面团。

等到面团揉得差不多了，顾白又拿了个苹果，套上外套就出门上了电梯，按了顶楼。

顶楼顾白是没有来过的。

他推开顶楼的门，迎面就看到了楼顶上茂盛的花圃，那些顾白认不太清的植物，在夜露冰凉的空气里，传来一丝丝好闻的冷香。

这时天还黑着。

顾白一抬头，一眼就看到了漆黑夜幕之上那颗明亮的启明星。

顾白看了那颗黎明前后总会出现的星星好一会儿，然后收回了视线，找了个凸出来的小平台，盘腿坐下来，面对着东方，闭上了双眼。

他被教授的经验很多，但抓住气机修炼入门这一方面，却只有简单的几句话。

那两位人类修士告诉他，闭上眼，在周围越来越明亮的时候，会看到眼前的黑暗里开始有一些灰暗的色块在移动。

这些色块站在科学的角度来说应该叫视觉残留，是任何一个人类都会产生的正常生理反应。

但在太阳升起的刹那，那些移动的色块里会出现一道极盛的、一闪而逝的紫光。

那一缕紫光就是金乌东来的时候的那一缕天地元气，这个时候就集中精神，迅猛出击，用精神留住它，基本上就成功捕捉了气机，能够将它纳入体内了。

有了气机的认知，就会像是开了窍一样，对很多东西豁然开朗。

不过留住这一缕气并不容易，两位人类当年卡在这一步挣扎了十几年，才好不容易迈出去。

顾白已经做好了长期抗战的准备。

他静静地坐在那里，鼻间嗅到花圃之中传来的冷香，闭着眼也能感觉到周围变得越来越明亮。

顾白看到眼前有许多色块在运动，有环状也有线状，偶尔还会出现像是涟漪一般荡漾开来的奇怪波纹。

他专注地看着这些色块，细心地观察着，而后倏地一抹紫光骤然在他眼前盛开。

一直在等着这玩意儿的顾白头皮一麻，脑子里想的却是揪住这一缕马上就要逃跑的紫光。

他感觉似乎有什么东西蔓延出去了，而后轻轻一钩，那一缕紫光便像是乳燕回巢一般，无比乖巧地留在了他眼前，然后慢慢地浸入了他的身躯内。

顾白感觉空落落的小肚皮一下子就胀满了，甚至还有点儿撑。

他恍惚地睁开眼，发现天光已经大亮，太阳升了起来。

可他眼前的世界却变得不太一样了。

他一低头就能看到天台的花圃里有一团团小小的光在飞舞，最大的有拳头那么大，小的比小拇指盖还小。

除此之外，他还发现头顶的天空并不像以前那样蔚蓝无垠，而是蒙着一层浅浅的、浮动着的黑色阴影，并不浓厚，却让人感到有一丝压抑和不爽利。

顾白愣愣地看着天空，随着太阳升空光芒渐盛，那一层浅浅的黑色荫翳便被阳光驱散，宛如水蒸气一般被蒸发消失了。

顾白低头看了看自己的手掌，清楚地感受到了自己身体里有什么东西在欢呼雀跃地奔涌。

他这是……成功了？

顾白不太确定。

他又看向天台的花圃，那些小光团光天化日之下照旧在飞舞，一点儿没受到影响。

司逸明今天到点了也没等到送甜品来的田螺小白，在扫了一圈顾白家里发现并没有人之后，司先生也上了楼顶。

他刚走上天台，就看到顾白正蹲在花圃边上，看着眼前的花圃，满脸惊奇的样子，甚至还想上手戳一戳。

司逸明走到顾白身边："你以前没见过这些？"

"没有。"顾白听到了司逸明的脚步声，摇了摇头，抬头看向站在他身边的司先生，高兴道，"司先生，我好像抓到那团气啦！"

感受到了气机这个事，从外表上是看不出来的。

司逸明听到顾白这么一说，也挺高兴，点了点头，说道："说了很简单的。"

"你们以前没告诉我那团气是紫色的啊。"顾白说道。

他们根本就不需要去在意那团气是什么颜色啊，甚至都不用专门去吸纳那一缕天地元气了，而是在平时的呼吸之间，那团气就跑进他们的身体里来了。

这对于依赖灵气和天地之气才能成精的灵族来说，压根就不需要特意面向东方去冥想抓取，是跟呼吸一样自然的事。

就像人类不会强调说，氧气是无味透明的，你应该怎么样做才能呼吸到氧气一样。

呼吸对于人类是本能，抓取灵气和天地元气对于灵族来说也是本能。

需要去跟人类学怎么逮天地元气的灵物，古往今来，司逸明就见过顾白这么一个。

顾白并不知道自己有多奇葩。

他伸出了一根手指，见司逸明没有阻止，便戳了戳眼前的小光团，好奇地问道："司先生，这些是什么？"

司逸明看了看花圃，说道："这些是草木的精怪，一般只有早上和傍晚才会出来。"

顾白瞅着那些光团："精怪？"

司逸明解释道："灵气旺盛的地方就会诞生这些东西，草木类的精怪会让植被变得健康茂盛。"

顾白惊叹地看着这些围着花圃飞来飞去的小光团，悄悄伸手拢住了一个小光团，感觉手心暖暖的，痒痒的。

他想到刚刚看到的画面，又问："那那些被太阳晒化掉的黑色的东西呢？是邪气魑魅吗？"

司逸明点了点头。

他抬眼看了看如今已经看不出异常的天空，微微皱了皱眉。

以前邪气魑魅能够活动的时间只有每晚子时一个时辰，换算一下就是十一点到一点两个小时。

但现在，它们已经能够坚持到天亮了，甚至太阳都得照上一段时间，它们才会消失。

毫无疑问，神州大阵的阻挡能力和过滤能力在减弱。

有着这个认知的司先生并不是很担心，因为白泽现在还能在外边摸鱼不回来，看起来是不会出什么大事。

不过司逸明觉得他该准备去跟苍龙和朱鸟聊聊了。

这两个是没有什么长久陪伴他们的器物，得让他们先准备一下能够画上他们的本体并代替他们震慑一方的材料。

"对了司先生。"顾白放开了被他拢在手心里的小精怪，转头看向了司逸明，"我以后应该是会住在这里不走了，所以我想回老家一趟，把那里的东西搬回来。"

"老家里有很多东西的，我还是得自己回去收拾一趟才行。"顾白强调道。

比如他爸这些年来带回来的那些……小玻璃珠和水钻。

打从顾白知道那些小玩意儿并不是普通的东西的时候，他就想找个时间回去一趟了。

但是他爸这些年来回去那么些次数，零零碎碎给他的东西不少，寄过来的运费也便宜不到哪里去。

但是现在顾白手腕上有那根编织绳了，完全可以随身将东西带回来，省去了许多麻烦。

顾白的老家跟 S 市隔得有点儿远，在南方内陆一个十八线小县城里，名字说出来估计都没有人听过。

他一天内来回肯定是不可能的。

"司先生，我可以吗？"

顾白在询问司逸明的意见，因为他现在清楚，自己成长期就像个小灯泡，一到晚上不乖乖待在有大佬或者是阵法护着的地方，是要被吃掉的。

他想回去收拾一下东西，也首先得保证自己的安全才行。

司逸明是看过顾白的履历的，知道顾白的老家在哪里。

他想了想，然后点了点头："可以，我也要去南方一趟。"

四方神兽里镇守南方的是朱鸟，南方人口多，她基本上是腾不出一丝空隙的，而南方最大的好处，就是那些会招来大灾大祸的异兽不多。

加上麒麟、睚眦这种满神州巡视的流窜型神兽偶尔帮帮忙，朱鸟一只神兽掌管着南方那么大一片辖区，姑且还算是忙得过来。

但忙得过来也不是说她就很想加班了。

司逸明准备顺便去找一下朱鸟，问问她有没有什么能够增强她的本源力量、代替她暂时镇压邪气魍魉的东西。

虽然白泽给他们画的肖像也是灵画，但因为当时白泽是量产，并没有花费什么很大的心力，跟顾白全心全意投入去画的灵画效果根本就没法比。

再加上四方神兽辖区又那么大，是没办法跟司逸明一样，一幅六平方米左右的画就能镇住自己负责的阵点的。

玄武有他曾经背负过的象征着苍天与大地的石碑，白虎有那块存在了万万年的猫抓板，而苍龙和朱鸟两个是没有这类东西的。

想要顾白的灵画达到帮助他们镇守一方的效果，怎么都得他们自己拿出点儿东西来才行。

司逸明一边想着，一边问顾白："你准备什么时候去？"

"就今天下午可以吗？"顾白看到那些小精怪一个个都钻进了草木和土地里，站起身来，小声说道，"我整理一下，把设计稿给学长，趁着审核期赶紧回去一趟。"

司逸明点了点头："可以。"

作为超牛集团的董事长，司先生一个月只需要偶尔去开一次会，偶尔过一两份文件踢走几个想搞事情的人类高管。

而把顾白的灵画镇在了阵点之后，他更是可以天天蹲在家里摸鱼睡觉，把以前没睡够的份全都睡回来，一周都不一定要出门巡视一次。

总结一下就是说，司先生最近，很闲。

他随时都可以说走就走。

而顾白是很忙碌的。

他得到了答复之后，就赶紧离开了天台。

天台和电梯之间是隔着一层楼的高度的，中间是二十来级的楼梯。

顾白扶着扶手，脚下飞快，一眨眼就到了楼下的电梯门前。

顾白低头看了看自己的脚尖，又抬头看了一眼楼梯，想了想，在按下了电梯按钮之后，在等电梯期间，转身一抬脚，又蹿上了楼。

司逸明也正准备下去，结果刚一走到楼梯口，就看到顾白蹿了回来，甚至没能刹住车，直接一头撞进了他怀里。

顾白这会儿好不容易到了司逸明肩膀的身高，司先生微微仰起头，避免自己完美的下巴被顾白磕上，刚准备伸手按住顾白，竟然感觉胸口被撞得一阵闷痛。

司逸明蒙了两秒。

顾白一个小崽崽竟然会撞痛他！

他看着后退了一步晃着脑袋一点儿都没觉得痛的顾白，深吸了一口气。

看来头很铁啊顾小白。

司先生想揉揉自己的胸口，但碍于自己超厉害的形象，还是忍住了，开口问道："怎么又跑回来了？"

"司先生。"顾白惊奇地看着司逸明，"我突然跑得好快！"

二十多级的楼梯，他"刺溜"一下两秒就上来了！

司逸明感受了一下顾白身上像是被唤醒了一般翻涌着的灵力，知道这正是当初人类在引气入体之后的情况，只不过人类是被打开了修炼之门，而顾白是唤醒了沉睡的本能而已。

司先生十分冷静，对顾白说道："冷静，常规操作而已。"

可顾白冷静不下来，像是发现了新大陆一样，在楼梯上来来回回跑了好几趟，快得几乎要变成残影，脸上却一点儿都没覆上汗水。

顾白脸不红气不喘，兴致勃勃，甚至还绕着天台跑了好几圈！

司先生慢腾腾地走到电梯前边，在电梯门打开的时候，喊了一声顾白。

下一秒，顾白就出现在他面前，两眼亮晶晶的，脚步无比轻快地走进了电梯里。

司先生看着小崽子活泼的样子，嘴角微微翘了翘，关上了电梯门。

顾白越来越清晰地感受到了灵力的好处，比如思路变得更顺畅了，视野变得开阔了，腿脚都变得有力了不少。

最重要的是，他不饿了。

顾白一边整理着昨晚打印出来的资料，一边琢磨着不知道早上那一口天地元气能不能让他一天不觉得饿。

成长期的食量实在太可怕了，顾白这几天为了填饱肚子，物业隔两个小时就要来给他送一大堆可以生吃的蔬果。

听司先生说，他们以前成长期的时候因为在灵气充裕的环境里，食量虽然也大，但不至于感觉到饥饿。

顾白属于生不逢时。

顾白叹着气，把设计稿夹进了大型的纸张文件夹里，又往里放了一沓打印好的资料和画面分解说明，送去了门口的亭子，准备拜托门口的管理员帮他寄个同城快递。

但今天蹲在亭子里的却是个陌生人。

顾白愣了愣，想到他爸之前在电话里说的把守门的犬妖送过去的话，这才知道顾朗指的就是原来的管理员。

不是熟人，顾白一下子就犹豫了。

他站在亭子外边犹犹豫豫，不知道应该怎么开口。

九州山海苑临时守门的，都是侦查能力非常牛的异兽，他一下子就发现了站在门口的顾白。

"有什么事吗？"新来的管理员问道。

顾白抬头看了对方一眼，露出一个小小的笑容来，然后又迅速收回视线低下头："想……想麻烦您帮我送个……"

顾白说到这里，顿了顿，突然意识到自己手里拿着的怎么说也是张灵画。

把灵画交到不认识、不信任的人手里，人家带着画潜逃的概率是非常高的。

于是顾白抱歉地朝对方摇了摇头，扭头回去，推出了自己的电动车，哼哧哼哧地骑到地铁站，然后跑去了主事学长住的小区门口，亲手把画递给了他，并拒绝了进去喝杯茶的邀请。

主事学长看了看手里的文件夹，也知道顾白对外人胆子挺小的，干脆就拉着顾白在路边的花坛上坐下，直接打开文件夹看了一眼画。

只一眼，他的目光就转不开了。

传统艺术这一方面，从细腻程度和灵活性这一点上，跟电脑板绘作画是很难比肩的，但它有一点，却足够优秀，就是他的笔触以及板绘作画所无法运用的技法。

在很多装饰壁画也干脆选择了电脑喷绘这一方式的现代，传统壁画行业日渐式微。

传统壁画想要吸引普通人的眼球，除非是像顾白之前画3D墙那样，有足够的冲击力和新鲜感，再加上足够重量级的宣传，才能够达到像之前一样的效果。

单凭画面来吸引人的时代早已经过去了，人们更想看到的是新奇刺激的事物，传统艺术无人问津。

但顾白这张图却不同。

它仿佛有着一丝让人移不开眼的魔性，画中的场景跃然眼前，寂静无声的画面却仿佛可闻浪涛与玄龟的长鸣。

哪怕只是一张并没有特别细化的画稿，也一下子就抓住了人的眼球。

学长盯着那画看了好一会儿才回过神来，扭头看了一眼顾白，抬手重重地拍了拍顾白的肩。

后生可畏，他想，顾白这幅画的感染力实在是太惊人了。

学长一直都知道顾白的天分很好，画出来的作品特别有灵气，色彩用得非常巧妙，冷色调的图也可以画出暖融融的感觉。

他的画里不管是怎样的画面，那股努力往前的坚韧几乎都要透纸而出。

这种玄乎的东西，被称作风格。

固定的风格对于一个艺术从业者来说是非常宝贵的东西，极具象征性，也是艺术家这一行业荣誉的敲门砖。

他们原以为顾白还需要再打磨上许久才会绽放出其令人惊艳的光彩来，谁都没想过这一天会来得这么突兀这么快，快到让人措手不及。

"小白，你这个……"学长顿了顿才道，"作为商稿，太浪费了。"

顾白看了看那幅画，很清楚学长为什么这么说。

"没关系。"顾白说完沉默了两秒，然后挺起了胸膛，满脸严肃，"我以后能画出更好的来。"

学长有些诧异。

他认知里的顾白，几乎没有明显展露过这样确切的自信。

他又低头看了看手里的稿子，然后认真看了一遍顾白提供的资料和作画设计说明，长吁了一口气。

"咱们签的不是买断版权，你要是有心拿这画去参展也不算违约，但别的用处就不行。"

顾白点了点头，但是这画到底什么时候有时间去细化，搁他这里还是个谜。

学长拿着画心中还在感慨万千，拍了拍顾白的肩："行了，回去吧。"

"谢谢学长。"顾白站起来，对学长露出了个笑，转身走了。

学长低头看了看自己的手掌，又比画了一下刚刚顾白的高度，抬眼看向了顾白的背影。

他总感觉小师弟是不是又长高了一点儿，整个人都抽条了。

但现在并不是追究这个事的时候，学长低头看了看手里的画稿，小心翼翼地放回文件袋里。

小师弟天赋这么好，进步这么快，自己也勤勉肯练习、肯创作。

跟已经成型的他们不一样，顾白在艺术这一行里还有肉眼可见的光明前景和进步空间，常年混迹在商业项目里只会磋磨他的灵气。

学长感慨着，给老师去了个电话

把小师弟推荐给那些圈中大佬的事，大约是可以提一提了。

顾白的老家在南方一个被山与水环绕的小县城里，环境很好但位置很偏。

跟着司逸明一起到高铁站的时候，顾白还一脸惊奇。

司逸明偏头看他："有什么好惊讶的？"

"就是……惊讶。"顾白非常诚实地说道，"我还以为又会是私人飞机什么的。"

高铁什么的也太接地气了，顾白想。

不过是商务座，好像也没有接地气到哪里去。

司逸明看着顾白："你以为私人飞机能说飞就飞啊？"

顾白茫然地点了点头。

司逸明说："要提前打很多申请航线报告的。"

顾白不懂有钱人的世界，随意地点了点头，摸了摸肚皮，看了一眼时间，记着那一口天地元气能让他坚持多久不饿。

司逸明没有跟着顾白回去，把顾白送到了站，顾白走了，他是要继续前进的。

朱鸟的窝跟顾白没在同一个省。

司先生给顾白准备了好几个阵盘，在他身上挂满了各种各样的宝贝，反复叮嘱了如何使用并且晚上十一点之后千万不要出门之后，才不怎么放心地把顾白放走了。

顾白的老家距离高铁站还有三个小时的车程。

等到他终于到了自家楼下的时候，天已经黑了。

小县城变化不大，那栋印着"拆"字的老旧筒子楼就像是完全停留在了时光中一样，依旧是顾白离开时的那个模样。

五层楼，横排开，一层楼十户，坐北朝南，总共三个楼梯口。

但楼底下的入口连个铁门都没有，空落落的人直接就可以上。

天刚黑下来，这栋横排的足够容纳五十户人家的筒子楼里那么多屋子，竟然只有两三间房子零星透出了灯光。

十一月的晚上已经浸入了几丝凉意。

顾白大二之后就没有回来过了，暑假也是申请留校，这会儿看着那零星的两三点灯光，只觉得冷清得厉害。

顾白记得他爸还在的时候，还经常能听到隔壁阿姨教训孩子的声音。

后来一年比一年安静，等到顾白去省城念高中开始寄宿的时候，楼里只剩下十来户老人了。

现在那十来户老人也没有了，只剩下了两三家住户。

顾白甚至还看到楼里有几个没有搬走的花圈，楼底下地上还摆着两个搪瓷盆，盆里有被烧灼的灰黑色痕迹。

大概前不久，楼里刚走了一位老人。

看着外表几乎没什么大变化的筒子楼，连个行李都没带的顾白轻轻叹了口气。

这大概就是所谓的物是人非吧，顾白在楼下站了好一会儿，头一次察觉到时间的力量。

顾白对着楼底下东倒西歪的两个花圈合掌拜了拜，心想前些日子看到的轮回里，是不是有属于这位老人的一丝光？

他踏上了楼梯，楼梯间的灯早已经坏掉了，顾白仗着夜视能力好，健步如飞。

他家住在三楼，也没个护栏什么的，这种房子很容易进小偷。

顾白拿钥匙打开屋门，一开门就看到屋里被翻得一片狼藉。

他离开的时候盖在家具上的防尘布也被掀开扔在一边，失去了它本该发挥的作用。

顾白对于这种情况并不意外，打从年轻力壮的青年人都一个接一个搬走起，这栋楼就成了小县城里最容易被小偷光顾的地方。

住户出门一趟家里被翻得乱七八糟的情况简直是常态，后来当地刑警大队派人在这里蹲守了一个多月逮了一串小偷，才终于安宁下来。

但像顾白这种两年不回来的情况，是绝对不会被放过的。

顾白习以为常地走进屋里。

老房子不像九州山海苑那样，不住人也不会落灰。

顾白在房子里走了一圈，一脚踩下去就是一个脚印，灰尘很厚，房子里也弥漫着一股发霉的气息。

他按了一下开关，灯没有亮，愣怔了两秒之后，才恍然回神，重新退到门外，把门口的电闸拉开，然后重新进屋开灯。

灯光是暖黄色的，照得家里那一片乱七八糟的场景越发明显。

顾白关上门，也不关注被翻得乱七八糟的客厅，直接进了他的小房间。

他的小房间也没有被放过，只不过这间贴满了奖状，一看就是小孩子的房间被翻找的程度远远不及客厅。

大约是因为小孩子的房间通常不会放什么好东西。

不过床底下放着的那几箱子作业本和以前的教科书也都被搬出来翻了，看得出来入室行窃的小偷还是不愿意放过任何一个可能性的。

顾白拉开了书柜下边的小柜子，把第一层的书和本子都搬出来，然后拉开了后边的挡板，露出了他从小就珍视万分的宝藏。

顾白把里边的几个盒子翻了出来：一大盒子玻璃珠，一小盒子水钻，一盒子各种各样乱七八糟不好放的东西，还有一本册子。

册子里放着的除了弥足珍贵的父子合照之外，还有一些顾白制作的干制植物。

顾白翻了一圈，就只认出他见过的迷榖树的花。

那一大盒子玻璃珠，不对，应该改口称之为灵石了。

顾白掂了掂这一盒子灵石的分量，觉得自己恐怕是发了一笔横财。

之前在灵族集市的时候，顾白注意过司逸明买东西时付出的灵石，一颗灵石可以买十来串烤肉，或者一本《山海经》，或者某些人类世界里见所未见的神奇玩意儿。

一颗灵石的价值很高。

顾白低头看了看自己的盒子，这里边少说千八百颗。

除此之外还有那一小盒水钻。

据翟先生说那是符箓的最高级载体之一，贵得要死，但每次都还是一出就直接被抢光。

顾白打开那个盒子，发现里边竟然已经碎了好几颗水钻。

他愣了愣，扭头看了一眼自己的屋子，轻轻咂舌。

估计来光顾过的不止人类，恐怕还有灵族，不然不至于触发符箓。

顾白把宝贝都塞进手腕的编织绳里，又从编织绳里拿出了好几个阵盘，按照司先生所说的放在了家里各处。

他有心想拿出自己带的被褥来睡觉，但看着这脏得无处下脚的屋子，最终还是认命地打扫起来。

顾白会在这里待个几天，准备去挨个儿拜访一下以前帮助过他的那些好人，然后正式跟他们道个别。

这世界说大不大说小也不小，人世匆匆几十年，也不知道以后他们能不能再见到。

在他要离开这里之前，去见一面，告诉那些对他伸出过援手的人他将要远行了，并对他们曾经的帮助表示感谢，这是礼貌。

之后的两天里，顾白拎着他买的礼品挨家挨户地拜访了那些帮助过他的邻居和老师，看着那些满脸惊喜，面上却已经爬上了皱纹，头上也已长出白发的人，只觉得心里一阵阵难过。

顾白想到筒子楼底下被遗落的花圈和那两个用来烧纸钱的搪瓷盆，此时此刻，万分清楚地意识到了时间带走的东西有多么宝贵。

怪不得灵族总是不爱跟人类深入交往。

哪怕是融入了人类社会的灵族，也时时刻刻都保持着随时能够抽身的余地。

这样的告别要是频繁发生的话，也太让人难过了。

顾白拜访完了那些好人，站在筒子楼底下的坪里，仰头看了好一会儿，眼瞅着左右无人，干脆从编织绳里拿出了画架和凳子，就在那里一坐，抬手画了起来。

司逸明在朱鸟窝里等了两天才等到忙成死鸟的同僚回来。

等到他拿到了自己想到的东西时，距离跟顾白道别已经过去了一周的时间。

顾白还留在那座小县城里，学长那边还没拿到审核的回馈，他并不急着回去，天天就背着他的画板满城溜达，把自己记忆中的人与物都留在了画纸里。

顾白把他想画的地方都去了一趟，画了一圈的速写，最后重新缩回了筒子楼底下，用细致而缓慢的笔触，将筒子楼最热闹的那段时间画了下来。

记忆已经有些模糊了，但他还是有些印象。

那个时候他爸还蹲在家里当煮夫，只要一出门，整个一层楼都会安静下来，号称楼中一霸，有他镇着，当年没一个小偷敢过来。

楼上住着一对新人，门口还贴着喜字，右边的阿姨教训孩子的声音整栋楼都能听到，左边住着个租户，在不远处的汽修厂当洗车工，走廊上一直挂着他怎么也洗不干净的湿答答的工服。

楼下是个老人家，有哮喘，但儿女非常孝顺，天天乐呵呵的，最喜欢太阳好的时候拉着条小板凳，坐在坪里晒太阳。

顾白循着那些稀薄的记忆溯流而上，一笔一笔将那些美好的感情倾泻在画纸上，画画的时候连脸上都忍不住带着笑。

司逸明赶过来的时候，正是难得阳光灿烂的一天。

他揣着朱鸟这些年掉的毛和朱鸟的血跑来找顾白的时候，看到的就是坐在阳光底下，浑身都被柔暖的灵光所笼罩的顾白。

一周不见，学会了吸纳天地元气的顾白又蹿高了几分，这会儿就算是坐着，也可以轻易窥见他修长纤细的体态。

司逸明站在远处看着顾白，只觉得顾白身上好像多出了那么一丝沉淀的成熟气息。

顾白坐在那里，背脊挺得笔直，在十一月的天里只穿着一件黑色的衬衫，袖子还因为嫌弃麻烦而挽了上去。

大概是因为身高猛涨的关系，顾白的牛仔裤显得有些短了，露出了他的脚踝，在阳光和柔软的灵光的笼罩下，就像是发光的白玉一样柔和细腻。

似乎是察觉到了他人的视线，顾白转过头来，看到司逸明的瞬间，整个人像是被点亮了一样，脸上霎时露出了暖洋洋的笑容，冲他挥了挥还拿着画笔的手。

他一挥，画笔上沾着水还没有被匀开的颜料就飞到了他的脸上。

顾白登时手忙脚乱地在旁边的工具箱里翻找起纸巾来。

而司逸明眼前的画面被他的动作打破，他终于回过神来，忍不住深吸了口气：“你在做什么？”

回去的路上司逸明很沉默。

顾白偶尔转头看看他，又被司先生一脸的凝重给吓了回去。

顾白有心想问是不是出什么大事了，但又觉得真要出什么大事他也帮不上忙，不如晚上乖乖待在家里，免得别人为他担心。

他对于灵族来说是很宝贵的，关系着他们的未来。

顾白现在对自己背负着非常重大的责任的认知接受良好。

司逸明偏头看了一眼把椅背稍微放下去，拿出了速写本唰唰画着些什么的顾白，目光扫过他正画着的图，一怔。

画里的人是他，画面里的内容正是他去接顾白的时候的场景。

司逸明看着顾白随意几笔便勾勒出当时的画面，问他："你不是不爱画人物吗？"

顾白听到司逸明突然跟自己说话，抬眼看看他："我这些图又不卖。"

司逸明眉头一跳。

小财迷竟然说不卖了。

顾白仔细打量了一番司先生的表情，发觉已经看不见那份凝重之后，终于放松了。

"因为您在帮我做股票呀，我肯定不会差钱了。"顾白对于司逸明的招财能力信任万分，高兴地提了一嘴自己的规划，"不差钱了就得多积累作品，不然以后办个人画展都没有作品可以摆上去。"

顾白并没有因为自己的种族变了就改变自己的人生目标。

他照旧是热爱画画的，大约是因为小时候想他爸又没照片能看，就自我开发的绘画技能。

能够将理想中的人与物倾注于纸上展示出来，是非常让人愉快的事情。

顾白喜欢做这样的事情，能够用手中的画笔留下时间与记忆，本就该是一件令人开心的事。

他想要记录下他成长的地方，虽然司先生说正儿八经算年龄他都已经十亿岁了，但没有记忆就不作数。

顾白打心眼里还是觉得那座小县城就是他的故乡。

故乡的山，故乡的水，故乡的人与物，都会被他用画笔画下来。

"我还想让大家都知道你们。"顾白轻声说道，"镇守神州这种事，一直默默无闻也太亏本了。"

司逸明看着顾白小声叨叨着手上还不停，忍不住问他："你准备怎么做？"

顾白一顿，想了想道："开个展，独立一个妖魔神怪的展厅出来，把你们的故事都画上去！"

"看的人不多的话，我们可以找翟先生帮忙宣传一下。"顾白打着小算盘，噼里啪啦响，"说不定能收获一大堆的供奉呢！"

司逸明看着顾白这副美滋滋的样子，最终还是没有告诉他现在他们依旧能收获一大堆供奉。

他们这帮神兽可精着呢，跑去几家宗教里兼职蹭供奉的可不少，除此之外还有各种各样的相关传说撑着，该有的全都有。

只不过他们现在正在干的事情并没有为人所知而已。

顾白想画，那就让他画好了。

这么乖、这么体贴的小家伙就该宠着，司先生想道。

顾白不知道司逸明心中所想，还在开开心心地做梦："除了这个展厅以外，我还要做个风景画的展厅！以前白先生带我看过的风景我还没有画完，灵蛇夫人那边的山水荒原我也还没动笔，咱们这山河那么宽广，哪里都值得画下来。"

"不过离我有资格办个人画展还早呢。"顾白瞅着速写本上画出来一个轮廓的司逸明，小小地叹了口气。

司逸明说道："有梦想是好事。"

他说完，将顾白手中的笔和速写本抽出来，在顾白的注视下，手腕挥动，几笔便轻易地勾勒出了一个坐在凳子上的身影。

顾白一眼就认出来，司先生画的是他。

画里的人穿着黑色的衬衫挽着袖子，脸上带着满足而柔软的笑意，拿着画笔专注地涂抹着眼前的图画。

顾白并不意外司逸明会画画这一点。

因为司先生早就展示过他对于绘画这一行的了解，不过大约是很久没画了，司逸明的笔触有些生涩，画完了那件黑色的衬衣之后，渐渐变得熟练起来。

顾白将脑袋凑过去："我是这样的吗？"

司逸明没有答话，手中的笔尖勾到了画中人的身线。

顾白抬头看了一眼司逸明，发觉司先生正微微眯着眼，脸上带着一丝笑意，专注于手底下的线条。

顾白又看了一眼画里的自己，透出了几分稚气。

他忍不住往下拉了拉衬衫的衣摆，又拽了拽显短的牛仔裤："我明明长高好多了。"

司逸明察觉到了他的小动作，便将视线收了回来，合上速写本，还给了顾白："该买新衣服了。"

顾白抱着本子，发觉对方说完这话之后就闭目养神了，点了点头，小声应道："嗯。"

顾白打开某宝随便拍了几个爆款，拍完之后又翻开速写本里司逸明画的那一页，看了好一会儿，抬手摸了摸自己的脸。

他有那么显小吗？

顾白低头瞅瞅自己的双手，又看看自己身上。

　　他脖子上挂着的是极其珍贵有市无价的建木木雕，雕的是貔貅的法相。

　　他手腕上戴着的是绝品的貔貅玉串，这玉串上的貔貅法相，据说还是司逸明古早时闲极无聊打发时间亲手雕的。

　　司逸明手里还掌握着他的财产，在替他敛财。

　　原来是这样，司先生这完全是把他当小幼崽在照顾。顾白恍然，怪不得画里的他显得这么稚气。

九州公寓

下

（全两册）

醉饮长歌 著

醉饮长歌

长江出版社
CHANGJIANGPRESS

图书在版编目（CIP）数据

九州公寓 / 醉饮长歌著. — 武汉：长江出版社，2022.8
ISBN 978-7-5492-8336-1

Ⅰ.①九… Ⅱ.①醉… Ⅲ.①长篇小说—中国—当代　Ⅳ.①I247.5

中国版本图书馆CIP数据核字(2022)第084255号

九州公寓/醉饮长歌　著.

出　　版	长江出版社	
	（武汉市解放大道1863号　邮政编码：430010）	
项目策划	力潮文创·蜜读	
市场发行	长江出版社发行部	
网　　址	http://www.cjpress.com.cn	
责任编辑	江南	
封面设计	Recns	
封面绘制	菊子　景一	
印　　刷	北京盛通印刷股份有限公司	
	（地址:北京市大兴区亦庄经济技术开发区经海三路18号）	
版　　次	2022年9月第1版	
印　　次	2022年9月第1次印刷	
开　　本	710mm×1000mm　1/16	
印　　张	36	
字　　数	830千字	
书　　号	ISBN 978-7-5492-8336-1	
定　　价	75.00元（全两册）	

目录

CONTENTS

第 11 章　　貔貅的宝库　　　　　　　/　001

第 12 章　　朱鸟　　　　　　　　　　/　021

第 13 章　　白泽　　　　　　　　　　/　052

第 14 章　　送你的礼物　　　　　　　/　073

第 15 章　　蓬莱蜃景　　　　　　　　/　096

第 16 章　　玉兔　　　　　　　　　　/　117

第 17 章　　年　　　　　　　　　　　/　145

第 18 章　　息壤　　　　　　　　　　/　166

第 19 章　　古阵　　　　　　　　　　/　195

第 20 章　　星芒　　　　　　　　　　/　227

第 21 章　　光风　　　　　　　　　　/　251

番外 1　　　空巢白泽和旅行的饕餮　　/　275

番外 2　　　宝宝和苗苗　　　　　　　/　280

番外 3　　　乐园　　　　　　　　　　/　286

第 11 章
貔貅的宝库

顾白回家第一件事，就是把司逸明画的那一张画给裁下来。

他将裁好的画放在桌上，一边收拾着塞进编织绳里带出去的那些东西，一边鼓着脸瞅着那幅画。

他哪有这么幼稚……

顾白心里小声嘀咕，垂眼看着桌面，有点儿不知道应该怎么处理这幅画。

他本来准备烧掉毁尸灭迹，但看着那张画最终还是放弃了这个想法，转而把它压进了箱底。

毕竟是司先生亲手画的画，还是很难得的。

顾白把手里的画纸小心地夹进文件夹里，想着万一哪天司先生突然问起他了，难不成告诉司先生这画已经被他扔了吗？

这多不礼貌啊。

顾白将手中的文件夹往抽屉里一塞，就当成无事发生过，拎着整理出来的工具箱，拍拍屁股爬上了二楼。

二楼并不算多整洁的大画室让顾白感到了几分亲切。

对于顾白而言，杂乱无章的环境比起整洁干净的地方更让他有亲切感一些。

顾白把拎在手上的画板打开，抽出夹在里边的画纸，然后又从柜子里翻出闲置的夹子，把那些已经有了内容的画纸挨个儿夹在他以前悬挂好的钢丝绳上。

画板里的这些画是他这段时间以来的写生和速写，有遗留下来的那些草原风景，有大北方的山与荒原，还有这几天他到处乱跑记录下来的小县城的画面。

那些画纸被挂起来，背着光，面对着顾白平日里作画时所面对的方向，在短短的五六分钟里，让原本显得空旷的大画室霎时热闹起来。

顾白满足地看着他的这些作品，感觉心里美滋滋的。

在视野开阔亲眼见证过那些恢宏的景色之后，所得到的感悟、画出来的画与先前那些技巧的堆砌是截然不同的。

比如现在想起初次参展的那幅传承，顾白就觉得那是他的黑历史。

哪怕学长和老师都挺满意的，但如今在顾白自己看来，相当不妥。

顾白拉开了那张被他磨磨蹭蹭画了快两个月还没结束的夕阳图，看了一眼还因为审核消息没下来而在闲聊的群组，默默放下了手机，在即将到来的"死线"的逼迫下，铆足了精神，赶起了工。

顾白的时间表其实排得相当满。

刨除掉这幅要参展的夕阳图不说，跟学长们一起的那个团队工作，是因为他私心想要把玄武的事迹放到人流量相当大的地方。

S市新开的文化旅游线，摆明了就是给外地来的游客开设的一条游览专线，因为S市身为超一线大都市，的的确确是没有什么太多值得游览的自然和人文景点的。

所以这条线路应运而生，每一站所衔接的都是本地相对而言特色浓厚、抑或是有历史意义的站点。

这意味着什么？意味着这条线一旦开放，就会成为旅游热门路线。

能把自己想要传达出去的信息放到这样的地方，根本就是白赚的人流量。

有便宜他为什么不占？！

顾白觉得要是能在这里把玄武极光图画上，那简直就是天上掉下来的大馅饼。

除了这个团队项目之外，谢先生前两天也给他塞过来了两个单子，一个是人类那边的，一个是灵族那边的。

灵族那边的要求很奇怪，说是要一枝常开不败的桃花，给三百颗灵石的报酬。

据谢先生所说，好像是那位灵族客户想要追求一位桃花妖而找上门来的，是当时顾白所看到的，在九州山海苑物业那边排队拿号的第一号客户。

而人类那边想要一幅山水画，出价相当高昂，高到顾白忍不住要擦擦眼睛反复确认才敢肯定的地步。

用谢先生的话来说，顾白现在的名气很大，主要是他之前在S市艺术博览中心的那幅图被竞拍出了天价。

顾白本身的朋友圈子看起来好像又很牛的样子，再加上他对外的代言人还是谢致这个出了名的百发百中的金牌律师，导致很多富商迷信追捧。

什么新锐艺术家，什么天才绝伦的新一代壁画艺术家，什么连司逸明都难求一画等一系列夸张的名头往他身上盖，再加上谢致有意让顾白放缓接画的节奏，更是把顾白的身价炒上了天。

而谢致联合翟良俊那一套以顾白的名义筹备完毕开始拍摄的纪录片，再扯出几个在人类艺术界里混得不错的灵族的大旗，也同时压下了艺术界的微词。

所以顾白是真的很忙，忙得甚至都忘记了每天早上去给隔壁的司先生投喂小零食。

而谢致体贴顾白赶稿忙碌，表示顾小白最近忙，晚饭就不来打扰了，并顶着司逸明的死亡凝视，给物业打了个电话，让物业时刻注意着顾白家的冰箱，千万别空着。

翟良俊自己就忙得要死根本没空回来。

司逸明当然也做不出在顾白忙得要死的时候，还去人家家里蹭饭这种事情。

司逸明突然失去了田螺小白每天早上的爱心甜点，好像突然少了点儿什么。

虽然这种情况在顾白以前沉迷赶稿的时候也发生过，但早上突然见不着人了，司先生还是觉得有点儿闹心。

最闹心的还不是这个。

最闹心的是谢致那一个给物业的电话，让司逸明连每天去给顾白送饭的理由都失去了。

司逸明一闹心，整栋楼里居住的异兽的皮就绷紧了。

恰巧这时候，翟良俊从山里挖出来一批准备在他的物流公司里任职的异兽。

这群刚从山里出来，还不知人类世界变化了多少的异兽，全都被塞进了司逸明所管辖的六单元里。

他们对人类的认知还停留在几百年甚至千年前，一个个高傲得不行，对人类充满了不屑与轻蔑。

虽然司逸明本身也不怎么喜欢人类，但很清楚现在的人类不小心应对是会出大麻烦的，这些灵族的态度不行。

司逸明的套路通常是语言教育一次。

语言教育不行，就是疼痛教育。

总而言之一个理念，不打不成器。

不听话？打到你听话为止。

貔貅最近心烦，打起人来无比凶狠，直接导致楼里新来的那一批住户见到貔貅就浑身疼。

而以前就住在楼里的那些住户，一个个都殷殷期盼着 666 号房的小崽崽什么时候出来安抚一下那头陷入暴躁状态的神兽。

顾白蹲在家里沉迷赶稿了多久，那些新来的住户就水深火热了多久。

他在赶稿的时候按下了锁门的按钮，基本上是除了门铃声什么声音都传不进来的。为了专心赶稿，他连物业直接给他的冰箱补充食物的权限都重新打开了。

等到顾白那边的团队工作终于审核通过，他一大清早拎着刚烤好的菠萝油出门的时候，被突然住满了的公寓楼吓了一跳。

六层剩下的几个房间也住得满满当当的，这会儿一个个安静如鸡，开门关门都只敢轻飘飘的，连脚步声都极其轻柔。

顾白一出门，那些嗅觉灵敏的住户嗅到一股貔貅气，顿时头皮一麻，万分惊恐地扭过了头。

顾白被他们这么整齐划一的动作惊住了。

他刚迈出屋门的脚步一顿，然后沉默地缩了回去，接着，他缓缓地、缓缓地关上了门。

随着他屋门锁扣落下的细微的"咔嗒"声，对门663号房的房门打开了。

顾白刚开了锁，正站在自家玄关处，准备等着那些不认识的陌生邻居都先走了再出去，结果就听到一阵丁零哐啷的声响和几声哀号，除了发出哀号的声音顾白并不认识之外，这种鸡飞狗跳的动静简直谜一样熟悉。

这可不就是以前黄女士和翟先生打架时的动静吗？

哦，还有司先生收拾他们两个的时候的动静。

顾白愣了半晌，透过猫眼往外看，发现是司先生正拿着一串长长的单子，在挨个儿核对揍人。

司先生的声音不大，但顾白还是听得很清楚。

司先生念的那个单子上，全是那些灵族在人类社会里犯的错误。

大的小的都有，小的比如抢走了人类小孩的棒棒糖，大的诸如跟人类发生矛盾把人打进了医院之类的。

虽然他们皮糙肉厚被打一顿不碍事，打完照样能够活蹦乱跳的，但被揍的疼痛是实打实的。

疼痛教育某种程度上来说，对于灵族而言的确非常有用。

从他们最近犯错的单子长度日益变短这件事上，就能够清晰明确地感受到他们的改变了。

但从来没被这么揍过的顾白，看到司逸明揍人的样子还是觉得有点儿吓人。

他听着外边的动静，手握上门把，轻轻地打开了门，然后小心地探了半个脑袋出去。

司逸明动作一顿，抬眼看向顾白的屋门。

顾白愣在原地，被司逸明没来得及收敛的气势吓得打了个嗝。

司逸明一怔，超凶的表情霎时一收。

"要去工作了？"他问道。

顾白点了点头，一边打嗝一边小心地打量了司逸明好一会儿，见他身上那股吓人的威势收敛下去了，然后又犹疑地看向那些转头看着他的人，满脸震惊。

司逸明眉头一皱，恶狠狠道："看什么看！"

那些住户霎时收回了视线，趁着这头巨凶的镇楼神兽似乎没那么凶残的时机，脚底抹油"刺溜"地跑了。

等到那些关注着自己的人都走光了，顾白才松了口气，推开门从屋里小跑出来，把手里拎着的菠萝油递给了司逸明："司先生，刚做好的菠萝油。"

司逸明点了点头，又仔仔细细看了一番好几天不见的顾白，眼见着顾白正以肉眼可见的速度变强成长之后，露出了一个相当满意的微笑。

这个微笑不大，却让那些刚准备离开，还有意无意关注着这里的住户倒吸一口凉气。

怪不得以前就住在这里的住户都天天盯着 666 号房。

顾白原本还想再跟司逸明叨叨几句，结果那股被注视的感觉又跑了回来，如影随形。

他硬着头皮说了两句话，匆忙跟司逸明告了别，扭头跑进了电梯，跟被火烧了屁股似的。

司逸明目送着电梯一路下到了一楼，慢吞吞地吃完了那个菠萝油，拍了拍手上的残渣，然后目光扫过那些把顾白盯跑的住户，露出了一个无比凶恶的神情。

顾白这几天蹲在家里赶稿，连睡眠时间都被压缩了。

但顾白并不觉得疲累，大概是因为他每天早上都会去阳台上等着抓那一丝天地元气，每次熬夜感到疲累了，大早上吸一口，整个人又重新精神抖擞容光焕发。

就是熬夜他会饿。

顾白都不记得这几天他到底吃了多少东西了，有的时候甚至怀疑自己会不会把物业吃垮。

但好处还是非常明显的，不需要顾忌别的事情，他沉下心来画图的效率非常高，即便睡眠时间远远低于正常人类的休息需求，也并没有因为疲惫而倒下。

他的夕阳图只需要再进行一些小小的细化，就可以装进画框里去了。

顾白今天特意带了画框的设计图，打算下工之后去余叔那里挑木料定个画框。

准备去参展的学长过段时间会直接动身去帝都，自己开车去，说是到时候把顾白的画亲自带过去。

顾白背着包，上班高峰期的地铁十分拥挤，他缩在小角落里，低头看着手机。

他的那张设计过审了，甲方表示非常满意，说是物超所值。

学长们这两天一直在琢磨过审的四幅画怎么安排。

群里闹腾得厉害，争个不停，这个说顾白那张画可以加上灯光一起做个跨墙设计，那个说另外的典故设计放在两侧墙壁上显然跟顾白的设计要更加合适些。

顾白看着群里据理力争的四个学长，顺着人潮下了地铁。

这个工作地点距离顾白住的地方实在有点儿远，光一趟就要两个小时。

九州山海苑位处市中心的昂贵地段，而这个新建的文化旅游线路的地铁口，在城郊。

虽然说是城郊，但人流量也不低，毕竟是国际性大都市，缺什么都是不缺人的。

而在 S 市，上班路上花一两个小时基本上是常态。

抱怨这一点是没有用的，大家讨生活都不容易。

相对而言，他已经足够幸运了。

顾白一边想着，一边走出了地铁站，又上了公交车，低头查了一圈交通，发现如果开车的话，车程大约只有四十分钟，还不需要经过每天都限行限号的那些车流量巨大的高架。

地铁反而兜了一个大圈子。

顾白瞅着那几条路的名字，发现这些路都有非机动车道。

他的电动车可以骑出来了。

顾白看了一圈导航，高兴地搓了搓手，决定从明天开始就骑电动车出门。

虽然最近寒流南下了，但是他不会冷呀！

顾白看了一圈已经穿上了厚实大衣的人们，又低头看了看自己身上这件毛茸茸的黄色羊毛衫和腿上的紧身牛仔裤，脚上踩着一双一看上去就漏风的板鞋。

别人都已经开始准备过冬了，他好像还在秋天待着。

顾白发自内心地感受到了不是人的好处，他不怕冷也不怕热了。

这会儿外边的冷风吹着，身上穿得单薄，他也不觉得有多冷。

等到顾白下了公交车哼哧哼哧地踩着共享单车到了地方的时候，悲伤地发现他竟然是最后一个到的。

畏寒的学长们都已经穿上高领毛衣裹上薄袄子了，转头一看顾白那单薄的样子，赶紧把小师弟给拉进了开着空调的工作室，生怕他冻到。

主事学长还皱着眉头，一边给顾白倒热水，一边教训他穿得太少不会照顾自己。

"我不冷。"顾白说道。

主事学长教训道："现在不冷，等你以后被冻出老寒腿就知道后悔了。"

"……"顾白张了张嘴，又闭上，捧着杯热水，最终还是小声重申，"可我真的不冷。"

他的声音太小了，周围的学长又不是耳聪目明的灵族，自然没有人听清他小声的反驳。

空调房里暖和起来了，学长才放过了顾白。

顾白端着那杯暖乎乎的白开水，看着拆开文件袋把四份设计稿拿出来的主事学长，微微弯起了眉眼，屁颠屁颠地凑了过去。

这次项目本来应该相当顺畅。

在顾白的画被发进群里之前，本来是相当顺畅的。

但在看过顾白的画之后，学长们的主要矛盾就在于"小师弟的画到底上哪面墙比较合适"。

之前说过，这一次项目主要是三面墙，手扶电梯两边两面，穹顶不算，再加上一面广告墙。

其中灯光设计也被包揽在内了，等到他们定下了哪个稿子上哪面墙，再去联系场馆方面的灯光负责人，商量灯光的问题。

现在争吵的点在于，顾白这张图是上哪面墙比较好。

一个学长非常执着地想做成配合灯光的跨墙设计，就是头顶灯光做成极光的模样，而手扶电梯的两边，一面是玄龟一面是灵蛇，灵蛇牵引着灯光所化的极光落入另一面墙中，好看又有趣，还能配合甲方要求，让游客适应环境的光亮变化。

而另外一个学长则认为，顾白这张图不应该被拆开，应该是整体一幅，就摆在广告墙上，游客随着电梯的上升能看到壁画的全貌，从极光缓慢往下，窥见玄龟与黑白的大地，还有远处落入海平面以下的光晕。

这种徐徐展开的感觉多美啊！

广告墙背面印上图解，绝对能吊起一堆人的兴趣！

两个学长争来争去互不相让。

顾白和另一个学长站在一边，听谁的都觉得很有道理，墙头草一样只顾跟着疯狂点头。

吵了半晌也没个结果，作为设计的主人还是墙头草，几个学长跟顾白相互看看，最终目光齐刷刷投向了负责主事的那一个。

主事学长认真肯定了一番两方的想法，最终慢吞吞地说道："这画，你们谁能画？"

余下的人齐齐一怔。

"仿技法很简单，但是咱们顾小白的画就是自带一股灵气，这个咱们仿不来。"主事学长说得相当明确，"如果上那两面大墙，我们插手，肯定画不出顾小白的那种感觉。"

他们画不出那种感觉，可不就跟毁了这画一样吗？

所以这画得顾白自己一个人画，其他人打打下手可以，但插手这幅画，不妥。

就灵气来说，他们这些在商业上打滚多年的老油条，除了灵感爆发的时候自己开张新画布画的图之外，那些灵气根本带不到商业项目上来。

没有人仿得出顾白那股自带的灵动和满溢而出的温暖构图，至少他们这四个人里，是没有的。

团队项目通常来说是要统一风格的，至少一个视界范围内的风格一定要统一，这对于团队成员之间的磨合要求就相当高。

顾白到底还是商业项目的经验浅，跟他们磨合的次数不多，所以要么跟着涂一段时间的色块做一段时间练习习惯一下，要么就干脆跟之前一样，放手扔他一个人去负责单独的一面墙。

"所以广告墙还是留给咱们的小学弟吧。"主事学长拍板定论。

不在同一视野内的独立墙面不需要统一画风，只要不格外违和相冲突，就不会有什么太大的影响。

这也算是让顾白的作用最大化，这么一个好苗子在这儿待着，谁忍心让他因为商业需求委屈给他们打下手？

那简直就是资源浪费，暴殄天物！

学长们定好了要上墙的稿件，开始商量着调整配色。

顾白的那张图要打灯光的话，显然是冷色调比较合适的，那他们作为外围的壁画和灯光展示，就需要考虑到外围灯光对顾白那幅画的影响。

而顾白也得考虑到光线对他那幅画的影响。

还有讨论是不是需要使用一些特殊的材料，比如反光性比较强的，或者干脆就是荧光材料之类的。

不过好消息是，室内壁画是可以随意调整灯光的，不需要过于在意室外的光线变化问题。

顾白拿着笔记本疯狂记笔记，然后帮着几个学长一起埋头改稿。

设计稿他是要拎回去自己保存的，同时还没忘记去余叔那里放下画框的设计图，挑好了木料和涂料的颜色。

余叔精神非常好，好像连脸上的褶皱都变少了，红光满面的，整个人看起来年轻了至少十岁。

顾白看到他挂在大厅里的画，画里又多出了几棵树，近处的草地上似乎还冒出了几丛开得绚烂的花。

"那些都是我的老朋友！"老榆树高兴地说道。

顾白看着那画，感受到了一股勃勃的生机，光是这么看着，就觉得身心都放松了。

老榆树去自己的木料仓库看了一圈，出来之后对顾白说道："你要的木头我这儿没存货了，过两天我再去弄过来，你三天之后来拿画框吧。"

他绝口不提要报酬的事情。

顾白有意提两句，但又觉得余叔可能会不高兴，最终乖乖点了点头，想了想，悄悄地放了两颗灵石在余叔的工具箱里，然后趁着老人家没发现，拍拍屁股脚底抹油跑得飞快。

他一路蹿出余叔住的这条狭窄的小巷子，刚一脚踏上大街，眼前就停了一辆一点儿都不低调的劳斯莱斯。

周围不少人认了出来，正举着手机拍照，指指点点议论纷纷。

这车和车牌号顾白可眼熟了，今天早上还看到了，停在他那辆电动车旁边的、属于司逸明的座驾。

车窗放了下来，司逸明坐在驾驶座上，向顾白示意。

顾白一顿，并不疑惑于司逸明是怎么找着他的。

S市在司先生眼中没有任何秘密。

顾白抬眼瞅了一圈周围那些拍照的人，深吸了一口气，微微垂着头，以迅雷不及掩耳之势，蹿进了后座，"嘭"地一下关上了门，隔绝了外边的视线。

司逸明好笑地看着他，一边发动车子一边说道："胆子大一点儿啊顾小白，怕人类像什么话。"

"我不怕人类。"顾白反驳道，想说周围盯着的要是是同类的话，他也尿啊。

但这话他最终还是没有说出口。

顾白看着两边倒退的景色，问道："司先生找我有事吗？"

"就……"司逸明卡了壳。

顾白疑惑："就？"

"……"司先生思来想去，怎么也想不出个理由来，最终干巴巴地诚实道，"就看你这次上班的地方距离挺远的，准备接送你一下。"

"哎？"顾白一顿，"那太麻烦您啦。"

"不麻烦。"司逸明反应迅速，"我最近很闲。"

"不用了、不用了。"顾白怪不好意思，还是直言拒绝了司先生的好意，"我自己骑电动车就好了。"

司逸明："哦。"

堂堂神兽貔貅竟然比不过区区一台电动车。

司先生感觉自尊心受到了伤害。

他晚上在床上辗转反侧，想到自己跟顾白屈指可数的见面机会，顿时觉得这样下去不行。

司先生一翻身坐起来，满脸严肃，穿上拖鞋就直接跑下了楼。

他走到车库，看着停在他那辆劳斯莱斯旁边的白色电动车，面无表情地伸手一扯，把充电头给拔了下来，然后悄无声息地拆掉了电瓶，将罪证往自己爱车的后备厢里一放。

很好！很完美！

毫无痕迹！

这样明天他就可以送顾小白去上班了。

司先生站在黑漆漆的车库里露出了笑容。

顾白对于幼稚的司先生的小动作一无所知。

他难得接到了他爸打来的电话，也非常难得地听到了他爸的抱怨。

他爸抱怨白泽太能跑，抱怨新来的犬妖脚程太慢总是跟白泽擦肩而过，抱怨那破地方走几步就踩进沼泽里。

顾白听着顾朗三句话不离白泽，一边"嗯嗯"应着，一边心里不是滋味。

"那要是抓不住白泽，你回来吗？"顾白问。

顾朗答道："要是饿了就回去一趟，我现在对白泽到底在找什么东西挺感兴趣。"

顾白叹气，刚想再说点儿什么，就听到他爸那边传来了两声犬吠。

"哎那边找着白泽的气味了，乖崽我先挂电话了啊！"

顾白还没来得及回答就听到了一串忙音。

他往床上一倒，鼓着脸看着电话挂断的界面，气呼呼地翻身爬起来，洗漱上床。

顾白想着不用花那么多时间在路上了，于是早上起床之后就多花了一些时间折腾早餐和甜点。

清早门外传来的动静比昨天小了不少，但也是顾白挺久没听见的热闹声音了。

翟先生紧赶慢赶地折腾出了一个正儿八经的章程，交给了那些被他从深山里忽悠出来的异兽，免得他们真的得靠司逸明的疼痛教育来记住人类社会的每一点常识。

这会儿那些新住户正从翟良俊那里领了章程，逐条仔仔细细地阅读着。

谁都不想一直被揍啊！

能够好好过日子他们干吗找揍是不是？！

一群人拿着章程，趁着司逸明还没出门，一个个全都跑没了影。

司逸明今天也心平气和了不少，推开门，抬眼看了看666号房，又低头看了一眼时间，差不多到顾白该出来的时候了。

果然，他刚这么一想，顾白就出了门，直奔着他这里走过来。

司逸明其实很少亲眼看着顾白大清早这么跑过来。

很大一部分时间里，他都是在顾白按响了门铃之后来开门的，然后会跟顾白说上几句话，接着目送着顾白高兴地跑出去上班。

顾白崇拜他，司逸明很清楚这一点。

所以顾白有时间的时候总会跑来叨扰他并上供一份小甜食，就像是从他这里汲取了一份奋斗的力量，聊过天之后就能精神抖擞一整天。

其原因大概是他就是顾白心里那种非常标准的成功人士。

每天早上顾白都会说上几句苦恼，而司逸明负责一边吃甜点一边分析，然后在顾白顺利接受了心理剖析之后，各自告别。

顾白精神抖擞地去工作，而司逸明则精神抖擞地摸一天鱼。

"司先生早上好！"顾白有些蔫蔫的，面色良好，看来今天也是没有放过那一缕天地元气。

司逸明接过了顾白递来的纸杯蛋糕，问道："发生什么事了，不开心？"

顾白犹豫半晌，小声问道："司先生，我爸爸跟白泽是什么关系啊？"

"嗯？"司逸明对于这个提问稍微感到了一丝意外。

"昨晚上……"顾白垂着眼，小声嘟哝。

他话音未落，司逸明捏着纸杯蛋糕，不动声色地看向顾白。

顾白没发现司逸明的异常："昨晚上跟爸爸打了很久的电话。"

司逸明接道："然后？"

"就……爸爸一直在找白泽，我有点儿……"顾白垂下脑袋显得有些失落，然后又深吸了一口气打起精神解释道，"我不是对白泽先生有意见，我就是……"

他就是有点儿不太高兴。

司逸明大概能了解这样的心情。

面前的人三句话不离另外一个人，情感能力正常的生灵心里多少都会不太爽利。

"白泽对顾朗有恩，你知道的。"司逸明一边吃着纸杯蛋糕一边慢吞吞地说道，"而且我们这群老家伙里，唯一一个没有跟顾朗动过手的，就是白泽。"

因为白泽不喜争斗，也的确是打不过，见到凶兽就毫无瑞兽尊严地扭头跑，当然是打不起来的。

"顾朗会捡到你，也是托了白泽的福，所以你没必要吃白泽的醋。"司逸明说得非常直白。

顾白被一句话戳穿了小心思，也不觉得难堪，脸上的失落稍微消失了一些，却还是相当明显。

司逸明看着顾白的表情，几口吃掉了剩下的蛋糕，拍干净手上的残渣，对顾白说道："走吧，我送你上班去。"

顾白一愣，推辞道："不用的，我自己去就好了。"

"你情绪状态不佳，万一出交通事故了怎么办？"司逸明有理有据，顺着杆就往上爬，"交通事故你不会有事，撞到了什么娇弱的人类可是要赔大钱的。"

顾白被唬得一愣一愣的，但还是本能地觉得不会发生这种事情。

"我觉得不会……"

"侥幸心理最要不得。"司逸明说。

顾白这下看出来了，司逸明就是想送他。

司逸明低头一看表，说道："再不走你该迟到了。"

最终顾白还是匆匆忙忙地坐上了司逸明的车，在迟到前十分钟到达了工作地点。

司先生送完了人，回到九州山海苑之后的第一件事，就是把后备厢里的电瓶拎出来，重新装了回去。

他看着那台白色的电动车，又看了看自己黑色的爱车，觉得黑白配还挺好。

司逸明瞅着顾白那台小巧的电动车发呆。

司先生思来想去，最后选择了认识的人类里跟他地位相近的一个年轻人类，当场请教了对方一个问题：如何拉近他和灵族的距离。

对方回得很快："对他说我是司逸明。"

司先生："……"没一个靠得住的。

司先生看着那台电动车，半晌，伸手一摸自己的芥子空间，看着被他拿出来的朱鸟血和羽毛，有了主意。

顾白没想到一下班就能看到等在外边的车。

他跟学长们打了个招呼，刚准备走过去敲敲车窗，车门就直接打开了。

顾白马上意识到，司逸明这是来接他了。

顾白抱着满腔疑惑坐进了车里："司先生，都说了不用来接我……"

顾白的话被司逸明递过来的东西打断了。

"朱鸟的血和羽毛，还有她分出来的一丝神念。"司逸明说着，又拿出了一个文件袋，"这些是朱鸟的资料，你非要亲眼见的话，可以用那一丝神念去做几个梦，但你要用的话一定得我在场才行。"

顾白一愣，随即反应过来这是四方神兽里镇守南方的那位女英雄，也是他要帮忙画的补阵的阵点之一。

原来司先生是来给他新工作顺便接他的。

顾白想着，小脑瓜里完全忽视掉了明明在家里也可以给这个工作，低头翻看起文件袋里的资料来。

司逸明见他看得认真，也不打扰，在一个红绿灯路口停下来时偏头看着顾白，目不转睛地，顾白也没发现。

司先生回头去看了一眼倒计时，然后又重新看向认真翻阅资料的顾白，整个人都有些蠢蠢欲动。

司先生蠢蠢欲动了区区八十五秒的时间，然后在倒计时还剩下五秒的时候，状似随意地问道："顾小白，你有没有什么崇拜的人？"

"崇拜的人？"顾白从资料里抬起头来，茫然了好一会儿，然后两眼一亮，露出个浅浅的笑来，掷地有声道，"我爸爸！"

司先生：哦。

司先生面无表情，在跳到绿灯的瞬间，恶狠狠地踩下了油门。

远在亚马孙的顾朗先生，莫名感到一股刺人的危机感，脚下一个不稳，一脚踩进了一摊淤泥里。

这一脚油门踩得顾白一下子陷进了车座里。

顾白庆幸地摸了摸系好的安全带，看了一眼变绿的指示灯，又瞅瞅不再出声的司逸明，想了想，重新低下头去看资料。

顾白对于朱鸟相当好奇，应该说，他对于闻所未闻的世界都是好奇的。

他手里的资料是司逸明亲手整理的，除了一些为大众所知的资料之外，还有一些只有他们神兽才知道的秘密。

朱鸟，俗称朱雀，居南方，五行主火，其羽若昭昭烈焰，其翼可比日光，顶有三翎，出则云销雨霁，有协人乘仙之能。

后世人见朱鸟翱翔天际，又谓之凤凰，轻啼展翅则百鸟相随，便称之百鸟朝凤。

顾白翻着手里的资料，发现朱雀跟凤凰其实并不相同。

凤凰统御百鸟，朱雀比之凤凰地位要高上许多，因为凤凰是一族，而神兽们全都是天上地下仅此一只，职能上来说比起凤凰要牛上不少。

上古时候，凤凰都只能算是这群神兽、凶兽喜欢啃的野味之一，最后凤凰选择了投效朱鸟，这才没被这帮丧心病狂的天地灵物给吃灭绝。

手里的资料有些厚度，这些资料里有很多小秘密。

比如说四方神兽都跑去道教里兼职吃供奉啦，比如朱雀统领的南方七宿最喜欢窝里斗啦，比如朱鸟那边还留着十几只凤凰啦之类的。

顾白看着资料，这上边大多是文字，因为灵族有个规定，就是不允许留下本体的任何影像资料，特别是那些原形奇奇怪怪的灵物。

所以这份资料里的图片，有且仅有朱鸟人形的照片，还有一卷当年白泽画的朱鸟的画像。

顾白看着那一句"朱鸟窝里还有十余只凤凰养得油光水滑膘肥体壮"，忍不住抬头问司逸明："司先生，凤凰是什么样的？"

司逸明想都没想就回道："很好吃。"

顾白："……"

司逸明反应过来，背书："其状如鸡，五采而文，首文曰德，翼文曰义，背文曰礼，膺文曰仁，腹文曰信。是鸟也，饮食自然，自歌自舞，见则天下安宁。"

顾白愣了好一会儿，觉得这句式有点儿耳熟："《山海经》？"

司逸明点了点头。

顾白想象了一下，觉得现实的凤凰跟想象中的凤凰形象差得有点儿大，甚至还有点儿丑。

他想象中的凤凰，应该是朱鸟那样的。

但是顾白并没有以貌取人，小声问道："见则天下安宁的算是仁兽啦，还吃呀？"

"让天下安宁的瑞兽多了去了，白泽、麒麟都是。"司逸明理所当然地说道。

顾白被这个回答冲击得一愣，努力换位思考了一下，觉得站在司逸明的角度去看问题的话，好像的确是这么回事。

毕竟司先生之所以在人类世界里努力奋斗，是因为没有屃景能给他待着，他们目前只能努力维持这个自己跟人类共存的空间。

等有屃景了，第一个撒手不干跑进屃景里的估计就是这帮加班加点的神兽。

反正只要地球不爆炸，天地不塌陷，待在屃景里的他们就不会受到任何影响。

至于人类如何，那跟他们并没有什么本质关系。

连四方神兽里性情相对平和的玄武都嫌人类数量增长得太快，导致他们的工作量暴增了三倍。

以前他们每年只有一个月要待在幽冥里，现在每年有三个月都得镇着！

他们不镇着轮回就会大乱，到时候造成的恐慌又会滋生大量的邪气魑魅，恶性循环。

要不是他们还得跟人类留在同一个空间里居住，谁要帮忙镇守轮回啊，吃饱了撑的吗？

顾白换位思考了一下，然后又站在人类的角度，想象了一下这些神兽脱离了之后将会面临的境况，顿时不寒而栗。

顾白想到自己的学长和老师，还有以前遇到的那些好人，抿了抿唇。

"司先生，轮回一定要玄武镇守才可以吗？"

"对。"司逸明点头，"不镇着的话，那些亡魂就会被邪气魑魅勾走，重回阳间。"

而那些邪气魑魅又都是人类内心的邪念与恶意滋生出来的，纯粹就是自作自受。

顾白是被科普过这个概念的。

跟很多天性受到种族影响，从成精或者出生的时候就已经被定下了性格雏形的灵族不同，人类的发展五花八门，一夜之间性格大变的也不是没有。

人类这样过于丰富的情感和相对短暂的寿命，就极其容易产生嫌隙和与他们己身种族所不符合的欲望。

贪婪和戾气由此而生，而人长时间保持对他人、对己身、对社会的不满和怨恨，就会产生邪气，这些邪气凝聚成黑色的洪流，变作无意识捕食稀薄灵气和精气的魑魅。

被捕食了精气的人类会食欲不振，精神萎靡，严重的会生病甚至致死。

灵族长期受到邪气魑魅的影响容易发狂。

而像顾白这种浑身灵气勃发宛如黑夜灯塔的，就是那些邪气魑魅眼中散发着无与伦比的香气的美食。

这种邪念害人害己，连带着还要牵累一些异兽和灵物，要不是世界各地都有一些非自然生物在给人类擦屁股，哪来如今的和平盛世？

"那……"顾白抿了抿唇，"没有别的办法吗？"

"有啊。"司逸明减了速，开着车进入了小区，"人类不再心怀怨愤就行了，或者是哪天运气好，混进考古界的那帮灵族挖出了当年铺设的神州大阵的残卷，重新加固大阵。"

顾白觉得让人类不再心怀怨愤是不可能的。

顾白深吸一口气，认真地看向司逸明："重新加固大阵那个……我能帮上什么忙吗？"

司逸明把车停进车库，转头看向顾白，却见顾白满脸郑重的样子，一腔话到了嘴边，硬生生被他咽了回去。

他本来想说人类的破事不要管。

但小崽子对人类好感度很高，肯定是不可能跟他们一样对人类撒手不管的。

对人类印象中等偏下甚至还有点儿不太喜欢的司逸明微微皱了皱眉，然后抬手按开了顾白安全带的锁扣。

神州大阵的确是出问题了，毕竟什么机器用久了都得维修保养，神州大阵这么多年下来可还没享受过维修保养呢。

但到底是出了什么问题，谁都不知道。

当年铺阵的是上古的仙人，他们这群灵物对这种牛得需要大量动脑的东西一无所知，也毫无兴趣。

让他们帮忙镇个阵点，反正也就是隔段时间就跑去躺在阵点里睡个几十年而已，没有一点儿问题。

可是当年谁也没想过天说塌就塌，仙人说没就没。

结果就是他们这群存活下来的神兽灵物，手里压根就没有神州大阵的完整阵图。

司逸明不会跟顾白讲这个，琢磨神州大阵到底哪儿出了问题，等到他们一群神兽聚在一起了，总能讨论出个一二三来。

司逸明想了想，最终还是在顾白的殷殷期盼之下，说道："想你帮忙，就先画好朱鸟的灵画。"

"那您今天有空吗？"顾白问，"我想今天就亲眼看看朱鸟。"

顾白手里拿着个透明的小瓶子，瓶子里流淌着几缕几不可察的火红色的细线。

这些细线像是活的，悠闲从容地在瓶子里荡来荡去。

这是朱鸟的神念，简单说就是一个念头的实体化，主要是特意为了能让顾白亲眼看见朱鸟本体的英姿，对她有所了解才被司逸明带回来的。

在感受神念的时候，顾白要进入深度睡眠，而且不能受到任何打扰，不然搞不好会从小傻瓜变成真傻子。

这就是司逸明强调说使用的时候一定要他在旁边的原因。

司先生绷着脸点了点头，打开了自己的安全带的锁扣，神色如常地下了车。

顾白也抱着自己的包下了车，两个人肩并着肩，顾白叨叨着今天工作的事情，然后头皮发麻地顶着一大群邻居的注视，直接进了 666 号房。

闻着了貔貅气味而出了门的谢致站在八楼，看着司逸明的背影，敏锐地察觉到了司逸明那一丝并不明显的变化：极具攻击性、浑身上下都透着令绝大部分灵族万分惶恐的威势，却又小心地避开了他身边的顾白。

身上的衣服也从各种各样的高定西装换成了比较时髦显气质的大衣搭配。

谢致沉思着进了电梯，而后露出了恍然的神情。

谢致打消了去蹭饭的心思，顺便一把拉住了从隔壁电梯里出来，拿着一沓文件就准备直奔顾白家的翟良俊。

"别去。"谢致语重心长地说道,"不想被打的话,最近这些日子就别去蹭饭了。"

翟良俊一愣:"可是我这里有几份文件要给司逸明。"

而循着气味,司逸明在顾白家呢。

"明天再给也是一样的。"谢致拖着翟良俊,去敲了黄亦凝的门。

在黄女士打开门的瞬间,谢先生将西装革履的翟先生往自己面前一推,说道:"翟良俊想请你吃饭。"

"哎?"翟良俊一愣,转头看着皮完了就跑的谢致,又慌张地看了一眼微微眯着眼看他的黄亦凝,尿了吧唧地缩了缩脖子,然后又抻直了,然而声音还是弱唧唧的:"那……就那个……"

翟先生说得越来越流畅,最后终于鼓起勇气,大声说道:"我……我可以邀请你去看一看我的公司吗?"

黄亦凝:"……"

司逸明对于没有人来打扰顾白这事表示非常满意。

司逸明撩起袖子去打蛋,他俩今天决定就煮几个饺子煎个蛋随意打发一下。

顾白看着直奔厨房的司先生,蒙了好一会儿,赶忙跟上去:"司先生?"

司逸明把身上的大衣脱了,说道:"今天要吃的东西简单,我来做。"

司先生跟着灵蛇夫人和顾白过这么长时间下手了,就算不会什么高端的烹饪技巧,但烧个葱煎蛋、煮个饺子还是没有问题的。

顾白站在厨房边上犹豫了两秒,看着司逸明熟练的动作,心里觉得有些不妥。

他往前走了两步,司逸明就直接转身把他推到了楼梯口,然后把顾白的背包往他怀里一塞:"去收拾一下。"

顾白抱着背包,看了一眼转身回去的司逸明,从背包里拿出了司逸明给他的几个瓶子和一个小布包上了二楼。

几个瓶子不小,材质很特殊,入手细腻冰凉,质地有点儿像玉石,却是呈清透的奶白色,隐约可以看到里边翻涌的红色液体。

这几瓶是朱鸟的血,非常珍贵。

而旁边的小布包里,是朱鸟的羽毛和一些零零碎碎的别的东西。

说是小布包,其实是一块完整的布捆成的小包袱。

小布包的材质很特殊,外表是白色的,轻薄柔软,入手丝滑微凉,就像是上等的绸缎,但又比绸缎要更加轻柔。

薄薄的一层布,让人摸上去就像是陷入了云层里一样。

顾白打开布包,里侧有一层层云霞一样的浅淡色彩,在这些云霞里,有许多细碎的绒毛和完整的羽毛,正散发着一股股热浪,在挡住了光的布包里,像是一团炭火一样,散发着鲜艳的橙红色光芒。

顾白重新把这个小布包系上，周围被烤得热烘烘的空气又渐渐地沉淀着凉了下来。

据司先生说，这些羽毛是朱鸟这么些年来掉下来的。

神兽平时不会自然脱落掉毛，但是为了自己的外表保持华丽优雅，还是会定期清理一下身上的羽毛鳞片什么的，确保美观的同时，也会把一些有损伤的羽毛鳞片给处理掉。

这些羽毛大多是被清理下来的，比不得朱鸟身上的羽毛，但是依旧炽热。

顾白看着小布包，扭头看了一眼桌上小心摆着的那几瓶朱鸟血，拿了一瓶走到角落里，打开了瓶子上的瓶塞。

一股热浪骤然从瓶子里冲出来，顾白透过瓶口看向前方，对面的画架小桌子和柜子都是扭曲的。

顾白盖上了瓶盖，觉得这画他怕是没法画了。

这样的温度，他上哪儿找能够承受住的画布和画笔？退一步说，也没有合适的颜料啊。

顾白万分小心地把那几个瓶子放好，生怕不小心翻倒了它们，演变成火烧画室，然后转头飞快地下了楼。

"司先生、司先生！"顾白走路带风，一路刮到了司逸明面前。

他还没来得及说点儿什么，就看到司逸明正站在垃圾桶边上，把一盘烧焦了的煎鸡蛋倒进去，企图毁尸灭迹。

顾白："……"

司逸明："……"

"司先生。"顾白将目光从那盘鸡蛋上挪开，决定当无事发生过。

司逸明把手里的空盘放到了料理台上，也假装无事发生，看向了顾白。

"那个羽毛和血温度太高了，我没有能用的画具和颜料。"顾白重新从冰箱里拿出了两个鸡蛋。

司逸明看了一会儿顾白的动作，决定这次认认真真地记下步骤和时间，然后才说道："画布就用那块霞锦。"

顾白在蛋液里撒上葱花，听到司逸明这么一答，想到了团成小布包的那块布。

"那个叫霞锦呀，摸起来很舒服。"

那当然是舒服的，云霞织就的锦缎能不舒服吗？

不只舒服，它还冬暖夏凉。

司逸明想着，看了一眼顾白，决定找个时间去问朱鸟要几匹霞锦，给顾白做几件……嗯，睡衣。

毕竟睡衣的面料好，穿的人睡眠质量也会好上一些。

顾白还在长身体呢。

司逸明专注地看着顾白将手里搅拌好的蛋液倒进已有热油的锅里。

嫩黄色的蛋液马上就起了泡，周边迅速熟了，顾白晃了晃锅，见没有粘锅，就给蛋翻了个面。

一股煎蛋的香气骤然弥漫开来。

司先生转头看了一眼垃圾桶，在顾白起了锅之后，收回了落在垃圾桶上的视线，转头去拿高压锅装了半锅水，烧水准备煮饺子。

顾白装好了葱煎蛋，转头对司逸明说道："可是，画笔和颜料也没有合适的。"

而且在以前没有接触过的新面料上画，顾白也有些不确定能不能行。

因为霞锦跟适合作为油画画布的棉麻面料触感完全不一样。

但比起肯定会被直接烧毁的画笔和颜料，画布的材质反而不是什么问题了。

司逸明倒是忽略了这一点，想了想，说："我尽快帮你准备一套能用的画具。"

什么画具能在朱鸟的威能下坚持作画？

当然是去找擅长炼器的灵族和人类修士给顾白新炼一套法宝啊！

顾白看着司逸明往滚水里下了二十来个饺子，先是点了点头，又为难地摸了摸鼻子。

司逸明偏头看他："怎么了？"

顾白小声道："我家二楼的画室也不合适，那个温度太高了，会损伤我以前的作品。"

虽然九州山海苑这个小区是属于那种一个导弹轰过来，小区里的住户们都能手拉手看烟花爆炸的极度安全区域，但内部出毛病的话，的确是没什么特别好的办法的。

反正，小区和房间的阵法，肯定没法在朱鸟血的温度下护住顾白那些普通的画具和画作。

司先生沉吟了许久，一直到锅里的饺子浮上来翻出了白肚皮，才说道："那你去我家画吧，我家二楼是闲置的，一直空着。"

顾白一愣，一偏头对上司逸明的视线，觉得有哪里不太对劲，但仔细一想，好像又没有哪里不对。

之所以觉得不对劲，大概是因为他还真没进过几次司逸明的家门。

虽然他家书房都已经快被司逸明的东西给填满了，但认真算算，正经去司先生的家里，顾白只去过一次。

大概是因为潜意识里不认为司先生会向别人开放私人领域，所以他才觉得惊讶和不对劲吧。

顾白这样想着，然后点头答应了司逸明的提议。

顾白心里紧张兮兮地挂念着做梦去见朱鸟的事，一顿晚饭吃得飞快。

司逸明看着顾白放下碗筷刷完牙就拿出了那一瓶子朱鸟的神念，期待地看着他。

"朱鸟分出来的是她自认最能展露自己英姿的记忆，放心吧。"

司逸明说着，在顾白紧张地躺上床之后，伸手盖住了顾白的眼睛。

等到他重新抬起手来时，顾白已经沉沉地睡了过去。

司先生打开了那个瓶口，看着那几丝散发着红色光晕的细线缓缓飘出来，便安心地坐在床边上守着，心里琢磨着回去之后怎么清理二楼。

开玩笑，他貔貅的老窝怎么可能有空置的地方？

司逸明家的一楼是起居室，二楼可是他的藏宝库！

就是三百年前被顾朗捅过一个窟窿的那个藏宝库。

经过三百年的时间，司逸明不断添加各种各样的阵法，把它护得密不透风，这会儿宝库重新变得满满当当的了。

只不过现在，藏宝库里的宝贝恐怕得换个地方待着了。

因为藏宝库将迎来更大的一个宝贝，活的，会动，超可爱，还会做饭的大宝贝。

大宝贝顾白在梦中走过了漫长的黑暗，在他逐渐迷失的时候，听到了一声嘹亮的清啼。

那声音似鸟雀，又像是风的轻啸。

他迷迷糊糊地循声而去，眼前的黑暗逐渐淡去，缓缓将一片山河展露在他的眼前。

群山层峦，无数鸟雀以此为家，在最高的峰顶上，有宛若烈日的炎炎火光。

那里飞出了一只身披霞光、通体火红耀着金光的大鸟，她体姿优雅，双翼一振便直冲九天而去。

顾白感觉自己像是变作了天空，能够看到无限远的地方。

他看着朱鸟所过之处，原本晴空万里的天际，霎时阴云密布，生出了数朵充满了天地压迫之力的雷云。

顾白看了那些雷云一眼，自然而然就知道是有人要成仙了。

而朱鸟头也不回，直奔着自己的目的地而去。

顾白的目光紧随着她，看着她飞过了广袤的大地，底下的景色从山峦变作丘陵，又从丘陵转为平原。

她一路北上，在经过一片寂静荒芜的宽阔大湖时，双翼一扇，两团宛若烈日的火球直入那一片湖泊之中。

随着"嘭"的一声巨响，水化作蒸气蒸腾起来，四处弥漫。

正在此时，水中骤然腾起一条巨大的鱼，见风化鸟，一声怒鸣，直接冲上天跟朱鸟打了起来。

从静谧安宁的风光片一秒转到了惨烈的动作戏，顾白被巨响吓得一个哆嗦，看着打起架来地动山摇天地变色的两只巨大的鸟，脑子里闪过司逸明在他睡着之前说的话。

朱鸟分出来的是她自认最能展露自己英姿的记忆。

顾白："……"

第 12 章
朱鸟

顾白醒过来的时候，整个人都是傻的。

梦境里山崩地裂的轰鸣声还盘旋在他耳边，两只巨大的鸟怒号鸣啼的声音响彻天际，打起来的时候山洪狂风与烈焰轰轰烈烈，利爪与尖喙锋锐得几乎能反射出凛冽的寒光来。

顾白脑子嗡嗡响，看着昏暗的室内半晌，表情一片空白。

天还没亮，连窗帘也是拉上的。

这一片昏暗之中唯一的光源，就是床头柜边上的小夜灯，它正散发着暖洋洋的橙黄色光。

床边还有就着小夜灯，在这一片昏暗之中依旧捧着书阅读的司先生。

顾白躺在床上没有动，瞅着天花板，眼前仿佛还残留着两只大鸟凶狠厮杀的画面。

这可比当初看到司先生收拾那些邪气魍魉的时候要震撼多了。

顾白呆怔了好一会儿，才哼唧了一声，慢腾腾地缩进了被子里。

司逸明看着逐渐消散的那几缕神念，又看了一眼缩进被子只露出一小撮黑发的顾白团子，放下手里的书，轻易地掀开了被子，迎面撞上了团成球仰头看过来的顾白。

司逸明看着左脸写着茫然，右脸写着蒙的顾白，眉头一挑："怎么了？"

顾白感觉脑壳晕，傻愣愣地看了司逸明好一会儿之后，困倦地往被子里缩了缩，脑子还有点儿转不过弯来，把被掀起来的被子从司逸明手里扯回来，重新团成了一个球。

虽然只是睡了一会儿，但梦里的顾白可是看了好久好久的打架。

神兽毕竟是神兽，打个盹都能睡个十好几年的，打个架自然也不会十分轻易地结束。

顾白就看着两个神兽一连打了好几天，看到头昏眼花还耳鸣，无比深刻地把朱鸟战斗的英姿刻进了心里。

他顺便还看到了朱鸟的人形，是一位身着红衣英姿飒爽的豪迈女性，打完架之后翻手就是一大坛香醇的酒酿，拉着上一刻还在打生打死的对手一顿豪饮。

对了，她的对手是鲲鹏，鱼出水化鸟这个典故，大家基本上都知道的。

顾白这一觉根本就没休息好，反倒是感觉十分疲惫，整个人昏昏欲睡，却又因为脑子里还残留着梦境里的画面与声响，始终无法入眠。

司逸明看了一眼时间，才凌晨三点不到，外边漆黑一片。

床上的顾白团子拱了又拱，最终冒出个脑袋来，看向拉了条凳子坐在床边上的司逸明。

司逸明垂着眼，跟他对视。

昏暗的环境里，两人的眼中都透着小夜灯所映照的细碎柔和的光。

房间里很安静，九州山海苑的夜晚从来都听不到虫鸣，只能隐约捕捉到远处传来汽车驶过的声音，车轮碾过柏油路面，发出些微的沙沙声。

顾白傻乎乎地看着司逸明，觉得气氛有些怪异，但困倦得不行的脑子又糊成了一团糨糊，咂摸不出什么特殊来。

由于小夜灯的光源分外柔和，司先生的影子落在墙上，灰暗模糊的一大片，让司逸明显得格外高大。

顾白被他这样注视着，心中骤然生出一股莫名的安全感。

就好像有司先生在，一切麻烦都是不堪一击的纸老虎。

顾白迷迷糊糊地想着，这样安宁的静谧让缠绕着顾白扰得他无法安睡的残留梦境一点点退去，困意无比汹涌地席卷而来。

"晚安，司先生。"顾白努力地挣扎着撑开眼皮哼唧着道了声晚安，下一秒双眼合上，再一次沉沉地睡了过去。

司逸明说道："晚安。"

顾白没休息好，也没能爬起来去抓那一缕天地元气。

但他还是在闹钟响的时候无比坚强地从床上爬了起来，顾不得自己又饿又困无比凄惨的现状，匆忙冲出了卧室直奔洗漱间。

等到他洗了好几个冷水脸把自己给弄清醒之后回到客厅里，这才注意到坐在他家沙发上的司逸明。

"司先生？"顾白愣了两秒，"您昨晚没离开吗？"

司逸明点头，然后指了指餐厅："早餐，吃完我送你。"

顾白顺着他指的方向看了一眼，发现餐桌上摆着一碟子葱煎蛋，加上两块切好了的三明治和一杯牛奶。

顾白愣愣地看着还冒着热气的牛奶和葱煎蛋，整个人都有些恍惚。

他都不记得有多久没有在家里一觉醒来看到准备好的早餐了。

　　他总是一个人，一个人醒来，一个人做饭，一个人去上学、上班，然后一个人安静地入睡。

　　顾白并没有因为这个对把他扔在家里的顾朗产生什么怨怼。

　　因为他打小就认为，一个人降临人世的时候就是一个单独的个体，生命之中的热闹也是一时的，万事万物与亲近的人都会逐渐离去，生来一人死去也是一人，孑然一身，本就该习惯享受孤独。

　　但即便有这样的认知和觉悟，喜欢热闹的顾白也总是会感觉有些寂寞。

　　这样的寂寞这么多年了，他也习以为常了。

　　可这习以为常却被轻巧地打破了，不过一顿早饭。

　　顾白眨了眨眼，将涌上眼眶的酸意憋回去，抬手拍拍脸，重新挂上笑容，高高兴兴地坐在了餐桌前边，然后满怀感激地吃掉了司先生给他准备的早餐。

　　葱煎蛋的味道很好。

　　三明治里夹了番茄、火腿肠、生菜和芝士片。

　　牛奶的温度刚刚好，温和好入口，一杯下去浑身都暖洋洋的，连心口都充盈着饱胀的幸福感。

　　司逸明在客厅喊：“顾白，再晚点儿要迟到了。”

　　“啊好的！”顾白赶紧把碗筷收拾好放进了洗碗池子里，准备等晚上回来再洗，然后匆忙回屋里收拾了一番，揣着背包跑了出来。

　　顾白没休息好，脸还有些苍白，但精神头却很好，连说话声音都大了几分。

　　“我们走吧，司先生！”

　　司逸明点了点头，看了一眼顾白屁颠屁颠地往玄关走的背影，敏锐地察觉到，顾白面对他时始终都把持着的那一层充满了隔阂感的薄膜倏然消失了。

　　他心中有些欣喜，而后转头看了被收拾干净的餐桌一眼，若有所思。

　　谢致早上出门上班，一出门就看到楼下司逸明和顾白竟然从一个门里走出来。

　　他愣了好一会儿，然后露出了无比惊讶的神情。

　　谢先生赶上了电梯，到了六楼看到电梯门打开，六楼的两位走了进来。

　　顾白看到电梯里竟然站着人，微微一愣，发现是谢致之后，又露出了恍然的神情。

　　要知道这栋楼上上下下一群住户怕司逸明怕得要死，基本上司先生搭的那一趟电梯，其他人是绝对不会选择跟他同一趟的。

　　顾白来了之后就表现得跟司逸明比较亲近，那些同类“怕屋及乌”，连带着遇到了顾白也直接绕着走。

　　顾白在电梯里，基本上是遇不着什么邻居的。

　　“谢先生早上好！”顾白打了声招呼。

　　“早。”谢致点了点头。

顾白明显没休息好，脸色还比较苍白。谢致转头看了一眼司逸明，司逸明也向他点头说早。

顾白继续刚刚在电梯外边的话题，问："朱鸟为什么要去找鲲鹏打架？"

"因为以前，正经能打的鸟形神兽不多。"司逸明解释道。

就比如当年最出名的十只金乌吧，那就不是能随便打的，打了一个不好就会牵出一连串背后的长辈和关系户，车轮战朱鸟可吃不消，一不小心就是要翻车的。

朱鸟挑来挑去势均力敌能打又跟朱鸟一样孤家寡鸟一个没啥背景的，就一个鲲鹏了。

"朱鸟和鲲鹏的关系不错。"司逸明说道，"不过从朱鸟正经背起四方神兽的责任起，就一直是鲲鹏主动去找她了。"

一个住在南边一个住在北边，见面也就能喝个茶聊聊天，不再能像之前一样打得轰轰烈烈众兽退避了。

"其实也挺好啊。"战斗力低下的獬豸忍不住插嘴道，"暴力本就不可取。"

司逸明和顾白转头看他。

谢致继续道："我上次出差顺便去探望了一趟朱鸟，她最近修身养性了，脾气平和了不少。"

顾白顿了顿，想到昨晚上梦境里朱鸟引以为傲的英姿，觉得那位女士心里恐怕正憋得慌，毕竟人家打心眼儿里觉得自己打架的时候最牛，有这样的想法的人……不，神兽，脾气肯定不可能多平和。

"大家都讲道理最好了。"毫无所觉的谢致说道。

要是能立个法再好不过。

顾白想到朱鸟昨天在梦里对鲲鹏的发言，忍了忍，还是没说。

鲲鹏当时指责朱鸟不讲道理，朱鸟说："讲什么道理？我一翅膀下去就是道理。"

老厉害了。

谢致又问："顾小白你之前去南方见朱鸟了？不是回老家了吗？"

他还画了一堆画回来，那些画谢致都看了的。

顾白诚实地摇了摇头："不是啊，我昨晚上看的。"

谢致一愣，看了一眼顾白，又看了一眼司逸明："昨晚上？"

"嗯，司先生带回来的神念。"顾白说着，电梯到了楼层，站在最前边的他抬脚走了出去。

谢致转头看向司逸明，欲言又止，最后还是忍不住问："昨晚上？"

司逸明慢腾腾地看他一眼，理直气壮地说道："直接做梦比较方便。"

顾白是个相当敬业、相当有责任心的人，比如从来不拖欠作业，做小组作业的时候也从来不因为个人问题而拖小组后腿。

自然而然，他也不可能因为自己昨晚上没睡好这么点儿小事就选择请假。

只不过他也很清楚，自己这个走着走着就会走神的精神状态，完全不适合自己骑电动车上路。

司逸明偏头看了一眼副驾座位上的顾白。

顾白这会儿缩在椅子上，抱着他那个鼓鼓囊囊的黑色背包，今天背包里装着不少吃的，原因自然是他没能在天亮的时候爬起来修炼，现在肚子饿得不行，只能强行补充了。

可他除了饿之外，还困。

司逸明就看到顾白拿着个梨，一边机械性地啃着，一边脑袋一点一点地偷偷打盹。

几个学长看着他们的小师弟梦游一样，被那位平日里只能在电视和报纸的财经版面看到的大佬送过来，一个个面面相觑。

司逸明简单道："顾白昨晚上没休息好，麻烦你们了。"

"没事、没事。"主事学长连连摆手，跟司逸明寒暄了几句之后把人送走，就看到把背包放进了工作室的小师弟重新跑了出来，正哼哧哼哧地围着目前还没有启动的手扶电梯上上下下地跑。

"顾小白你做什么呢？"

顾白答道："跑圈醒神。"

主事学长："……"行吧。

他们今天的任务并不算重，除去采购原材料之外，就是要在那几面墙上先刷上一层乳胶漆，该补平的补平，然后等晾干，就可以开始上墙了。

顾白想跟着去买材料，虽然他个子还不如学长们高，但力气绝对是整个团队里最大的，帮忙拿材料或者干别的什么力气活，绝对是最合适的。

然而他的提议被学长们拒绝了。

学长们关切地询问了顾白为什么没有休息好，得到了因为做了个很可怕的噩梦这个答案之后，看着顾白稍显苍白的脸色，干脆把顾白分在了上底胶的小组里。

顾白服从组织调度，送走了去采购的学长们之后，乖乖回工作室里拎了两大罐子乳胶漆出来。

三面墙，留下来刷漆的有两个人。

顾白跟学长从工作室里抱出了一大堆报纸，铺在墙下的地板上，顺便也给手扶电梯的边缘扶手糊了一层。

这是为了避免在墙面上上漆或者上色的时候，不小心弄脏其他地方。

等到报纸都铺好了，顾白主动去搬了小梯子出来，抢了需要搭小梯子才能够上最顶部的那两面墙的活计，在被抢了活的学长一步三回头提醒他千万小心的时候露出了一个灿烂的笑容。

学长看他笑了好一会儿，撬开了漆罐问道："今天心情很好啊？"

顾白摸了摸自己的脸，发觉自己的神情恐怕是瞒不过对细节观察敏锐的学长的，有些不好意思地摸了摸鼻子："嗯……很高兴。"

学长抬头看向坐在小梯子上的小师弟，看着他那带着些羞赧但十分明亮的欣悦神情，忍不住跟着笑了笑。

人类总是非常容易被他人的情绪所感染，不管是正面的还是负面的，所以绝大部分人类比较喜欢跟爱笑的人相处，对于那些积极努力的人，也总是带着潜意识的宽容和喜爱。

就比如顾白，笑起来就特别特别有感染力，他的幸福总是简单而明快，就连盒饭里多两块肉，也会高兴得眉眼都弯起来。

学长活动了两下肩膀，把几个高功率灯管拿出来打开了用来照明，又拿起刷子甩了甩，确认没有什么杂物夹杂之后，才将刷子浸入了漆桶。

"什么事这么高兴？"他一边刷一边问道。

顾白也在那边刷墙，听到他问了，感觉更加不好意思了。

"就是感觉……"顾白的声音不大，但在空旷安静的空间里，还是让人听得非常清楚，"就是感觉……有人陪着果然还是比一个人要开心多了。"

"那当然啊。"学长的笑容更大了一点儿，顾白指的是能跟他们一起工作很开心，"一个人就很寂寞了，怎么说都得多交几个朋友，时常约着一起出门吃吃喝喝玩玩才对。"

顾白想了想，他好像是经常跟司先生他们约着一起出门吃吃喝喝玩玩。

顾白高兴地刷着漆，有一搭没一搭地跟学长聊着天。

平日里他们画画还是挺安静的，但学长说很担心顾白在小梯子上画着画着就睡过去酿成惨案，所以时不时就要叨叨两句。

这一次要用的材料不少，到了中午墙面都刷完了，负责采购的学长们也没回来。

顾白和学长两个叫了外卖，顾白还贡献出了自己带来的水果。

刷完了墙面，晾干之后就该开始上草稿了，材料还没采购回来并不影响他们先打草稿。

这个活儿，顾白就没法跟学长抢了。

这次团队项目总共五个人，另外四个分开画那两面墙，而顾白一个人要负责一面约六平方米的墙面，从工期上来说，顾白的任务是很重的。

尤其是他的画有许多细节，画起来更是要小心一些。

顾白也很清楚这一点，所以也不抢了。

在等待乳胶漆彻底干透的三个小时里，算是饭后午休的时间。

顾白在工作室里咔嚓咔嚓地啃包里剩余的水果，看了一眼工作室里的规划白板和白板上那磁铁糊上头的几张设计稿，一边啃一边摸了支铅笔拿了张画纸，勾勒起线条来。

　　学长原本正在对顾白一个接一个不停啃水果的食量大开眼界，一见他拿了张纸开始勾草稿了，就忍不住拉着凳子凑了过去。

　　顾白勾轮廓相当快，不过短短几分钟就成了型。

　　那是一只巨大的鸟类，画面镜头是从侧面来描绘的，它双翼张开，利爪探出，宛若一只即将钩住猎物的巨鹰。

　　但看顾白越发详尽地描绘，那鸟又与鹰截然不同，尾羽细长，头顶翎毛，有些像孔雀，但那鸟喙又不同于孔雀的形状，一看就是非常凶残的弯钩形，脚上的利爪也是相当利于捕猎的形状。

　　顾白在肆意勾完了这一个战斗体态之后，又找了片空白处，手底下垫张纸巾，继续勾起了普通的飞行姿态。

　　朱鸟腾飞的时候，可是万鸟相随的，场面相当盛大。

　　虽然在短暂的时间之后，那些鸟就会因为跟不上朱鸟的速度而被甩掉，不过无伤大雅，这并不妨碍顾白将朱鸟腾飞时的盛景画出来。

　　这图也没上色，学长瞅了好半晌，问道："画的什么，凤凰？"

　　"不是。"顾白摇了摇头，用朱鸟更加通俗的称呼回答道，"朱雀。"

　　学长看了好一会儿，感觉顾白画得太过于真实了。

　　他们不是不会画鸟兽虫鱼的，但是想要画得真切、没有一点儿违和感，就需要大量的资料参考，甚至于特意去观察真实的动态。

　　毕竟影像作品总是会缺少一丝感觉，而那丝感觉，又恰恰是绘画创作最需要的灵动。

　　"你这些画……好像你都亲眼看过一样。"学长撑着脸看着顾白画。

　　因为那画实在是太过于真实了。

　　绘画这一方面，其实有些小细节很能突显出问题的，比方说写实类的作品，如果不是直接按照实物画的，那么细细研究那个画面，总能找出一两个违和的地方。

　　风景画也是如此。

　　而顾白的这些画，都太真实了，就像是将他看过的画面落到纸上一样，学长研究半天也看不出什么违和的小毛病，连一点儿瑕疵都没有。

　　这世上不可能有完美的虚构画面，除非那就是按照真实的地方来构建的。

　　哪怕是玄武那张充满了浪漫幻想色彩的画面，也有一种让人身临其境的吸引力。

　　顾白听着学长的评价，啃水果的动作顿了顿："我做梦看到过。"

　　学长摇了摇头，然后夸他："大概是你天赋好吧，我们顾小白可厉害了。"

　　顾白默默啃完手里剩下的两口番茄，不敢吭声了。

　　他总不能说他真的看过，学长们毕竟还是普通人类，吓到他们就不好了。

　　学长拍了拍他的肩："还有一个小时，建议你休息一下，不是昨晚没睡好吗？"

　　顾白摸了摸不再饿的肚子，放下了笔："好的。"

采购的学长们回来的时候，已经是接近下工的点了。

除了各种涂料用具之外，他们还要来了博物馆规格内的各种颜色的灯泡。

顾白的墙面才刚刚按照比例画好了大背景和玄龟主体的线稿，见学长们回来，顾白就把笔一放，跟着他们拿涂料做起了色板。

这些色板晾干之后会被放到博物馆给他们隔出来的暗室里，然后他们会在暗室里点亮那些各种颜色的灯光，看在灯光效果之下的颜色差异，以确定到时候该使用什么颜色来涂抹墙壁才最合适。

顾白正涂第一块色板的时候，司逸明的身影就出现在了门口。

工作室的门大敞着，涂料的气味并不怎么好闻。

司先生看着工作室里忙活着做色板的五个人，抬手敲了敲门。

房里的五个人齐刷刷地扭过头来，看了一眼司逸明之后，又扭头看向顾白。

而顾白也回头看了一眼，发觉是司逸明之后，赶忙挥了挥手里的刷子："司先生，等一下、等一下，我还有三块色板就可以下班了！"

司逸明看了一圈因为他的到来而瞬间变得拘谨的其他人，放弃了去帮顾白涂色板的心思。

"我在车里等你。"他说道。

顾白对他露出个笑容来："好的司先生！"

顾白的动作很快，色板涂完之后放在工作台上晾着，明天早上过来的时候就干透了。

他匆匆忙忙跟几个学长道了别，然后火急火燎地背着背包冲了出去。

"他们这……"

"感觉司逸明挺照顾小白的。"

几个学长凑在一起琢磨了好一会儿，接着认真折腾起了色板。

顾白不知道学长们的交流，背着包往车里一钻，而后就是一顿。

"司先生……"

司逸明偏头看他："嗯？"

顾白嗅了嗅车里那股淡淡的气味，边系安全带边问："车里怎么一股油烟味？"

司逸明目光一飘，想到了今天家里报废的那些食材，又飘了回来，十分冷静地说道："你的错觉吧。"

顾白先去了一趟老榆树那里取画框。

司逸明看着顾白下了车跑进老榆树的院子里，忍不住闻了闻自己身上，好像真的有一股油烟味。

司先生皱了皱眉，开了窗。

司逸明可不仅仅是去顺着菜谱练习了做饭而已，还回去把自家二楼收拾了一下，隔出了两间屋子来。

外间窗明几净采光极好，腾出来给顾白画画用，而里间采光相对不佳偏昏暗，就变成了他堆放宝贝的地方。

不过司先生早先从顾朗那里吃了教训，极珍贵的那些东西，他都另外开了个小芥子空间藏着。

那些被他胡乱堆在二楼里间的，都是些寻常的东西。

当然，貔貅眼里的寻常跟灵族眼里的寻常，标准是不大一样的。

司先生也有这样的认知，所以才会把那些东西隔开，免得顾白这个本质贫穷的小崽子被那些宝贝包围不知所措。

司先生觉得自己也是煞费苦心。

特别是那些在他手上惨烈牺牲的食材，尤其显出了他的努力，虽然都失败了，但并没有被浪费。

司先生面无表情地看着前方，并不怎么想回忆那些失败品的味道。

人类总是喜欢用一些很模糊的词汇写食谱，什么取适量的盐、适量的糖、合适的大小之类的。

谁知道适量是多少，合适的大小又是多大啊？

失败了一整天最终他竟然只学会了一道凉拌生菜，说是凉拌生菜，其实也就是生菜用水煮熟了之后，装盘加点儿生抽调味然后直接上桌而已。

司先生竟觉得做菜比让他跟凶兽打一架还难。

这就越发显得能做出一桌好菜的顾白的厉害了，难怪一个两个都去他家蹭饭。

司逸明看着顾白抱着大画框从院子里边出来，下车打开了后座的门，帮着顾白把手里的画框放进了后座。

收手的时候，司逸明摩挲了一下手上画框的触感，挑了挑眉。

顾白见他不动，以为画框被磕到了，不由得紧张道："司先生，怎么了吗？"

司逸明摇摇头，坐回了驾驶位，说道："老榆树送了你一点儿好东西。"

顾白一愣，司逸明发动了车子："你回家放画的时候可以看看。"

顾白点了点头，扛着画框回家放画的时候，一拆开画框，就有好几颗灵石滚了出来。

顾白看着那几颗圆滚滚的灵石，呆了好一会儿，又低头看了看画框里的暗槽，里边放着几支画笔。

画笔有大有小，笔身散发着一股淡淡的花香气，摸起来触感极佳，几支笔笔尖的毛手感都不大一样，有的坚韧有的柔软，笔刷的宽度也并不相同，显然是替他把该有的画笔规格都准备好了。

而且能让司先生直接摸出来，估计这些东西也不是什么普通的玩意儿。

顾白瞅着那一套画笔，愣了半晌，才将画框小心地放在地上，把画笔和灵石都捡了起来，妥帖地收进了柜子里。

顾白想起翟良俊和司逸明说他实诚，觉得老榆树这才是实诚，为了不被他拒绝竟然还特意在画框里做了暗槽。

不过他之前偷偷把灵石放人家的工具盒里的行为好像也没好到哪里去。

顾白想着，蹲在柜子前边忍不住笑出了声。

不知道余叔当初看到工具盒里的灵石的时候是不是跟他一样的心情。

顾白开心地装好了画，又给学长发了条消息过去。

学长的消息回得很快，趁着这会儿天色还没晚，就准备直接过来接画了，让顾白把画名和简介材料打印出来，他一并拿走。

画名和作品简介材料以及个人简历，顾白是早就准备好了的，这会儿直接去书房里打印出来并没有什么问题。

书房里还有大量空置的纸质文件袋，买这些文件袋的人不用问，就是手握无数财富的司先生本人了。

顾白把材料重新整理了一遍，又用他枯竭的文学思想稍加润色，然后把材料打印出来，放进了纸袋里。

出于某个众所周知的原因，顾白这一次没有让学长的车开进来了。

他揣着文件袋扛着画，跑去了小区门口等着。

学长看到顾白交上来的图时，愣了好一会儿。

他的确从别的同门那里知道顾白又进步了，但没想到这进步有这么明显。

明明之前草稿和底稿他都看过，可成品出来的时候，他竟然觉得像是在看一幅崭新的图画。

夕阳的颜色其实很丰富，最远的地方是灰色、深蓝甚至是深灰色，不同的天气不同的纬度不同的环境都会呈现出不同的夕阳状态。

但顾白的这一张图，却像是涵盖了万千气象。

应该怎么说呢……

就好像是将许多种极美的夕阳景象融为了一体，被他画成了这一张图。

学长一时间说不上来，感觉什么形容词都没办法详细地将这幅图给描绘出来。

硬要归纳的话，大约就是一个"美"字。

顾白小心地把画放进了后座，这画规格偏大，卡在后座刚刚好，不会下滑也不会翻倒，就稳稳地卡在那儿。

顾白满意地关上了车门，转头看了一眼正把他的文件袋写上名字和标记的学长。

"我看起来像个快递员。"学长随口说道。

顾白摸摸鼻子，笑了笑。

学长写完了抬头看他："帝都那个展子，你要是有空的话，这个工作结束之后还是去一次吧。"

顾白也知道他应该去的。

倒不是需要他像个推销员一样站在那里等买家或者推销自己的画作，而是帝都的那个展子很大，也算是艺术界的一个大型聚会了。

国内艺术的圈子不大，但这个不大的圈子里还有各种各样的小圈子，就像顾白如今所在的小团队一样，平时是不会接纳什么别的人的。

但是这种大型的展子就不一样，这个时候可以认识很多人。

人在社会上，总是脱离不了人际交往的，所以学长还是希望顾白能尝试着去发展一个自己的艺术方面的朋友圈子。

"如果这次工期结束得早就去。"顾白说道，但实际上心里没什么底。

他很忙，手里还有好多画没有画。

他甚至还觉得那样的人际交往非常没有必要，还会耽误他画画。

顾白对人际交往向来是万分被动的，如今有了学长们和邻居们之后，就更加不想主动去参与交际活动了。

但学长的好意，他是该领的。

学长听他这么说，也不再多说什么，只是聊了聊之后的发展。

帝都的展览很大，多的是一些得过奖的画和艺术家去参加，学长也说了，顾白在这样的大展里想要脱颖而出并不容易。

哪怕他这幅画明眼人都能看出其中的优秀来，可他没有人脉照旧够呛。

不过经历过上一次顾白那张画谜一样的竞价，看到最近以顾白经纪人的身份出现在人前的谢致，以及跟顾白关系很好的司逸明之后，学长又不大能确定了。

顾白本人没有人脉不错，可司逸明的人脉、谢致的人脉是很牛的，再不然还有翟良俊呢。

顾白认识的朋友个个都是在各自的圈子里一跺脚圈子抖三抖的人物。

"你画得很好，运气也不错，万一这次又有大礼包在等着你呢？"学长半开玩笑地说道，"等十二月一过，新一年的奖项也就要开始轮了，你可得开始注意了。"

顾白想到自己简历上那一串野鸡奖项，有点儿尴尬地点了点头："好。"

顾白不是没有拿过奖，但他穷。

穷苦的艺术生是没有余力去专攻各大厉害奖项的，顾白拿的那些奖，全都是一些毫无名气但相当财大气粗的奖项。

有些野鸡奖项为了吸引人参加比赛，给的奖金比那些含金量高的奖项的奖金要丰厚得多。

顾白以前有多穷，看他得的那些奖就知道了。

有一颗艺术心的人大多清高，也珍惜自己的羽毛，像顾白这样什么都不管专门盯着高奖金奖项的，放眼望去还真没几个。

而那些毫无名气的奖项，很多都是举办了一两届之后就查无此奖了，所以顾白不仅穷，他的简历也始终不怎么好看。

但现在顾白没那么穷了，还有司先生在帮他做理财，根本就用不着担心钱财的问题。

所以新的一年新的开始，顾白可以开始准备专攻各大奖项了。

国内的国外的，他能参加就参加，反正奖不嫌多，有重量级的奖傍身，那身价和名气就不可同日而语了。

顾白本身也是这么个打算。

第二天顾白一大早难得没有骚扰司逸明，考虑到司逸明前一天晚上守了他一夜可能没有休息好，顾白把小甜饼往司逸明屋门前的门把手上一挂，也没敲门，挂完下楼就骑着他的电动车跑了。

司先生猝不及防地被抛弃，拎着顾白今天送的小甜饼，思考了好一会儿，回屋里去换了衣服。

他今天准备去蓬莱山蜃景走一趟。

司逸明以前是真没做过饭，上古的时候谁吃熟食啊，一个个都是茹毛饮血的，到后来有了美食这个概念的时候，也多得是人供奉给他们。

自己做？不存在的。

但是蓬莱山蜃景里的兔子精们做饭都相当厉害，他们这群神兽和兔子精的朋友是经常会去打打牙祭的。

一顿饭要做好，说简单也简单，说难也难。

在司逸明的概念里，一顿饭简单点儿的，就是一荤一素一汤。

可司先生现在只会凉拌生菜和葱煎蛋，葱煎蛋姑且算是个荤菜吧，但汤不会做，怎么办？

司先生摸出手机一搜，发现了人类一个很牛的东西。

浓汤宝。

省时省力味道又不错。

可这玩意儿灵族集市没卖的，所以不会煲汤的司先生，决定用最快的方法解决他的烦恼——让兔子精们整个浓汤宝出来。

解决他的烦恼的同时，还能给兔子精们创创收。

毕竟兔子精一直靠着给几个灵族聚居地和灵族集市供货来维持生活，但由于几个神兽的关系，供货的价格无限接近于成本。

现在有个新的方式创收，守着如今唯一一个蜃景，生活水平却始终维持在赤贫水准的兔子精一定不会拒绝。

司先生觉得自己真是财神降世。

顾白并不知道司先生跑去干什么了。

在好好休息了一晚之后，重新回归团队进行工作，顾白精神饱满热情十足。

色板已经都晾干了，顾白拿着写字板跟着学长们钻进暗室里，凭借他极其优良的夜视能力，把合适的颜色和灯泡功率、款式、名字记了下来，然后誊抄到了工作室里的白板上。

设计方案早就做好了，现在他只需要调好颜色直接上墙就行。

顾白抄完了资料，就拿了笔跑出去继续进行昨天还没有完成的草稿：

玄龟的主体、远处的灵蛇，还有不太明显的极远的海平线。

线稿并不需要很详细，因为拿大刷子刷墙上背景色的时候，多少会发生控制不住边缘线的事情，手再稳，这种小问题也是无法避免的。

顾白花了不少时间稍微完善了一下线稿，然后拎起一罐墨绿色的颜料，准备上色。

学长们的墙面跟他们之前所做的方案一样，画的是耳熟能详的神话典故，又由于三面墙之间要相互呼应配合达成统一，学长们那两面墙，画的就是鲲鹏。

左边的墙面上是鲲，右边的墙面上是鹏。

鲲鹏生于北冥，而玄武同样在北方镇守幽冥。

他们有志一同地都选择了在背景上画上惨白荒芜的大地，以此来衔接顾白所画的幽冥。

顾白在梦里见过鲲鹏之后，再看学长们的画，怎么看怎么别扭，但方案和草稿已经定好了，顾白自然不可能再说这鲲鹏不对。

墙面背景的主色调要分三层颜色，极近黑色的墨绿打底，之后会加上黑色与浅灰。

顾白专注地涂着底色，避免擦进别的轮廓里。

他的手很稳，这种时候非人类生物的优秀之处就充分体现出来了，他的思维变得敏捷了许多，手也稳了，连对手里那种涂大背景的大刷子的掌控力竟然也变强了。

等到他涂完了这一层墨绿底色，将刷子放进颜料罐子里往后退两步观看自己的成果时，惊讶地发现他不仅没有犯以往那种小毛病，就连上色的衔接处也非常平整，称得上毫无瑕疵！

顾白低头看了看自己的手，又看了看墙面，觉得他要是录个上色的视频，恐怕马上就会被打上"拯救强迫症"的标签。

几个偶尔关注他的学长见他涂完了，看着那一面轮廓分明上色平整，没有滴落也没有凹凸不平的墙面，啧舌道："享受！"

手绘壁画之所以价格高，就是因为人力想要达到相对优良的程度，要花费的精力是非常多的。

而顾白这一手，着实是非常不得了的。

要不是痕迹未干且尚有笔触感，他们几乎都要觉得这是电脑打印出来的了。

主事学长接了个电话，是外卖来了，干脆拍了拍手："行了，先别看了，吃午饭。"

到了晚上下班的时候，顾白已经铺好了该铺的底色，然后自己拿了块板子，调了几个色出来做了色板，夹了张小字条标注了一下是顾白的色板，就背着包骑上自己的电动车回了家。

顾白发现司先生给他发了条短信，表示他最近几天都不会在家。

他当然不是为了浓汤宝而待在蓬莱山蜃景里，是苍龙那边跑了只异兽出来，抽不开身的苍龙不得不求助于司逸明。

辖地里绝大部分是海洋的苍龙也很绝望，因为东南沿海是目前人口密度最大的区域，邪气魑魅凶得不行不说，这附近陆地上、海里的异兽数量简直堪称华国之最！

就连如今唯一的蓬莱山蜃景，也在苍龙的辖区里。

苍龙忙啊，忙得都恨不得掀几个海啸直接把那几座大城市给淹了。

要不是东边还有司逸明帮忙镇着，苍龙估计自己会过劳死。

司逸明老不开心了，坑了苍龙一笔之后气冲冲地顺着苍龙指路的海域杀了过去。

会跑出去的异兽，通常都是需要管制的类型。

这一次跑出去的是一头夫诸。

夫诸出现的地方会发大水，是绝对不可以放着不管的。

那些会对人类造成不利影响的异兽，基本上都被挪到了海上，不对人类造成什么影响，海上就随便他们怎么浪。

但海上浪腻了他们也是会跑的。

那头跑出来的夫诸脑子很聪明，知道自己乱跑的话目标太大，毕竟无缘无故发大水，目标怎么可能不大？

所以他选择了在各个沿海的地方溜达。

沿海的地方就算出了什么水患也属正常，而那头夫诸还不在华国沿海溜达，他看了这么多年华国早看腻了。

司逸明得到消息的时候，苍龙悲伤地对他说夫诸已经失踪三天了。

三天时间，都够那帮子异兽从地球这头蹿到那头了。

拿出手机搜一搜，两头神兽又掐指一算，那头夫诸跑去了 M 国西海岸。

隔着大半个地球，司逸明见不到顾白，鼻子都要气歪，杀气腾腾地就冲了出去。

顾白对此是不清楚的。他这几天早上见不到司逸明，感觉不大习惯。

每天早起等天地元气顺便做甜点的时候他总是下意识地多做一份，晚上下班回来的时候路过 663 号房，也会停下脚步准备敲门问问司先生今天来不来吃晚饭。

每次做完甜点按了门铃，顾白才会恍惚地意识到司逸明今天不在，最终怅然地背着包蔫蔫地回了家。

顾白觉得自己的状态不大对，这样的事情在他这里还是第一次发生，他也不清楚应该怎么调整。

但总归是不对的，司先生有自己的事情很正常啊。

他这样想着，可每天瞅着空荡荡的屋子，看一眼空无一人的书房，又觉得有点委屈。

过了四天，顾白才在手机软件推送的财经消息上知道了司先生原来是去的 M 国。

原来是出国了啊，顾白翻着那条消息，轻轻叹了口气，鼓起了脸。

鼓到一半意识到他不应该这样，他抬手揉了两把脸，把心里那点儿小别扭给压了下去。

可他压下去了，心情也并不怎么美妙，就好像丢失了什么很宝贵的东西一样，心里空落落的，有什么东西在等待被填满。

连续好几天心情低落，还不是因为画画的事情，这在顾白这里可算是件大事。

顾白抿着唇，深吸了一口气，正准备取好颜料离开工作室去画墙面的时候，手机响了起来。

顾白两眼一亮，发现来电显示是学长的名字之后，又迅速蔫了下去。

他接通了电话，拿起画笔沾水稀释颜料调整颜色："喂？"

学长在那边开门见山，直接说道："顾小白，你的画有人看上了，问你心理价位是多少。"

顾白一愣，忍不住去看了一眼日期："不是还没开展吗？"

"是啊，开展之后肯定就不是这个价了，所以人家想截和。"学长说得很直白，"他就是想找你先定下来，之后展照样上，但是别人就没机会竞价了。"

这事不怎么厚道，但学长还是决定来问问小师弟的意思。

他是不能代替小师弟回绝的，因为这是顾白的画。

这种操作是有的，尤其在刚刚冒头的新人艺术家中间特别常见。

因为新人没有人脉，不会愿意得罪那些有资本高价买画的老板，所以中途截和直接买下看上的画这事，在富商圈子里挺正常的。

但顾白没想到竟然有人会截到他头上。

不是他骄傲，是因为谢先生之前跟他说了，他如今在外边的名气可响亮了，虽然比不上那些老艺术家，但是在这一批新人里，绝对是顶尖的。

特别是顾白的交际圈，在外边经由他那些大学同学和谢先生有意无意地宣传，早就被传得神乎其神。

顾白唯一差的，就是拿一些含金量高的奖项给他自己镀金。

因为他没有机会去国外那些顶尖的艺术学院进修，所以只能用奖项来开辟道路。

可竟然有人截他。

本来心情就不怎么美妙的顾白生气了。

虽然画那幅图的时候，他的确是带着方便卖出去的想法画的，所以并没有把白云飘先生和自己画进去，但是现在他不想卖了。

这可是他宝贵的回忆。

顾白还有一个私心，万一哪天司先生像现在这样，彻底淡出他的生活了，他也会把如今的这些时光当作珍贵的宝物画下来。

这些回忆是无价的。

顾白鼓着脸，想到可能发生的未来的事，又万分失落地垂下了眼，哼唧着小声嘟哝道："我不卖。"

"行。"学长得到了这个利落的答复之后，又告诫了顾白几句想要他的画的买家是谁，当心以后被使绊子，才挂了电话。

顾白挂掉电话，气呼呼地放下手里的画笔，坐在凳子上，瞪着眼前摆得乱七八糟的调色盘和各种材料，生闷气。

就跟之前聚会的时候被人偷看短信生气时一样，这么久过去了，顾白依旧不知道怎么发脾气。

可能是因为他打小发脾气没有用，没有人会在意，再加上他这张娃娃脸，生气也没有什么威慑力。

顾白生气了，通常就是憋着生闷气，憋着憋着就把事情给忘了。

司逸明紧赶慢赶地回来，掐着顾白下工的时间点跑过来接人的时候，就看到了一个坐在工作台前边气鼓鼓的顾小白。

司逸明眉头一跳，转头看了一眼一切如常，甚至还心情颇好地聊天的另外四人，又看了看顾白："什么事生气了？"

顾白猛地回过头来，脸上是毫不掩饰的惊讶，以及非常明显的、让司逸明心中一动的喜悦。

顾白瞬间忘却了自己刚刚还在生气的事实，"噌"地一下站起来："司先生！您回来啦！"

说完他又顿了顿："您不是在 M 国吗？"

"嗯，我刚回来，顺道接你。"司逸明应道，看着顾白高兴的笑脸，又问道，"谁惹你生气了？"

在见到司逸明的瞬间就高兴起来的顾白干脆利落地回答道："没有！"

他看着司逸明，就像是重新回到了水里的鱼一样，连日里憋闷的心情一下子好了起来。

司逸明看他这副高兴的样子，也不再追问，而是跟着弯了弯嘴角："那……回去？"

"好！等我一下。"

顾白赶紧收拾好东西，背着背包屁颠颠地跟在司逸明背后，看着司逸明身上那件料子极好的风衣，忍不住伸手拽住了他的衣袖。

司逸明脚步一顿，偏头看他："怎么了？"

"……"顾白也说不上怎么了，微微仰头看着司逸明，半晌，用极小的声音哼哼道，"就是……您以后出门，可不可以告诉我去哪儿了呀？还有去多久……"

司逸明像是意识到了什么，眉头挑得老高。

顾白被他这么看着，哼哼着哼哼着就没了声音，默默收回爪子低下头，瞅着自己的脚尖，感觉有点儿难过。

"好。"司先生终于点了点头，"我会告诉你的。"

顾白倏然抬头，看了司先生半晌，感觉心里那空荡荡让他极度不安的地方被迅速填满。

终于找回正常状态的顾白，看着眼前身姿挺拔面容英俊的司先生，由衷地赞美道："司先生，您今天真帅。"

顾白的开心显而易见，最直接的体现就是多吃了两碗饭。

当然了，今天他们并没有回家自己做饭。

心情颇佳的司先生带着顾白去了一趟外边下馆子。

倒不是说司先生多吝啬，而是九州山海苑里的食材那么好，外边再高档的餐厅也比不上兔子精们供应的一根胡萝卜。

要不是蜃景里的出产一直供不应求，兔子精们扔几个出来开个餐馆，绝对分分钟日进斗金。

可惜了，蜃景虽然是兔子精的，但实际上真正能够守住蜃景的并不是兔子精们，而是接纳了兔子精们上供的灵植的神兽。

有这些神兽镇着，兔子精们才能安安稳稳地待在蜃景里种地养殖，不至于被其他强大的灵族撵出蜃景。

在顾白的概念里，普通的食物烹饪得再精巧美味，也比不上灵植的味道。

司逸明这种早就习惯了普通食物的神兽不算，顾白这种突然被养刁的，每天上班吃外卖的时候都要努力调整适应那股味道，自然是能在家里吃就坚决不下馆子。

但有的时候，人类对欲望的追求与享受，是真的能够突破食材限制的。

至少司逸明今天带顾白吃饭的地方，味道就超乎寻常地好。

心情颇佳再加上美味的食物，顾白美滋滋地把桌上的菜扫了个精光，旁边还放了好几个空掉的饭碗。

这种高档餐厅里的米饭总是喜欢以碗论价，不过大都是几块钱一碗，顾白虽然觉得肉疼，但现在的他也不是吃不起。

顾白的好心情一直持续到买单的时候为止。

因为他在司逸明把卡交给服务员的时候扫了一眼账单，惊恐地发现他们这一顿竟然吃了五位数，还是二开头的五位数。

"……"顾白摸了摸自己丝毫没见鼓起来的肚皮，又看了看桌上被扫光的菜品，感觉自己就像吃了一肚子黄金。

司先生看了一眼顾白，见他这副样子，问道："吃撑了？"

顾白摇了摇头："没有。"

司逸明看着顾白盯着桌上的餐盘的样子，说道："还想吃的话就再加……"

"不，不，不用了。"顾白赶紧阻止了司逸明，"这样吃多少都不会饱。"

司逸明点了点头，自然是清楚这一点的："味道好吧？"

"嗯。"顾白点了点头，"就是很贵。"

司逸明一本正经地说道："把金钱看淡一点儿。"

这话说得就跟当初顾朗捅了他的金库之后没被他记恨到现在一样。

顾白在心里小声地腹诽，脸上却忍不住又露出一个笑容来。

他很清楚，司先生这是在让他不要在意这顿饭。

司逸明看着顾白的笑脸，越看越觉得心里熨帖。

他从刷完了卡回来的服务员手里接过账单签好名，看着轻轻晃着脑袋，似乎在心里小声哼着歌的顾白，长长地舒了口气。

顾白循声看过来，对上司逸明的视线，而后者率先起了身："走吧？"

顾白点了点头，跟着站了起来。

司逸明随口道："你之前在生什么气？"

"哎？什么生气？"

顾白一时没反应过来，偏头看了一眼司逸明，才意识到对方说的是之前的事情。

顾白想了想，觉得这事也没什么好隐瞒的，干脆说道："我那张夕阳图送去参展了，然后应该是在审核的时候被人看上了，想截和。"

司逸明清楚一些艺术业界的破事，轻啧一声，脸上表露出了明显的不爽。

"不过我说我不卖啦。"顾白脸上带着笑，一点儿都没有之前那副生气的样子。

他一向是更加喜欢着眼于眼前的。

现在他眼前站着的是能够让他开心起来的司逸明，那个想要截和的人可远在帝都呢，两相比较，顾白压根就不把那人放在心上了。

"截和的人是谁？"司逸明问。

顾白其实没怎么仔细听学长后来给他的叮嘱，从来不担心别人背地里对他下黑手，因为他从小就运气好，遇到的绝大部分是好人不说，那些明摆着欺负他甚至想动手的人，无一例外全都遭了报应。

所以顾白是真的一点儿都不关心别人会不会对他下黑手。

想对他下黑手的人，得先保证自己不翻车才行。

但司逸明既然问了，顾白觉得自己还是得给个答复的。

他努力回忆了一下，思来想去，最终迟疑道："好像是……姓钱？"

　　司逸明凝神想了半天也没想出是谁来，他看了一眼顾白，仿佛已经胸有成竹地点了点头。

　　顾白挺忙的，到了家之后就拎着要给朱鸟作画的那些工具，跑去了司逸明家的二楼。

　　司先生的房子跟顾白的房子不大一样，虽然面积相同，但是建筑材料的区别真的非常明显。

　　最明显的地方，就是司先生对他说，哪怕是朱鸟血不小心洒在了地上也没关系，在他的房子里，朱鸟的血造不成什么影响。

　　不过顾白今天只是来量一量那块作为画布的霞锦的尺寸的，之前因为那些超高温的朱鸟羽毛被包在里边，顾白一直没敢在家里把它彻底打开，生怕一不小心就把自家屋子点着了。

　　顾白量完了尺寸，记录好之后就下了楼，从书房门口探了个头进去，因为怕打扰到正在工作的司逸明而将声音放得很轻："司先生，您这里还有霞锦吗？"

　　司逸明从翟良俊接二连三送来的文件和报表里抬起头来，回忆了一下自己的库存，问："要多大的？"

　　"不用太大，两个巴掌大小就好。"顾白稍微比画了一下。

　　他要霞锦，是为了尝试一下霞锦的适用性，毕竟油画对画布的材质是有要求的，虽然他之后用的肯定不是普通的油画颜料，但有备无患总是没错的。

　　司逸明想了想，站起身来，从书房里出来的时候，顺便把一沓文件塞进了顾白怀里："你看看有什么想要的东西，去问翟良俊要。"

　　说完司先生顿了顿，想到顾白总喜欢礼尚往来的习惯，估计是做不出直接问别人要这种事的，于是又补充道："买也行。"

　　顾白捧着文件，低头一看，发现上边全都是商品说明。

　　这些是翟先生送来给司先生审核的、可以安全无忧地通过灵族物流来送的商品。

　　灵族这么多年都没有紧随着人类日新月异的变化而进步的原因，第一是懒，第二是他们的情况比人类要复杂很多。

　　比如这种网店购物送货吧，对于灵族来说基本上是不可能去做的项目之一。

　　他们连想都没想过。

　　原因很简单，灵石根本就做不到从实体货币到数字货币的转变，其次，他们要送的货都不是什么一般的货品，谁能保证送货的灵族半道上不贪点儿什么呢？谁又能保证买卖东西的灵族不会袭击送货员呢？

　　再者，不是什么商品都能够放上来的，有的商品很安全，但有的商品可是会引来那些厉害的异兽的。

　　这些商品之所以最后会需要司逸明来审核，就是因为怕其中还有什么东西是对某些凶性很重的异兽极具吸引力的。

这活儿按理来说应该是白泽来干，但白泽现在不是不在嘛，最终就落在了最近挺清闲的司逸明身上。

毕竟不把那些商品剔除掉，那些负责送货的灵族送的可就不是货了，而是命。

极高的风险加上创办成本极其吓人，并且始终都没有镇得住的大佬牵头，灵族压根就没有动过这方面的念头。

再加上他们也一直都习惯跑去灵族集市自己买东西，无非耗费一点儿时间而已，灵族最不缺的就是时间，自然不会去冒这个险。

翟良俊是在顾白提醒之后才有胆子动这个脑子，也是因为他在灵族里也算是个厉害的大人物，还有他觉得司逸明可能会帮这个忙。

顾白并不清楚这些，低头翻着手里的文件，目光在其中一页上停驻了许久。

第二天顾白去上班的时候，他放在电动车前边的背包里装了好几个盒子。

学长们收到了来自小师弟的爱心小礼物，一盒保湿补水的护肤套装。

盒子上没有标签也没有原料成分，看起来比微商产品还微商产品。

学长们拿着盒子翻来覆去地看："小白，这是……？"

"羬羊……"顾白顿了顿，改口道，"嗯……绵羊油的护肤品，效果特别好！"

学长们瞅着这个白色的盒子，问道："什么牌子的啊？"

顾白卡壳了两秒，不确定道："翟……翟良俊牌？"

学长们无言地看着他。

顾白干脆拿了个护手霜出来，挖了一坨，扫了学长们的手一圈，然后拉过其中一个最干燥的，二话不说抹了上去。

羬羊油的效果几乎肉眼可见，顾白带着点儿小得意地看着学长们马上收回了怀疑的视线，一个个都拿过他手上的开了封的试用品抹到了手上。

作画的人都很重视自己的手，而壁画这一行又很容易伤到手，处理画面墙壁做小浮雕花样的时候，不小心划到手是常态，大冬天的还要赶工画画也是常态，手被冻裂了更是不能再正常的情况。

这份效果极佳的护手霜礼物，显然正中学长们的下怀。

顾白看到学长们因为他的礼物感到稀奇又高兴的样子，心里美滋滋的，笑得特别开心："盒子里边除了护手霜还有身体乳和面霜，效果都很好的！"

主事学长啧啧咂舌："难不成这是翟良俊平时用的？"

并不习惯说谎的顾白缩了缩脖子，小声道："是啊。"

"怪不得了，这些明星真厉害。"主事学长感叹了一句，然后又对顾白说道，"对了，小白，老师准备帮你往上面做推荐了。"

顾白一愣："往上面？"

"是啊。"主事学长点了点头，"你不是想开个人画展当大艺术家吗？想要当大艺术家，一直在这样的商业项目里混可不行，你得去跟着那些大家，多学学多看看。"

顾白垂下眼，有点儿不知道应该怎么回答。

认真地讲，他跟人类学习画技已经没有用了，按照司先生给他的规划，应该是等白泽回来了之后，让他去跟着白泽学习灵画技巧的。

主事学长看着他不应声的样子，有些诧异地挑了挑眉："怎么了？难不成你不想开个人画展当大艺术家了？"

"没有。"顾白摇了摇头，"我想的，这是我的目标之一。"

他是想开个人画展，成为一个绘画艺术家，但这对他来说，已经算是短期目标了。

"目标之一？"学长忍不住笑了两声，"我们顾小白野心还挺大，目标之二呢？"

"目标之二……"

顾白感到有些苦恼，总不能对学长说，他要以天地为画布画出另外一个世界吧？

说出来学长肯定觉得他有中二病。

顾白想来想去，最终十分严肃地答道："目标之二，是拯救世界。"

主事学长："……"

中……中二病？

顾白最终还是选择主动去拒绝了学长和老师的好意。

他头一次干这样的事情，给老师打电话的时候，声音干巴巴的，有些不知所措。

但高教授并没有责怪他的意思，只是反复询问他是否确定，是否决定好了。

在顾白的老师看来，顾白拒绝这个推荐，就像是在拒绝通往他未来的成功道路。

学生已经这么大了，他并没有插手学生的人生的权力，哪怕这对于顾白的未来非常重要。

他只是反复跟顾白确认，并将这个决定的利害关系跟顾白详细地说明了。

顾白在拒绝一条通往美好前程的康庄大道。

艺术这种见仁见智的东西，除了最本质的美以外，新人想要打出名气，奖项是其一，人脉是其二。

将顾白引入那个圈子，对于他来说百利而无一害，尤其是顾白的目标一直很明确，他想要走纯艺术路子。

顾白没有奖项、没有人脉也没有厉害的进修学历，纯艺术路子不好走，毕竟有的奖项也是注重学历和人脉的。

而某些由国家授予的头衔，又让人脉显得尤其重要。

这些顾白也许不懂，但在圈子里打滚了大半辈子的高教授却是非常清楚的。

这个圈子说大也大，说小却也小，绝大部分人上升的道路都相去不远，一个拉一个的，相互介绍相互取暖。

他得让顾白意识到这一点，深思熟虑之后再做出决定。

这是为人师最基本的操守。

顾白听着电话里老师给他分析利弊，一声声地应着。

他应着应着，等到老师的话都说完了，才深吸了一口气，小声道："我知道的，我已经决定好了。"

"……"高教授沉默了好一阵，忍不住再一次说道，"你真的确定好了？"

顾白点了点头，意识到老师看不见之后，犹豫了一会儿，还是开口说道："司先生说，他有老师推荐给我的。"

电话那头又是一段冗长的沉默。

顾白后知后觉地意识到这话说出来会让老师感到难过，这就好像是说，比起老师，他更加信任司先生一样。

顾白垂着眼，张了张嘴又抿紧了唇，紧张地盯着自己的脚尖，脑子嗡嗡响。

他不知道这样的情况应该怎么处理，无意伤人也是伤人，这个对象还是对他照顾颇多的老师。

顾白慌乱地揪紧了自己的衣摆，说道："老师，我……"

"挺好的。"高教授打断了顾白的话，声音听起来并没有多生气，甚至还带着点儿上扬的愉悦，"我都快忘了你认识那些不得了的人了，翟良俊那个团队前些时候还来找我准备录纪录片的素材来着。"

顾白一愣。

"挺好的。"高教授又这样说道。

顾白一直这么朴实诚恳踏实肯干，导致老师和学长们潜意识里都还觉得顾白始终是那个为了金钱奔波的穷苦应届毕业生。

但仔细想想，顾白最近在新人的圈子里可有名气了。

说他是首屈一指的新锐艺术家，绝对是有人认的。

而且顾白之前还跟着司逸明去外边单干了两单，再加上他们知道的三个项目，顾白怎么也不该缺钱了。

高教授并不是小心眼的人，相反，他非常乐于见到自己这个有着一颗赤诚之心的学生能够有机会走得更高更远。

顾白能够搭上司逸明那条船，也相当厉害了。

高教授想到那位大佬，又联想到自己几个徒弟这段日子的忧心忡忡，忍不住笑了两声，说道："司逸明人挺好的。"

顾白迷茫地眨了眨眼："嗯……司先生是挺好的。"

"我们顾白也有人照顾了。"高教授就像个老父亲一样感慨道。

顾白忍不住弯了弯眉眼。

他一直就有人疼啊，顾白想，打小就有人疼，熟悉的不熟悉的人都有，绝大部分

人类是对他人抱着善意的。

要不是总能遇到好人，顾白觉得他也没法儿长成现在这个模样。

司先生这两天心情很好，好得让那些见多了他每次被拉外援回来都沉着脸色一副随时都要暴起打人的灵族都感到了十二万分的惊奇。

他们对于司逸明开心的缘由百思不得其解，但这并不妨碍他们为此而感到庆幸。

不管怎么说都比被揍好啊！

谁愿意天天提心吊胆地担心被揍啊，就算皮糙肉厚也不乐意。

为了避免这只貔貅又突然想起来自己还有暴打违规灵族这一项职能，整栋楼也没有几个灵族会往司逸明跟前凑。

但凡事总有例外，比如需要跟司逸明做核对的翟良俊，又比如认认真真讲道理其实很少被暴力教育的谢致。

翟良俊最近虽然忙得脚不点地，但是可得意了。虽然他完美示范了一次错误的约妹方式，但得到的结果是相当不错的。

至少黄亦凝面对他的再一次表白，没有又一次把他的话当成一个恶意的玩笑。

翟先生都要感动哭了，在黄女士开始正视他的感情之后，翟先生更是干劲满满，天天连轴转也丝毫感觉不到疲累，被手底下的员工背地里喊成了永动机。

除了翟良俊之外，会被这么称呼的，就剩下谢致了。

谢先生跟翟先生不一样，他刚结束了一个大案子，现在很闲。

谢致跟司逸明关系挺不错，主要原因可能是他跟别的神兽不一样，獬豸这头神兽是出了名地讲规矩。

讲规矩在如今这个以人类为主的社会里是非常好的，早期的时候，谢致就被司逸明立成了六单元的典型标杆。

谢致每次凑到司逸明面前的时候，都是他有把握不会被打的时候。

别看司逸明这副凶巴巴的样子，他其实很讲规矩。

没犯错没得罪他，他是不会动手的。

当然，上古时这群神兽把其他异兽当零食的那段时间不算。

在白泽出面以后，这些动辄能使天地变色的神兽就变得好交流了许多。

比如现在，有谁凑上去的话就不会被打。

谢致下班回来，在电梯里遇到了也正从外边回来的司逸明。

司逸明脚步一顿，看向谢致，抬手按住电梯门。

他问谢致："对了，你知道帝都有谁家姓钱吗？"说完他顿了顿，想到能接触到年底帝都大展还有胆子截和的，在人类中地位应该不算低。

于是他补充道："应该还算是比较有权势的。"

工作的缘故，谢致比其他神兽要更加深入人类社会一些。

司逸明本来也该这样的，但是这位神兽并不喜欢同脆弱的人类亲近，公司的事情基本上都是直接扔给那些人类，他自己就负责当个吉祥物，顺便给某些需要谋生的同类开开后门。

所以顾白说姓钱的，司逸明还真想不起来有谁。

谢致想了想，道："有。"

司逸明满意地点了点头，对谢致说道："把资料给我。"

"这不符合……"谢致对上司逸明稍显危险的视线，把未尽的话咽了回去，改口道，"好的，能问一下发生了什么吗？"

"没什么。"司逸明没有回答谢致，松开手任由电梯门关上，转头走向了 666 号房。

开玩笑，让他告诉谢致他找人是想替顾白出气，谢致能拿这件事念叨好久，还是有理有据让人觉得贼有道理的那种念叨。

司逸明看着紧闭的房门，惊讶地发现顾白竟然把锁门给按下去了。

这显然就是闭门谢客的意思。

司先生微微皱了皱眉头，看了顾白的房门好一会儿，还是没有按响门铃，转头回了自己的屋子。

还是留下一些空间给顾白的好，顾白习惯了一个人过日子，在需要独处的时候显然还是留着让他一个人更加合适。

虽然以顾白的性格，他要是真的按了门铃顾白肯定还是会来开门，但那样就显得有些咄咄逼人了。

司逸明将心比心，觉得自己想一个人静静的时候要是有人来打扰，他肯定来一个打一个的。

第二天一大清早，司逸明的门铃响了。

门外站着的是拿着两盒子班戟的顾白，盒子里的是榴梿班戟，那股榴梿味都飘出来了。

司先生的确喜欢甜品，唯独对榴梿敬谢不敏。

他打开门，垂着眼看着顾白递过来的榴梿班戟，一边接过一边问道："我是犯了什么错吗？"

顾白一愣，满脸茫然："什么？"

司先生端起了手里的班戟，被那股味道熏得忍不住往后仰了仰脑袋。

然而那股气味始终萦绕不散。

顾白一下子恍然了："您不喜欢吃榴梿啊！抱歉，我不知道……"

说完他伸出手，准备把那两个班戟接回来。

司逸明想到自己的确没有跟顾白说过，抬手避开了顾白，说道："偶尔吃一次换换口味也不是不可以的。"

顾白弯了弯眉眼，摸出手机看了看时间，又放下，小声道："那……那我去上班了啊？"

司逸明点了点头："去吧。"

顾白往电梯走了两步，又扭头看了一眼还站在门口的司先生。

司逸明冲他晃了晃手里切开了的榴梿班戟，然后又满脸嫌弃地把它挪远了一点儿。

顾白笑了出来，一步三蹦跶地进了电梯。

司逸明看着电梯下了一楼，低头看着手里的榴梿班戟，慢腾腾地吃完了这份甜点。

实话说，他觉得还挺好吃的，就是这股气味怎么闻怎么难受。

司先生听到顾白离开单元楼门的动静，目光扫过一望到底的天井楼下，又收回了视线。

心机的司先生把两份班戟都慢腾腾地吃完，然后甩手一股灵气，把萦绕在他家门口的榴梿气味扇了出去。

六单元的住户们感到一阵窒息。

顾白骑着电动车，成功在迟到之前到达了工作地点。

他负责的墙面上，背景和玄武的大色块已经涂完了，接下来就是开始细化，添加细节和环境色之类琐碎而庞杂，并且需要非常细致的工作。

最终上墙的画作可没有什么修改的机会，要将失误的可能性压制在极低的范围内才行。

学长们多少都有点儿担心，但顾白本人并不。

他胸有成竹，每一笔都落得非常准确。

学长们看看顾白，再看看自己，觉得有的时候天赋这种东西真的是很令人绝望。

当付出的努力与艰辛相同的时候，天赋就像是一块不可逾越之壁，完完全全地隔开了普通人和天才之间的差距。

学长们清楚地认识到了自己是普通人之后，难免是觉得有些心酸的。

顾白敏锐地察觉到了学长们今天的异常。

主事学长长吁短叹，偶尔扭头看看顾白，小声地嘟哝两句。

顾白满脸问号："发生什么了吗？老板扣钱了？还是工期有变？"

"没有，就是感觉同样都是人，差别怎么就那么大呢？"主事学长又叹了口气，几个学长跟着点了点头，丧了吧唧地画着画。

顾白一脸茫然："啊？"

一个学长说道："顾小白的天赋令人嫉妒！"

另一个学长点了点头："令人嫉妒！"

"年轻，长得好，画得好，天赋好，没活路了。"学长们唉声叹气。

顾白感觉被针对，想说他都已经十亿岁了！

虽然他并没有这么漫长的记忆，不过司先生说他有这么大了，大概是真的吧。

而且我也不是人啊。

顾白心中小声地说道。

顾白站在他要画的墙前边，听着学长们你一言我一语地瞎叨叨，他们叨叨的时候手上还稳如泰山一般往墙上涂颜色，一点儿都没有受影响。

顾白站在最高的台子上，看着另外四个学长唱戏似的，一会儿一个脸色，无奈地叹了口气，扭过头继续去画画。

就单纯以那份抛弃负能量的忘性来说，他们真不愧是同门学长学弟。

大概正因为这个，所以他们才特别合得来吧。

顾白一边画一边听着学长们从八卦谈到财经政治，最后又跳到了"为什么咱们师门上下全都是臭男人，简直就跟和尚庙一样啊，说好美术学院妹子多呢"。

这话一出，在场的五个臭男人全都陷入了一片沉默之中。

然后这个小小的地铁出口里，再一次被愁云惨雾的忧郁给占据了，从来只有学长学弟而没有学妹的臭男人们又开始长吁短叹。

司逸明在当天下午拿到了谢致给他的资料。

姓钱的人不少，但在帝都，姓钱还有些权势的，却不多，满打满算也就三个，还都是一家出来的。

司先生看着手里的三份资料，最后落在了那个最年轻的人身上。

没别的，因为这个人的简历上写着兴趣爱好是收集各类艺术品，而谢致还特意在文件里的一段内容上做了标注，这个人在收集各类艺术品时用过一些不太合适的手段，惹过几次不小的麻烦。

司逸明瞅着这份资料，不太明白这个人类是图啥。

等到他再仔细一扫那人收集的那些艺术品名录，马上就懂了。

他收集的东西大部分是古董，不是古董的那些，绝大部分是出自灵族之手的艺术品。

出自灵族之手的小玩意儿一般都跟普通人做出来的东西不太一样，多少会带着些灵气或者是别的一些什么特殊性。

就比方说出自黄亦凝之手的画，半夜会给主人家招来灾祸，而出自司逸明之手的画，就可以用来镇宅消灾招财。

每种灵物都有不同的特性，而出自灵族之手的那些艺术品，大多带着他们特有的属性。

他们为了生计而向人类兜售自己的作品，这一点是允许的，因为需要做这种买卖才能挣到钱的灵族，基本上都没有什么很厉害的能力，引不起什么大反响。

但是很多很多不知道哪儿挖出来的古董加上大量灵族所作的东西，糅杂在一起，再加上个靠谱一点儿的风水先生，那就说不好了。

普通人是察觉不出灵画和普通画的区别的，撑死了就觉得"哇这张画画得真好看"。

顾白的灵画会被这样的人看上，应该不是后面那个原因。

要么这不是个普通人，要么这人身边有个非人类生物。

这就很有意思了，哪个非人类生物敢往他司逸明罩着的人身上动脑筋？

司先生看着这三份资料，沉吟了好一会儿，觉得他恐怕得去帝都走一趟。

他拿着资料就准备起身，走到屋门口像是意识到了什么，低头看了一眼手边，然后打开门，转头往 666 号房走去。

顾白听到门铃声，趿拉着拖鞋打开门，看到的就是拿着三个文件袋的司先生。

"我要去帝都一趟。"司逸明说完想了想，"大概去一个星期。"

顾白脸上露出茫然的神情来，似乎在问为什么要跟他说。

司逸明提醒道："你说的。"

顾白："……"

司逸明继续提醒："你说，以后我要去哪儿、去多久，都告诉你一声。"

顾白想起来了。

司逸明拿出了钥匙："我家的钥匙，有什么事情自己进去。"

顾白点头，小声道："好。"

司逸明走了，顾白吃完了饭，看了一眼手机，发现司先生给他发了条消息，说是明天他找人定制的画具和特殊颜料就会送到，是翟良俊公司的送货小哥送来，顾白要是愿意的话可以给他一两颗灵石当小费。

一两颗灵石，按照人类的购买力来算的话，是百来块人民币的样子。

顾白一边感慨司先生真的好有钱，一边去把装灵石的盒子搬出来，听话地拿了两颗灵石出来。

反正他也没什么能够花灵石的地方。

顾白看着被他放在桌上的罐子，这是他记事之后头一次跟顾朗去超市的时候买的一罐子饼干，罐子上印着的是小熊维尼，他可喜欢、可宝贝了。

哪怕罐子外表上已经锈迹斑斑了，顾白也没舍得扔，干脆就用来装他爸塞给他的这些垃圾。

纠正一下，这些现在不是垃圾了。

顾白瞅着罐子里的灵石，抱着罐子上了二楼，打开电脑，点开了之前翟先生发给他的地址。

这么多灵石留在手里也没有用，顾白想了想，决定花掉。

翟先生那边运营的网络购物平台如今已经上架了不少可以销售的商品，除了面向普通人的一部分之外，还有个面对灵族开放的内部入口。

顾白问过司逸明，司先生表示普通的强身健体的小零食是可以买来给人类吃的，但是会突然改善人类身体状况的东西不行。

顾白数着灵石，买了几包不周山果干和一些吃了之后能够在一定时间内避免一些小毛病的小零食，准备到货之后带去给学长们吃，顺便再送一份给老师和其他同学。

顾白看着效果买了一堆，桌上拿出来的灵石堆了一座小山，罐子空了一半。

内部入口都是货到付款的，页面上还显示可以规定收货时间，越快的话快递费用越贵。

据说这就是翟先生这个网购平台和其下物流公司最大的卖点和竞争力了。

只要顾客出得起钱，横跨整个华国的货物也能以最快的速度送到手上，在规定的时间点上甚至可以精确到秒。

为了避免被人类怀疑，翟先生和他组建的灵族团队可是反复确认过各个航线和运输方式的最快行进速度的。

要不是为了让运输速度在人类眼中变得合理一点儿，两个小时横跨整个华国的快递服务他们完全可以做到。

顾白填了个明早七点的时间，然后把桌上的灵石拿了个小塑料袋装好。

明天他就准备拎着这个小塑料袋去跟送快递的小哥交易了。

司先生去帝都之后，顾白陡然间变得空闲了不少。

早上天没亮就爬起来等天地元气之后的那段时间，顾白惊讶地发现自己竟然无事可做。

平时这个时候他都在忙忙碌碌地准备给司先生的小点心，现在不用准备了，不知道能干什么了。

天刚亮，顾白肚子也不饿，傻愣愣地在床上呆坐了好一会儿，低头看了看时间，洗了个香梨，上了二楼。

反正他闲着也是闲着，不如画画。

顾白前两天才把两个私单交给谢先生，现在手里除了一幅还没有动手的朱鸟图以外，还剩下翟先生要的貔貅图。

翟先生要的画很大，顾白扯出画布来细细铺开钉在板上，然后将之斜靠着墙，放在了一边，扯了一条小矮凳，架着画架开始画朱鸟的图。

关于朱鸟的图顾白有很多想法，比如她振翅而飞直上九天的时候，又或者展露出她锋利的利爪和鸟喙的时候，又比如她万鸟相随，昂首展翅的时候。

顾白觉得朱鸟女士一定比较喜欢打架的画面。

但是顾白个人又比较倾向于朱鸟自层峦山间腾空而起的画面，热闹熙攘，就像是一团旭日升起一样，充满了光明与希望。

虽然她飞过的地方雷云遍布，但这雷云可象征着一个可能成仙的灵族或者是人类。

顾白坐在画架前，低头给手机调了个闹钟防止自己沉迷画画忘记上班，然后拉了张画纸画了起来。

画画这种事情呢，既然老板没有提出明确的要求，最好是按照自己喜欢的想法来。

顾白混商业项目混得不多，但是学长们该说的还是都跟他说了。

所以顾白最后还是决定下手画他所想的画面。

虽然之前的梦里，鲲鹏和朱鸟打起来的场面的确很大且令人印象深刻，但顾白记得最清楚的，还是初见那一片苍翠群山之中宛如烈烈朝阳振翅而飞的一眼。

晨雾祥和，鸟鸣婉转，风掠过林海声音飒飒。

忽而一声悠长悦耳的鸣啼，林间有烈炎赤日的光穿透而出，万千鸟雀自林间飞出，拧成一股，向着层层叠叠的山脉深处飞去。

不多时，一只身披霞光、羽翼丰满、通体仿若燃烧着烈焰的巨鸟从山峦间振翅飞出。

她的利爪温柔地收着，有鸟雀亲近地凑在她的身边，那烈焰并没有灼伤这些小家伙，它们亲昵地随着她向苍穹飞去。

苍穹远处，是一线相对灰暗的、翻滚着的雷云。

顾白一笔一画地勾勒着回忆中的画面，在电话响起来的时候，好不容易勾完了个粗略的草稿。

顾白接通了电话，才恍然惊觉他昨天下午好像订了一堆东西，今天早上该送来了。

顾白放下铅笔，拎着桌上那一塑料袋的灵石，转头去了小区门口。

九州山海苑不管谁都不能随便进，哪怕是灵族快递员也不行。

顾白看了看这个快递小哥递来的法器，把手伸过去拍了个掌印，那法器就突然冒出了一个小口袋，小口袋旁边还有个散发着非常危险的气息的小管子，黑漆漆的洞口正对着顾白，并随着顾白的移动而微微移动着。

"这是什么？"顾白问。

"防止赖账的法宝。"快递小哥善意地提醒道，"如果给的灵石少了的话，就会开炮，目前这东西的战绩是一死六伤，视赖账数量而定，攻击力很强的。"

顾白："……"你们灵族买个东西这么凶的啊。

顾白将手里一袋子灵石放进了小口袋里，然后就看着那个小口袋合上，那根小管子变成了一只白色的小狐狸，冲他甩甩尾巴并扔了个飞吻，然后在看着顾白接过了货物，快递小哥重新启动了交通的法器之后，才"嘭"的一声消失了。

顾白心里"哇哦"了一声，然后扛着沉重的包裹回了屋。

不是人就这点好，力气贼大，爸爸再也不用担心我扛不起重物。

顾白到家，把提醒他该出门上班的闹钟按掉，匆匆忙忙拆了包裹，每样零食各拿了几包，往背包里一塞就冲出了家门，奔向了他的电动车。

顾白去上班的路上路过了五藏区的商圈，那里那栋大厦的广告屏上正播放着一个广告。

被外界说是在家抠脚抠了三个多月没有接新戏、新通告的老牌影帝翟先生，在粉丝们的殷殷期盼之中重出江湖，结束抠脚的第一个工作就是给自家平台和物流公司打广告。

网络这个东西毕竟还是人类比较擅长一点儿，因为怕出差错导致人类意外进入灵族的内部购买平台，所以那些乱七八糟的称呼，最后都被和谐了。

比如不周山果干改叫无忧果干，可以说跟人类起的名字非常贴切了，不用担心会暴露。

反正顾白把这些小零食分给学长们的时候，一点儿都没有被怀疑。

虽然这些吃的看起来又是那种类似微商的三无产品，顾小白也支支吾吾不说哪里买的，但是这玩意儿好吃啊！

美食果然是会让人心情愉快的！

几个啃完了不周山果干的学长美滋滋地在一边啃着其他小零食，啃完之后浑身都是劲儿，画起画来效率都上升了不少。

司逸明去了帝都做的第一件事，是跟习惯性流窜但比较喜欢蹲在帝都的麒麟见了一面。

见面的目的没有别的，就是问问帝都这边非人类生物的情况。

帝都是如今神州大地龙脉之首所在的地方，出入这里的非人类生物都是要受到人类和灵族双方的监视的。

毕竟是龙脉重地，不能随便作，龙脉一塌天灾人祸就会接踵而来。

麒麟是敦厚温和的性格，老老实实地回答司逸明一切正常。

司先生想了想，还是揣着资料去了资料上写着的钱家的地址。

司先生顺着地址找到这户人家的院子的时候，发现这家在帝都里住独栋大宅院的人竟然在搬家。

司先生看到有一个年轻人从里边走出来，听到负责搬运东西的人都尊敬地喊他钱先生，正是资料上的那一个。

司逸明就大大方方地堵在人家院门口，直接对上了那个年轻人的视线。

那年轻人见到他时一怔，然后惊愕地瞪大了眼，跟见了鬼一样脸色大变大退三步，扭头冲进了屋子里。

司逸明也就看了那年轻人一眼，马上就明白发生了什么。

那个年轻人身上有股淡淡的灵气，大概是机缘巧合得到了修行的机会。

但是如今这样的环境，没有大量资源支持，人类想要修行出什么名堂是不可能的。

这些古董和灵族的物品蕴含着灵气的确是对修炼有些帮助，怪不得这年轻人会死命收集这些玩意儿了。

　　可惜没有人告诉他修行这事儿还是得顺其自然随缘而行，打从踏入修行之道起，作一次恶以后就会翻一次车，翻车翻多了，就会死。

　　现在这户人家已经被晦气给包围了，都不用他动手，直接盖章没救。

　　那人估计也是察觉到自己被不好的东西缠上了，所以才准备搬家的。

　　看起来他以后还得多注意一下有没有运气好得以修行的人类，要是有的话，得把那些人类修士踹出来帮忙引导，晦气可是会影响到很多无辜的人和灵族的。

　　司先生看了看他们小心运出来的古董，目光停在了院子上空那乌云罩顶的晦气上，总觉得这晦气里含着的气息怎么闻怎么熟悉，平平淡淡的，就像是这天地间无处不在的气息，没有一点儿晦气该有的恶臭，倒有一丝让司逸明熟悉的特殊感觉。

　　司先生几乎马上就反应过来这气息属于谁。

　　是顾白。

第 13 章
白泽

司先生瞅着这晦气，咂舌。

顾白肯定不是故意的，这点他知道，那小崽子前不久才学会了使用灵气，到现在还不利索呢，哪里来的精力折腾这个？

司先生站在门口，对于这一团闻起来并不臭的晦气感到有那么点儿惊讶。

晦气不是什么好东西，不是好东西，就意味着它会有一些特有的引人厌恶的特征在里边，比如会招来灾厄，会引来病气之类的。

当然他们这种天生地养还身披大功德的神兽是不可能受晦气影响的，他们讨厌晦气是因为晦气自带恶臭，就像是腐烂的沼泽的气味。

司逸明不是没见过这样的晦气，这样的晦气在他们这儿还有个名字，叫报应。

普通人作恶积累到了一定的程度，就会遭到灾厄的侵袭。

举头三尺有神明，说的就是这玩意儿。

每个人在干坏事的时候，头顶上的晦气就会多一点点，等到乌云罩顶的时候，就是报应来的时候。

而在一个生灵踏上了修行大道之后，上天对其罪孽的惩罚会越发严厉。

司先生想到之前看资料的时候，那个姓钱的年轻人为了那些古董和艺术品不择手段的记录，大约是能够猜到为什么会有范围这么大的晦气了。

其中这人对顾白造的孽大约是形成这样庞大的晦气的主要原因，可能是被拒绝了之后不甘心，准备故技重施威逼利诱甚至强抢吧。

司先生抬手向着房间里轻轻勾了勾，一缕旁人所见不到的金色细线落入了司逸明手中，绕着他的手轻飘飘地飞了一圈，然后缓缓消散了。

开玩笑，他会因为顾白本身已经给这人带来了报应而选择宽宏大量，饶恕这人的过错吗?

不存在的。

司先生拿走了这人的财运之后,又看了一眼晦气,视线扫过在大宅院里探头探脑的人,哼笑一声,转头离开了。

顾白有这么大能量,司逸明是真没想到的。

虽然天生地养的灵物大多天生就受到天地眷顾,但这种眷顾不会明显到这种程度。

都还没威胁到顾白本身呢,只是一个小小的矛盾而已,就瞬间被发酵到这种程度了,司逸明扪心自问,他这个帮着镇守神州大地的功臣都没有这么牛。

能被偏爱到这种程度的,这么多年来司逸明就见过玄武一个。

当年不周山被撞断,天地塌陷天降大洪水,就是玄武以一己之力扛起了天,暂时堵住了缺口,之后轮回建立起来,玄武又被拉过去镇守幽冥引渡亡魂,常年都在为这个世界的稳定而努力。

玄武向来都是被偏爱的,因为他们身上有救世的功德。

玄龟兢兢业业镇守幽冥这么多年,多半也是在琢磨着再多攒点儿功德,看看能不能跟灵蛇生个崽崽出来。

玄武这种德高望重的神兽能够有这样的能量是很正常的,但顾白为什么会得到这样的偏爱?

司先生微微皱起眉头来,然后拿出手机,给远在雨林区里忽悠顾朗的犬妖发了条消息过去,让他别再带着顾朗转圈圈了,赶紧找到白泽。

在见识到顾白所受到的堪比玄武的眷顾之后,司先生终于准备正视一下顾白的本体是什么了。

司先生刚走过拐角,就听到了后边传来几声重物落地的碎裂声,紧随而来的是气恼的叫骂。

司先生低头看了看自己的手,然后又收回来,闲庭散步一般离开了这里。

顾白对于这些事情一无所知,司逸明在帝都里溜达了好几天,以确定龙脉真的没有出现什么异常的时候,顾白终于把朱鸟的草稿修改好,并且简单用水彩尝试着上了层色了。

那套特殊的画具前几天就已经送到了,顾白暂时只试用了画笔,出乎意料地方便好用。

画笔只有一支,笔随意动,想要变换成什么规格的就会变成什么规格的,甚至细致到笔尖软毛的柔韧程度,都会变成心里最想要的柔软度。

最重要的是,还不需要洗笔。

顾白想要它变得干干净净就会变得干干净净,需要它还残留一些颜色用来画混合渐变,它就能残留颜色。

想要它如何就能如何,这简直是每一个绘画从业者梦寐以求的笔了。

特别是画笔报废率非常之高的油画。

送来的调色盘也非常好用，大概是从人类科技里得到了些灵感，这个调色盘除了能够轻易洗去颜料和污渍之外，还会分析颜色，比如再加一点儿什么颜色就会变成什么颜色，都清清楚楚的。

顾白满意极了，拆下草稿就揣着钥匙出了门。

谢致和翟良俊两个刚巧一起回来，谢致如今作为翟良俊那个公司的法律顾问，也赚得盆满钵满的，跟翟良俊的关系也拉近了不少。

他们从一个电梯里走出来，正讨论着事情，准备趁着司逸明不在，去顾白家里蹭一顿饭，还可以带上最近难得休假的黄亦凝一块儿。

结果他们刚出电梯，就看到顾白拿着钥匙，打开了663号房的房门，大大方方地走了进去。

翟良俊和谢致愣了半晌。

最终狐狸精率先反应过来，傻了吧唧地感慨："哇！"

"哇什么哇。"谢致转头看他，满脸都是恨铁不成钢，"你看看人家司逸明，都把钥匙给顾白了，你再看看你！"

翟先生一脸想叨叨的表情叨叨道："我也可以把我家钥匙给黄亦凝啊！"

谢致鄙视他："那人家会接吗？"

"不会！"翟先生理直气壮，"我们情况不一样的好吗。"

谢致变了变脸色，提了个正经问题："那我们去哪儿吃饭？"

翟良俊想了想，还是决定去外边下馆子。

顾白并不知道他又一不小心给司先生带去了麻烦，他这会儿正十分严肃地上了司逸明家二楼，准备开始折腾朱鸟血和颜料。

朱鸟血的温度很高，再加上旁边放在桌上的朱鸟羽毛，整个室内热得都不像是十二月的温度，反而像是盛夏时那般燥热。

不，比盛夏要糟糕得多了，因为顾白这会儿体质有了质的飞跃，不说寒暑不侵，但至少对寒冷和燥热的抵抗能力是高了许多的。

顾白稍微离朱鸟羽毛近了一点儿，身上的衣服边缘马上出现了即将燃烧的焦黄色。

顾白赶紧重新把东西盖上，低头看了看自己染上了烧灼痕迹的衣服，给司逸明发了条消息过去，询问应该怎么办。

司先生短信回得很快，表示他的衣帽间里直走进去第三个柜子里的衣服全是霞锦做的，让顾白去穿上。

顾白觉得这不太好，有些犹豫。他知道普通的衣服是没办法在贴近朱鸟血和羽毛的时候保持完整的，但穿别人的衣服多不合适啊。

可他不可能裸着画画呀！

顾白最终还是走进了司逸明的衣帽间，在第三个柜子里看到了一堆各种各样款式花

样的衣服。顾白随意拿了件不那么花哨的短袖出来换上，又拿了条宽松的睡裤穿上。

司先生的短袖长得遮住了他的屁股，而睡裤更长，让人非常充分地见识到了睡裤原主人的腿到底有多长。

顾白弯着腰卷了好几次，结果都因为霞锦太过于顺滑柔软而失败了。

最终顾白放弃了，两只手提着裤管回了二楼。

顾白换上了这一身宽松柔软的装备，重新回到二楼画室的时候，感觉果然好多了。

他刚准备将盖住了朱雀羽毛的霞锦掀起来钉上画板去，被他放在角落里的手机就响了起来。

顾白放下手，提着裤腿跑过去看了一眼，惊讶地发现竟然是他爸，发来的还是视频通话！

破天荒头一次，顾白简直惊讶极了。

他赶紧接通了通话，刚一接通就看到了他爸那张凶了吧唧的脸占满了整个屏幕。

顾白："……"

"乖崽！"顾朗一下子拉开了距离，似乎是将电话交给了谁拿着，往后退了好几步。

好久没看到他爸了，顾白脸上忍不住露出笑容来："爸爸！"

"乖崽！"顾朗那张凶恶的脸上也跟着露出了笑容。

然后他说道："我抓到白泽了！"

他话音刚落，就把手伸出屏幕外，跟拎鸡仔一样把一个穿着迷彩服的男人拎进了镜头里。

那个男人长得很好看，身上却有些脏兮兮的，脸上也沾了点儿泥巴的痕迹。

那痕迹还很新鲜，那张让人看了就觉得像是泡入了温水一样舒服的脸上透着几丝意料之外的蒙。

他似乎没想到会被突然拎起来，还茫然地挥了挥手臂。

顾白注意到他手上也全是泥。

白泽并没有看镜头，转头看向顾朗，好脾气地柔声问道："你是谁？"

说完他顿了顿，然后露出恍然的神情："哦，你是饕餮。"

然后他又问："你拎着我干什么？你不能吃我的，可以放我下来吗？"

"是你说要见我的乖崽的。"顾朗把白泽放下，说道。

白泽脸上又露出茫然的神情来："我说过吗？"

顾朗说："你说过。"

白泽认真想了想，然后摇了摇头："我没有说过，这是我们第一次见面。"

顾朗反驳他："不，我们见面次数没有一千也有八百了，我都跟了你几个月了，而且我昨天晚上就抓到你了。"

"……"白泽沉默了好一会儿，抬头看向顾朗，柔声问，"你是谁，这里是哪里？"

然后他又一次自问自答："哦，你是饕餮，这里是亚马孙。"

顾朗翻了个白眼，看起来已经完全没脾气了。

他抬手捧住白泽的脸，转向了屏幕，粗声粗气地说道："你刚刚说你有事找他！"

顾白："……"

白泽："……"

两个人面面相觑。

白泽看了屏幕好一会儿，然后"哎呀"了一声，声音还是软绵绵的："小石头你从天上下来了呀！"

顾白：哎？

顾白看着屏幕里身上、手上全是泥，浑身脏兮兮的白泽，愣了好一会儿。

"小……小石头？"他指了指自己，呆怔了足足五秒之久，然后"啊"了一声，整个人都显得有些失落。

他真的是石头精啊。

听起来一点儿都不厉害，顾白忍不住想要叹气。

白泽看了屏幕里的顾白一会儿，然后恍恍惚惚地意识到了什么，抬头看了一眼天，然后晃了晃脑袋，挣脱了顾朗的钳制，蹲了下来。

顾白就看着这个说话都软绵绵的神兽，蹲在地上挖起了泥巴。

白泽虽然并不擅长打架，但毕竟是个神兽，以他的身体强度，在地上刨个坑就跟撕张纸一样简单。

顾白看了一眼白泽，又看了一眼顾朗，问道："爸爸，他在干什么？"

"在找东西。"顾朗对白泽没脾气，因为白泽的记忆相当混乱，经常性觉得他俩是第一次见面，偶尔又记得起以前的事情，前脚说过的话后脚就忘，然后温柔绵软地开口就问"你是谁"，换了谁都生不起气。

要见顾白这个事，就是白泽突然想起来他以前让顾朗去找了顾白，听顾朗说已经找到了，就提起来说要见个面。

"不过他现在大概又忘记要见你干什么了。"顾朗有些腻歪地咧了咧嘴，看着蹲在一边反复翻看一团泥巴的白泽，那一脸腻歪的神色又渐渐消失了。

顾白是听翟良俊说过白泽脑子不大好这事的，但没想到会是这样的情况。

"那……"顾白愣愣地看着转眼间就把那块被挖得坑坑洼洼的地面复原了，另外换了一块地方继续挖的白泽，干巴巴地道，"那怎么办？"

顾朗咂了咂嘴："就先这么开着吧。"

顾白点了点头，在角落里找了条高凳子，把手机立在上边，调好了角度之后，重新提起两只肥大的裤腿，趿拉着拖鞋啪嗒啪嗒地往画架那边走。

他刚走出没几步，那边他爸就大喝一声："乖崽！"

顾白被吓了一跳，扭过头跑回来，紧张道："怎么了、怎么了？"

顾朗看着顾白身上松松垮垮的短袖睡衣，想到刚才看到的都拖到地上去的裤子，眉头一皱："你的衣服怎么回事？"

顾白张了张嘴，又把到喉咙口的话头咽了回去，眨了眨眼，心虚地小声道："嗯……就买……买大了。"

顾朗眯了眯眼，本来就凶恶的脸上隐隐显出杀气来："霞锦的衣服都是定做，你怎么买大的？"

顾朗要气死了。

短短几个月不见，他的乖崽竟然都学会说谎了！

顾白噎了一下，低头看了看自己身上的衣服，在顾朗的逼视下，紧张地揪了揪衣摆，以极快的语速说道："我在给朱鸟画画，朱鸟血和羽毛的温度太高了，我就借用了司先生的衣服……"

"司逸明的衣服？！"顾朗的声音一下子提了起来，整个人看起来都要气炸了，他目光在顾白背后扫了一圈，问道，"你现在还在他家里？"

顾白瞅瞅屏幕里的老父亲，极其心虚地小幅度点了点头。

顾朗气得想砸手机。

他就知道，当初在灵族集市里遇到的时候乖崽浑身都是貔貅味就不对劲！

司逸明无耻老贼！

顾朗气得脑壳发晕，感觉可以现场给他的乖崽表演一个手扛导弹点对点轰炸司逸明。

"乖崽你等着，我这就……"

顾朗话还没说完，白泽循声看过来，目光落在顾白身上的时候，两眼一亮，站起身来，高兴地柔声道："小石头你从天上下来了呀！"

顾朗的话戛然而止。

顾白看了看他的老父亲，又看了看凑过来的白泽，然后点了点头："嗯……"

"那我得快点儿了。"白泽说着，抬头看了眼天，然后又对顾白说道，"你再多坚持一下，等我找到泥巴就好了。"

白泽说完又扭头去挖泥巴了。

顾白满脸问号，朗朗若有所觉，抬头看了看天，然后又看了看顾白，又看了看天。

"乖崽，你该不会……"

"我该不会？"顾白跟着疑惑。

"你该不会是补天石吧？"顾朗皱着眉头说道。

顾白惊呆了，他指了指自己，又指了指窗外的天空，然后摆了摆手："怎么可能啊？"

"就是补天石啊。"白泽在那边插嘴，抬起头来疑惑地看向手机屏幕，"小石头你的记性怎么比我还差？"

顾白愣愣地指了指自己："我？"

白泽声音软乎乎的："是啊。"

顾白低头看了看自己的双手，又看了看窗外的天空："可是天没漏啊。"

"你的本体还在上边呢。"白泽说完，又像之前一样，软软地给顾白打气，"你再多坚持一下，等我找到泥巴补上漏，再过些时候，你的本体就可以拿下来了。"

说完他就像是不放心一样，强调道："再坚持一下哦！"

"我怎么会？……"顾白还不敢相信。

白泽把手里的一块泥巴扔到一边，继续往下挖，听到顾白这个疑问，偏头对他露出一个笑容来，顺嘴就给顾白讲了个故事。

那是很早之前的事了。

在人类无法准确论证的神话时期，有二者连通天地，其一是仙人下凡用的天梯建木，其二是支撑着苍穹的不周山。

后来在众所周知的原因下，不周山被撞断了，一时间天塌地陷，建木也被苍穹压垮，电闪雷鸣，天幕垂垂。

不周山垮塌的地方留下了一个巨大的孔洞，于是有天河的大洪水从苍穹之上倾泻而下，摧毁了无数的生灵，大地逐渐被洪水淹没，生灵涂炭。

这时掌管着五行之水的玄武挺身而出，玄龟背负起青天，四脚被沉重的苍穹压入大地，而灵蛇则竭尽全力地引导掌控着向大地倾泻的天河之水，给了残存的生灵一丝喘息之机。

之后人母女娲从残存的不周山脚下花费许久收集了足量的五色土，炼石补天，好不容易才把那个大窟窿给补上。

补上之后，洪水的源头断了，但大地之上的大洪水还在肆虐，于是便有了大禹治水之说。

而那苍穹被玄武扛了不知多少年之后，竟然也就稳固住了。

后来经历了漫长的时间，五彩石背负大功德，从本来决计无法开灵智的石头，得了天地眷顾，生出了灵智。

"'世间有七窍者皆可成仙'这个本来是无法打破的铁则。"白泽讲故事的语气也依旧软绵绵的，硬是把跌宕起伏的亘古传说讲出了睡前童话故事的感觉，"后来你的功德足够了，这个规矩就被打破啦，鸟兽虫鱼花草都可以修行。"

不过石头还是太勉强了一点儿，加上五彩石要是成精跑了，肯定又是一场灾难，所以顾白化作人形的时间被无限推迟到了现在。

顾白："……"

所以我还是小泥巴精炼成的小石头精。

听起来好像很厉害。

顾白张了张嘴，看着叨叨着叨叨着又露出茫然的神情，抬头四顾仿佛在疑惑"我是谁我在哪儿"的白泽，满脸都写着蒙。

他还是被女娲经手过的。

怪不得他对人体天然就很熟悉，怪不得他对色彩一向敏感。

满脑子都是画画的顾白觉得自己简直是占了天大的便宜。

谁的外挂能开成他这样啊？

没有了，绝对没有了。

开挂把自己直接开除人类籍的，恐怕天上地下仅他一人。

顾朗瞅着他的乖崽，虽然觉得十分意外，但也并没有吃惊到不得了的地步。

毕竟只要人活得久，真的什么事情都能遇到。

"可能是因为乖崽你的本体还在天上。"顾朗解释道，"所以你有好多事情也记不起。"

顾白茫然地点了点头，对此感到十分无措。

怎么好好一个人，就变成石头了呢？！

石头就算了，怎么还是补天石，女娲补天的故事谁不知道啊？

顾白低头瞅着自己的双手，左手捏了捏右手，右手又捏了捏左手，然后在自己身上捏来捏去。

他怎么捏都是个普通人的手感。

"乖崽。"顾朗看着低着脑袋在自己身上捏来捏去的顾白，对他说道，"司逸明不是什么好东西……"

顾白顿了顿，抬头看着他的老父亲，小声道："可是司先生有钱呀……"

把自己吃空，口袋里布贴布，基本上没有一点儿存款的顾先生，表情顿时像吃了苍蝇。

"司先生还帮我理财，对我还特别好。"顾白继续小声道，"司先生挺好的呀。"

顾朗眉头越皱越紧，心说那是乖崽没被司逸明打过。

貔貅可是被赋予争斗和军队的象征的，打起架来那凶狠的架势，比起几个凶兽来也是不遑多让。

但是顾白显然是没有被司逸明揍过，所以并不能和顾朗感同身受。

顾朗的脸色很难看。

倒不是因为顾白不听他的话，而是因为他知道他的乖崽有多傻。

万一乖崽被司逸明欺负了怎么办？！

顾白这块小石头那么耿直那么傻，以司逸明的精明，顾白肯定被坑了还觉得美滋滋。

顾朗忧心忡忡，但在回去找他的乖崽和留下来照看失智神兽之间犹豫了一下，最终还是选择了后者。

他们这些灵物吧，比起重视感情的人类来说，还是更加注重因果。

白泽帮了顾朗那么大一个忙，顾朗是绝对要好好偿还这个恩情的。

不然他们这种本来就不怎么招待见甚至还遭人恨的凶兽，指不定要倒霉多久呢。

并不想倒霉的顾先生对顾白说道："司逸明要是欺负你了，我去揍他！"

顾白觉得司先生恐怕是不会欺负他的。

顾白把这话憋着没说，对着他的老父亲点了点头，然后看着白泽又一次扔下了一块泥巴，重新埋好，转头换地方的时候又看到了他。

白泽满脸惊喜，软绵绵道："哎呀，小石头你从天上下来了呀！"

顾白也软软地跟白泽打了个招呼，看着对方浑身脏兮兮但是非常高兴的样子，忍不住露出了个笑容。

顾白看着白泽，觉得比起白泽，他还是比较聪明的。

没有对比就没有伤害。

以后谁再说他傻，他就把白泽扔出去！

得知自己是牛哄哄的补天石之后，顾白也没发现自己的生活有什么变化。

他这几天过得相当规律，除了白天去上班之外，天天一回家就往司逸明家里跑。

目睹了一切的六单元住户啧啧有声，觉得镇楼神兽真是不得了，分分钟已经把自家的钥匙交出去了。

开玩笑，当貔貅的房子是那么好进的吗？

不说安全问题，就说貔貅那令人垂涎的小金库，就不是能够随意展露出来的东西。

能够得到这样的机会，某种意义上来说，666 房的那个小画家也真是不得了。

怎么说呢，不愧是能够画灵画的灵族，光凭这一点，就足够在灵族的万千同类之中脱颖而出了。

九州山海苑的住户们偷偷八卦，一直在猜测顾白的本体是什么，可惜顾白至今都没有暴露过什么能够让他们窥见一丝本体真相的痕迹。

司逸明在帝都绕着龙脉溜达了一圈，确定没什么问题之后，却没有准备马上回去。

因为顾白那幅夕阳图所参加的大型展会要开始了，展览时间长达十天。

顾白那边的工作才刚刚进入收尾阶段，这个阶段麻烦的事情也是很多的，恐怕是赶不上参加展览了。

司先生觉得自己有必要替顾白去看看，免得又遇到什么不长眼的家伙。

司先生这种天天摸鱼的行为并没有人敢抗议，他的集团高管绝大部分是灵族，间或夹杂着几个人类，基本上是没有人敢对他这种摸鱼行为有什么意见的。

董事长，还是只要镇在那里就能保证集团效益稳步上升的董事长，谁敢叨叨！

谁叨叨就把谁踹出去！

大环境如此，那几个外聘的人类自然是不敢多吭声的。

但他们没有想到，自家董事长竟然破天荒地出现在了娱乐八卦版面！

要知道有关于司逸明的消息一向是直接上财经头条的，除了财经方面之外，他完全没有涉及过别的版块。

这一次他突然出现在娱乐八卦版，都要把公司公关部给吓死了。

司先生对于自己出现在哪个版块这事并不放在心上。

他甚至完全没觉得自己就在展厅里溜达了一圈，被认出他的记者逮到了顺嘴回答了一句，竟然就能够上个头条。

他也就说了一句来看看朋友的画而已。

那些丧心病狂的媒体花了一天时间把这次展览五个大型展馆中上千件展览品列表"扒"了个遍，最终"扒"出了几个曾经跟司逸明旗下集团有所合作的画家的画来。

顾白在准备去上班的时候看到这个推送，往下一翻，发现名单里竟然没有他。

他愣了愣，轻轻抿了抿唇，默默取关了推送消息的公众号，闷闷不乐地把手机塞回口袋里，骑着电动车去上班。

到地方的时候，顾白发现学长们的热情空前高涨。

实际上最近学长们对于工作的热情都非常高，顾白猜测其中大概有一部分原因是他带来的那些小零食的功劳。

毕竟那些小零食能够使人无忧又强身健体消除疲劳还能防止梦魇，长久下来人的精神状态和身体状态肯定会非常好。

顾白把电动车停好锁上，一进工作室就被学长们拽过去从头到脚进行了一番赞美。

心情低落的顾白被赞美得一愣一愣的，茫然地看着学长们疯狂吹自己。

"发生了什么啊？"顾白小声问道。

学长们一拍他的肩膀："顾小白你还不知道吗？"

顾白一愣，想到自己刚刚取关的公众号，犹豫了一下，摇了摇头。

"哦，司逸明上头条了！"学长先拣了这个消息说道。

顾白顿了顿，点了点头，然后配合地"哇"了一声，看起来情绪并不高。

学长们你看看我我看看你，低头一翻手机，就大约猜到了是什么事儿。

不得了啊，顾小白竟然会因为推送的消息里没有他而感到不高兴！

小师弟开窍会不会太快了？

学长们忧心忡忡，司逸明为什么不直接说是看顾白的画啊？真是造了个大孽。

学长们又开始愤愤不平。

然后他们又以迅雷不及掩耳之势把这事扔到了一边，换了个频道，把手机往顾白面前一放。

主事学长甚至还主动配上了"锵锵锵"的音效。

顾白微微往后一仰，凝神一看，惊讶地发现他的名字竟然出现在艺术版面的头条上！

头条题目是：帝都"自然"画展新锐画家顾白画作饱受关注，大师赞不绝口。

配图是他的画和他的照片，顾白愣了好一会儿，再一次"哇"了一声。

这一次的惊讶就一点儿都不敷衍了，满满都是惊愕和不可思议。

顾白满脑子想说的话，但又不知道从哪里说起。

被广大群众承认和被业内大师承认完全是两个概念。

对普通人来说，炫技就可以征服绝大部分的人。

但对于行内人来说，却并不简单。

顾白把目光从手机上移到学长们身上，磕磕巴巴道："我……那个……这是真的……"

他的目光又落在了那条推送的文章上，脑子一团糨糊，最终小声说道："他们直接挂上我的照片不算侵权吗？"

学长们哭笑不得："顾小白你的关注点是不是有点跑偏？"

顾白抿了抿唇，唇角却控制不住地翘了起来。

"想笑就笑啊，以后有的是展览要邀请你了。"学长们忍不住伸手揉了一把顾白的脑袋，"你自己乐会儿，我们先去开工了啊，自己注意点儿别乐极生悲。"

顾白被这么一说，咧嘴露出了一个大大的笑脸，脆生生地答道："好！"

学长们一个接一个地走了出去，最后一个还体贴地帮他拉上了门。

顾白本质上是个很害羞的人，学长们是知道的。

要是像他们这样的，看到这样的消息，瞬间就能蹦起来乐得冲出去跑十圈，哪还能像顾白一样规规矩矩地坐在工作室里，一副想笑又要努力控制的样子。

虽然小师弟偷着乐的样子也很可爱，但是这种激烈的情绪还是不要憋着的好。

大笑和大哭都是很好的宣泄方式，他们还没见过小师弟哈哈大笑的样子呢。

既然不好意思在他们面前开怀大笑，就让他一个人躲着乐好了。

这可是来自学长们的温柔！

顾白在工作室的门关上的瞬间，就忍不住"噌"地站了起来。

这实在是一件再好不过的事情了，顾白高兴得要命，脸上几乎要笑出一朵花来。

他迫不及待地把公众号又重新关注了回来，直接无视掉了娱乐头版头条，美滋滋地刷起了艺术版块。

艺术版块的报道相对于那些需要爆点吸引眼球的版块来说，措辞要相对温和不少。

整篇文章就是阐述了一番这一次展览的主题以及其中出彩的作品，而顾白的作品被着重拎出来说了一通。

因为第一天来逛展览的某位大师在接受采访的时候，被问及"印象最深的作品"时，大师毫不犹豫地夸赞了一通顾白的画。

其中作为引言的话，就是出自大师之口，他夸赞顾白说："论灵性，新一代画家无人能出其右。"

这篇稿子顾白看得很舒服，甚至还有些小害羞。

被业内顶尖的优秀大师抱着诚挚的心情这样期待与夸赞了，顾白感觉自己整个人都飘飘欲仙，满足得不行。

之前因为司逸明的推送而产生的细微的沉闷心情仿佛从来没出现过一般，顾白今天一整天都精神高涨，甚至还哼起了歌！

这歌，学长们听了半天都没听出来是谁的，但调子相当好听，自然而然就让人听出了风声中鸟语花香馥郁，甚至还有流泉叮当的清冽声响。

学长忍不住了，问道："顾小白，这是谁的歌啊？"

顾白哼歌的声音一滞，他转头看向学长，满脸都写着茫然。

"我忘了。"顾白说道，"大概以前听过。"

至于是多久以前，顾白是没什么把握的。

因为他的脑子里可能还存着很多他自己都不知道的内容呢，区区一首歌而已，想不起来是正常的。

白泽有的时候连三秒前的事情都想不起来呢！

顾白觉得自己的状态比白泽好多了。

"哦。"学长们点了点头，"那你继续哼，挺好听的。"

顾白对学长露出一个灿烂的笑脸，高兴道："好！"

顾白的好心情总是能够持续非常久，一直到下班，他都一副喜气洋洋的样子，骑着电动车回家的时候，都还在哼哼着那不知道从哪里听来的曲调。

顾白已经尝试着折腾好了朱鸟血和颜料，画布上也已经做好了底层处理，连线稿都已经画好了。

朱鸟血作为调和颜料的液体，而那些羽毛，顾白则准备用在最后，给朱鸟的主体贴上去。

接下来的几天时间，谢先生告知顾白他参展的那幅画得到了很高的评价，那张图可以直接去参加一月份报名，三月份出奖项的一个美术奖项。

顾白很听话，也很懂什么样的人就干什么样的事这个道理，他并不太懂这些东西，唯独喜欢画画而已，在别的方面，谢先生说什么，他通常都是直接点头。

人类世界的一切都在顺顺利利地往他所希望的方向发展。

顾白万分满足，在挽救神州大阵这件事情上充满了干劲。

司逸明回家的时候，一下子就发觉了顾白正在他家二楼。

他悄悄地走了上去，就看到顾白穿着松松垮垮的衣服和裤子在画画。

衣服有些长，使得他不得不将袖子撩起来，还弄了两个皮筋将总是往下滑的衣袖给扎住，显得有些纤弱细嫩的手腕从宽大的袖口里伸出来，反差格外大且显眼。

他坐在那里，身体微微向前倾着，偶尔低下头来用画笔涂抹两下调色盘，而后又小心细致地继续将全部的注意力投注给面前的画卷。

司先生看着认认真真画画的顾白，呼吸着满腔燥热的空气。

朱鸟的血和羽毛温度怎么那么高？他不穿霞锦都接近不了。

他悄悄从二楼退了下来，在一楼稍显冰冷的空气中深吸了口气，决定先去冲个凉。

顾白虽然已经脱离了人类籍，但在那些小习惯上，到底还是人类本能占上风。

比如他如今虽然耳聪目明，但照样无法像司逸明他们那样做到眼观六路耳听八方。

正常人类都做不到，而顾白有记忆以来就是作为正常人类过日子的。

所以他并没有发现司先生悄悄回来，然后又悄悄退下去洗了个澡。

一直到司逸明顶着一头湿漉漉的头发重新上二楼来，在他低头调色的时候，喊了他一声。

顾白被惊得一抖，扭头看向楼梯口的时候，惊愕便瞬间被喜悦所取代。

他赶忙放下了手里的画具，站起来拎着裤腿，迈开步子光着脚"噔噔噔"地跑到了楼梯口。

"司先生你回来啦！"

顾白伸手，刚准备拽司先生上来，然后又意识到靠近之后高温会把普通材质的衣服烧掉，于是伸出去的手又默默收了回来。

顾白让开身子，指了指那幅已经铺好底色看得出雏形的画。

他到底还是遂了自己的意，画的是朱雀腾飞的图。

顾白本质上是个爱好和平的好孩子，朱鸟几个不同版本的草稿画来画去，他总觉得打架的那几张他画不出那种惊天动地的气势来。

倒不是画技上有缺憾，一定要画的话，顾白是可以利用构图技巧和色彩冲突来凸显震撼感的。

但总是差了那么一丝感觉，说得玄乎一点儿，大概就是灵性。

作画者无法对画面产生认同感和热情的时候，哪怕这个画面运用的技巧再纯熟，得到再多的赞誉，作者本人也不会对此感到满意。

朱鸟本尊大概是不会想看到自己战斗的英姿被画得软绵绵的，所以顾白最终还是选择了他个人最想要表现出来的画面。

顾白个人是非常满意自己这张画的，美滋滋地问司逸明："怎么样，司先生？"

司逸明看过去，脸上显出了一丝惊讶来。

"我以为你会画朱鸟打架。"司逸明说道。

毕竟那张貔貅图和之前白虎的画都画得气势汹汹的，就连画在玄武院子里的那幅画都是凶狠与柔情交织的美感。

热爱打架的朱鸟却被他画出了温和的模样。

虽然这也的确是朱鸟本身就有的模样，但是出乎司逸明的意料了。

那是朱鸟自苍翠林间振翅而飞的一幕，冉冉如同初升的旭日，万鸟相随，有绿浪翻滚，祥云相伴，喧喧嚷嚷热热闹闹，处处都是艳烈燃烧着的明亮和希望。

"我就是……没办法感同身受。"顾白说道，"因为亲眼见过，所以反而无法根据

想象来画了。”

司逸明点了点头。他也知道，虽说亲眼见过之后可以开阔眼界，让笔下的世界更加真实，但很多东西亲眼见过了反而会限制想象。

如何将亲眼所见的事物与想象的画面完美妥帖地融合起来，那又是更上一层的突破了，而显然，顾白还受限于此。

虽然主要原因还是顾白的性格没有一点儿攻击性。

这个其实非常明显了，因为顾白的画总是让人看了就觉得这世间格外美好，哪怕是那些气势汹汹的画，也始终都透着一股明朗的灵气。

“这画挺好的。”司逸明简单地评价道，然后对顾白说道，“下来吃饭。”

顾白摸了摸自己的肚皮，说：“我不饿。”

司逸明当然知道顾白吸收了天地元气之后就不会太饿的，但是这也不意味着他就能不吃饭了。

“不饿也要吃。”司逸明说道，“吃饭不是任务，你该把它当成享受。”

哪怕是天地灵物，有了人形之后照样会有人类身体的一些利弊。

比如厌食之类的毛病，在灵族身上属于多发型的病症。

生理和心理导致的都有，前者是因为活太久了啥玩意儿都吃过了吃腻了，后者是因为调整食谱难以适应，所以神经性厌食。

灵物修成人形有了人心之后就是会有跟人类差不多的毛病，只不过那些会导致人类死亡的毛病在他们这边不算什么大事而已。

司逸明可不希望顾白年纪轻轻就厌食。

也许他有必要多带着顾白去世界各地多吃点儿好吃的，免得顾白把进食这个事情当成一项维持身体机能的任务，总是沉迷工作不去放松享受，心理可是会出大问题的。

好在顾白总是很听话，并且对于生活和新鲜的事物也还有着足够的热情。

司逸明这么对他说，在顾白看来肯定就是有道理的，虽然什么道理他还不清楚，但听话肯定是没有错的。

毕竟司先生过的桥比他走的路还多呢。

顾白扯着裤腿往楼下走，一边走还一边说道：“对了司先生，我爸爸找到白泽啦。”

司逸明一顿，转头看了顾白一眼，似乎是意料之外的样子。

“什么时候的事？”他问。

“就……差不多一周之前，帝都那边刚开展的时候。”顾白回忆了一下日期，顺口又说道，“我还知道我的本体啦！”

司逸明给知情不报的犬妖记上了一笔，然后问顾白：“本体是什么？”

“是补天石！”顾白答道。

司逸明一怔，扭头看了顾白好一会儿，直把顾白瞅得头皮发麻，才慢慢收回了视线，点了点头。

怪不得顾白的画看起来总是跟蒙着一层厚厚的柔光滤镜似的。

如果是补天石的话，大概没有谁比他更希望这个世界变好了。

因为只有这个世界变好了，他才有脱离天上那个大窟窿的机会。

"……"司逸明想到这里，脚步骤然一顿。

顾白没注意到，看着桌上的菜，闻着香气就忍不住往餐桌前边一坐，抬头看向司逸明："这是哪里买的呀司先生？"

司逸明感觉一口气哽在那里，非常想说这是他自己做的，但最终还是选择了说实话："让蓬莱山的兔子送过来的。"

"哇！"顾白听了很多次蓬莱山蜃景里的兔子精了，之前在白虎那里也吃过司逸明不远万里给他弄来的外带，但那会儿还没什么特别的感觉，就是觉得味道真好，现在知道了是兔子们做的，顾白就忍不住带着偷师的心情细细品尝起来。

司逸明坐在顾白对面，看着他这副高兴的样子，挑了挑眉。

他倒是能明白顾白为什么这么开心。

这几天的报道他也看了，他甚至经常跑去现场看展览，所以非常清楚顾白那张画所受到的关注度有多高。

而且帝都在十二月开的这种大型绘画艺术展，参展者和观展的游客并不仅仅是国内的人而已。

帝都人流量那么大，能够引起话题的画作，被人赞不绝口的画作，在这次艺术展里并不算多，其中绝大部分是熟面孔，于是就显得顾白那张画独树一帜。

艺术是个很主观的东西，但美这个概念却是共通的，顾白的图挂在那里，长着眼睛的人都会赞叹一句好。

所以顾白这几天话题度很高，司逸明猜谢致那边恐怕已经收到了不少希望顾白能够参展和参赛的邀请。

司逸明叹气："你也太好满足了。"

顾白抬头看他，满脸问号。

司逸明转而提起了他从刚刚起就十分在意的话题："你下来了，那天上待着的是谁？"

"我的本体没有下来，所以我对很多事都没什么记忆。"顾白对这个也不太懂，但司逸明是懂的。

跟拥有七窍的生灵直接本体化作人形不一样，顾白这种花草树木石头之类的化形，那本体照旧是留在原地的。

举个例子就是老榆树，如今他把本体塞进了顾白的灵画里，甚至还邀请了他的几个老友一起把本体藏了起来。

所以顾白的本体没有在身边这个事，非常正常。

顾白还在说："白泽说我的本体还在天上呢，他在亚马孙找什么泥巴，说找到了我的本体就能回来了。"

司逸明心想啥玩意儿啊，什么泥巴要去亚马孙找？

但转念一想白泽是通晓天地的神兽，他所做的很多事情都是上天给了他启示，于是他才去做的。

神州大灾到来之前，最先能够收到启示的也是白泽。

于是司逸明把对白泽的嫌弃放到了一边，思考了好一会儿，然后恍然地点了点头："大概是在找息壤填你的坑。"

息壤是能够不断生长的泥土，当年补天之后，大地依旧洪水泛滥，鲧就偷用了帝尧的息壤来堵塞洪水。

"息壤的话大约是能够填上你的坑的。"司逸明说着，也拿起了筷子。

他们不讲究什么食不言的规矩，顾白听司逸明这么说，咬着筷子，犹豫道："那息壤他……愿不愿意呀？"

"息壤又没成精。"司逸明看了顾白一眼，"成精的生灵，在这天地间才是自由的，你愿意继续顶着那个窟窿是情分，是你厚道，跑了不管也没人会怪你。"

所以白泽老早就到处在找息壤，估计找的时间也不算短了，不然也不会忽悠顾朗去捡顾白，十有八九是他自己没时间去。

顾白懵懵懂懂地点了点头，仿佛能够稍微理解这些神兽的逻辑了。

"我不记得在天上的事了。"顾白说道，"不过现在的话，我是愿意继续待在天上的。"

"记得的话你说不定就不愿意了，不记得也好。"司逸明说道，"玄武当年只是扛着天龟甲就被劈成那样了，你的本体整个都在堵着天上那个窟窿这么多年，指不定有多少伤呢。"

而且天上被堵住的可不只是天河水而已，还有汹涌翻滚的雷劫和这么多年来被神州大阵扔出去的一大堆邪气魑魅。

顾白这么傻乎乎的，脑子里又没有什么弯弯绕绕，稍微对他好一点儿他都能感动得红眼睛，要是那么多年的痛苦经历还留在他脑子里，这孩子不得崩溃啊？

又是被炼化又是补天的，他记起来了肯定天天躲在家里哭。

顾白低头看了看自己的双手，有些讷讷。

他好像的确是站着说话不腰疼，甚至都没办法想象自己本体的经历。

"如果……如果真的很痛的话……"顾白小声地哼唧了两句，缩了缩脖子，"那……那也不能直接走啊。"

他直接走了，不就跟泄洪一样，如今人口这么多，水一冲，哗啦一下全都得死。

"想什么呢？灵族是没办法详细记起来成精之前的事的，你二十多年前才脱离了蒙昧期，之前的事全都不会记得，你的本体皮糙肉厚，你这么多年没觉得难受就别担心。"

司逸明用指尖轻轻敲了敲桌面，"吃饭！"

顾白点了点头，乖乖扒饭。

司逸明看着顾白乖乖吃饭的样子，自己算了算时间。

三百年前白泽哄走顾朗，此时顾白脱离本体化作了人形。

之后过了几十年，邪气魍魉就以肉眼可见的速度变得多了起来。

各种灾害频发，神州大阵也开始力有不逮。

联系一下顾白成精的时间，这不就是补天石成精扔下本体跑了，天上那窟窿有了缝隙的缘故吗？！

司先生看着顾白，想到加班加到快要疯掉的同僚们，深吸了一口气，感觉牙疼。

司逸明有点儿忧愁。

说出来也不怕被嘲讽，如果补天石不是顾白，也不是他认识的灵族的话，司逸明得知这个事情的第一件事，肯定就是威逼利诱地把他塞回去，不管怎么说先堵上缺口。

鬼知道白泽那个记性，找息壤要找多久。

但是顾白就不一样了，司逸明肯定不可能把顾白再塞回去。

别说是顾白了，就算是这九州山海苑里的任何一个灵族，他都不会考虑把他们塞回天上去。

牺牲陌生人跟牺牲熟悉亲近的人的感觉是完全不一样的。

司逸明可不是圣人，开了灵智有了思想之后又拥有了一颗人心，但凡是人心，多半都是偏的。

司逸明也向来不惮于承认自己就是个双标的大偏心。

大概是司逸明的脸色看起来太过于怪异，顾白再抬头看向他的时候，一下子就察觉到了。

顾白想了想，想到司逸明之前说过拒绝沟通解决不了任何问题这种话，于是开口问道："有什么不对吗？"

司逸明一听就想摇头说没事，但话到嘴边又是一顿。

他觉得有些事情还是说明白最好，万一哪天别人跑到顾白面前叨叨一通，谁知道顾白的脑洞会开到什么方向去呢？

于是司逸明把这事提了一提。

顾白愣愣地听完，紧张地放下了手里的碗筷："那……那我是不是应该回去？"

"不应该。"司先生摇了摇头。

顾白抬头看了眼天上，有些纠结。

他万万没想到，他成个精还能牵扯出这么多事情来。

"开了灵智之后你就并非物品了，你是自由的。"司逸明再一次对顾白强调了这个概念，"先前享受你的庇荫，得益者是我们这群生活在天地间的生灵，如今因果轮回，轮到我们付出再正常不过了。"

司先生绝口不提如果补天石不是顾白的话，他绝对会一脚把人踹回去继续在天上待着的想法。

他甚至完全忽略了自己之前加班加到看到了不听话的灵族就是一顿暴打的行径，非常违心地说道："天还没塌呢，现在，你才是最该好好休息、好好享受的那一个。"

补天石的本体虽然还在天上，但本尊到底是离开了，出点儿小毛病也是再正常不过的事情。

顾白显然在成精的时候就有意识地把本体留在了天上，不然真要把本体带下来也就是一个念头的事情。

这么多年天上那个窟窿都还没出什么大事，就足够证明顾白对这片天地的心意了。

这块小石头，显然是最希望这世界变好的。

大约是因为他从被炼化成五色石的时候起，就被天地赋予了替这世界背负诸多灾祸的使命。

司先生看着顾白，微微眯起眼来，专注地看着顾白，一本正经地说道："再说了，你要是回天上去了，谁给我做甜点？"

顾白内心：聊正事呢，严肃一点儿。

顾白对于自己的贡献其实并没有什么实感。

他先是点了点头，然后抿着唇显得十分严肃，忽略掉了司先生一本正经的玩笑话，说道："我会努力帮忙的。"

这话说着，顾白抬头悄悄看了一眼司逸明，发觉对方正注视着他的瞬间，又迅速偏离了视线。

司先生看着顾白身上穿着的松松垮垮的属于他的衣服，一方面觉得顾白这么冲出去不太好，一方面又舍不得把顾白吓跑。

貔貅把自己摇摇欲坠的良心扶稳了，万分遗憾地拿起了碗筷，并认真地思考着有没有哪个信得过的、能力强的灵族能够抓出来扔给白泽去帮忙找息壤。

神州大阵的问题照样还是问题，该修的修该改的改。

这个大阵的作用就是把不必要的垃圾过滤出去，然后往普通人接触不到的天上一扔。

堵着天上那个洞，镇压着这无数年间被扔出去的那些邪气魑魅魍魉的，一直都是补天石，这功绩天上地下独此一份，也怪不得上天能把顾白宠成这个样子，舍不得他受一点儿委屈。

如今这个情况司逸明也都清楚了，显然把已经垮塌的苍穹当成垃圾桶这种行为并不可取。

一旦堵住天的东西出了问题，那倾泻下来的东西几乎瞬间就能把人间变成炼狱。

只是光过滤是不够的，得改，司逸明想。

但首先，他们得知道完整的阵法才行。

司先生一边想着，一边目不转睛地看着顾白的扒饭姿势从安逸变成了紧张，感觉有些好笑。

"我……"顾白紧张地吃完了一碗白饭，轻轻地放下碗筷，小声道，"我吃完了。"

司先生看了一眼桌上的菜："你都没怎么吃菜。"

顾白于是又乖乖拿起了筷子吃菜。

司先生开始转移话题："我找朱鸟做了几套霞锦的衣服，你的尺寸。"

顾白顿了顿，抬眼看向司逸明，有话想说。

司逸明抬手做了个下压的手势："这算是她给你的报酬。"

顾白觉得帮忙补阵是他应该做的事情，跟那些买画的灵族不一样，在这件事上，实在谈不上什么必须给报酬什么的。

但显然这些神兽的价值观跟他并不一样。

司逸明把盒子拎起来，交给了顾白："你拿回去试试合不合身。"

顾白回家打开了盒子。

霞锦极轻极薄，说是柔若无物也不为过。

这个盒子里整整齐齐叠着五套衣服，两套睡衣，三套常服，都是普通人类夏天才会穿的款型。

盒子不大，但里边的衣服叠得规规整整的，直接拿出来也没有丝毫折痕。

等到顾白第二天拎着小甜点准备投喂司先生，顺便去人家的二楼沉迷画画的时候，司逸明给了他一条短信。

司先生说他去亚马孙帮忙挖泥巴了。

顾白拎着小甜点站在司逸明家门口，茫然地看着手机："……"

顾白低头看了看手里的小甜点，从衣兜里掏出了司逸明家的钥匙。

他今天穿的是一身霞锦，虽然在十二月的大冬天里穿单衣非常违背自然规律，但是在这栋公寓楼里，并不会引起什么特殊关注。

不，事实上顾白非常受关注。

就今天，顾白一出门就被一群楼里的住户暗地里盯着了，看到他一身霞锦衣服出门的时候，住户们眼红得都要滴血了。

霞锦在如今可是天上地下唯有朱鸟那里才能产出的好东西！

冬暖夏凉柔若无物，一块巴掌大小的霞锦就能炼制高等的衣装法宝，天底下最好的布料就是霞锦了。

这会儿顾白身上穿着整整一套未经炼制加工的完整的霞锦！

他们看着顾白，感觉目之所见耳之所闻都是金币在丁零咣啷响。

只要他们不是光明正大地盯着顾白，拿余光瞥或者是拿法术偷窥，对于并不怎么了解灵族手段的顾白来说，都是很难发现的。

顾白顺顺当当地进了司逸明家，默默啃完了自己做的小蛋糕，又从司先生的冰箱里拿了一瓶牛奶出来，喝完擦擦嘴上的奶渍，赤着脚上了最近温度高得不正常的二楼。

朱鸟的图工程量并不算大，最麻烦的地方，还是在颜色与背景画好之后，填充上羽毛的最后一层。

顾白如今已经进展到了这里。

他看着桌上放着的朱鸟羽毛，刚伸手拿起一根，就被烫得缩回了手，疯狂搓揉自己的耳垂以图降温。

顾白看着一碰羽毛就红成了一片的手，叹了口气。

烫能怎么办？烫他还是得继续干啊！

毕竟又没有霞锦的手套，他用不贴手的东西的话，又会影响成画效果。

顾白做好了心理准备，一边被烫得龇牙咧嘴疯狂对着手呼呼，一边无比艰难地给画里的朱鸟糊上羽毛。

一个小时下来，才铺上了第一层绒毛，顾白手上就冒出来一层水泡。

而且不是一般的水泡，这水泡是紫红色的，还有什么东西在里边涌动，看起来有点儿吓人。

这玩意儿顾白在朱鸟的梦境里见过，是火毒，据说普通人类沾点儿就会烈火焚身。

顾白垂眼看着自己的爪子，又看了一眼眼前的画，站起身来准备回家里去把这些水泡给挑了，再去网上翻翻有没有治疗烫伤的药膏。

顾白刚站起身来，被他放在二楼角落里的手机就响了起来。

他走过去，发现又是他的老父亲，竟然还是视频通话。

顾白忍着痛接通了电话。

屏幕那头却并不是顾朗那张凶巴巴的脸，而是白泽。

"白泽？"顾白一愣。

"小石头！"白泽挺高兴见到他的，笑眯眯的一副有话要说的样子，但在短暂的茫然之后，白泽开口却是，"你从天上……"

"对，我从天上下来了。"顾白点了点头，从那边听到了一声愤怒的兽咆。

顾白听着有点儿耳熟。

顾白想到他陪着白泽的老父亲，顿时紧张了起来："那边发生了什么吗？有危险？"

"危险？没有啊。"白泽摇了摇头，然后让开了摄像头，"貔貅和饕餮都在帮我找泥巴。"

顾白在镜头里看到了在林间疯狂厮杀，一副要把彼此置之死地以至于一尾巴一个大坑，一爪子掀翻三棵树的司先生与他的老父亲。

白泽低头看了看自己脚底下迅速翻新的泥层，高兴地说道："效率很高。"

顾白："……"

第 14 章
送你的礼物

司先生跟他的老父亲打起来这个事，顾白一点儿都不意外。

上次见面他们一言不合就打了，这次见面又打实在是再正常不过了。

顾白瞅着屏幕里树木横飞水花飞溅的画面，轻轻叹了口气。

"不会被人类看到吗？"顾白问。

"不会。"白泽喜滋滋地说道，脸上的笑容暖暖的，像是和煦阳光之下拂过的一缕清风，"我给他们挡住了，回头找完没发现的话，我再把这些重新复原回去。"

白泽对这种事情做得可熟练了。

之前顾白也见过，他挖泥巴挖完发现没有他要找的息壤之后，就把之前被他挖出来的土和草根、树根之类的东西都照原样放回去了。

这个照原样，是真正的照原样，不小心挖断的草根都会重新粘回去的那种。

知道自己的老父亲和司先生不会被人类发现，顾白就松了口气。

他已经看开了，这两个人打起来是历史遗留问题，根本没有什么和解的可能。

顾白看了一会儿貔貅和饕餮打架，看着看着脑子里就开始构图。

他还惦记着翟先生要的那张貔貅图来着。

顾白低头看了看自己的爪子，疼倒不是很疼，就是痒得厉害。

顾白也不担心自己的手会出什么问题，如今很少有灵族遭受到那种会留下明显伤痕的伤害了。

要么就直接死了，要么就是无关痛痒的小伤，毕竟灵族也与时俱进，深知混迹人类社会这个事，外表是相当重要的一环。

疤痕这种东西，落在不同的地方效果可是不一样的，为了避免麻烦，他们干的第一件事，就是努力把强效祛疤药给弄了出来。

　　能够治疗烫伤伤痕的药肯定也是有的，顾白并不担心，比起自己的手，顾白更想知道白泽打电话是干什么来了。

　　他觉得以白泽的记性，打电话过来找他肯定是有事情的，但估计是在见到他之后突然又忘记了。

　　"你找我，是有什么事吗？"顾白问。

　　白泽闻言，摇了摇头，然后又点了点头，难得皱起眉来："有事找你的……"

　　但是他忘记了。

　　顾白看着白泽微微皱着眉冥思苦想的样子，忍不住弯了弯嘴角。

　　白泽的皮相并不能说特别特别好，但他就是有种让人忍不住喜欢上他的吸引力。

　　当然，这个"喜欢"并不是指那方面的喜欢，而是那种打心眼里生出的好感，这大概是因为他的本体特质。

　　白泽皱起眉来，就忍不住想让人放软语气，好好哄他，抚平他眉间的褶皱。

　　"想不起来也没关系。"顾白说道，"你要是想不起来的话，下次想起来的时候直接发短信，不要发视频了。"

　　毕竟见到他之后，白泽的第一反应估计总是会跳频到"你从天上下来啦"。

　　白泽点了点头，也不知道有没有听进去。

　　顾白看着他低下头，看着因为神兽打架而被糟蹋得一团糟的土地，把手机往旁边的人手里一塞，就蹲下身去倒腾泥巴了。

　　顾白在晃动的屏幕里看到了管理员那张写满了生无可恋的脸一闪而过。

　　紧接着通话就挂断了。

　　顾白："……"押一颗灵石，他肯定是被白泽忘记了。

　　但顾白也生不起气来，大概能理解为什么他爸爸总是对白泽凶不起来了。

　　大概是因为打又不能打，生气了人家还一脸茫然地问你是谁、这是哪儿。

　　久而久之换了谁都气不起来了。

　　何况白泽本身就自带无差别亲和力，本性又无比温柔，谁生得起气才有鬼了。

　　顾白一边觉得他爸能有这么个让他把暴脾气收敛起来的朋友真好，一边把手机收好，转身出门。

　　翟先生刚从忙碌之中抽身，已经在家大睡了三天。

　　就在今天，他终于把锁门的按钮关掉，表示自己已经休息好了。

　　顾白觉得翟先生所希望的第一个上门的人应该不会是他，但还是跑去敲门了。

　　翟先生穿着家居服来开了门，虽然已经大睡了三天，但脸上还是有着漫长忙碌之后的疲态。

　　他看到顾白时微微愣了愣。

　　顾白对他张开了双手。

翟良俊看着那双满是水泡的爪子，眉头一皱，把门让了开来。

他盘腿坐在柜子前边一边翻箱倒柜，一边问道："怎么回事？司逸明没管你吗？"

"司先生去帮白泽了。"顾白实话实说。

翟良俊轻啧一声："你要注意一点儿，人形是不如本体来得强韧的，而且你还没成年，就更得注意了。"

顾白点了点头，这个他是知道的。

不然司先生和他爸爸打架肯定不会选择破坏力强又可能会被普通人发现的本体了。

会变回本体，一方面是因为他们习惯了这个形态，一方面是因为这个状态很难被破防，就算被破防了，也马上就会恢复过来。

"行了，伸手来。"翟先生拿着一个长颈白玉瓶和一根针对顾白说道。

顾白乖乖地伸出了手。

"也算你聪明，知道来找我。"翟先生说着，看起来挺高兴。

顾白愣了愣，有点儿不明白翟良俊为什么会因此而高兴。

狐狸精抬头看了他一眼，似乎明白了顾白神情中的疑惑，便解释道："因为灵族之间很少有像人类朋友那样的交情。"

翟良俊说着给顾白戳破了水泡，然后迅速从玉瓶里倒出了一滴清香的液体，落在了顾白的伤口上。

并没有任何疼痛的感觉，相反，沁凉的液体倒在了伤口上，那股痒意便倏然消失，伤口又以肉眼可见的速度恢复如初。

以为会很痛的顾白松了口气，从伤口上收回视线，看向翟良俊："可是您跟司先生和谢先生不是朋友吗？"

"……"翟良俊认真想了想，"算是。"

顾白有点儿茫然。

"不要把人类的交往概念套在我们身上。"翟良俊随口说道，"人类的概念中对于好朋友的态度和无私的帮助，在我们这里是不成立的。"

"可是……你们都对我很好啊。"顾白说得很直白。

"对你好，是因为你同样反馈了我们很多东西,而且也能够帮助我们啊。"翟良俊说道，"司逸明那老贼对你才是真的好，你都不知道他每次收到别人的求助的时候，要拿走多少好处。"

这可真是顾白意料之外的事情了。

他认真想了想，怎么也没想出什么司先生针对他以外的人的例子。

"白虎到现在都没存够老婆本，你知道为什么吗？"翟良俊问道。

顾白茫然地摇了摇头。

翟良俊说："因为他经常要找司逸明当外援，万万年存下来的小金库早八百年就被司逸明掏空了。"

　　说完，翟先生还不停嘴："你知道谢致这么听话为什么会一直住在六单元吗？"

　　顾白顿了顿。他知道六单元总是会入住一些刺儿头，但基本上被司先生爆捶过之后，都会变得无比乖顺。

　　所以在没有新住户进来的时候，六单元基本上是整个小区最乖巧的一栋楼了。

　　这么想来也是，谢先生性格很好，却一直留在这里。

　　"我是因为喜欢黄亦凝所以自愿留在这里的。"

　　翟先生给自己刷了一下存在感，然后才道："谢致是因为上古时候欠了司逸明一个人情，距离现在都已经过去五千多年了，还被司逸明揪着还人情。"

　　虽然谢致本质还挺喜欢帮司逸明给那些新来的住户定规矩的，但是也不能掩盖他的的确确是在给司逸明免费打工的事实。

　　"而且你知道司逸明这次要走了我公司的多少股份吗？！"翟先生痛斥，"他要了51%！直接把我从老板变成了打工的！"

　　偏偏司逸明还拿钱不干事，只负责当个吉祥物！

　　最气的是翟良俊根本没办法拒绝这个招财进宝还能镇宅的吉祥物！

　　简直是令人痛心！

　　翟先生这话憋了很久了，找不到人说，这会儿趁机对着顾白大倒苦水。

　　顾白听得一愣一愣的，配合着翟先生的动作，把手上的伤口全都治好了之后，才开口说道："怎么好像全世界都欠了司先生的人情和钱啊？"

　　翟良俊惊恐地发现自己竟然找不出反驳的话。

　　讲道理，论招财进宝这一项功能，好像还真没谁干得过司逸明，想要找司逸明帮忙的多了去了，可不就是全世界都欠他钱和人情吗？

　　"可你不一样。"翟良俊强行转移了话题，酸溜溜地说道，"司逸明从来不找你要报酬。"

　　顾白摇了摇头："因为通常都是司先生求助于我。"

　　翟良俊悲伤地发现自己竟然又没办法反驳了。

　　司逸明这头无耻貔貅，掏空别人的口袋和悄悄放水都做得冠冕堂皇的，根本揪不住小辫子！

　　翟先生想到司逸明都已经把家里钥匙给了顾白这个事，再比较了一下最近又出去封闭式拍新戏根本不会来的黄亦凝，深吸了一口气忍着心绞痛，把治好了爪子的顾白轰了出去。

　　顾白被轰出来，又钻回了司逸明家里。

　　在铺好了第一层作为打底的绒毛之后，那些长羽毛贴起来就要简单很多了。

　　至少不会像第一层那样，连每一丝走向都要小心翼翼做出极细致的调整。

　　这一层，顾白就可以拿衣服裹着手折腾了。

顾白在司逸明家二楼兢兢业业地画了一整天，等到感觉光线不对的时候，已经到了晚饭的点。

躺在二楼角落里的手机上有两条未读短信。

顾白把手机拿起来，看到第一条发消息过来的号码是他爸爸的，但是发信人却是白泽。

白泽说他想起来了，让顾白去他的房子里取个玉简。

而第二条是司先生发来的消息，他对顾白说，在他回来之前，千万不要去白泽家。

顾白顿了顿，给两边都回了个"好"字。

顾白看着两条短信，琢磨着司先生的意思大概是等他回来了再一起去白泽家。

顾白向来是很听话的，反正白泽的短信也没有说哪个时间段内去取东西，等一等司先生完全不是问题。

毕竟能让司先生提醒他这个事，估计白泽家里是有什么不得了的东西在。

顾白把手机塞回兜里，刚准备回自己屋里，走了没两步，微微抿了抿唇，犹豫了半响，终于还是脚步一转，重新回了翟良俊家门口，按响了门铃。

翟良俊打开门，看着上午被他轰出门的顾白，愣了愣。

他将目光转向顾白的手，发觉刚刚已经愈合的手并没有出问题之后，又看向了顾白："怎么了？"

顾白抬头瞅瞅他，摸了摸口袋里的手机，小声问道："翟先生知道司先生有什么爱好吗？"

翟良俊一愣："什么爱好？"

"就……就是……有什么喜欢的东西？"顾白不好意思地低下头来。

他想送司先生一个小礼物。

但顾白觉得十分羞愧，他好歹接受了司先生的这么多帮助，想要送礼物的时候竟然不知道除了甜点之外司先生喜欢什么东西。

甜点的话，顾白觉得司先生天天被他投喂，是无法作为礼物赠送的。

他想要赠送一个会让司先生感觉惊喜的礼物。

顾白抿了抿唇，努力提高了声音，磕磕巴巴地说道："除了甜食之外……"

"钱吧。"翟良俊非常干脆地回答了这个问题。

顾白一愣："也除了这个之外？"

翟良俊纳闷了："你问这个做什么？"

顾白一听，手就忍不住握成了拳头，声如蚊蚋："想送司先生一个礼物。"

狐狸精深吸了一口气，认真想了想，说道："他有钱，什么都不缺。"

顾白一下蔫了，想想也是，貔貅自古以来要什么东西没有？什么东西是他没见过的？

要给他一个惊喜，要求实在是太高了。

司先生大概就是那种眼界极高、见多识广，看到什么都不会觉得惊讶的类型。

顾白失望地垂下了头。

翟良俊看着他这副失落的样子，张了张嘴，心里骂了一声司逸明真是造孽，然后对顾白说道："你就送他个能随时戴在身上的东西吧。"

顾白一顿："比如？"

"比如……"翟先生想了想道，"手表吧，你应该存了不少钱了，就买块贵点儿的表送他去。"

顾白算了算自己卡里可以动用的钱，觉得可行。

他对翟良俊露出一个笑容，高兴地问道："谢谢翟先生！今天要不要来我家吃饭？"

翟良俊觉得有便宜不占白不占，屁颠屁颠地就跟着去了。

反正司逸明不在，狐狸精美滋滋地想。

顾白卡里绝大部分的钱交给了司逸明，司先生大约是没把这点儿小钱放心上，把钱拿走并且把用户名和密码交给了顾白之后就没怎么提过这一茬。

顾白偶尔打开股票软件看看的时候，都感觉自己置身于钱海之中肆意遨游。

司先生招财的能力是真的很厉害，而且因为他自身的特性，司逸明还不能随便挑一只直接扔那儿随它涨。

为了保证股市呈正常增长态势，司先生隔三岔五就要出手重新买入另外一只。

操作倒是非常简单的，但被司先生的招财BUFF带起来的几匹黑马"噌噌"涨，顾白账户里的钱滚得飞快。

顾白现在已经不去看那边的钱了，怕自己被金钱麻痹失去斗志。

俗话说小富即安，顾白觉得这话真的非常有道理。

至少以他自己的意志力，根本没办法抵挡住金钱的腐蚀。

所以顾白另开了一张卡，天天抱着那张卡的余额，掰着手指算着这些钱怎么花。

他如今能够活用的钱其实不算多，当然，这个不算多是在对比周围灵族的资产前提下定义的。

主要是他跟着司先生跑出去画的那些画所得到的报酬，并不是人类社会的金钱。

后来谢先生介绍的几单画，人类那边倒是给了他些钱，算下来有二十来万。

顾白抱着自己的银行卡，觉得自己怎么着也能买块不错的表了。

对奢侈品毫无了解的顾白抱着给司先生好好挑一挑礼物的心情上网搜了一圈名表的价格，然后默默关掉了窗口。

为什么一块手表竟然要两千多万？

手表不是看时间用的吗，为什么要往上面糊白金还镶钻？

顾白看着自己的银行卡，叹气。

有钱人的世界真的好可怕啊。

顾白一边这么想着，一边摸出了手机，给司先生发了条短信。

他得问问司先生什么时候回来。

司逸明回信很快，当时就说了短时间内不会回来。

顾白愣了愣，紧接着司逸明又发了条消息过来，说他要在这边把顾朗揍服，并叮嘱顾白在他回来之前，不要单独去白泽那边，很危险。

顾白看着这条短信，觉得司先生跟他爸估计是打上头了。

白泽在旁边应该是没有什么问题的，就算没在旁边顾白也不会担心。

就跟翟先生之前说的一样，这么多年下来他两谁都没干服谁，现在这种环境下就更加不可能出事了。

而顾白在得知司先生短时间内并不会回来这个事之后，就打了个电话给谢致。

顾白的诉求非常简单。

灵族都不差钱，大部分差的是灵石、法宝这些东西，他们也默认向顾白求画的时候，付出的报酬是灵石或者法宝。

这一次顾白主动要求接个灵族客户的单子，提出来的要求就是一块表。

他特别备注，要正常的、人类世界的奢侈品。

顾白对灵族的东西都不太了解，谢致对法宝也没什么研究，司先生本身也并不需要什么法宝。

顾白手里没钱，就算加上那个地铁站壁画的报酬，钱也不够。

他拿得出手的就只有这一手画了。

谢致在得知顾白的这一行为的时候啧啧有声。

他一边感慨着，一边直接找了几个在人类社会里巨有钱又想求画的灵族，没过两天就带着要求和报酬直接找到了顾白。

这两天顾白在对朱鸟的画进行最后的修饰。

朱鸟的羽毛非常特殊，最底层那柔软的绒毛细羽是极艳丽的红，第二层的羽毛渐渐向明艳的橙色转变，而最上一层的长羽则出乎意料地坚韧。

那些长羽的羽片近看色彩斑斓，被光线一照就倏然变成了一片艳烈的火红。

羽枝摸起来并不像普通的鸟类那样柔软顺滑，轻抚过羽枝时，几乎能听到铁齿铮铮的声音。

羽轴从黑转红，到了根部是非常细嫩的橙色。

羽干根部被茸茸的副羽包围着，那些副羽是暖洋洋的金色，散发着略显刺眼的光芒，被风吹着轻轻飘荡的时候，就像是跃动的火焰一样，让朱鸟整体宛若一团燃烧的火红色旭日。

顾白认真将这些软硬程度与颜色分布截然不同的羽毛布置在了画面上，最终又用画笔稍微补充勾勒。

在他落下最后一笔，长舒口气的时候，一只朱鸟虚影骤然从画中腾飞而出！

温度骤然升高。

顾白瞪大了眼，惊得往后大退几步，躲得远远的，以免自己被高温波及。

那虚影并不像顾白印象中那样大，它小小的一只不过两个巴掌大小，羽毛纹理清晰，喙部锋利，头顶翎毛轻轻晃动着。

顾白看着它昂首展翅，发出一声嘹亮清越的鸣啼，然后一扇翅膀掀起了一股热浪，直冲而上，一头扎进了天花板，直接穿了过去。

顾白隐约听到了楼上的住户接连发出被惊吓到的动静，丁零哐啷的，一听就是跑的时候不小心撞翻了什么东西。

而在这之后，顾白清楚地看到外边稍显昏暗的天空渐渐变得明亮起来。

十二月下旬冰冷阴沉的空气渐渐散去，乌云慢腾腾地翻滚着，渐渐有了几丝缝隙。

过了约莫一刻钟的时间，初冬的阳光破开了未散的乌云，几道璀璨明亮的阳光斜斜地落下来，笼罩住了九州山海苑，一分不多，一分不少。

天际还挂了一道漂亮的彩虹。

顾白惊讶地透过落地窗看着这一切，站在忽然而至的阳光底下，感觉有什么柔软的东西轻轻蹭了蹭他的脸，有声音在他耳边道了个谢。

"没能见面亲手赠礼回报，就送你一道阳光吧！"那个声音轻轻地说道。

这是一道女声。

顾白听过，是朱鸟的声音。

他站在阳光底下，透过落地窗看着这一片被阳光所偏爱的地方。

这场面也太大啦。

顾白这样想着，唇角却忍不住微微翘了起来。

谢致带着包装得十分精美甚至礼物盒的丝带结上还扣了一块大蓝宝石的手表，跑到司逸明家来找顾白的时候，一进门就发现满屋子都是一股朱鸟的气息。

他忍不住往后退了一小步，抬头确认了一下这里的确是司逸明的 663。

确认了之后，他看着浑身都沾着朱鸟气的顾白，脑子里闪过无数言情小说的骚操作。

谢先生忍不住问道："顾小白……你恋爱了？"

顾白："……"

顾白反应了好一会儿才明白过来谢致这话是什么意思。

"我刚画完朱鸟的画。"顾白解释。

他觉得谢先生应该少看一点儿乱七八糟的书了。

谢致进了屋，溜达了一圈，确定不是什么特别重的气息之后，终于点了点头。

神兽的本质还是兽，对于气息和领地意识比顾白这种安安稳稳并没有这种概念的灵物要敏感得多。

朱鸟和貔貅都是不得了的神兽，随便溜达一圈都能留下非常明显的气息，就跟野兽圈定领地一样。

之前顾朗也说过顾白浑身貔貅味，顾白本身是感觉不到什么差异的，也没往心里去。

顾白打开了窗户，任由阳光与微凉的风吹进来。

九州山海苑的房子其实很不科学，这个房型按理来说并不通风，但是只要一打开窗户，就总是会有空气流通的清新感。

谢致取出那个作为报酬率先送来的小礼盒，并跟顾白提了提这位顾客想要的画作。

这些顾客想要的画其实非常一致，他们普遍都是要山水风景画。

灵画里的灵气虽然没有蜃景里高，但对灵族来说已经聊胜于无了，尤其是草木类的灵物，无法进入灵气充裕的蜃景生活，他们把本体塞进灵画里也比在外边遭受邪气侵蚀要好。

也有几个提出的要求比较特殊的，但对于顾白来说都没有什么难度。

这一次也并没什么意外，这个顾客所提出来的，同样是风景画，要求也并不多，只说要一片林木茂密的森林。

据谢先生说，这家主顾是一头成了精的鹿蜀，在人类里名声还挺大的，主要经营范围是治疗不孕不育。

不用开刀动手术，也不用吃药什么的，他给个锦囊，随身戴着，过上一段时间，就会有好消息了。

"不过这在人类眼里，毕竟还是属于玄学范畴，所以只被一部分人所知。"谢致说道。

顾白知道鹿蜀是什么，《山海经》里有种生物，长时间佩戴它的皮毛便可子孙如云。

"可惜他的这个作用只对人类有效。"谢致说道，"所以我觉得，这大概是他唯一一次有机会向你求画了……"

谢致话语未尽，顾白就明白了他的言下之意是什么。

谢致的意思是他给鹿蜀走了个后门。

因为鹿蜀的皮毛的效用对灵族来说没什么用，所以他可能并不足以支付谢致给顾白在灵族中开的价钱。

这一次顾白主动提出需要用人类那边的货币买到的表来做报酬，谢致就干脆找了钱多得花不完却始终没办法买上一张灵画的鹿蜀了。

反正顾白指定了一块价格极高的表，那个价格对于鹿蜀来说是九牛一毛。

只要能拿到报酬，顾白是不会管主顾是谁的，但谢致觉得他既然给鹿蜀走了后门，就得跟顾白说明一下。

这事做的时候，谢致还没觉得有什么，但是做完了之后他意识到这样不应该。

讲实话，他这事针对的对象要是司逸明的话，这貔貅知道他走后门，心里不知道得给他记上多少笔。

事前告知和事后告知是完全不一样的概念。

他就是潜意识里觉得顾白不会生气，所以自作主张干了这个事。

这本来就是不对的。

"没关系的。"顾白对谢致露出了一个灿烂的笑容。

"但还是得跟你说。"谢致看着顾白这副心里完全没有芥蒂的样子，抿了抿唇，"你不该对别人这么宽容。"

顾白没有明白谢致这话的意思，茫然地看着谢致，疑惑地歪了歪头。

"算了。"谢致叹气。

顾白的这个反应也在意料范围之内。

谢致微微叹了口气，抬手揉了揉顾白的脑袋，叮嘱道："以后你要是新认识了什么人，还是找我们给你把把关吧。"

顾白愣了愣，虽然满心疑惑，但还是点了点头。

"行了！"谢致拍拍手，指了指桌上的礼品盒，"要不要验收一下你的报酬？"

"没关系，谢先生不会出问题的。"顾白一边说着，一边看向了桌上的礼品盒，被丝带结上扣着的蓝宝石吓了一大跳。

"这个……"

"算是附赠的小礼物。"谢致说道，"反正鹿蜀不差钱。"

"可是……"

顾白觉得有些别扭，很少面对这样明显的讨好。

谢致很清楚顾白的想法，说道："你对这画多上点儿心就好了。"

顾白也没有别的办法，于是按下了那点儿不自在，把那个小礼盒收进了手绳里，摸了摸手绳，转头看了一眼窗外明媚的阳光，心里就有了想法。

谢致看着顾白若有所思的样子，觉得自己估计是该告辞了。

但在走之前，他给顾白提了一句："你最近别接人类那边的工作了，要是有空闲的话，多画一点儿自己的作品。"

顾白一愣："哎？"

"你得多画几幅用来参赛，而且你不是还想开你的个人画展吗？"

顾白恍然地点了点头："对！"

"你之前画的那幅玄武图，等到这个月底通车的时候，人气肯定不会低，你再画一幅发布上去，有人气的画在评选上是会相对占点儿便宜的。"

谢致说完顿了顿，又道："我这里还接到了不少请你去参展的邀请，不过都因为你暂时没有独立的自有作品而不得不拒绝了。"

顾白也知道自己最近这段时间一直在画商业稿和四方神兽要的画，画完不是带不回就是得交给主顾，自然是拿不出作品去参展的。

他缩了缩脖子，无比乖巧地点了点头。

"还有。"谢致想了想，交代道，"帝都那边的展要结束了，我到时候就直接去那边把你的夕阳图接回来帮你拿去参赛。"

顾白点头如捣蒜，觉得专业的就是厉害。

"行了，就这些。"谢致确认没有遗漏之后，就跟顾白告辞了。

他还有自己的本职工作要做。

而顾白从衣帽间里拿了块霞锦的大围巾，把朱鸟的那张画盖上，通风的窗户都关掉，也离开了司逸明的家。

普通的灵画还是用普通的画具比较好。

这一套特殊的画具用起来，顾白明显感觉到自己饿的速度变快了，别的感觉也有那么一点点，身体里有股沁凉的东西在流淌涌动，然后融入画里。

顾白觉得这大概就是司先生所说的灵气的消耗。

之前没什么感觉，大概是因为他除了画之外没有什么别的辅助用具。

这一次从画布到画笔甚至连画板、颜料都是特殊炼制的，也怪不得灵气消耗会变得比较明显。

顾白回家之后第一件事就是爬上二楼，要给鹿蜀的画他心里大约有了个概念。

鹿蜀的栖息地是偏南方的杻阳山，那里是典型的南方丘陵地带，林木茂密，树木苍翠。

正好朱鸟的这一道阳光给了顾白一丝灵感。

顾白跑上二楼，扯了张画纸出来，拿起笔就开始涂草稿。

他不确定司先生到底什么时候能回来，这画还是不能拖，全心全意赶紧画完为妙。

顾白正儿八经画起画来废寝忘食的，天天除了坚持跑去揪那一丝天地元气之外，饿了就是啃那些可以生吃的水果蔬菜，还有物业给他送来的小零食。

作为偶尔也要跟顾白交流一下工作进度的代理经纪人，谢先生掐指一算，顾白已经蹲在家里宅了半个月了。

再过一天就是元旦，今天中午十二点，文化旅游线开始第一次试行，通常这个时候，是人流量最多的。

谢先生在想要不要把顾小白揪出来，拎出去凑个热闹进行一下光合作用。

就在他纠结的时候，顾白的屋门打开了，他把自己收拾得整整齐齐，一抬头就看到了站在八楼走廊上正对着楼下一脸深思的谢致。

"谢先生！"顾白高兴地冲他挥了挥手，"我画完啦！"

谢致点了点头，也懒得坐电梯了，直接翻过走廊栏杆，一跃从八楼横跨过天井，稳稳地落在了六楼的顾白面前。

顾白被吓了一跳，张了张嘴，又默默闭上，转头把谢致让进了屋子里。

顾白的这幅画画面并不复杂。

要说森林中什么最宝贵，水与阳光各占其一。

阳光落在林间，将整个林子笼出了一片翡翠一般通透轻薄的绿。

郁郁葱葱的林木争相生长，遮盖了树荫之下应得的光亮。

有几缕阳光坚强地穿过层层树影，落成一道光尘，照亮了稍显昏暗的林间。

树荫下有花有菌菇，还有一条粼粼的溪流，几块枯木横越其上。

三两点斑驳的阳光落在溪流上，反射出点点流淌着的明朗的光华。

谢致看了好一会儿，鼻间仿佛嗅到了森林中特有的泥土的香气与花草树木的芬芳。

这是灵气极其浓厚且集中的时候，才会有的具象的嗅觉。

他转头看向顾白，直言不讳道："你进步了。"

"我也觉得。"顾白并没有谦虚，实事求是道，"大概是因为之前的画具都不一般的关系，画画的时候开始有意识引导了。"

谢致轻轻咂舌，这样的天赋也真的是相当惊人了。

"我今天出去找余叔定画框。"顾白说道，"然后去看看今天试运行的文化旅游线。"

谢致一顿，有些惊讶："你以前不在意这个的。"

"因为我发现我还是赚得太少了。"顾白说道。

他是真情实感这么觉得的，毕竟他跟司先生差得太多了，甚至连块表都送不起！

虽然很大一部分原因是表竟然如此之贵，但是他赚的钱的确是少了点儿。

顾白满脸严肃地搓了搓手，说道："我得去看看我那一面墙的成绩，这可事关我能不能得到老板的一个大红包！"

谢致实在不明白有司逸明罩着的顾白怎么天天心心念念的就是赚钱。

"我跟你一起去，今天我休息，正好也想去看看。"谢致说着就往门外走，准备去开车。

顾白乖乖跟在了谢致背后。

他也有一段时间没有出门了，天天就专心画画，偶尔还能收到他爸的号码和另外一个陌生号码发来的照片。

陌生号码的主人是顾白熟悉的那个管理员。

拍照的人显然并不是顾朗和司逸明本人。

因为顾白画了半个月，他们就不眠不休坚强地打了半个月。

他们平日里虽然是照常休息的，但是打起来热血上了头，还管什么休息，不打出个一方退走的结果来，肯定是不会罢休的。

拍照的人是白泽和管理员，白泽发来消息的时候经常带上几个相同的词语。

比如进度喜人之类的。

而管理员则发几张照片就长篇大论地说上一大堆。

他说他觉得自己天天跟着这三头神兽都快神经衰弱了。

白泽脑子不好，唯一铭刻在心里的就是收到的天启，让他一直专心致志地挖泥巴。

很多时候白泽脑子没反应过来，一抬头看到厮打得无比凶残的顾朗和司逸明的时候，第一反应是扭头就跑。

管理员一边要注意自己不被误伤，一边还要提防着白泽开溜，真的累了。

管理员隔三岔五叨叨两句，九州山海苑那边有没有谁能过来替他。

但这个跟顾白说是没有用的，该干的事情他还是得干，抱怨到后来干脆开始跟顾白商量这一次能从司逸明那里拿到多少报酬。

顾白有点儿不明白他为什么会跟自己来商量这个事，但是本着助人为乐的心情，顾白在画画中途休息的时候，还是会体贴地回复上两句。

今天刚画完，他又收到了管理员长篇大论的唠叨。

顾白跟着谢致上了车，坐在副驾驶座上，系好安全带就低头在手机上噼里啪啦地打字。

谢致转头看了顾白一眼，他虽然不是战斗系神兽，但是视觉还是相当敏锐的。

他一眼就扫到了界面上的关键字。

谢先生轻嘶一声，一边发动了车子一边问道："司逸明没给你钱花吗？"

顾白茫然地"啊"了一声。

顾白低头看了看自己的手机屏幕，明白了谢致指的是什么。

"司先生帮我在弄股票。"顾白说道，"但是我想给他送礼物的话，不想动用那笔钱，因为想给他一个惊喜。"

谢致一时不知道应该说点儿什么。

送礼这个事应该量力而行，但他转念一想顾白完全是在量力而行啊。

他一幅画换来了那块名表还附赠了一颗蓝宝石，怎么就不是量力而行了？

最终谢先生想了又想，终于找到了突破口："他竟然只帮你弄股票？！"

顾白一愣。

"他至少也应该替你玩个投资什么的吧。"谢致对此表示强烈谴责。

身为貔貅竟然还让身边的人满脑子都是想要钱，司逸明太失职了！

"不是……"顾白蒙了好一会儿，才说道，"是我当初只找司先生要股票的。"

顾白承认自己眼界浅，要挣钱只能想到股票，而且当初他跟司先生只是普通的交易关系，要一只股票已经相当逾越了。

谢致平时挺欣赏顾白这种分得清清楚楚的性格的。

讲规矩，他喜欢。

但是有的时候他又觉得，这性格扔出去肯定是要吃大亏的，恨不得能钻进顾白的脑子扭转一下他这种一是一二是二的顽固思想。

有便宜白不占白不占这句话，根本就没有出现在顾白的脑子里过。

比如顾白就不会想，他可以问司逸明要钱来花。

以司逸明的脑子，钱就是招之即来挥之即去的东西，顾白被他罩着肯定也不会缺钱，就更加不会想到直接送顾白钱了。

何况司逸明本身就很欣赏顾白这种为了自己的目标而努力奋斗的精神面貌，总是能久违地让他们感到蓬勃的活力。

谢致沉默地开着车，觉得这种事情真是非常难以决断。

"也行吧。"谢先生最终还是选择了屈服。

反正傻人有傻福，谢致想着，干脆就把这事团巴团巴扔出了脑子。

他与其操心顾白赚不着钱，还不如先操心一下自己。

谢先生一打方向盘，转向了老榆树所在的街道，问道："你找老榆树定画框，是要装哪张画？"

"装给鹿蜀的画，朱鸟的图普通的画框应该是不行的。"顾白说着，车子已经停在了老榆树的院门外边。

"可别小看他。"谢致解开了安全带，"老榆树这种能在 S 市司逸明的眼皮子底下躲着不被发现的，肯定藏着不少好东西。"

可是余叔手里藏着什么好东西，他也不能要求人家交出来啊。

顾白心里小声道，也跟着解开安全带，下了车。

谢致看着顾白依旧只提出要一个画框，挑好了木料留下了设计图和规格之后，就浑身轻松地走了出来，重重地叹了口气。

这孩子能平安长这么大没有被别人坑得人生都毁了，真是托老天爷的福了。

顾白听到叹气声，瞅着谢致一脸恨铁不成钢的样子，忍不住露出个笑容来。

"您的意思我知道。"他说道，"但是我觉得，人跟人之间是相互的。"

谢致拉开了车门，顾白乖乖坐进了车里，还企图改变一下自己在谢先生心里的傻白甜印象："如果我不以诚待人，怎么能期待别人以诚待我呢？"

谢致看了顾白一眼。

灵族跟人类其实也没多少区别，尤其是现在绝大部分灵族融入了人类社会，很大一部分渐渐被同化了。

以前那些淳朴的小灵族现在百年难出一个。

顾白这种打小把自己当人类长大的，能保持住这份淳朴也不容易。

"挺好的。"谢致这么评价道。

这大概是没有吃过什么大亏的少年人特有的天真。

他们总是愿意去相信这世间处处都有温暖和友善的好人。

要世界真是这样就好了，谢致一边发动车子一边想。

如果真的能像顾白所想的那样，每个人都抱着真诚的心去交往，这世上哪还会有这么多邪气魍魉诞生？哪还会有灵族被邪气引诱兴风作浪？又哪里会需要那群神兽累死累活，天天加班镇压巡逻？

律师所能见到的人性的黑暗比一般职业要多得多。

谢致顺口说道："人人都抱着真诚与美好的心情去对待他人，这样的世界估计只存在于想象之中。"

"但也不是没有这样的人呀。"顾白说完，指了指自己，"看，我就是。"

"而且被人帮助过、被感动过的人，多少都会愿意适当伸出援手的，只是这是一个很漫长的过程。"

顾白说着，有股莫名的自信："但是以后肯定会有实现的机会的，我们能活那么长的时间呢！"

谢致转头看了顾白一眼，看着顾白这副带着些小骄傲的神情，忍不住笑了一声。

他越来越能理解司逸明为什么会喜欢顾白这个小崽子了。

这可真是个大宝贝啊。

谢先生深吸了一口气，一脚踩下了油门："走，带你去看你的大红包！"

顾白乖乖应了一声，抬头看了一眼天。

司先生说了，他堵着的可不只是天河的水，还有不知多少年来被神州大阵扔出去的邪气魑魅。

邪气魑魅诞生的根本是无法消除的，但顾白觉得要是能适当地削减，也是一个进步。

也许哪一天，这天地间就真的渐渐变得干净了呢。

没有谁比镇着天河水与邪气魑魅的补天石更加希望这世界变好了。

这世界变好，神兽们找到新的补天方式，或者干脆想办法填上那个窟窿，他才能够拿回他自己的本体。

顾白希望能拿回自己的本体，让自己不至于在灵气的学习方面一直那么愚笨。

"到了。"谢致踩下刹车，转头看了一眼正瞅着天上发愣的顾白，伸手在他耳边打了个响指，喊他回神。

"哦……哦哦！"顾白回过神，抬头看着车外，新修的地铁站门口如今人不少，排着队下去。

而穿过地铁站，马路对面的另一个出口，就恰恰是顾白之前工作的地方。

那个出口直通博物馆，可以下了地铁之后直接进入博物馆内，参观完毕之后从博物馆正门出口出去，或者是回到这里出来，继续乘坐文化旅游线。

顾白和谢致下了车，随着人流走过去，与几个年轻人擦肩而过的时候，听到他们正叽叽喳喳地说着那边图书馆的事。

他们以赞叹的语气惊奇地说着场馆门口的画作，然后又提及了一些展品，接着声音便远去听不见了。

顾白扭头看了一眼谢致，谢致也瞅了他一眼，想了想道："要不再让翟良俊过来溜达一下？"

"不用了。"顾白摇了摇头。

他觉得这样的人流量，要是没办法凭借自身的画作激起点儿浪花，那是他自己的实力问题。

顾白深吸了一口气，继续往前走，越是往前，人就越多。

顾白和谢致的听觉都比常人要好，站在外边，便能清清楚楚地听到工作人员拿着喇叭，不断喊着不要在门口合影，不要堵住后来的客人，往里走，馆内还有很多值得一观的藏品。

顾白站在电梯边上，探头往里看了一眼，发现有人源源不断地进去，又有些人从场馆里走了出来。

进去的和出来的都有不少人在那里跟壁画合影，而那些还未看到壁画的人，踏上电梯的瞬间就发出了惊叹。

顾白看着这样的画面，高兴得两眼都在发光。

对于一个以艺术家为目标的作画者而言，没有什么是比亲眼看到大家喜欢他的画并为之惊叹，更能让他感到开心的了。

谢致懒得挤进去。

他看着顾白探头探脑地看了好一会儿，回来的时候脚步都在蹦跶，满脸都喜气洋洋的，一副极为开心的样子。

"很高兴？"谢致问。

"是啊！"

顾白毫不犹豫地应道，应完又很不好意思地低下了头，努力压了压上翘的嘴角。

他向来是有些羞于放肆展露自己的情绪的。

顾白手握成拳，抬手抵唇，轻咳一声清了清嗓子，努力摆出沉稳的样子，说道："红包稳了！"

谢致看着高兴得脸都涨红的顾小白，看着他两眼亮晶晶一副开心得要飞起来，却又努力板着脸故作成熟的样子，只觉得这崽子真是可爱炸了！

谢先生趁其不备突然出手，拿着手机不动声色地打开连拍功能拍了十好几张顾白这副可爱的模样。

这半个月来毫无防备，被顾白迎头盖了好几盆"狗粮"的谢先生看着这些照片，微微眯了眯眼，恶向胆边生。

顾白这么可爱的小崽子，照他的脸糊"狗粮"他也只能选择原谅。

但司逸明就不一样了。

常年生活在貔貅的阴影之下的獬豸认真地想了想，决定回头就去给貔貅看这些照片，看完不发给他，就自己存着，气死司逸明。

谢先生在被打的边缘反复试探。

他抬头看了一圈，然后拿出手机来搜了一圈，发现"S市文化旅游线开通"这个话题被推送到了各个社交软件上。

头版头条，绝大部分头条照片是一群黑压压的人头，凑热闹想往地铁上挤的照片。

但在各个社交平台的相关话题下边，更多的却是对这一条线路各个站点的讨论。

中午十二点的试运行，现在才刚开不到一个小时，正是各个刚开放的站点人流量最大的时候。

这条线路的各个站点设计得相当用心，站点出口租赁出去的店面和一些装饰与路标，都是以该站点相关的文化与旅游景点为主题所布置的。

有主题咖啡馆，有古街风味的地下小吃街等。

就连博物馆的站点，都有与展览主题紧密相贴的壁画。

这份用心的诚意简直是肉眼可见的。

而与他们这份诚意相对的，就是前来参与试运行的人们的赞叹，以及热情的安利。

口碑这个东西是一种非常可观的力量，它能带来的不只是普遍的好感，还有肉眼可见的既得利益。

谢致看着相关的话题热度以肉眼可见的速度上涨，知道这条线路剩下的那些商铺的招商竞标肯定要猛涨一下。

他往下翻着这些话题的实时更新，手一顿，看到了一条标题是对 S 市博物馆整体统筹设计的评价的文章。

谢致看了一眼那条微博的博主，大 V，粉丝百万，认证是墙画艺术爱好者。

这个微博背后的人谢致认识，是个灵族，也是真心实意喜欢画画的人。

谢致饶有兴致地点开了那篇文章。

然后他发现这博主整个儿就是个迷弟画风——顾白的迷弟。

他吹天吹地吹完了博物馆，最后落到了地铁方向的出入口那里的壁画上，三百六十度毫无死角疯狂吹起了顾白的那面壁画，图文并茂，语言还特别轻松诙谐，引人入胜。

他还非常大方地承认了他非常喜欢这面壁画的作者，不管是之前帝都参展的那张夕阳图还是这一面玄武极光，他都非常喜欢。

他的评价非常明确。

他说：顾白的作品不多，但放出来的每一幅作品都让人耳目一新，清楚地感觉得到顾白的进步。

只要顾白能够维持这样的进步，世界绘画行业的未来一定有他的一席之地。

谢致收好手机，觉得这一系列操作下来，顾白怕是要拉上一大堆的仇恨。

不过没关系，以顾白如今的大跨步来说，他还真担得起这个期待。

他抬头看向对自己的作品的影响力一无所知，还在殷殷期盼老板能给包个大红包的顾白，目光忍不住变得无比慈爱。

顾白贴着墙站着，在不影响人流的前提下，不安分地向着那边探头探脑。

谢致看着他这副样子，觉得有些好笑。

"想看就凑过去看啊，人家又不会拒绝你。"谢致说道。

顾白还算是如今这种情况的功臣之一呢。

"那怎么行？"顾白摇了摇头，"会给别人添麻烦的。"

谢致笑了笑："那可不一定。"

这个情况暂时还是相辅相成，但在一段时间之后人气倾斜恐怕会越来越剧烈。

随着顾白名声渐起，这里的知名度还会更高一些。

谢致觉得他要是那个博览中心的负责人，肯定跑去找老板要钱，把顾白作为长期壁画师给定下来。

谢致这么想着，就看到顾白接了个电话。

顾白看了一眼来电提示，本就开心的笑容瞬间又明亮了好几个度。

谢致掐脚一算，打电话过来的肯定是司逸明。

果不其然，顾白一接电话就美滋滋地喊了一句："司先生！"

司逸明来的这个电话很简单，他回来了。

非常不甘心，但是他也不可能真的就在那边跟顾朗打个地老天荒。

S市这边他还是得回来镇着，他放在阵点里的那幅画，也只是能暂时替他镇守一段时间而已。

司先生在离开前被顾朗大肆嘲讽了一番，心情非常不美妙。

司先生老不高兴了。

但他的不高兴还没来得及表露出来，就被电话那头，顾白兴奋开心的声音给压了下去。

他安静地听完了顾白迫不及待跟他分享的快乐，那点儿不高兴就像是过眼云烟一样，轻飘飘地散了个干净。

"对了司先生。"顾白嘚啵不停的嘴依旧没停，"朱鸟的画我画完啦，在……你家二楼。"

说完顾白顿了顿，又迅速转移了话题。

司逸明敏锐地察觉到了一丝变化。

顾白开始尝试着不再用稍显生疏的敬语了。

虽然灵族并不在意人类定下的这种礼仪规矩，但想一想顾白本身是作为人类长大的，代入一下人类思想，司逸明一下子就高兴了起来。

至于喊他司先生这事，司逸明表示他很受用。

满脑子废料的貔貅表面却依旧无比正直："这么高兴，你就多待一会儿吧。"

司先生一边体贴地说着，一边上了二楼，手一挥将朱鸟的画收了起来。

"我先去给朱鸟送个画。"

"好的！"顾白高兴地应了一声，挂断了电话之后，跟着谢先生一起顺着文化旅游线溜达一圈。

　　谢致看着吃着烤串哼着歌心情美得不行的顾白，又看了看自己手里每次都被顾白塞上一份的小零食，说道："你现在竟然吃得习惯这种东西了？"

　　刚接触灵植做的食物的时候，再吃回普通的食物是很受折磨的，谢致很清楚。

　　"我上班的时候一直跟学长们吃盒饭啊。"顾白说道。

　　其实他也没有很习惯，但是心情好，又想吃点儿东西，还想顺便看看这条线。

　　顾白当然是不会挑的。

　　何况他学学这些小吃的做法，回去可以自己做来吃。

　　谢致看着像是被春雨滋润的小幼苗的顾白，心中陡然生出了一股怨念。

　　谢先生叹了口气，开始啃顾白给他买的烤串和糖葫芦。

　　因为前边顾白又买了两碗麻辣烫，他得腾出手来去拿其中一碗。

　　顾白和谢致美滋滋地从文化旅游线的头吃到了尾。

　　这种普通的食物对他们来说就只够尝个味道，有意引导一下，基本上到不了胃里就完全被分解成极稀薄的灵气了。

　　晚上回家的时候，他们俩甚至还打包了几份夜宵。

　　夜宵是顾白特意带给司先生的。

　　大多是些他以前没怎么吃过的甜食。

　　是类似于糖油粑粑之类的一些外地特色小吃，顾白吃了之后觉得味道不错，就干脆打包带了回来。

　　谢致这一天还挺满足的，刚准备跟顾白在电梯里告别，手机就收到了一封邮件，标题非常明确，诚邀顾白作为 S 市博物馆长期壁画师。

　　谢致马上喊住了顾白："博物馆问你要不要做长期工。"

　　顾白一愣，然后反应过来，想到自己最近的安排，问道："工作频率？"

　　谢致翻着邮件，一边翻一边说道："要租到足够融合成一个主题的古物展品并不简单，工作频率半年都不一定有一次，你大可放心。"

　　顾白听完了点头，又问："那我的学长们呢？"

　　"既然是发给我的，那就是只邀请了你一个，不然会往你老师的团队工作邮箱里发。"谢致说道。

　　顾白的眉头一下拧了起来。

　　为什么会有这样的结果很明显了，就是甲方将这一次的功劳全都归功到了他身上。

　　谢先生说了，社交平台上有不少拿着有影响力账号的灵族明里暗里在讨好顾白。

　　特别是顾白被人类的绘画大师称赞了之后，他们就从暗地里拍马屁直接上升到了明面上吹。

　　吹得不算特别明显，他们很谨慎地把握着度，没有让普通人产生什么恶感，只是大家多多少少知道了有个厉害的年轻画家叫顾白。

知道内情的谢致已经有了一份暗暗干了这些事的灵族名单。

顾白是知道这些的，对于并不了解艺术，两只眼睛只看得到利益和数据的老板来说，这就是顾白一个人的功劳。

没有人会记得第二名，多简单的道理。

顾白犹豫了好一会儿，最终抿了抿唇，非常难得、几乎称得上是任性地说道："团队项目我不跟学长们之外的人合作，博览中心那边不接受的话就算了。"

谢致惊讶地看了他一眼。

顾白紧抿了下唇："别人……别人没有我的学长们好。"

顾白知道自己如今能有这样的改变，学长们功不可没。

在认识学长们之前，他在陌生人面前基本都是闷葫芦。

当初要不是学长们总是主动问他，邀请他提出自己的看法，他到现在还会是个闷葫芦。

顾白感激这群对他极好的学长，这些学长虽然已经放弃纯艺术路线了，但心里还是怀着些希望的。

顾白知道自己这种开挂的天赋肯定会让学长们心里有落差，但是他们依旧平和地对待他。

也许是移情，也许是本性温柔宽和，又或者是别的什么，顾白不管。

就冲学长们对他始终毫无芥蒂并倾力相助，顾白就对老板这种把整个壁画成绩归功于他一个人的行为感到十分难过。

"也不是逼他们必须找学长们，我的学长也不缺他这么一个项目……"

顾白不知道应该怎么表达，有些着急，越急脑子就卡着反而不知道应该怎么说。

他怕谢致误会，回复的时候措辞不当引起甲方和学长们的不适。

他着急地比画了两下："就是……"

"就是表彰应该是给团队的。"谢致干脆截断了顾白的话。

"对、对、对！"顾白用力点头。

谢致也不啰唆，干脆答道："行，我知道怎么回复了。"

谢致一眼就能了解顾白的想法。

知恩图报，不好大喜功，这都是非常好的品德。

能把顾白养成这样，人类除了那些阴暗之外，也的确是有值得夸奖的地方。

谢先生看着顾白长舒了口气的样子，整个心都软成了一摊水。

他忍不住笑得满脸温和，抬起手来，准备揉一揉顾白的脑袋，结果手才刚抬起来，旁边的电梯门就打开了。

司逸明从电梯里走出来，看着谢致这一脸柔和的样子，又看了一眼他差点儿就揉上顾白的脑袋的手。

谢致："……"这么巧的吗？

谢先生心中陡然生出一股惊人的危机感，登时汗毛直竖。

他当机立断地收回了手，跟司逸明打了个招呼。

顾白转过头，也看到了司逸明。

司先生向他招了招手："过来。"

顾白马上屁颠屁颠地蹭了过去，献宝似的说道："司先生，我给你带了好多小吃回来当夜宵！"

司逸明目光在谢致身上晃来晃去，然后在顾白话音落下的时候收了回来。

"嗯。"司先生点了点头，不动声色地把顾白往家里带，"朱鸟的画我送过去了。"

顾白有些紧张，因为很清楚自己的画面大概并不是朱鸟本身喜欢的类型。

一个打架狂魔怎么会喜欢那种把她画得一片祥和温柔的画？

说实话顾白心里还挺没底的。

顾白小声问："她喜欢……不是，她满意吗？"

"满意。"司逸明的回答倒是一点儿都没带停顿，"她说换个角度看自己还挺新奇。"

"那就好。"顾白松了口气。

司先生看了顾白一眼："你不用太在意，这么多年来，人类凭借想象给我们画了无数种形象，还有文字作品里各种各样奇奇怪怪的形象，我们并不会因此感到不满。"

顾白一愣，想想好像的确是这样。

文化旅游线的那个工作项目里，学长们画的鲲鹏也是错误的，但是游客看了就是能够一眼指出这是鲲鹏。

神兽们对人类来说本来就是个意象，不存在什么特别明确的形象。

顾白知道这话里有司先生安抚他的意思在，微微抿了抿唇，有些羞赧地翘起了嘴角。

虽然司先生平日里也是这样的态度，总是不动声色地轻易消除了他的不安。

被遗忘在一边的谢先生悲伤地进了电梯。

以司逸明那记仇的性格，谢致觉得他怕是得交出顾小白的照片免得被打了。

顾白跟在司逸明背后，脚步轻飘飘的，在司逸明拿钥匙开了 663 号房门的时候，顾白才回过神来。

"司先生！"顾白并没有准备跟着司逸明去他家。

司逸明停下了准备走进门去的脚步，转头看向了顾白。

"怎么了？"

"……"顾白没有答话。

他先是转头看了一圈，发现整栋公寓走廊上都没有人之后，深吸了一口气，从手绳里拿出了一个包装精美的礼盒。

巴掌大小的礼盒相当精致，宝蓝色的，盒面上的烫银花纹繁复又精致。其表面还有些浮雕的质感，白色的缎带交会处的蝴蝶结中间，扣着一颗纯色椭圆的蓝宝石。

这盒子整体看来好看极了。

司逸明看着这个盒子，挑了挑眉，明知故问："这是什么？"

"礼……礼物！"顾白说道，"因为我都没有送过司先生礼物，所以……"

司逸明低头看了看那个盒子，盒子里并没有什么灵气，看起来应该是普通人类的礼物。

司逸明是真没想到顾白会送他礼物。

灵族普遍不兴这种虚礼，需要什么就直言不讳。

比如说司逸明想要一张灵画，会选择直接告诉顾白，他要画。

悉心去准备礼物给对方一个惊喜这种事，在灵族里还真的是鲜少发生的。

"我可以在这里拆开吗？"司逸明问。

顾白更加不好意思了，但还是点了点头。

司逸明接过盒子，细致地拆开了缎带。

这种拆礼物的感觉对司逸明而言是极少会有的体会，灵族想要讨好他的时候，一般都是直接带着宝贝毫无遮掩地送上来。

人类就更不用说了，那些供奉都是摆在台子上的。

司逸明头一次觉得这种未知的惊喜感竟然是这样美妙。

他打开盒子，紧接着眉头挑得老高。

顾白的钱绝大部分在他手上等着钱生钱，司逸明非常清楚顾白的私房钱还有多少。

"你哪儿来的钱？"司先生一边说着，一边把自己的腕表摘了下来，把新的戴上，身体力行地证明了一番自己对这个礼物的喜欢。

"你不在的时候，我去画了张画换来的。"顾白小声道，两眼亮晶晶地看着司逸明，"你喜欢吗？"

"当然。"司逸明忍不住露出一个笑容来。

实际上司先生的衣帽间里有一整个柜子的表，绝大部分是私人定制，另外一部分是在人类世界经商的时候，别人送的经典款。

真正能体现身份的，其实还是私人定制款，但顾白这向来穷苦的傻孩子自然是不可能知道的。

司逸明基本上能够理解顾白的想法。

有钱人的表肯定很贵，所以贵的表才配得上他的身份。

某种意义上来说的确如此，头一次收到礼物的司逸明，也并没有告诉顾白这个有钱人的小习惯的打算。

反正他司逸明往那儿一站就是名流，谁敢说他的腕表配不上身份，他就让谁凉凉。

司先生看着手腕上的腕表，越看越满意。

顾白看着司逸明的反应，又从手绳里拿出了一大堆打包的夜宵："这些是我吃过之后觉得不错的甜食，你今晚上可以当夜宵吃掉。"

第 15 章
蓬莱蜃景

顾白难得赖了次床，连今天份的天地元气都没有去抓。

司逸明先来找了他："赶紧换衣服起床，吃完饭我们去一趟白泽家。"

顾白一愣，这才想起了白泽让去他家一趟拿点儿的东西。

说是个玉简。

玉简这个东西顾白查了，说是玉质的简札，普遍是用来记录一些信息的。

顾白想不出白泽那么高端的神兽会有什么需要告诉他的信息。

他一边起身，一边顺口问道："是什么东西啊？"

"不清楚。"司逸明也随意地答道，"能让白泽反复记起好几次的事情，都不是什么小事。"

比如让白泽坚持了不知道多少年的挖泥巴。

顾白点了点头，趿拉着大号的拖鞋，一步一啪嗒地走进了洗漱间。

除了必须得去找朱鸟订的霞锦之外，司先生还准备让他的那几个人类助理去各大品牌店里扫一圈货，从帽子到鞋子，全都买买买。

司先生想到就做，低头给助理发了消息，然后心情颇佳地进了顾白家厨房。

司先生准备煮个面卧个蛋，撩起袖子，露出手腕上锃亮的腕表。

司先生动作一顿，转头先去把腕表摘了下来，放到了远离油烟的客厅茶几上，然后走回来盛水开火。

顾白在洗漱的时候，闻到了一股极为鲜香的气味。

他使劲嗅了嗅，感觉肚子咕噜咕噜响，洗完脸摸了摸自己的肚皮，趿拉着拖鞋跑进了厨房。

"好香！"顾白凑到锅边上看了一眼，发现锅里正煮着面条，而旁边摆着两碗汤底。

汤底乳白，表面上没有一丝油花，也没有漂着常见的葱花什么的。

但那股香气透出来，就像是吊得恰到好处的高汤，鲜香浓厚，让人食指大动。

顾白都不用想就知道，这肯定不是司先生熬的汤。

他忍不住端起碗喝了一口，咂咂嘴，一口升天，细品又觉得有点儿不对。

他又喝了一口，问道："司先生，这汤哪儿来的呀？"

司逸明一顿："就不能是我做的？"

顾白看了他一眼，露出了一个尴尬又不失礼貌的微笑。

司逸明哼笑了一声，可得意地道："我让蓬莱山的兔子精做了浓汤宝。"

现在这浓汤宝挂在了翟良俊的那个平台里，销售火爆，一上架就被抢空，兔子精嘴都快笑成四瓣了。

兔子精的浓汤宝制作方式跟人类的不太一样，他们最大限度地保留了高汤的鲜香和灵气。

灵族总是有比人类更加奇妙的手段。

再加上他们浸淫美食之道多年，吊完了汤之后捞出来的那些食材经他们的手一变，就又是一道新的美味。

这种一本万利的买卖可把兔子们乐坏了，他们天天在那边吊高汤生产浓汤宝，还开发了不少新的口味和菜品。

据镇守那一块区域的苍龙说，最近蓬莱山蜃景附近成天弥漫着一股闻着就贼好吃的气味。

浓汤宝啊。

顾白恍然地点了点头，怪不得他尝出了一点儿不对劲，毕竟手法再神奇，跟刚出锅的高汤肯定还是有区别的。

他看了看碗里的汤，然后绕过司逸明往没盖盖子的高压锅里探头一看，发觉还有小半锅汤之后，把碗里的汤全喝光了，又美滋滋地盛了一碗新的。

司逸明看了他一眼，等到他把第二碗汤也喝完了，又盛了第三碗喝得美滋滋的时候，叹了口气，关了火重新拿了个碗出来，盛汤装面。

顾白端着面出了厨房，瞅着司先生把面汤倒了烧干锅又放油打蛋，想了想，还是没说话。

他吸溜着面条，一抬头又看到了被小心放在客厅茶几上的腕表。

为了避免表掉到地上，司先生特意放到了中间。

为了避免沾上灰尘，司先生给腕表下边垫了块布，布上画着一个并不太复杂的圆形阵法。

顾白认识，那是防尘的。

顾白看了那块表好一会儿，又看了看厨房里煎蛋的司先生，觉得这礼物送对了。

司逸明煎了四个蛋，端着碟子出来的时候，就看到顾白一边喝汤一边笑得傻了吧唧的。

他在顾白身边坐下，问道："你乐什么？"

"没什么。"顾白答道，脸上还带着未尽的笑意。

司逸明并不是非得问出理由来，看着顾白这副高兴的样子，也跟着高兴。

顾白夹了个蛋，咬了一口煎得焦脆的边缘，"咔嚓"响。

顾白瞅瞅司先生，主动找话题："你之前说不要一个人去白泽家里，白泽家里是有什么危险吗？"

司先生看着顾白面前已经吃完了的空碗，把自己这碗面也推给了他。

"他家里的东西稀奇古怪的，不小心一点儿指不定你人形进去出来的时候就变成什么奇奇怪怪的东西了。"

顾白一愣："还能变成别的东西呀？"

司先生毫不犹豫地卖掉了他的同僚："前些日子白虎就着了道变成了猫，脑子也退化了，被人类领养了一个多月差点儿被绝育了。"

顾白眨了眨眼，无比庆幸自己向来乖巧听话。

"行了，快点儿吃吧，吃完带你去看看，他那边小玩意儿也挺多的。"司逸明说道。

顾白对此有些好奇，麻溜地吃完了面和煎蛋，并夸赞了一番司先生煎蛋的手艺，然后拿着司先生塞给他的饭后水果，跟在司先生身边屁颠屁颠地去了白泽家。

白泽家从来不锁门，甚至都不需要钥匙。

顾白惊讶地看着司先生直接打开了白泽家的门，忍不住问道："不用钥匙的吗？"

司逸明摇了摇头："白泽傻起来连自己都坑，没有人会闲着跑来他这里偷东西的。"

更古早的历史就不说了，光说九州山海苑成立的这三百多年，司逸明的记忆里，白泽就把自己弄成过猫、狗、鹦鹉、台灯、灰尘、玻璃、圆珠笔等乱七八糟的东西。

有一次他还变成了金鱼，因为没有在水里躺在地板上垂死挣扎喘了足足一周，才被隔上一段时间就上来看看失智神兽是不是还安然活着的物业给捡起来放进了水里。

这些是常规操作了，比较不常规一点儿的，就是不知道碰了点儿什么玩意儿，把自己身上除了脑袋以外的部分弄丢了，自己还完全没有察觉到，只留个脑袋在外边飘来飘去，把小区里那些没怎么见过鬼的灵族吓得屁滚尿流。

虽然说灵族怕鬼这个事情说出去有点儿丢人，但是他们还真的是普遍怕鬼的。

没见整个六单元都怕黄女士嘛，以前画皮上门可是都要扒皮的，人皮还是灵族皮，画皮是不挑的。

他们甚至更加偏爱灵族皮一点儿，因为灵族普遍长得好看。

黄女士这种活了许多年的画皮，普通灵族都生怕一不小心就被扒了皮。

司逸明一边跟顾白说着一些小八卦，一边走进了白泽家里。

白泽家与其说是家，不如说是个乱七八糟能逼死强迫症、带居住功能的仓库，而且是那种一不小心破坏了微妙平衡之后就会被各种各样倾泻而下的东西迅速淹没的仓库。

唯一一个不会被掩盖的，就是悬挂在墙面上的一幅墨宝。

上书：拒绝画灵画，不当白泽干。

落款是白泽，旁边还盖了个应该是白泽本体的蹄印。

顾白看着这样的家，满脸都写着震惊。

"因为整理了之后也会被白泽翻乱。"司逸明解释道。

毕竟是个日常弄丢脑子的神兽，谁知道他突然要找东西的时候脑子里的记忆是什么时候的。

反正整理过之后没两天就再一次变得一团糟，因为整理东西而被坑了满脸血的物业直接选择了放弃治疗，打死都不再帮忙整理了，后来就干脆乱糟糟地堆放在了这里。

顾白听得胆战心惊："那……玉简？"

"嗯。"司逸明点了点头，指着堆得一团糟的东西，"咱们得寻宝。"

还不能用灵气，谁知道一点儿灵气会不小心勾出个什么东西来。

顾白欲言又止，算是明白为什么司先生跟他说不要一个人来白泽这边了。

要是他不小心变成金鱼了，估计是没办法垂死挣扎整整一周的，恐怕当场就凉了。

顾白胆子小，贴着门小声问道："那万一……"

"那也得找，小心一点儿就是了。"司逸明指了指顾白的手绳，"这里的东西别弄塌了，找完一个就往手绳里边塞一个，先清理一片地方出来。"

顾白站在门口，低头搓了搓手，先认真感受珍惜一下，过会儿说不定就变成狗爪子或者鱼鳍了。

司逸明看着他这副样子，有点儿好笑。

他小心地往里走了些，放话："放心吧，我在呢。"

顾白深吸了一口气，点了点头，刚一抬脚准备走进去，就迅速缩了回来。

他死死地扒着门，看着刚刚才自信满满地放话的司逸明，吓得脸都白了："司……司先生，你……你……你的腿不见了！"

司逸明低头看了看自己的腿，然后陷入了沉默之中。

他可不是普通人，不会因为自己的小腿不见这种小事而大惊失色。

不过是腿不见了而已，司先生很镇定，感觉不到腿之后还可以用飘的啊。

"没事，正常情况。"司先生转头看向顾白，脸上神情非常平静。

不就是腿不见了！不过区区小问题，难不成他还能去找白泽麻烦？

顾白看着膝盖以下空荡荡的司逸明，深吸了一口气，努力适应了一下这种视觉冲击，又抬头看了看不以为意的司逸明。

司先生一脸"小场面冷静"的表情，让顾白鼓起了勇气。

他小心翼翼地抬起一只脚，脚尖触地之后又胆战心惊地落下了一整只脚，似乎生怕一错眼自己的脚就消失了。

第一步迈得相当安全，顾白松了口气，整个人都走了进去。

他是真的胆子小，小到走到玄关就不动了。他低头看了一眼距离玄关不过区区几厘米的一块巴掌大小的木板，然后又眼巴巴地看向司逸明。

"慢慢靠近试试。"司逸明说道。

顾白点了点头，战战兢兢地蹲下来，缓缓地伸出手，就像是慢动作播放一样，指尖轻轻碰到了木板的表面。

什么都没有发生，顾白把木板收进了手绳里。

司先生点了点头："对，就这样，自己注意安全，有不对就喊我。"

"好！"顾白应了一声，干脆就没站起来，继续往旁边伸手。

司逸明看着顾白一脸运气爆表什么事都没有发生的样子，便也收回了注意力。

很好，现在他得找一找是什么导致他的腿不见了。

司先生脸有些黑，要不是这事多少算个秘密，加上他本身想跟顾白多独处一会儿，他肯定要把物业揪过来帮忙。

但现在他都已经中招了，找外援岂不是很没面子？

司先生憋着口气，想打兽。

他一抬头看到堆积如山的奇奇怪怪的玩意儿，又扫了一眼墙上那幅墨宝，更加想打兽了。

可惜不能打，司逸明一边收拾东西一边生气地想。

白泽本来就很傻了，要是再被打傻一点儿连天启都忘了，那整个神州大地都要陪着一起玩完。

为了自己自由自在长久和美的未来，司先生是不会冲动的。

现在最重要的是找回他的腿。

鬼知道他的腿被弄到什么奇怪的地方去了。

司逸明低头俯身，手伸到自己的小腿处晃了晃。

手从空荡荡的小腿处轻易地晃了过去。

司逸明尝试着抬了抬腿，发现脚掌落地的感觉还是有的。

看来小腿是藏起来了。

但被什么东西藏起来了，司逸明不知道。

这种情况跟之前白泽只剩个脑袋的时候一模一样。

可遗憾的是，当初白泽那个破事是怎么解决的，司逸明压根就没关注过。

毕竟白泽的破事实在是太多了。

司逸明直起来，在脚边上看了一圈，发觉那些奇形怪状的东西他一个都不认识。

白泽总是能收集到一些奇奇怪怪的东西，司逸明又尝试着抬了抬脚，有点儿烦躁。

这样子他没办法看到脚步落在哪里，总觉得下一秒还会翻车。

顾白顺利捡了三样东西，抬头看了一眼司逸明，察觉到了他的为难。

"司先生！"他喊道。

司逸明迅速转头看过来，发觉顾白没事后微微松了口气："怎么了？"

"我……"顾白顿了顿。

他本来想说他跟司先生换个位置，但是想想这样说的话好像会伤害到司先生的自尊。

神兽的自尊心大概都是很强的吧，毕竟司先生都皱起眉头来了。

于是他改了口，带着个小小的笑容说道："我们一起从边上捡起吧。"

司逸明挑了挑眉，眉间的褶皱被顾白那个小小的笑容抚平了。

他走到顾白旁边，跟顾白分别收拾起左右两边来。

顾白收拾东西的运气好得出奇，除了在捡一块玉印的时候被刻在玉印上的龙喷了一手火烫到了之外，没有遇到任何奇异事件。

而反观司逸明，时时刻刻电闪雷鸣的，又是风又是火还有水和冰，刚刚还被一尊卧着玄龟小雕像的砚台滋了一手墨水。

顾白转头看了一眼司先生多灾多难的手，沉默了好一会儿，试探着问道："要不……我们换一边？"

司逸明随意地甩了甩手上的墨水，看了一眼顾白，摇了摇头："不用了。"

顾白欲言又止："可是……"

"你换到这边来运气也会比我好。"司逸明说道。

顾白被他这样笃定的语气说得一愣："为什么？"

"因为老天爷喜欢你。"司先生答道。

司逸明觉得自己之前在有补天功德的顾白面前要了下面子实在是没什么必要。

不过算了，他也有功德在呢，换了普通灵族来这里，早就玩完了。

"你放宽心吧，不会有什么事。"司先生说着，一巴掌拍在了那个砚台上，把仰起头来又想滋他的玄龟砚台的脑袋按回去，然后塞进了自己的芥子空间里。

顾白看了看司先生还空荡荡的脚，好像不是没有事的样子。

他轻轻皱了皱鼻子，也转头继续去收拾自己的那一部分东西。

司逸明感觉自己简直狼狈。

他已经尽量闪避了他认出来的那些东西，一个上午过去，顾白饿得肚子咕咕响的时候，司逸明身上一片狼藉，身后甚至还冒出了一条龙尾的虚影。

那是他的本体的尾巴。

在把这些玩意儿全都收拾好之前，他估计是没办法离开九州山海苑了。

"客厅之外还有二楼。"司逸明宣布了这个令人悲伤的消息。

顾白看着经历了一个上午依旧满满当当的客厅，又看了看司先生已经不能被称为人类的身体，以及他浑身糊得五颜六色还被烧出了洞的衣物。

最后他看了看自己衣服上被司先生以"有福同享有难同当"为名，硬蹭上来的花花绿绿的奇怪颜色，只觉得眼前一黑。

耳朵边上突然轰隆一声也是很吓人的啊！

一转头就看到司先生整个人都被电得噼啪响也是很吓人的啊！

突然有剑闪着寒光"嗖"地一下穿过他们的身体，虽然没有伤害但是心理阴影面积真的无限大啊！

这一上午，顾白那连半个指甲盖大小都没有的胆子简直是要被吓破了。

不过，还挺刺激的。

顾白在心里小声道。

又不可能真正伤到他们，这种非同一般的体验倒是让顾白大开眼界。

司先生被电得噼里啪啦响周身闪着电光的样子，简直就像是现实投影电影特效，贼帅气。

司逸明看着顾白这副尿样，开始认真思考要不要揪物业过来。

以前物业来帮白泽整理屋子的时候，一来就是两个团，熬到最后还没变成奇奇怪怪的东西的也就能剩下零星一两个。

短的几个月，长的一两年才能恢复。

好在白泽家从来不收藏有杀伤性的法宝，有的时候物业还会顺手拿几个无伤大雅的小玩意儿走。

这些事九州山海苑里几个管事的基本都知道，随意看看也就睁只眼闭只眼过了。

毕竟给白泽整理屋子可是件非常痛苦的事情。

但是这次不行，白泽让顾白拿的玉简估计挺重要的，还真不能随便给人知道。

万一被谁随手摸走了，那就很尴尬了。

要是揪物业过来的话，那肯定就得抓獬豸过来监工了，他看得出来谁干了坏事。

顾白不知道司逸明的犹豫，深吸了一口气，决定坚强一点儿。

反正也挺刺激的，那些奇奇怪怪的玩意儿给了他不少灵感，他总觉得整理完之后，回去就可以画个魔法世界出来。

他摸了摸肚子："饿了。"

司逸明摆了摆手："下午让物业过来收拾算了。"

顾白一愣，扭头看了一眼乱七八糟的白泽家，然后伸手揪住了司逸明的衣服。

"不用了司先生！"顾白赶紧说道。

司逸明眉头一挑："你不是怕？"

"虽然很吓人，但是也有点儿灵感。"顾白不好意思地摸了摸鼻子，然后摸到了一手黑乎乎的墨迹。

顾白："……"还没干啊。

司逸明看着顾白想要擦手，又对着一身狼藉无处下手的样子，也懒得顾及自己的形象了，直接带着浑身乱七八糟的顾白招摇过市，穿过小区里的中心湖，回了家。

等到他们把自己身上清理了一遍，吃饱了东西，重新杀到白泽家的时候，九州山海苑里的灵族住户已经开始到处传貔貅终于按捺不住要抄了白泽家底了。

他们这几天偶尔路过七单元楼底下，都能听到几声轰隆隆的炸响。

还有一次，白泽家的大门突然被从里打开，貔貅和顾白从屋里冲出来，后边紧跟而来的是汹涌膨胀出来的棉花糖，挤出了白泽的家门，最后落在了天井里，慢腾腾地长到了三层楼高。

三层楼高的棉花糖！

鬼知道白泽家里为什么会有这种东西。

整个九州山海苑里喜欢啃甜食的灵族都乐坏了。

顾白和司逸明最终花费了五天的时间，在通往二楼的阶梯上找到了一卷玉简。

这玉简呈通透的翠绿色，隐约可以窥见些许内侧金色的线条。

玉简的外形类似竹简，被一条金线捆着，拿到玉简之后司逸明把它交给了顾白。

顾白对司逸明信任得很，司先生交给他了，他就接了过来。

"我打开啦？"顾白问道。

司逸明点了点头："开。"

顾白扯开了金线打的结，把玉简打开来。

里边用闪烁着微光的金色线条绘着一幅图，顾白看不懂图，目光转向了旁边的字，发现字他也看不懂。

顾白满脸茫然地看向司先生。

司逸明扫了一眼，然后淡淡地"哦"了一声。

"回你老家的路线图。"司先生解释道。

顾白一愣："哎？"

司先生抬手指了指天："就那个窟窿的具体位置。"

司先生不动声色地将顾白手里的玉简拿了回来，仿佛无事发生一样，重新卷好绑上。

"白泽让我取这个，是有什么用吗？"顾白问道。

他甚至都看不懂上边的文字。

"是有用的。"司逸明说完这话，就闭上了嘴，对顾白摇了摇头，似乎并不打算多说。

顾白看不懂那些文字，司逸明可是看得懂的，甚至还能猜到白泽为什么要让顾白来拿这个玉简。

补天石的具体位置一直以来都是个秘密。

毕竟万万年下来，各种各样企图毁灭世界的反派层出不穷，要是被他们知道了补天的地方去折腾一下，那后果不堪设想。

所以当年补上了窟窿之后，女娲娘娘为了以防万一，做了一连串迷惑人视线的举措。

比如把垮塌了却依旧高耸的不周山移平，又引水来冲刷淹没原本那块地方。

在将所有标示性的东西全都摧毁之后，她又一连封了数重天外天，只给后来的人和灵族留下了最底下几重，以保安全。

比如幽冥这个地方，就是还算保存完整的第一重天。

每一重天都有特定的路线，而在神话渐渐没落的如今，他们所能抵达的也只有这一重了。

更加往上的道路，不是崩塌就是已经被遗忘在时间的洪流之中，更别提被女娲娘娘封上的那数重天外天。

因为无法窥探那处，所以这么多年来，他们始终无法得知为什么世间邪气魍魉越发猖獗。

能够在白泽这里找着通往补天之地的地图，司逸明是真没想到。

但是让顾白拿到这地图是想干什么，司逸明却是能想明白的。

结合一下白泽满世界找息壤找到亚马孙去的行为，司先生掐指一算，觉得白泽应该是准备让顾白到时候拿着息壤补漏去。

这个操作放在谁那里都是正常得很，但是放在顾白身上，司逸明就很不高兴。

特别是玉简上的古文字还特意说明了女娲费尽心血做的那一连串封印，有且仅有身负女娲之力的存在才能够出入。

所以顾白怎么从天上下来的，就得怎么回去。

司逸明表面平静不给顾白看出端倪，心情却一落千丈。

谁知道那个窟窿附近是个什么鬼情况，万一顾白出了事怎么办？

但是这事吧，以白泽那种希望你好我好大家好，尽量规避风险的圣父性格，都直接让顾白过来拿玉简自己看了，估计就是板上钉钉没有别的办法了。

只不过白泽肯定没有想过顾白看不懂古文字。

司先生手一翻，把这卷玉简收起来，拍了拍顾白的肩，转身把他往门外推。

顾白满脸问号："怎么了司先生？"

司逸明不知道应该怎么跟顾白说，应该说，他在犹豫这事要不要说。

灵族在开启灵智并成精度过蒙昧期之后，对成精之前的事情普遍是毫无记忆的。

哪怕顾白的本体被赋予了良善与拯救的本性，但他对于救世的责任并没有实际的认知。

这点司逸明再清楚不过了。

这种状态他们这些被天地赋予了象征意义的灵物都经历过，哪怕是顾朗，以前都有很长一段时间天天发疯辱骂天道不公。

凭什么他就是饕餮啊？又不是他自己想要成为饕餮的。

谁愿意一辈子饿着肚子吃不饱？

司逸明也不是没有过这种迷茫的时期，貔貅本质其实还是个被人类热爱的祥瑞，但是又兼任军职，见多了杀戮之后，他就对人类失去了好感。

但他又还是得给挂着他的旗帜、诚心向他祈求胜利的人类庇护。

这种身不由己、天生就被赋予了使命的感觉其实并不怎么好，简直就跟横空飞来一口锅一样。

哪怕是人类，都会高喊着要追求生命的自由呢。

顾白虽然看起来一副接受良好的样子，但司逸明还是不可避免地感到担心。

但他一边担心，一边又觉得顾白是有知情权的。

司先生把顾白推到了门口，顾白以为他们这是准备撤了。

他转过身来，低头看了一眼："司先生，你的脚还没回来。"

司逸明低头看了看脚："我自己来找就行了。"

"你回去画画。"司先生说道，"顺便给我点儿时间想想玉简的事怎么跟你说。"

顾白一顿："跟我关系很大吗？"

"回你老家的路，跟你关系自然大。"司先生先给顾白打了支预防针。

顾白看着司逸明，虽然司先生是用开玩笑的语气说出来的，但也很明确地告诉了顾白这件事情的严重性。

"嗯……"顾白点了点头，"那我就先回去啦？"

司逸明点了点头，目送着顾白离开了七单元。

顾白走在回去的路上，觉得司先生有点儿看低他的智商了。

回天上那个窟窿的路线，还可能会危及他的性命这两个事稍微联系一下，有点儿脑子的都清楚，十有八九是要他回去补天呗。

可能是他揣着息壤回去。

顾白觉得这问题不大。他当初成精的时候能安然下来，自然就能够安然回去，虽然他根本不记得自己到底是怎么下来的。

但是司先生这副样子实在是太过严肃，顾白想了想，还是不去打扰他了。

他不如想想到时候怎么安抚他们的情绪。

他干脆说"老天那么喜欢我肯定不会有意外"好了。

顾白轻松地想着，并不觉得这是多困难的事情。

他的心情甚至都不如以前发觉下月生活费只剩两百块的时候来得焦虑。

司逸明在那边忧心忡忡，而顾白心态稳得很，甚至就着灵感一口气起草了好几幅画。

顾白开始专心致志地沉迷起自己的本职工作来。

首先得把欠的债还上，比如翟先生殷殷期盼的貔貅图。

等到司逸明累死累活花了近一个月把自己的双脚找回来的时候，顾白刚好把貔貅图画完了，正起草完一幅他准备自己收藏的图，上完了第一层底色，灵感来源于白泽那些乱七八糟的小玩意儿，取景是顾白当初回老家的时候，自己小时候住的那个房间。

因为贫穷，顾白的房间其实没有什么特别复杂的装饰，但是在这个基础上，顾白往里加了不少东西。

画面里的床不同于印象中的单人床，而是一张大大的双人床。

床上放着两个枕头，薄薄的被褥没有整理，凌乱地放置着。

床头墙面上挂着他如今挂在床头的那张夕阳貔貅图，貔貅图边上挂了个小兜兜，兜兜里装着一颗石头。

书桌上放着卧着玄龟小雕像的砚台、雕刻着腾龙的青色玉印，除此之外，还有一个白虎镇纸和一支盘着灵蛇的笔。

被白虎镇纸压着的，是一幅还没画完的饕餮形象。

书桌边上的凳子上趴着一个娃娃，娃娃是白色的九尾狐造型。

书柜里隐约可见法律条文的大部头，而紧贴着法律条文的，是几本一看就很粉嫩的少女向书籍。

旁边的电视开着，上边的画面里有一位女性的倩影，正高傲地昂着头。

窗外夕阳如同火烧，天上飘着云，被映照得像是振翅而飞的朱鸟。

整个房间被笼在一层剔透的橙红色夕阳光里，隔着薄薄一层底色都能感受到扑面而来的夕阳的温暖。

司逸明悄悄走到顾白背后，看到顾白正画着一些小小的细节——将生活的气息画进去，并小心地留下了他在九州山海苑生活的痕迹。

顾白手里还拿着画笔，瞪着眼前的画，不知所措地微微举着。

司逸明发现他不动，便说道："你继续画，还有，你的本体不是那样的，你不能把自己画成鸡蛋。"

顾白看了一眼画面中装在兜兜里的小石头："……"

他画的时候没觉得，被这么一说，现在看着竟然真的有点儿像鸡蛋！

顾白问："那我的本体应该是怎么样的？"

司逸明想了想："你的本体胖得像座山。"

顾白："……"

司逸明看着那幅画，见顾白没有继续画的动作，于是自己开口说道："白泽的意思应该是让你揣着息壤回去修补一下。"

顾白心想果然如此。

司逸明说道："你要是出事了怎么办？"

"不会呀，我能下来第一次自然就能有第二次。"顾白说完顿了顿，"而且老天爷那么喜欢我，怎么可能出事？"

司逸明沉默了半晌，突然说道："快过年了。"

顾白算了算时间，点了点头。

司先生说道："你不是想去看看蓬莱蜃景吗？我带你去，刚好去见见苍龙。"

趁此机会他再去摸一摸富裕的苍龙的小金库。

司先生想，怎么都得在白泽那个失了智的家伙回来之前，把顾白武装到牙齿才行。

顾白对去蜃景里看看这个提议相当感兴趣。

他早就想去看看了，只是不知道应该怎么去，又不好意思说，想着以后时间还长，总有机会去的。

司逸明这么一提，顾白肯定是不会拒绝的。

他马上就放下了画笔，准备去收拾行李。

说是收拾行李吧，其实也就是从自己的衣柜里收几件衣服塞进手绳里，然后轻装出行。

他还得带上一些普通的和特殊的画具，以方便到时候给苍龙画画。

司逸明抬手指了指上方："我从白泽那里顺来不少画具和材料，放二楼了。"

顾白一听到二楼还有画具材料，登时两眼一亮，转身就走，显然是相当期待那些画具。

司先生无奈地看着顾白"刺溜"一下蹿了出去，速度堪比点燃了引线的窜天猴！

司逸明也跟上去，在踏上二楼的时候，向顾白说明："是以前白泽画灵画的时候用过的画具。"

顾白拿着那一套看起来并没有什么特殊的笔墨纸砚，问道："告诉过白泽了吗？"

"嗯？"司逸明一下没反应过来。

"拿了他的东西的事呀。"顾白说道。

司逸明沉默了好一会儿才道："我们神兽之间不兴这种虚礼。"

不设阵法的宝库是默认随意自取的，灵族这套逻辑，顾白恐怕还得花上很长时间才会适应。

顾白也知道自己的人类思维放在灵族中间有点儿傻。

他听司先生这么说了，慢慢就接受了他们的逻辑，早晚是得习惯的。

"我可以带去吗？"顾白问。

司逸明点了点头："你甚至可以在东海尝试着构筑一下点墨山河。"

顾白两眼一亮。

蓬莱蜃景在神州以东的汪洋之中，随着风与洋流四处飘荡。

人类总是能够在海上的浓雾之中窥见些许海市蜃楼的光景。

没有得到引导或是自己不明晰道路的情况下，绝大部分灵族无法进入蜃景。

但司逸明并不在这个"绝大部分"的范围内。

顾白盘腿坐在貔貅本体的背上，好奇地看着那恢宏虚幻的海市蜃楼越来越近。

蜃景之上隐隐腾跃着一条巨大的苍龙的虚影。

它像是巡视领地一样，将这一片虚幻划归给了自己。

顾白看到有许许多多长着翅膀或是能够飞行的灵族往返于这片海域之上。

而那些奇奇怪怪的灵族都在看到貔貅的时候瞬间退避了很远，并用惊奇的目光打量着貔貅背上的那个家伙。

顾白眼尖地发现了那些人身上都带着一个熟悉的标志。

"司先生，他们是翟先生那个物流公司的？"顾白凑到貔貅耳边上问道。

司逸明低低应了一声。

最近蓬莱蜃景生意相当不错，但是兔子精们还是相当谨慎地拒绝了翟良俊公司的灵族直接进驻蜃景的提议。

他们宁愿大老远自己把东西从蜃景里送出来交给快递员，也不愿意透露准确的入口。

这些快递员只能等在近在咫尺的蜃景外头，等着兔子精把东西一批一批地送出来。

他们自己飞的话，只会像是穿过一层水膜一样穿过眼前的蜃景，根本无法进入。

司逸明抬起鳞爪，在虚空中轻巧地比画了两下，而后便倏然消失在了在外徘徊的灵族眼中。

顾白感觉眼前的光线倏然一变，眨眼间那恢宏虚幻的海市蜃楼就变成了实实在在的青山与殿宇。

蓬莱山蜃景自古以来就非常有名，它被古早时候的人类誉为海外仙山，是仙人居所。

这里云缭雾绕，抬首望天并非一碧如洗的蔚蓝景色，而是一片宛如远山的暗淡黛青色。

天幕的暗淡并没有让这片蜃景变得昏暗，这里的天上总有无数划破暗淡的流光，就像是密集的流星雨一样，拖着长长的光尾，将这片天地照亮。

在进入了蜃景之后，顾白明显感觉到自己的身体变得轻松起来，也没有丝毫的疲惫感，连呼吸都带着一股外边没有的、沁透心脾的清爽。

顾白仰头看着天，又顺着那些流光的方向看到了蜃景的尽头。

那是一片连绵的远山，在光晕下显得模糊而虚幻。

顾白看着那远山，总觉得不太对劲。

他站起来，趴在司先生的两个龙角之间，指着远处问道："司先生，那边是什么？"

正准备落下去的司逸明看了那边一眼："尽头。"

"你到了那里，就会一头撞出去。"司逸明解释道。

顾白恍然明白过来。

这里的一切太过于真实了，真实到让顾白忘却了这蜃景实际上只是一幅画。

既然是画，那自然是有尽头的。

作画者没有仔细构想过的远景，寥寥几笔下去，就定下了这个世界的尽头。

顾白看着那尽头与落入尽头的流光，似有所感。

"我先带你去找兔子精吃点儿东西。"司先生说着在一片殿宇上空溜达了两圈，直接在主殿前边落了下来。

结果迎出来的却并不是兔子精，而是吃得肚皮滚圆的苍龙。

司先生拉着左顾右盼满脸惊奇的顾白，看着从正殿里走出来的、在现代社会还穿着一身守旧的藏青色长袍的白净青年，眉头挑得老高。

他之前还在想怎么逮住四处奔走的苍龙呢，主动送上门来，真是妙极。

苍龙和跟在苍龙背后的兔子精都是一愣。

负责接待他们这帮神兽的，往往都是这帮兔子精的老大。

是那只在月亮上捣药的玉兔。

天庭崩塌的时候玉兔受了重伤，被一窝兔子精当自家兔救了。

后来伤好了，玉兔感恩于此，就带着兔子精们摸到了这处蜃景里，休养生息。

那个时候蜃景还不是什么稀罕东西，正因为不稀罕，待在蜃景里的灵族也就不会细心去维护。在蜃景里打架，随意挖取里边的灵植与灵物，大大小小的蜃景便接二连三地消失。

最后留下来的，只有这群闷声发大财的兔子精。

当时只剩下自家这个蜃景之后，玉兔见势不对，凭着旧日交情找上了神兽们。

他晓之以理动之以情，顺便还许诺了一堆好处，好不容易在各神兽的庇佑下把蓬莱蜃景保了下来。

玉兔长得一脸女相，大约是因为似主人形，虽然是公的，但长相几乎称得上是娇美。

坚持穿男装是他最后的倔强。

顾白被司逸明拉着，站在他旁边，有些拘谨却又好奇，时不时抬头看两眼，又假装无事发生地低下头去。

"想看就看。"司逸明有些好笑。

他抬手指了指那一身雪白衣袂飘飘的女相男人，介绍道："那是玉兔。"

然后他又指了指另外那个一身藏青色长袍的男人，说道："那是苍龙。"

顾白有些腼腆，小声打了声招呼："你们好，我是顾白。"

司逸明迅速补充道："我朋友。"

苍龙露出了恍然的神情，对顾白正儿八经地作了个揖："久仰大名。"

顾白愣了愣，抽出被司逸明握着的手，条件反射地也作了个揖。

苍龙一下子笑了："小友不错。"

司逸明毫无形象地翻了个白眼，对顾白说道："他最近可能沉迷古装剧，你别理他。"

顾白茫然地看向司逸明。

司先生毫不留情地戳穿了苍龙："他戏精，我上次见他，他还在沉迷西方中世纪骑士。"

那时苍龙一出现就穿着一身盔甲，走一下就丁零哐啷响，吵得死人，还张口闭口"哦我的老伙计""我的上帝啊"，让人听了就想揍他。

要不是他卧床了东边就没有人负责加班了，司逸明绝对要代表深受荼毒的同族们把这个戏精按在地上疯狂摩擦。

苍龙摇头晃脑，那张白净得无一丝瑕疵的脸上笑容不变："司兄此言差矣，个人爱好罢了，何来戏精一说？"

司逸明不想跟他多说，带着顾白就往正殿里走。

他对玉兔和苍龙说道："玉兔，准备一桌吃的，苍龙你也进来，商量下灵画的事。"

玉兔说了声好，转身就去厨房了。

他的声音很好听，跟他那张脸相同，也是偏女性的腔调。

而苍龙却是面色一变，摸了摸自己右手边宽大的袖袍，对于貔貅说的"商量"感到心底一凉。

但是灵画这个事吧，又挺重要的。

别的不说，光是减少加班量这个诱惑，就足够他心甘情愿放一回血了。

苍龙摇首叹息，背着双手像个老学究一样，慢腾腾地走回了正殿里。

顾白在正殿里闻到了食物的香气，大概是刚刚苍龙那一顿残留下来的。

蜃景里有着非常充裕的灵气，以至于顾白刚进来，那点儿饥饿感就消失无踪。

顾白发现了，在他有意识地去吸收灵气之后，哪怕是没有去揪每天早上那一缕天地元气，肚子也不会非常饿。

而到了灵气充裕的蜃景里，他就更是一点儿饥饿都感觉不到了。

现在这个时间点还不是饭点，顾白小声说道："司先生，我不饿。"

司逸明把顾白摁在桌前边："吃饭是享受，兔子精做的东西都还不错。"

"司兄说得对。"苍龙接茬道，"而且吃得多长得快。"

顾白听了觉得有道理，但又觉得苍龙这话听起来有点儿怪怪的。

司逸明往苍龙面前一坐，敲了敲桌面，开门见山道："顾白帮你画灵画，报酬怎么说？"

苍龙头皮一紧。

"我听说你最近在深海里又挖出了不少好东西。"司逸明微微眯了眯眼。

海洋永远是宝藏最多的地方。

当年大洪水被治理之后，不知道有多少神仙洞府里的宝贝随着大水被冲进了海里。

东海、南海是整个华国最富饶的海域，专心去捞的话隔三岔五就能捞出点儿好东西来。

苍龙忙，忙于镇压邪气魍魉，忙于防范东海各岛屿上的异兽，忙于深入海中捞点儿宝贝出来，充实自己的小金库。

毕竟他要求助于别的神兽的时候并不少，而除了偶尔会流窜到东海附近来的几个神兽之外，常驻的神兽里，就司逸明离他最近。

司逸明可是从来不干白工的。

苍龙哆哆嗦嗦地说道："也……也无甚稀奇玩意儿。"

司逸明看着他身上这件藏青色的长袍，不说话。

苍龙瞅着他，又低头看了看自己这件衣服，想了想，满脸肉痛地从衣袖里摸出了一张乳白色的柔软衣物。

那衣物上染着一条红色的腾龙。

"护甲，能承受三次咱们这种水平的全力一击。"苍龙肉痛得都入不了戏了。

司先生冷哼了一声："这就能护三次而已。"

苍龙闻言，脸上抽动了两下，看着司逸明，深吸了一口气，又摸出了一块玉佩。

他惋惜地摸了摸玉佩："灵气足够时，此玉可使人瞬息到达千万里之外。"

司逸明无情道："说人话。"

苍龙从善如流地说："灵气够的话从地球出发下一秒直接登月都没问题！"

司逸明嫌弃道："又不是固定目的地的，还要灵气。"

苍龙："……"那你还回来！

顾白愣愣地看着旁边两个神兽大咧咧地谈起了价钱，看了看苍龙满脸生无可恋的样子，又看了看司先生一脸催促苍龙继续往外掏东西的神情。

这两个人针锋相对的气势太盛，顾白缩了缩脖子，默默喝着兔子精送过来的果汁。

那边苍龙进行了两次深呼吸，继续往外掏东西。

"霞锦。"

"我有很多。"

"天玉蚕丝。"

"量真少。"

"云床。"

"单人的，太小。"

"上古避雷符十张。"

"不够，加五张防护符。"

苍龙想打死司逸明，司先生面无表情地道："继续。"

苍龙摸出了一块棋盘："仙人棋盘。"

司逸明拿过来翻看了两下，收好了，然后说道："玩物，没用。"

苍龙气死了："那你还回来！"

司逸明眯了眯眼："老朋友，跟你说句实话。"

苍龙一点儿都不想听。

司逸明就把补天石有了裂缝的事说了，也没瞒着顾白就是补天石的事情。

"顾白过些时候就要回去天外天一趟了，那里边是个什么情况我们都不清楚。"司逸明利落地说道，"所以我要大量防御性的东西。"

苍龙听完了司逸明的话，面色也跟着沉静了下来。

他偏头看向顾白，发现顾白正小心地瞅着他，带着些歉意和不安。

关于把这事告知另外那些负责镇守的神兽的事，是经过顾白同意了的。

他觉得这没有什么值得隐瞒的地方，毕竟补天本来就是他的责任，说不好听一点儿，这些神兽加班都是因为他玩忽职守。

哪怕司先生说神兽们并不介意这个甚至会对他心怀感激，顾白也多少觉得不安。

但事实正如司逸明对顾白所说的那样。

苍龙在对上顾白的视线之后，对他微微一笑，甚至还道了声谢。

这声谢一说完，他就站起身来，离开了这个正殿。

这时正巧，一群长得软萌可爱的小兔子精端着一盘盘菜鱼贯而入。

顾白看了看甩袖而去的苍龙的背影，转头看向司逸明，有些犹疑地问道："谈……谈崩了？"

这看着也不像啊。

"没有。"司先生看着桌上的菜，说道，"他回他藏宝贝的地方去拿东西了。"

顾白一愣："我还以为他会怪我。"

"没有什么好怪的，都跟你道谢了。"司逸明把筷子塞进了顾白手里。

顾白是补天石这事要真大肆宣扬出去，恐怕绝大部分的灵族会变成他的粉丝。

就像他们崇拜玄武那样，救世的功德就是值得任何种族对之抱有最诚挚的感激。

不过为了顾白这个傻乎乎的小石头的安全着想，有数的几个知道就行了。

"吃吧。"司先生捏了一把顾白的脸颊，"慢慢品，吃完估计苍龙就回来了。"

顾白闻言，赶紧点了点头，美滋滋地吃起了这里的菜。

兔子精们这里的菜可比他自己做的要好吃得多了，毕竟兔子精们是专业的。

顾白惊奇地品尝着各种菜，偶尔不太好意思地问问玉兔桌上的菜是怎么做的。

司逸明偏过头，透过正殿的窗户看着这片蜃景天际划过的无数流光，心里还在盘算着最近去同僚们那边溜达一圈，坑一堆东西来。

好东西谁都不嫌多，多一个就多一分安全。

司先生觉得自己真是操碎了心。

他难得叹了口气，转过头去准备看看顾白吃好没的时候，发现顾白已经两眼发亮地跟玉兔凑成了一堆，连连惊呼。

司先生仔细一听，他们竟然在聊厨艺问题，甚至还聊到了土质和所浇灌的水对食材的影响。

玉兔聊得特别开心。他很少离开蜃景，能在蜃景里来往的不是自家兔子精就是司逸明那种高端大佬。

他不知道有多久没有跟其他人聊得这么投机了！

应该说，他竟然能够遇到对做饭和种地、养殖这么感兴趣的大佬，简直是感动到想要哇哇大哭。

司先生看着玉兔高兴地一拍胸脯对顾白说道："我带你去蜃景里几个农场、牧地看看啊！你赶紧吃完饭！"

顾白麻溜地端起碗大口扒饭，两眼亮晶晶地道："嗯嗯嗯！"

司先生两眼一眯，桌子底下脚一蹬，玉兔屁股底下的凳子剧烈地晃了晃。

玉兔反应还挺快，"噌"地一下就站了起来，没摔。

他茫然地看向司逸明，接收到大佬的死亡凝视之后，强烈的求生欲让他瞬间就改了口。

"司……司大人也经常来，对我们蜃景可了解了，他带你去逛逛也好！"

司逸明迎上顾白亮晶晶的视线，非常矜持地点了点头。

顾白咬着筷子，犹豫了好一会儿，最终对司先生摇了摇头。

"可是你对做饭没有心得呀，司先生。"顾白实事求是地说道，"跟玉兔一起比较合适。"

司逸明没想到顾白竟然拒绝他，而他竟然还想不出反驳的理由。

因为他对做饭的确是没有什么心得，对如何烧厨房比较有心得。

顾白看了看并不怎么开心的司逸明，又看了看满脸都写着紧张的玉兔，终于反应过来之前可能在他不知道的时候，这两个人在暗处发生了什么不得了的交流。

肯定是司先生欺负玉兔了。

想想玉兔活了这么久，肯定知道不少顾白不知道甚至闻所未闻的菜品，顾白觉得，他以后要是要活很长很长的时间，多学点儿菜是肯定的，不然那么长的时间，来来回回就那些相同的菜色，多难熬啊。

苍龙回来得比想象中还要快上许多。

顾白发现他身上的衣服都换了一身，而那身藏青色的衣服，被他直接交给了司逸明。

看到这件藏青色的衣服，就算是司逸明也感到惊讶了。

他顿了顿，看着如今一身明黄色长袍的苍龙，竟然没有马上收下，而是微微皱着眉头道："你……"

苍龙打断了他的话："你之前不是一直盯着看嘛，算我借给你的。"

顾白咬着筷子，视线在那件藏青色的长袍上转来转去。

看起来这个东西非常宝贵，宝贵到连司先生都犹豫要不要收的程度。

司逸明抿了抿唇，却没接，而是翻手拿出了数件东西。

"这些，你先拿着用。"司逸明说道。

"那在下便谢过了。"

苍龙也不跟他客气，心情还挺好的，继续入了戏，对于司逸明会主动拿出这些好东西来交换也并不感觉多惊讶。

那些本来是司逸明帮顾白准备的东西，但加起来都没苍龙那件长袍来得有用。

"这是苍龙用自己的龙鳞和精血糅合了许多上古时的宝贵材料炼出来的。"司逸明说得很严肃，"比他自己的皮还要耐揍好几分。"

这件衣服是苍龙从不离身的好东西，也算是他压箱底的好东西之一了。

司逸明平时喜欢掏他们的老婆本，但这种不能碰的东西他想都不会去想，也不可能掏得出来。

他平时坑来的东西也大多是之前苍龙自己拿出来的那些，可有可无，要说厉害也的确是厉害，但对于他们这些神兽来说并不是必须有的东西。

司逸明自己也给顾白准备了不少东西，把自己压箱底的东西拿出来护着他是理所当然的。

苍龙愿意把这件衣服给出来，那是出于他自己良善的好意与对司逸明的信任。

司逸明干脆利落地把自己能拿出来的、不需要留给顾白的东西都扔给苍龙了。

别到时候天补好了，苍龙自己却翻了车。

顾白看着司逸明不再满嘴挑剔，开始跟苍龙交换东西，甚至还拒绝了苍龙翻出来的法宝。

他又偏头看了一眼看着那些宝贝眼睛红成一片满脸垂涎的玉兔，充分明白了这些东西的珍贵程度。

这样直白而汹涌的善意让顾白有些蒙，他端着碗筷，感觉十分无措。

他觉得自己应该说点儿什么、做点儿什么，但又不知道有什么能做的。

最终顾白发觉自己只能干巴巴地说道："谢谢您，苍龙先生。"

苍龙还在往外掏东西，听到这话，对顾白露出了一个分外温和的笑容。

顾白就着司先生和苍龙一个用大白话一个半古不古地嘲讽吃完了饭，眼见着他们一时半会儿还规划不好彼此那些宝贝的分配，伸手拽了拽司先生的衣服。

"司先生，那我跟玉兔出去看看啦？"他说道。

"去吧。"司先生点头说道，"多在蜃景里走走，这蜃景是玉兔亲眼看着仙人画的，有什么直接问他。"

顾白一溜烟地跑了，玉兔也跟着"刺溜"一下跑了出去。

玉兔离开了那两个大佬之后就活泼得不行，拉着顾白直接蹿进了深山里。

说是蹿，更准确的动词其实是飞，而且是腾云驾雾的那种飞。

因为当年玉兔常年跟仙人打交道，比起那些神兽、灵族土生土长自然而然的天赋，说玉兔修炼的就是当年的正经道统也不为过。

腾云驾雾是常规操作。

顾白惊奇地看着脚边上飘荡的云层，又试探着往下踩了踩，踩是踩下去了，但像是踩了一脚棉花。

前边的玉兔一身白衣，还真有那么几分衣袂飘飘两袖清风的仙人风骨。

"蓬莱山蜃景是以当年真正的蓬莱仙境为蓝本描摹的，不能算作最典型的点墨山河。"

玉兔带着顾白落下了地，绕过了一个弯。

入目的是一片山谷，山谷右边有水瀑高悬，并不宽阔，淅淅沥沥地向下洒落着水帘。

山谷里云雾缭绕，翠绿的世界里氤氲着一层朦胧的白雾。

有一条约莫一米宽度的水流从水瀑下方流淌而出，水流清凌凌的，像是环佩叮咚。

而这一片神仙画卷的最下方平缓的谷底，有连绵成一片的……菜地。

顾白："……"

玉兔可兴奋地介绍道："看！这是我们的菜地之一，就是专供给九州山海苑的！"

顾白非常配合地"哇"了一声，比起菜地，他更加在意另外一点。

"这附近的灵气怎么格外浓郁？"顾白问道。

"因为当初画到这里的时候，那位仙人着重刻画了一番。"玉兔解释道。

顾白很早就从黄女士那里听过了一套说法。

说是一张画，他们灵族看画，跟人类单纯的审美不一样。

比起画面的美感，他们第一眼看到的，是画面中透出来的属于作画者的精气神。

他们能够非常直观地从画面里看到作画者对于这幅画到底花费了多少心思。

而这套说法换到灵画上，就是倾注心力着重刻画细节的画和画面中的某个点，灵气就会特别足。

比如兔子精们的这个蓬莱蜃景，那几处被仙人着重画过的细节全都被弄成了菜地和养殖场。

玉兔拉着顾白走进了山谷里。

山谷里还有其他几个小小的、化作人形幼童的兔子精，扛着几把工具，在菜地里蹦蹦跳跳。

顾白发现兔子精们在收割了之后并没有马上新播下菜种。

"因为蜃景里是有灵气循环的。"玉兔指了指天上那些连绵不断的流光，"这里边没有明确的时间流逝，外边二十来天的样子，蜃景里就会有一朵巨大的火红色流光擦过天上，那就是一个循环了。"

循环之后损失的灵气就会慢慢地恢复过来。

一个循环的时间里，蜃景里的灵植全都可以长一茬了。

"每个蜃景循环的时间都不一样，那些被毁掉的蜃景，基本都是在一个循环里直接被榨干了灵气，或者是干脆就被毁掉了。"

玉兔一边说着，一边掐了一片生菜叶子，递到了低头摸手绳的顾白嘴边。

顾白拿出了自己的本子和笔，看到嘴边的生菜叶子，顿了顿，张嘴叼住啃了起来。

生菜清甜多汁，不同于一般偶尔会有些苦味的生菜叶。

顾白一边吃草一边问道："那循环的时间是怎么规定的呢？"

"就像地球自转，在蜃景底下画个类似于太阳之类的恒星概念。"玉兔又摘了个西红柿塞给顾白，"蜃景整体画好了之后，循环时长是蜃景本身来决定的。"

顾白记上笔记，觉得心里有了点儿谱。

他跟在玉兔背后溜达完了几个养殖场和菜地，提出了想要去尽头看看的要求。

玉兔满口答应，两个人脚底下刚升起几丝白色柔软的云层，一只扛着锄头的小兔子精就满脸惊恐地冲了过来。

小兔子精两眼还有些湿润，似乎是哭过。

她奶声奶气地，带着些哭腔说道："玉兔、玉兔，外面有坏人！好多好多！把咱们家都围起来了！"

第 16 章
玉兔

小兔子红着眼睛，哭得抽抽搭搭的，仿佛是刚被欺负过。

顾白和玉兔都愣住了。

顾白没明白怎么会被围住，而玉兔是惊愕于现在竟然有人胆大包天敢来围蓬莱蜃景。

打从神兽们表露出最后的一个蜃景归兔子精的意思之后，就再也没有谁有胆子明目张胆地打上门来了。

就连某些不信邪的凶兽在吃过几次亏之后都不再折腾了。

玉兔愣了两秒，而后迅速反应了过来。

不管怎么说，他作为这群兔子精的领导者许多年了。

他脸上的轻松笑容渐渐收了回来，眉头微微皱着，有些女相的脸上神情冷飕飕的，显出了几丝凛然之色。

虽然说兔子精普遍胆子小一吓就哭，尤其是小兔子，但是有人把他庇佑的小家伙们弄哭了，怎么着他都得摆出个态度来。

顾白看着玉兔的神情，开口说道："有事的话就去吧，我自己回去也没问题的。"

玉兔也不含糊，一弯腰俯身把那个抽抽噎噎的小兔子精抱起来，拍了拍她的背，一甩袖便腾云而去。

顾白知道自己帮不上忙，毕竟他并不会打架，也没有什么好口才。

他站在一片菜地里，周围全都是忙碌不停效率极快的小兔子。

他们非常迅速地收割着那些不分季节时令一块儿成熟的蔬菜，没过多久就只剩下了一块一块的光秃秃的土地。

一只小兔子精发现了站在菜地边上的顾白。

他一蹦一蹦地跑过来，跟顾白打了个招呼，声音软糯糯的："客人、客人，要我送您回正殿那边吗？"

顾白看着周围忙碌的样子，蹲下身来跟这个小孩模样的小兔子平视。

"不用啦。"顾白将声音放软了，"你们不担心外面发生了什么事吗？"

"不担心呀，他们又进不来。"小兔子精说道。

顾白点了点头，转头看到了刚刚哭着跑过来的那只小兔子精扔下的小铲子，伸手捡起来，撩起袖子："我来帮你们吧。"

"哎？"小兔子精歪了歪头，看了看顾白手里的小铲子和忙忙碌碌的同伴们，然后露出个灿烂的笑容来。

他伸手拉住了顾白的手，软软糯糯地高兴道："那就辛苦客人啦！晚点儿我给你做好吃的！"

顾白看着刚刚到他腰这么高的小兔子，忍不住笑了笑："好呀。"

玉兔不在的话，自己找这些在蜃景里生活的小兔子多交流一下也是可以的，顺便帮这些可爱的小兔子摘摘菜。

顾白觉得这日子可以说是非常美滋滋了。

他丝毫不担心刚刚小兔子跑过来说被灵族围住了的事。

反正有司先生和苍龙，肯定没有什么人翻得起浪花来。

他对司先生可是信任极了。

别的不说，掌管了神州大地的灵族这么多年，神兽们的实力肯定毋庸置疑。

他这种不会打架的，就应该干好自己能干的事情，而不是冲出去给他们拖后腿。

顾白对于自己的定位相当自觉。

小兔子精动作麻溜地摘着西红柿，转头看向速度丝毫不逊于他的顾白，对顾白好感度"噌噌"涨。

他问："客人、客人，你叫什么名字呀？"

顾白答道："顾白，你呢？"

"我叫贝兔。"小兔子说完，指向周围，"那个在摘苹果的是木兔，在拔萝卜的是金兔，在拔卷心菜的是流兔……"

顾白跟着一个个看过去，发现绝大部分看不着脑袋。

小兔子们一个个都撅着屁股，在勤勤恳恳地挖菜。

但贝兔还是高高兴兴地在介绍，顾白也不打断他，靠一拱一拱的小屁股认兔子。

贝兔把目之所及的这个山谷里的兔子都介绍完，然后带着顾白把摘好的两筐西红柿放到了西红柿菜园子门口。

"我们得加快了。"贝兔一本正经地板着一张小脸说道。

顾白看着他这副样子，忍不住想笑，又强行忍住："嗯？"

"红流火快来啦，我们要赶在红流火之前赶紧把东西都收获好。"

顾白一边摘番茄一边问："红流火？"

大概就是之前玉兔说的象征着循环的那个火红色的流光吧，顾白想。

"是呀，每次红流火穿过蜃景的时候，蜃景就会恢复最开始的样子。"

顾白一愣："时光倒流啊？"

贝兔皱着鼻子想了好一会儿才道："不算，因为我们都没有倒流呀，应该算是自我修复吧。"

顾白想起玉兔之前说蜃景里没有明确的时间流逝的话。

原来是这么个意思。

"我听说你可以画灵画是吗？"贝兔小声地凑过来问道。

顾白点了点头。

"那……那你可不可以在蜃景里，给我画个小房子呀？"贝兔的声音更小了，"我不想睡宿舍啦。"

顾白有点儿没明白这个诉求，有些迷茫地看着贝兔。

"蜃景里没法建房子的呀，红流火一到，房子就没了。"

他们连摘出来的菜都得赶在红流火来之前运出去呢，还得掐着灵气修炼，免得把最后用来循环的灵气也用完了，导致这个蜃景崩塌。

贝兔小声抱怨道："这几年成精的兔子越来越多，灵气和房子都要不够用了，再多来几只，就要出去打洞啦。"

顾白手顿了顿，觉得蜃景里的灵族过得好像也并不是很滋润。

不过他倒是懂了蜃景大概是个什么概念了。

主要是依托于一个自我生成的修复定点，就是红流火，不过这个东西跟作画者没有太大的关系，完全就是由蜃景自主调节的。

顾白跟贝兔摘完了整个园子里的西红柿，一边聊天一边跑去别的地方帮忙。

贝兔说了不少东西，比如说天上的那些流光其实在画的时候并没有那么明亮。

但因为当时作画的仙人一时兴起，在暗淡的天幕之上画上了无数流火，又将其下的地面画得宛如白昼，于是这片本不该这样明亮的世界便将那些划破天际的流光当作光源来弥补。

而顾白也发现这片地面之上，除了菜地里的那些菜，其他的植物他一个都不认识。

贝兔也很茫然，他从来没有离开过蜃景，只说那些是以前仙人还在的时候存在的一些树种。

顾白听了一大堆，发现归根究底，点墨山河本质其实还是根据作画者自身对世界的认知和想法来实现的。

这让顾白有点儿犹豫要不要多去看几本动植物百科大全补充一下知识。

"顾白、顾白。"贝兔跑过来拽了拽他的衣服，软软糯糯地说道，"你还没回答我能不能帮我画个房子呢。"

"我不清楚。"顾白摸了摸他的脑袋，十分诚实地回答道，"还没有画过蜃景。"

"这样啊。"贝兔点了点头，有些失望，"那好吧……"

顾白跟在蔫头耷脑的小兔子精背后忙进忙出，他还不会画蜃景这个事似乎给小兔子精造成了很大的打击。

灵族的体力是相当惊人的，在灵气充足的环境里并没有感觉到肚子饿的顾白，也分不太清自己到底忙碌了多久。

等到整片山谷都收割完毕的时候，顾白才恍惚地回过神来。

贝兔这时已经恢复了精神，蹦到顾白面前，用有点肉乎乎的小爪子拉着顾白的手使劲晃了晃。

"谢谢你啦顾白，你跟我走，我带你去吃好吃的。"

顾白笑着点了点头："好呀。"

距离那一片殿宇不远的地方，是独属于兔子精们的集市。

那些集市摊位由十分简单的木板搭成，大概是因为过上一段时间就会恢复原状的关系，兔子精们连桌脚坏了都懒得修，就随便丢在了那里，整体环境相当简陋，而且还全都是露天式的。

但四处弥漫的香气却实在是太过于勾人了。

顾白觉得兔子精做饭好吃大概真的是一种种族天赋。

从集市出来的时候，他难得吃到了有点儿撑的程度。

他如今的食量，已经非常恐怖了。

而且这群兔子精还打死不收他的灵石，只殷殷期盼他赶紧学会画蜃景，多给他们画几栋楼、几间屋子，要是能再画个集市就更好了。

不知是因为香气太勾人还是味道实在是让人念念不忘，在没有支付报酬的前提下，顾白竟然也吃了不少。

他揉着微鼓的肚皮，跟着贝兔去了司先生平时来这里的时候所住的殿宇。

他目送着小兔子精一步三蹦跶地离开，坐在凳子上，深吸了一口气，感觉压力有点儿大。

当初他说以天地为画布画天地说得还挺简单的。

顾白低头看看自己的手，要不干脆就直接试试好了？

顾白这样想着，从手绳里拿出了白泽以前用来画灵画的那套笔，试探着抬手在半空中点了点，结果无事发生。

顾白："……"怎么回事？！

顾白拿着笔，在虚空中戳来戳去，却始终没发现有什么变化。

行吧，看来直接试是行不通的。

顾白拿着笔，这里画画那里戳戳，然而并没有发生什么神奇的现象。

司逸明从蜃景外边爆捶了那些企图抱团搞事的灵族回来的时候，就看到顾白坐在窗户边上，拿着一支笔傻了吧唧地在半空戳来戳去。

司逸明走过去问道："做什么呢这是？"

顾白回过头来，严肃地答道："司先生，我在画蜃景呀。"

"蜃景哪是你这么画的？"司逸明叹气，"你练习的话得去蜃景外边。"

顾白恍然地点点头，原来是练习的场地不对。

顾白收好笔，问道："外边刚刚怎么了吗？"

"乌合之众。"司逸明随意地答道，"有些人看到我带着你来了这里之后，就在外边宣扬说兔子精收买了我，要霸占第二个蜃景。"

第二个蜃景，指的自然是顾白将要新画出来的蜃景了。

全神州都知道顾白是能画灵画的，而绝大部分灵族眼里，能画灵画就等于能画蜃景。

平时顾白的动静基本上不做遮掩人人皆知，不然那些在人类媒体内部工作的灵族也不会那么快跟进内容疯狂吹顾白。

但顾白这边始终都没有画蜃景的动静，他们也知道画个蜃景消耗肯定大，也就只是暗地里盼着，彼此之间也没觉得有什么不妥。

可这次司逸明带着顾白跑去了蓬莱山蜃景的消息一传出去，一群都在等新的蜃景出来的灵族全都炸了。

蜃景里发生了什么他们又看不到，谁知道顾白在里边会不会又画了个蜃景？

兔子精都有一个蜃景了，难不成还想要第二个！

他们眼红得滴血，呼朋唤友地就冲了过来，觉得法不责众，大家一起过来那头貔貅总该有所回应的。

然而回应的确是有，却是苍龙和貔貅两个神兽联手把那些搞事情的灵族打了一顿。

"被打了还不死心。"司先生微微眯了眯眼。

权威被挑衅了，他感到非常不愉快。

苍龙比貔貅更加不愉快，因为这里是他的地盘，气得苍龙现在还在外边打人。

以司逸明的耳力，隔着老远他还能听到苍龙的怒吼。

顾白没想到自己竟然还被这么多人关注着。

他愣了好一会儿，讷讷地说道："那……那我应该做点儿什么吗？"

司逸明想了想，说道："那你回头练习以天地为幕作画的时候，就拿黄亦凝的形象练笔吧。"

画一万个画皮鬼，吓死那帮被打了还不准备撤的蠢货！

顾白不知道这个言下之意，只好抬头，疑惑地看向司先生。

司先生坐得端端正正，并不想被顾白知道自己这幼稚的想法。

这有损他英明神武的神兽形象。

于是他思来想去，最终满脸正经地对顾白说道："黄亦凝长得挺好的，养眼。"

顾白张了张嘴，欲言又止："……"

他好像知道为什么司先生这么多年来一直单身了。

玉兔是被苍龙拎回来的，这只胆小的兔子都被吓得呆滞了，看得顾白有点儿担心。

据司先生说，玉兔不是被外边围着的那些灵族吓的，是被苍龙那声龙吟吓崩的。

像他们这种神兽，对绝大部分兽类有着等级压迫，吼一嗓子就能吓坏不少胆子小的灵族。

不过这一次敢组团过来找麻烦的胆子都不小，一嗓子下去搞事的灵族没被吓到，反倒是把玉兔给吓蒙了。

"你这几天别出去，等我们把他们都撵走了再说。"司先生特别对顾白交代道。

顾白点了点头，司先生说什么就是什么。

玉兔被吓得回不过神，顾白没法去找他一起浪。

在接下来的两天里，他就天天被好客的小兔子精们拉着，在蜃景里各种各样的牧场和大大小小的菜园子里帮忙，顺便溜达溜达。

这些小兔子一个个长得冰雪可爱的，但是宰起那些成熟的猪牛羊来眼睛都不眨一下，放血、扒皮、拆骨一条龙下来动作麻溜无比。

而顾白，除了鸡鸭鱼之外，大型动物他还真没自己动手杀过。

小时候他住老筒子楼的时候，总有屠户牵着自家养的猪在楼下叫卖。

然后他们这栋楼的人就会闻风而出，几户几户凑一起买下几头整猪来，直接在楼下宰杀。

后来，顾白就开始吃食堂，寒暑假回去的时候也见不到叫卖的屠户，基本上都得自己去菜场，或者直接去超市。

顾白看着小兔子精们忙忙碌碌的样子，干脆跑去借了个厨房，做了一堆小零食。

蜃景里没有日升月落，掐不准确切的时间，只有手表的时钟还能准确运作。

蜃景里没有通电，顾白的手机早已经没有电了。

到了第四天的时候，顾白站在了蜃景的尽头。

往前看是一片漆黑的深渊，往后看是层峦青山遮蔽了视线，他将手抬起来在虚空中轻轻一戳，就能戳到一片柔软的边界。

他抬头往上看，就能看到绘制在透明平面上的，缭绕着云雾的远山的虚影。

而那些划过天际的流光到了这里，就像是撞上了厚重的墙壁，以迅雷之势撞过来，然后又以迅雷之势迅速沿着眼前的空气墙滑落。

落在顾白眼中的，就是以一片漆黑为背景、淅淅沥沥的光雨。

顾白摸了摸手绳，往后退了好长一段距离，来来回回走着，找了个合适的角度和距离，

架起了画架。

红流火在他刚准备落笔时自另一头的天际骤然升起。

那团红色的流火行进速度极为缓慢，却格外明亮炽烈，将整个蜃景照得一片透亮，亮得让人有些睁不开眼，顾白被那光亮刺得有些难受。

看了一眼被照得白茫茫的一片，他无奈地叹了口气，伸手把刚架好的画架收起来，留下了画板，转身举起手来挡住光，慢腾腾地往回走。

他看到路边沐浴着光芒的枯萎的花又极为缓慢地重新抬起了头。

顾白看着那朵花从枯萎状态慢慢舒展，然后完全没有经历抽枝、发芽、开花的阶段，就那么从枯萎变回了花期正盛的一朵花。

简直就像是将这一切倒放了一样。

顾白抬起步子，又走过了好几个菜园。

菜园里的土也都慢腾腾地翻滚着，从被开垦出来的状态恢复成了一片平坦的绿草地。

顾白算是明白为什么兔子精们那么勤劳忙碌手脚麻利了。

他们不麻利一点儿，一切就要被推翻重来了。

顾白走回去，发现集市里那些看起来挺新的桌椅，全都消失得一干二净。

等到他回到殿宇群的时候，发现这里隐隐约约也少了些东西，而兔子精们全都躲进了家里，一个都没有冒头。

司逸明站在殿宇门口等顾白，戴了副墨镜。

顾白出去采风画画的时候，司逸明是从来不会去打扰的。

他这会儿看到顾白回来了，第一件事就是给拿画板挡了光却依旧被光亮刺得眼睛疼的顾白戴上了一副墨镜。

墨镜不是普通的，一戴上就让顾白感觉眼睛稍微轻松了一点儿。

顾白愣了愣，转头对司逸明露出一个灿烂的笑容来："谢谢司先生！"

"外边那些闹事的走了吗？"顾白问道。

司逸明点点头："大部分都走了，还有些躲起来了，懒得找。"

司逸明说着拍了拍他的脑袋："画了什么？"

顾白摇了摇头，把画板塞进了手绳里，忍不住揉了揉眼睛："我走到尽头去了，还没画呢，红流火就出来了。"

而且明明是红流火，光亮却炽盛得将整个蜃景照得一片白茫茫的。

"眼睛难受？"司逸明看着他的动作，眉头皱了皱，仰头看了一眼越发明亮的天际，一把抱起顾白，直接往蜃景外边去了。

顾白的眼睛的确有点儿难受，戴着墨镜还是闭上了眼，躲开了那明亮得过分的光亮。

怪不得兔子们都躲家里去了，这么亮的光底下待久了可是会瞎的。

"行了。"司逸明拍了拍顾白的肩膀，"我们出来了。"

外边这会儿是下午。

这个月份的海风冷冰冰的，哪怕知道以顾白的体质并不会冷，但司逸明依旧掐了个挡风的诀，给顾白挡去了冰冷的海风。

顾白看着外边的碧海蓝天，长长地舒了口气。

他转过头，看到近在咫尺的蜃景正在一点点地消散。

顾白惊讶地拉了拉司逸明的衣服："司先生，这个……？"

"循环而已。"司逸明说道，"等到里边的红流火过了，这个蜃景又会在别的地方出现了，我们到时候找过去就行。"

顾白看着蜃景缓缓消失，目光所及之处只剩下了一片茫茫浪涛与无垠的天际。

"那我们出来干什么呀？"顾白问。

"出来练习啊。"司逸明回答得理所当然，"红流火要持续十来天，不能浪费了。"

顾白觉得之前司先生捶搞事灵族的那些时间怎么就不见他说浪费呢？

司逸明没看出顾白内心的腹诽，把从苍龙那里搜刮来的云床拿了出来。

光天化日朗朗乾坤之下，司逸明和顾白就往飘浮在半空中的云床上一坐。

然后司先生开始正儿八经地教导顾白怎么练习点墨山河了。

"点墨山河是不能在蜃景里练习的。"司先生说道。

因为点墨山河这个技能，某种程度上来说，其实是创造一个小世界。

这是个可牛的技能，对天赋、心性和灵气要求都挺高的。

以天地为画布来作画的时候，自然而然牵引的就是天地之力和逸散在空气中的灵气，作画者本人的灵气也会有一定的损耗，但更多的是起到一个牵引的作用。

"可是我答应了贝兔给他们画宿舍和集市。"顾白小声说道，"不能在蜃景里画吗？"

司逸明并不知道这回事，微微皱了皱眉，有点儿不高兴那群兔子精竟然打这种主意。

他轻啧一声，但还是如实回复了顾白的问题："画是可以的，但是在已经成型的蜃景里加东西，耗费的就是你自己本身的灵气了。"

"没关系，我多吃几顿就回来了！"顾白轻松地说道。

司先生表示就算顾白不这么说，他也得掐着兔子精们的脖子让他们把品质最好的东西全都供上来。

但现在显然不是时候。

司先生深吸了一口气，继续说道："现在，你感受一下这天地间的灵气，然后拿出笔来，让周围的灵气聚在笔尖，盯住一个固定的点，以此为始用你的灵气引导着勾勒第一笔出来，画布的起点就确定完成了。"

听了司逸明的话，顾白沉下心来。

这里是海洋，周围都是湿答答且十分之稀薄的灵气，跟蜃景里比简直一个天上一个地下。

但顾白还是努力地东抠抠西扯扯，聚起了那么一丝灵气。

他拿着笔，看着半空中的一个定点，笔一挥，眼前的海水突然翻涌着掀起了一道大浪！

顾白被吓了一大跳，司逸明却早有准备，脚一蹬就连云带人"刺溜"一下跑出老远。

"我失败了。"顾白看着轰隆一声巨响重新落入海面的那一道浪涛，小声道。

司逸明表示这是常规操作，当年还有仙人不熟练的时候一笔挥炸了三座山头呢。

"你没有找准点而已。"司先生宽慰道，"要盯住没有定位的虚空的一个点本来就不容易。"

顾白有些沮丧。他在学习玄学这一方面似乎一直都显得愚笨。

司逸明看着他这副样子，也不知道怎么安慰，就指了指天上悠闲飘浮着的云彩。

"找不到虚空的点，你就以那些云为定点试试看吧。"

顾白仰头看向天际的云，重新抖擞起精神来，按照刚刚的感觉重复了一遍流程。

有了一个明确的视线目标之后状况要好得多了，至少他手中的画笔轻轻一挥，就在云层中间戳了个窟窿。

顾白两眼一亮，转头看向坐在旁边的司逸明："司先生！"

司先生非常配合地夸奖道："很厉害。"

顾白美滋滋的，继续以云层为画布练习起来。

华国今天出了个大消息！

下午四时许，J省上空接连出现了几片神奇的云。

那些云的形状非常特殊，竟然是国民男友翟良俊，惟妙惟肖！栩栩如生！甚至还是立体的！

配合着在J省做慈善宣传的翟先生的光辉形象，这简直就像是天神下凡！

翟良俊刚做完活动从场地里出来，一大拨媒体记者蜂拥而上。

那架势，比他当年拿了最佳男主角还来得凶些。

饶是对媒体镜头经验丰富无比、本身实力相当牛、一个人就能干翻一群记者的翟良俊，突然看到这么一窝蜂地冲上来扛着摄影机和麦克风准备拍他脸的媒体人，也忍不住大退了三步。

会场的保安反应过来，赶忙冲上来护住了翟良俊。

翟先生愣了好一会儿，看到自己的保镖和会场保安的人墙快被挤垮的样子，脸一板，眉头皱了起来。

狐狸精平时在貔貅和画皮面前显得尿唧唧的，但是他本质也是个灵族大佬。

修炼这么多年，这脸一板气势一放，他就把一群普通人惊住了。

翟良俊看着这些媒体人，仔细回忆了一下自己最近是不是干了什么值得被"扒"的事情。

是他追求黄亦凝的事情被爆出去了，还是他跟黄亦凝吃饭的照片被拍到了？

翟先生一边想着，一边走到了众人面前，心里还在琢磨着自己要不要干脆就这么公开承认了。

但转念一想又觉得不行，他这还没把人追到手呢，关系也没有确定，不妥。

翟先生满脸严峻，在众人面前站定，皱着眉示意眼前的众人可以讲话了。

众人整整齐齐地围了一个弧。

翟良俊挺直着身板，全方位无死角地在镜头前展示自己。

记者们相互看看，最终还是职业精神盖过了刚刚莫名的畏惧。

"请问翟老师，今天下午的视频是新的宣传手段吗？"

有了一个人开头，问题马上接二连三地就来了。

"请问翟先生，那片您的肖像云是跟您的新戏有关吗？"

"请问翟先生，那片肖像云是怎么做到的？"

"请问翟老师，您对于现在网络上对您的讨论是怎么看待的呢？"

"请问翟先生……"

这些问题让翟良俊措手不及。

他从满脸严肃到满脸问号到满脸都写着茫然和蒙。

"什么？"他问，"什么视频？什么肖像云？什么讨论？"

翟良俊的经纪人擦着汗从会场里走出来，看到这样的盛况，脸色一变。

他赶紧跑过来，把手机递给了翟良俊。

手机上正是那个视频的画面。

翟良俊翻看了一下，更加茫然了。

这要是放以前吧，他肯定是觉得有哪个眼红他的对头在整他。

但现在人类社会科学这么发达，上天造云压根就不是什么难事。

"可能是我帅得惊动了老天爷吧。"翟先生随口说道。

媒体记者们："……"

翟良俊思来想去，觉得自己最近实在是没有得罪谁。

他最近天天忙着自己的公司和人类这边的新戏，顺便还要跑各种活动，还得帮着艺术纪录片牵线搭桥，还要抽出时间跟黄亦凝约约会吃个饭。

他都忙成陀螺了，哪还有时间去得罪人啊。

翟先生冥思苦想，最后面对着媒体的镜头不确定地说道："粉丝应援吧？"

记者并不满足于这个答案。

他们都知道翟良俊那边土豪粉贼多，真搞出这么个大事并不稀奇。

他们还想挖点儿别的东西出来。

比如翟良俊对这种事的态度啦，是高兴还是觉得不应该啦之类的。

翟良俊一个态度，他们能解读出无数种内涵意义来。

但翟良俊并没有理他们，答了之后就转身离开。

造成这一切的顾白，因为手机早已经没有电了，对外边的情况一无所知。

反正司先生说以云为画布画完了之后，停止引导灵气，云就会慢慢被吹散。

顾白就画得特别放心。

司逸明问他为什么要画翟良俊，顾白是这么回答的："因为翟先生长得好，养眼呀。"

顾白接着小声道："我还想画苍龙。"

司逸明想了想，觉得可行。

等到顾白熟练了，直接用点墨山河的手法给苍龙画张画，到时候让苍龙自己去处理，肯定是没有问题的。

这么想来，他的貔貅图和白虎、玄武似乎是挺吃亏的。

毕竟那个时候顾白对灵画没有什么具体概念。

不过也没什么毛病，司逸明想，充其量就是朱雀和苍龙的那两幅画比他们要撑得更加久一些。

比起这种小小的不公平，司先生更加高兴的是他见证了顾白的成长。

司先生托着腮，看着说画就画，直接沉迷进去仰头看着天挥动画笔的顾白，脸上带着些微笑意。

十几天的时间说过就过去了。

苍龙风风火火地跑过来找到了他们，说让他们低调一点儿，画完了就把云层重新打散。

据说是最近华国报道一个接一个，因为经常有惟妙惟肖的龙形云彩飘到华国上空去。

人类都快兴奋爆了。

而人类上层焦头烂额的，还联系不着灵族那边负责跟他们对接的司逸明。

因为司逸明的手机没电了，人类真是喜欢大惊小怪。

司逸明有点儿不开心，但也知道这是他不可推卸的责任，他得回去。

没有别的要求，但他总要跟人类那边解释一下的。

毕竟那个负责对接的人头发都已经秃了一大片了，再加重下去估计都要变成光头了。

"我送你去蓬莱蜃景里。"司先生说道。

顾白感觉这主要是他的锅，无比乖巧地点了点头。

"要出来练习的话，就抓上玉兔带你出来，但最好是苍龙。"司先生不放心地叮嘱，"手绳里给你的那些东西，遇到危险就直接朝那些坏人扔。"

司先生抿着唇，把云床留给了顾白，说道："我尽早回来。"

顾白依旧无比乖巧地点头，目送着司逸明离开了蜃景。

而苍龙这个大忙人，也在司逸明离开后，前后脚地跟着走了。

兔子精们都在忙着新一轮的开垦，比收获还要忙上不少，玉兔也是如此。

正殿周围没有人，顾白抬手拍了拍自己的脸，从手绳里翻出了这十几天来整理的心得体会，然后往正殿前边的空地里一坐。

点墨山河算不上特别好画，哪怕是有了具体的视线目标，也并不好画。

尤其是不同的云层落笔下去的感觉截然不同，司逸明带着顾白在海上晃晃悠悠地飘，见证了海洋说变就变的天气。

厚重的雷雨云层和晴天的普通云层的感觉是不一样的。

不同天气不同时间段的云层感觉也是不一样的。

顾白觉得到画蜃景的时候，不同地方的空气环境估计也是会对下笔有所影响的。

而现在，他就准备直接在蜃景里尝试。

司先生之前说，在蜃景里画是用自己的灵气。

这十几天基本上没怎么睡觉的顾白对自己灵气的使用已经渐渐熟练了起来，让他直接用灵气画画，还真能做到。

至于为什么在蜃景里尝试，也是因为即便不小心像司先生说的那样笔一挥炸掉三座山头也不需要负责，因为二十多天之后就能自然恢复了。

顾白拿出了从白泽家里拿来的那支画笔，深吸了一口气，看着眼前的虚空，开始尝试。

玉兔今天照例带着一群小兔子去垦荒，顺便砍几棵树回来，重新搭起集市。

哦，还有生产浓汤宝和其他副产品的地方也得重新搭。

玉兔对这一套流程已经非常熟练了，蜃景里没有日升月落的具体时间概念，所以一个大循环对于蜃景里的兔子们而言就是一整天。

他们每天都得做这个，就像是人类每天都要吃饭一样正常。

玉兔带着小兔子们去砍完了树，扛着木材穿过自家殿宇群准备去往集市方向的时候，眼一瞥就看到了自家正殿门口的惨状。

门口大理石铺就的地板上被炸了不少洞出来，遍地都是碎石。

这画面看起来，就仿佛蜃景受到了袭击！

玉兔吓了一大跳，如今苍龙不在，貔貅也不在，只能靠他自己了！

"好大的胆子！"

玉兔深吸一口气，当即就甩下了肩上扛着的木材，一撩袖子往正殿冲去。

被他抛下的小兔子精们，也你看看我我看看你，然后奶声奶气地相互打气壮胆，学着他们老大的架势，把木材往地上一扔，撩起袖子露出还带着点儿婴儿肥的手臂，迈着小短腿冲了出去。

顾白听到了不远处一阵"丁零哐啷"的，有什么重物被扔下的响动，茫然地抬起头来，就看到玉兔带着一群小兔子精，一个接一个地冲了过来，然后齐刷刷地撞破了他好不容易画出来的一圈脆弱的轮廓。

顾白张了张嘴："啊。"撞坏了。

不过没关系，顾白高兴地想，他能画成功一次，就能有第二次。

　　玉兔感觉自己似乎穿过了什么东西，但是情急之下并没有去在意。

　　他一眼就看到一地狼藉中间只坐着个灰头土脸的顾白，心里一紧。

　　他更加慌忙地冲了过去："顾白你没事吧？没受伤吧？是谁闯进来了吗？我这就联系苍龙！"

　　顾白愣了愣，赶紧一把抓住了玉兔："没事、没事，我刚刚在画画而已。"

　　玉兔一愣："哎？"

　　"你们不是想要新房子吗？所以我在尝试着画出来。"

　　顾白说着，指了指小兔子精们奔跑过来的方向，那里的半空中有几条细弱的线条正苦苦支撑着，隐约可以看出大概是个屋顶的形状。

　　而第一个冲过来的小兔子精，一眼就看到了那几根随着风轻轻晃动的线条。

　　他面色大变，一蹦三尺高，一把揪住了那几条细线，往脚底下一踩，还蹦了两下，把线条踩散了之后，才长舒一口气，嗒嗒嗒地跑过来，一脸骄傲地挺胸看着顾白和玉兔。

　　"玉兔、玉兔，我把坏蛋消灭啦，厉害吧？！"

　　顾白看着小兔子，忍不住笑出了声，夸道："厉害！"

　　玉兔没说话，一想到族里的兔子已经多到快要去野地里打洞了就觉得脑壳疼。

　　而再一想刚刚被他撞坏的线条本来可能是小兔子们的宿舍，就觉得一阵窒息。

　　玉兔一副受刺激过大要呼吸不过来的样子，顾白吓了一跳，赶紧从地上爬起来拍了拍他的背。

　　一群跟娃娃一样精致的小兔子精迈着小短腿围过来，担心地看着他们的老大。

　　这群小兔子一个个都穿得一身白，连款式也是学着玉兔身上的，一群小小软软的白团子凑在一起满脸担忧的样子，看得人心里像是泡进了暖洋洋的水里。

　　玉兔看了看周围一圈小兔子，摆了摆手："没事，你们先去修集市吧。"

　　小兔子精们向来乖巧听话，玉兔这么说了，他们也就真的乖乖听话，一步三回头地往回走，挤挤攘攘的，最后一个接一个地走远了。

　　顾白看着那团软绵绵的小白团子嗒嗒嗒地冲过来，又依依不舍地慢腾腾离开，忍不住笑了起来。

　　玉兔叹了口气，看了周围被炸得乱七八糟的地面一圈，又瞅瞅笑得眉眼弯弯的顾白，目光扫过对方脸上、身上的狼狈。

　　"你要不要先去洗个澡？"玉兔问道。

　　顾白低头看了看自己身上的脏污，点了点头。

　　"还饿了。"他说道，"厨房还能用吗？"

　　玉兔想了想，说道："我去给你做吧。"

　　顾白两眼一亮："那太谢谢你啦！"

　　玉兔有点儿不好意思。

以前他绝大部分时间是跟着仙人混，仙人基本上是把他当成宠物来看待的，月亮上也没有什么别的生灵，来来回回都是些兔子。

后来天塌了，仙人陨落，他靠着跟他有些交情的神兽死死占住了这最后一个蜃景，得罪了不少灵族。

说实在话，他在灵族里的人际关系挺差的。

顾白这次被司逸明带过来，还跟他聊得开心，玉兔挺满足的，这会儿随便做点儿吃的就被顾白这么感谢，实在是让他有点羞赧。

"没什么好谢的。"玉兔说道，清了清嗓子，努力摆出一副镇定的样子，"你还得给我们画房子呢，给你做点儿吃的是理所当然的。"

顾白点了点头，觉得有道理。

这么说好像也没错，他们之间好像的确是可以当作纯洁的交易关系的。

顾白向来是别人说什么就是什么，玉兔既然表示他们是交易关系，顾白也不会觉得有什么不对。

玉兔没想到顾白竟然就这么点了点头。

他噎了一下，但话是自己说出来的，打自己的脸总是不大好。

他有点儿后悔，早知道顾白会这么点头，他就应该说"我们是朋友，给你做点儿吃的没什么"之类的话了。

顾白毫无所觉，放在平时，肯定是能发现玉兔的不对的，但是现在，他满脑子都是刚刚成功画出来的几个线条构成的轮廓。

他站起身来，拍了拍身上的灰："那我先去洗澡啦。"

玉兔一脸欲言又止，然后就站在原地，安静地看着顾白就这么背着手脚步轻快地走了。

玉兔低头瞅瞅地面，抿了抿唇，有些懊恼地踢了踢脚底下的碎石头。

托这个蜃景作画者的福，从正殿那边翻过一座山，就是一个山谷，山谷里大大小小形状各异的全都是热腾腾的温泉。

兔子精们不喜欢沾水，更加不喜欢泡澡，偌大的一个温泉山谷，在里边享受的人竟然只有顾白一个。

露天温泉其实是有点儿羞耻的，不过灵族都没有什么"袒露身体是羞耻"这样的观念。

顾白跟一大群灵族住户生活了半年了，深刻地感受到了大环境对他的影响。

他现在围一圈布料就可以直接下露天温泉毫无羞耻感的改变，怎么想都是被司先生那一副理所当然地普及灵族常识顺便洗脑的样子影响的。

他之前跟着司先生去找白虎的一路上，泡野温泉怎么都得穿个大裤衩来着！

顾白舒舒服服地泡在温泉里，看着左手上的手绳和右手上的貔貅手串，这俩小玩意儿可骄傲了，甚至自己给自己隔了层薄薄的膜，不让水浸湿它们。

温泉的热度偏烫，但蜃景里永远都是春日的温度。

顾白眯着眼，看着眼前氤氲蒸腾的热气，有些昏昏欲睡。

刚刚的练习消耗的是他自身的灵气，在还没有彻底跨越成长期的时候，所有吸收来的灵气都会被他的身体消化掉。

这种时候他使用自身灵气，就会像普通人类那样，感觉到疲惫与饥饿。

而在成年之后他再吸收灵气，就是作为他自己的底蕴来保存了。

就好比司先生他们，如今就算是灵气稀薄的末法时代，那种消耗灵气极大的招式也能说放就放。

因为他们底蕴深厚，之所以不使用，不是因为消耗过大，而是如今这脆弱的神州大地根本承受不住。

顾白摸了摸自己饿得瘪瘪的肚皮，叹了口气。

真想成年，灵族意义上的成年。

顾白一边想着，一边把整个人都埋进温泉里滚了几个来回，把身上沾上的尘土都洗干净，就浑身湿答答地爬上了岸。

在没有必须去做的工作的时候，顾白的生活是相当简单的，简单到了甚至有些枯燥的地步。

玉兔每次得了空去找顾白的时候，总能看到顾白在画画。

有的时候他是对着虚空练习点墨山河，有的时候展开了普通的画布，用普通的画具练习绘画的技巧。

玉兔看了顾白的很多张画，一些有人类，一些有灵族，甚至是如今这蜃景中千百年都不曾有过变动的一切，都被他用画笔记录了下来。

有玉兔从未见过的景象，还有普普通通的天光与日落。

玉兔始终不明白，这些随处可见的花草树木日升月落有什么好画的？

玉兔又一次有了空闲，马上就跑来找顾白了。

顾白抬起头来，看向了推门而入的玉兔，低头看了看时间，又有点儿蒙。

这块腕表上并没有日期的显示，而在这个景物甚至光线都一成不变的蜃景里，顾白感觉自己对于时间的认知都有些错乱了。

他不确定腕表上的时针到底过去了几圈，是不是在他沉迷画画没注意到的时候，已经转了好几圈了。

这样的错乱感让顾白多少感受到了一些灵族作为长寿种族所特有的倦怠与冷淡。

没有办法明确感知到时间流逝所带来的压迫感，的确是会让人显得死气沉沉。

顾白拍了拍脸，放下画笔，对玉兔露出了个笑容来："玉兔你忙完啦？"

玉兔点了点头，看了一眼顾白这幅新的画。

那是巨大的红流火刚升起时的画面。

天际的流光在那一团巨大的红流火面前显得十分微弱，原本明亮的光芒也暗淡如同脆弱的萤火。

那团巨大的流火之下,有被照得透亮的群山,群山之后有殿宇,尖顶檐角在强烈的光芒下连轮廓都被拉长了。

那殿宇的阴影之下站着一个人,他静静地站在那里,似乎在等待着谁。

红流火与那特殊的光芒占据了整个画面背景的一半,与画面中的人影的比例,简直就像是末日降临时一个孤独执拗的脆弱人类。

但那人却是笑着的,他大约是已经看到了他正在等待的人,整个人的姿态都显得轻松而愉快,仿佛末日远不及他所要等待的那个人来得重要。

玉兔一眼就认出了那个人,虽然面貌勾勒只是粗略的寥寥几笔,但顾白对于司逸明的体态抓得相当精准。

玉兔看了那画好一会儿,怎么看怎么觉得,顾白对那头貔貅的滤镜也太厚了。

那头貔貅哪能是这样的形象啊,他明明一拳就能把这个蜃景打穿。

玉兔虽然是这么想着,但却明智地没有说出来。

他看到顾白挂在这屋里的其他画,终于忍不住了,指了指其中一张海上日出的水彩速写,问道:“这种东西有什么好画的?”

顾白闻言一愣,还真没想过会被问到这种问题。

“为什么这种东西没有什么好画的?”顾白疑惑地反问道,“没有什么是不值得的呀。”

“可是日出每天都能看到。”玉兔皱了皱鼻子,“还有这些花花草草……”

“这些花花草草,可能就是以后的人类对于这个时代考究的证据啊。”顾白说道,“我们经历的每个时刻,可都是这世间的历史之一。”

顾白恨不得把自己每时每刻所见的一切都记录下来,让自己在以后漫长的时间里能够有可供翻阅的、充足而温暖的回忆。

玉兔看着顾白,万万没想到画个画还有这样的讲究。

“我可是以成为名留青史的艺术家为目标而在努力奋斗的。”顾白笑眯眯地说着,把手里的画笔收拾好。

“好啦,我们出去继续练习画苍龙吧!”顾白站起身来,然后像是想到了什么,“顺道,我去问问你家小兔子们想要什么样的屋子。”

玉兔一愣,脸上露出了惊喜的神情:“你可以画了?”

顾白点了点头。

玉兔一下子扔掉了他简单的脑子根本不会去思考的、关于历史和时间的问题,喜出望外地拉着顾白就往外跑。

兔子的繁衍能力相当厉害,再加上这蜃景又被维护得很好,灵气充足,成精的小兔子精也不少。

他又不可能把已经成精的小兔子都撵出去,兔口一直增加,宫殿不够用真的让玉兔

头大很久了。

他们第一站去的就是集市，刚巧遇到了当初拉着他摘番茄的小贝兔。

贝兔听说顾白可以试着开始画新宿舍的时候，两眼登时亮了起来。

"我！我想要一个蘑菇屋子！"贝兔软糯糯地说道，然后比画了一个大大的蘑菇形状，"就是人类话本里的那种蘑菇的屋子！"

顾白茫然了好一会儿，直到玉兔在自己的芥子空间里翻找了半天，把当年给小兔子们当睡前故事念的童话书拿出来，顾白才满脸恍然地点了点头。

等到司逸明处理完了事情，并且顺道还去帮白虎搜刮了一些好处回到蓬莱山蜃景的时候，一眼就看到了被一大群小兔子精黏着的顾白。

而在那恢宏雄伟的殿宇旁边，突然多出了一些奇形怪状的东西。

比如三坨堆在一起的蘑菇房子，又比如蘑菇房子旁边那个横倒的巨大的胡萝卜房子，再比如一栋在怒放的花心里建立起来的小城堡……看起来就像是把迪士尼乐园的某些充满了童话幻想风格的建筑毫不讲究地建在了一起一样，充满了可爱又梦幻的奇妙感。

但配合着旁边传统的殿宇建筑，让司先生沉默地收回了视线。

辣眼睛。

顾白被一群小兔子精簇拥着，给他们画一些小玩意儿。

这群小兔子打从出生就没有离开过蜃景，距离成年也遥遥无期，而未成年的小兔子通常都是父母和族里的宝物。

所以那些成年的兔子精撑死只给这些小兔子带来外边的书籍看一看，要随便给他们拉网线带他们出去玩或者告诉他们离开蜃景的方式是不可能的。

万一他们被骗被拐了怎么办？

小兔子那么脆弱，人类还基本都觉得非我族类，其心必异。

新生的小兔子失去任何一个都是大损失。

而镇守蜃景的玉兔也已经多年没有出去好好看看，也就是勉勉强强保持着没有跟时代脱节。

所以在发现外来的那个会画灵画的客人小哥哥脾气超好，笑起来还特别好看之后，一群小兔子精就蜂拥而上，逮着了空闲时间就去缠着人家讲故事。

顾白其实不怎么会讲故事。

他甚至连童话都看得少，撑死就知道几个家喻户晓的故事，以及课本上提及的一些寓言和童话。

顾白思来想去，决定从自己知道的东西说起。

于是顾白开始跟这些小兔子精讲世界艺术史。

艺术史可以发散出很多东西来，之前负责教艺术史的老师讲课方式相当接地气，总是让人昏昏欲睡，顾白却每次都听得有滋有味。

托那位讲师的福，顾白说起艺术史来，也讲得通俗易懂妙趣横生。

小兔子精们一个个听得认真得不得了，还会央求顾白把其中提及的画派的代表作画下来。

临摹是每一个绘画专业的人都会做的练习，那些名画顾白临摹过许多次，要现场画个大致也并不困难。

他将那些完成度并不高的画都交给了小兔子们，看着他们喜笑颜开地抱着画当宝贝的样子，自己心里也高兴极了。

后来艺术史讲得差不多了，顾白又开始跟小兔子们讲以前他看书的时候读到的一些故事。

小兔子精们可喜欢这个给他画了新房子，还陪他们玩，给他们讲故事的小哥哥了。

顾白画出来的画和别的东西都不一样，是可以长久地留下来的。

他们的父母向来不给他们过多地接触外界的东西，而屋景里的东西再稀奇宝贵，这么多年他们也已经看腻了，何况很多时候，那些东西都会被屋景本身的循环收回去。

他们黏在顾白旁边，软绵绵地撒着娇，缠着顾白给他们画些他随口说出来的小玩意儿。

那些对于人类来说很普通的东西，放在这些小兔子眼里却新鲜得很。

顾白随手画好了一个小风车，递给了旁边一个两眼亮晶晶的小兔子。

"谢谢顾白哥哥！"小兔子高兴地接过风车，在顾白脸上亲了一口，高举着风车跑开了。

在这种不间断的练习之中，顾白画点墨山河的手法和对灵气的控制技巧突飞猛进。

他现在在普通的画布上作画的时候，已经能完全控制住自己的灵气不再无知觉地往画里流淌了。

他现在学精了，不再用自身的灵气，而是抓一些周围自然而生的灵气，引导进他的画里去。

这样的技巧变得纯熟了之后，顾白发觉自己画里的那股灵动感显得越发明确起来。

那是一种让人看了就觉得这画几乎要动起来的莫名的感觉，而实际上，它依旧静悄悄地在那里，安静地展示着自己的美。

最近顾白给兔子精们画了不少东西，整个屋景里的兔子们都高兴得要飞起来，天天跟不要钱一样给他做吃的。

这里的兔子们多多少少都有自己最擅长的某种菜色，甚至有的还去人类社会里取过经，在发觉了顾白其实还在成长期，却耗费灵气给他们画了屋子还照顾了小兔子之后，感动得不行。

他们表达感谢的方式再简单不过了。

顾白摸了摸自己的肚皮，又捏了捏肚子上那一圈肉，最近不只没觉得饿，还天天都吃得肚皮滚圆，顾白感觉自己在这段时间里怕是胖了一大圈。

顾白抬手蹭了蹭自己被小兔子亲到的地方，脸上的笑容暖洋洋的，透着一股柔软的满足感。

司逸明大步走过去，直接把顾白从一群奶声奶气地喊着顾白哥哥的小兔子精里拯救出来，两人往他们住的寝殿走去。

小兔子精们被扔在后边，你看看我我看看你，然后一群白白软软的小家伙簇拥成一团，屁颠屁颠地跟在这俩人后面。

司逸明听到身后"嗒嗒嗒"的脚步声，板着一张不怒自威的脸，转头看向了跟在他们背后的小兔子们。

兔子精一向胆子小，而小兔子精的胆子更是小之又小。

他们被司逸明这么一盯，顿时就想起了貔貅以前跟苍龙聊着聊着就打起来的画面，齐刷刷打了个哆嗦，转头就如同一大团软乎乎的云一样，呼啦一下就跑开了。

"司先生，你吓他们做什么？"顾白说道。

司先生说道："看你最近过得不错。"

"是呀。"

顾白点了点头，高兴地跟司逸明分享着最近这些日子里小兔子精们的可爱之处。

"他们还送了我不少回礼，都进这里啦。"顾白拍了拍自己的肚皮，跟在司逸明旁边，笑得眉眼弯弯的，"我都觉得是不是胖了。"

司先生闻言，停下脚步，仔细打量了顾白好一会儿，似乎是发现了什么，微微一怔。

这才一月不见，顾白竟然硬生生地被兔子精们给喂到成年了。

司先生对此感到万分不可思议。

成长期这么短，老天未免也太偏心这块小石头了。

顾白疑惑地歪了歪头，司先生回过神来，煞有介事地点了点头："嗯。"

顾白一愣，低头看了看自己，又摸了一圈自己的肚皮肉："真的胖了呀？"

司逸明仔细看了一下，对顾白说道："是胖了点儿。"

苍龙回到作为阵点，也是他自己老窝的那座无人岛上时，隔着老远就闻到了貔貅的气息。

除此之外，还有一股强烈的、充满了生机与他同出本源的气息。

他顺着这气息飞过去，到了这岛上一片平坦无人的沙滩上。

而沙滩上有两个人。

一个是架起了烧烤架，正生疏地折腾着那些海鲜的司逸明。

还有一个是正熟练地挥动着手中的画笔，以点墨山河的手法画着一条苍青色神龙的顾白。

点墨山河的手法跟如今人类 VR 系统的 3D 画有些相似，但比起只要挥动一下感应器就能够在虚空之中留下一笔的 VR，点墨山河落下第一笔要困难得多。

并且点墨山河依旧是一幅平面图画。

顾白专心致志地勾画着，那条已经快要完成的神龙正盘踞着，似乎已经有了些许灵性。

它嗅到了本源的气息，脑袋便向着苍龙的方向转了过去。

顾白被自己手里的画突然动起来这事吓得大退了三步，瞪大了眼瞅着还只有个扁扁的轮廓的画。

那画因为还没有点上眼睛，转来转去转了半天也没发现什么东西，于是又默默地转了回来。

司逸明抬头看了一眼苍龙，发现对方身上竟然穿得很正常之后，有些惊讶，然后又看了看顾白，继续低头折腾他的蒜蓉生蚝。

苍龙凑到顾白旁边，完全没想到顾白会用这种方法来画他的法相。

他绕着那盘踞的苍青色神龙的轮廓走了一圈，翻起自己的芥子空间来。

"你再点个眼睛这画就成了哎，画龙点睛哎，好厉害哦。"苍龙说着，拿出了一块血红血红的玉石。

顾白和司逸明齐齐一顿，被苍龙这一口纯正的口音吓了一跳。

"苍龙先生，最近在看什么港台偶像剧吗？"顾白问。

苍龙笑眯眯地说："没有没有，只是看了几个综艺而已啦。"

顾白："……"哦，行吧。

"来吧！"苍龙晃了晃手里的血红玉石，"这是我的龙血玉，你点上眼睛吧，我来抓就好了。"

顾白点了点头，深吸一口气，拿起笔来，引来灵气聚集在笔尖，在那神龙头顶的眼睛上轻轻勾勒了两笔。

一声嘹亮的龙吟响彻天际。

在顾白最后一笔落成的时候，那腾龙霎时见风而胀，变得无比巨大，尾一甩便在沙滩上激起了一层高高的沙浪，而后便像是明白了自己将要面对什么一样，骤然腾空而起，向着无尽的苍穹扶摇直上。

苍龙一刻都没有停顿，在顾白点上眼睛的瞬间也化作了本体，一甩尾紧随而去。

这一切发生的速度实在是太快了，让司逸明都猝不及防。

顾白被这两条龙掀起来的沙子糊了满头满脸，愣了两秒，正准备拍拍身上的沙尘，耳边便骤然响起了龙吟、凤啼、虎啸、龟吟。

眼前一望无际的海天相接之处，就仿佛有旭日东升一般，有一团耀眼的光芒腾跃而出，直奔着顾白而来，而后在他面前徐徐展开。

司逸明看着顾白被那两条龙折腾得灰头土脸还在发愣的样子，大步走过去，准备带他去岛里的淡水湖里洗一洗。

顾白伸手抓了抓司先生的衣服，指了指自己眼前，有些无措："司先生，这是什么？"

司逸明看了一眼顾白指的地方，皱了皱眉："什么？"

顾白愣了愣："你……看不见呀？"

司逸明点了点头。

"我看不懂。"顾白说道，看着眼前这一卷金光闪闪的卷轴，比画了一下，"看起来像是我们之前在白泽家看到的那个地图，但是长得不一样，文字也长得不一样。"

顾白说着，蹲下身来，照着在他面前这金光闪闪的东西，把这一卷东西上的文字写在了沙滩上。

"这个。"顾白看着自己写得歪歪扭扭的字体，有点儿不好意思。

反正他照着那些文字画是没有画错的。

司逸明看了一眼，神情竟然显出了一丝惊愕来。

顾白一下子紧张起来："是什么呀？"

司逸明看了他一眼，答道："神州阵图。"

"之前找不到，现在怎么突然出现了啊？"

顾白想不明白，神州阵图怎么就找上他了，难道不应该找司先生吗？

司逸明微微眯着眼，顺着顾白的目光落在他面前的虚空，在他眼里，那里什么都没有。

"万物有灵。"司先生解释道，"你补了四方神兽，阵图有灵跑来找你很正常，求生欲而已。"

而且顾白是如今还能触碰点墨山河的最后一个人了。

神州阵图要是生了灵，暗中观察一段时间发现顾白真的有能够做些什么的能力，主动跑出来找他也能理解。

也省得他们继续去找了，司先生这么想着，带着被白沙满头、满脸狼狈不堪的顾白往岛内部走去。

顾白看着在他面前展开的金色光卷，这光卷就飘浮在他眼前，挡住了他看路的视线。

顾白想到司先生说阵图有灵的事，试探着问道："能不能让开一些？我看不到路了。"

阵图的金光闪了闪，乖乖地往旁边让开了。

咦？有用。

顾白偏头看着跑到一边去的阵图，微微弯了弯眉眼。

确保自己不会因为看不到路而摔倒之后，顾白终于开始分出注意力，观察起这卷金色的光卷来。

光卷最底下像是一张地图，上面清楚地画着一些平原沃野与丘陵山脊，看起来就像是一张俯瞰图。

这张俯瞰图上边，有一道道纵横交错驳杂繁复的线条，层层叠叠的，将整个地图都笼罩起来，护得密不透风。

顾白意识到这些线条就是阵图，他微微眯起眼来，眼前的光卷"呼啦"一下突然放大。

顾白吓得跳了起来，撞了司逸明一下。

司先生丝毫不介意自己被蹭了一身沙，微微挑眉问道："怎么了？"

"没……没有。"顾白长舒一口气，"刚刚阵图突然变大，吓了一跳。"

司逸明点了点头，低头看看自己被蹭了一身的沙。

金色的光卷抖了抖自己放大的身躯，有许多地方正在闪闪发光。

顾白仰头看着放大了许多倍的阵图，发现那些闪闪发光的都是毁坏的痕迹。

那些痕迹的断口有的像是被撕裂了，有的是缺了个口，还有的地方变得十分细弱，似乎随时都会断裂。

顾白看着那些闪着光的断痕，竟然硬生生从这张光卷里看出了一丝委屈来。

也是，身为阵图身上多了这么些伤痕，它应该是觉得疼的吧。

幸好他虽然补天，但并没有觉得疼，顾白想了想，尝试着抬手触碰了一下眼前的阵图。

出乎意料的是，他竟然能够碰到。

入手是有些粗糙质地的东西，比顾白以前用过的粗麻画布要粗糙很多。

顾白轻轻摸了摸委屈巴巴的阵图，问道："你是想我帮你把这些都补上吗？"

光卷轻轻抖了抖，一角翘起来，轻轻蹭了蹭顾白的手。

顾白得到回应，两眼微亮："我会尽力的。"

他收回了手，心里高兴极了。

顾白还记得之前说想要帮助神兽们修复神州大阵的事情呢，但是因为神兽们本身也不得其法，所以只能先走一步算一步。

现在他画完了四方神兽，阵图自己找上门来，想要修复大阵就容易得多了。

虽然具体应该怎么做顾白还不清楚，但至少是知道哪里出问题了呀！

司先生双手环胸，看着顾白这副活泼高兴的样子，忍不住也跟着轻松起来。

打从他遇到顾白，似乎一切事情都在往好的方向发展。

"司先生、司先生！"顾白一边小步蹦跶着抖着沙子往前走，一边兴奋地比画，"我知道阵图的哪些地方出问题啦！"

司逸明点了点头："我听到了。"

顾白发觉自己似乎兴奋过头了，不太好意思地垂下眼，下一秒又忍不住抬起头来，语调依旧充满了勃勃的生机："我能帮你们修复阵法了！"

司先生先是点了点头，之后带着些似是而非的小情绪说道："你总是这么帮别人做什么？"

顾白一愣，想都没想就回答道："因为帮别人，我会高兴呀。"

能够切实地帮助到他人，的的确确是一件让人感到万分欣喜与畅快的事情。

"有人求助的时候，刚好我能够帮助他，这是多好的事情啊。"顾白这样说着，像是想起来什么一样，脸上带出了温暖的笑容。

司逸明看着顾白，对他这份未经世事的天真总是抱着一种极度的喜爱与欣赏，同时又为此而感到担忧。

顾白总是不会生气。

他在得到了善意之后，总是会以近乎奉献的态度来回馈他人。

哪怕是交易的关系，顾白在把代理这一方面交给谢致之前，开价的时候都会过度体贴地去思考别人会不会吃亏。

他总是只给自己最低的保障，而将更好的东西给予他人。

司逸明知道这多少是有补天石的天性在里边，但在面对这样纯粹的良善的时候，总是会禁不住想要叹息。

这要不是得老天庇佑，顾白这么多年来能平平安安地过日子真是个奇迹。

司逸明带着顾白到了岛中间的湖边上。

这湖水清澈得很，有点儿深，但一眼就能看到底。

这里被苍龙特意修过，说是个伪装成普通池塘的泳池也差不多了。

顾白站在湖边解扣子，准备把身上的泥沙洗干净。

司逸明并不惮于承认，他佩服顾白这份天真纯粹，并且不希望顾白对世事感到失望，从而失去这份绝大部分生灵已经逐渐失去的无畏的善良。

这湖水是一汪活水，从地下泉眼里冒出来的，相当难得的淡水。

湖水温度也不高，在这个季节里显得有些冷了。

但顾白不是普通人，并不在意这点儿寒意。

阵图飘在一边，围着顾白直转悠。

以顾白的身高，脚尖勉勉强强可以够到池底，踩起来像是泳池的那种地面，让人很有安全感。

顾白不会游泳，贴在岸边，整个人都埋进湖水里扑腾了两下，洗掉身上与头发里的沙子之后，就扒在岸边再一次观察起阵图来。

司逸明站在岸边上，想起之前顾白跟他叨叨在蜃景里的那一大片温泉的那个劲头，垂眼看着这一池子水，认真思考着要不要把这一池子水用灵气加热一下。

就在司先生准备动手的时候，顾白叫他。

"司先生。"顾白小声地喊道，看司逸明一副在沉思的样子，顿了顿，问，"我打扰到你了吗？"

司逸明摇了摇头："怎么了？"

"我看到阵图里有些地方好像都跟现在的地理不相符。"顾白瞅着几个被撕裂的断口，有些苦恼。

司逸明对此却并不意外："这个大阵都是多久前的事了，地动很正常。"

"地壳运动？"顾白说道。

司逸明点了点头："当初合了许多仙人之力才建起来的大阵，据说还有不少是顺着灵脉搭建的，后来近代人类炸山修路又是战争什么的，毁了不少，地貌变化就更多了。"

还有考古发掘什么的，不小心挖到了什么东西，把东西搬动了，也会牵一发而动全身，影响到神州大阵本身。

道理他们都懂，可神兽们没几个没有拖延症。

大阵没出什么不可挽回的大问题，白泽没有得到天启火急火燎地冲出来，他们就枯燥地加着班，懒得在加班的同时还跑去追寻不知道什么时候才能有个结果的阵图。

事情一拖就拖到了现在。

事实证明只要他们活得久，很多问题的确就是能随着时间的推移而得到解决的。

这不就出了个顾白吗？

顾白咂舌，更加苦恼了："那应该怎么修复啊？"

司逸明心说这就是又到了神兽们要摸出家底来大出血的时候了。

包括他自己，补这么个大阵估计也是要拿出不少东西来才行。

"修复的问题还是得等神兽们凑齐讨论一下。"司逸明说道。

他话音刚落，一声清亮的龙吟由远及近，下一秒，一道苍青色的身影便骤然出现在池边。

苍龙手里拿着他的龙血玉，血红色的玉石里翻滚着一条神龙，跟他的本体长得别无二致。

苍龙揣着这块龙血玉，看着里边即将给他代班的小龙，感觉心里美滋滋的。

他看了一眼悠闲谈话的两个人，说道："我刚才路过沙滩，你们的生蚝都被别人吃了哎。"

司逸明掀了掀眼皮，刚想说是谁这么大胆敢吃他的东西。

而后司先生算了算日子，眉头一挑，抬手拍了拍顾白的肩："走，我带你去打年兽。"

司逸明看着苍龙对龙血玉里的那条腾龙爱不释手的样子，想了想，决定还是让苍龙多高兴几个小时。

现在就暂时不告诉苍龙他就算有了代班小龙也不能休息，得去补阵的事了。

年兽是最近这些年新诞生的，不能算是瑞兽也不能算是凶兽的兽。

过年的那几天里，年兽会出现，破坏人类生活的村庄，吞食人类甚至屠村的情况亦有发生。

但年兽又是一种胆子非常小的兽类，就好像敲木梆子能吓退天狗一样，爆竹与急促巨大的声响都能吓跑年兽。

而成功驱赶了年兽的村庄，来年就会得到丰收。

谁也说不好这丰收是不是来自年兽本身的职能，所以也说不好年兽到底应该归类到瑞兽还是凶兽里头。

　　并且实际上，自古流传下来的那些典籍里并没有什么对年兽的记载，它是现代社会突然冒出来的、并非天地而生的兽。

　　这一点，所有归天地而生的灵物都有所察觉。

　　年兽的诞生更多地要归功于人类。

　　而由于人类的精神到底有限，年兽只有在每年临近年关的时候才得以出现。

　　归根究底，这是被人类本身的想象创造出来，同时象征了破坏与丰收的一种化身。

　　平时谁都找不到它躲在哪里——也许平时根本就是消失了。

　　"反正年兽弱唧唧的，连人形都不会变，这些年来随着人类对神秘的信仰逐渐消退，它已经从能够食人退化到只能偷吃了。"

　　顾白抿了抿唇："它吃人？"

　　"吃，不少异兽和凶兽以前都吃人。"司逸明顿了顿，想到顾朗以前也是这么个角色，担心顾白意识到这一点而感到难过，于是迅速解释道，"年兽本身就是人类创造出来的，它的所作所为都是遵循人类对它的想象。"

　　顾白沉默好一会儿，终于还是决定试着去接受这种天性。

　　换一个方向其实很好理解，放在以前，统治者想要统治人民，又或者是人类想要限制自己保持道德的时候，总是会拥护宗教。

　　绝大部分宗教会告诉人们善有善报恶有恶报，以对恶报的恐惧来达到让人们限制自身的目的。

　　毕竟人类最怕的就是死亡和疼痛了，所以会创造出一个带来死亡和疼痛，又能够轻易地驱赶走并带来丰收的年兽，完全是可以理解的事情。

　　"这些年来年兽越来越弱了，说不定再过个几百年，它就再也不会出现了。"

　　司逸明这话说起来的时候并没有什么别的意味，他活了这么多年，对于这些东西的消逝早就已经习以为常。

　　"其实我们也有挺多年没揍过它了啦，它越来越弱了，以前还会讲话，现在连话都不会讲了，只会哼哼。"苍龙插话道。

　　他话音刚落，顾白就看到了沙滩上属于他们的烧烤架边上，有一头体形并不多大的怪异兽类，正把脑袋埋进那个生蚝桶里，一副吃得正开心满足的样子，尾巴都高兴地晃了起来。

　　它身上披着自身红色的鳞甲，龙首狮身马尾，头顶有只角，闪着不善的寒光，看起来是有点儿吓人，但它的体形着实是小了一点儿。

　　甚至还不如一只成年的萨摩耶。

　　顾白一愣："这么小啊……"

　　司逸明说道："会随着年关到来的时间越来越大的。"

　　顾白想了想刚刚两条龙的大小，问道："能有多大？"

"嗯……"司逸明想了想，觉得也说不好，"它这些年来越来越小了。"

"因为人类不再相信它的存在了？"顾白问。

司逸明点了点头，顾白不说话了。

他看着年兽大快朵颐的样子，身后的马尾一甩一甩的，看起来就像一只普通的宠物犬，就是长得奇怪了一点儿。

司逸明大步走了上去，直接揪着年兽头顶上的角，把整只兽都拎了起来。

年兽"嗷呜"叫了一声，一龇牙正准备示威，一看到司逸明那张脸，顿时尿唧唧地呜咽了一声，连挣扎都不挣扎了。

以前神兽们被信徒供奉了大量东西祈求他们帮忙驱赶强大的年兽的时候，年兽没少被他们这帮神兽揍。

虽然以前他们还有过交情，但被打的次数多了，年兽的心理阴影面积就变得极其广阔。

司逸明拎着这只小小的年兽，回到顾白面前来，问他："要不要摸摸看？"

顾白看着蔫蔫的年兽，摇了摇头。

他现在对年兽的感觉有点儿复杂，看到司先生动作熟稔地把这只小家伙揉捏搓扁，而年兽丝毫不敢吭声的样子，就更加复杂了。

"让顾白摸摸看你也不怕扎到他的手喔？"苍龙说完一顿，"哦，你好像也是这种手感。"

他们这些神兽里，除了白虎之外，基本上没几个好摸的。

以前灵蛇也总是喜欢逮着白虎一顿撸，所以只要看到灵蛇夫人了，他们第一反应就是把白虎给踹出去。

苍龙笑眯眯地出馊主意："你要不把白虎抓来给顾白摸摸吧？"

司逸明反手就把年兽扔出去，糊了苍龙一脸。

这两个多年的老友又一次掐了起来，掐到后来，两个人又准备跑去海上抓海味，走前司先生把年兽往顾白怀里一塞，并告诉他："你打它一顿，明年就会交好运。"

年兽："……"

顾白："……"

顾白哭笑不得。他大概能明白这是个什么原理，就像人类赶跑了年兽之后第二年就会迎来丰收一样，神兽们表示打年兽一顿明年会交好运这个事，也不是不能理解。

但是顾白觉得他不打年兽也一直都在交好运。

他有记忆以来运气向来都好，这短短二十来年所遇到的，大都是非常温柔的人。

后来他能够住进九州山海苑，认识这么多新朋友，也是幸运到极点的事情。

打年兽换好运这个事，在顾白这里压根就没有什么必要。

他也不是会为了好运下手揍人的那种人。

顾白低头仔仔细细打量了一番年兽，记下了特征之后，就非常满意地收回了视线。

这可是非常宝贵的素材，能够近距离观察并记下来，这波不亏。

年兽僵在顾白怀里，如临大敌。

顾白本身的气息非常温和浅淡，补天石的存在等同于如今安宁祥和的天地，他的气息完全糅合在天地间，没有一丝突兀，也不含丁点儿的攻击性。

但他现在浑身上下都是一股貔貅气，而且还是张牙舞爪一闻就是在示威的、饱含着威慑意味的气味。

年兽对这帮神兽和凶兽的感觉还挺复杂的。

因为他们都并不稀罕这点儿好运，要说揍其实也并没有下过几次狠手，下狠手的时候就是在他的实力处于巅峰的那些年里，狠狠揍过他几顿，帮着人类把他驱赶出村庄而已。

早些年这些神兽并不如现在忙碌的时候，心情好起来还会在年关快来的时候带上他一起玩，喝喝酒吃吃肉什么的。

不过他遵循天性跑去人类村庄里的时候，前一天还一起喝酒吃肉的神兽们马上就翻脸不认，揍起他来比谁都狠。

到后来神兽们忙起来了，他变得弱小之后，他们就逐渐变得疏远了。

年兽心里多少有所感，知道其中很大一部分原因其实是他正在逐渐消退。

历经过万千离别的神兽们，都非常明智地在他消失之前断然选择了疏远。

但年兽同样很清楚，神兽们跟那几头凶兽不大一样，他们并不会对他下死手。

所以即便是在这里闻到了两头神兽的气息，饿着肚子的年兽也敢屁颠屁颠地跑下来偷吃。

年兽对顾白相当陌生，但貔貅和苍龙对顾白的态度又相当好，让年兽一时不知道做什么反应好。

但是谁会乐意挨揍啊！

年兽委委屈屈地想道，他现在都弱到只能跑去人类的厨房偷吃了，为什么还要被揍？

顾白察觉到了年兽的不安，微微松开了手，把年兽放在面前的沙滩上。

"我并没有要揍你的想法。"顾白说完，抬脚绕开了年兽，跑去收拾放在沙滩上的烧烤架。

桶里还剩下了十来只生蚝，年兽没吃完。

顾白估计年兽碰过的这些生蚝，那两头神兽肯定是不会吃的了。

他转头看向正在逃跑边缘试探的年兽，问道："我把剩下的这些给你烤了吧？"

年兽闻言，迅速放弃了试探，甩着尾巴屁颠屁颠地凑到了顾白脚边上，"嗷"了一声。

司逸明和苍龙拎了几大桶海味加个厨子玉兔回来的时候，看到的就是年兽毫无尊严地在顾白脚边上打滚，晃着尾巴求投喂的样子。

而顾白正烤好了最后两只生蚝，低头喂给了年兽。

苍龙震惊地看着年兽："以前好歹人人闻之色变的兽，这……这也太丢脸了。"

顾白最近五感突飞猛进，早已经捕捉到了他们回来的动静。

他抬起头来，笑着挥了挥手："司先生，你们回来啦！"

年兽打滚的动作顿时一僵，顾白低头看了看僵住的火红火红的年兽，突然意识到了一点。

年兽出现了，证明年关将至。

那么他从元旦之后离开到现在，恐怕已经过去了一个多月。

"司先生，现在是几号了？"顾白问道。

司逸明答道："后天情人节了。"

顾白脸色一变，摸了摸自己兜里早已经没电关机了一个多月的手机，觉得大事不妙。

从来没有失去乖崽的消息超过一周的老父亲怕是要炸了。

第 17 章
年

顾白开始坐立不安。

他觉得这不能怪他。

手机没电这种事他也不想的，后来天天沉迷画画也不是他的错，进了蜃景哪还分得清时间过去了多久？他身为灵族身强体壮精神头还贼好、不太容易感到累也是有坏处的，就比如生物钟会自然而然地调整成适合长寿的节奏。

说实话，顾白待在蜃景里的时候甚至都只觉得时间才过去了两三天。

为什么感觉过去了两三天，因为他就睡了两觉。

蜃景里又没有白天黑夜的区别，谁知道外边竟然已经过去一个多月了。

顾白摸了摸手机，感觉更不安了。

虽然他真的不是有意的，但是他爸现在说不定急得都想吃人了。

司逸明把手里的桶放在烧烤架边上，看着瞅着烧烤架发愣、明显不在状态的顾白，视线扫过蹿到一边去团成一个红球球瑟瑟发抖的年兽，最终目光还是落在了顾白身上。

"怎么了？脸色看起来不太好。"司先生问道。

"……"顾白沉默了好一会儿，说道，"我有一个多月没给我爸爸发过消息了。"

司逸明眉头一挑："顾朗是三岁小孩还离不开家长吗？一个多月而已。"

顾白："……"

等等，这种时候难道不应该说他是三岁小孩找不着爸爸就不安吗？

为什么到司先生这里就变成了爸爸的锅？

顾白愣怔地看着司逸明，对于司先生的双标叹为观止。

心眼儿能偏成这样，还偏得这么光明正大的，着实是难得一见了。

顾白犹豫了好一会儿，还是小声道："是我离不开爸爸啊……"

顾白瞅瞅司先生，又摸了摸衣兜里的手机，问道："我们什么时候回去啊？"

他已经把能做的事都做了，答应给兔子精们画的集市也画了，宿舍也画得差不多了，虽然配合整体风格有点儿辣眼睛，但是人家就是想要跟主宫殿群待在一块儿，顾白已经尽全力了。

现在苍龙也画完了，东海这边的任务都完成得差不多了。

顾白掐指一算，觉得是时候回去了。

幸好他出门之前跟老师和学长他们说过出门度假去了，不然这会儿他们怕是已经因为跟他失联而报警了。

"你不想继续玩了？"司逸明问道。

顾白低头看看脚底下的白色沙滩，又抬头看了看蓝色的晴空，感受了一下对人类来说相当寒冷但对他们来说完全能够承受的二月份的海风，摇了摇头。

"我想回去了。"顾白说。

他总觉得再不回去充个电报个信，他的老父亲就要从遥远的亚马孙杀回来了。

顾白觉得他的老父亲肯定是会在回来和继续蹲守白泽之间犹豫上很长一段时间的。

毕竟以白泽的记性，等到他回来一趟又回去的时候，白泽指不定又跟一开始一样一闻到他的气息就疯狂逃窜了。

司逸明对顾白向来都是相当包容的，尤其是顾白很少主动提出什么要求。

不就是要回去吗？！

司先生大手一挥："那行，咱们吃完就回去。"

顾白看着那几大桶活蹦乱跳的海鲜，深吸一口气，撩起了衣袖开始折腾。

旁边的玉兔见年兽的次数不多，这会儿正蹲在团成球的年兽旁边，拿着根树枝戳那一团红球球。

年兽被戳得想咬兔子，但苍龙在一边盯着，他又不敢。

委屈巴巴的小年兽只好把自己团得更紧了些。

司逸明也在帮忙处理食材。

他手上不停，刀光唰唰的，动作无比麻利，目光却落在了那边红的、绿的、白的三坨东西身上。

顾白还沉浸在怎么跟老父亲解释的思考中。

而司逸明的目光在年兽身上扫来扫去，认真思忖了许久之后，司逸明转头用手肘轻轻碰了碰顾白。

顾白偏过头来，满脸疑惑："司先生，怎么啦？"

"喜欢年兽吗？"司逸明问。

顾白顿了顿，转头看了那边一眼："谈不上喜欢，但是也不讨厌。"

司逸明点了点头，知道顾白跟他们这些并不把人类当同类看的神兽并不一样，顾白对人类有认同感，顾朗那种率先就有滤镜的不一样，对新认识的年兽，顾白不生出恶感已经很优秀了。

但凡有智慧的生物，多少都会双标。

司逸明觉得顾白能接受顾朗却没办法全然接纳年兽是很正常的事情。

"年兽是人类创造出来的，吃人也是人类自身所赋予他的天性。"司逸明说道，"现在很少有人再相信年兽会吃人了，他就变得无害了。"

"他现在最多跑进人类家庭的厨房里偷吃点儿年夜饭什么的。"司逸明说到这里，停顿了好一会儿，转头看了一眼年兽，"不过最近这些年，会认认真真做年夜饭的家庭也日渐少了。"

现在正儿八经做年夜饭的家庭，很多在比较偏一些的农村，那里并不限制燃放爆竹。

年兽一年就能出来一次，在城里很难吃饱，跑去村里还总是被爆竹吓得抱头鼠窜。

这么想想，他混得也的确是太惨了。

顾白剖鱼的手顿了顿："所以，司先生是想养年兽当宠物了吗？"

司逸明讶异地看向顾白："你怎么会这么想？"

"因为你很少替别人解释这些事情。"顾白说道。

"我没准备养宠物。"司先生心情超好的，"我就是想说，回头想个法子，让年兽一直保持这样。"

小小的一只，没什么危害，也挺好的。

神兽虽然早就已经习惯了离别和生命的流逝，但对于年兽这种特殊的情况，多少还是会有点儿共情的。

不然他们不会齐刷刷地选择在年兽逐渐衰退的时候就疏远它。

谁都不想眼睁睁地看着年兽消失。

人类创造出了年兽，抛弃了恐惧之后就不再相信它的存在，完全不知道他们创造出来的年兽会因此而消失。

神兽们有的时候也会想，当天地不再需要他们的时候，他们的下场是不是就会跟年兽一样了？

他们并不畏惧消亡，但是这种消失方式简直就是对他们的侮辱。

所以司逸明觉得如今既然又遇到了，顺手捞年兽一把也没什么不妥。

顾白不太能猜到司先生的这个想法，但还是非常乐意帮助他人……他兽的。

"我能帮上什么忙吗？"顾白问。

"也许你可以给年兽画上几幅画，挂几个展览？"司逸明也没什么具体的想法，毕竟年兽本身是人类创造的。

顾白觉得怎么画都是画，画什么都是画，画几幅年兽也的确没什么问题。

两个人随意决定了下来，司先生当即就甩了把刀子给那三坨红绿白的东西，在他们齐刷刷看过来的时候，慢吞吞地说道："过来帮忙。"

玉兔和顾白两个凑在一起交流厨艺，年兽蹲在烧烤架边上，满脸都写着想吃。

司逸明本意是想听听玉兔和顾白两个人的料理心得好好学一学的，但苍龙不甘寂寞，在一边不停地说话。

司先生忍了忍，最终忍无可忍，转头对苍龙露出了一个凉飕飕的冷笑，非常冷酷无情地把未来几年甚至是几十年，他们一群神兽都要乖乖去补阵的事情说了出来。

苍龙整条龙以肉眼可见的速度蔫了下去。

甚至连玉兔做的海鲜都没有办法拯救他。

有了代班的小龙又如何？最终他还不是得乖乖搬砖。

苍龙揪着啃沙丁鱼的年兽的尾巴，无比忧愁地给年兽的马尾巴打上了无数个蝴蝶结。

顾白一低头，就看到尾巴和龙须都被打上了无数蝴蝶结的年兽，正眼巴巴地瞅着他手里的秋刀鱼。

顾白："……"新素材？

身上有无数个蝴蝶结的年兽的确给予了顾白新的灵感。

要说怎么能让人们记住年兽，并打心眼里觉得年兽弱小可怜又无助，最简单的不就是把形象萌化，并且加上一些可爱的元素吗？

顾白把手里的秋刀鱼投喂给年兽，若有所思地看着晃着满是蝴蝶结的马尾大快朵颐的小家伙，脑子里就忍不住开始构图。

顾朗最近很开心。

实际上他一开始是非常暴躁的。

因为他的乖崽最近没给他发消息了不说，连电话都不接了！

顾朗等了大半个月，依旧没有等来他家乖崽的消息，又不想离开白泽免得到时候还要花大力气逮人，只好捏着鼻子拨通了司逸明的电话。

但司逸明也关机！

顾朗要气死了，天天打过去，好不容易有一天打通了，但司逸明那头接都没接电话就直接按掉了。

竟然按掉了电话，他绝对是故意的！

顾朗气到爆炸，转头就给司逸明派来的那个犬妖塞了一口袋针对司逸明触发的落雷法术，把他撵了回去。

早就想开溜的犬妖无比麻溜地跑了，而顾朗等了三天，终于等到了司逸明气急败坏地打来的电话，确定了他家崽没出什么事情，就是去学习点墨山河去了。

得到了乖崽的消息，又坑了司逸明一把，顾朗身心舒畅，觉得自己从来没这么爽过。

顾白现在也不会对司逸明跟顾朗打架抱有什么过于为难的态度。

大概是已经很清楚明白地知道他们就算打也打不出什么名堂来。

而且顾白已经明确过两不相帮，显然是帮谁都不合适。

而这两位也是根本就不带怕，有本事就来打一架。

但是要说如何在瞬间给一个人的精神造成暴击，顾朗还真比不上司逸明。

这头凶兽直来直去靠拳头惯了，丝毫不明白那些弯弯绕绕。

打从他跟司逸明有联系起，两个大凶器之间没有硝烟的战争就多半是以顾朗败退告终。

司先生想起之前回来处理事情的时候被附赠而来的落雷大礼包，冷哼了一声。

他们的矛盾毕竟由来已久，现在仅仅是这种精神攻击已经相当温和了。

他这还是看在顾朗已经能够好好交流的面子上。

另外那些凶兽，基本上还是见到了就动手的态势，不过这百年来那些凶兽也出现得少了。

不知道是因为有感于天地变得脆弱，还是他们一个个都跟顾朗一样转了性。

他们刚回来不久，顾白本打算一回来就把手机充上电给他的老父亲打个电话或者发条消息，结果一觉睡过去了。

等到他迷迷糊糊醒过来的时候，外边已经是一片黑沉的夜幕。

顾白反应了好一会儿，才想起自己已经回来了，于是赶紧大半夜爬起来，给他可怜的老父亲打个电话报平安。

他打开了书房的小台灯，拿出手机和充电器，确定夹在手机壳里的那个通信用的法宝还在，插上充电器之后只觉得开机的时间简直漫长到令人感到窒息。

然后他就发现了到底是什么原因导致开机时间那么漫长。

手机上显示的未接来电高达三位数，未读信息直接变成了 99+，社交软件的消息推送更是急吼吼地冒出来挤得密密麻麻。

要不是顾白一向习惯把手机调成振动，这会儿手机的响动估计能直接吵醒隔壁的邻居们。

实际上现在这个振动的动静应该也差不多能吵醒他们了。

顾白拿着振动个不停的手机，微微松了口气，等到手机安静下来之后，拨通了他爸的电话。

顾朗这边还是天光大亮的时间。

出乎意料的是，在被司逸明线上挑衅了之后，顾朗并没有怒火冲天地提刀杀回去。

大概是在之前一次见面的时候，顾朗就知道早晚有一天会变成这样。

毕竟之前看到他那个傻乎乎的乖崽的时候，乖崽浑身上下就都透着一股貔貅的气息。

貔貅从来不做慈善的，顾白会被貔貅所庇佑，肯定就是貔貅已经把他圈进自己的地盘里了。

而在如今人类遍布的世界里，顾白跟着神兽显然是极好的一个选择，比跟着他安全。

道理顾朗都懂，但他就是对乖崽得貔貅庇护这事有十二万分的不满。

这会儿看到了顾白的来电，他接起电话来都浑身透着一股不爽的气息。

顾白虽然没有发视频，但是隔着个听筒，依旧察觉到了老父亲的不愉快。

因为他爸竟然没有一接电话就高兴地喊乖崽！

顾白有点儿紧张，小声地喊了一声："喂，爸爸。"

"嗯。"顾朗应了一声。

顾白更紧张了："我之前……去练习点墨山河了，手机没电，所以……"

顾朗在电话那头说道："知道。"

顾白一下子不敢讲话了，犹犹豫豫的，不知道应该说点儿什么来哄一哄他的老父亲。

这事顾白真的没有经验，因为顾朗从来没有跟他生气过。

顾白抿了抿唇，知道这事本来就是他的错，不由得难过地垂下眼来。

电话两头一阵沉默，最终还是顾朗率先打破了沉默："乖崽。"

顾白马上答道："我在！"

顾朗粗声粗气地说："等我这边陪白泽找到东西了，回去还要跟司逸明比画比画。"

顾白眨了眨眼，终于意识到他的爸爸并没有想要干涉他的选择的想法。

这大概是老父亲特有的体贴……或者说父亲式放手？

顾白不大确定，但是感到非常开心。

实际上事情会发展成这样，顾朗真的一点儿都不意外。

被司逸明挑衅而感到生气是一回事，顾朗却一点儿都没有准备去干预这件事的意思。

绝大部分灵族，尤其是他们这种天生地养的灵物，对于幼崽的教育方式向来都是放养式的。

灵族的教育理念，说好听点儿是豁达洒脱，说严酷一点儿，就是弱肉强食。

虽然绝大部分灵族不会对幼崽下手，但也不是没有专挑幼崽下手的坏坏。

灵族普遍都是把自家崽子放出去，自己经历自己成长，而并非出于己身对这个世界的了解去对崽子进行引导。

他们这种非自然生物，对于天命和自我拼搏的理解跟人类有着天差地别。

人类有句话说得好：人各有命。

作为家长，基本上都是教会崽子常识，并告诉崽子哪些可以惹哪些不行，而哪些见到了就要扭头跑这些事情之后，就直接一脚把小崽子踹出家门去。

他们绝对不会对崽子的成长插手，撑死了也就是给自家的小崽子一点儿小小的便利，或者给老朋友们递个信，告诉他们自家崽崽出去历练了，见到的话稍微关照一下之类的。

而出于灵族的天性，没有到无路可退的地步，那些小崽子们是不会跑回去的。

像蜃景里的兔子精们那种把幼崽死死护在蜃景里的教育方式，才是灵族之中的特例。

像顾朗这种，以为顾白会拥有天性意识，自己知道自己应该做什么，从而连常识都不跟顾白说的，也少。

但顾朗身为凶兽，本质还是心大又淡漠的。

他对自家崽的教育理念跟绝大部分灵族一样，自己决定的事情就要自己负责，他就算不满意、不高兴也不会插手。

他跟司逸明打起来，绝对不会是因为顾白和司逸明关系好，而是单纯因为他跟司逸明互相看不顺眼，无比纯粹的天敌关系而已。

而顾朗是绝对不会做出那种因为自己跟司逸明的私怨而牵扯到顾白身上的事。

他顾朗怎么说都是天上地下仅此一头的饕餮，被人类畏惧信奉了无数年的大凶兽！

身为天地灵物的骄傲也不允许他做出这么傻的事情来。

虽然他经常实名辱骂天道不公凭啥他就不是瑞兽，但这并不妨碍顾朗有属于天地灵物的骄傲。

再怎么说，他也是天地认证的、必须存在的、象征着贪婪与欲望的大凶兽！

他比那些灵族特殊到不知道哪里去了。

顾朗一边想着自己可是骄傲的大凶兽，一边一点儿都不骄傲地帮白泽挖着泥巴刨着地，脑袋还毫无形象地歪着，夹着个手机防止它掉下去。

电话那头是顾白声音轻柔地跟他说这一个多月以来的所见所闻。

顾白提到了蜃景，说起了蜃景里的兔子精们的手艺有多好。

他还说自己学会了点墨山河，但是因为自己实力不济，画条苍龙都画了十几天。

他似乎是准备把这一个月来没有给爸爸发的小作文都一口气说完。

顾朗安静地听着，时不时应上一两声。

直到白泽凑了过来，一张大脸占据了他的全部视线，硬是把顾朗吓得往后一坐。

白泽蹲在原地，看着这只大凶兽，非常难得地没有突然失忆。

"饕餮呀！"白泽甩了甩手上的泥巴，脸上带着些好奇，软绵绵地道，"遇到什么好事啦？"

顾朗和电话那头的顾白齐齐一顿。

白泽说道："难得看到你笑。"

顾朗闻言，迅速抬手摸了摸自己的嘴角，把脸上摸了一层泥之后又黑着脸放下了手，粗声道："胡说八道！"

白泽愣了愣，也跟着板起脸来，声音却依旧轻轻柔柔软乎乎的："你在质疑我的权威！我可是三界六道无所不知的白泽！"

顾朗想起自己一天要被白泽询问三四十次"你是谁"的经历，非常冷漠地"哦"了一声，然后跟他乖崽说了一声，挂了电话。

顾白听着电话出来"嘟嘟"的挂断忙音，想到被白泽无情戳穿的顾朗，忍不住笑出声来。

顾白低头看了看时间，六点了，冬天的天亮得晚，外边还是黑沉沉一片。

顾白精神满满地站起身来，决定早上吃流沙包。

一大早来找顾白商量神兽们聚会事宜的司逸明，看着跟顾朗煲了三个多小时的电话粥，半点儿不觉得累还充满了动力的顾白，心情跟着他浑身的勃勃生机一起变得轻快起来。

阵图乖巧而安静地躺在了客厅的茶几上。

天光已经大亮，厨房里飘出了独属于面食的湿润的香气。

今年的年节相对比较特殊一些，情人节当晚就是除夕，第二天就是春节。

司逸明早先就跟白虎说过了，说是希望今年神兽们凑一块儿过个年，商量一下神州大阵的事情。

平时神兽们都很忙，一个个行踪成谜，有的时候就算偶然碰面也根本没有时间好好打个招呼，如今有了暂时能为他们镇守阵点的替身，过年的时候凑一块儿一起喝酒吃肉聊天也挺好的。

加上临近过年的时候，人类的情绪和心境多多少少会好一些，所以他们也没有什么后顾之忧。

没有谁反对，对此最高兴的就是灵蛇夫人了。

神兽们聚会的地点就定在了九州山海苑。

苍龙是直接跟着他们一起回来的，还顺便带上了年兽。

最近人员流动大，六单元已经住满了，苍龙被司逸明扔去了别的单元。

别的灵族聚居地并非没有神兽镇守，但白泽和司逸明两个一起蹲着的，还真只有这里。

而这里变成了如今华国的经济重点之一，是理所当然的事情。

神兽们把地点定在这里，除了准备在人类这座国际性大都市里好好溜达一圈之外，也是因为司逸明是这次聚会的发起者。

他们对神州大阵的情况多少也有点儿底，什么东西不好好维护都会渐渐失去效力，大阵也是如此。

他们一直拖着，多半是自己忙得脚不点地，本身对阵图又没啥了解，根本腾不出时间去找大阵的毛病。

他们若毫不了解就动手，最终不过是漫无目的地无用寻找。

再加上一直都没个人牵头，所以只要白泽没有得到天启跳起来火烧屁股似的找他们帮忙，他们就一直把这件事无限搁置了下来。

绝不是因为拖延症什么的。

"明天出门会不会人太多了？"顾白把蒸笼盖子掀开，转头对司逸明说道，"而且今明两天，大家都要过来了吧？"

神兽们本身对于过年这个事是没有什么特殊情感的，但是在人类之中待久了，再加上突然冒出来一只年兽，这个概念也就逐渐入了他们的眼。

过年好啊，过年是一年里他们相对轻松的时候了。

毕竟人类都讲究欢欢喜喜过大年，再加上放假，整体环境都要轻松上不少。

司逸明对过年是什么样的可熟悉了："想什么呢？明天出去人肯定不多。"

顾白一愣。

"你平时过年不出门吧？"司逸明帮着顾白把蒸笼给取下来，往餐厅走。

顾白点了点头。

他来 S 市念大学之后，基本上年年都是申请留校的，也就遇上学校年检设备的时候，会被撵出去住上几天。

大学的宿舍条件还挺不错，宿舍里他有个小电饭煲，还有个巴掌大小的煲粥锅和多用型小煎锅，小冰箱也全宿舍一起买了一个。

一到过年的时候，顾白基本上是出门一趟，然后囤菜把小冰箱塞满，整个过年期间慢慢吃的。

"天太冷了，出去难受。"顾白说道。

司逸明觉得也是，顾白刚来的时候那副弱唧唧看起来连个人类都打不过的样子，体质肯定很弱。

他说道："过年的时候，除了市中心商圈那一块之外，S 市冷清得不像座超一线城市，除夕到大年初七这段时间里，最热闹的地方是车站和机场。"

不过中央商圈那一块，照旧还是人挤人。

毕竟留在 S 市直接来外边饭店包个包间呼朋唤友一起吃年夜饭的人也不少。

"你要是不想去人多的地方，我们就去山里溜达。"司先生提议道。

顾白看着司逸明把蒸笼都搬了出来，摇了摇头："不用啦，我们明天顺便去买些年货吧。"

顾白这样说着，心情变得欣悦而愉快起来："我有好久没有跟很多人一起过年了！"

这次神兽们过来聚会，顾白觉得自己勉强也算半个东道主，得好好招待他们才行。

司逸明想不通，事情为什么会变成这样子？

昨天他被顾白拉着商量了一天的菜单，今天两个人打扮得贼时髦好看地出来，竟然是直奔商场？

司逸明看了一眼在人群外边探头探脑寻找机会挤进去的顾白，又看了一眼这一堆人拥挤的地方上边挂着的特价年货坚果大礼包的标牌，最后低头翻了翻手机里做的备忘录。

司逸明："……"跟他想的有点儿不一样。

顾白抱着一盒子大礼包出来，被挤得脸都红了，却显得十分高兴，在司逸明面前站定，举起了盒子："司先生，我抢到啦！"

司逸明看着顾白这副美滋滋的神情，决定先夸奖一下顾白："厉害。"

顾白看起来更高兴了。

"但是这里的东西都是普通的。"司逸明说道,言下之意是并没有兔子的好吃。

顾白愣了愣,低头看了看手里的礼盒,也意识到了这一点。

他回头看了一眼拥挤的人群,把手里的礼盒给了一个拄着拐杖,不太敢去挤的老奶奶。

给完之后顾白又蹦跶着跑了回来,不太好意思地摸了摸鼻子。

"我……就是……没有抢过年货。"顾白小声说道,"电视里看过,想感受一下。"

顾朗是不过年的,顾白以前没啥闲钱,自己一个人也吃不完那些东西,所以过年基本上就是蹭蹭别人家的年味。

后来一个人过年,就更加不会去考虑置办年货了。

司逸明没想到会得到这样的答案,低头看了看自己手机上的备忘录,默默收回了手机和准备说出口的话,转而问顾白:"还要买什么?"

顾白拿出手机点开了备忘录:"如果食物都不用买的话,那接下来就是……春联!"

司逸明点头,虽然跟他平时看别人置办年货的时候不太一样,但顾白很高兴,司逸明觉得没必要拘泥于那些人类的过年流程。

两人往前走了好一段路,一直到了卖春联的地方。

"这种的?"司逸明指着那些春联问道。

顾白凑过去瞅了瞅,商场里的春联纸花样可多了,并不是那种红彤彤的一条。

现在的春联纸都有底纹的,什么碎金祥云,牡丹锦鲤之类的,大都是烫金。

司逸明看不上这样普通的春联纸,但顾白对此兴致勃勃。

司先生看着顾白犹豫不决的样子,问他:"你要自己动手写?"

顾白点了点头:"当然啊。"

"那就每种都买。"他说道。

顾白摇头:"我们用不了那么多。"

"那就送给别人。"司逸明表示自己大方起来自己都害怕,"不差钱!"

顾白对司逸明竟然主动提出送人这事感到有些惊讶,然后想到司逸明的资产和身价,点了点头。

区区几张纸而已。

两人挑完春联挑福字纸,挑完福字纸再去挑几个喜庆的中国结和红灯笼,除此之外还可以买几件经常在电视里看到的红艳喜庆的儒衫唐装。

买到衣服的时候,司逸明终于对顾白往特价区里钻的行为进行了制止,转头带他去了某著名奢侈品牌的大厦。

顾白本来对价格望而却步,但一想到是要买给神兽们的,顿时就加快了脚步。

给神兽们买的东西可不能太差,顾白想着,一头就扎进了商场里。

他买得可高兴了,司逸明就在一边安静地等着。

"司先生,您知道其他几位的尺寸吗?"顾白转头问道。

这一转头，他就看到有什么人特意躲开了他的视线。

灵族耳聪目明，顾白隐约听到了一些动静。

他循声转过头，就看到好些人正有意无意地瞥向他和司逸明。

大约是这种直接在奢侈品店里扫货的行为相当惹眼的缘故吧，顾白想。

"司先生，有好多人看我们。"顾白说道。

司逸明点了点头："知道，有个人跟了一路了。"

顾白一愣，谁会无聊到跟他们一路啊？

"大概是什么记者吧，认出我了。"司逸明随意地说道，"不是什么大事。"

这两人今天出门浑身上下都好好打理了一遍，乍一看上去仿佛都套上了一层柔光滤镜，闪闪发光的，贼帅气。

顾白忍不住拉了拉自己脖子上的围脖，企图亡羊补牢地挡住自己的脸。

但司先生说不是什么大事，那肯定是真的没什么大事。

顾白对司逸明可是十足十信任的。

"买完啦！"顾白说道。

司逸明低头看了看表，把卡交给了导购："才十二点。"

"是呀。"顾白觉得自己将时间掐得刚刚好，低头点开了另一个备忘录文件，"接下来应该去吃饭！"

除夕夜里，这条总是彻夜不眠的街道也显得萧索了一些。

还开门的几家小酒吧里，还有驻唱歌手的歌声在街道上悠悠地飘荡着。

今天日子特殊，这些漂着的歌手竟不约而同地唱起了几首乡愁的民谣。

顾白跟司逸明慢吞吞地从计划上的最后一家店面里走了出来，除夕夜里有小雨，伴着风，落在脸上冷得像冰碴子一样。

他伸手摸了摸衣服上沾着的水珠，浮在衣料表面的薄薄的水雾被抹开，卡其色的大风衣上顿时深了一片。

顾白甩了甩手上的水，看了一眼腕表上的时间。

马上十一点了。

这条临近午夜的街道上，逐渐弥漫起了一丝细微但非常明显的黑色的痕迹，就像是浅薄的烟雾一样，缓缓地将夜幕下的城市笼罩了起来。

顾白愣了愣，温热的气息从他口中呼出来，瞬间凝作白雾，须臾消失不见。

司先生大半夜站在街边上容光焕发仿佛在发光，周围的邪气像是感受到了什么一样，纷纷绕开了他。

司逸明口袋里的手机振动了起来。

他顿了顿，看了一眼手机屏幕上的消息。

是他名下人类集团公关部那边发来的消息，说是有个影响力挺强的娱乐媒体给他们透了信，拍到了司逸明的高清照。

这种会来透信的媒体，其实多半是讹钱来了。

司逸明会缺钱吗？他不缺，也并不想把这个事情处理掉。

司先生依旧保持着良好的心情，丑拒了公关部准备处理掉的决定。

"司先生。"顾白看到司逸明收好了手机，这才伸手扯了扯司逸明的衣袖，指了指那些随着时间推移逐渐变得浓稠起来的黑色的东西，"这些怎么办？"

"不管它，就这个涨势造不成什么影响。"司逸明随意道。

顾白现在也成年了，那一身外放的灵气如今收敛得干干净净，五色石的本质让他整个人的气息都直接融于天地了，那些没有意识全凭本能的邪气甚至都没发现这里还站着个人。

"回去吧。"司逸明说道。

顾白看了一眼停在不远处的车，停了下来。

司逸明偏头看他："嗯？"

"司先生，我们……我们走回去吧？"顾白说道。

司逸明一挑眉："隔着大半个 S 市呢。"

顾白看着他，难得坚持。

司逸明点头："也行。"

顾白一下子笑了起来，然后伸手拨弄了两下自己的头发，绕开了司逸明的豪车，沿着街边慢吞吞地往回溜达。

这两个人走得很慢。

他们似乎总是繁忙，总有这样那样的事情需要去做。

在这种静悄悄的夜晚静悄悄的街道上沐浴着雨水缓步前行，似乎还是头一次有这样悠闲安宁的享受时刻。

他们慢腾腾地迈着步子，路灯的光时明时暗，照着他们的影子也时长时短。

司逸明对 S 市的每一条街道都万分熟悉，带着顾白走大路，一路上遇到了不少跟他们一样晚上出来溜达的人。

"对了。"司逸明突然想起来他应该给顾白先打个预防针，"明天可能会有个大新闻。"

顾白满脸问号，傻乎乎地跟着司逸明肩并肩散步，对司先生这话感到十二万分茫然。

然而实际上，顾白忙碌起来根本就没有时间再去在意什么大新闻了。

回到家洗完澡也没有困意的顾白想到马上要过来的几位大佬，干脆把需要的食材全都从冰箱里拿了出来，提前做好准备。

他还给物业去了个电话补充追加了一大堆东西，然后把那些食材一股脑儿地塞给了司先生。

"司先生先处理一下食材，我去写春联！"顾白说完，就一溜烟地离开了厨房。

司逸明看着占了半个厨房的食材，觉得是时候出门一趟把蓬莱山屋景里的那群兔子抓几个过来了。

等到顾白搜了一堆春联句子挑挑拣拣了一些合适的，写完上百对春联和福字的时候，天已经亮了。

顾白从二楼跑下来，发现司先生无比悠闲地坐在沙发上看一本精装大部头书，除了顾白之外不给别人看到自己的阵图依旧安安静静地躺在茶几上。

而厨房里，玉兔和他眼熟的几只兔子精正忙忙碌碌的，已经吊起了高汤。

顾白："……"

司逸明抬头看向顾白："写完了？"

"差不多了。"顾白点了点头，对于司先生这种偷懒的行为也没有什么特别想说的，毕竟司先生被人伺候惯了，身份还相当不得了，人家的生活方式就是这样，没什么好说的。

顾白跟厨房里的几只兔子精打了招呼，然后对司逸明说道："我们去送春联吧，司先生！"

司逸明没意见，放下手里的书就跟着顾白出去了。

大年初一，这些跟顾白并不怎么熟悉的同小区住户出乎意料地热情，一个个看到他和司先生之后脸上都带着喜气洋洋的笑，在他送出了春联和福字之后，都是真诚地祝贺他们过年好。

连被司逸明勒令待在屋子里不准出来的年兽，也被顾白在额头上贴了个福字。

这两天年兽的体形显著变大，就算是趴着都比顾白高了不少，长大之后丝毫没了小小一只的那种无害感，整只兽都变得狰狞可怕起来。

苍龙多年没有好好休息过了，这一觉从被司逸明带回来一直睡到他们敲门为止，开门的时候红光满面的，显然是睡得相当舒服。

苍龙看了一眼额头上被贴了个福字、两只眼睛忍不住去看那张纸变成对眼的年兽，感觉自己被傻到了。

他今早上看了社交软件的推送，并酸溜溜地觉得司逸明要不是有着招财进宝的天性，这一次的骚操作能直接把他的集团作死。

苍龙这么想着，看到顾白送来的春联，又高高兴兴地道了声新年好。

"过年好呀。"顾白高兴地答道，"苍龙先生换过衣服就来我们家吧。"

苍龙笑眯眯地点了点头。

九州山海苑里难得在过年的时候张灯结彩的，毕竟灵族都对过年没什么特别的感想，他们寿命那么长，早就腻歪了。

但偶尔来一次也是不错的。

路灯上、栅栏边上、花坛里到处都是红彤彤的喜庆颜色，看着还挺让人心情舒畅。

顾白回到家里跟几只兔子精一起忙忙碌碌地准备着大餐，一直到正午时分，门铃便接二连三地响了起来。

他家里迎来了好几位大佬，顾白见过的几个和没见过的朱鸟都来了，神兽的气息充斥着这附近的空间，整个 S 市的浊气都为之一空，连空气都带上了几丝清甜的滋味。

玄龟的人形看起来是个相当敦厚的老实人，那面相一看就是个有福的。

而朱鸟就如同她那一身灼灼燃烧的羽翼一样艳烈，是位豪爽大方的女性。

他们都带来了不少自家的好东西，吃的、穿的、用的都不少。

顾白在灵蛇夫人惋惜的眼神里被塞了一个巨型的泰迪娃娃，在场的每个神兽都有份，包括在厨房里瑟瑟发抖不敢出来的几只兔子精也得到了好几个毛绒玩具。

当然，由于之后要讨论的话题的特殊性，兔子精们拿到毛绒玩具之后，就被撵了出去。

朱鸟大手一挥就放了好几坛子酒出来："行了，咱们边吃边说吧，死抠门不是说搞到阵图了吗？"

死抠门冷笑了一声，在桌子底下抬腿就是一蹭。

朱鸟麻溜地跳到一边躲开这一脚，又慢腾腾地拉着凳子挪了回来，跟苍龙坐在了一块儿："你怎么还是这暴脾气？"

"这你就不懂了，人家只是不在你面前温柔咯。"苍龙晃着脑袋老神在在地道。

顾白微微垂着头，给向他发来关心问候的老师和学长们挨个儿发去消息表示了感谢，一抬头就听见名字很别致的白虎在问司先生阵图的事情。

"阵图是顾白画完了苍龙之后主动跑过来找他的。"司逸明说着，偏头看向收好了手机的顾白。

顾白顺势点了点头，起身去把阵图拿了过来。

这两天阵图一直躺在客厅的茶几上，显得有点儿蔫蔫的，这会儿被顾白拿着，也软绵绵地摊成了一块布。

在座的几个神兽什么都看不到。

但他们对此也还算适应，毕竟多是非科学生命，遇到这种情况的也不是没有。

"以前都是我们拿着别人看不到的东西。"朱鸟一脸唏嘘。

她带来的几坛子，准确说应该是几缸酒被放在了厨房里，上边还带着新鲜的被挖出来的泥。

她脚边上留了一缸，眼看着白虎他们已经吃起来了，干脆掀开了封口，一股浓烈清冽的酒香霎时蔓延开来，令人闻之欲醉。

这酒香实在太熏人了，顾白刚一坐下就觉得脑子一阵迷糊。

司逸明随意挥了挥手，给顾白隔离了这酒气，抬头看了一眼拿了杯子出来吆五喝六地劝起了酒的朱鸟，沉默地把顾白面前已经被倒满了的杯子挪开。

朱鸟看着他的动作，轻啧了一声。

司逸明抬眼瞅瞅她，觉得不能让顾白学她这酗酒的臭毛病。

而且就顾白现在这弱唧唧的水平，他喝上一小口指不定就要昏个三天。

朱鸟觉得自己跟这个死抠门没什么好争的，人护崽是多正常的事情。

她坐下，小声哼哼了一句："埋了五千年的神酒，不喝拉倒！"

顾白一听就有些好奇。

他瞅了瞅神兽们眼前的酒杯，忍不住伸手扯了扯司逸明的衣服，小声道："司先生，我可以试试吗？"

神酒听起来就很牛，顾白觉得司先生不让他喝肯定是有道理的。

司逸明拿出了与对待朱鸟截然不同的态度，提醒道："劲头大。"

顾白抿了抿唇："就……就试试。"

他说着，还做了个一点点的手势。

司逸明看着顾白期待的样子，瞬间就选择了屈服，说道："谈完事情之后再喝。"

朱鸟没好气地拍掉了他的手，拍了拍桌子："说阵图的事儿啊，你们是来干吗的？！"

白虎吃得一嘴油，抬头看了一眼朱鸟，说道："来喝酒吃肉聚个会啊，顺便才是阵图的事。"

朱鸟低头看了看自己手里的酒杯，好像还真是这样。

前一秒还一脸"我们要干正事"的朱鸟轻而易举就被白虎的一句话给带跑了，美滋滋地跟灵蛇夫人碰起了杯。顾白低头看了看手里的阵图，满脸茫然不知道应该怎么说。

司逸明从白虎的筷子底下给顾白抢救了一只鸡腿下来："习惯就好。"

顾白："……"

我觉得这种说风就是雨，被人一带就跑的画风还是不要习惯比较好。

司先生不紧不慢地说道："慢慢来，他们还带了不少别的东西，可以一直吃到明天天亮。"

"可现在才中午呢。"顾白小声道。

司逸明给顾白夹了一块扣肉，知道他只爱吃皮和下边的瘦肉，动作利落地把中间那段蒸得晶莹剔透的肥肉给剥离了出来。

肥肉留给自己，皮和瘦肉给了顾白。

顾白看着围着这一桌的神兽们已经开始唠嗑了，低头看看躺在他手里蔫蔫的阵图，深吸了一口气，用并不大的声音说道："阵图的情况看起来不太好。"

桌上唠嗑的动静一下子就停了。

顾白一下被这群大佬盯着，紧张得头皮发麻，但还是抬手把阵图放在了桌面上："它看起来没什么精神。"

吃得正欢的白虎一下子放下了筷子："大阵有损伤？"

顾白点了点头："有很多小断层。"

一群神兽瞬间就警觉起来。

开玩笑，这可事关他们会不会要继续加班，能马上解决当然要马上解决。

只要一想到解决了阵图的问题之后就又能回到从前那种睡觉睡到自然醒、摸鱼摸到手抽筋的理想生活状态，神兽们一个个登时抖擞起了精神，动力十足。

顾白被他们目光灼灼地盯着，整个人都不知所措："我……我应该说点儿什么？"

"把阵法出问题的地方点出来就行了。"司逸明说着，拿出了他早就准备好的巨幅地图，"啪"地糊在了墙上。

顾白点了点头，刚准备拿起阵图去地图上画圈圈，刚刚还安安静静躺在桌面上的阵图，下一秒就"呼"地一下蹦了起来，骤然变大，那些密密麻麻覆盖在光卷上的线条"嘭"的一声撞向了墙上糊着的地图。

在座的神兽们都感到有一阵微风拂过，墙面上的地图就覆盖上了一层浅浅的灰黑色的东西，而那些有异常的地方，断层就变得非常明显了。

顾白看着撞完了地图之后就干脆滑落在地的阵图，愣了愣，起身过去，弯腰捡起阵图，却发现被他触碰到的地方变成了细细碎碎的灰烬。

这灰烬，在座的那些神兽也看到了。

"报完信就跑了啊。"灵蛇夫人想到之前顾白说阵图看起来没什么精神的事情，"这是强行出现消耗太过，现在赶紧溜走休养去了吧。"

看起来还是个刚出生不久，求生欲相当旺盛的小宝宝，竟然知道先找会画灵画的补天石，还挺机灵。

苍龙抬头看了一眼那张地图，眉头一下子就皱了起来："缺口不少啊。"

玄龟嗓音温和，正在给灵蛇夫人剥虾，顺口答道："毕竟地动过不少次了。"

白虎看着那些缺口，像是想到了什么，抬手一摸自己的衣兜，小心翼翼地问道："咱们补阵的话，那材料……？"

"材料当然是咱们凑啊。"朱雀说道。

司逸明补充道："那些灵族也得出一点儿。"

这肯定是没全让他们担下来的道理的。

白虎想到自己好不容易重新丰满了一点点的芥子空间，哭丧着一张脸。

他甚至都不用像别的同僚一样清点一下能拿出来的东西，觉得自己拿出来的可能就是他全部的家当了。

白虎所属的西方天材地宝本来就不算多，到了现在这个灵气匮乏的时代，就更是少之又少了。

以前那些神仙洞府都不愿意设在西方，他都不能像苍龙一样去挖坟！

只出不进的结果就是白虎一穷二白，像他那没有花纹的本体一样。

顾白看着白虎这张满脸都写着贫穷的脸，竟然觉得万分亲切。

他认真思考着应该说点儿什么来安慰白虎，然而还没想到合适的话，白虎就已经满脸悲愤地继续端起碗吃了起来。

另外几位神兽对白虎的贫穷心知肚明，这会儿开始琢磨可能需要什么东西补阵的时候，也都没有带上白虎。

他们总不能真的让白虎把自己压箱底的大宝贝拿出来公用。

倒是白虎自己，在听到同僚们讨论说顾白可能要拿着息壤回天上去修补裂缝这个事的时候，动作无比麻溜地给顾白塞了两颗兽牙。

"我的牙。"白虎说道，"虽然是乳牙，但对雷电、劫云、罡风什么的还挺有效果的。"

无人打理的天外天遍布着能轻易将人撕裂的罡风是常识，白虎恰巧克制这一方面的东西。

反正他也没有别的东西好送，能够送出去的东西，这么多年来每次找司逸明帮忙的时候，都已经被掏空了。

他还倒欠了司逸明不少东西，不过司逸明倒是从来没有催过欠款就是了。

顾白低头看了看自己手里的两颗兽牙，入手非常沉重，几乎让顾白有些拿不动，其分量跟这小小的体积全然不符。

但兽牙表面光滑如同白玉，锋利尖锐的牙尖那一小段，剔透得隐隐显出了一丝透明感，简直就像是一件绝佳的艺术品，如果不这么沉就更好了。

顾白见另外几位还在讨论并不断地拿出一些神奇的宝物来，便凑近了坐在他左边的白虎，小声道谢。

"谢什么呀。"白虎摆了摆手，"就当是你之前给我寄 S 市特产的回礼好了，我很高兴啊，我很少收到礼物的。"

顾白愣了愣，决定回头去楼上把他用作练习的风景画挑一张出来装裱好，给白虎送过去。

"这个应该怎么用？"顾白拿着手里的两个兽牙问。

白虎一下子就被问住了，这牙以前是长他嘴里的，怎么用他还真不知道。

他挠了挠头，犹疑不定地说道："应该随身带着就行了？"

顾白茫然地看向他。

白虎想了想，又说道："不然，你顶头上当避雷针……应该也行。"

顾白欲言又止。

顶头上当避雷针……电的不还是我吗？

顾白最终还是决定到时候把这牙随身揣着。

顶头上当小恶魔角避雷针这种行为还是算了，他听说劫雷很可怕，随随便便就能把人劈成一团飞灰。

而天外天又遍布这样的雷和罡风。

顾白被赠送了不少东西。

之前司逸明说要把他武装到牙齿这话，半点儿不带假。

同样，当初司先生说大家都会感激他这事，也的确是真的。

正如之前司逸明所说的，神兽们都觉得顾白作为补天石填补苍穹并镇压邪气魑魅不知几万年了，如今就算撂挑子不干也是理所当然的事情。

何况他还只是没带脑子成精了跑下来玩。

这又不是什么大不了的事情。

如今阵图有了，修补漏洞的方法也有了，万事俱备就等息壤，神兽们不仅没什么意见，还觉得美滋滋的。

他们甚至都已经开始畅想未来。

等天上的漏洞被修补好了，地上的阵图也修好了，他们留下一些信物就不用本尊一直待在阵点里镇着了，隔上百来年去转悠一次就行。

等到神州大阵被修补好，顾白说不定已经能够构建出一个完整的点墨山河了。

到时候他们往屡景里一钻，就不用再管人类如何了。

只要人类别开发出什么能造成地震或者是地壳迁移的武器并使用，这大阵就能续到天荒地老。

最好人类赶紧开发外星球去，把地球留下来，等个万万年甚至几个纪的，地球又能迎来神话时代。

那又是想打架就打架，想睡觉就睡觉的美好时代！

朱鸟和苍龙两个凑在一起，越想越高兴，越说越兴奋，甚至已经开始摩拳擦掌要划分万万年之后的地盘。

"先醒醒，别做梦了。"司逸明打断了他们的幻想，"比起考虑万万年之后的事情，你们不如先拿点儿东西出来做补阵的备用材料。"

说完，司先生顿了顿，又补充道："还有要给顾白的东西。"

神兽们送的东西不少，防御类的、攻击类的甚至还有家用类的都有，灵蛇夫人还送了顾白一台缝纫机。

她亲手加工的，只要在布料上画上衣服的版型，然后把布料往针头底下一放，这缝纫机就会自己动起来。

作为在人类中相当知名的服装设计师，灵蛇夫人给起这些家用类的小玩意儿来是相当大方了。

而玄龟给的东西相当实用，是几个小小的龟甲。

据说是玄龟早些年路上遇到了一只即将迈入终结的灵龟，所以在他死后，就干脆扒拉了他的龟甲，稍做了一番加工。

"这几个龟甲卜卦很灵。"玄龟说起话来慢吞吞的，温和沉稳，"天外天这么多年了肯定很混乱，你可以用这个指路。"

玄龟一边说着，一边就顺势教起了顾白怎么看龟甲卦象。

对于玄龟来说，"早些年"这个词，在人类看来已经能追溯到文明产生以前的年代了。

"发现白泽靠不住之后，大家基本都是靠我这龟甲来推测凶吉了。"玄龟慢吞吞地、温和地黑着白泽。

"虽然不像白泽危难之前得到的天启那么详细，但也还不错了，反正问个路是非常简单的。"

玄龟跟他的夫人一样，都非常喜欢小孩子。

虽然顾白从严格意义上来说已经成年了，但那张无害的娃娃脸让玄龟不自觉用对待幼崽的态度对待他。

难得遇到个什么都不懂需要手把手教的同类小崽子，玄龟干脆起身把顾白旁边坐着的白虎给撵开，跟他换了个位置，偏头看着顾白，满腔父爱如山。

司逸明端着酒杯，警觉地看了一眼玄龟，然后渐渐放松了下来。

关于阵图他们还有很多事情要确认准备，反正玄武这对夫妻小金库都是共通的，放着玄龟摸鱼教顾白算卦也无大碍。

顾白听玄龟说卜卦听得晕头转向。

科学教育下长大的顾白对这种玄学类的东西向来是感到十分棘手的，抬头眼巴巴地看向司逸明，却发现司先生正满脸凝重地……往外掏东西。

看得出来，司先生非常不适应这种主动往外掏东西的行为。

"解卦分两种，一种是直窥天机，一种是根据周易八卦来解卦，前者如果没有大功德加身的话，容易招来祸患。"

"虽然你身披大功德，老天爷肯定会对你睁一只眼闭一只眼，但是未来这种东西，看多了不好，心态容易崩。"玄龟讲话慢吞吞的，条理倒是非常清晰，"不是谁都像白泽一样有担负起整个神州安危的责任心和韧性的，所以我教你后者。"

顾白闻言，收回了视线，在玄龟慈父一般的注视下，认认真真地听起了他讲《周易》。

非人类生物对于时间通常没有概念，顾白含着颗糖，已经不记得这是第几桌吃的了。

玄龟倒是没拘着顾白一直好奇地去吃那些他没太见过的东西，只不过他教得挺认真，甚至拿起了本子和笔。

顾白看着本子上写的八卦六爻，凭借应试教育多年的经验，死记硬背生生把阵图和几个变化给背了下来。

他偏头看了看窗户，发觉窗外的天幕已经漆黑一片。

玄龟还在耐着性子不紧不慢地说另一种变化，发现顾白开始有点儿走神之后，便干脆放下了手里的笔。

小崽子耐心已经相当不错了，至少比在座的另外几个耐心都好。

毕竟玄龟当初想要教这些后辈卜卦的时候，他们一个比一个溜得快。

玄龟偶尔会去人类的学校里当一当人民教师，感受一下人类小崽子的纯粹和可爱。

所以在发觉顾白的注意力渐渐散了之后，玄龟就拿出了一个龟甲和几个铜板。

铜板看起来有些年头了。

"你来扔扔看。"玄龟说道，"扔完试着解个卦。"

顾白的注意力一下子就被拉了回来。

他看着被塞过来的龟甲和几个铜板，把铜板和巴掌大小的龟甲放在掌心里，合拢晃了起来。

扔卦的时候心里要想着想要知道的问题，越准确越好。

顾白倒是挺想知道天上的窟窿解决的时候会不会顺利，因为司先生他们都相当重视这件事，给他的东西这么多、这么贵重，好像觉得他去了就会回不来一样。

顾白想着这个问题，又偏头看了一眼温和注视着他的玄龟。

说实在话，玄龟简直就是理想型的爸爸，顾白想，跟他爸爸完全不是一个类型的。

他的老父亲，跑去找白泽之后，至今没有回来，也不知道找息壤这事顺不顺利。

玄龟看着开始走神的顾白，伸手在他眼前晃了晃，温和地提醒道："回神。"

顾白拉回了神思，手底一松，六枚铜钱和龟甲哗啦啦地落在了桌面上。

听到动静的另外几位看了过来。

司逸明一挑眉："想算什么？"

"……"在摇卦半道上走了神的顾白沉默了一会儿，不太确定地说道，"可能是……补天那路顺不顺吧？"

司先生疑道："可能？"

"我中间走神了。"顾白诚实地说道，"想到了爸爸，所以也可能是往息壤那边去了……"

司逸明看了一眼卦象，看不懂，于是抬头看向了玄龟。

"自己解解看。"玄龟说道。

顾白低头看了看卦象。

乾为天，指西北，有水土象。

"是好卦，吉兆。"顾白说道。

玄龟点了点头，露出了一个相当满意的笑容。

虽然顾白依旧不能确定卜的事情是哪个，但有一件事顺顺利利的，总归是件值得高兴的事情。

"要不再摇一次吧。"顾白说着，伸手准备将龟甲拿起来。

他刚一碰到龟甲，眼前突然闪过了几张画面。

那是一片翠绿雨林之河的入海口，蓝汪汪的水面之下一片静谧，有阳光透过水面洒在布满了珊瑚礁与海藻的浅海上，将铺着细软黄沙的海底照得晶莹通透。

顾白看到有一条土色的海带，正安详而舒缓地随着水波轻轻荡漾。

顾白愣了好一会儿，低头看了看自己落在龟甲上的手。

玄龟一看他这副模样，就猜到发生了什么。

像他们这种身负大功德的，老天心眼都能偏到宇宙外去，基本上都是能够心想事成，不受一点儿委屈的。

所以玄龟思来想去就给了顾白龟甲并教他卜卦，因为他觉得顾白就算上天也不会遇到什么不得了的危险。

也有可能本来是有危险的，但因为气运相当牛又得到了他们这些神兽的帮助，武装到了极致，于是遇不到危险。

反正天道总有无数种合理的偏心姿势，身为被偏心对象之一的玄龟再清楚不过。

可惜天道还没有宽容到让他和灵蛇有个崽的地步，大概是因为如今有所象征的天地灵物已经诞生完全了，不再有什么新生灵物诞生的必要。

玄龟看了一眼正跟朱鸟喝酒喝得满面酡红的灵蛇，在被发现之前收回了视线，转头看顾白，问道："看到什么了？"

顾白看了一眼卦象，又仔细品味了一下刚刚那一条土色的海带，不怎么确定地猜测道："我大概是看到息壤了。"

几位神兽转头看向他，而司先生已经摸出了手机，准备给顾朗打电话。

"在哪里？"司先生问道。

"亚马孙河入海口附近的浅海里，有伪装。"

顾白说着，想到刚刚的画面，更加不确定了："它好像……伪装成了一条海带？"

第18章
息壤

　　说实在的，顾白本来也不能确定这是不是息壤，但转念一想他摇卦的时候想到的两件事多少都能跟息壤搭边，那这肯定就是息壤了。

　　玄龟说窥天机不好，所以他回过神之后就收回了手。

　　顾白本身对未来好奇，但并不觉得有什么必须知道的必要。

　　毕竟从白泽能够得到天启,知道未来将会面临的灾祸并想办法加以规避的情况来看，未来并不是完全确定的。

　　所以目睹未来，尤其是糟糕的未来，对于窥视到真相的人来说并不是什么好事。

　　只不过徒增压力而已，毕竟知道的人时时刻刻想着要如何挣脱那个糟糕的未来重新确定自己的人生走向。

　　这么说来白泽真是非常厉害了，虽然看起来软绵绵的，但内心肯定是相当强大。

　　顾白想了想，觉得白泽这种忘性大的性格也挺好的。

　　不是真正要毁天灭地的大事他转头就忘，那些乱七八糟的小事情，似乎也的确是忘记比较妙一点儿。

　　顾白觉得自己并不算是个心性坚韧的人，虽然认准了一件事情就会埋头苦干，但如果知道了这件事在未来并不会成功甚至会给他带来灾难，顾白自己也不确定这事他还能不能坚持下去。

　　他肯定是不如白泽的。

　　所以顾白收手很干脆，并没有多看一眼的打算。

　　顾白摸了摸自己并没有感到饥饿的肚子，转头对司逸明说道："我去把看到的东西画下来吧。"

　　司逸明觉得有图的确更加好找一点儿，于是他点了点，把刚准备发出去的文字信息

删了，收好了手机。

"画完快点儿下来。"司逸明说道，"等会儿有好吃的。"

能让司先生着重强调的，肯定是顾白平时没吃过的稀奇玩意儿。

顾白站起身，趿拉着拖鞋"嗒嗒嗒"地上了二楼。

他用简单的线条和颜色表达了一下刚刚看到的画面，想着等会儿的好吃的，十来分钟就把在卦象里看到的画面构建了出来。

这要感谢他多年锻炼出来的抓点和速写技巧。

一团丰茂的各类海藻与杂乱的礁石之中，有一条除了颜色有些违和之外看起来就如同旁边的海带一样正常、连晃动的幅度都完全一样的海带。

顾白放下了笔，拿着画板下了楼。

朱鸟拎着杯子凑过来看了一眼，咂舌："这要是不好好找估计还真看不出来。"

白虎也过来看了看："怎么这么小一块？"

苍龙喝得有点儿大舌头了，也跟着朱鸟凑了过来，看也不看地就把刚准备塞给朱鸟的酒杯往旁边顾白手里一塞，眯着眼瞅了瞅画："倒是机灵。"

息壤这种能自己成长生生不息的土壤是相当特殊的，就跟五十年以上的老山参会跑一样，息壤这种把自己变得跟旁边的东西一样的拟态也属于正常的求生本能。

求生欲谁都有的，哪怕只是棵普通的野草都有，更别说本身就特殊还曾经拦截过大洪水的息壤了。

顾白正拿着画板琢磨着还有没有什么需要改的地方，结果刚下楼就被塞了一杯子透明的酒液。

司逸明之前给他挥散了身边的酒气，这会儿他一点儿特殊的气味都闻不到，就当手里的是杯水，喝了一口，入口香醇，透着一股悠远而沁凉的花草香气。

美酒入喉像是绸缎般丝滑，并不像普通的酒液那样辛辣，相反带着些甜软的滋味。

顾白终于嗅到了那酒的气味，不像一开始那样浓烈熏人，反而是浅淡而弥久的好闻的香气。

顾白喝了一口，看到了满地繁花。

他觉得味道不错，又喝了一口，眼前又有了无数黛色绵延的远山。

顾白新奇地看着眼前的画面，又喝了一口，然后眼前一黑，连人带画板往后倒去，直接撞在了白虎身上。

白虎手里还拿着杯酒，一看顾白倒过来，顿时把手里的酒杯一扔，把人给接住了。

朱鸟也是一愣，忙不迭地配合着接住了滑落的画板。

白虎一下子慌了："怎……怎么回事？！"

朱鸟看了一眼掉在地上的两个酒杯，又看了一眼喝高了之后迷迷糊糊的苍龙，察觉到司逸明站起来之后登时麻溜地甩了锅。

　　"苍龙干的！"朱鸟义正词严地指责道，"他把酒杯给了顾白！"

　　司逸明看了一眼喝高了的苍龙，也是相当清楚他的这群同僚喝高了之后心里是完全没点儿数的。

　　其中尤以苍龙酒量最差，他还爱喝。

　　司先生给苍龙记了一笔，起身过去把顾白抱起来，转头进了卧室。

　　白虎挺关心顾白的，跟在司逸明后边探头探脑，扫到顾白卧室床头上挂着的那张夕阳中的貔狱图的时候，喉头一哽，貔狱难道比白虎更好摸？

　　白虎看着司逸明动作相当熟练地扒掉了顾白的外套，留下里衣塞进被子，挠了挠头，看着司逸明这副伺候人的样子感觉还挺新奇。

　　司逸明走出来，看了白虎一眼："看什么？"

　　"你还真是挺照顾顾白的啊。"白虎说道。

　　司逸明反手关上了门，表情奇怪地看了一眼白虎，满脸都写着"你这不是废话嘛"。

　　白虎摸了摸鼻子，看到司逸明照顾顾白，又看到坐在一起浑身都透着一股别人无法插足的气场的玄龟和灵蛇，心里有那么一点点羡慕。

　　羡慕他们能有人陪着，这么多年孤孤单单的，有个人陪着消磨时间多好啊。

　　白虎带着羡慕感慨了一番，又回了酒桌，倒了酒跟另外两个单身神兽凑到了一起。

　　他们分配阵图任务分得很快，分完就把那张地图收了起来，然后趁着除夕夜，大大方方地敞开了大门，给闻着酒香凑过来的住户都分了些酒，顺便问他们要了些好东西。

　　九州山海苑有貔狱坐镇，这里边住得久一点儿的灵族都不差钱。

　　这些灵族虽然在人类的世界里数次易容，完全适应了人类社会，但骨子里还是放浪不羁的灵族。

　　今朝有酒今朝醉，哪怕是要拿大宝贝来换呢。

　　这么好的酒，他们错过了就太可惜了。

　　朱鸟拿她的酒赚了个盆满钵满，转头就上交给了同僚们，分一分回头补阵的时候多退少补。

　　顾白喝了区区三口酒，一觉从除夕夜睡到了正月初四的早上，醒过来的时候整个人都是蒙的。

　　他掀开被子，慢吞吞地爬起来，感觉整个世界都在晃。

　　顾白坐在床上愣了许久，停滞的思维艰难地运作了好一会儿，才想起来发生了什么。

　　苍龙给他的不是水是酒。

　　酒还挺好喝的，结果三口他就倒了。

　　从来没有喝过酒的顾白终于对自己的酒量有了一个清楚的认知。

　　他摸到了床边衣帽架上挂着的毛衣，把毛衣拽了下来，慢腾腾地套到了身上。

　　窗外的晨光逐渐明亮，倒是个晴朗的天气。

年初四是这个天气真是难得，虽然他没有什么亲戚要走，但那些需要走亲戚的人应该会舒服上很多吧，顾白想着，因为头晕而有点儿低落的心情稍微好了一些。

顾白拿出手机来，想看看时间，却发现手机没电了。

他把手机插上电，走到窗口拉开了窗户，准备趁着这个晴朗的天气给家里通通风。

他一拉开窗户，往下一看，就看到楼下小区的主干道上零零散散地趴了不少人。

顾白一惊，探出头去瞅了一眼，发现花坛里也倒了不少。

以他的眼力，他还能清楚地看到远处的人工湖里漂着几具浮尸。

顾白："……"

他把探出窗外的脑袋收了回来，慌慌张张一脚轻一脚重地转头冲出了房门，脚步还因为头晕有点儿不稳。

"司先生，司……"顾白的话头戛然而止。

客厅里也到处都是横尸，白虎躺在了沙发上，而苍龙在沙发底下，看起来是被白虎一脚踹下去的。

朱鸟直接躺在了电视机柜前的地板上，电视上还播着个娱乐频道。

灵蛇夫人变回了原形，小小的一条，盘在玄龟的脑袋上，也闭着眼睡了过去。

司先生坐在单人沙发上，也睡着了，但还是坐得端端正正的。

唯一一个还清醒的，就是正在慢吞吞地继续吃东西的玄龟，还有玄龟脚边上又从巨型怪兽变成了成年萨摩耶大小的年兽。

年兽虽然变小了，但是那个福字依旧贴在它的脑袋上，甚至一点儿脏污都没沾上。

它像是普通宠物犬一样，正扒拉着玄龟的腿，嗷呜嗷呜叫，脑袋上的福字被它吹得一飘一飘的。

玄龟自己一口年兽一口这么投喂着，还不嫌麻烦地替它把脸上的福字小心掀起来，免得沾上油渍。

听到顾白出来的动静，玄龟抬起头来，笑了笑："醒啦？要不要来吃点儿东西？"

顾白愣了愣，先是应了一声说他要先洗漱，然后才反应过来，指了指屋里横七竖八躺着的神兽们。

"他们怎么啦？"顾白问，"还有楼下那些……"

"喝了几天酒，醉过去了。"玄龟好脾气地又投喂了扒拉着他的腿的年兽一大块肉，"先去洗漱吧，吃点儿东西。"

顾白觉得有点儿不对，但他点了点头，去洗漱了一圈出来，重新坐在了餐桌前边。

屋里倒是没有一点儿异味，桌上也始终干干净净的，这会儿放着两道肉菜一碗青菜和一碗闻起来一股诱人香气的面。

"昨天獬豸过来说了一下，说是过两天纪录片的摄制组会过来取材。"玄龟温和地说着，声音低低的，大约是不想打扰到那几个醉死过去的同僚。

他们加班了这么久，难得有一次酩酊大醉的机会，自然是别打扰的好。

"獬豸说你保持常态就好，瞿良俊会回来陪你，他自己也会在，摄制组的那些人类都还不错，不会因为最近的消息就多嘴。"

顾白吃了口面，终于反应过来哪里不对了："昨天来说的？今天几号了？"

玄龟算了算日子："初四了。"

顾白愣了好一会儿，刚想起身去拿正在充电的手机给他爸发个新年快乐，就听玄龟说道："饕餮的话，貔貅已经替你祝福过了，跟你的那张画一起发过去的。"

顾白："……"不，我觉得爸爸应该不会觉得高兴。

顾白虽然是这么想的，但还是坐下先把面吃完了，这才在玄龟越发慈祥的注视下，去把手机拿出来，给他爸发了篇小作文过去，把最近的事情和想对他爸说的话，都巨细无遗地讲了一遍。

玄龟看着顾白发完消息之后高高兴兴的样子，越发想要个崽了。

这么好的事，白泽当初怎么就不找他们呢？

就算一直加班，他和灵蛇肯定也比顾朗要好啊！

玄龟感觉有点儿意难平。

"家里有客房的，把大家搬去客房里休息吧？"顾白看了一眼客厅里的"尸体"们。

玄龟点了点头，帮着顾白把同僚们都塞进了客房里。

而顾白把司逸明塞进了主卧。

等到他们回客厅里的时候，年兽已经蹦到了桌上，正在舔盘。

它舔盘的时候也小心翼翼地把脸上的福字掀了起来，怕沾到油，吃完之后又仔仔细细地清理掉脸上的油渍，再小心翼翼地放下。

顾白愣了愣，走到年兽旁边，问它："你喜欢这个福字？"

年兽转头看他，缩小的缘故，整张脸都被福字遮住了，但它还是相当高兴地"嗷"了一声。

以前可没人类给他贴这种带着祝福的纸片。

他们都放炮赶它呢。

因为他吃人，这正常。

年兽想着，看着眼前红彤彤的盖住了他的视线的纸片，更加小心起来。

顾白看着马尾巴一晃一晃的年兽，没说话。

神酒醉人，但也不是整个九州山海苑都喝了。

大年初七一早，物业就倾巢出动，把醉倒在路边、花坛、楼梯间、电梯口和池塘里的住户们挨个儿塞回了家，并以迅雷之势把整个小区打扫得干干净净。

灯笼摘了，红彤彤的中国结也取了，一切都回归了原本的样子。

顾白一早从二楼画完画下来准备找点儿零嘴，就看到已经缩小到手臂长度的年兽。

它正紧张兮兮地趴在那张福字上。

年兽看起来挺想抱着这张纸的，但是又担心把纸弄皱，最终只好趴在上边，就像是趴在自己的宝藏上的巨龙。

顾白觉得他这样子有点儿可怜，但还是硬着心肠没有管它，转身去了厨房。

随着时间的流逝，年兽变得比那张纸还小了。

它着急地在纸上转着圈圈，又怕吵醒去休息的神兽们，不敢吭声。

顾白看了一眼时间，马上就到午夜了。

他终于叹了口气，抬步走过去，把年兽连带着那张纸一起拎了起来。

年兽只剩下巴掌大小了，可怜兮兮地看着顾白，视线还在顾白手上的那张福字上转来转去。

顾白将福字放在桌上，又把年兽放在福字上，犹豫许久，终于还是伸出一根手指轻轻揉了揉年兽的龙脑袋。

"这个我帮你收着，你明年再来，我再给你写一个。"顾白说道。

年兽一顿，两眼瞪得溜圆。

顾白想到之前司先生说让他有时间画画年兽的话，顿了顿，又板起脸来。

"但是不许再吃人了。"顾白努力学着司先生的样子凶巴巴地说道，"如果你再吃人，我就把这福字烧了！"

年兽的身影渐渐变淡，它着急地叫了几声，似乎想要扑上来。

顾白看着变得透明的年兽，表情凶巴巴声音却小小的："我尽量做到让看到我的画的人类觉得你不用再吃人。"

剩下的就得年兽自己来了。

毕竟这么多天性吃人的灵族都改食谱了，年兽没道理不能改。

年兽看了顾白好一会儿，终于慢慢地、慢慢地坐了下来。

顾白看着马上要随着年初七午夜到来而消失的年兽，说道："说好了？"

"嗷——"年兽消失了。

顾白看着桌上剩下的福字，觉得他大概知道在纪录片的摄制组来取材的时候，应该画点儿什么了。

年初七之后，大都市里原本就并不浓厚的年味越发淡了。

冷清了十天不到的 S 市又逐渐恢复了喧闹。

初七过后就该上班了，而且是令人怨声载道的两周连班。

稍微凝滞了一周的庞大复杂的人类社会，再一次以惊人的效率运转了起来。

就连在朱鸟带来的神酒之中醉生梦死的灵族，也重新打起了精神，再一次投入到了本该进行的生活当中。

当然，这只是一小部分。

打从人类开始进入信息时代起，自由职业就越来越多了。

比起需要真正走入人群之中的行业，更多的灵族会选择这一类职业。

神兽们对于这些灵族的要求就是能够初步融入人类社会，任何方法都行，至少是要跟人类有交流的。

对于那些深入人类各行业高层的妖灵族，是可以从神兽们这里拿点儿奖励的，比如福荫后代，或者是想要法宝什么的，或者是能够有机会住进有神兽管辖的灵族聚居地。

灵族那么多，能够住进有神兽庇佑的为数不多的聚居地，对己身安全问题来说可是极大的保障。

而神兽们之所以这么做，无非有些忌惮人类就是了。

毕竟人类科技进步快得超出预料，万一哪天真的开发出了能一炮轰平他们的结界的武器而他们还不知道，那岂不是会死得很惨？

毕竟不是哪个普通灵族都跟司逸明他们一样强大的。

顾白从家里走出来，准备去买点儿颜料。

这几天他沉迷画画，家里的颜料都用得差不多了，画笔的损耗也很大。

比起用司先生给他弄来的那套特殊炼制的画具，顾白还是更加喜欢自己慢腾腾调色的手感。

他回头看了一眼收拾得干干净净但依旧有着不少额外的东西从而显得格外热闹拥挤的家里，披上外套，轻轻地带上了门。

家里还睡着一群神兽，顾白不知道他们喝了那么多还得睡上多久，但动作轻一点儿总是没错的。

顾白在外边也没有几个需要拜访的人，新年的时候学长们和老师大都回了老家或者是自己也忙着走人家脚不点地的，顾白就干脆等着年后给他们把新年礼寄过去。

今天他倒是可以顺道去看看余叔，顺便要定上不少画框了。

老榆树住在老城区，建筑相当老旧，周围不是在大都市中疲于奔命的漂泊者，就是被遗留下来的老人。

顾白在老榆树家院子里找了一圈也没找到人，转头出了院子，顺着小巷子往与大路相反的方向走了过去。

顾白找到老榆树的时候，他在跟几个人类老大爷下棋。

过年期间，老城区还算热闹，不少年轻人跑了回来，连带着这些老人也变得活跃了不少。

顾白凑过去看了一眼，下的象棋。

旁边几个老爷子哼哼唧唧的，顾白随意听了一耳朵，发现他们都在说老余最近日子过得肯定特别滋润，头发都黑了不少。

顾白闻言看过去，发觉老榆树头顶上原本生出了些许银丝的鬓角如今被乌黑浓密的

头发所覆盖了，整个人精神矍铄，一看身子骨就特别硬朗。

老榆树也是个听力敏锐的，转头看了一眼说话的老头，嘿嘿一笑，干脆认了下来。

打从得了顾白一张灵画之后，他整棵树天天容光焕发精神饱满。

本体的情况多少是会反映在人形上的，他把本体从邪气魍魉四溢的真实世界塞进灵画里之后，只觉得枝干不酸了叶子不疼了，浑身都重新焕发出了一股勃勃的生机。

本体一舒服，人形自然也显得精神了不少，可不就是过得滋润嘛。

老榆树一边高兴地想着，一边一炮吊了对面的车。

他将吃下的棋子收好，笑容满面地听着对手气哼哼地发言，若有所觉，偏头看向旁边，脸上一下子露出了笑容。

"小白来啦？"他干脆起身，棋也不下了，转身就向顾白走了过来。

他留下的位置被几个老大爷抢来抢去，最终声音最大的那个手里拐杖一敲地，怕被打的另外几个都安安静静地让了位置。

顾白看着这些年纪颇大了却也自己得趣晚年祥和的老大爷，又瞅了瞅那边一群凑在一起练太极跳广场舞、扇子舞生活看起来无比丰富的老大娘。

老榆树走到他旁边来，顺着他的目光看了一眼，都是一些普通的场景："看什么呢？"

"看他们呀。"顾白一边转头跟着老榆树走，一边说道，"真会生活。"

老榆树倒是适应得挺好的："人类这种生灵，忙忙碌碌一辈子就是图'安享晚年'四个字，倒不是他们会生活，是因为他们觉得这一辈子该做的事情都做完了，所以终于开始为自己过日子了。"

顾白不太明白这样的感慨，跟在老榆树背后，没有说话。

"人类总是这样，工作退休了，孩子也结婚了，自己也没有别的事情能干了，才惊觉自己也该有自己的生活。"老榆树脚步慢吞吞的，"迷迷糊糊忙忙碌碌的，一辈子就过去了，寿命短都这样。"

大致除了他们这些寿命漫长的独特生灵之外，那些被时间追赶着前进的种族都是这样的，出生，成长，繁衍，死亡。

而有着智慧、形象格外鲜明的人类，就令灵族格外印象深刻。

"我在这里，都送走好几代人了。"老榆树说着，指了指那个霸占了他留下的位置的老大爷，"那小子，小时候还求着大人们在我的本体上绑了个秋千。"

顾白转头看了看那边，又看了看目光悠远深邃的老榆树，没说话。

他最近越来越能够感受到灵族跟人类之间不可逾越的鸿沟了。

等到了以后，他大概也会有很多像余叔这样的经历。

怪不得神兽们对人类都没什么好感，也怪不得司先生从来不带他去认识什么人类的朋友，也并不建议他去认识什么新的人类。

就连需要跟人类有所交流的工作事宜，司先生也都抓来了谢致。

顾白托着腮想了想，发觉司先生悄悄干的事情竟然还真不少。

他并没有经历过这样的离别，倒说不上什么感同身受，不过还是拎得清谁对他好的。

顾白的脑子向来是有着强烈的趋利避害的本能。

他抛弃掉了之后可能迎来离别的些微伤痛感，满脑子就是他竟然意外地挖掘出了司先生闷不吭声的小细节的惊喜。

老榆树回了院子里，一转头就看到顾白一副神游天外的样子。

他抬手拍了拍顾白的肩："怎么成年了反而变傻了？"

不应当啊，老榆树想，一般成年了之后灵台清明，对于他们这种土木类的灵族来说，智商上会有质的飞跃。

顾白回过神来，看着老榆树，拿了一大堆东西出来。

"余叔您没有住九州山海苑里，所以没喝到酒，这是朱鸟带过来的神酒，我给您留了一小坛。"顾白把手绳里准备送给余叔的新年礼物拿了出来。

"朱鸟还送了我不少霞锦，我不太用得上，给你一匹。

"还有这些，是白虎从西方摘来的果子……"

顾白挨个儿把东西介绍了送给老榆树，最后又定了一大堆画框。

老榆树收了这么多礼品，愣了好半晌，在顾白转身去挑选木料的时候，进了里屋。

他就只是一棵侥幸成精的榆木罢了，兜里也没有什么好东西。

但顾白待他真诚，他自然也该回报才是。

等到顾白挑好了木料过来找老榆树的时候，就被老榆树塞了好几块闪着绿色荧光的石头。

顾白一愣："这是？"

"木心。"老榆树说道，"我们木族身上百余年会结上一颗的东西，称不上珍贵，但在种植这方面还是有些作用的。"

顾白想不到自己能在哪儿用到这东西。

"就当是新年回礼。"老榆树深知顾白本性有点儿傻，连便宜都不知道占，怕他退回来，又赶紧说道，"我听说你最近要画蜃景了，蜃景里扔几颗木心进去，灵气能稍微旺盛些。"

顾白闻言，低头瞅瞅手里的五颗木心，对老榆树露出个灿烂的笑来："那谢谢余叔啦。"

老榆树也跟着笑，脸上的笑意在目送着顾白脚步轻快地离开时都没有退去一点儿。

顾白之后又去拜访了一圈家在附近的学长们和老师，送的东西大同小异，只不过霞锦做成了衣服，而神酒被玄龟用特殊的手法稀释了无数倍。

剩下的一些零零碎碎的小玩意儿和小零食，顾白做成了小食盒。

顾白这一趟出门，从早上一直到吃晚饭前才回来。

万一司先生酒醒了，他还想跟他们一起吃个晚餐。

顾白刚从电梯里走出来，就看到了一群扛着摄影机和打光板的人聚在他家门口，还有厾在一边的翟良俊和屏住呼吸的谢致。

站在他们面前的，是浑身酒气、心情看起来相当炸裂、满脸都写着"我没睡够我想打人"的、九州山海苑六单元铁血楼管，司逸明。

醉酒被吵醒的司先生正微微眯着眼，散发着极其危险的气息。

一群人安静如鸡，大气都不敢喘一下。

宿醉喝多了头疼，被门铃吵醒，开门之后司逸明发现是翟良俊和谢致带着一群人类之后，心情就更加不美妙了。

貔貅不高兴，但责任心还是在的。

他眯着眼仔仔细细看了一圈，确认了这群人无害之后，就满脸冷漠地关上了门。

门外的人齐刷刷地松了口气，纷纷表示从来没觉得一个人原来能这么可怕，眼神仿佛都能杀人。

"怎……怎么回事啊。"

翟良俊满脸茫然还带着点儿后怕的意味，觉得要不是还有这群人类在，司逸明肯定直接上手揍人了。

狐狸精思来想去，然后满脸惶恐地转头对谢致说道："司逸明看起来怎么活像是失恋了？"

他话音刚落，刚被关上的门再一次打开了，一只大手伸出来，毫不留情地把刚刚吭声的翟影帝揪了进去。

带着摄制组站在门口的谢致心里"咯噔"一下，轻嘶一声，抬手在胸前瞎画了个十字。

这狐狸怕是凉了。

九州山海苑极少进来人类。

因为没有谁会把普通的人类带进来，毕竟这里有的灵族还是有着危险性的，要有人类在这里出了事，谁都不好负责。

上次顾白不懂事把一堆人带进来了，这次懂事的谢致和翟良俊竟然也带着一大堆人类进来了。

九州山海苑的住户躲在各个角落里窃窃私语，暗暗地围观着这群人类。

他们的视线并没有什么遮掩，人类没有那份灵感察觉不到，但顾白却清清楚楚地感觉到了许许多多潜藏在暗处的视线。

这大概是他成年之后得来的天赋，那么多视线盯着这里，令他头皮发麻。

顾白站在电梯口，眼睁睁地看着翟先生被揪进屋子里，意识到大事不好。

他赶忙把放在手心里的木心往手绳里一塞，迈开腿噔噔噔地冲了过去。

"麻烦让一下！"顾白在人群外边喊了一声，声音不大，但在相对比较安静的楼里还是十分明显的。

摄制组统共八个人，纷纷回过头来，给他让开了道。

"谢先生！"顾白跟谢致打了个招呼，又转头对摄制组的人微微颔首，手上不停，动作麻溜地开了门，扭头进屋就去抢救狐狸。

但他冲进去之后，出乎意料的是，司逸明并没有揍人。

他脸色还是相当糟糕，正揉着眉心，坐在沙发上，看着旁边沙发上的翟良俊。

翟良俊无比乖巧地坐着，整个人非常端正，皮都绷紧了，哝唧唧地解释着外边那几个人类是来干吗的。

"谢致初三的时候就来说过了，但是那个时候你们都醉得差不多了，只有玄龟还醒着。"翟良俊觉得委屈。

谁知道你们这群神兽竟然浪到正式上班了都没醒酒！

司逸明刚准备说点儿什么，就看到从外边跑进来的顾白，于是就什么都不说了，直接对人招了招手。

顾白在客厅犹豫了一会儿，出乎司逸明意料地摇了摇头："司先生你先去洗澡吧。"

司逸明一顿，似乎这才发觉自己浑身酒气，轻啧一声，转身去了浴室。

翟良俊大大松了口气。

顾白看着瘫在沙发上仿佛刚刚经历了一场世界大战的翟良俊，小声说道："翟先生，祸从口出啊。"

翟良俊哼唧一声："道理我都懂，但我管不住啊。"

狐狸精以前刚成精的时候，那可是整个山头的骄傲，年纪小小就修炼成精了，一看就前途光明伟大，整个山头连带着周围一片都宠着哄着，他说话不过脑子惯了。

哪怕是在人类媒体面前，他都没有多收敛，撑死了就是体贴经纪人的发际线，努力憋着少说话而已，社交平台就更是基本都由助理打理的。

细数他没有背稿子放飞自我随性发言的那些采访，个个都是黑历史。

但狐狸精并不放在心上，反正他长得好，演技好，实绩强，不管做什么都有人原谅他，他本身也不在意人类怎么说他，嘴上自然不可能有多注意了。

尤其是平时生活里，真正能压住他的人只有黄亦凝和司逸明两个，在别人面前他可都是牛烘烘的大佬！

哪有大佬说句话还要斟酌再三的道理。

翟良俊忧愁地叹了口气："摄制组的人都来取材啦，今天你方便吗？"

"上二楼就没问题，不过动静要小点儿。"顾白说道，"四方神兽都在屋里休息呢。"

"……"

翟良俊感觉一阵窒息。

顾白转身把门打开，谢致看了一圈，直接把人都带上了二楼。

翟良俊也灰溜溜地跟了上去。

顾白很快就听到了楼上窸窸窣窣开始布置的动静。他低头从手绳里拿出了新买来的画具，塞进塑料袋里，也上了楼。

这些人类多少是有一些艺术功底的，不管是摄影还是导演还是打光，很多其实也是艺术科班出身。

他们上了楼，入目所见的就是两条钢丝绳上用晾衣夹夹着，悬挂着的一些速写草稿与看不太明白的设计草稿。

那些稿件挂了密密麻麻的两排，仔细看落款还标注了时间。

从时间上看起来，这些作品的主人几乎很少有停下来休息的时间。

他似乎将全部的时间都扑到了画画上。

而二楼大画室的另一边，无法被阳光直射的地方贴着墙安放着好几幅装裱好的画作，有油画也有水彩，大多是风景与场景画面，没有一张人物画，但其中几幅场景画中，又处处透着有人生活的气息。

这些画作，以他们的眼光来看是极好的，更加令他们惊讶的是，那些画作从左到右排列出来，竟然能够看得出非常明显的进步。

"不得了啊……"导演站在其中一幅画前，惊叹地看着这画面。

那幅画是顾白在前往蜃景之前，满怀着愉快和欣喜画的半幻想的场景图。

他画的是从白泽家那些乱七八糟的东西里得来的灵感，以曾经跟顾朗生活的那个五十来平方米的小房子为背景的、将所遇到的神兽们的元素都画进去的场景。

"我以为之前那幅博物馆的壁画已经非常优秀了。"导演说道。

"那可不。"翟良俊美滋滋的，与有荣焉地说，"我们顾小白可是非常厉害的，再给他十几年，他随便挥挥画笔就能画一个世界出来！"

导演转头看了一眼翟良俊。

这部纪录片的投资和制片都是翟良俊本人，虽然翟良俊忙得要死，但也看得出来他挺重视这部片子的。

导演喜欢跟这种懂事又舍得花钱且从来不瞎指挥的人合作。

尤其是翟良俊时不时跟着他们去取材，一点儿架子都没有，偶尔提一两个意见也是询问的意味居多。

这次合作下来，导演总算是知道为什么圈里那么多人喜欢跟翟良俊合作了。

这人虽然总是嘴上没把门，私底下还爱逮着人嘚啵个不停，但是单纯作为合作人，合作起来绝对是十分优秀且合拍的。

"我们顾小白早晚是要变成名家的人，你知道他为什么不画人物吗？"翟良俊还在嘚啵。

导演配合地问："为什么？"

"因为人物对他来说太简单了！"翟良俊满脸神秘兮兮的表情，"我们顾小白可是被老天爷偏心的人儿！拿起画笔就会画画，生来就会画人体，之前那个展览你知……"

"翟先生！"顾白一上楼就听到翟良俊疯狂吹他，听得面红耳赤，忍不住出声打断了翟良俊的话。

"您别听翟先生胡说。"顾白还红着脸，十分郑重严肃地对导演解释道，"我很少画人物是因为有人物的画大都不好卖钱。"

"这……这样的啊。"

导演被顾白这份淳朴无比的坦白震惊得不知道怎么讲话了。

翟良俊扼腕，拉着顾白教育他："顾小白，你懂不懂人设啊？！刚刚那人设多时髦，生来就会画画听起来就很牛啊！"

"可……可是我不是生来就会画画啊。"顾白小声道，"我费了好大劲努力呢。"

翟良俊看着顾白这副委屈的样子，无话可说。

导演却忍不住笑出了声，顾白的性格实在有点儿出乎他的意料。

毕竟是驱使得动翟良俊、谢致、司逸明这些名字说出去就能让人抖三抖的人物，整个摄制组的人都以为这个年轻人会是个心思深沉或者长袖善舞、情商极高的类型，结果没想到竟然是这种耿直的。

导演看了看翟良俊，又看了看顾白，觉得物以类聚人以群分这句话果然是有道理的。

两人没头脑都没到一块儿去了。

不过也是。

导演的目光落在了满屋子的画上。

要不是心思全都扑在了一件事上，大约是做不了这么好的，本身人性格这样傻乎乎的实在再正常不过了。

顾白和翟良俊还在旁边嘀嘀咕咕，谢致跟一个摄影师在一边，已经架好了摄像机，对着那两个嘀嘀咕咕的人，不知道已经拍了多久。

这个摄影机是专门拍花絮的，这一路走过来不知道拍了多少翟良俊的黑历史了。

"行了、行了，开工！"导演看着架设得差不多的设备，拍了拍手。

绝大部分的人文纪录片是有剧本的，其实顾白的剧本摄制组也准备了，不过他们通常都是先随意拍素材，觉得素材不行，才会把剧本拿出来。

反正翟良俊投资，不差钱。

顾白坐在灯光和摄像头前边，被摄制组的八个人加上翟良俊和谢致十个人盯着，整个人僵硬得连拿起画笔都有点儿困难。

他无措地看了看桌边上的画笔，又扭头看向围成半圆形的人和器材，还是觉得耽误人家的工期不太好。

于是他深吸了一口气，把画架上的画板稍做调整，努力忽略掉旁边的灼灼视线，动

手画了起来。

顾白觉得自己最优秀的一点，就是在认认真真做一件事的时候，能够集中精神，忽略掉周围绝大部分的动静。

他决定展现在镜头前边的，是前两天起草的年兽的草稿。

这张图的灵感自然是来源于那只顶着个普普通通的福字却万分珍惜的年兽。

顾白问过了，这部纪录片从取材到剪辑到审核到最后播放，可能需要等到来年过年期间才会面世。

过年期间播放的话，那他画年兽是刚刚好的。

顾白坐得端正，手中画笔落在调色盘上，大多是金红的色调。

画面里是一桌热热闹闹的年夜饭，大圆桌上倒是没坐人，透过背景的窗户，可以看到炸开的烟花和正在窗外的人影。

就连拄着拐杖的老人家，也佝偻着背出去凑热闹了。

但画面里却并不显得寂寥。

门口的衣帽架上挂着好几件衣服，窗台外边放着一个小小的大笑着的雪人，大厅里挂着好几串小灯笼和中国结，每个门上都贴着倒福。

大厅里堆着不少包装得非常喜庆的礼品盒，最上边几个被拆开了，露出了里边缝着软茸茸的白色毛边的大红袄子，被随意地放在了一边。

餐桌边上的一个椅背上挂了件大外套，旁边放着几个包，桌面上还留下了部手机。

从凳子的数量看起来，这也算是个枝繁叶茂的大家了，足有十来口人。

这家人似乎是年夜饭吃到一半，发觉外头放起了大烟花，于是一家人放下了筷子，热热闹闹地出去看烟花了。

餐厅里只剩下了一只小怪物。

它两只前爪扒着餐桌，后腿因为落不到地而悬空，挂在了餐桌边上乱蹬着腿，团成了一个小虾球，而目光正瞅着桌面上那些菜肴，眼巴巴的，满脸都写着渴望。

这只小怪物龙首狮身马尾，头顶有只角，角上戳着一张红彤彤的福字。

这福字这会儿卷起来搭在了脑袋后边，因为它体形小得几乎像只猫的关系，这张福字几乎盖住了它的后背。

说是小怪物，但它体形娇小，看起来一点儿都不可怕，眼巴巴看着桌上菜肴的模样反而透着一股令人忍俊不禁的憨态。

摄影师扛着摄像机过来拍特写，顺口问道："这是什么？"

顾白手中动作一顿，沾满了红色颜料的画笔轻轻地落在了那只小怪物身上。

"这是年。"他带着些笑容轻轻地答道。

司逸明洗完澡出来的时候，客厅里已经没有人了。

他抬头看了一眼有动静传下来的二楼，又看了看时间，弄干了头发，也没上楼去打扰的意思，而是转头看了一眼厨房。

顾白的生活其实相当规律健康，赖床都是极少数的个别情况。

最近他倒是因为突然步入了成年期，身体素质和精神强度突飞猛进而正在调整适应新的生物钟，但整体来说变化并不大。

除了该睡觉的时候他因为感觉不到疲惫和困意而选择去画画之外，基本上三餐也都是规规矩矩按时吃的。

这个点回来，顾白怕是还没吃晚饭。

司先生看着厨房，在自己动手做和叫物业做好送上来之间犹豫了足足三秒，最终还是觉得不要在这个时候伤害顾白了。

他做出来的东西是个什么味道他自己心里还是有点儿数的。

司先生给万能的物业发了条消息，然后转身去了客房。

年初七都过了，该开工的都应该开工了。

偷懒的就算是神兽同僚也不能放过。

大阵阵图正殷殷期盼着他们赶紧去修复呢！

被翟先生和谢先生无情吵醒的司先生冷酷地挨个儿去把这些老朋友的被窝给掀了。

他睡不了谁也别想睡。

神兽们宿醉被吵醒，差点儿没有直接打起来。

第一个准备动手的是朱鸟，但在动手之前，她察觉到了屋子里还有别的气息。

朱鸟毫无形象地瘫在客房床上，捏着眉心："怎么有人类啊？"

玄龟倒是很清楚，替扭头就走的司逸明回答道："大约是在拍摄吧，前些天獬豸来说过这事，我们安静点儿，别打扰到他们。"

朱鸟一顿："拍摄？"

朱鸟是不怎么走入人类的神兽之一，因为她性格比较念旧，以前在她庇佑下的鸟雀老去死亡了，她都要神伤好一阵，更别说是有交往的人类了。

她撑死了也就是拉条网线看看时事报道，买点儿东西什么的，完美保持着随时能够抽身的状态。

"好像是纪录片什么的。"玄龟好脾气地答道，"你不喜欢人类就尽早走了。"

朱鸟摆了摆手，一翻身就爬了起来。

白虎和朱鸟走得飞快，玄龟倒是慢腾腾的一点儿都不急，而以往神兽中最为忙碌的苍龙，则死活不想重新回归加班的地狱。

开玩笑，补阵是说补就能补的吗？

你知道补阵之前要学习多少东西吗？

他们这群神兽就没有一个精通法阵的，全都得从头学起。

换到人类的概念里，那就是一个才小学学历的人直接一脚踏入高精尖技术行业，要

学的东西加的班赶的工光是想想就让龙眼前一黑。

"别叫我，让我活在梦里吧。"苍龙将脑袋埋在枕头里，死活不动弹。

玄龟站在门口，欲言又止。

司逸明可不是会给同僚留什么面子的人。

苍龙不想走，他多的是方法把人撵出去。

比如连人带被子、枕头直接从窗口扔出去，九州山海苑治安极其优秀，家家户户都是不安护窗的。

反正就这么个高度，哪怕是个小崽子从窗口跳下去，也不会发生什么坠楼而死的惨案。

司先生看着连人带被子被扔下了楼的苍龙，冷漠地关上了窗户。

玄龟"哦哟"了一声，等着灵蛇夫人化好妆，才不紧不慢地跟司逸明告了辞。

顾白在上边，隐约听到楼下有人接二连三离开的动静。

他偏头看了一眼正凑在一起看监视器里刚拍的镜头的导演和翟良俊，趁着拍摄的间隙交代了一声，溜了下去。

客人走了，于情于理他都该送一送。

谢致看到顾白下楼，转头对摄制组的人说道："我也下去一趟，还没吃饭呢。"

导演那边了抬了头，问道："花絮摄像机能跟着下去吗？"

谢先生转头询问地看了顾白一眼。

顾白对拍摄这一方面实在是没什么了解，站在楼梯口茫然地看着他。

谢致解释道："就是拍花絮，反正放出去之前都是会先给当事人过一遍的，万一有什么不妥的地方也不会放出去。"

于是顾白点了点头："那可以呀。"

谢致知道顾白同意司逸明肯定是不会反对的。

他转头对摄影师说道："下来吧，反正司逸明是从来不介意上电视的。"

谢先生闻到了饭香，摄制组的人吃完了晚饭，可他还没吃呢。

司逸明的便宜不占可就浪费了。

顾白下了楼，不巧，玄龟和灵蛇已经走了，楼下只有拎着个食盒正准备上楼去的司逸明。

司逸明看到顾白下来了，眉头一挑，看到谢致带着个摄影师也跟着溜下来的瞬间顿了顿。

"下来了。"司逸明对顾白招了招手，"来吃晚饭。"

司逸明穿得很是随意。

顾白家里早八百年就已经有了他们的衣柜，放的都是些简单的便装。

司先生并没有在家里还要穿得整整齐齐的讲究。

除了从外边开会回来或者会客的时候会正儿八经地穿正装之外，平时在家里，司先生基本上是捡到了什么就穿什么的，其中包括一些同僚恶趣味送的、审美成谜的衣服。

他穿起来也一点儿都不介意。

镜头里的司逸明穿着一件普普通通的白T恤，T恤前边还画着一只猫，下头穿着条肥大宽松的裤子，脚上可爱的毛茸茸拖鞋跟他的气质差了十万八千里。

顾白蹦下最后几级阶梯，趿拉着拖鞋走到了司逸明旁边。

"白先生他们这就走啦？"顾白问。

刚把苍龙从窗口扔出去的司先生轻哼了一声："不走还想留着过元宵？"

顾白顺口就答道："也挺好的啊。"

司逸明眉头一跳，顾白这才意识到司先生刚刚言下之意是觉得神兽们留在这里有点儿碍眼。

毕竟打扰人工作是要被马踢的。

"吃饭。"顾白说道。

被忽视掉的谢致丝毫不介意，甚至非常主动地拿了双筷子坐在了餐桌边上。

摄影师看了看那边轻松愉快的氛围，凑到谢致旁边，顺口说道："司先生这个衣服还挺有童趣。"

童趣指的是司逸明的T恤上的那只猫。

谢致抬头看了一眼："那是顾白画的。"

摄影师沉默了两秒，看着正拎着食盒走过来的两个人，决定不吭声了。

九州山海苑即便是食盒也很豪华。

摄制组的人来拍摄的时候还在想这群有钱人怎么不住豪宅住公寓，结果来了里边之后才发现各种设施一点儿都不比豪宅差。

一个电话就能随叫随到的管家服务被这里的物业公司全部包揽了，而且效率非常高。

谢致美滋滋地蹭了顿饭，顾白一如往常地跟他们说着小作文。

比如今天去拜访老师和学长们的时候发生了什么事情，还随口抱怨了几句颜料、画具怎么越来越贵，说的都是些鸡毛蒜皮的小事，但谢致和司逸明都听得出奇认真和专注。

人类其实是一种极容易震撼感动到灵族的生灵，所以他们除了那些早已经经历很多、看开了的老油条之外，都是不太愿意跟人类深交的。

但属于人类特有的活跃和生机，对他们这些生活宛如一潭死水毫无波动的长寿灵族而言，又是非常诱人的。

顾白是难得有着彻彻底底人类特质的灵族。

司逸明和谢致都喜欢他这种会把每一个微小的细节都记得清清楚楚的小计较。

这样的小心思总是让他显得格外鲜活。

"对了，今天去余叔那里，他回送了我几颗木心！"顾白说道。

司逸明点了点头，在镜头前边也不好多说什么："好东西，留着。"

木心本质是草木成精的灵族本体每一百年逸散出来的木精的结晶。

这种东西拿到一个埋在土里，只要不被挖出来，接下来的数百年里，这一块地方方圆百里草木都会生长得格外茂盛。

但这是非常奢侈的用法了。

比较物尽其用的，是放到蜃景里边。

草木比任何生灵都更加贴近自然，在画蜃景的时候把它画进土地里，蜃景的灵气都能涨上好几个档次。

谢致想起了什么，对顾白说道："你那幅夕阳图已经过审入围评奖了，有另外一个奖项也要开始新一年的评选了，楼上那几幅画你挑一幅，我给你送去。"

顾白两眼一亮。

"楼上那些都可以啊！"他说完顿了顿，又补充道，"哦，那个……全家福不行。"

顾白说的全家福跟常见的全家福不大一样。

他指的是那张房间的场景图，图里有各种各样的神兽元素的那一张。

他不说，除了司逸明之外还真没人看得出那是全家福。

"之前画的老家那些也不合适……"顾白说着说着声音就小了，他咬了咬筷子，"还是我去挑一张吧。"

司逸明抬手轻轻敲了敲他的筷子："别咬筷子，吃饭。"

顾白应了一声，刚准备继续扒饭，手机就振动起来。

司逸明目光扫过去，看到来电显示上的"爸爸"两个字，算了算时间，皱了皱眉。

这怕是他们已经找到息壤了。

别的话题可以仗着普通人类听不懂就瞎叨叨，但电话这种涉及隐私的事情，顾白自然是不可能当着摄像机的面接的。

"我爸爸的电话。"顾白说着放下了筷子，拿着手机转身进了房间。

谢致偏头看了一眼轻轻带上门的顾白，又瞅了瞅皱起眉来陷入沉思的司逸明："怎么了，这么吓人的表情？"

"顾朗估计是要回来了。"司逸明说完这句，看了一眼摄像头，又不说话了。

谢致顿时就明白司逸明这是在想什么了。

他挠了挠头："你愁什么？顾朗可不见得会住到这儿来。"

司逸明掀了掀眼皮："你不懂。"

司逸明可不是愁顾朗回来的事，愁的是这里到底是 S 市中心的地段，人那么多，打起来实在是不好处理。

司先生满脸凝重地思考着顾朗回来之后他们去哪里干架比较合适。

顾白在房间里接通了电话，电话那头传来轰隆隆的响动，伴随着波涛的声响，清晰地传入了顾白的耳朵里。

　　跟普通的手机通话效果不同，贴上了通信法宝的手机，丝毫没有电阻的声音，从听筒里传来的声音清晰而明确，让人感觉身临其境。

　　"爸爸？"顾白喊了一声。

　　电话那头传来了一丝嘈杂的摩擦声，而后顾朗那总是带着点儿令人畏惧的粗哑的声音响了起来。

　　"乖崽！"顾朗在那边喊了一声，怕顾白听不清，声音还挺大，"司逸明呢？"

　　顾白一愣，然后轻轻地叹了口气。

　　"爸爸……"顾白声音小小的，带着点儿细微的抱怨的意思，"你和司先生这种只要有我在就死活不愿意给对方打电话、发消息的幼稚行为什么时候能结束啊？"

　　顾朗惊了，他家乖崽竟然嫌弃他！

　　顾朗感觉自己一口血涌到喉咙口，简直气到要晕过去："你不想接我的电话吗？"

　　"不是啊。"顾白实话实说，"我就是……希望你们能够好好相处，如果可以的话。"

　　虽然这显然是不可能的事情，但人总是得怀揣梦想活下去啊！

　　万一见鬼了呢！顾白在内心小声道。

　　顾朗对于他乖崽的希望嗤之以鼻，直接跳过了之前那个话题。

　　"告诉你也是一样的。"顾朗说道。

　　他看着眼前波涛汹涌的大海和海面上苦恼得团团转的白泽，难得地叹了口气："我们找到息壤了。"

　　顾白短促地"啊"了一声，神情一下子变得明亮起来。

　　"你们要回来了吗？！"

　　顾朗答道："不，暂时是回不来的。"

　　顾白脸上神情一僵："哎？"

　　"这么多年下来，息壤实在是太大了。"顾朗说着，捏了捏眉心，"你之前看到的画，画里那一条露在外边的海带，只是息壤露出来的一小截。"

　　顾白不太能想象："是怎么回事啊？"

　　顾朗干脆一屁股往沙滩上一坐，目光一刻不离愁眉苦脸的白泽，在那头跟顾白解释起来。

　　白泽当年得到上天的启示。

　　大致是补天石开了灵智，再过些年头该下来了，得另寻一样东西来堵住天上那个窟窿。

　　而白泽呢，本身作为三界六道无所不知的神兽，自然而然就想到了息壤。

　　更加自然而然地，就知道了息壤在西边。

　　白泽顺着灵感一路往西找，最后停留在了亚马孙这一块儿。

　　他觉得这一块哪儿都有息壤的气息，但又找不着，于是只好慢慢刨地挖泥巴。

　　顾白那张图发过来之后，他们很快就找到了息壤。

但息壤长了这么多年，自然不可能只有那么一条海带大小。

他们顺着息壤往下挖，发现它几乎遍布了这一块的大陆架，往下蔓延盖住了大陆坡，甚至都已经填满了好几个海底峡谷了。

这就是为什么白泽觉得这附近哪哪都是息壤气息，却怎么都找不着息壤的踪迹。

这么大块的息壤，几乎都能组成一块大陆了，怎么处理就成了个麻烦。

从息壤身上弄一块下来去补天是不行的。

放任息壤在大地上成长，经过漫长的年月之后，息壤能成长到覆盖整个地球。

到时候如今的陆地全都会因为海平面抬高而被淹没掉。

最好的处理方式还是把息壤扔到天外天去，那里很大，可以随息壤放飞自我。

白泽毕竟是三界六道无所不知的神兽，自然想到了解决息壤大小问题的办法，无非就是把息壤从地上抠出来然后加以炼化浓缩凝聚的处理方式。

但是息壤实在是太大了，这么些年来厚度也相当可观，要是他们把息壤整个儿拽出来，这块海域怕是得来个十级地震加上巨型海啸。

而且整个海平面估计都得下降不少。

这影响就大了，说不定还得赔上不少人命。

白泽作为仁兽，是不忍心看到那么多人丧命的。

所以白泽决定搬救兵了。

但是白泽的手机落家里没带，于是搬救兵的任务就落在了顾朗身上。

顾朗想起来就气。

他堂堂饕餮，竟然要找貔貅搬救兵！

顾朗气哼哼的，但电话那头是他家乖崽，好歹是让他忍住了没骂人。

"我跟白泽得想办法把息壤炼化一下才行，乖崽你告诉司逸明，让他派遣几个信得过的、擅长驱使水和土的人过来。"

说完顾朗顿了顿："最好是把麒麟和玄武也弄过来。"

一个五行属土一个五行属水的，正好。

"我记下了。"顾白看着自己写上了笔记的小本本，"还有什么吗？"

"有。"顾朗接了话，却半晌都没有下文。

顾白等了几秒，觉得以他爸的急性子，真要有什么事应该跟之前一样连珠炮一样一口气说完了才对。

"爸爸？"顾白疑惑地喊了一声。

顾朗轻啧一声，咂咂嘴："爸爸不在司逸明没有欺负你吧？"

顾白一怔，而后忍不住轻笑了一声："没有啊，司先生很照顾我。"

"那还行。"顾朗含混地应了一声，又不讲话了。

顾白放下了手里的笔，听着电话那头的海浪声，内心泛出带着甜意的宁静感。

顾朗没挂电话，沉默了半晌，终于又说话了。

他说："我听白泽说，等息壤拿回去了要你送天上去的。"

顾白应道："是啊。"

顾朗"哦"了一声，瞎咧咧了几句，终于挂了电话。

他将目光落在白泽身上，微微眯了眯眼，伸手摸向手腕，摸了个空之后顿了顿，烦躁地挠了挠头。

这种时候就体现出没有底蕴的难处了，饕餮哪有什么老本？有也都被他直接吃光了。

实不相瞒，上一次见面的时候他连棺材本都已经给了顾白，自己身上什么玩意儿都没剩下。

天外天如今是个什么情况谁都不知道，顾朗不放心。

就算他知道司逸明肯定会给顾白准备很多好东西，也不能放心。

顾朗站起身拍了拍身上沾的沙子，决定等息壤的事情处理好了，去找个凶兽窝掏一掏，看看能不能掏点儿好东西回来给他家崽带上。

顾白挂掉了电话，打开房门对餐厅里坐着、满脸沉思的司逸明招了招手。

司逸明一顿，起身过去。

顾白把手里记着不少内容的笔记本塞到了司逸明手里。

"我爸爸他们找到息壤了，但有点儿小问题。"

他把顾朗的要求复述了一遍，司逸明挑了挑眉，露出了一个相当微妙的表情。

虽然很清楚搬救兵肯定是白泽的意思，但干出这事的却是顾朗。

仔细算算，顾朗这是第二次找他搬救兵了，找白泽的时候一次，现在一次。

司逸明拿着顾白的小本本，一边琢磨着有哪些人能派遣出去，一边想着顾朗这两次人情应该让他怎么还。

顾白没发现司逸明在走神，他还在复述顾朗的要求："我爸爸说，最好是让麒麟和玄武过去。"

司逸明一顿，算了算时间："请灵蛇夫人去是可以的，麒麟不行。"

麒麟这头神兽四处流窜路见不平拔刀相助，天天追着那些偷跑出来会酿成灾祸的异兽跑，在把闹灾祸的异兽撵回老家这一方面，麒麟功不可没。

要是麒麟走了，司逸明的工作量不知道要增加多少。

倒不是司逸明嫌麻烦，而是作为库存最丰富，可能时不时就得四处跑给补阵的神兽们送材料的貔貅，他实在不合适接手麒麟的工作。

司逸明把手里的笔记本翻到新的一页，一边思考着一边写下了好几个名字和地址，都是些没有住在九州山海苑里的灵族的名字和地址。

当然，大多是些擅长驱使水土的灵族。

这些灵族活得长久，蹲在山里与世无争，一心一意地提升自己。

虽然如今已经飞升无望了，但保持自身的优秀对他们来说依旧十分重要。

而有大功德蹭的事情，他们是一个都不会放过的。

还是那句话，活着总得有梦想，万一见鬼了呢！

顾白对这方面也并不了解，在把该说的事都说完之后，就拉着司逸明走了出去。

天大地大吃饭最大。

司逸明看着正跟摄影师闲聊的谢致，走到他面前轻轻敲了敲桌面。

谢致抬头看他："怎么了？"

"这两天有点儿事，我要去一趟北边。"司逸明说着，把手里的记事本的一页撕了下来，"你替我去找他们，叫他们过来。"

灵蛇夫人他们刚走不久，但是以他们的脚程这会儿估计已经回到家了。

灵蛇夫人肯定是要司逸明亲自去请的，顺便还能找灵蛇夫人问问有没有擅长驱使水土的灵族名录。

挖息壤可不是什么小事，弄不好指不定要酿成大祸的，最好还是有大功德傍身的神兽镇在那里稳定大局比较好。

司逸明琢磨着这么大的事，总不能只有神兽和灵族忙吧？

在这种攸关天地的大事上，凶兽怎么也得负起点儿责任来。

不过如今能听得进别人讲话还能逮得住行迹的凶兽似乎只有顾朗了。

顾朗的家底司逸明是相当清楚的，根本没有一丁点儿余粮。

那不如让顾朗去把穷奇的窝给掏了吧。

司逸明思来想去，竟觉得这主意简直妙极！

纪录片摄制组的取材持续了十余天。

取材内容包括了顾白画画，顾白的日常，顾白平时定画框的老榆树，还有摄制组给的小剧本，以及摄制组主动提出来的，有没有什么独特的东西能够收录的。

独特的东西，顾白是有的。

所以在司先生离开去北方的这段时间里，顾白跟着刚巧要到处进山找隐居的灵族的谢致，一起进了山里。

画画这种东西，最离不开的就是颜色了。

顾白那些真正独特的东西不能展示于人前，他就干脆带着人满地图跑进了山，去寻找那些可以作为颜料的植物与矿物。

当然，他只是寻找而已。

至于要不要去拍摄把矿物和植物转变为可以使用的颜料这样的镜头，那就是摄制组需要头疼的问题了。

顾白多少认识这些东西，但也并不会真正制作颜料。

擅长拍摄纪录片的摄制组工作人员从来是不畏惧在深山里穿行的。

　　再加上顾白进山之前给了他们一人一瓶据说是驱赶蛇虫的特效药膏，摄制组的人们这一趟走得比以往舒心不知道多少。

　　这是他们进山的第二天。

　　谢致每次在入山的时候就跟他们分道扬镳，只留下了翟良俊跟组。

　　顾白跟翟良俊凑在一起，跟摄制组工作人员分头去找了一些可食用的菌菇和野葱。

　　元宵过后天气就逐渐转暖了，整个山林都是一片刚刚抽芽的新绿。

　　顾白低头看着腐木上长出来的菌菇，心中自然而然就知道了这样的菌菇是无毒可食用的。

　　顾白顿了顿，俯身把菌菇都摘了下来。

　　他进山的次数不算多，但是这一次进山给他的感觉完全不一样。

　　在如今的他眼中，周围的植物就好像会说话一样。

　　风吹过林间发出沙沙的声响，隐隐给他带来了一些远处的絮语。

　　顾白微微偏头，凝神听了好一会儿，隐隐感觉这些翠绿翠绿的生灵似乎是在给他指路。

　　"再翻两座山头有石青。"顾白一边摘着菌菇一边说道。

　　翟良俊揪着几根野葱凑过来："你来过这里？"

　　"没有啊。"顾白摇了摇头。

　　翟良俊把野葱塞进顾白腰上挂着的小篓子里："那你怎么知道？"

　　顾白指了指脚底下的草和旁边的树："它们告诉我的。"

　　翟良俊看了看树又看了看草，倒是不觉得意外。

　　草木花这类生灵或者精怪，对于严格来说是泥巴成精的补天石亲近是很正常的事情。

　　"这一片是生态保护区吧，可惜了，不然我回头就来这里投资个矿场。"翟良俊搓了搓手。

　　顾白把菌菇都放进了小篓子里，看这分量觉得差不多了。

　　听到翟良俊这么说，顾白有些诧异："您又不缺钱……"

　　"不缺钱和想挣钱又不冲突。"翟良俊回答得特别严肃。

　　他最近赚钱有瘾。

　　讲实话，还能有什么事情比赚钱更加快乐呢？！

　　当然，这个得把女神排除在外。

　　翟良俊美滋滋地说道："你都不知道在司逸明的光辉照耀下，挣钱有多简单。"

　　顾白想了想前些时候司先生给他看过的属于他的户头，深以为然地点了点头。

　　"感觉有司先生在，随便去买张彩票都能中个头彩。"顾白说道。

　　翟良俊笑了两声："你去肯定可以。"

　　顾白摇了摇头，站起身来，一副可骄傲的样子："我可是能靠手艺吃饭的人！"

　　翟良俊哄他："对！我们顾小白超厉害！"

然后两个人雄赳赳气昂昂地跑去了他们昨晚上搭帐篷附近的水流边上，洗蘑菇。

三月初的天还不算暖，但野菜也已经长出来不少了。

摄制组的人野外生活经验也还算丰富，找到了不少可以吃的野菜和菌菇。

一群人蹲在一起洗菜，十个人分五个卡式炉，一大清早煮了一锅野菜菌菇汤，把带来的面条往汤锅里一放，撒点儿盐，就着清晨山里沁凉清新的空气美滋滋地吃了一顿。

吃完摄制组工作人员就得扛着器材往顾白所指的方向走了。

除了要拍摄镜头的时候之外，大家都是轮流扛器材的，这个轮流里，就包括了主动请缨的顾白和翟良俊。

摄制组的普通人类当时在看到顾白身材单薄，却扛了半天摄影机和打光板之后半点儿不见疲惫时惊讶得不行。

到后来他们也就习惯了，甚至还会打趣一下顾白，因为顾白实在是没什么架子。

今天又轮到了顾白扛器材，在后边走得小心翼翼的摄制组人员为了打发时间，又侃起了大山。

毕竟难得进山两天了他们身上连个包都没被咬出来，简直是有如神助一样舒爽。

人闲下来了就会忍不住想扯淡。

顾白听着他们在后边从天南聊到海北，从娱乐圈八卦聊到哪个地方的哪个店的味道超级好。

这些人叨叨着叨叨着，就喊了声顾白。

顾白疑惑地回头："怎么啦？"

"这么说来，顾小老师最近有没有接新工作？"有人问。

顾小老师是摄制组的人喊出来的调侃的称呼。

顾白摇了摇头，刚准备说他没什么时间，翟良俊就率先插嘴："我们顾小白很忙的，没时间接活。"

顾白对于翟良俊突然插嘴感觉有点儿奇怪，但还是点了点头补充道："最近比较忙。"

他忙于练习点墨山河，忙于画那些属于自己的画，偶尔还有谢先生那边接下来的一两个私活单子。

顾白最近身体素质和精神耐受性提高了不少，连续四五天不睡觉也只会感觉有点儿累，画画时间和效率提升了不少。

但想要画下来的东西实在是太多了，在不缺少经济来源的现在，让他蹲在家里画个大半年也完全没有问题。

只不过司先生不让，说他还是得保持一定的社交顺便多看看这个世界，所以还是隔三岔五带他出去走几圈。

而这几圈里他顺便见到的，基本不是灵族就是神兽了。

司逸明本意是想带他给这些灵族刷个脸熟，这点顾白还是很清楚的。

司先生带他见的都是非人类生物，本心肯定是好的，但是顾白觉得自己还是得呼吸点儿人气儿，不然自己这种积极向上的人类作风，早晚是要被灵族同化成咸鱼的。

这样不好。

于是顾白又说道："不过最近的事情结束之后，可能会考虑接一点儿私活。"

等到他们拍摄了足够的素材出山的时候，迎头顾白就被指名去修复某个被地震损伤的著名物质文化遗产壁画的消息砸了一脸。

顾白一看地方，就发现是神州大阵的其中一处裂痕。

这种地方普通人是不能随便去动的，放着神兽们随便进去也不合适。

看来补阵这事，还得神兽们跟人类高层合作，再加上如今唯一一个会画灵画的他才行。

谢致在山脚下的小镇等着他，机票什么的全都已经买好了，就等着顾白从山里出来。

谢致找到顾白的时候，他们一行人正蹲在小镇上的一个面馆里吸溜面条。

摄制组的人听完谢致冷淡而平静地说完这个消息的时候，满脸都写着震惊。

这就是您说的私活吗？

顾白跟着谢致上了飞机，从手绳里取了片蒸汽眼罩出来。

谢致一顿："你困了？"

"有一点点。"顾白点了点头。

谢致应了一声，看着顾白把蒸汽眼罩戴上，顺手给他把椅子放了下去："行了，睡吧。"

顾白点了点头，也没把摄制组人的态度放心上，眼罩一戴小毯子一裹就闭上了眼。

对于绝大部分没有直接扇到脸上的巴掌，或者是当面被他揪到的事情，顾白基本上是生不起什么气的。

翟良俊帮他那么说了，顾白也没往心里去。

这样的心态还是他以前刚学画画的时候那位老师教他的。

主要是因为他的确是天赋好又喜欢画画、愿意下功夫，画技突飞猛进，自然就会招来一部分人的不愉快。

但是人类，绝大部分都会为了面子上过得去，而选择沉默不语或者背地里议论。

顾白刚开始知道的时候也觉得很难过，但老师非常直接地告诉他，说："会因为你的进步而感到嫉妒却不下决心追赶的人，这辈子都难以成事。他们背后的议论又不会耽误到你练习画画，反而以后他们影响不到你，你也不用把他们放在眼里。"

这话说得实在不客气，但对于当时相当听师长的话的顾白来说宛如醍醐灌顶。

从那个时候起，顾白就一心扑在画画上，再懒得去花心思社交或者注意别的什么事情了。

也因为老师的话，他向来对勤勤恳恳闷头努力的人相当有好感。

而事实证明，人在做天在看。

真正勤勉努力的人，最终多少能得偿所愿，有所成就。

而那些背地里对优秀之人感到嫉妒却不反思己身的人，基本都一落千丈。

看清楚努力的重要性之后，顾白就极少因为别人在背后中伤他这事动摇他的方向了。

他并不在意别人怎么想他，反正世界这么大，流言再怎么厉害，都少不了他一口饭吃。

尤其在得知自己被上天偏爱的如今，明明白白有了底气的顾白就更加不在意这种事情了。

这种暗暗的排斥行为又不能对他造成什么影响。

顾白的交际圈子相当简单，不是司先生的同僚就是畏惧于貔貅威力的灵族，本身就对他很照顾。

而熟悉的那些人类就更是一片赤诚。

顾白闭着眼，想到那几位对他一如往常丝毫没有改变的人类，带着些微的笑意落入了一片香甜之中。

负责跟灵族这边接洽的人类高层跟神兽们订了一连串详细的契约，表现形式是足足有二十三页的合同。

顾白要签的还要再多出六页来。

这是前些年新发掘出来的一处古老的洞窟壁画。

这个洞窟的构造有些特殊，它的穹顶上有着许多孔洞，有光从上边漏下来，零散的光柱看似无序地落在洞窟内的地面与墙面上，给稍显昏暗的洞窟带来了一些光亮。

洞窟范围相当宽阔，墙壁上画着一些零零散散看不太懂的斑驳画面。

大约是因为年代久远墙面剥落，加上漫长的时间里所经历的地动和侵蚀，这些画几乎没有完整的了。

"洞窟中间原本还有个类似祭台的地方，但是在我们发掘出来的时候已经是碎裂的了，最终只能勉强复原了一些……"

一个人类小姑娘抱着个文件夹小心翼翼地说着。

这是人类那边派过来接洽的人，是那位经常跟司逸明打交道的人类高层的女儿。

因为她刚巧从事了考古方面的工作，又是关系户，就干脆被塞了过来。

灵族的事情知道的人还是不宜太多，所以在顾白到达之前，这里就被直接清场了。

她带着些许的好奇，打量着身边这两位据说并非人类的人。

他们看起来挺好相处的，明明在人类之中也有一定的名气，但被父亲反复警告过之后，她说起话来也带着点儿心惊胆战的意味。

顾白一边认真听着，手里也拿了个文件夹在一边认真核对着信息。

关于这个洞窟，官方对外宣称的年代大约是在接近五千年之前。

实际上，这个洞窟存在的具体时间漫长到根本无从考究。

"这里应该是被翻修过不少次，我们在不同的地方取样得到的土壤年龄都不相同。"

小姑娘说着。

顾白看了她一眼，顺手从手绳里拿出一瓶矿泉水来，拧开，递给了她。

小姑娘受宠若惊，连连道谢，接过了水之后却又不敢喝。

顾白愣了愣，说道："没毒。"

小姑娘对他笑了笑，还是不敢喝。

顾白垂下眼，头一遭直面人类对他的不信任，让他感觉有点小失落。

谢致看了一眼这个人类小姑娘，拍了拍顾白的肩："看出什么来了吗？"

"这里离朱鸟镇守的阵点比较近，这里……"顾白指了指正前方墙面上遍布着斑驳裂痕，还有着些许颜色残留的墙面，"应该是朱鸟的图腾，司先生给我看过。"

顾白说完又指了指穹顶上那些孔洞："这些洞的话肯定是有用的，既然有朱鸟的图腾，不如等正午的时候看看。"

"朱鸟的话，你还可以考虑放把火。"谢致说道。

人类小姑娘一听，惊愕地瞪大了眼。

顾白愣了愣，仰头看着头顶那些洞洞，又看了看这个整体并不规则的洞窟，"哎"了一声，低头瞅了瞅这个洞窟的俯视图。

俯视图坑坑洼洼的，实在看不出形状来。

他重新抬头，目光落在了洞窟中间破碎的祭台上。

这个祭台大约只有半米高，但范围挺大的，祭台上也画着一些奇奇怪怪的玄妙图案，但因为有所损伤的关系，让人看不明了。

顾白低头看了看资料上祭台复原的假想图，又瞅了瞅这个洞窟里的裂痕，最终拿出了白泽那套笔。

"先不管那些，等我把这些裂痕补上，再把祭台画好。"顾白拿着笔，又瞅瞅那头墙面上的图腾。

虽然很淡，但那的确是朱鸟血的气息，还有点儿别的什么。

"要是方便的话，谢先生您替我去问朱鸟女士要点儿她的血来吧？"

谢致面无表情地道："你猜我会不会被她烧成灰？"

顾白挠了挠脸："那……替我请她过来好了？"

谢致这才点了点头，也不在意顾白跟人小姑娘两个孤男寡女单独待在这昏暗的洞窟里，转身就走了。

顾白自己见识少，实在是分辨不出那残存的图腾痕迹除了朱鸟血之外，还用了什么东西画出来的。

那些神兽活得长见识多，应该是知道的。

顾白一边想着，一边对旁边有些紧张的小姑娘摆了摆手："你就在我后边，别往前边去。"

点墨山河的技巧用在填补这种因为地震而产生的裂痕上刚刚好。

顾白挨个儿细心地把地面和墙面上的裂缝给填平了，还非常细心地考虑到了它本身斑驳的痕迹，连带着这个也都处理得毫无违和感。

他画完了一圈，仰着头看着他伸手踮脚也够不到的地方，转头问满脸惊叹的小姑娘："有……有梯子吗？"

小姑娘闻言更惊讶了，大概是顾白显得太过于安静无害，让她胆子稍微大了些。

她问道："你们也要搭梯子的吗？"

顾白"啊"了一声，抿了抿唇感觉有点儿尴尬。

"我……"他小声地哼哼了两句，"我还没学会飞呢。"

顾白说完就闭上了嘴，深觉自己给大家丢脸了。

小姑娘善意地笑了两声："梯子有的，我去给你拿。"

顾白怎么可能好意思让小姑娘家家的帮他去扛梯子，转身就跟在小姑娘背后去了外边放工具的地方，在对方拿起梯子之前抢先自己扛了起来。

小姑娘一愣，看着顾白闷不吭声、动作熟练地架起了梯子爬上去的动作，忍不住问道："灵族都跟你一样吗？"

"跟我一样？"顾白拿着笔，愣了好一会儿，"我什么样的？"

"这么……呃，友好？"小姑娘斟酌了一下用词。

其实她想说看起来非常好欺负的。

顾白对于小姑娘的问题思考得还挺认真，手中的笔在指间滚动了两圈，想到周围的灵族对人类的态度，严肃地摇了摇头。

"绝大部分灵族对人类……就，不太亲近。"顾白挑了个稍微柔和一点儿的词，"我不一样，我是被当成人类养大的。"

准确地说，是他单方面认为自己是人类并把自己当成人类养大了。

顾白觉得自己的生活还挺有传奇色彩的。

小姑娘"哇"了一声，看着顾白修补着缝隙，又小声问道："你是神笔马良吗？"

顾白纠正她："我姓顾。"

小姑娘一下子笑了出来。

顾白跟同龄和年龄较小的女孩子相处比较少，有些手足无措，想不太明白这个女孩子在笑什么。

他想了想，只好闷头继续修补。

等到他补完了这一块，准备挪地方的时候，发现他刚刚递给小姑娘的那瓶矿泉水已经被喝完了。

顾白看了那空瓶子好一会儿，忍不住露出了个小小的笑容。

等到朱鸟跟谢致回来的时候，顾白已经把周围的墙壁都修补好了，这会儿正跟小姑娘凑在一起，研究祭台原形的问题。

两个人满脸严肃认真，小姑娘还拿着个小本本，认认真真记下了顾白的问题，准备回去问问老师。

两个人之间气氛是相当正常的，但架不住有的神兽想要搞事情的心。

朱鸟瞅着这俩，手肘捅了捅旁边的谢致，兴致勃勃地问他："你说我把照片拍下来发给司逸明和顾朗的话，他们俩谁先爆炸？"

谢致："……"别了吧小姐姐。

恕我直言，你这是在自寻死路。

第19章
古阵

朱鸟在搞事情的边缘反复横跳。

她顺手拍了张照片，犹豫了好一会儿，终于还是良心发现，没有在这种大家都在苦恼不堪的时候再干出点儿什么事来。

她收好了手机，向着没有发现她到来的两个人走了过去。

她脚步很轻，轻到让人难以察觉。

顾白捕捉到了一丝细微的动静，微微偏过头来。

这一眼，顾白就捕捉到了一道红色的身影。

他转过头来，对缓步走来的朱鸟露出个笑容来。

"朱鸟女士，又见面啦！"顾白挥了挥手。

人类小姑娘顺着他看的方向看过来，愣了。

就人类的审美观来说，朱鸟整个人看起来几乎是美得毫无瑕疵的。

她的皮肤很白，但脸上却泛着健康的红晕。

肤如凝脂，面若桃李，就正是朱鸟的准确写照。

她今天穿着一身白衬衫配黑红格子短裙，算是稍微体贴了一下人类对于气温的感受，在外边套了一件颇有些厚度的红色大衣。

大衣上两排金色蝴蝶结样式的扣子，领口和边缘有一层柔软洁白的绒毛，衬得她的肤色更加白皙。

两条笔直笔直的大长腿在这还有些凉意的天气里大大咧咧地露在外边，脚上踩着一双暗红色的天鹅绒高帮细跟鞋。

整个人显得挺拔又艳丽。

小姑娘满脸惊叹地看着款款而来的女性，只一面就被迷得晕乎乎的。

顾白没有察觉到旁边小姑娘的异常，他从祭台边上站起身来。

朱鸟娇妍的脸上也露出了笑容，她的目光淡淡地扫过顾白身边的人类，而后视若无物地收回了视线，给了顾白一个大大的熊抱。

"哎呀想死我了！"朱鸟使劲揉了两把顾白的脑袋，"司逸明竟然肯放你出来啊！"

"司……司先生……"顾白被抱着，感觉有些喘不过气，但还是很艰难地传达出了自己的话，"司先生一直都肯放我出来……"

朱鸟撒开手，手肘大咧咧地搭在顾白的肩上，说道："獬豸说你有事找我帮忙？"

顾白松了口气，点头指了指祭台对面的墙面。

"那个。"他有点儿不好意思，"我只能察觉到您的血的气息，别的我不认识……"

朱鸟对此并不意外，撒开了搭在顾白肩上的手，摆了摆手："知道啦，我去看看。"

顾白看着朱鸟在那面图腾前边溜达了一圈，伸手摸了好一会儿之后，又继续去观察别的地方了。

她还把谢致给抓了过去，凑在一起嘀嘀咕咕的，看起来就算是朱鸟也得仔细分辨一下用料的问题才行。

顾白看了一会儿，就重新回到小姑娘旁边，重新撩起了袖子，打开笔记本和文件夹："来吧，我们继续。"

小姑娘回过神来，目光还在朱鸟身上。

对方若有所觉，偏过头来看了她一眼，那一眼里没有丝毫波动，就像是看到了一颗普通的石头一样一扫而过。

小姑娘一个激灵，赶紧收回了视线。

顾白看着这姑娘打了个哆嗦，愣了愣："冷吗？"

小姑娘摇了摇头，小声道："神兽对人类的态度差距好大啊。"

顾白闻言，看了一眼朱鸟那边，表示理解。

他觉得这事也没什么好隐瞒的："因为人类寿命短。"

小姑娘一愣，短促地"啊"了一声，脸上还带着些茫然。

"因为人类寿命短，他们只能眼睁睁看着人类老去死亡，所以会不愿意搭理人类或者干脆就不正眼看人类是很正常的事。"

绝大部分人类对于自己一生终点的规划，大多是颐养天年，然后比自己的伴侣先走一步。

因为他们害怕漫长的有人陪伴的时光里，最后也最为寂寞的孤独。

而妖灵族在逐渐认清了绝大多数人类这样的本质之后，就渐渐不再与人类这个狡猾的种族深入交往了。

而那些天性念旧的，比如朱鸟这类的灵族或者神兽，尤其如此。

顾白把手里的笔记本翻到了刚刚交流的那一页，对小姑娘安抚地笑了笑："好啦，我们继续吧。"

小姑娘还有些反应不过来，懵懂地应了一声，跟着打开了笔记本，继续认认真真地记了起来。

朱鸟在那边抠下了一块带着些颜色的墙皮，在手中把玩着，一边分辨着其中的构成，一边收回了盯着顾白那边的余光。

"貔貅就随顾小白这么折腾？"她问谢致。

"嗯？"谢致正触碰着墙面上的痕迹，听到朱鸟这么问时微微一愣。

朱鸟冲着后边两个努了努嘴。

谢致恍然，说道："小白自己愿意的，他还年轻，总得让他自己多经历一些事再说。"

朱鸟皱了皱眉，有点儿不赞同的意味。

"随他吧。"谢致说道，"以后难过起来也是司逸明和顾朗要愁的事。"

朱鸟不说话了。

她低头看着手里的墙皮，又看了看已经撩起袖子拿出了画笔准备开始尝试着修复祭台主体的顾白，沉思了好一会儿，环视了这里一圈，突然打了个响指，满脸恍然。

"我想起来这里了！"朱鸟说道。

顾白循声看过去。

朱鸟把手里抠下来的墙皮随手扔了，走到正准备修复祭台的顾白旁边，看了一眼资料上推测的祭台复原的形状，拿过笔修修改改好几个地方。

"祭台是这样的！"朱鸟放下了笔。

"哎？"顾白茫然地接过笔，"您记得这里……？"

朱鸟点了点头："啊，这里以前有我庇护下的人类来着，这个祭台是那个部落的人类修的，但是我记得那儿不是个洞窟，是个大空地来着。"

"应该是为了补全成阵法，被仙人修补成了一个隐秘的洞窟。"谢致补充猜测。

之后随着时间的推移，有过几次修补阵法和洞窟的事情，所以那些人类检测出来的土壤年龄才会波动很大。

朱鸟"嗯"了一声表示赞同。

她抬头看了看穿顶上那些不规则的洞口，看着那些孔洞的分布，若有所思。

她手里拿着顾白的笔记本，稍微比对了一下祭台的位置，把手里的笔记本往顾白怀里一塞，指了指穿顶上。

"我再去捅几个洞。"她说道。

顾白一愣，转头看了一眼身边负责接洽这个事的小姑娘。

小姑娘张嘴就想反对，毕竟这可是著名的物质文化遗产，怎么能随便动？！

但想到眼前这些人的身份之后，缩了缩脖子，小声道："请便……"

朱鸟看了她一眼，脚一蹬飞到穿顶上，摸索着又多捅出了好几个洞来。

顾白在她飞上去的瞬间就红着脸迅速低下了头。

跟他同时低头的还有他旁边的小姑娘。

两个人并排站着，眼观鼻鼻观心，两张脸红得如出一辙。

但谢致就不一样了。

谢致就仰头看着朱鸟，还嫌弃了一句。

朱鸟一愣，气得反手就是一团火："老娘让你看了？！"

谢致躲过那团火，一脚过去踩灭了，把目光从朱鸟身上挪到了新捅出来的那些洞上。

他一眼就看出了名堂："南方七星宿？"

朱鸟落下来，拍掉了身上沾着的灰尘，点了点头："嗯。"

她一边拍着灰一边又问道："什么时候了？"

谢致看了看表："十点五十。"

朱鸟算了算时间，对顾白说道："午时三刻之前修好祭台吧，还有一个多小时的样子，要不就得等明天了。"

顾白突然被点到，挥了挥画笔，脸上还有点儿红，慌慌张张地"哦"了一声，赶紧过去照着朱鸟改的祭台画了起来。

顾白的业务能力还是相当好的，说午时三刻之前修好，就没有拖后哪怕一分钟的时间。

古传午时三刻是一天之中阳气最盛的时候。

太阳逐渐行到头顶的位置，阳光透过穹顶的孔洞落下来，形成了几十道光柱。

这些光斑零零散散地落在墙面和祭台上。

顾白最后一笔落下的时候，由黄土构造的祭台上瞬间洒落下了数道阳光。

几道阳光完完整整地占据了祭台轮廓的每一个角，将黄土的祭台映照得宛如白玉。

随着时间的推移，散落在墙面上的那些光亮也落在了祭台上，在祭台中央隐隐形成了一团火焰的轮廓。

地面微微一震，就像是突然激活了什么东西一样，昏暗的洞窟瞬间变得无比敞亮，亮得甚至有些刺眼，刺眼到人类的小姑娘难受地哼了一声，抬手遮住了眼睛。

顾白微微眯着眼，在一片绚烂的光里看到了周围墙面上的空白地方，绘制着一些繁复的图案。

这些图案的终点，就是进入洞窟之后迎面就能看到的朱鸟的图腾。

"这就是这里的阵纹了。"朱鸟的声音自耳边响起来，带着些抱怨，"怎么这么复杂？那些仙人的脑子都是怎么长的啊？"

顾白听着朱鸟一边哼哼唧唧，一边认命地从他手里拿过了笔记本，用与言语上的嫌弃截然不同的迅速利落的动作，把那些繁复玄妙的图案给记录了下来。

"你这么急做什么？"谢致在一边看着她画，"不怕画错吗？"

"完整的阵纹只有在启动的时候会展现出来，不急的话，这个人类瞎了你负责吗？"朱鸟没好气地说道。

谢致看了看那蹲在一边躲避着这刺眼光亮的小姑娘，轻啧一声，走过去从她怀里抽出了笔记本。

他小声嘟哝了一句"人类真麻烦"之类的话，打开了笔记本，跟朱鸟背靠着背，迅速将另一边的阵纹给记录了下来。

顾白看看这个，又看看那个，从手绳里拿出了一块厚重漆黑的特制霞锦，一抖，把整个人类小姑娘都裹在了里边。

"顾小白真是心软啊。"谢致扫了一眼，说道。

朱鸟随口附和："就是。"

顾白看着他们一边叨叨一边手不停的动作，觉得自己对这个夸奖受之有愧。

"没有啦。"顾白诚实地说道，"朱鸟不说，我都没有发现这个事。"

谢致一愣，随即马上反应过来，笑了两声，揶揄道："对啊，朱鸟不说，我也没发现这个事。"

朱鸟反手就是一肘子捅在谢致的腰上，语气恶狠狠的："就你话多！"

被捅一下疼得满脸扭曲的谢致难以置信地瞪大了眼，指了指顾白又指了指自己："你……我……明明是顾小白先说的！"

朱鸟迅速记录完了那些阵纹，转头看向谢致，笑容满面地说："我记下了，回头我就告诉司逸明，你唆使我对顾白行使暴力。"

谢致："……"

顾白把盖在小姑娘身上的布掀开，抬手犹豫了好一会儿，最终轻轻地、轻轻地戳了戳对方的背。

"已经好啦。"顾白轻声说道。

小姑娘试探着抬起头来，揉了揉眼睛。

被强光刺激过的眼睛现在看什么东西都泛出一层浅淡的白色光芒。

但即便如此，她也多少能察觉到周围恢复了昏暗的环境。

小姑娘松了口气，看着那个土土的祭台，小声感叹："真神奇啊。"

顾白看着满脸惊叹的小姑娘，头一次在种族这方面有了高于他人的优越感。

这样令人震惊的大场面他看得多了！

他连幽冥都去过！

顾白带着些无法察觉的小骄傲站起身来，把手上这匹霞锦细心叠好，放进了手绳里。

"你休息一下吧。"顾白说道，然后重新撩起袖子，对小姑娘笑了笑，"我去帮忙啦。"

小姑娘应了一声，在祭台边上看着洞窟里三个非人类生物凑在了一起，安静得像只小仓鼠。

顾白刚一过去，又无比迅速地跑了回来。

"你还是出去等吧。"顾白对小姑娘说道。

小姑娘一愣："哎？"

"最好离远一点儿。"谢致在那边扬声提醒，"不然的话会被烧成灰的哦。"

他们要用到的绘制阵纹的主料是朱鸟血，哪怕掺了别的一些中和的材料，直面朱鸟血也足够让人类变成一团焦炭。

顾白想到之前即便是他也感觉过于滚烫的朱鸟血的温度，带着这个小姑娘往洞窟外走了很长一段距离，才停下脚步。

"就在这里吧。"顾白目测了一下距离，从手绳里翻出了一条小凳子、一张小桌子，还有好几份之前为方便随时给司先生投喂而塞在手绳里的小甜点。

因为脸的关系，顾白以前招来的女性大多对他充满了母爱，这次难得遇到一个看起来弱唧唧能让他充当大哥哥的女孩子，顾白感觉浑身都是劲。

"在这里稍微等一下。"顾白说完，看了看距离，犹豫了一下，又把桌椅往后挪了一段距离。

周围的温度渐渐升高了，但在微凉的三月初来说，还在能够接受的范围，只是稍微有点儿热了。

原因大概是有那个非同一般的洞窟的阻挡。

但洞窟上边毕竟还是有好几个小孔洞的，热气散出来，让洞窟周围那些抽芽的植株都卷曲了起来。

顾白感受了一下温度，有些不确定普通人跟他的感官之间的差距到底有多大。

"热吗？"他问道，顺手开了一盒奶油小方。

小姑娘看了看周围的环境和眼前的桌椅及甜点，在感慨"神兽真厉害"和回答顾白的问题之间犹豫了两秒，选择了后者。

"还行。"她答道。

"嗯。"顾白笑了起来，"那你在这里等着，我们短时间内不吃饭也不会觉得饿，你还是得吃点儿东西，如果觉得热的话就再往后退点儿。"

小姑娘点了点头，看了一眼远处洞窟附近因为高温而扭曲的视野，明智地选择了坐下享受。

顾白回到洞窟里，左右看了看，说道："我来帮忙啦。"

朱鸟和谢致一人一边正在勾画着阵纹，闻言一顿。

两个人看了彼此一眼，想了想，对顾白说："那你帮我们出去砍树吧。"

顾白一愣："哎？"

"把阵纹画到墙上而已，我们也可以做到的啦。"朱鸟摆了摆手，"比起这个，去外边砍树比较重要。"

顾白茫然了好一会儿："砍树？"

"嗯。"朱鸟点了点头，"因为这里的阵纹画完等一下就会烧起来，外边如果不清理干净的话……"

谢致迅速接话："放火烧山，牢底坐穿。"

顾白："……"

朱鸟沉默了两秒，非常勉强地点了点头："也差不多是这个意思。"

顾白看了看心满意足的谢致和满脸不爽的朱鸟，脚底抹油刺溜一下跑出了洞窟。

洞窟外边的植被从近到远从焦炭到被烤得卷曲。

附近还有一些零星燃着火星的炭屑。

顾白努力忽视掉了洞窟里传来的疑似暴力行为的动静，一边想着神兽真是一言不合就习惯暴力解决，一边踩灭了那些火星。

砍树这种事情，顾白是没有干过的，但是单纯以他如今的力量来说，一脚直接踹断一棵树肯定是没什么问题的，不管什么树应该都没问题。

顾白走到一棵苍松下边，仰头看着有三四米高的松树。

这棵松树距离洞窟并不太远，因为高温显得十分萎靡。

几团翠绿翠绿的光团从松树里飞出来，绕着松树转了几个圈，最终跟见到了亲人一样，冲着顾白飞了过来。

这些光团顾白是见过的。

之前每天跑到楼顶上去尝试着抓那一丝天地元气的时候，司逸明跟他说过，这种寄宿在草木与土地里的光团是精怪。

这些精怪会在灵气相对浓郁的地方聚集，并选择一些符合它们天性的草木寄居。

而相应的，在它们聚集的地方扎根的草木会生长得格外好，成精的概率也要高上很多。

像那些深山里存在了多年的草木精怪，还能够把被砍断的树木重新扶回来，黏合得毫无违和感。

这几团绿色东西觉得顾白身上的气息十分亲切，绕着他转了几圈，着急地在他面前晃来晃去，然后在松树的根部转了好几圈。

顾白看了一会儿，试探着问道："想我把它挪走吗？"

光团上下晃了晃。

顾白看了看光团，又瞅了瞅这棵松树。

大概这棵松树正是它们栖身的场所吧，怪不得在周围的树木都扛不住的时候还能够挺立。

"好吧。"顾白深吸了一口气，走到松树旁边，将其抱住。

那几个光团赶紧钻进了土里，把这棵松树的根脉保护了起来。

顾白尝试着用了用力。

出乎他意料的是，他并没有受到什么阻力，虽然根系被接二连三地拔出来，土层翻出的声音不绝于耳，但在抱着松树往远处走的时候，顾白几乎感觉不到重量。

而松树的根系更是完完整整的，老长老长地被他拖着走，还被他不小心踩了几脚。

这个活计出乎意料地轻松。

顾白把松树搬离了这块温度超标的地方，找了块空地把它放了下来。

松树的根系很长，在落地的瞬间就像是有意识一样，迅速扎进了土地里。

顾白看着瞬间就抖擞起来的树木，露出个小小的笑容来，转头准备去砍个隔离防火带出来。

他一转头，嘴角的笑容僵硬了一瞬。

有无数五颜六色的光团从四面八方飞过来，亲昵讨好地蹭着他的脸和手。

有了刚刚松树的前车之鉴，顾白用脚趾头想也知道它们这是什么意思。

顾白叹了口气："好吧、好吧，我会帮你们的。"

他早该想到的，既然这里能够成为阵点，那十有八九是个灵气浓郁的地方，至少比别的地方要浓郁一点儿。

这种地方怎么可能就只有那几团精怪？

顾白一边不辞辛劳地拔着树，一边想道。

就是他们楼顶上的花圃里，都住了几十团精怪呢。

顾白任劳任怨地帮忙运着树，还顺便给和洞窟有段距离的空地做了一次园艺装修。

坐在洞窟外边无比乖巧地啃着小甜点的人类小姑娘，就眼睁睁地看着洞窟周围那一圈树被一棵棵连根拔起，连一些低矮的灌木都没有被放过。

而那些被连根拔起运走的树木，在远处一个相对平缓的坡地里，被分门别类，完美摆成了一个花园迷宫。

小姑娘舔了舔勺子上沾着的奶油，认真思考着到时候怎么对外解释这个突然出现的小花园。

这个洞窟可是已经登记在册准备开放的旅游景点之一。

虽然因为地震的事情被短暂地搁置了一段时间，但在修复完毕之后还是要开放的。

而补阵的神兽们对此没有任何意见，甚至是非常赞成的。

多一点儿人类来，阵法从每个游客身上吸取那么一点点精力，就足够维持住这个阵点的运转了，理想状态的话，连灵力都无须提供。

所以这里的变化，最终都是要有一个官方对外解释的说法的。

这种时候就得编故事了。

小姑娘苦着一张脸，纠结地看着远到她看不太清的那道人影继续健步如飞地搭建迷宫花园，挖了一大勺提拉米苏，重重地叹了口气。

三个非人类生物的忙碌一直到天色擦黑为止。

顾白把最后两棵乔木放在了这个并不算特别方正的小花园门口，看着他一下午的巨作，满意地擦了擦额头上冒出来的一层薄汗，转头向那个小仓鼠似的人类小姑娘那边走去。

这个时候，朱鸟和谢致也终于画完了阵纹，两个神兽从洞窟里走了出来，脚下不停，直接就奔着顾白的方向去了。

顾白走出没多远，就看到洞窟的方向骤然一亮，伴随着"轰"的一声闷响，冲天的火焰从洞窟顶上那些孔洞喷涌而出。

火舌吞吐着，舔舐着黄昏时的暮色，将这一块照得透亮。

那些炽烈的火苗汇聚在一起，隐隐约约形成了一个不稳定的人形。

这个人形向着南边跃动了几下，然后跪在地上叩拜了一番，接着又跳起了大概是祭祀的舞蹈。

上空有一层浅淡的光膜，偶尔有几道流光十分规律地划过，顾白看了一眼，认出了这是当初在灵族集市上看到的障眼法阵。

小姑娘目瞪口呆地看着这一幕。

顾白也有些惊叹地看着那个浑身跃动着火焰的人形。

朱鸟和谢致走过来，后者脸上带着些许的擦伤。

顾白就着火光将他脸上的伤痕看得十分明显，关切地问道："怎么了？"

谢致揉了揉脸，疼得龇牙咧嘴，随口道："我这种文系神兽真的很吃亏。"

"那你可以练武啊。"朱鸟在一边冷不丁地插嘴。

谢致"噫"了一声，强烈的求生欲让他闭上了嘴。

朱鸟将手伸进口袋里，把记事本放在了那个人类女孩子面前。

她动作不算轻，多少还是让这个女孩子一惊。

小姑娘有点儿怕这个看她像是看物品的神兽，微微瑟缩着不敢动弹。

朱鸟看了她一眼，眉头一跳："看我做什么？"

小姑娘忙不迭地收回了视线。

朱鸟啧了一声，对于跟人类打交道实在没什么兴趣。

她摆了摆手："我先走了。"

谢致等朱鸟的气息逐渐远了，才放心把人类小姑娘面前的笔记本翻开，指了指他翻到的那一页。

"这是朱鸟写的，她对搭建这个祭台的部落的印象。"谢致说道，"你们要是需要介绍资料什么的，可以参考一下这个。"

小姑娘一愣。

谢致也算是对人类比较亲近的那一挂了，斟酌了一下用词，说道："朱鸟就是嘴上比较……嗯……你懂的。"

手上也挺凶的，谢致摸了摸自己的脸，却没有把这话说出来。

小姑娘愣愣地点了点头，低头看着笔记本上稍显狂放随意的字体，上边一条一条地，将当年那些部落人类的生活习俗和祭祀习惯写得明明白白。

她呆怔了许久，忍不住弯起了嘴角，笑着说了声谢谢。

第一个阵点修复得轻而易举的朱鸟回去就抓了几只凤凰给神兽们去了信。

而一个个捧着个阵盘，钻研阵法基础钻研得满头包的神兽得到了口信，从朱鸟补好的这个阵点上得到了灵感，发现了顾小白的妙用。

神州大阵是由许许多多的小阵法重叠而成的复合型大阵，修复起来说难不难，但要说简单却也不简单。

如今有了阵图的提示，神兽们前往需要修复的地方溜达了一圈，发觉大都是因为地动损伤了阵法本身，还有普通的年久失修。

年久失修，指的就是灵气流失又无法以其他形式来补充，导致阵法失去了效果。

硬要说的话，前者麻烦，而后者比前者还要麻烦上许多倍。

因为地震而损伤的阵法，大多数只需要修补复原，然后趁着阵法重启的机会重新绘制一遍阵纹就行了。

而年久失修的那一部分，就需要先对阵法有足够的了解，并结合如今的环境情况，对阵纹进行调整修正。

这就是个令满脑子都只想暴力解决的神兽们感觉头秃的问题了。

不过幸好，有了掌握了点墨山河的顾白之后，修补被地壳运动和因为奇怪问题产生了裂痕的阵点变得简单高效起来。

而偶尔遇到已经被人类圈起来作为人文旅游景观的地方，基本上都是清场之后，由固定的人士，即之前那个人类小姑娘来接洽。

"进出的时候要小心一点儿，这边人类的车来往很频繁。"

白虎手里拿着跟他形象相当不符的卷轴，带着顾白绕着一个小小的草坡转悠了几圈，绕到了一条高速公路边上，脚下踩了踩翠绿的草地，趁着没车的时候，倏然消失在了原地。

一片浓雾展露在他们面前，一股刺鼻的硫黄味扑面而来。

顾白转头四处看了看："温泉？"

"嗯……接下来是往这边走。"白虎应了一声。

他把卷轴展开得多了些，边走边看，嘴上还在小声地抱怨："现在是个风景好一点儿的地方都被人类圈起来了，这种天然温泉要是不藏起来，估计温泉山庄都建起来了。"

变成温泉山庄了他们要想有什么动作就很难了。

顾白最近也看了不少书，严肃地说道："发展旅游业。"

白虎看了他一眼，又瞅着卷轴上密密麻麻的古文字，重重地叹了口气。

"我觉得我要秃了。"白虎看着卷轴上这堆字，感觉自己的毛掉了一地。

顾白闻言，偏头瞅了瞅白虎的头顶，看了好一会儿。

白虎被看得浑身毛都要炸起来了，慌慌张张地抬手往脑袋上一盖："真……真的秃了吗？！"

顾白一愣，赶紧摆了摆手："没有、没有，依旧很浓密。"

白虎仔仔细细摸了一圈，确定自己发旋周围依旧浓密，长舒了一口气。

"吓死我了……"

顾白跟着白虎往前走，在一个温泉前边停下，然后转头看向了左边。

那边是一道陡峭的崖壁，跟对面的另一面崖壁间隔了三到四米远的距离。

"呃……"白虎也没想到，蒙了好半晌。

顾白经过这么多次修补，非常清楚自己应该做点儿什么。

他乖乖拿出了画笔，问道："填上？"

白虎点了点头："填上。"

顾白撩起袖子，走到了崖壁边上。

这两道崖壁看起来像是被硬生生撕裂开来的，崖壁很长，中间的峡谷底下流淌着难得浓郁的灵气。

"这个阵点的核心倒是保存得很好啊。"白虎探头出去嘟哝了一句。

补阵补了好几次了，顾白对于应该怎么修补也有了心得。

点墨山河这种技巧，讲得直白一点儿，其实就是将自己的想象具体表现出来。

要把峡谷补成适合补充阵纹的平地，他得补得很自然才行，要像没有存在过这道裂痕一样。

这次可是个大工程，顾白看着这条长长的峡谷，想着。

白虎坐在一边低头看着手里的卷轴，偶尔抬头看看顾白那边的进度。

虽说工程很大，但顾白真正要画的，其实只有覆盖在两个峡谷之间作为桥梁的土层。在牛烘烘的体力支持下，顾白的进度其实很快。

白虎在周围全是温泉的湿答答的环境下感觉浑身都不自在，手里拿着写着阵法基础的卷轴也实在看不下去。

本性还是兽类的白虎对于这种文系任务根本静不下心来。

要说什么事情能让他们专注一段时间，大概只有在跟势均力敌的同僚打架的时候，或者是狩猎的时候。

比起手里的卷轴和周围湿漉漉的环境，白虎对顾白更加感兴趣。

司逸明最近很忙，忙到只在匆匆间跟顾白见了几面。

究其原因，主要貔貅太有钱了。

以司逸明的库存或者他曾经的库存，基本上遇到什么分辨不出来的阵纹材料或者是核心之类的东西，找司逸明肯定是没错的。

这只小气吧啦的貔貅到底还是以大局为重，在补阵这件事上，出乎意料地好说话，好到有求必应。

虽然神兽们都知道最近放肆使唤司逸明的事情肯定会被这个小心眼的家伙记上小本本，但多年塑料情难得占一次上风，自然是有仇报仇有怨报怨。

后果撑死就是打一架然后被掏空小金库嘛，别的不说，就说这次补完了阵，估计谁家的小金库都是空的，更别说白虎这个不补阵的时候都两边口袋布贴布的贫民窟神兽了。

看司逸明能怎么办。

白虎美滋滋地想着，把手里的卷轴往芥子空间里一塞，屁颠屁颠地凑到了顾白身边。

顾白仿若未觉，自顾自认真专注地在眼前的虚空中作画，画笔挥动间牵动的灵气汇聚在一起，几乎要透出肉眼可见的灵光来。

白虎刚准备招呼顾白，就被这一手给镇住了。

这一手他见过，以前随手画屋景的那些神仙，就是墨笔一挥风起云涌，随意牵动的灵气轻轻带过都能削掉他尾巴尖上一层毛！

那可不是普通的毛，那可是他堂堂天地所生的神兽白虎的毛！

白虎看了看顾白，摸了摸自己的屁股，又瞅了一眼顾白手里牵动着灵气的笔尖，回忆起自己曾经睡得好好的，却被意外剃光了尾巴毛的黑历史，浑身毛炸得蓬蓬松松，忍不住往后退了退。

等到顾白感觉到疲惫，收回了笔做了套眼保健操转头看向白虎的时候，就看到了离他远远的、浑身雪白几乎要跟周围的浓雾融为一体的白虎……的原形。

这头原形怎么看怎么傻了吧唧的白虎瞪着他的豆豆眼，两只耳朵耷拉下来，两只大脚掌正抱着尾巴，无比珍惜而小心翼翼地舔着尾巴毛。

顾白挪开了视线，明明人形看起来还挺好看的，但原形是真的……蠢。

白虎抖了抖耳朵，敏锐地察觉到那边唤起他心理阴影的动静逐渐消停了下去。

飞机耳迅速立了起来。

他站起身，抖了抖身上因为不散的雾气而沾着的水珠，凑到顾白边上坐下，一副准备促膝长谈的样子。

顾白看了看凑过来的大白老虎，皮毛雪白不含丝毫杂色，油滑光亮还带着点点白色的荧光，身躯庞大而威武，脚掌厚而肥大，爪子尖利锋锐，两颗利齿从吻部两边露出了两个闪着寒光的小尖。

这当真是神明画卷之中走出来的猛兽，如果不看脸的话。

顾白的目光从白虎身上挪到他脸上，跟他的视线对上两秒之后，在笑出声之前迅速移开了目光。

白虎心大，半点儿没发觉顾白眼中细微的笑意。

顾白清了清嗓子："您不看卷轴了吗？"

白虎甩了甩尾巴，那张怎么看怎么丧的虎脸显得更加丧了一点儿："看得头秃。"

顾白看了看他的虎脑袋，小声道："还没秃。"

白虎快快地抬起爪子挡住了自己的脑壳："掉毛了！我今早上起来掉了足足两根！两根！四舍五入就是秃了！"

顾白张了张嘴，又闭上。

可能是换季掉毛吧，毕竟快夏天了。

"唉，司逸明什么时候才会翻车呢？"

白虎趴下来，瞅着旁边的万丈峡谷，心心念念貔貅什么时候有个小辫子伸出来。

这样他以后就能揪着司逸明的小辫子赖账了！

贫民窟神兽期待地搓了搓爪子。

顾白听着白虎一叠声地哼哼着貔貅翻车之类的话，一抬眼，就看到远处有一道身影迈着无声的脚步，越来越近。

那道身影悄无声息地靠近了这里，把"司逸明什么时候会翻车"的话听得一清二楚。

顾白看了看眯着眼，满脸阴险地走到了距离白虎两米位置的司先生，又看了看正掰着爪子认认真真算着自己到底欠了司逸明多少东西的白虎，明智地给浑身上下都写着想打虎的司先生让开了道。

白虎粗略地算完了最近十次的欠债，无比忧愁地叹了口气。

"还不完了，这辈子都还不完了，貔貅还算利息的，不如干脆把他做掉吧。"

"哦？那看来我只能先下手为强了。"

司逸明凉凉地说道，抬脚就把白虎踹下了峡谷。

顾白停下笔，活动了一下手腕，又雷打不动地做了一套眼保健操，然后转头往旁边看去。

在离他颇有一段距离的地方，温泉蒸腾而起的雾气被驱散得一干二净。

而在一片浓重的硫黄气里，两道令人恐惧的巨大身影在激烈地碰撞着，从他们时不时张开嘴咆哮的动作来看，大约还在叫骂。

神兽们打起架来可一点儿不讲究，虽然他们心里还是很有数，动作收敛着并没有破坏这里的地形，但见识过司先生和自己的老父亲打架的顾白，也大约能猜到这两位神兽嘴里在骂骂咧咧些什么。

不过为了不打扰顾白画画，司逸明随手画了一道结界下去，替他挡住了所有声响。

打起架来的白虎还是相当威猛的，毕竟白虎也是同为司掌军队的神兽，平日里尿了吧唧的大多是因为自己贫穷还欠着人家人情。

白虎本质也是很强的，单纯从天生的战斗力来说，他是四方神兽里最强的那一个。

自古以来白虎的威猛就深入人心，连以前人类铸造的兵符都大多是虎印的形状。

真打起来，在如今某著名教派里被称作监兵神君的白虎的威猛就显现了出来。

顾白慢腾腾地啃着之前司先生顺手给他塞的吃的，看着那边的战况，感慨着白云飘先生的性格真的是很好。

就顾白眼前所见的景象，他当初还懵懂无知不知道怎么控制灵气，全凭本能和画技给白虎画的那幅图，真的不及本尊风采十之一二。

虽然没有纹路的纯白虎平时看起来是真的又傻又丧，但猛兽毕竟还是猛兽，真正露出獠牙利齿的时候，那副凶悍的模样可跟他舔尾巴毛的憨态搭不上半点儿边。

也不知道当初白云飘先生是本着怎样的心情夸奖他画得好的。

顾白啃完了一个糕点，拍了拍手上掉落的残渣，然后重新拿起了笔。

谢先生说得对，像他们这种文系的，还是别去掺和那帮打起架来不要命的神兽们的战争比较好。

用谢先生的话说，就是能用嘴皮子解决的事，就绝对不要动手。

不过对司先生他们而言，大概撩起袖子就是干才是真理。

并不怎么会打架的顾白在谢先生和司先生之间犹豫了一下，还是选择了相信在司先生眼皮子底下跳了这么多年还没被打的谢先生。

虽然谢先生终究还是被朱鸟给捶了一顿。

但是就求生技巧而言，认识的神兽里，顾白只服谢先生。

不信你看看同样在司先生的眼皮子底下皮来皮去的翟先生，三天两头就招一顿打。

顾白看着还剩下一小截但是终于能够看到尽头的裂缝，抬手拍了拍脸，抖擞起精神认真画了起来。

画了不少次，他也有经验了，在将这里修复完成之后，这里就会像前几次一样，汇聚成一片光亮，阵纹浮现出来，到时候就由白虎接手把阵纹重新绘制一下就行了。

顾白琢磨着，能让那两位停下来的，估计也只有阵纹这个东西了。

毕竟白虎爬上来之后就气势汹汹地跟司先生打到了现在。

虽然究其原因，是司先生阴险地表示要加利息，导致贫民窟的白云飘先生崩溃地号叫了一声，决定一不做二不休打死债主从此超脱。

顾白感慨着神兽们的感情真好，打得这么凶过个两天又能坐在一起喝酒吃肉。

不过这一次司先生看起来也有点儿不爽，生气的原因当然不是白虎明显开玩笑式地说要做了他，而是白云飘先生说，大家都在说顾白可能在谈恋爱的事情。

这个传闻司逸明其实早有耳闻了。

在上一次碰面的时候，顾白就被他询问了。

他直接就问顾白跟那个人类小姑娘是怎么回事。

司逸明自然知道小姑娘是人类那边负责接洽的工作人员，但是架不住有人看到顾白给小姑娘塞甜品，偶尔下了工还带她一起去吃个饭什么的。

孤男寡女，自然而然就会传出点儿什么奇奇怪怪的传闻。

顾白完全没想到这么多，当时愣了好一会儿，回答说就是普通的同事关系。小姑娘性格好、脾气好，除了对陌生人相对戒备一点儿之外，简直就是他以前的翻版，让顾白忍不住把她当妹妹照顾了一下。

男性大多会对相对弱势的女性心生好感，这个好感可能是遇到了一只黏人的小奶猫，顺手撸一撸的程度，也可能是一见钟情之类的。

顾白在谈到人家的时候眼里没有一点儿别的意思，明显就是路上遇到了小奶猫撸一撸的态度。

司逸明是了解了，但架不住流言汹涌，尤其是听到白虎跑到顾白面前叨叨，还在背后说要做了他。

刚好司逸明手痒想打架，白虎皮到了他的枪口上，打起来几乎是想都不用想的事情。

从来不把这种事情放心上的顾白对此一点儿感想都没有，一门心思扑在了补阵上，就态度来说，比那些神兽要主动端正得多。

在顾白负责补阵的时候，负责那个阵点的神兽多少会受到影响变得认真一点儿。

不过顾白一走，他们马上又重新被打回了原形。

在拖延症和不想学习这两件事上，哪怕是玄龟也无法抗拒懒癌的侵袭。

顾白虽然看着有点儿着急，但想想人家花费了万万年都没有克服掉这个毛病，能受到他的影响间歇性踌躇满志一下，也是非常不错的了。

顾白在自我安慰这一方面技巧超绝，每次都会换个有利于自己心情的方面想想，或者睡上一觉，基本上什么烦恼都不会有了。

顾白打上次从蜃景回来起，就开始学乖记录时间了。

他最近长期都停留在一些奇奇怪怪的、独立于外界月升日落的特殊空间里，已经养成了依赖手表的习惯。

堆在家里的那些司先生送的腕表，也总算是有了用武之地。

在记录下司先生到来的第五个凌晨十二点的时间之后，顾白偏头看向依旧打得十分凶残的方向。

司先生这次看起来时间挺充裕的。

顾白想着，打了个小小的哈欠，揉揉眼睛，看着最后那一道约有一米长三十厘米宽的裂痕尾巴。

他有点儿困了，但胜利就在眼前。

顾白在休息一下和坚持之间犹豫了足足五秒，最终还是秉持着赶紧画完然后跟司先生去下一个阵点的心思，手上动作飞快。

司逸明和白云飘两个打起来几乎完全忘记了时间。

他们以前一打就是几个昼夜不停也是正常的事情，虽然打完之后也会暴睡个几十天，但是五天对他们来说真的什么都不算。

但两个人打了五天，也并没有分出胜负来，甚至连彼此的防都没破。

顾白落下了最后一笔，看着从他的指尖逐渐蔓延开来的光芒，微微松了口气。

阵法勉强重新运作了起来，橙红色的阵纹浮在地面上，跟那些星罗棋布的温泉一起，组成了一个和谐圆融的阵法。

顾白看了好几个阵纹，觉得这个的绘画方式是他看过最顺眼的。

相对其他庞杂又繁复的阵纹，这个顺着地势结合了实际、阵纹相对而言并不怎么复杂的阵法实在是合他的眼缘。

白虎一尾巴把司逸明抽开，急吼吼地拿出了一个本子，飞到天上唰唰记录了起来。

司逸明闪身躲过白虎那一尾鞭，下一秒就出现在顾白面前，看着顾白正专心致志地瞅着阵纹，问他："有什么问题？"

"没有，就是看得很顺眼。"

顾白小声说道，想到自己的天性，觉得能让他看顺眼的应该不是什么杀气腾腾的阵法。

他顺口问道："司先生，这个阵法应该不是什么杀阵吧？"

司逸明回想自己最近恶补的阵法常识，认真研究了好一会儿，才点了点头："严格来说不算杀阵，也就是有人意外进入这里之后，把人困死在这里。"

说完他顿了顿，嗅了嗅空气中满溢的硫黄气，说道："死因应该是窒息。"

顾白："……"

司逸明偏头看他："怎么了？"

"没有，有点儿意外。"顾白说着，决定不去细想这些事情，"司先生，我困了。"

顾白说得迷迷糊糊，声音小小软软的，入耳像是含着糖。

他看了看火速记录着阵纹的白虎，又看了看随着光芒渐渐散去而重新展露出来的温泉，一把将顾白拉了起来。

司先生总是习惯直接一手把他托起来。

顾白习以为常，听司逸明说："泡个温泉再回去睡觉。"

然后他带着顾白向白虎的方向走去。

顾白迷迷糊糊地应了一声，出于对司先生的信任，没有任何意见。

白虎辛辛苦苦地记录完了阵纹，就被司逸明不轻不重地踢了一脚屁股。

他暴怒地跳起来，转头就想骂貔貅，却被直接塞了一只鸡腿。

"出去。"司逸明低声说道。

啃着鸡腿的白虎瞪着眼，看了一眼被司逸明抱着脑袋一点一点的顾白，小声地超凶道："出什么出，我要补阵了！"

司逸明轻喷一声，又翻出一只鸡腿来塞进了白虎的嘴里，超理直气壮地说："没看到顾小白困了吗？"

白虎咬了一口鸡腿，又想喷他。

他看了一眼困得不行的顾白，又看了一眼正偏头扫视着大大小小的温泉池，让顾白去泡温泉的司逸明，话到喉咙口却戛然而止。

顾小白补了这么多天的阵是该累了。

顾白是被司逸明抱回家的。

他整个人都累得睡死了过去。

不论是司逸明把他从温泉里拎出来，还是把他小心安置在自己本体的背上平稳飞回来，这一系列的动作，都没有让顾白醒过来，他累坏了。

他在家里蒙头大睡了三天，确认目前已经没有需要他去补阵的阵点之后，就下楼骑着自己的电动车，哼哧哼哧地往外边去了。

他几乎是毫不停顿地就从老师那里接了个团队项目，二话不说就从家里溜了出来。

五月底的天气已经热得怕人了。

哪怕顾白如今已经寒暑不侵了，但看着外边的烈日，还是回忆起了被晒得皮肤刺痛的恐惧。

顾白锁好了电动车，鼓着脸一边在心里嘀咕，一边往项目地点走去。

这一次是久违的整个团队出动的项目。

每年九月中，国内都有雷打不动的一次大型展览，这一次轮到了 S 市主办。

这个活儿被新建的艺术博览中心抢了下来。

出于当初对顾白的那一面 3D 墙和翟良俊带来的宣传流量的感谢，艺术博览中心主动对顾白扔出了橄榄枝。

顾白在来之前就看过了这次项目的资料。

这一次的任务相当繁重。

五月底到九月初，三个月整的工期，他们要完成一个场馆的布置。

S 市艺术博览中心总共三栋展馆楼，但九月中的大型展览，只需要用到其中一栋。

这一栋是主楼，面积颇大，分三层，每一层都要布置。

主策划和壁画方面都是他们团队负责。

而这一次的展览主题，顾白也已经看过了，是"风暴"。

顾白之前在蜃景外头练习点墨山河的时候，没少见识海上变幻莫测的天气和汹涌的暴风骤雨。

在看到这个主题的时候，顾白顺手就拿了好几张他当初画下来的速写带了过去。

"顾小白来啦！！"大学长眼尖，高兴地喊了一声，冲他大力地挥了挥手。

顾白两眼一弯，眉眼间迅速漫上了几丝明显的笑意，一路小跑了过去。

刚一过去，顾白就马上把自己的速写都拿了出来。

学长们和老师挨个儿传阅了，满眼都是惊喜，但却并没有表示就可以使用。

顾白看了看他们，问道："是有什么不妥吗？"

高教授点了点头："是有不妥，这一次我们还要负责整体装饰策划，不是只画一面墙就行的。"

大学长跟着赞同道："我们还得看过那些展品才行，风格和布置什么的都得确定，之后才是结合那些东西开始动手进行最后的补充。"

"而且这种大展，我们最好是能少画一点儿就少画一点儿，不然会影响参展作品本身的意境表达。"另一个学长插嘴。

其他人都在点头。

顾白没太接触过策划这方面的事，最多也就是在课本上看过一些。

他懵懂地点了点头，把草稿收了起来。

高教授看着自己的小弟子，满脸慈和地问道："我们这次照例也是有参展名额的，小白你有意向吗？"

顾白摇头小声道："没有什么必要的诉求，谢先生说我最好先多拿点儿奖。"

高教授见他心里有数，只说道："还是给你留一个名额，你要是改主意了，八月之前告诉我。"

顾白抿着唇，忍不住翘了翘嘴角，乖乖答道："好。"

分配好任务之后，顾白就拿着相机上了三楼，寻找角度记录起三楼的结构来。

虽然使用电脑直接构建 3D 图形更加方便一些，但这种比较原始的拍摄记录手法，偶尔也会给绘画者带来一些别样的灵感。

反正回头照样也是要用 3D 模型来确定最终的设计的，也不急于这一会儿。

顾白在三楼转悠了好几圈，正站在楼梯口，低头翻着自己相机里的照片。

他身边还站着两个学长，他们正在低声讨论如何体现空间延展性的设计，还有要不要干脆把楼梯设在门外。

三个月的工期里还包括了装修微调这一项。

顾白翻着相机里的照片，觉得这次任务未免也太重了。

时间紧迫，而他们至少得一个半月之后才能正式开始运作设计，因为那个时候，所有参展的作品才都会到齐。

顾白翻完了一遍照片，删掉了一部分，刚抬起头来活动了两下脖子，一低头就看到了楼下站着的司逸明。

司先生若有所觉地抬起头来，透过挡光玻璃，目光准确地落在了顾白身上。

司先生看起来心情不太美妙，他紧紧皱着眉头，连身上的衣服都没心情打理整齐，整个人都带着一股狂躁的野性。

司逸明深吸口气，勉强冷静了一点点，向着玻璃后边的顾白挥了挥手，张嘴说了一句什么。

顾白愣了好一会儿，回过神之后忙不迭地把手里的相机往旁边的学长怀里一塞，一转身像只迫不及待想要归巢的乳燕，刺溜一下就一路连跑带滑地下了三楼。

顾白看懂了司逸明刚刚说的那句话。

他说，顾朗回来了。

学长们目送着顾白冲到楼下，然后一个急刹车，微微停顿了一下，还是没控制住自己的急切。

他一伸手揪住了司先生的衣摆，向下拽了拽，急吼吼地问道："真的吗司先生？我爸爸他回来了？"

司逸明低头看了看自己身上被顾白拽得更加乱七八糟的衣服，有些不爽地咂舌。

顾白一惊，赶忙缩回了手，又给衣领都没来得及收拾的司先生整理了一下衣领，讨好之情溢于言表。

"顾朗回来了。"司逸明说完又补充道，"白泽也一起回来了，带着息壤。"

顾白愣住了，半晌才找回自己的声音："啊，这样的啊……"

他这才想起了顾朗回来这件事对他而言意味着什么。

这意味着他得揣着息壤上天补窟窿去了。

"也是。"顾白点了点头，"最近消息很多。"

顾白这种天天看电视的惯性老干部作风，对于一些国内外的风吹草动还是有一定了解的。

最近铺天盖地的，全都是关于气候异常和洋流异常的报道。

别人不知道这到底是怎么一回事，但顾白却是知道些内情的。

想要将埋藏在海底深处，几乎够得上一个海底大陆那么宽广厚实的息壤从海水里挖出来，并不是件多容易的事情。

哪怕他们这边把灵蛇夫人连带着一大批擅长驱使土和水的灵族请去了，在这件事上依然力有不逮。

最近电视一直在报道国外水深火热，又是地震又是海啸的，再加上地壳动荡海底结构巨变，导致各大洋流多少也受到了一些影响。

最近这些日子，国内外有不少渔场遭受了严重的亏损。

但华国所受到的冲击并不算大。

因为司逸明提前就给人类通知过这个事情。

人类的高层非常明智地选择了提前做出应对措施。如果天上那个窟窿真的垮了，大洪水可是灭世等级的巨灾。

话说到这里，别人爱信不信。

反正他们自己先见之明地派出了大量的救援队，一有什么动静就火速前往事发地点进行救援。

自己家的人能保一个就是一个，至于别的，能帮就帮，帮不了的也绝对不轻易松口。

顾白最近各路的消息看得挺多，这些补阵的日子，只要不在没网没电的密地里，基本上天天就靠着这些东西乐和了。

所以最近的那些事情，他了解得的确不少。

他还知道外网上一大群人都在发疯，说这是神罚。

但好在这次频繁的自然灾害只发生在固定的一片范围内，别的地方除了渔业收成糟糕之外，倒是并没有什么特别大的影响。

实际上，最近的那些自然灾害在灵族和神兽们的联手镇压之下，规模其实都不算大，但架不住来得频繁。

而在正式开始挖泥巴之前，各国都已经严令禁止继续接近亚马孙一带甚至停止办理入境了，但这世上总是不缺不怕死的探险家和企图侥幸蒙混的人。

顾白虽然是个博爱党，对灵族和人类大都一视同仁，但同时也很清醒地知道，相比起大洪水来说这已经是很不错的结果了。

"那我什么时候上天去？"顾白问。

"急什么？"司逸明却稍微收拾了一下仪表，把顾白重新推回了场馆里，"认真工作，你等了顾朗这么多年，让他多等等你。"

顾白觉得司先生这大概是在打击报复。

但这种方式的打击报复，比他们遇上之后直接大打出手要来得好多了。

"我就坐在这里等你。"司先生随意挑了个小角落，拉了条凳子坐好，低头看起了手机。

顾白在走之前，站在他旁边扫了一眼司先生的手机屏幕，发觉司先生正在浏览地图。

顾白微怔："司先生，你要出门吗？"

"嗯？"司逸明抬眼瞅瞅他，然后又继续低头看地图，"不是，我在研究哪里适合打架。"

顾白一愣："哎？"

"刚刚没跟顾朗碰面，回头我跟你一起回去，他闻着了你身上的气味肯定要发疯的。"司先生头也不抬地说道，语气甚至有些得意。

顾白欲言又止。

最终他干巴巴地说道："好，好吧。"

世仇天敌这种存在，果然是不可能轻易和平相处的。

顾白心里小声嘀咕着，而后像是想到了什么，又开口问道："白泽也回来了吗？"

司逸明应了一声。

顾白想到自己那个被白泽磨得没脾气的老父亲，突然又对他爸爸和司先生之间和谐相处充满了希望。

说不定在白泽面前，爸爸会收一收臭脾气呢！

顾白满怀期待地等到了下班时间，跟老师和学长们道别之后，就拉着司先生飞一般冲出了园区。

学长们相互看看，不知是谁突然感慨："顾小白活泼了不少啊。"

高教授点了点头，笑得像尊弥勒佛一样："这才是年轻人该有的样子。"

学长们也跟着点头，想想当初跟在他们屁股后面一声不吭只当一条安静的小尾巴的顾小白，再看看如今这个神采飞扬自信满满的小师弟，说不出来哪种更让他们喜欢，但如今这副模样对顾白本人而言，明显是要好得多了。

那是真正有底气、对自身的能力和才华感到自信的人所特有的神情和气质。

畏畏缩缩胆子小，说话都细声细气的小师弟的确很可爱，但是如今自信骄傲，在他们面前却格外乖巧的小师弟，简直是超级的可爱！

司逸明被顾白拖着，若有所觉地回头看了一眼后面那几个慢吞吞地往外走的人类。

顾白察觉到司逸明的速度慢了下来，疑惑地回过了头："司先生，怎么了？"

"没事。"司逸明反手拉住顾白，走进了园区外边的停车场。

人类里那些总是愿意对他人心怀善意的良善之辈，才正是支撑着人类这个庞大的群体持续向前而不走向灭亡的主要因素吧，不然早八百年就被他们这群对恶念难以忍受的瑞兽给灭了不知道多少遍了。

司逸明的目光扫过顾白，觉得他身边的顾小白应该是集这种良善之辈的集大成者。

有的时候就像个小傻子。

司逸明想着，看着顾白坐上副驾驶座，忍不住使劲儿揉了揉顾白的脑袋。

顾白被揉得整个人都晃了晃，茫然地看向司逸明，发出疑惑的声音："司先生？"

他的头发就像他的性格一样，细软，手感极佳。

司逸明收回手，顺口感慨："真是物以类聚。"

顾白脑门上冒出了无数个问号。

"你身边的人都挺傻的。"

司先生这么说着，发动了车子。

顾白愣了好一会儿，意识到司先生这是在说高教授和他的学长们。

想到这一点之后，顾白皱了皱鼻子，小声道："司先生，你把你自己也骂进去了。"

司逸明一挑眉，似笑非笑地看了一眼顾白。

对方竟然不反驳说自己不傻，反而选择把他一起拉下水共沉沦。

小石头怎么这么傻的啊！司逸明忍不住感叹。

顾白并不能理解司逸明这一眼中的含义，反而想到了他的老父亲的住宿问题。

一想到这个问题，顾白就迅速忘掉了刚刚司逸明说他傻的事，转头问司逸明："对了司先生，我爸爸住哪里？"

"谁知道。"司逸明对顾朗的事情简直是肉眼可见地敷衍，"他跟着白泽回来的，估计先去白泽那里落脚呗。"

顾白闻言，觉得这话没毛病。

以顾朗的脾气，顾白觉得他的老父亲大概是不会愿意踏进如今四处都是貔貅气息的他家的，想想去处，好像也只有白泽那里了。

于是顾白点了点头，点到一半又瞬间卡住了。

"去白泽那里落脚？"顾白怀疑地重复了一遍。

司逸明"嗯"了一声，以为顾白是觉得顾朗一个凶兽进九州山海苑不妥，于是说道："九州山海苑不排斥凶兽……只要顾朗不犯事。"

"不，不是的，司先生！"

顾白的表情瞬间变得惊恐起来："白泽家里那一堆东西，万一我爸爸中招了可怎么办啊？！"

司逸明一顿，这才想起了这么回事，霎时就兴致勃勃地"哇"了一声。

那可真是太令人期待了。

白泽家是能随便去的地方吗？！

别说气运一向优秀的司先生之前都频繁中招了，就连白泽本人都被折腾得够呛。

白泽自古以来可是立过不少惊天大功的，身负大功德的神兽都是如此了，他爸一个凶了吧唧、没怎么干过好事的凶兽岂不是要凉凉？！

顾白越想越慌，看着车窗外迅速擦过的街景，手指紧张地绞在了一起。

他仿佛已经看到了他可怜的老父亲缺胳膊少腿的画面，不，可能比这个还要过分，指不定他可怜的老父亲已经变成了什么奇奇怪怪的东西。

之前不是听司先生说，连变成灰尘的可能性都是有的吗？！

变成灰尘可是有先例的！

顾白瞪圆了眼，眼巴巴地瞅着前边十字路口的红绿灯，慌得不行。

当顾白急匆匆地拉着幸灾乐祸准备看好戏的司逸明直奔白泽所在的七单元的时候，就看到白泽怀里揣着一只浑身漆黑、缺了条腿、尾巴断了一截、耳朵也缺了一个的奶豹子，正满脸茫然地站在家门口。

顾白惊慌四顾，没有在这里发现他的老父亲，顿时有些惊疑不定。

他没看到缺胳膊少腿的老父亲，也不知道该不该松一口气。

白泽旁边站着一大票的住户，正死活拦着他。

他背后正是大开的家门，露出了里边宛如狂风过境的惨状。

顾白看到只在视频里见过的白泽，这会儿正声音软软地跟拦着他不让进的灵族讲道理。

顾白看了看白泽，又看了看死命拦着他的住户们，最终视线落在大开的房门所暴露出来的乱糟糟的屋内的情况上。

他愣了半晌，偏头迟疑地看着司逸明，不确定道："司先生，我记得，上次我们取了玉简之后，你跟我说顺便把白泽家整理了一遍的。"

司逸明也注意到了屋子里一片狼藉，点了点头。

顾白当时拿到玉简就被他赶出去了，而司逸明在找回了自己的腿之后，也顺便把白泽屋里那些东西稍微收拾了一下，还顺手拿了几样好东西揣兜里带走了来着。

现在里边这副样子，明显不像是被整理过的。

顾白听到白泽在那边对那些人说道："这是我家，你们为什么要拦着我？"

他旁边的人第三十次重复解释道："因为里边很危险。"

"胡说！"白泽似乎有点儿生气，声音微微提高了，虽然依旧软软的但勉强显出了些许气势，"我自己的窝怎么会有危险？！"

说完，他就想甩掉拽着他的手。

这手一动，他才恍然发觉怀里抱着个暖乎乎的东西。

白泽低下头来，跟怀里这只少了条前腿的小黑豹子对上了视线。

"哎呀。"他的目光在这只小黑豹子缺少的前腿、左耳以及断了半截的尾巴上掠过，脸上显出茫茫然和疼惜的神情，顿了顿，又问，"你是谁啊？"

七单元的住户们早就习惯了白泽这毛病，第三十二次重复回答了白泽。

"这是顾朗，饕餮，你带回来的。"

白泽几乎是马上反驳："不可能！"

"饕餮哪是这样子的？！"他硬撑着软绵绵的声音，端着老师的架子对给他答复的住户说道，"饕餮要是在这里，你们早就被吃了！"

住户们非常配合地摆出"受教了"的神情。

白泽看着他们这副表情，非常有成就感，脸上一下子露出笑容来，显得喜滋滋的。

"这孩子真是命苦。"白泽挠了挠怀里这只残缺的小黑豹子的下巴，瞅着这只小小的猫科生物，脸上露出讶异的神情，惊慌道，"顾朗你怎么变成这样了？！"

还是熟悉的白泽，还是熟悉的味道。

顾白脑子嗡嗡响，看到白泽怀里的小黑豹子，只觉得眼前一黑。

司逸明也听到了那边的对话，看向被白泽揣怀里的顾朗，"幸灾乐祸"四个大字简直要写在脸上。

他偏头看了一眼满脸苍白几乎要晕过去的顾白，马上把脸上的幸灾乐祸收了回来，换上了纯粹的关切。

司先生抬手扶住顾白的肩，低声问道："没事吧？"

顾白回过神，转头拉住了司先生的手，向着白泽家门口大步走过去。

貔貅在九州山海苑里积威深厚，在他靠近的瞬间，这些人就安静了下来，并非常迅速地给他让开了一条道。

顾白见他们让了道，马上跑到了白泽面前。

"爸爸！"顾白紧张地喊道。

白泽闻声看过来，两眼一亮："哎呀，小石头！"

周围的住户倒吸一口凉气，看了看白泽，又看了看顾白，满脸都写着震惊。

敢情顾白是白泽的崽！

司逸明看着住户们这惊悚的眼神，并没有解释的意思。

白泽怀里的小黑豹子掀了掀眼皮。

他其实早就察觉了司逸明的气息，但这里的位置和他现在的状态都不适合跟司逸明干架，所以顾朗干脆就眼不见为净。

而气息融于天地宛如呼吸般自然的顾白的气息一向不好察觉，顾朗还真没发现他家乖崽来了。

顾朗对跑来迎接他的乖崽自然是十二万分欢迎的。

变成小奶豹子的顾朗刚想开口应声，一抬头就发现那一坨迅速向他靠近的貔貅气息的源头竟然不是司逸明，而是他家乖崽！

顾朗一蒙，然后迅速反应了过来，脸都绿了。

这是示威，这绝对是貔貅在向他示威！

顾朗气得一声怒咆，两腿一蹬就冲着司逸明的下三路去了。

"喵嗷！"看老子废了你！

抱着顾朗的白泽听到怀里的小黑豹子一声超凶的奶嚎，微微一愣，手上一重，就发觉那只小小的奶豹子像颗小炮弹一样冲了出去。

作为通晓三道六界之事的白泽，自然是能够听懂顾朗刚刚那一句奶嚎是说了什么的。

白泽愣了好半晌，瞅着被司逸明三下五除二拎着后颈皮的奶豹子，赶紧跑过去把对着貔貅张牙舞爪的奶豹子抱了回来。

"小孩子不可以讲脏话！"白泽软软地教训道。

说完他摸了摸小黑豹子的头，然后露出了跟之前一样的讶异，并惊慌道："顾朗你怎么变成这样了？！"

顾朗憋屈到要晕过去，愤愤地蹦出了白泽怀里，转头向站在旁边的他的乖崽怀里一跃，动作相当熟练地团成了个球，对白泽和司逸明都眼不见心不烦。

顾白手足无措地抱着他的老父亲，向司先生发出了求救的眼神。

司逸明心里爽死了。

在接到顾白的求助的眼神之后，他就更爽了。

顾朗刚刚是冲着他哪儿来的他可清楚，这会儿白泽靠不住，顾白又求助他，司逸明觉得不能再爽了。

但司先生并没有表露出来，他正了正脸色，转头看向相当在意时不时、瞅一眼顾朗的白泽，放弃了询问这位同僚的想法。

他最终还是转向了那群住户。

貔貅随意指了指顾白怀里的奶豹子，又指了指白泽屋里的那一片狼藉，问道："怎么一回事？"

不同于被大家当作强权畏惧的司逸明，七单元住着的人大多是些跟白泽相性很合的。

他们对脑子出了问题的白泽是相当照顾的，司逸明一问，他们就纷纷表露出了后怕的神情，七嘴八舌地说了起来。

"白泽大人带着饕餮回来了，一开门就受到了法器的袭击。"

"那道黑光本来是冲着饕餮去的，饕餮躲开之后，转头就冲着白泽大人去了。"

"我们一开始畏惧饕餮，离得远远的，实力又弱，来不及回护大人，饕餮就返回来替大人挡了一下。"

"那道黑光把饕餮抓进去了，饕餮想出来，结果又触发了一连串法器，就……"

就变成现在这样了。

七单元的围观住户瞅着团在顾白怀里的顾朗，满脸忧愁。

他们很多没有经历过顾朗发疯的时代，对于凶兽的了解浮于表面，放平日里，他们见到了饕餮的标准反应肯定就是跟他们说的时候一样，遇到了，躲就是了。

但如今这饕餮一副护着神兽白泽的样子，又一下子让他们忘记了凶兽的可怕。

司逸明看着那一片狼藉，难得有些意外地看了一眼顾朗。

"我以为你还人情只到找到……那玩意儿为止。"他说道。

这个人情指的自然是白泽当初告诉他往西走的事。

顾朗在那里捡到了顾白，凭借补天石连天上的窟窿都能填补、整个大阵排出去的邪气魍魉都能镇压的天性，终于克制了他本性中的饥饿与暴虐，让自己不再被欲望和本能驱使着行动了。

这对于饕餮来说是个大人情了。

所以顾朗无脑宠着顾白这事，司逸明觉得是可以理解的。

但白泽不同，白泽就是给顾朗指了条路而已。

按照凶兽的天性来说，顾朗应该帮着拿完了息壤就走才是。

顾朗会护着白泽回来已经很令人惊讶了，竟然还替白泽挡灾，就实实在在出乎司逸明预料了。

小黑豹子抬眼，金色的兽瞳注视了司逸明好一会儿，对他凶神恶煞地露出了几颗稍显尖利的牙，发出一声极其人性化的"喊"声。

翻译一下就是：关你屁事。

司逸明对他这反应半点儿不意外，只是稍微不愉快地眯了眯眼。

顾白慌张地抱紧了他的老父亲。

司逸明和老父亲两个都是即便落入弱势也一点儿都不会退让的性格，顾白夹在中间，觉得脑壳有点儿疼。

白泽看了看这边又看了看那边，目光触及顾白的时候，恍然地一击掌，将所有人的目光吸引了过去。

白泽在自己的芥子空间里翻出了一块巴掌大小、看不出一丝特殊的泥巴。

"小石头，给你。"他软绵绵地说道。

顾白伸手接过，而司逸明看着白泽屋里的狼藉，问他："这屋里你还记得有什么好东西给顾白吗？"

白泽认真想了好一会儿，然后在所有人都没防备的时候，若无其事地走进了屋子。

他前脚进去，后脚就忘记抬起脚，被门槛绊了个跟跄，脸朝下扑进了法器堆里。

一时间各色光芒四射，风雷水火齐放，连司逸明都面色大变，转身拎着顾白就从七单元冲了出来。

司逸明带着发蒙的顾白一出来，就听着七单元里丁零哐啷一顿响，顿时一个头两个大。

他重重地叹了口气，说道："小白，你先回去待着，别乱走。"

顾白特别乖巧地点了点头，抱紧了怀里心累的老父亲："好的，司先生。"

司逸明摆了摆手，也懒得在意顾朗了，急匆匆地转身就往七单元里冲，那架势就仿佛是做好了有来无回的准备一样，特别壮烈。

顾白是相当听话的，为了避免自己和自己怀里的多发生什么意外，在答应了司逸明之后，就抱着他的老父亲转身回了六单元。

顾朗低头瞅着自己只剩下一只的前爪，感受了一下自己身上被限制的力量，有点儿烦躁。

这玩意儿怎么解除他心里一点儿底都没有，想到要求助司逸明，心里就恼火得不行。

顾白似乎察觉到了什么，犹豫了一下，摸了摸他老父亲的头。

"爸爸，悄悄告诉你。"顾白小声地说道，"那些法器的作用，过段时间就会消失的，不一定非要找到原来的法器解除，只不过找到了会快一点儿，不用法器解除的话，恢复的时间就不太好说。"

顾朗一顿，抬头看了一眼他家乖崽。

时间这玩意儿他还真的一点儿都不缺。

但是既然是时间能够解决的问题，刚刚乖崽那一副可怜巴巴的样子看着司逸明干什么？

顾朗眉头一下子拧了起来。

顾白仿佛看懂了他的表情一样，不太好意思地摸了摸鼻子："因为司先生可以帮忙呀，而且……求助于司先生的话，司先生心里会比较爽快一点儿。"

顾朗难以置信。

乖崽，你以前不是这样的，你以前很喜欢爸爸的，顾朗痛心疾首。

被顾白带进家里，发觉他屋里满满都是貔貅的气息之后，顾朗就更痛心了。

不行，不能这么下去。

顾朗焦虑地抖了抖耳朵，趁着顾白放下他去做饭的时候，在这房子里四处疯狂摩擦。

等到司逸明忙碌了一个下午加上一夜，把变成了一盆欣欣向荣的多肉的白泽给捞出来回到家里的时候，一开门就闻到了一股子饕餮的气味。

他一顿，终于意识到他忙碌期间总觉得少了点儿的东西是什么。

司先生的脸色霎时黑如墨汁，二话不说冲进了主卧。

果不其然，顾白正抱着他的老父亲睡得正香。

顾朗抖了抖耳朵，转头看向门口貔貅的身影，缓缓地、缓缓地露出了一个狰狞的笑容。

惊喜刺激不？

高兴不高兴？

顾朗看着司逸明那副吞了苍蝇却又不想打扰顾白休息而憋着不出声的脸色，心里简直爽飞了。

司逸明气得拧掉了主卧的门把手。

从威风八面的饕餮变成一只身体有残疾的小奶豹子是怎样一种体验？

某不愿透露姓名的顾姓人士表示：不仅没什么不痛快，甚至非常美滋滋。

乖崽的床是他的，吃饭的时候旁边的位置是他的，就连乖崽给司逸明做的小甜品，也是他的。

乖崽只会在他抢了司逸明的小甜品之后无奈地喊一声爸爸。

而司逸明本人，只能捏着鼻子憋着，看着久别的父子两个凑在一起。

早餐吃完了之后，司逸明平静了很多。

他似乎已经并不在意顾朗故意恶心他这事了，反而好整以暇地安静吃完了早饭，时不时看两眼啃着属于他的雪媚娘的顾朗，脸色平静。

司先生把昨晚上放到阳台上的多肉拿了进来。

这盆多肉小小的一团，叶尖圆形，叶片上覆着一层白色的绒毛，叶片顶端透着些许金黄色。

叶肉挺饱满的，看起来贼健康。

顾白看着桌上欣欣向荣的这一小盆多肉，有些疑惑。

顾朗也有点儿疑惑，凑过去闻了闻这盆多肉的气味，一张奶豹子脸上露出了非常明显的震惊。

他低头看了看自己这副残缺不全的身躯，又看了看多肉，竟然觉得自己非常幸运！

顾白抬头看向司逸明："司先生，你怎么想起种多肉啦？"

司逸明掀了掀眼皮："这是白泽。"

顾白惊愕地瞪大了眼："……"

"查过了，这个品种叫福耳兔，还算好养活。"司逸明说着，把白泽推到了顾朗面前，意味不言而喻。

顾朗脸上显出嫌弃的表情来，但好歹是没有一脚把这盆多肉踹下餐桌。

司逸明慢腾腾地收回手，看不出丝毫异常，跟着顾白一起起身，去厨房刷碗。

司逸明把碗碟收回碗柜里，趁着顾白正在擦干洗碗池周边溅上的水时，偏头斜睨了一眼顾朗，冷哼了一声。

顾朗眉头一皱，发觉司逸明这反应一定不简单之后，就看到他家乖崽和貔貅从厨房里走了出来。

司逸明低头看了看腕表，对顾白说道："今天我送你吧。"

顾白摇了摇头："不用啦，我自己去就好。"

白泽还在家里当盆栽呢，司先生就算不给爸爸找能够解决问题的法器，也得给白泽找的，最近肯定会比较忙。

"也行，那你路上小心。"

顾白点了点头，看了一眼蹲在餐桌上正瞅着他们的顾朗，冲老父亲挥了挥手："爸爸，我去上班啦！"

顾朗想都没想就准备跟上去。

顾白赶紧摆摆手："你就待在家里吧，你现在这个样子……"

顾朗脚步一顿，觉得人类世界真麻烦。

顾白看他停住了，说了声再见，然后拽着司逸明出了家门。

他可不敢放着老父亲和司先生一起待在一个屋子里，不然指不定回来的时候这屋子就垮了。

顾白带上门，摸了摸编织绳，取出了两盒雪媚娘来，压低了声音："司先生，今天份的小甜品！"

司逸明有些惊讶地挑了挑眉。

他是真没发现顾白竟然还偷偷藏了两盒。

"爸爸肯定会抢的。"顾白挠了挠头，实在是不好意思。

可是他也愁啊，不知道应该怎么办。

想来想去他也只能等爸爸离开了，毕竟身为凶兽，顾朗是不可能安安分分地待在两个神兽镇着的地盘里的。

"就稍微忍一下下吧，司先生。"顾白歉意地双手合十。

司逸明忍不住笑出了声，然后点了点头："可以。"

答应完之后，司逸明转头看了刚带上的家门一眼，不动声色地把这两盒雪媚娘接了过来。

在屋里却把外边的动静听得清清楚楚的顾朗顿了顿，感觉自己被迎面兜头浇了一盆凉水。

他有些不自在，发觉自己和司逸明的行为让乖崽两边为难了之后，心里还有一股油然而生的焦躁感。

顾朗想了想，往桌上那盆多肉那边靠了靠，贴着有些冰凉的花盆，感觉稍微平静了一点点。

司逸明把顾白送下楼，看着他骑上电动车离开了小区，转身又去了顾白家里。

顾朗正趴在多肉白泽边上，断了一半的尾巴晃了晃，看向司逸明的目光里透着一股子快快的倦怠感，还有再明显不过的嫌弃。

司逸明有点儿意外，手里拎着雪媚娘，本来还准备气顾朗的呢，顾朗竟然没有跳起来咬他。

司先生走到了餐桌边上坐下，见顾朗也不动弹，开口说道："息壤带回来了，顾白随时都能走，但是我不放心。"

小奶豹子的眉头非常人性化地蹙了起来。

他对此并不意外，本身他回来之后也是准备跟他家乖崽见一面就去探一探他以前知道的那几个凶兽的窝，看看能不能摸点儿好东西出来的。

结果谁都没想到，白泽这个发起疯来自己都坑的兽，刚一回来就把他坑成了这样，连自己都成了盆多肉。

这种猝不及防就变成这样的经历还挺新鲜的，但是被限制了力量实在有点儿难受。

"你这样子也没什么用，所以我会尽量给你变回来。"司逸明说完，想到自己上一次在白泽家里的遭遇，顿了顿，补充道，"如果没什么意外的话。"

顾朗抬头看他，一张毛茸茸的豹子脸上写满了不信任。

司逸明肯定是别有所图的，顾朗再清楚不过了。

果然，司逸明下一句话就是："你变回来之后，去把穷奇的窝给掏了吧，我已经找到他藏东西的地方了。"

顾朗倏然抬头，头一次觉得司逸明竟然还真是有点儿用。

至于司逸明为什么不自己去掏穷奇窝，那当然是因为貔貅如今据点固定，而且在人口密集的地方，穷奇要是发起疯冲过来，风险太大了。

不然司逸明早在找到地方的时候就直接下手了。

司逸明一看顾朗这样子，就知道他这算是应下了。

他慢腾腾地吃完了两盒雪媚娘，起身把盆栽白泽端起来，说道："那就这么说好，去白泽家了。"

顾白并不知道他跟司先生说的悄悄话被他的老父亲听了个正着。

他平时回家都锁门的，锁门的阵法一开，除非外边像之前翟先生和黄女士那样闹得鸡飞狗跳之外，基本上都安静得听不见什么外边的声音。

自然而然地，他就忘记了他们这样的存在，一道门并不能起到什么隔绝声音的作用。

自觉找到了让司先生和爸爸暂时和谐共处的方法的顾白，骑着他的电动车，美滋滋地去了园区。

今天的工作是昨天的延续。

一整个团队连带着找来的装修工程的负责人一起，跑到了园区的多媒体会议厅里，瞅着大屏幕上的 3D 模型讨论着应该怎么做。

这种改造其实并不算多困难，有的地方甚至都不需要有什么大动作，只要把展示台和一些特殊设计用各种材质搭建起来就行了。

顾白算是头一次参与这类带策划意味的项目，坐在边边上，拿着笔记本认真记着笔记。

学长们和工程负责人在那边争论不休，就像顾白第一次遇到他们的时候一样，讨论得热火朝天，到了冲突得厉害的点上，甚至一副想要撩起袖子打起来的样子。

顾白瞅瞅那边，又瞅了瞅坐在一边端着杯菊花枸杞茶慢腾腾喝着的老师，往吵闹不休的学长们身边挪了挪，就像当初第一次一样，竖起耳朵，把他们争论的内容都巨细无遗地记录了下来。

活到老学到老，人类的每一行每一业都进步得飞快，说日新月异也不为过。

顾白拿着笔欻欻写，觉得自己就算是寿命无穷无尽也不会觉得无聊。

坐在他旁边的学长吵累了，深吸一口气，拿过桌上的矿泉水瓶拧开喝了一大口。

顾白一顿，"啊"了一声。

学长转头看他："怎么了？"

顾白看着他手里的矿泉水，摇了摇头。

那瓶水是分给他的，不过没开封。

不过这种事没什么所谓。

学长随手把水瓶放下，扫了一眼顾白密密麻麻的笔记本，又仔仔细细打量了顾白

一番："顾小白，你今天心情很好？"

顾白一愣，摸了摸自己的脸："很明显吗？"

"脸上带笑，走路带风，写字都带飘。"学长撑着脸看着他的小师弟，"遇到什么好事了？"

顾白忍不住露出个大大的笑容来："我爸爸回来啦！"

学长一愣，"哇"了一声："我记得司逸明跟你爸爸认识的吧。"

顾白脸上笑容微妙地消失了一瞬间，然后他揉了两把脸，点了点头："是呀，不过他们关系不太好。"

学长一顿："不尊重长辈？还是你爸爸他……"

突然意识到司先生和他的老父亲之间的关系在普通人眼里是怎样一种状态的顾白蒙了两秒，赶紧摆了摆手："不，不是的！"

学长摆出了洗耳恭听的姿势。

顾白瞅着学长，半晌不知道能说点儿啥。

他挠了挠头："总……总之不是这样的啦……只是单纯关系不好。"

学长皱了皱眉。他其实是站在司逸明这边的，毕竟顾白他爸以前的骚操作在他们这群人眼里留下了很深的印象。

学长摆出了严肃的神情，声音却很柔和，有点儿担心打击到顾白，还特意斟酌了一番用词，委婉地说道："要是你爸爸比较过分的话，你还是慎重一点儿吧。"

顾白哭笑不得："不是的……"

他又重复了一次，苦思冥想，最终说道："呃……其实他们就像，关系不好的朋友……那样。"

学长嘶了一声："这事没法帮了。"

学长说完，像是想到了什么，一副心有余悸的样子。

顾白似懂非懂地点了点头，想着回头在 S 市九州山海苑以外的地方，给他的老父亲买一套房。

顾白重新拿起了笔，决定今天下班之后就去看看有没有什么合适的楼盘。

但他万万没想到，等到他拿了一堆楼盘的传单回家，准备去找谢先生问问情况的时候，谢先生却没等他出声，就带着他去了白泽家里。

"这事……还是你处理吧顾小白。"谢致指了指白泽屋里。

白泽屋里依旧乱七八糟，而除了放在玄关门口的那盆白色的多肉之外，房间里还多出了一只只剩下了上半身、一条前腿残缺的小奶豹子和他旁边蹲着的、浑身都陷入了一片低气压之中的……柯基。

谢致尴尬地指着他们仨，说道："白泽，饕餮，貔貅。"

顾白看着变成了柯基的司先生，震惊了半晌，然后忍不住笑出了声。

第 20 章
星芒

听到顾白的笑声，司逸明浑身的阴影更加深了。

放神兽眼里，其实绝大部分生灵他们是一视同仁的，但这绝对不包括被迫变成狗这种事。

讲道理好吧，要是他能主动选择的话，哪怕是变成藏獒都比柯基要好好吗！

顶着一副柯基的样子他身为貔貅的威严何在？！

司逸明顶着黄白柯基那一张毫无攻击性软乎乎的脸，转头看了一眼看上去跟被截了半边身体一样可怜兮兮的小黑豹子，一时间竟然分不清他们俩到底谁更倒霉一点儿。

顾白察觉到了气氛的异常，赶紧咳了一声，努力板起脸收了笑容。

"怎么还能变成柯基的啊？"他说着，抬脚走进了白泽家里。

谢致站在门口，看着顾白一路畅通无阻地走了进去，微微松了口气，答道："柯基算什么，这里还有能变成各种品种恐龙的、变成女孩子的、灵魂出窍的和一些入梦的东西。"

白泽这么些年来捡回来的东西，安全度倒是很高，但稀奇古怪的什么都有。

谢致也是中过招的，当时一不小心入了翟良俊的梦，把正在梦里美滋滋地跟女神约会的翟良俊硬生生给吓醒了。

拿起了白泽盆栽的顾白听着谢致举着例子，满脸惊叹："哇！"

谢致想了想，说道："你要是好奇的话，回头找司逸明带你来玩玩呗。"

顾白看了看场中央的柯基，还是遗憾地摇了摇头。

他觉得经历了这一次之后，司先生绝对是不会再踏入白泽家半步了。

"其实这事就该我来才对。"顾白说道。

毕竟他运气好。

司先生会步老父亲和白泽的后尘这事，顾白是真的没有想过的。

因为上次跟他一起的时候，司先生虽然频繁中招，但都不是什么大麻烦。

虽然又是火烧又是水淹还风吹雷打的，但放在司先生身上都是小问题，甚至都没办法破他的防。

这一次司先生怎么就直接中招变成柯基了呢？

爸爸还从腰以下全不见了。

顾白把白泽交给了谢致，然后自己又重新进去，把中招了之后就冷静地蹲在里边不动，等着救兵的柯基和小黑豹子给抱了起来。

靠天靠地不如靠自己。

顾白叹了口气，揉了揉司先生的脑袋："没关系的司先生，我来就好了。"

司逸明没吭声，觉得他自己这次之所以这么倒霉一定是因为带上了顾朗的锅。

上次他跟顾白一起，虽然刺激但并没有造成什么不得了的后果。

以前都是白泽缺胳膊少腿变成各种奇奇怪怪的东西，偶尔还失踪一把说是穿越到什么别的世界去了。

而司逸明本人一向对没有被整理过的白泽家敬而远之，每次去找白泽也是自己站在门口等他出来。

唯一一次进去就是跟顾白一起，司逸明觉得那些法器的小毛病还算能接受，戒心就降低了一些。

这次他没带顾白带着顾朗，才开始搜索没多久就翻了车。

怎么想都是顾朗的错，司先生无情甩锅。

顾白摸了摸柯基的脑袋，又揉了揉柯基软乎乎的小肚皮，终于忍不住把脸贴到柯基身上，使劲蹭了蹭。

司逸明顿了顿，再伸出小短腿在把顾白推开和放他继续蹭之间犹豫了三秒，终于还是选择了后者。

顾白蹭了好一会儿，对上柯基透着些无奈的视线，愣了两秒，恍惚回过神来终于意识到自己干了什么，赶紧站直了，不好意思地偏开了视线。

旁边的顾朗低头瞅了瞅自己，又看了看司逸明身上的毛毛，不怎么高兴地哼了一声。

他这个样子好像的确是不怎么适合蹭毛。

顾朗坐下来，舔了舔自己仅剩的一只爪子。

说来也怪，他如今走路还是能照常走的，能明显感觉到自己四肢健全还有踩在地上的实感，但是低头一看却是空荡荡的，看不见也摸不着。

他现在能摸到的就剩下了巴掌大小的地方，后边隐隐消失掉的断层处看起来还是有点儿吓人的。

别人不清楚，但以他乖崽的胆小程度，肯定是不会尝试着来撸这种状态下的豹子的。

顾朗瞅瞅自己，再瞅瞅司逸明，感觉有点儿不爽。

他哪儿都不想输给司逸明，准确地说，他不想输给任何人，只想当天下第一。

梦想当天下第一叮的饕餮不爽地蹲在白泽家门口，抬爪子搂住了同样被放在了家门口的多肉，"喵嗷"了一声。

顾白顿了顿，多少从里边听到了一些催促的意味。

司逸明也抬起一只前爪，把顾白往白泽屋里推了推。

"好的、好的，我……我去帮你们找找。"顾白说着，把柯基放下来，转身进了白泽的家门。

司逸明转头看向谢致。

谢致跟他对视了半晌，谢先生福至心灵，一看手上的腕表："我叫外卖。"

柯基满脸严肃地点了点头，非常坚强地拒绝发出柯基的叫声。

在摸清楚怎么用犬类的发声方式讲人话之前，司逸明绝对不会丢掉自己身为貔貅的尊严！

顾白现在四五天晚上不睡觉也不碍事，干脆就把工作之外的时间全都花在了让这边三个非人类生物恢复这件事上。

这一个星期的时间，九州山海苑那些热衷于看热闹的业主就目睹了白泽家宝藏的一千种使用后果。

从第三天开始，魂魄被一剑戳出了自己身体的司逸明坐在自己的肉身旁边，看着自己的肉身被法器变成各种各样奇奇怪怪的生物只觉得脑壳疼得要死。

不过他运气算不错，转头看看顾朗，连变成女性还被火烧雷劈这种事都经历过了，整只兽都被折腾得虚弱了好几个度，令人唏嘘。

不过也不是没有好处，司逸明看着顾白认认真真把法器的样子拍下来然后标记上作用，觉得以后白泽家里的安全度怕是要上升不少。

毕竟在顾白之前，真的没人敢大摇大摆地坐在白泽家里干这种整理法器的事。

顾朗在恢复的瞬间扭头就走，无比干脆地离开了这个伤心地。

而司逸明则在顾白特别特别不舍的眼神下，也出门去了。

顾白被留在白泽家里，一边继续测试那些法器做记录，一边跟间歇性失忆的白泽学习应该怎么平平安安地去往补天之地。

不用跟白泽直面相处的时候还好，真正相处起来了，顾白终于发现了这是个多需要耐心和涵养的活计。

怪不得这次回来，爸爸的脾气看起来都收敛了不少。

按照上一次他们见面的态势，哪怕是变成了并不方便行动的样子，也并不妨碍他们动手才对，这一次竟然没有真的动手，还安稳地坐在了一起，顾白觉得司逸明和顾朗休战的时候指日可待。

顾白主动忽视掉了司先生和他的老父亲之间始终蔓延着的一股微妙的火药味，满怀期待。

感谢白泽，他想，然后拿着那一卷玉简，继续问白泽："这里是哪里？"

白泽偏头看过来，听到他的问题，回忆了好一阵，然后说道："天河源头。"

顾白听了，拿出本本来记上。

他这几天白天上班晚上跑过来磨白泽，零零碎碎地也终于拼凑出了一点儿天外天的景象来。

天外天最底下是顾白曾经到过的幽冥。

而九层天外天由一条天河横贯，这条天河，就是当年不周山塌了之后天降大洪水的源头。

以前仙人生活在天外天的第三到五层，建木穿过作为人类所能窥见的天空的前两层，直通向第三重天外天。

往上是仙人居所，天河在这里流淌得平缓而柔和，天河水倾泻在天幕上，便是遥不可及的天空与星河。

而从第六重开始，就不是随便什么人都能步入的了。

那里遍布罡风与劫雷等从荒莽时代就存在的种种危险，杜绝了绝大部分仙人的脚步。

后来不周山倾塌，建木也被压垮，洪水肆虐，作为少数几位能够进入第六重天以上的人之一的女娲，就在察觉了源头之后，炼就了五色石，冲过去把窟窿给堵上了。

堵上之后为了避免有仙人误入造成什么后果，她又顺手把最上边那三重天外天给封得死死的，只给自己留了个后门。

结果谁都没想到，仙人们接二连三地陨落了，而女娲他们这一些大能也一个接一个地销声匿迹，最终竟然只剩下这些天地所生的灵物存留了下来。

顾白对于这些权当故事听，有些好奇地问道："那女娲娘娘他们去哪儿了？"

这问题问白泽是可以的，因为白泽三界六道无所不知。

白泽被提了问题，就顺势想了想，答道："化作如今这世界了。"

顾白一愣。

"如今的山水灵气，全都是当初的那些大能所化的。"白泽软软地答道。

他说这话的时候，眉眼间都带着浓浓的温柔："就像盘古大神开天辟地后以身化万物一样，他们为天地混沌所生，最终也回归了天地混沌，我们以后到了天命之时，也会得到跟他们一样的归宿的。"

大道至简，循环往复，生生不息。

顾白懵懵懂懂，但也明白了一些。

大概就是说尘归尘土归土吧。

"那我就是从幽冥出发对吧？"顾白看着玉简上的地图，站起了身，"大概需要多

久呀？"

白泽疑惑地看向他："什么？"

顾白重新问道："去补天，需要多久？"

白泽说道："用不着多久，顺利一些的话，一个月都不用呢。"

顾白闻言，点了点头，看了一眼腕表上的时间："那我就先去上班啦。"

顾白把白泽交给了闻讯赶来的物业小哥之后，转身下了楼，去车库把他的电动车推了出来。

他跨上电动车，想到自己手上的这一份工作的主题，又思及白泽提及的天外天之险峻，心中隐隐有了一个大胆的想法。

这个想法还没个具体的样子，他的电动车前边就站了个人。

顾白一愣，从沉思中抬起头来，看到了司先生。

司先生这会儿似乎刚从外边回来，手里还拎着个包，包里似乎装着什么活物，一拱一拱的。

"司先生？"顾白的目光在那个包上转了转。

司逸明顿了顿，把包塞进了他怀里。

"哎？"顾白忙不迭地抱住包，隔着包感觉抱住了一团小小的暖烘烘的小家伙，拱来拱去的小家伙活泼得很，在包里发出了小小的呜咽声。

顾白一愣，从包两侧的网看过去，迎面就撞上了一只小小的黄白柯基凑在边上的脸。

司逸明看着抬头惊讶的顾白，观察了一番顾白的神情之后，有些犹疑地说道："我看你挺喜欢……"

顾白愣了好半晌，怀里抱着装着只小柯基的宠物袋，脸上忍不住露出一个堪比东方初升的小太阳的笑容。

"谢谢司先生！我养！"

顾白美滋滋地拉开了宠物袋的拉链，一把揉上了他肖想已久但碍于之前本尊是司先生而不敢下手的柯基屁屁。

司逸明："……"

顾白骑着他的电动车，恋恋不舍地走了。

司逸明把宠物袋拎起来，面无表情地看着里边还在呜呜叫着吸引注意力的柯基。

"闭嘴。"司先生无情地说道。

小奶狗瞬间噤声。

司逸明晃了晃手里的袋子："想清楚你是来干吗的，别想做多余的事情。"

小柯基忙不迭地点了点头。

司逸明看着那对几乎要哭出来的狗狗眼，把宠物袋放下来，拎着，摸出手机来顺手订购了一大堆宠物用具。

顾白骑着电动车到了园区，锁好了车往里走，心里琢磨着那只小柯基会不会是个灵族同僚。

毕竟司先生连人类都看不顺眼，怎么想都不可能给他弄来一只普通的宠物犬。

顾白想着，准备买宠物用品的手顿了顿。

如果是小灵族的话，就不能把它……不，他当成普通的宠物犬来对待了。

顾白还是决定回头问问司先生再说。

这只柯基当然不是普通的柯基，的确是个小灵族。

当然了，他爹妈都是犬妖，所以他生下来就是成精的那种。

司逸明早些年外出溜达的时候，顺手给那对犬妖解决了一下小崽子被邪气侵蚀发疯的小毛病，那两个犬妖一直感恩铭记，司逸明这次一找他们，他们当下就毫不犹豫地答应了。

像他们这样的普通灵族没有一定的运气是进不来这种有神兽庇佑的灵族聚居地的。

他们的崽还小，化形都还没能掌握熟练还被邪气侵蚀过，能够得到帮助已经是万幸，如今有机会能够进入到九州山海苑简直是求都求不来的运气。

至于说是当宠物犬这种事，那夫妇两个一点儿都不在意。

别说他们的崽还没熟练化形，成天就是顶着一副小奶狗的样子漫山遍野撒欢，就算是能化形了，为了报恩变成柯基被揉一揉又算多大的事！

崽能够进九州山海苑待着他们再高兴不过。

更何况貔貅说等这灵族化形熟练过了幼年期了，再看情况是不是把他留在里边。

这是什么意思？！

这意思就是他们压根不用担心崽在幼年期夭折了！

貔貅对灵族幼崽比较容忍这事果然是真的。

犬妖夫妇千恩万谢，恨不得把儿子连带着自己夫妻两个也倒贴进来。

当然，倒贴的想法被司先生拒绝了。

顾白想到自己回家以后就有狗狗撸了，整个人高兴得不行，走路连蹦带跳。

工作进展得也很顺利，因为是一年一次的大展，最近陆陆续续已经有了大量展品送过来，除此之外，展品的表单和资料也都已经发了过来。

经过筛选之后，按照从上到下的顺序，园区主楼的第三层已经开始准备动工了。

而结合3D模型配合好灯光的设计出来之后，顾白他们也已经可以开始作画了。

这画当然不是直接上墙的，而是在那些用以装饰、强调作品，提升展览设计感和艺术气息的小装饰和道具上作画。

这都是属于顾白他们的工作。

相对应的是，这一次的报酬相当丰厚。

顾白对于赚钱一事向来是认真得不得了的。

　　这一次主体设计已经讨论定好了，顾白对于这方面了解不多，所以就跟几个不太擅长设计的学长一起当了花瓶。

　　"顾小白，这些是你的。"大学长走过来，把手里的三张设计稿交给了顾白。

　　顾白探头看了一眼，发觉这三张设计稿的难度并不高。

　　他一天画完一张是没有什么问题的。

　　"就这三张吗？"顾白接过了设计稿。

　　"目前能动的地方也不多啊，虽然说整体三个楼层都已经设计好了……"大学长说着，带着顾白去取材料。

　　设计毕竟是设计，等到展品真正运送到了，他们还是要进行一定的调整的。

　　按照策划案，六七月份是正式动工的时候，八月到九月初这一个月，就是给他们做上墙的部分和最终调整的时间。

　　"这些东西画完之后就得等施工完成加上散味了。"大学长拍了拍工作台上那一小沓设计稿。

　　他们团队是不接喷绘的，全都是纯手绘，价格不低。

　　这沓设计稿也不厚，即便是纯手绘，分成九人的工作量的话，几乎连一周都用不到。

　　"画完这些之后大约一个月都会比较闲，监工用不着你，你要是还想参展的话，这一个月……或者一个半月都可以请假，回头等正儿八经开始上墙的时候再回来也是可以的。"

　　顾白怀里抱着材料，手里还拎着一袋子颜料，抬头看了看大学长，有些疑惑。

　　他犹豫了一下，还是问道："学长，你们好像都想我参展呀？"

　　大学长抿了抿唇，终于还是点了点头。

　　顾白问："为什么呀？"

　　"你不怎么关注业内不知道，如今关于你的传言都不是太好听。"大学长微微蹙眉。

　　虽然顾白是不缺工作了，也并不需要面临会被人瞧不起的场面，但风评实在是不怎么好听。

　　主要是顾白的经历太传奇了。

　　毕业之前他还是个为了金钱而奔波劳碌的穷学生，一毕业就跟开了挂一样，短短一年就一飞冲天。

　　一年的时间，他就跟娱乐圈里那位影帝成了朋友，还疑似跟上头有了什么联系。

　　这么短的时间有了这么翻天覆地的变化，小说都不敢这么写。

　　对于令人不敢相信的剧烈变化，人通常都习惯以"这人一定作弊了"的心态去揣测。

　　比如他为了往上爬不择手段啦，甚至有个非常牛的代笔团队啦之类的。

　　而跟顾白相处过不少次的人们却并不这么觉得。

　　大部分从事艺术行业摸爬滚打多年，去看过顾白的画的人，也不会这么觉得。

但更多的人对于这事都是道听途说，自然而然就以正常人的心态去揣测了一番。

这传言自然就好听不到哪里去。

"我的传言？"顾白愣了好一会儿，然后惊叹地"哇"了一声，"我也是能够有传言的人了啊。"

大学长："……"重点不是这个吧。

"算了，你不知道也好。"大学长摆了摆手，不愿多提。

顾白笑着摇了摇头："我不在意啦，反正又影响不到我。"

第一影响不到他赚钱，第二影响不到他画画，第三影响不到他拯救世界。

换着用司先生的话说，就是人类嘴里说什么都不用在意，他们终有一天都是要化作黄土重归轮回的。

顾白多少能够猜到那些不好的传言是什么，但这并不能怪那些人呀。

平心而论，他的确是作弊了。

谁能想到他竟然不是人呢？

顾白在心中对那些普通人类道了个歉。

"所以老师和学长都希望我这次参展，是想让那些人闭嘴吗？"顾白问。

大学长点了点头，补充道："你去年的那一幅夕阳图也很不错，但是比不上你后来的——你懂的。"

顾白的画技进步只能用日新月异来形容，进步得实在是太快了。

如今的画作摆在他一年前的画作旁边，一年前的画作瞬间就变得黯然失色。

哪怕这黯然失色的画放在绝大部分艺术品里，都能甩别的作品一大截。

这样的进步简直到了怪物的程度，真的不能怪那些人怀疑顾白找了代笔。

要不是亲眼看着他画出来的，哪怕是他们几个亲近的人也要有所怀疑的。

高教授这种等级的人心里没有疑惑，那是因为他们对于绘画一道已经站在巅峰层次上了。

一个绘画者，尤其是从事传统绘画这一方面，哪些画作是出自同一个作者之手是非常好辨认的。

每一个技巧纯熟的画家多少都有自己的特色和技法在里边，商业作画上可能会因为某些问题有所调整，但那些自由画作上，个人风格往往都非常强烈。

顾白同样如此。他最为显著的标签，就是他那种不论是怎样的画面与色彩，都能够让人打心眼里觉得温暖向上、充满勃勃生机的个人风格。

这种风格但凡有点儿经验的人都能够辨认出来，但架不住顾白这种近乎飞跃的大跨步实在是太过于虚幻了，让他们宁愿觉得顾白找了代笔，也不愿意承认有人能够进步得这么快。

这简直是怪物级的！

"所以我们觉得，用实力来让他们闭嘴是最合适的。"

大学长对于这种情况多少还是感到有点儿不愉快，顾白可是他们超喜欢的小师弟！

人心都是偏的，他们自然是偏向于顾白。

"可是我拿画参展的话，他们也能说是代笔呀！"顾白说着，想到今天跟白泽告别之后的自己生出的想法，隐隐有点儿动摇。

大学长把这个事情也考虑进去了，干脆说道："所以最好是把你创作的过程给拍下来。"

顾白"啊"了一声，他倒是没想到这个。

"我再考虑一下吧。"顾白说完，指了指摊开的画布，"我先把这个画完。"

大学长见他一副若有所思的样子，点了点头，拍拍顾白的肩，转身走了。

顾白垂眼瞅着眼前的画布，一边刷着底胶一边琢磨着自己之前不成熟的想法。

他的想法其实非常简单。

这次展览的主题是风暴。

白泽和司先生他们都说，天外天尽是罡风和劫雷。

罡风和劫雷，加在一起总结一下，不就是风暴了吗？

顾白刷完了底胶，摸出手机算了算日子，惊觉去天外天采风这事，时间上来算竟然是允许的！

顾白收回手机，看着正在一点点渗透晾干的底胶，有了一个大胆的想法。

鉴于这个想法实在是太过于大胆了，以至于顾白在下班回家吃晚饭的时候，看着坐在他对面的司先生，总是欲言又止。

司逸明察觉到了顾白的异常，抬头看了看他："怎么了？"

顾白顿了顿，瞅了一眼在客厅里咬狗咬胶的柯基，犹豫再三，还是拐着弯问了一句："司先生，我什么时候出发去天外天呀？"

司逸明微微一怔，有些意外。

"你想去了？"司逸明问。

顾白咬着筷子，犹豫了一下，轻轻点了点头。

这次司逸明是真的惊讶了。

顾白的性格非常纯粹，让人一眼就能看透。

他并不是特别主动的类型，之前鼓起勇气主动提出说要帮忙补阵这事，基本上已经算是他的极限了。

主动询问并主动表现出想要去补天的意思，放顾白身上，明显就不太对劲。

毕竟顾白一直以来，除了在画画这一方面格外主动勤奋之外，对别的事情都是相对被动的。

别人说一句，他就动一下，推一把就往前走一步。

除了画画能够让他充满自主往前的动力之外，别的事好像都很容易被他抛到脑后，并不在意。

"怎么突然就想去了？"司逸明问道。

顾白哼唧："本来也要去了呀。"

司逸明轻轻敲了敲桌面，示意他乖乖回答。

"学长说外边有我不好的传言，让我反击。"顾白把筷子放下，乖巧地坐直了，"这次展览的主题是风暴，所以我就想去天外天走一圈，看看能不能得到点儿什么……嗯，灵感。"

司逸明差点儿以为自己幻听了。

他颇为惊讶地看着顾白，没想到顾白这胆小又尿唧唧的崽，心里竟然会打这样的主意。

司先生板起了脸。

"你知道天外天有多危险吗？！"他说道，语气有些凶。

顾白这种轻视危机的想法并不好。

天外天那是能胡闹的地方吗？

就算他们这种天生地养的灵物的确是比那些仙人皮糙肉厚耐打一些，顾白身为五彩石在面对那些东西的时候恐怕要比他们更加坚韧，但不怕一万就怕万一啊！

司先生有些生气。

顾白这次只能一个人去，他已经把所有能够弄来保障安全的东西都交给顾白了，但还是免不了担心。

"不要轻视危机。"司先生说这话的时候，表情凝重严肃，让顾白想起第一次见到他的时候那被完全压制住的心悸。

顾白这一年下来，除了第一次见面的时候，还没被司逸明摆过这样的脸色。

他愣了好半晌，最终缩了缩脖子，垂下眼来闷闷地应了一声。

大概是在遇见司先生之后一切都太过于顺遂了。

司先生替他挡住了所有的风吹雨打，就仿佛没有任何事情能够动摇他分毫。

而这样牛烘烘的司先生，却温柔地将他纳入羽翼下，小心翼翼地护着。

膨胀并恃宠而骄，是他的不对，顾白有些沮丧。

司逸明看着顾白一下一下戳着碗里的饭粒心不在焉的样子，看了客厅里那只小狗崽子一眼，难得服软道："你总得想想万一你出事了，顾朗怎么办？"

说完他顿了顿，脸上露出点儿嫌弃表情，又指了指客厅里甩着脑袋撕咬狗咬胶的柯基："还有阿黄怎么办？"

顾白闻言，惊愕地抬起头来，对于司先生这难得的示弱感到有几分无措，哪怕只有短短的几句话，也让顾白感到猝不及防。

这话司先生以前也说过，顾白记得的。

当时是什么心情顾白已经忘记了，反正不像现在一样，突然就感受到了沉重的责任。

顾白对承担责任这种事情是没有任何经验的，突然压在心上的重担让他手足无措。

顾白心中慌了好一会儿，傻了吧唧地看着司逸明，半晌，干巴巴道："阿黄这个名字谁起的？"

司逸明瞅着顾白，慢吞吞地答道："他爸妈，你不能要求在乡下开农家乐开了快百来年都没变成度假山庄的犬妖有什么文化。"

顾白勉强地点点头："嗯。"

司逸明收回视线，继续吃饭，一边吃一边说道："等顾朗回来，我看看他带回来的东西有什么能用的，挑好了之后就上吧。"

顾白一怔，咬着筷子愣住了："哎？"

"哎什么哎？"司先生又恢复了平时的态度，就仿佛刚刚服软的事情并没有发生过一样。

"你喜欢画画，想去见识一下不同的风景是很正常的事。"司先生说道，"而且早去晚去都是去，人类有句话是怎么说的？早死早超生。"

顾白小声道："这并不是什么好话啦……"

"反正能给你的都给了，成不成事就看老天爷的意思了。"

司先生这么说着，面色平静仿佛胸有成竹，心里却在琢磨着还能不能去谁那里弄点儿好东西来。

顾白看着司先生，刚才惴惴不安的心情逐渐平静了下来。

他对司逸明露出个小小的笑脸："我会小心的，司先生。"

司逸明眯了眯眼，刚刚压下去的情绪慢慢变得平缓。

半晌，他点了点头："嗯。"

饭后司逸明把顾白赶去跟狗子玩，自己去厨房刷碗。

狗子很活泼，对司逸明买的那一大堆专门给犬科崽崽定做的狗玩具爱不释手，已经疯了一整天了。

但他也挺乖的，司逸明说不许上二楼，他就连楼梯都没有靠近过。

司先生介绍说，这是只从乡下抱回来的小幼崽，好像刚出生才十六七年的样子，连化形都还没掌握好，换到人形就是个光着屁股蛋的小宝宝。

顾白坐在客厅里跟狗子玩，司逸明从厨房里出来，说要出去一趟。

顾白看了一眼外边的天色，点了点头。

他倒是不怎么在意时间的问题了，打从他发觉自己正常状况下能够四五天不休息也精神抖擞之后。

顾白坐在客厅的地毯上，怀里抱着只短腿奶狗，目送着司逸明出门。

司先生转身关门的时候，一抬头就看到了顾白跟狗子如出一辙的眼巴巴的目光。

他一顿，对上这两对狗狗眼，说道："回来给你们带点儿小零食。"

反正他要去的地方也是灵族集市。

司先生决定去找灵族集市里那几个活得久实力强的灵族捞上一笔。

顾白看着被司逸明轻轻带上的门，眨了眨眼。

"司先生回来有小零食啊。"顾白摸了摸自己手腕上的编织绳。

他还真不缺这个，司先生隔三岔五就买一堆小玩意儿回来。

顾白甚至都没有机会把老父亲给的那千把块灵石花光。

那一盒子灵石至今还有一半。

狗子两只小爪子搭在他的手臂上，呜呜了两声，顾白低下头看他。

柯基抬着脑袋眼巴巴地看着他，嘴馋大概是所有幼崽的通病。

不管是嘴馋还是磨牙需要，总而言之小崽子嘴里总是想咬点儿什么东西。

顾白看着抱着一袋狉狉肉吃得开心的柯基，摸了摸他的脑袋。

狗子被摸得很爽，吃着在自己家根本碰都碰不到的零嘴，短短的尾巴都快晃出残影了，连带着屁屁也一晃一晃的，看起来软乎乎的，手感极佳。

顾白垂眼看了半晌，终于还是没能抗拒这样的诱惑。

司先生这一趟出门，直到天亮了也没有回来。

顾白给自己和柯基崽崽做完了早饭吃好准备出门上班的时候，狗子把他送到了门口，然后在他换鞋的时候，乖乖蹲在玄关口，像是在送他出门。

顾白换好了鞋，想到学长和老师对猫狗态度挺好也不过敏，犹豫了好一会儿，蹲下身小声问："要不……你跟我去上班？"

小柯基两眼一亮。

顾白就载着坐在电动车前边的踏脚上，挺着小胸脯威风凛凛宛如将军出行的小柯基去了园区。

园区在非展览期间倒是没有什么禁止宠物入内的规矩，因为园区巡逻的人也是带着受过训练的犬类一起的。

只不过门口的门卫还是叮嘱顾白园区里现在都是建材，要小心一点儿，进了建筑之后最好是把它拴起来。

顾白对于小柯基倒是没什么担心的，但还是礼貌地接过了门卫递来的牵引绳。

小柯基很乖，第一次正儿八经地接触人类社会，也没有被好奇心和探索欲冲昏头脑，无比乖巧地迈着小短腿走在顾白边上。

但小柯基的出现还是让这一天的工作进度不可控地落下了一大截。

下工的时候学长们拉住了唯一一个完成了工作任务的顾白。

他们满脸悲伤，十分沉痛地反省了今天工作时摸鱼的恶行，并激烈谴责了一番自己脆弱的意志力还不足以控制想要突破封印的麒麟臂，非常需要顾小白天天带着小柯基过来帮他们锻炼一下。

顾白努力板着脸憋笑，然后满脸郑重地应下了这个请求。

他依言带着小柯基上了一周的班，看着这群大男人沉迷毛茸茸和柯基屁屁不能自拔，每天心情指数都直线上涨。

明明想撸狗他们可以直说的呀。

顾白低头看了一眼团成一团在电动车前边睡过去的小柯基。

狗子也超开心的。

顾白沐浴着夕阳，慢吞吞地骑着电动车避开地上会导致车子颠簸的地方，成功在没有弄醒困倦的狗子的前提下安全到达了小区门口。

一抬头，他就看到了他的老父亲。

顾朗蹲在小区门口，满脸吓死人的狰狞笑容，对顾白招了招手，然后在顾白凑过去的时候，摊开一直握着的拳头，露出了拳头里握着的二十多个零零碎碎的饰品。

这些饰品顾白认识一部分，是司逸明当时交给顾朗的储物道具。

凭借自身力量开辟的随身芥子空间其实容量相当有限，而打从上古时活下来的生灵们普遍都有大量的资源存货。

顾朗是特例，毕竟就连白虎这种贫民窟神兽都死死咬着一份棺材本打死都不会交出来的，更别说穷奇这种了。

储物道具再多也没用，道具毕竟是道具，能够装载的东西是有限的，所以这些手里攒着好东西的神兽、凶兽，大部分还是得寻找一个合适的藏宝地的。

司逸明找到了穷奇的藏宝地，而很不幸的是，去摸穷奇的小金库的是顾朗这头雁过拔毛贪得无厌一点儿都不讲究科学发展观的饕餮。

"乖崽，我把穷奇的宝贝拿光了。"顾朗大手一挥，把手里的东西全都塞给了顾白，大咧咧地说道，"我还顺便掘地三尺，把他另外藏起来的那些宝贝也全都挖光了。他过些时候发现了估计是要发疯的，所以我得先避避风头。"

顾白被他爸这一串骚操作惊得目瞪口呆，刚想说什么，就被顾朗一抬手打断了。

顾朗站起身来，拍了拍身上并没有沾着的灰尘，脸上的笑容在夕阳下显得稍微柔和了一些。

"乖崽，我就先溜啦！"

顾朗说完就从顾白眼前消失了，下一秒又重新出现，使劲揉了揉他家乖崽的毛："你补天加油啊，自己小心点儿！"

顾白看着他来去如风的老父亲，过了半晌才回过神来。

他把那些零零碎碎的小饰品都放进了编织手绳，看着顾朗消失的地方，小声道："我觉得你比我更需要小心一点儿啊爸爸……"

距离顾朗开溜已经过去了四天，司逸明还没有回来。

顾白工作的进度非常顺利。

需要先期画好的东西，九个人一早就画完了。

而顾白作为对策划这方面基本上没有什么经验的新人，监工对他来说也是个棘手的事情，还只是能跟在学长们背后做做笔记的程度。

虽然按照学长们的意思，比起跟在他们背后当小尾巴，他们更希望顾白能够有作品参展。

剩下的时间不多，他们时不时催一嘴顾白赶紧决定，毕竟赶工出来的作品一着不慎翻车的可能性还是很大的。

顾白看着学长们一边撸狗一边语重心长地劝说，嘴上应着，心里却并不算太着急。

顾白真要干活，效率比起普通人来说要高效得多，而且在灵力使用逐渐变得熟练之后，画起画来简直行云流水不要太顺畅。

当然了，出于对笔触和画布质感的个人喜好，他平时还是习惯画普通的画。

不管怎么说，基础一定是要不停巩固的。

但真要说赶工的问题，如今能够四五天不眠不休，甚至活动时间隐隐有增长趋势的顾白是一点儿都不虚的。

据司先生说，等他实力渐渐上来了，在不大量使用灵力或者活动的前提下，好几年都不需要休息也属于常规操作。

等到了那个时候，他对于时间的观念就会变得非常非常模糊，一觉醒来发现人间匆匆过去十几年了也是常态。

顾白一直待在园区里当小尾巴，学长们干脆在监工摸鱼的时候，开始给顾白开脑洞。

"风暴这个主题，可以衍生出的思路是非常多的。"大学长说道，"最直观的当然是自然景观，不过也可以衍生出一些有寓意的画面来。"

比如某种精神意象，甚至于一台风驰电掣的机车或者其他想象元素。

"就如今大众对于艺术的解读来看，结合现实现象的想象元素是更加能令人耳目一新、印象深刻的。"

结合现实现象的想象元素，指的就是一种表现的手法，这种表现手法多用于设计宣传上。

举个例子就是前些时候某地理杂志的封面，海面上是冰山，而海平面以下是一个巨大的塑料袋，海面上的冰山不过是那个漂浮在海中的塑料袋的一角。

这种意象表现给人的震撼的确是非常具有冲击力的，以前上课的时候老师也讲过。

顾白若有所思，把这事记在了手里的小本本上。

但学长们显然对市场和艺术观念的理解还是有所不同的，等到顾白把自己的构想在小本本上粗略地记过一遍之后，学长们已经吵起来了。

　　小柯基被他们放在了旁边的工作台上，瞪着一对无辜的狗狗眼，瞅着吵起来的几个人类，转头跟顾白的视线对上，一人一狗就默默凑到了一起，拉了条凳子。

　　顾白抱着狗子拿着本子，狗子抱着零食看着那几个说着他听不懂的话的人类。

　　顾白在学长们吵得快起来的时候奋笔疾书。

　　经验和阅历这种东西，是他短时间内始终无法弥补的短板。

　　这种时候他连插话的资格都没有，不如赶紧把学长们吵架的时候漏下来的一两句重点给记下来，在下一次动笔的时候努力消化试试。

　　学长们给顾白的启发挺大。

　　跟这些从事艺术行业已经多年的前辈一样，顾白心里也有一套对艺术的理解。

　　他多少还是了解如今大众对艺术的态度的。

　　他很清楚，现今人们已经快将"艺术"跟娱乐挂钩了。

　　不是每个人都有艺术素养，能够很快理解艺术家的设计思路和想要表达的意图，在这种时候，他们提起"艺术"来，多少都带着些嘲讽意味。

　　顾白不是觉得艺术家们用自己的技法来表达自己想要的东西是错误的，不管是正面的还是负面的，是赞颂还是抨击，都没有什么不对。

　　但艺术逐渐变成小圈子"自嗨"怎么想都不应该。

　　顾白不是个多有抱负的人，但想尽力让所有看到他的画的人，都能够清楚地感受到他想要透露出来的信息。

　　温柔也好，开阔豁达也好，希望也好生机也好，只要能让看过他的画的人心中能够生出一两点温暖，顾白就觉得很高兴了。

　　虽然今天学长们最后吵得脸红脖子粗的，但最初的目的的确是达到了一部分。

　　顾白骑着电动车载着狗子回家，神游着开得慢腾腾的。

　　小柯基蹲在电动车前边的踏脚上，昂首挺胸地，学着昨晚上看到的动画片里的狼，扬起脑袋奶声奶气地嗷呜嗷呜叫。

　　嗷到一半他看到了站在小区门口的司逸明，声音戛然而止，甚至因为收得太急还打了个嗝。

　　顾白回过神来，看到站在门口的司逸明，微微睁大了眼，脸上瞬间漫上了笑容，骑着电动车加速冲了过去。

　　"司先生！你是在等我吗？！"

　　司逸明点了点头。

　　顾白看到司逸明可高兴了："欢迎回来呀！"

　　司逸明看着顾白，神情一下子无法自控地软了下来。

　　也不知道是不是因为这张脸，顾白身上那股子少年气始终未退，生机勃勃的，阳光落在他身上就跟打了一层柔光滤镜一样，连空气都变得清甜了起来。

司先生忍不住一抬手，使劲儿揉了揉顾白的脑袋，然后上手帮顾白推车，顺便答道："回来了。"

他说完顿了顿，补充道："小零食也买了，放家里的冰箱了，有你之前没吃过的一些新玩意儿。"

顾白和狗子的眼睛齐刷刷地亮了起来。

顾白走在司逸明身边，像是憋了很久一样，开始絮絮叨叨地跟司先生说最近的事情。

顾白的一天基本上是没有什么太大的惊喜的，但司逸明一如往常那样，听得很认真。

在进家门之前，顾白怀里抱着狗子揉着，在提及自己今天新冒出来的脑洞之前终于想起了他来去如风的老父亲。

"对了司先生，我爸爸已经回来过一趟了。"顾白说道。

司逸明有些惊讶。他回来的时候可没察觉到这附近有饕餮的气息。

不过转念想想顾小白还把自己当人类养的那段时间里，顾朗憋着火气到处躲那些流窜型巡逻神兽，躲了快二十年都没被发现的事迹，司逸明又能理解了。

顾朗想躲起来还是简单的。

司逸明推开了门，问道："他人呢？"

"……"顾白沉默了好一会儿，还是把他的老父亲干的事和盘托出，然后忧愁地叹了口气。

司逸明也惊了好一会儿，甚至有那么一瞬间怀疑顾朗是不是又跟以前一样发疯了。

有了顾白不再饥饿之后，顾朗这些年就逐渐正常起来，皮归皮，跟他仇人相见眼红也正常，但真的已经很久没有疯成这样了。

司先生沉吟了一阵，说道："大概他不想牵扯到你。"

抱着狗子准备去开冰箱门的顾白一愣。

"穷奇非常凶恶，顾朗要是不这么干的话，穷奇发起疯来第一反应肯定就是冲到附近的城市里杀人。"司逸明说道。

顾朗这次用脸拉怪的操作实在是有点儿惊人。

不过想想也是能够理解的，去摸穷奇的小金库这事司逸明自己都不想干，因为肯定会被穷奇追着打。

谁要跟发疯的凶兽正面对上啊，亏死了。

毕竟穷奇发起疯跟顾朗以前一样，一点儿都不会顾忌自己面对的是谁，打起来也毫无理智。

反正司逸明是不干的，能把这事拿来坑顾朗一次还收获穷奇的宝藏简直就是变废为宝。

他们一群神兽都得护着各自的阵点本来也不适合干这种事，顾朗把穷奇的仇恨拉得稳稳的，穷奇有了目标就不会瞎找碴。

而不巧的是，顾朗很会躲。

司逸明托着腮，实在是有些出乎意料。

饕餮也有父爱如山的这么一天，实在是太令人难以置信了。

他都准备好在顾朗和穷奇打起来的时候在背后抽冷子放暗箭，尝试着能不能把穷奇逮住关进顾白的灵画里蹲着去，谁知道顾朗思想觉悟竟然这么高。

"他拿来的东西呢？"司先生问道。

"在这里。"顾白把手腕上的编织绳里的东西都拿出来，抱着只顾着眼巴巴盯着冰箱的小柯基，站在沙发后边欲言又止。

司逸明动作非常迅速，无比高效地清点着顾朗带来的这些东西，不回头也能察觉到顾白有些不安定的气息。

"怎么了？开始怕去补天了？"司先生带着些许笑意说道。

"没有，不是怕补天。"顾白顿了顿，小声问，"司先生，我爸爸他会有危险吗？"

"不会。"司逸明回答得倒是非常利落，"顾朗能躲，躲不掉也没事，穷奇要是闹出什么大动静多的是神兽能跳出来捶他。"

顾白看着被司逸明拿出来的那些闪烁着各色光芒一看就非凡品的东西，一时间竟觉得穷奇有点儿可怜，不过还是觉得要被穷奇追着打的老父亲更加令他担心一点儿。

人心都是偏的，顾白承认这一点。

他犹豫了好一会儿，声音变得更小了："司先生，我们挑完能用的，把剩下的还给穷奇行吗？我回来之后用过的那些也还回去……"

就算借的吧，顾白想。

这样的话穷奇也不算吃亏，爸爸也不会被穷奇追着打了。

司逸明一怔，回头看向有些不安的顾白，捏了捏他的手，就在顾白以为他会点头的时候，干脆地答道："不行。"

顾白蔫蔫地低下了头。

司逸明随手拿起了一把闪烁着寒光还带着倒钩和血槽的刀，对顾白说道："这是穷奇当年从我手上抢走的。

"这是灵蛇夫人当年准备给她未来的孩子护身用的。

"这是当年穷奇杀了灵宫仙人从他的宝库里抢出来的。

"这是……"

顾白听着，脑袋越来越低，最后埋进了怀里狗子软乎乎的毛毛里。

司逸明见顾白这副样子，揉了揉他和狗子的脑袋："仁慈和天真不是你的错。"

顾白看着近在咫尺的司先生，对方的眼中满是包容的温和之色。

他顿了顿，脸上又重新露出笑容来。

顾白向来是擅长把糟糕的想法和情绪抛诸脑后的，使劲揉了揉狗子的脑袋，重新抖撒起精神来："有什么我能帮忙的吗，司先生？"

司逸明早就见识过顾白的自我开解能力，还琢磨着顾白要是想不通就把他扔床上睡一觉，醒来就又是一个活蹦乱跳的顾小白了。

他听顾白这么说，点了点头："去帮我把书房里的皇历拿来吧。"

顾白把狗子往沙发上一放，进书房去把皇历拿了出来："查皇历做什么？"

"看看什么日子适合你出发去补天……"司逸明话音未落就止住了。

他看着刚被他翻了一页的皇历，忍不住偏头看向窗外红霞遍布的天空。

虽然多少猜到了一点儿，但真正证实的时候，司逸明还是忍不住咂舌。

还真是给顾小白算好了时间掐着点来的啊。

这心也太偏了。

顾白顺着司逸明的目光看向窗外，疑惑道："怎么了司先生？"

司逸明摊开了皇历让顾白自己看。

顾白探头瞅了瞅，一眼就看到了八个贼喜庆的大字——良辰吉日，百无禁忌。

日期是明天。

想着明天就要出发了，司逸明连夜把穷奇的东西清点了一遍。

虽然穷奇不至于只有这么一个地方用来藏宝，但光这一个地方经年储存下来的东西也已经相当可观了。

司逸明觉得在财产拥有量这件事上，穷奇说不定真能跟他比肩。

因为穷奇打从以前就抢劫过不少仙人洞府。

早些年他们这些天生地养的灵兽和仙人的地位关系，跟如今的凶猛掠食动物和人类的关系差不多，仙人们对于有祥瑞意象并且没有无理由袭击过他们的仁兽向来是和谐共处、井水不犯河水的。

但是像穷奇这种，见到任何生灵都无差别攻击的，基本上就跟人类面对尝过肉味道的猛兽一样，见到了就喊打喊杀的。

不过穷奇也从来没尿过就是了。

司逸明把一些散发着浓重血气的东西挑了出来，顾白转头去跟老师请了假。

老师还有点儿惊讶，顾白有些吞吞吐吐地表示是今天学长们聊天的时候让他有了些想法。

如果今天那场争吵真的能称之为聊天的话。

高教授对顾白终于改变主意想要参展这事还是很开心的，准了假之后又叮嘱了一些诸如注意作息的话。

毕竟大家都是做艺术的，灵感上头不眠不休也不是什么少见的事。

顾白把老师的叮嘱一一应了，然后得到了满腔老父亲心态的老师的勉励，终于得以挂掉了电话。

在挂掉电话之前，老师还表示要是思路不顺或者有什么不懂的地方可以找他或者学长们。

顾白挂掉电话蹭回了司先生身边的时候，整个人都透着一股子显而易见的愉悦，刚刚那一点点的低沉仿佛从未发生过一样。

顾白把沙发上的狗子抱起来，挪了挪屁股，坐在了司逸明旁边，看他挑选东西。

大概是顾白脸上的愉快太明显了，让司逸明为之侧目了一瞬。

"怎么了？请个假这么开心？"司先生随口问道。

顾白傻乎乎地嘿嘿笑了两声，揉着怀里的小柯基说："老师和学长们真好。"

司逸明顿了顿，淡淡地应了一声。

顾白看了司先生两秒，忽然福至心灵，补充道："司先生最好！"

司逸明把一串珠串分出来，听到顾白突然这么说，有些惊讶地偏过头，对上顾白亮闪闪的眼睛，忍不住翘起了唇角。

"嗯。"他神情平静地应了一声。

"能够保护这些善良的好人真是太好啦。"顾白说道，有点儿小紧张、小羞涩，又显得特别高兴，"我从小就特别憧憬那些无名英雄，要不是以前身体素质跟不上，而且花了大量的精力练习画画，我肯定考军校。"

司逸明点了点头。他还记得刚认识的时候，顾白都一直觉得顾朗是给国家干什么保密工作，或者是什么隐姓埋名拯救世界的超级英雄。

想到这里，司先生的动作就停顿了一下。

还别说，顾朗最近干的事还真就是隐姓埋名拯救世界该干的。

"你之后要干的事儿也是拯救世界。"司先生说道。

顾白闻言，笑得更傻了几分。

某种程度上来说，他也算是梦想成真了。

司先生看着他旁边笑得傻了吧唧的小石头精，忍不住抬手揉了揉顾白的脑袋。

这种顺势就实现了梦想和自我价值升华得到顶级满足的架势，司逸明又忍不住感慨一下老天爷的偏心了。

司先生看着在沙发上拱来拱去的顾白，多少能理解这个时候他突然开心的原因。

他使劲儿搓揉了顾白一把，然后轻轻推了推他："去，把白泽叫过来。"

顾白也不问叫白泽来干啥，顶着被司先生揉过的呆毛乱翘的脑袋，屁颠屁颠地就跑去找白泽了。

在顾白帮着整理完白泽家里那些乱七八糟的玩意儿之后，白泽被严令禁止再把屋里弄乱。

白泽家里向来是用不着落锁的，顾白也早已经学会了在主人家没有开启锁门阵法的时候直接开门的技巧。

顾白去的时候，白泽正坐在客厅的沙发上，两眼空茫无神，目光轻飘飘地落在虚空里。

顾白看到白泽这副模样脚步一顿。

司先生说过，如果看到白泽一副梦游的样子就别打扰他，他十有八九正抓到了什么未来的启示和片段正看着呢。

顾白瞅着白泽这副样子，觉得这大概就是司先生说的那副梦游的模样。

顾白安静等了半个小时，白泽才缓缓回过神来，目光过了好一会儿才恢复聚焦。

看来预示是好的，顾白想，毕竟白泽整个人显得特别愉快，回过神之后脸上的笑容就没下来过。

白泽察觉到门口的身影，看到是顾白之后两眼一亮，挥了挥手："小石头你来找我的吗？"

顾白也抬手挥了挥："是司先生找你。"

白泽脸上笑容半点儿不变，站起身来："来啦、来啦。"

顾白伸手拉着白泽，怕一不留神这个失智神兽就不见了。

而白泽精神头出奇好，甚至还哼起了歌。

大约是天性不好争斗的缘故，白泽的性格、脸和声音都显得相当无害，跟顾朗简直就是截然不同的两个面。

白泽哼歌是很好听的，顾白听着这调子，觉得有点儿熟悉。

这调子他应该听过，顾白仔细回忆了一下，后知后觉地发现这调子就是他平时心情好的时候瞎哼哼的旋律。

司先生听过，学长们也听过，说是听了就心情特别愉快舒坦，还问过他是什么歌来着。

顾白也想不起来是什么歌，偏头看向白泽，问道："白泽，这是哪里的歌？"

白泽想了想，软软地答道："就是歌啊，没有名字，这调子是以前春风用来唤醒大地的，小石头你在天上应该听过不少次啦。"

顾白没什么印象，不过能不自觉地哼出来倒是事实，怪不得听起来那么舒服。

司逸明找白泽来，是让白泽再确认一次路线和法宝的。

别看白泽傻起来自己都坑，但他是三界六道无所不知的神兽，最后找他确认一遍，让顾白把这些法宝的使用方式和作用都牢牢记住。

白泽笑眯眯地，坐在沙发上撸狗，软绵绵地说道："貔貅你太担心了，小石头很厉害的。"

司逸明看了一眼白泽："你又看到天启了？"

白泽笑嘻嘻地点点头。

司逸明看着沉迷撸狗的白泽，伸手去把狗子拎起来关进屋里，依旧不放心地拜托白泽再跟顾白确认一遍。

等到司逸明整理完东西，顺手翻了翻之后一个月的皇历，惊奇地发现之后长达一个月的时间里，全都是宜出行和动土的。

司先生看着皇历，第一次发现动土这个词竟然可以这么理解。

毕竟息壤是土，动土好像没什么毛病。

白泽跟顾白凑在一边，两个人脑袋顶脑袋，昏昏欲睡。

司逸明看了他们好一会儿，偷偷拍了张照，把白泽涂掉，然后按下了保存。

"醒了、醒了。"司先生晃了晃打瞌睡的两人，把人晃醒之后，起身去把谢致给抓了过来，让他暂时看着点儿白泽。

司逸明是当然要去送顾白一趟的。

顾白跟白泽核对了一遍他早就记得滚瓜烂熟的法宝使用一百式，还被时不时记忆错乱一下的白泽用充满神秘和惊喜的语气，反复告诉他这次去很安全不说甚至还会干出一件大事！

白泽这种复读机式的告知方式堪比洗脑。

等到顾白迷迷糊糊地趴在司先生的背上，被他背进幽冥的时候，好不容易被幽冥的寒风吹醒的脑子里除了补天这事之外，满脑子都是白泽说的"干大事"。

顾白坐起身来，低头看了一眼幽冥，惊讶地"咦"了一声。

"清醒了？"司先生回应了一声，脚步不停，幽冥的风景迅速后撤。

顾白探头看着周围这一片暗淡景色，以及这些惨白之上偶尔浮现的淡绿色的柔软光团，疑惑道："水呢？"

"金乌东来的时候幽冥是退潮的。"司逸明很理所当然地说道，"如今的人类所看到的是上一重天的景象。"

"上一重天？"顾白还有点儿蒙，发觉背着他的貔貅脚步一转，而底下的幽冥开始迅速缩小远离。

他们往上升，破开了昏暗的幽冥，眼前霍然大亮。

这是一片一望无际的蓝白色世界，目之所及的最远端是上接苍穹倾泻而下的巨大云瀑，云瀑垂直而下，呼啸着落入这一片世界，水花炸成了无数细细密密的水珠，连绵成了一片白色的浓雾。

哪怕他们是隔着望不见具体多远的漫长距离，也隐约可以听见那巨大云瀑的轰鸣。

那附近四处都有雾气弥漫，带着刺骨的寒意，比暴风与雷霆更为浩瀚可怖。

云瀑落在他们如今所踩的蔚蓝色水面上，没有巨大落差造成的波涛汹涌，脚下的蔚蓝色水面是一片寂静无声的静谧。

人踩在上边分明有水波的声音，却毫无涟漪，平静如同光滑的镜面。

顾白低头瞅瞅水面，那里也映照不出任何他的影子。

他又看向那边呼号咆哮着并不平静的云瀑。

轰隆隆的声音不绝于耳，但他所处的地方却是一片诡异的安静场景，连声音的震动所产生的一丝波纹都没有。

"那是天河的末端。"司逸明变回人形，看着带着些惊奇却小心翼翼地在这里踩来踩去的顾白。

顾白恍然地想起了第二重天外天的介绍。

天河横贯几重天外天，落入最下方三重天的时候逐渐趋于平静。

第一重为幽冥轮回之地，潮水随时间涨落，涨潮时晦暗的昏沉遍布天幕，退潮时便露出第二重天外天的明朗。

第二重天外天是天河的末端。

在这里，天河水平缓地流淌成了蔚蓝的天幕与层叠的云彩，金乌飞掠过这里的时候，会将这片蓝白的世界染上绚烂的霞光。

据说霞锦就是用这里那些被金乌染上了各种绚烂颜色的天河水织就的。

金乌跟朱鸟关系挺好，勉勉强强也能称得上是同族，这也是如今霞锦只有朱鸟能做的原因。

当年天被捅了个窟窿，原本流向稳定的天河骤然崩塌的时候，汹涌的河水一连压垮了好几重天外天，那些没有经过丝毫沉淀的混浊河水带着荒莽凶悍的气息直接从源头砸下来，落在这一重天外天里，以至于那段时间的人类世界的天幕始终都是混浊不堪的昏暗样子。

"所以我脚下踩着的是天？"顾白低下头，却并没有看到地面，而是一片透彻的蓝。

司逸明点了点头，补充道："以前的天，如今不是了。"

顾白觉得玄幻的世界真的厉害得不行。

他尝试着走了两步，始终没办法适应走在这一片通透的蓝色上，这跟人类景点里的玻璃栈道什么的完全不一样，一眼看下去就是无尽的蓝，视觉上让人不太能抓到具体的落脚点，容易摔跤。

"真好看。"顾白看着这一片极静与极闹对立的世界，有点儿控制不住自己想要写生的麒麟臂。

司逸明像是察觉到了他的想法，抬手按住了顾白的双肩。

"我只能把你送到这里。"司逸明说道，"动作快点儿，别让我们担心。"

顾白微微一怔，乖巧地点了点头。他在司逸明的注视下，把那些乱七八糟的链子、首饰挂上，十个手指都戴上了戒指，每个手指还不止一个，直接抛弃掉了审美，把自己当成了一个饰品法宝展示架。

连从内到外的每一件衣服都是用来防御的。

司逸明看着浑身花花绿绿宝光闪闪的顾白，有点儿控制不住地想笑。

顾白最后翻出了一个巴掌大小的司南，一抬头就看到司逸明一脸想笑的样子，也知道自己这会儿的形象肯定特别傻。

顾白鼓着脸看着司逸明："司先生……"

司先生迅速收起了笑意，板着脸轻咳了一声："再往上一层就是以前的仙人居所了，打从建木塌了之后就找不到上去的方式，似乎是补天的时候也顺手被女娲封住了，所以谁都不知道上边是个什么情况，不过十有八九是死透了的。"

传说都是说仙人已经集体凉凉成盒了，毕竟当年那些没能回归天上的仙人一个接一个地陨落，手里有友人或者师门人的神魂记录的，当年也眼睁睁地看着不管是天上的还是地下的一个接一个变得暗淡无光。

地下的仙人艰难地苟活到了灵气大退的时代，最终还是凉了，天上的有记录的，基本上都在不知道多少年以前就已经陨落。

但谁也说不好上边到底如何，是不是仙人已经死光了，反正这么多年了，上面的下不来，下面的也上不去。

司逸明越想越觉得不安，搭在顾白肩上的手有点儿用力。

他突然就不想让顾白去了。

顾白被他扣得有点儿疼，仰头瞅着司逸明，认真道："司先生，我不会有事的，白泽说我是个干大事的……的石头。"

司逸明沉默好一会儿，艰难地松开了手，看着顾白浑身挂着的亮闪闪的花花绿绿的东西，深吸口气："自己小心。"

顾白点了点头，动一下身上就丁零哐啷地响，一边响着一边从手绳里拖出了一个玉葫芦，喂了点儿灵气进去，然后丁零哐啷地爬上了葫芦，又转头丁零哐啷地冲着司逸明挥了挥手。

司先生看着顾白，深吸口气，整了整自己身上早上出门瞎套的白 T 恤。

T 恤前面画着个柯基脑袋，背面画着个柯基屁屁，一看就是顾白摸鱼时候的成果。

司先生摆了摆手："行了，早去早回，我在这儿……"

顾白难得打断了司逸明的话，带着些许强硬的意味："阿黄还等着你喂呢。"

司先生挑了挑眉："行，我回去等你。"

顾白一下子笑了起来，再丁零哐啷地挥了挥手，低头看了一眼手上闪烁着光芒的司南："那我走啦？"

司逸明点了点头。

顾白抿了抿唇，做了个深呼吸，然后驱使着葫芦"刺溜"一下跑没了影。

他终于还是忍不住回头看了一眼。

在上下都是蔚蓝点缀着白色的苍穹之上，一头巨兽正安静地端坐在那里，首尾似龙，马身，麟脚，形似虎豹，身披鳞甲金似玉，浑身威猛的军势收敛得干干净净。

似乎是察觉到了离去的人看过来的视线，他身后的龙尾轻轻甩了甩算作是招呼。

顾白有些愣怔地看着司先生巨大的原形，大约猜到了司先生的心思。

他估计是担心自己突然回头却找不到他吧。

顾白有一瞬间的慌乱无措，感觉自己心里热得像个蒸笼，忍不住抬手搓了搓滚烫滚烫的脸，又带起了一片叮叮咚咚的清脆声响。

司逸明看着顾白终于离开他目之所及的范围。

巨兽打了个哈欠，慢腾腾地趴了下来。

狗子和白泽就交给谢致喂吧。

司先生甩了甩尾巴。

傻子才回去等。

第 21 章
光风

葫芦很大，顾白坐在上边也不会因为葫芦的形状硌屁股，基本上是感觉不到弧度的，甚至还感觉屁股底下软软的，就像是懒人沙发。

顾白在这一片完全没有障碍物的空间里横冲直撞，身体力行地证明了一番无证驾驶的危险性之后，手上的司南终于开始有了点儿旋转的动静。

袖珍的小勺柄开始旋转了，意味着该到达目的地了。

这是来之前白泽给他调整过的。

在司南开始剧烈地、滴溜溜地转成了一个小风扇的时候，顾白把手里巴掌大的司南收了起来，仰头看看依旧看不见尽头的上方苍穹，犹豫了一下，从手绳里摸出了好几块深紫色的玉石，挨个儿捏爆了。

浅淡的紫色光点轰然炸开，细细密密地覆盖在顾白周身，然后逐渐暗淡了下去。

顾白抬起手，随着一连串的碰撞的声响，遮住了自己头顶，趴在玉葫芦上，深吸口气，咬牙撞了上去。

跟司先生所说的，要头铁撞破一个厚而坚硬的屏障才能到达上一层的说法不太一样。

捏爆了好几个防御符的顾白感觉自己只是轻轻撞破了一层类似水幕的东西，冲击力是有的，但并没有被撞疼。

顾白愣了愣，刚准备坐起身来，就感觉葫芦像是被谁从屁股后边踢了一脚，连人带葫芦不受控制地转了无数个圈，然后"哗啦"一声，破开了水面，重重地砸在地上。

大半个葫芦砸进了地里，看起来沉重极了，顾白手腕上的腕表作为唯一一样不是法宝的东西也被震坏了。

这可比过山车刺激多了，顾白从葫芦上爬起来，坐在上边晃着发晕的脑袋，周身还带着点儿水汽，但却并没有沾上湿意。

他缓了好一会儿，才从天旋地转中回过神来，发觉眼前是一片荒芜而广阔的荒野。

一望无际的是黑沉沉的坚硬土地，天光是亮的，但抬头看应当是苍穹的上边并非人类眼中的蔚蓝色，而是翻滚着的无数漆黑狰狞的东西，看起来有点儿眼熟。

顾白呆怔地看了好半晌，等到他终于反应过来那是什么的时候，顿时倒吸了一口凉气。

头顶上被这片天地所隔绝的，是比之天外天之下的神州大地浓稠上不知多少倍的邪气魍魉。

它们被死死拦在了这片苍穹之上，看起来浓稠黏腻，几乎凝聚成了实际意义上的液体。

虽然之前已经听司先生说过神州大阵会把整个大地上的人类所产生的邪气给扔到天外天上来，但顾白没想到会是这么个情况。

这简直就是邪气魍魉垃圾场，堆了万万年了，这要是随便扔个什么进去，估计是清清爽爽进去然后发着疯出来吧，或者干脆就直接死在里边了。

顾白是见过被邪气影响过的同类，他们发起疯来基本上六亲不认，有的时候还会选择自毁。

而非常不幸，上面那片看起来像是邪气魍魉游泳池的地方，同样是他要克服的问题之一。

顾白看着那些翻滚着沸腾着的漆黑东西，打了个哆嗦，收回了视线，观察起周围来。

身后是一片湖，湖水清澈透亮，能清楚地看到下边那一片蔚蓝，而湖水的尽头，是跟刚刚他来的那层天外天一模一样的巨大云瀑，跟下边那洁白纯粹得能够作为云层的情况不太一样，这一层的云瀑带着几丝灰黑的阴霾，大约是沾染了上边那一层邪气的缘故。

这里看起来一点儿都不像仙人居所，连一丝风都没有。

就连云瀑那里传来的轰鸣声，也透着一股快快的沉闷感。

顾白抖了抖身上沉重的饰品法宝，在玉葫芦上坐直了，驱使着这个能飞的葫芦艰难地拔出了被它砸开的坚韧地面，重新摸出了司南，开始找路。

玉葫芦速度不慢，而天外天没有昼夜，腕表被砸坏了之后顾白也不太清楚到底飞了多久。

他终于在这一片平坦的焦黑土地的前方，看到了些许起伏的痕迹。

顾白飞近了，发觉那些堆在地面上的起伏的东西，看起来像是建筑的残骸。

那些残骸静谧地伫立在那里，没有一丁点儿活气，也没有什么仙家福地的模样，反而从各种各样的缝隙里投出了不少灰黑的雾气，看起来像是残留在这里的邪气。

顾白小心离远了一些，看着这一片黑沉沉的大地，觉得仙人恐怕是真的死绝了。

没死绝估计也都疯了吧，顾白不太确定邪气的影响力。

他顺着司南指的方向飞，在司南的小勺柄又开始转成小风车的时候，看到了远方隐隐约约的人影。

人影还不少，一身白地围成一个小小的圈，在这一片焦黑的土地上格外明显。

顾白微微一怔，犹豫了好一会儿，还是小心翼翼地凑了过去。

他落在地上，丁零咣啷地爬下了玉葫芦，从手绳里拿了好几个符箓出来噼里啪啦地捏爆拍在身上，又窸窸窣窣地拿了几件攻击型法器出来，感觉自己一个念头就能化身炮台对敌方进行毁灭式轰炸之后，才深吸口气，拖着玉葫芦一步一个脚印地靠近了那一圈人，然后隔着老远地喊了一声："您好！"

开阔的大地上连回音都没有，而前边的人也没有什么动静。

顾白凭借他超乎寻常的眼力仔细看了半晌，始终看不清楚具体的情况。

那些人周身似乎被什么东西遮挡住了，远看能窥见身影，他凝神去看的时候却什么都看不清楚。

但看着这一圈的架势，他们大约不是在镇压什么东西，就是在守护什么东西。

顾白瞅着那几道人影，比较倾向于后者。

顾白站在原地，人家不理他，他也不太好意思靠近。

好吧他承认，主要是因为尿。

毕竟这么大一块安静得只能听见云瀑轰鸣，连风都刮不起来的地方突然出现几个凑在一起的白衣人，他怎么想都觉得十分的诡异。

万一人家抬起头来没有脸呢？

顾白头皮一紧，被自己的想象吓了一大跳。

他沉默了半晌，看着眼前那一圈人影，还是觉得自己应该先去把自己该干的事情干完。

他以跟下来的时候截然不同的利落动作火速爬上了玉葫芦，仿佛屁股后面真的有鬼在追一样，拍拍屁股火速开溜了。

但过了没多久，刚刚火急火燎开溜的顾白又慢腾腾地转了回来。

他还是很在意。

顾白仔细想了想，除了人家抬起头来没有脸这个可能之外，还有一个可能就是，这一圈五个人已经死了。

这片荒芜的大地没有一丝活的气息，不管是通向下方的水还是这片漆黑的大地，一点点生机都没有，同样，也没有丝毫灵气。

这里没有生灵，所以没有生机，连风都不从这里过，静谧得过头。

顾白对死亡这个词倒是相当镇定。他还是人类的那段时间住在筒子楼里，看多了丧事了。

这世间万物总会有一天到达生命的终点，死亡这种东西，并没有什么好畏惧的。

顾白动作轻巧地落了地，从葫芦上滑了下来，然后拽着葫芦嘴，一步一哼唧地缓慢往前靠，身上那些花花绿绿乱七八糟的法宝挂着，相互撞击着发出叮叮咚咚的声响。

顾白哼哼唧唧的内容，实际上是在小心翼翼地打招呼。

什么"您好打扰了不好意思"之类的，他走一步就小声叨叨上一句，充满了诚挚的歉意。

毕竟他似乎打扰到了别人的安眠。

顾白不敢把葫芦缩小了揣着，心想着要是有个万一就火速上葫芦跑路。

他拽着葫芦嘴，拖着比他人高了约莫半米的玉葫芦，哼哧哼哧地往前走，每一步都小心翼翼地往前试探。玉葫芦拖在背后，生生把脚底下的土地给犁出了一条土坑道。

顾白慢慢靠近了那几个人。

在贴近的时候，周围似乎有什么东西破碎的声音，随着那一声清越的脆响，距离顾白不过五米左右的那五个人身体轰然炸开，伴随着强烈的气浪扑面而来，几乎要将弱小可怜又无助的顾白掀飞出去！

顾白一连被吹得倒退了一大截，最终靠着玉葫芦抬手挡住了脸，接着就听到身上挂着的法宝接连碎裂的声音，"嘭嘭嘭"地在抵挡气浪的时候炸得粉碎。

等到气浪渐歇，顾白终于得以放下了手，看到了这个被炸出来的大坑。

而他身上挂着的那些丁零作响的法宝，已经被炸掉了三分之二。

顾白沉默了好一会儿，摸了摸自己跳得飞快的小心脏，然后认命地抬手清理身上已经被炸废掉的法宝，顺势看了一圈周围的情况。

刨除掉周围被气浪掀起来的波及范围不算，光是爆炸的效果，就造成了这里这个半径百来米的大坑。

这个巨大的坑洞中间，有一个被护得相当完好的小圈平台。

顾白低头看了看落在他脚边上的一截散发着莹白光芒的……疑似桡骨的构造，又抬头瞅了瞅在这样惊人的爆炸中依旧被护得完好如初的小平台，定睛看去，便清楚看到了平台中间正安静生长着的一株小小的树木幼苗，青叶、紫茎、黑华、细嫩、小小的一截，都没婴儿手臂粗壮。

顾白愣了好一会儿，抬手摸了摸自己脖子上贴肉戴着的紫色木雕小貔貅，又回忆起自己曾经无意间画给老榆树的那张画，惊愕地"啊"了一声。

一股涤荡的生机以那株幼苗为中心，迅速蔓延开来。

无风的静谧大地突然刮起了沁凉的风，带着轻微的香气和像极了歌谣的风声。

那是顾白所熟悉的，春风唤醒大地时哼唱的歌谣。

顾白瞪圆了眼看着那个平台上的小幼苗。

那是……建木的幼苗？

白泽说的大事难不成是这个？！

顾白想到这里，抬脚就准备去瞅瞅确认一下，结果头顶那被拦在第三重天外天之外的邪气魍魉就像是察觉到了下方的变化，疯了一样开始"嘭嘭"地撞击起阻拦它们的壁垒来。

顾白不确定无形的邪气是怎么撞出这么大动静的，不过大概能猜到是怎么一回事了。

他低头瞅了瞅脚边上那一截桡骨，想到刚刚围着那个小平台那块地方一副守护姿态

254

的五道人影，大约猜到了一些。

这五个仙人，大概是最后活下来守着这块死地的最后生机的仙人吧。

可惜最终还是陨落了。

为了护住这棵小幼苗，他们死前还以自身的死亡之躯遮挡住了建木的生机，唯恐在他们陨落之后，上方虎视眈眈的邪气不顾一切地降下来，把这片最终的生机也吞噬掉。

他们守着建木的幼苗，大概是想要最后尝试着重新连接天与地，也许是想离开这里。

顾白不太确定，但看看仙人居所如今这破败可怜的模样，觉得仙人们守着建木幼苗是希望能够逃离这里的可能性比较高一点儿。

顾白愣怔了好一会儿，发觉头上那些发了疯一样想要往下撞的邪气短时间内并没有撞破屏障的可能之后，看了一眼那边的建木幼苗，松开了拽着玉葫芦嘴的手，低头把仙人骨捡了起来。

不管怎么说……顾白拿着仙人骨环顾四周，去把那些被埋在土里的仙人骨都扒拉了出来，然后小心翼翼地在建木旁边放好，给它们盖上了衣服。

不管怎么说，最后这些仙人守了这么多年，死无全尸未免也太惨了。

而且他仔细想想，让人家的尸身炸了，让建木重见天日这事好像是他的锅。

顾白把仙人骨上的泥土都弄掉，心里内疚得不行。

仙人的尸身和建木幼苗应该怎么处理这一点，顾白觉得大概得等他补完天回去一趟先问问司先生了。

"前辈们先……呃，晒晒太阳。"顾白充满歉意地对着被他摆好的五具骷髅拜了拜，郑重道，"我先去补天。"

天外天有九重，白泽说补天的地方大约在第五层以上。

具体是哪里除了女娲本尊之外谁都不知道，白泽表示撑死了也就能给个天外天来去的路线了。

玉简上的路线看起来还挺曲折的，按照白泽所说的，就是当年天漏了之后天河冲击下来，砸在下边的几层天外天的壁垒上留下来的一些薄弱处，后来虽然多多少少被自然修复了，但最终还是留下了一些小毛病。

也就是司先生之前说要头铁撞过去的原因。

不过似乎是因为他个人情况比较特殊，并没有撞到脑袋，就好像只是穿过了一层水幕一样，轻而易举地就上来了。

不过仔细想想，他当初还是个光屁股的小傻子的时候就从天上下来了，那个时候他好像也没出什么毛病。

顾白看着手里滴溜溜打转的司南，又扔了个龟甲和铜钱琢磨了一下，核对了一番已经完全不能用作参考的玉简，抬头看向乌漆墨黑的上空。

跟第二层上碰不着天下摸不到地的情况不太一样，第三层的天就明晃晃地摆在那里，那是一层非常明显且坚韧的结界，将那些让人看了就忍不住心生动摇的邪气死死挡在了外边。

顾白坐在玉葫芦上，看着距离他越来越近的黑色东西，忍不住低头整理了一下身上挂着的东西。

虽然……虽然已经到了这里，也肩负重任没办法后退，甚至在这里他可能是能够随意进出的，但该害怕的地方还是怕得不行。

顾白看着越发接近的黑暗，竟然隐约可以看到那些无序的漆黑东西产生了一些奇怪的形态，看起来像是人和野兽。

它们仿佛察觉到了有生灵靠近，原本就因为强烈的生机而变得躁动不安的邪气便面目狰狞地扑过来，然后撞在了看不见的墙壁上，骤然溃散成了一团浓稠的黑雾。

顾白被吓得停在了半空。

他是真的没见过这阵仗。

顾白小心地往上挪了挪，瞪着眼瞅着那些前赴后继地扑过来的黑雾，看久了之后感觉似乎也没什么大不了的。

顾白抱着玉葫芦，一边心里哆嗦着一边慢腾腾地往上挪。

他重新翻出了一大堆符篆和法宝揣手里，然后终于触碰到了顶上的壁障。

顾白犹豫了一会儿，小心翼翼地伸出了……一根手指，抬手轻轻戳了戳那个坚硬的壁障。

然后那壁障就像是不存在一样，轻而易举地就容纳了他的手指。

顾白一惊，忙不迭地收回手指，慌张地看了看自己毫无异样的手指，又看了看被关在上边发了疯一样"嘭嘭"撞墙不断溃散的邪气，愣了好半晌。

然后他对头顶上的黑漆漆的东西伸出了一个拳头。

而这个拳头也像是捅了个空一样，轻易就穿透了这个坚硬的壁垒。

顾白满脸严肃地收回了手，终于确定了一件事。

他好像……真的是亲生的。

在第三次面朝下扑倒在地上的时候，顾白终于还是把玉葫芦重新拖了出来，伴随着轻了很多的清脆碰撞声，他摸索着爬上了玉葫芦，小心翼翼地挪到了合适的位置，坐好。

在一片黑暗中前进是怎样一种体验？

顾白打从爬上了这一层几乎可以称之为邪气游泳池的天外天的时候，就陷入了一片黑暗之中。

大概是因为这些邪气魍魉实在是太过于庞大，上来之后最后他能够窥见的画面，就是那些原本因为下边勃发的生机而拼命撞墙的邪气非常果断地放弃了下面的建木幼苗，转而往他扑过来，把他整个人都淹没了。

顾白看不到天也瞅不见地，更看不到自己的身体，照明的东西也没有任何穿透这个黑暗的效果，瞎挥一下双手，因为失去了视觉，还自己打到了自己的手，至今都有点儿疼。

因为压根看不着眼前，所以往前走一步不小心踢到了地上的石块或者是别的什么东西而摔倒，也是非常正常的事情。

当然，这还不是最糟糕的。

最糟糕的是，上了这个第四层天外天之后，司南就完全失去作用了。

倒不是因为看不见，毕竟看不见还能摸，而是司南炸了。

因为找不见方向而震颤不已的司南，在苦苦挣扎了足足三十秒之后，不堪重负地爆炸了。

顾白感觉有那么一点儿为难。

黑暗里他分不清东南西北，连自己走的是不是直线都不知道，也找不到应该前进的方向。

在这种情况下他连卜卦都是没办法的，因为根本看不到卦象，甚至可能因为地面并不是平坦的，导致龟甲和铜钱滚到他摸不到的地方去。

但也不是没有好消息的，顾白想，最大的好消息就是这些邪气对他没有用。

其次就是司先生当初各方各面都给他考虑过了，手绳里肯定有能够解决这种窘境的东西。

顾白坐在玉葫芦上，一边沉默地思考着应该如何是好，一边扒拉着手绳里的东西，企图找到能够给予他帮助的玩意儿。

顾白倒是不太着急。

这份自信大致来源于白泽说他这一趟会超顺利，以及摆明了给他撑腰的皇历，还有说好了要头铁撞过来的屏障对他而言竟然仿若无物这一事实。

顾白觉得金手指都给他开到这里了，实在没道理因为邪气魑魅而阻挡住他的脚步。

顾白翻找着手绳里的东西，还好芥子空间并不需要用眼睛看，一个念头就能够沉进这个芥子空间里寻找需要的用品了。

他坐在玉葫芦上，而葫芦被这些几乎凝聚成了实质的邪气冲击着。

这些邪气撞上来就溃散成了黑雾，紧接着又锲而不舍地重新凝聚起来继续撞。

玉葫芦被四面八方的邪气撞来撞去，就像是狂风中的扁舟一样，一会儿往左一会儿往右，一会儿上天一会儿又砸进地里。

好在顾白早有警惕，因为在上第三层天外天的时候，被不知名力量在葫芦屁股上狠狠来了一下，导致葫芦失控，跟个球似的一路滴溜溜地转上来，把他折腾得够呛。

所以这一次被撞，顾白非常冷静地把玉葫芦稳住了，虽然被撞得歪歪扭扭，但好歹是没有跟之前一样被撞得跟个球一样瞎打转。

不过他被这么撞着歪歪扭扭也实在不怎么舒服。

这也是顾白之前不把葫芦拿出来的原因。

顾白在手绳里翻找了半天，终于在角落里刨出了一根蔫蔫的树枝。

大概是因为这玩意儿在司先生眼里实在是太常见、太平凡，被扔在了手绳的最深处，压根没想到会有用到的时候。

迷榖树枝！

顾白把树枝取了出来，给可怜的小树枝喂了点儿灵气，让它不再那么蔫蔫的。

迷榖树枝虽然没有那些法宝那么牛气时髦，但这会儿可是派上大用场了。

顾白摸索着把树枝小心翼翼地揣进怀里免得撞到什么东西而被折断，然后重新抖擞起了精神，驱使着葫芦往心中所指的方向飞过去。

黑暗还是给顾白造成了不少麻烦。

他把不准车速，也不知道自己离地多远，更加看不清眼前有什么。

无证驾驶的盲人司机一路上横冲直撞，似乎撞断了不少东西。

从身上那些法宝的折损情况来看，恐怕被撞的都不是什么普通货色。

但好在顾白兜里护身的东西多不胜数，一路横冲直撞也没把自己撞出个好歹来。

在被这些邪气撞得晃晃悠悠的情况下，顾白终于到达了目的地。

他毫不犹豫，直接头铁撞了上去。

冲出黑暗的瞬间，顾白就看到有一道闪烁的电光散发着刺眼的紫色光芒迎头劈来。

顾白手腕上绑着白虎牙，自己倒是一点儿事都没有，那看起来像是劫雷的电光拐了个弯，把他屁股底下的玉葫芦给劈碎了。

连带着纠缠着顾白扑出来的邪气魍魉也被劈了个粉碎，瞬间蒸发得一干二净。

失去了交通工具的顾白反应迅速，往旁边一闪，好歹是稳稳站在了旁边一块凸起的土坡上，没有从这个坑洞掉下去。

对，一个坑。

顾白沉默地看着旁边这个仅容一人通过的坑。

万万没想到，第四层和第五层天外天中间竟然有个坑连着。

顾白收回视线，环顾了周围一圈，发觉周围电光密布，光亮得甚至有点儿刺眼。

顾白看了好一会儿，敏锐地发觉了一点儿异常，这些电光每劈下来一道，都会把他如今正站着的这片土地劈碎一点儿。

而他穿过层层电光往远处看去，是一圈断崖。

就好像是这些电光想把这里劈出个巨大的坑来一样。

顾白站在土坡上，仰头看了看天上，有些惊讶地发现他这一片竟然没有电光往下劈了。

他探头瞅了瞅下边黑黢黢的坑洞，那些邪气不甘心地在下边翻滚着，似乎非常顾忌，不敢上来。

他想到刚刚劈碎了邪气的电光，犹豫了一会儿，终于还是伸出一条腿在坑边上试探了一下。

那些邪气又发了疯，毫不犹豫地卷上来覆盖住了他的小腿。

顾白眼前电光一闪，刚刚迎头劈他的电光又落了下来，把他腿上纠缠的邪气劈碎烧掉，而他的腿却毫发无伤。

顾白收回了他的脚，再抬头看天，他头顶上依旧没有电光。

顾白愣了好半晌，又试着伸脚勾了一堆邪气上来，然后电光一闪，把邪气劈了个干干净净。

他再伸，电光再劈。

顾白看了看旁边那些锲而不舍的钻地电光和坑下边不敢上来的邪气，满脸恍然，然后迈开步子嗒嗒嗒地冲到了周围那一圈崖壁底下，手脚并用地爬了上去。

爬到顶峰之后，顾白从手绳里摸出了一大堆攻击的法宝，毫不犹豫地冲着这个巨大的坑扔了下去。

一时间，巨大的爆炸声响彻第五层天外天。

除了明亮的电光之外，爆炸的火光和宝光几乎将原来的电光掩盖掉，然后一路蔓延着轰隆隆地炸掉了大半个坑。

碎石与被炸飞的土壤噼里啪啦地落入了第四层天外天，而那些原本的电光跟嗑了药一样，瞬间粗壮了无数倍，冲着那半边的大坑轰隆隆地劈了下去。

顾白目送着这些电光一路追着第四层天外天的邪气穷追猛打，甚至直接劈进了第四层去把那些追着他的邪气撵着跑，忍不住"哇"了一声。

他就知道，当年的仙人既然设立了神州大阵这种垃圾回收厂，就肯定能有处理垃圾的地方。

这么看来，按照正常情况，神州大阵原本扔出来的那些邪气魍魉在进入天外天之后，应该是会被仙人们或者是阵法什么的送进第四层天外天，然后由第五层天外天的这些雷电来把这些邪气魍魉处理掉。

所以第三层天外天作为仙人居所始终是安全无虞的。

而之前因为不周山倾塌的意外，天河水发了洪灾，估计是天河水冲垮的一些乱七八糟的东西，比如泥沙或者其他的什么堵住了第四层和第五层中间用来处理垃圾的坑洞。

垃圾回收厂没有了处理程序，过了这么多年，垃圾自然就饱和了。

神州大阵扔出来的垃圾没了地方去，自然就停留在了地面上和第三层天外天，这些邪气魍魉就只能依靠太阳稍微处理掉一些。

怪不得第三层的仙人居所不安全了。

毕竟邪气这玩意儿压根不管你是谁，它们都是无差别攻击的，还一点儿不讲道理。

就目前来说，还在地上活动的神兽们都只能短暂镇压驱逐，还没听说过谁能消灭掉这玩意儿。

而且邪气这东西还是源源不断产生的，除非人类灭绝，不然压根没办法从根源上杜绝。

怪不得仙人们守着那棵建木幼苗，大概是想要尝试着能不能有点儿别的希望吧——比如，不能下凡，他们可以尝试着继续上天啊！

只要突破了有邪气魑魅的这几层天外天，他们还是有一线生机的。

可惜建木生长得太慢了。

他们并没有等到这一线生机的到来。

顾白觉得以这个态势，他要是没上来，再过个几百年下边地上也得凉。

难怪他这一趟这么顺利，看起来老天爷的求生欲也很强烈，为了自救，拼着补天石产生裂缝都要把他扔下来。

顾白看着被电光迅速撕碎烧掉的那些垃圾，过了好一会儿，察觉到下边那些漆黑的邪气隐隐有减少的趋向，终于有了点儿拯救世界的实感。

顾白从手绳里翻出了一艘竹筏作为新的交通工具，绕着电光弥漫的第五层大坑转了一圈，把身上那些据说能破掉神兽防御的宝贝扔了四个下去，把剩下的半个坑也炸穿了之后，才摸着迷榖树枝，拍拍屁股扭头走了。

顾白顺着心中的方向，绕开了这个电光密布的大坑。

他坐着竹筏穿过了第五层的上空浮着的厚重的劫云，刚在第六层天外天冒了个头，就被一股刮来的罡风打碎了屁股底下的竹筏。

顾白吓得脑壳都要飞了，刚想落地稳住，紧接着又是一阵风刮过来，拍在他身上隐隐有些疼，还直接把他掀飞了出去。

要说被罡风当皮球拍是什么感受，大概就是人形离心机的感受吧。

顾白在第六层天外天被罡风拍皮球一样一路拍了出去，感觉脑浆都要被拍出来。

但诡异的是，他并不觉得难以承受。

虽然他完全不会想要体验第二次就是了。

等顾白终于感觉自己脱离了罡风的笼罩范围时，他已经被直接送上了第七层天外天。

周围一片电闪雷鸣，深紫色的劫云遍布上空，每一道雷电都几乎将天幕撕扯开来。

地面上看到的闪电用肉眼看都是细细一条，而这里的闪电用肉眼看，粗壮得几乎要占据全部视野。

这里的罡风比之第六层天外天要可怕得多，它们裹挟着从天而降的劫雷，那些电光被罡风带着，滚成了一个个形状不一的雷球。

这些雷球野蛮地相互碰撞，撕扯，毫不客气地将彼此撕碎，糅合，又被从天而降的巨大闪电打碎。

这地方连光都是不祥的血色，将雷电都染透了。

顾白毫不怀疑，他只要往外踏出一步，就会瞬间被打得粉碎，简直宛如绞肉机一样可怕。

一路顺顺利利的顾白被当皮球拍完之后又撞上这场景，吓得脸都木了。

但好在他被第六层天外天的罡风扔上来之后，落下的地方是宛如暴风眼一样的安全地带，让他得以躺在地上缓缓回神。

顾白躺在地上，注视着第七层天外天格外低的天幕。

他看到电光背后汹涌翻腾的混浊河水，正咆哮着、翻滚着、沸腾着。

它并没有特意往下冲击，只是普通而随意地流淌，就让整个第七层天外天都震颤不已。

顾白艰难地转过了脑袋，看到了支撑着这个天幕的山峰。

它坚韧而沉默地伫立在那里，在这暗红色的光亮之中，隐约可以窥见凝聚这座山的土壤颜色有些斑驳。

顾白傻了吧唧地看了半晌，突然想到了当初司先生对他说的一句话。

你的本体胖得像座山。

顾白：还真是座山啊。

顾白躺在地上，过了半响，眼前天旋地转的眩晕感终于消退。

他慢腾腾地爬起来，活动了一下身体，仰头瞅着疑似自己本体的……山。

白泽到底是怎么喊出"小石头"这个称呼的？

顾白看了好一会儿，从手绳里摸出了一条毯子，铺在地上坐了上去。

这种时候他就该感慨一句有钱真好。

不然以他这一趟上来的法宝报废率，没有司先生的人脉、财力，还真耗不动。

顾白坐在毯子上往山那边飞，越是靠近，就越能发现这座山的本质。

并不像普通山峰那样有棱角与凹凸不平的土块覆盖在上边，这座山的表面光滑平润，硬要有个比喻的话，就像是鹅卵石那样。

仔细看看的话，这座山……不对，这颗石头还是个非常标准的椭圆形，只不过有一半埋进地里了，而另外一半正支撑——不，应该说填窟窿比较合适。

第七层天外天的上下间隔非常低。

昏沉而低垂的天幕让人看了就觉得压抑得厉害。

而正因为空间有限，那些凶狠的劫雷与罡风就像是野性的巨兽一样，疯狂而无序地在天地间肆虐奔腾，简直就像是传说中盘古开天辟地之前，天地不分的险恶环境一样。

大约也正是因为第七层天地间隔小，所以刚巧能让补天石支撑着堵上这个窟窿。

顾白一边慢腾腾地飞着，一边仔仔细细地观察着眼前的巨石。

顾白对他的本体没有任何印象，但越是贴近本体就越能够清楚地感受到那种极度亲切的滋味。

那是一种非常明朗的温暖和甜蜜的感觉，就好像身体中缺失的东西正在渐渐回归。

让他有种穿着单薄的衣服在天寒地冻的极地走着，即将冻死的时候身体骤然生出了一股暖意的极致的幸福感。

顾白越是靠近，对这块巨石的情况就知道得越发清楚。

他不需要以眼去看，就已经清楚这块巨石因不堪重负而产生的裂痕在哪里。

那些裂痕处漏下了天河水，顺着石头流淌成细细的一条痕迹。

好在第七层天外天那些凶狠的劫雷与罡风，轻易就能将这些少量的天河水消化干净。

顾白对于这种突然而至的温暖和幸福感到有些不自在。

他无措地坐在飞毯上，想要移开目光却始终被吸引着。

他隐隐约约记起了一些早年的画面，比如比山岳还要巨大的神兽们飞跃过天际，比如荒莽之时动辄将天地撕碎的争斗……

那些画面模糊得很，最终让顾白记得清清楚楚的，反而是第三层天外天偶尔会传上来的春风唤醒万物的歌声。

而且，顾白清楚地意识到，比起神兽、凶兽真正毫不顾忌不做遮掩的本体体形，补天石还真的只能称之为"小石头"。

顾白沉默了好一会儿，抬手摸了摸近在咫尺的石头。

他的本体是温暖的，因为他的归来而透露出本能的欣悦和愉快。

顾白恍然回神，想起自己的任务，收回手拍了拍屁股底下的飞毯，直直向产生了裂痕的地方飞去。

顾白从手绳里摸出了被炼化成一小块的息壤。

息壤在手绳里生长得很慢，根据特性来讲，它在水里会成长得飞快，所以用它来堵住天河漏下的窟窿，大概是非常合适的。

至于如果息壤长到堵住了整个这一层天外天怎么办这种问题，就不是顾白需要担心了。

至少现在他不用考虑这个。

顾白拿着手里巴掌大的息壤，把它糊在了石头顶上淅淅沥沥地漏下混浊的天河水的部位。

大概这就算完了吧，顾白想着，拍了拍飞毯，准备降下去。

天地骤然轰鸣。

绚烂的金光从天而降，看起来似乎是从更高一层的天上落下来的。

它将第七层天外天待着的石头和石头旁边的石头精都笼罩在了里边。

与此同时，天外天之下，那些忙碌不停的神兽都骤然停下了动作。

他们周围有无数细碎灿烂的金色光斑缓缓地落下来，融入了他们的身体里。

曾经参与过挖息壤这一事宜的灵族，甚至那些上交过宝贝的灵族，也多多少少分到了些许这纯和的金色光亮。

就连穷奇和正躲着穷奇的饕餮，都破天荒地被这样的光给笼罩了。

这光是什么他们可清楚了，做过好事或者取得了惊天成就的时候会落下的功德金光，放以前可从来没他们这帮凶兽的份。

顾朗震惊地看着身边的光亮，愣了好半晌，猛地抬头看向了被夕阳笼罩的天际。

正值日落时分，今天的日落时间格外漫长。

晚霞明亮得有些怪异。

天幕是夜晚即将到来的浅紫色，云层一重又一重地覆盖在上边，几乎要被金色的光亮刺破。

夕阳的橙红给云层镀上了明亮得像是火光一样的边线。

这样奇异的明亮光芒生生将即将到来的夜色重新击退了回去，使得整片天地都染上了绚烂的金光。

人类为这难得一见的奇景而惊呼，纷纷取出了手机和拍摄设备，将这一幕记录了下来。

而人类的眼睛所看不到的地方，那些因夜色而逐渐凝聚起来的细微的黑色雾气，在这一片金光之中骤然溃散得一干二净。

天地倏然清朗。

顾白在金光消失之后愣了好一会儿，感觉身上被罡风拍出来的微痛感消失得一干二净，沾上的灰也被无形的手挥去。

顾白坐在毯子上，抬头看了看自己的本体，发觉连他的本体都变得焕然一新。

他抬头看了看天，并没有察觉到什么不对的地方。

顾白抬手摸了摸自己的本体，张嘴想说点儿什么，又觉得自言自语太奇怪了。

最终他还是抛弃掉了心底的怪异感，说道："要是有机会的话我就回来。"

等到息壤能够顶替他的本体了，也许他就能把他的本体带走了。

顾白不确定这事可不可行，所以也就那么想了想，没有说出来。

他干脆地离开了这里，从罡风把他送上来的地方毫不犹豫地跳了下去，连飞毯都收起来了。

毕竟他跳下去说不定又是被拍皮球一样端下第六层天外天去。

但出乎顾白意料，这一次遍布第六层天外天的罡风就显得温柔了许多，轻飘飘地带着他滑下了第六层天外天。

顾白愣了许久，才爬上了毯子，一路顺顺利利地回到了第三层天外天。

他路过第四层的时候，看到第四层天外天的邪气减少了许多。

无处可逃的黑雾已经无法再凝聚成一个具体的形状了，就只能像是普通的雾气一样，飘在广阔的第四层天外天里，引颈受戮。

顾白不确定自己在上头几层待了多久。

他回到第三层天外天的时候，原本放眼望去是一片焦黑荒土的大地上冒出了星星点点的绿色。

他揣着又变得蔫蔫快要失去效用的迷穀树枝，在大变样了的第三层天外天找了好一会儿，又重新找到了被他放在这里的五具仙人尸骨和仙人骨边上的建木幼苗。

建木幼苗周围的嫩芽是最多的。

之前被炸出来的这个巨大的坑洞已经铺上了一层浅淡的绿毯。

而相对的，建木的小苗苗显得有些萎靡，看起来就像是仙人们将整个第三层天外天的生机强行聚在一起才培育出这一棵小幼苗一样。

顾白不太确定司先生他们方不方便上来，把仙人的尸骨塞进芥子空间里实在是太过于失礼了。

建木幼苗也不知道能不能就这么被挖出来。

顾白摸了摸已经快要彻底枯萎的迷榖树枝，坐在绿意融融的草地上翻了好一会儿手绳，然后摸出了一块黑色的铁块，放在了这个位置上作为定位。

这样等他再上来的时候，就能够找到这个位置了。

顾白拖出了飞毯，对着五位前辈的尸骨再一次拜了拜。

"前辈们再休息一下下！"他双手合十歉意地弯着腰，然后爬上飞毯火速撤离了第三层天外天。

司逸明已经等待多时。

跟上去之后就直接摔坏了手表的顾白不同，司先生对时间可是清清楚楚的。

毕竟金乌已经习惯每天都从这里飞一遭了。

在金乌第二十四次飞过头顶的时候，司先生看到了从天而降落在他身上的金光。

那时候，他就知道顾白成功了。

他也知道，不仅仅是他得知了这个事实。

神兽们从白泽那里问来了上第二层天外天的路线，接二连三地跑了过来。

就连顾朗这个连幽冥都不知道怎么走的凶兽，都跑去找了白泽，拎着他就上了天。

第二层天外天这几天天天鸡飞狗跳，以前这里基本上是金乌的私人领地。

毕竟这一层天外天又没有哪里比下边凡间要好，灵气一般，风景一般，还没得什么东西玩。

神兽们一个个都要镇守阵点忙得要死，根本就不会上来。

凶兽们就更加不会主动跑进金乌的眼皮子底下去了。

因为天外天这个地方，是能够让他们这帮天地灵兽放开了膀子打架的地方。

凶兽们又不是傻子，谁会跑到上面去找打？

这次事出有因，一窝蜂跑上天外天又撞上了一大群同类的一群兽完全放飞了自我，变回原形遍地撒欢。

饕餮作为唯一一只上了天的凶兽，毫不意外被神兽们追着揍了好几天。

只有司先生和几只文系神兽安逸地蹲在这里，心无旁骛地等着最大的功臣顾白从天上下来。

灵蛇夫人例行活动完之后，也跟着他们一起等。

反观朱鸟，已经跟鲲鹏掐上了，正打得天昏地暗兴致勃勃。

司先生偏头看了一眼款款而来的灵蛇夫人，总觉得这位夫人最近的行为有些怪异，气息也有点儿奇怪。

她跑过来之后没有高高兴兴地挨个儿喊宝宝，也没有给他们塞一大堆乱七八糟的毛绒玩具……

"貔貅。"灵蛇夫人突然开口喊他。

看，她这么正经，绝对不正常。

司先生转过了头。

灵蛇夫人对他展露出温柔的笑容来，轻声说道："我有宝宝了。"

司逸明一愣，然后迅速反应了过来："恭喜。"

灵蛇夫人点了点头，脸上那股独属于母亲的慈爱与温柔几乎要溢出来。

司先生为这位最年长的神兽感到高兴。

他还想再说点儿什么，却骤然截住了自己的话头，偏头看向了远处的天际。

顾白一离开第三层天外天就看到了一片群魔乱舞的画面。

他愣了愣，目光扫过那些掐在一起或者是凑成一团撒欢的奇异灵兽，拍了拍飞毯，毫不犹豫地向着他眼中米粒大小的人飞过去。

顾白看到了司先生，脸上正带着微微的笑意，张开双手做出了展露怀抱的动作。

他身上还穿着那身傻了吧唧的柯基 T 恤，一看就是没有回家。

顾白忍不住鼓起了脸，心却像是浸透了蜜糖。

他像颗炮弹一样直接冲进了司先生的怀里，使劲蹭了蹭。

"我回来啦！"顾白大声说道。

司先生微怔，而后笑着点了点头："你做得很好。"

顾白抬起头来，冲司先生露出了一个大大的笑容。

司逸明垂眼看着他。

这天地是一片通透如同宝石的蓝。

怀里的人浑身暖洋洋的，像一团温柔的火焰，纯粹温暖，无垢无尘。

司先生带着顾白把跑上来的神兽挨个儿认了个全。

顾白乖乖巧巧地跟在司先生后边，最终因为太可爱而被围了起来。

顾白往司逸明背后躲，差点儿没吓成个球。

司逸明变回了原形，一甩尾把顾白圈住，冲着那些没轻没重蠢蠢欲动的兽咆哮。

顾白左右看看，惊恐地发现周围放眼望去全是比山还高的巨兽。

他小心地爬到了司先生的背脊上，凑到貔貅的脑袋后边，小声道："司先生，我爸爸来了吗？"

正板着一张脸冲着周围想要摸一摸顾白的神兽们飙杀气的司逸明一顿，有些不太情愿地拧了拧眉头。

"来了。"他低声道。

顾白两眼一亮，随即意识到周围这一圈全都是神兽。

这意味着他的老父亲可能正在被揍。

顾白一下子警觉了起来。

他伸手揪了揪狴犴龙首上晃荡的须须，深吸口气。

"那……那个，我在第三层天外天发现了仙人尸骨和……和建木幼苗。"

顾白很努力地想要理直气壮地大声说，然而最终开口却依旧是磕磕巴巴的气音。

这不能怪他，周围这么多"大山"盯着，换了谁都会怕的。

顾白把话说完之后，周围的神兽都是一顿，然后纷纷转头，去把蹿到不知道哪个角落里的同僚给揪了过来。

连带着被一群神兽追着撵的饕餮，也拎着白泽的衣领走了过来。

鉴于神兽们聚集在一起，顾朗揪着白泽在远处停顿了一会儿，到底还是没有凑过来。

顾白探头看了一圈，发觉他的老父亲身上没有什么伤痕，还在远处冲他轻轻挥了挥手示意了一下。

白泽坐在顾朗边上，看着前边那一群凑成堆的神兽，满脸都写着茫然。

他似乎想不明白为什么这群兽会凑在一起，而且还没有把饕餮给打成饼饼。

顾白看到了白泽和顾朗，微微松了口气，也抬手冲着他的老父亲挥了挥，开开心心地打过了招呼之后，将目光重新落在了周围吵吵嚷嚷的神兽们身上。

神兽的吵吵嚷嚷可不是普通的吵吵嚷嚷。

他们如今放飞自我没有一点儿收敛的本体因为太过于巨大，随便叨叨几句话都能使得地动山摇。

被声波震得轰隆响的那种。

顾白被吵得脑壳疼。

司先生也发觉眼前这情况跟个菜市场似的，干脆大吼了一声，让那些神兽们都安静了下来。

神兽们也发觉这个形象似乎太拥挤了，于是一个接一个地变作了人形。

他们要讨论的主题非常简单。

第一是仙人尸骨怎么处理。

第二是建木幼苗怎么处理。

仙人尸骨这玩意儿神兽们都觉得并不稀奇，毕竟他们活得长见识多。

"第三层天外天也没有很浓郁的灵气吗？"朱鸟皱了皱眉，"不应该啊。"

顾白一愣："什么意思？"

司逸明解释道："仙人严格意义上来说不算人类了，跟我们一样，死去之后，尸骨

会重新化作天地间的灵气反哺天地的。"

一个仙人陨落，那么他们已经有天地灵气灌注的身体会重新化作灵气，这份灵气是相当可观的。

如果仙人们都陨落了，那么第三层天外天对修炼者来说应当是天堂一般的存在，连呼吸间都带着浓郁的灵气。

但是顾白却说，第三层天外天是一片死地。

顾白想了想，猜测道："灵气的话，其实是有的，在我撞坏了那五个仙人的阵法之后，就感觉到灵气了。"

玄龟坐在灵蛇夫人身边，闻言露出了恍然的神情。

"那大约是那些仙人为了培育建木，用阵法将整个仙人居所的灵气都拘过去了。"

所以建木顺利地生长了出来。

但这玩意儿又不是有灵气就能飞速生长的。

当年建木生长可是托了那几位已经回归天地的大能的福。

如今谁也不知道建木生长到底要怎样的条件。

"仙人尸骨用不着管了。"司先生干脆地说道，"那个阵法被破坏掉之后，除了被建木消化掉的那些灵气，其他的都会被吐出来，那五具仙人尸骨也会重新化作天地灵气。"

"那敢情好啊！"白虎一拍大腿，激动地搓了搓手，"仙人洞府该有不少好东西吧？我们为什么不上去？"

朱鸟毫无形象地翻了个白眼："要是能上去谁愿意待在下边？"

白虎不甘心："那把建木苗拿下来呗，种到下边或者是幽冥去，回头建木长大了我们不就能顺着上去了？"

一群神兽沉默了好一会儿，然后纷纷用惊奇的眼神看向了白虎，似乎完全没想到白云飘先生竟然会有如此惊采绝艳的想法。

一群神兽想到多年后第三层天外天将会恢复的灵气和巨大的空间环境，以及仙人存留下来的那些宝贝，登时就来了兴趣。

"那么问题来了，建木怎么种，谁知道建木的生长条件？"

"我知道以前建木长在哪儿，说不定在原处种下去之后有惊喜呢？"

神兽们讨论了好一阵，最终将目光投向了顾白，意思非常明显：上去把建木苗给挖下来吧。

顾白无言地拽出了飞毯，冲着第三层天外天飞了上去。

等顾白找到建木幼苗的时候，这棵小苗苗肉眼可见地变得萎靡了不少，连少许的叶片也卷曲了起来。

反观第三层天外天，绿意盎然，生机勃勃，灵气流淌着滋润了干涸的河床，如今已经蓬勃了起来。

顾白把建木沿着根脉一点点剥离开来，放进了司先生交给他的小玉瓶里。

神兽们对仙人没有什么认同感，但顾白到底还是不可能跟他们一样，把仙人尸骨放置在一边不管不顾的。

顾白带着这五具尸骨，找了个山清水秀的地方，把尸骨埋了起来，顺便找了块黑漆漆的石头，抽出一把剑削了个石碑的形状出来，然后在上边刻上了"五人墓"三个字。

刻完之后他拜了拜，算是结束。

即便这五具尸骨最终都会化作无形的灵气，但埋进土里，怎么着也算是死后有了个归处，暴尸荒野总归不是个事。

干完了这一切之后，顾白抱着那个插着建木幼苗的小玉瓶，屁颠屁颠地跑回了下边。

之后的事情，神兽们就不准备继续让顾白掺和了，只说到时候如果建木生长顺利的话，恐怕得麻烦顾白画个扆景，把建木包进扆景里去，免得被人类发现了。

司先生把顾白送回了家，跟着回来的是对神兽的破事没什么兴趣的顾朗。

司逸明还是得回去跟同僚们继续讨论的。

顾白在司先生离开之后，看着他的老父亲，高兴地用力抱住了顾朗。

"你不用躲穷奇了吗爸爸？"顾白猛吸了一口老父亲怀里的味道，又使劲蹭了蹭。

顾朗把他家乖崽举起来，懒洋洋地答道："暂时……不用，穷奇最近在怀疑兽生。"

顾白一愣："哎？"

"大概是天降功德把他惊呆了，以前这种好事从没落在我们头上过，所以穷奇最近没空抓我。"

顾白恍然地点了点头，然后伸手拍了拍他爸的手臂："放我下来爸爸。"

顾朗把他家乖崽放了下来，大概之前几天在天外天被神兽们撺得太凶了有点儿累，这会儿整个人都透着一股慵懒的气息。

"爸爸，你准备住进这里来吗？"顾白问道，心里不太抱希望。

果不其然，顾朗露出了一个非常嫌弃的表情。

"那我们去买房吧！"顾白说道，"最近穷奇不出现的话，爸爸要不要陪我去上班？我的老师他们对你好像有误会。"

顾朗一脸没什么兴趣的样子。

也的确，他从上古时期起，就没有什么安家的概念，不是在吃就是在找吃的路上，不是在打架就是在找事的路上。

但凡兽类，大都有个领地概念，唯独天天肚子饿、天天发疯的顾朗，毫不顾忌领地问题，逮谁咬谁，自己也没个固定的活动范围。

他流浪惯了，就一点儿都不在意有没有个能当窝的地方了。

顾白扯了扯顾朗的衣袖："爸爸？"

顾朗摆了摆手："用不着。"

　　顾白顿了顿，也不准备勉强顾朗，想到自己的计划，又说道："那你最近不离开的话，要不要看我画画？"

　　顾朗对这个兴趣也不大，不过他乖崽提了，他也没什么意见。

　　顾白先是买了一套摄影设备，教他脱离时代多年的老父亲学会了如何操作，然后就拉着谢先生跑去找展览的主办方和园区的负责单位谈了谈。

　　顾白想要一栋单独的楼，整栋楼都用来给他当作品的展示台。

　　S 市艺术博览中心那个大约十米高的二号楼就很合适。

　　在顾朗短短四天手滑捏碎了六台单反、八个镜头之后，顾白终于把一整套的设计图画完了。

　　由于之前老师和学长他们表达过想要他以实力来证明自己的清白，所以顾白连设计的过程也架了几个三脚架拿设备全方位地拍了下来。

　　拍摄并不专业，但比起之前旁边有人盯着，只有几台普通设备和顾朗的存在，顾白明显自在了不少。

　　顾白收好了这一沓画好的草稿和设计图。

　　设计图是电脑做的，还算是详尽，但草稿恐怕只有他一个人看得懂了。

　　收拾好了东西之后，顾白走过去把拍摄的设备取下来，抬头看了一眼二楼的落地窗。

　　顾朗拉了个软垫，靠在落地窗和墙壁形成的角落里，摆弄着手里的新单反。

　　他对人类社会兴趣不大，但还是对自家乖崽送的东西稍微提起了一点儿心思，虽然他手劲大一不小心捏碎了几个。

　　不过也多亏了被捏碎的那几台单反和镜头，让顾朗迅速学会了如何使用电脑和网购。

　　反正钱都是顾白账上的，顾朗花起来并没有觉得有什么不对，顾白也没觉得有什么不对。

　　在顾白沉迷画画的这些时间里，顾朗一直捣鼓着手里的单反。

　　他终于学会控制自己的力道了，觉得手里这玩意儿操作起来还是比当初养还傻了吧唧没有思维的顾白要简单得多。

　　顾白看着毫无形象懒洋洋地坐在角落里晒着太阳的顾朗，仿佛看到了一只懒洋洋地甩着尾巴休憩的大狮子。

　　他已经很久没有跟他爸安静相处这么久了，上一次待在一起的一周，还是他高考之后的那个暑假。

　　顾白弯了弯嘴角，没有出声，继续收拾设备和三脚架。

　　顾朗听了四天纸笔触碰的沙沙声，这会儿终于听到点儿别的动静了，便抬起了头。

　　他跟他家乖崽相处的时候，总归是收敛一些的，不管是煞气还是脾气，都收敛了不少。

　　不是因为别的，只是因为他习惯了待在顾白身边，准确说应该是补天石身边所得到的难得的安宁和镇定。

顾白还在收拾东西，这几天的忙碌让二楼的大画室变得十分杂乱，连地上都有不小心滴落的颜料痕迹。

再加上挂着的那些写生和草稿，还有贴着墙摆放得满满当当的成品画作，让这个原本宽敞的大画室一团糟，甚至还显得有些拥挤了。

不过顾白本身就喜欢比较拥挤狭窄的地方，大约是因为以前住的房子很小，所以这种窄窄乱乱的地方让他格外有安全感。

虽然他在画画之后也的确有把这一切收拾干净的强迫症就是了。

顾朗看着他家乖崽在这稍显杂乱的大画室里像个小陀螺一样忙得团团转。

光从落地窗外洒进来，将采光极佳的画室照得通亮，但这屋子里温度始终未变，保持在一个相当凉爽的程度上。

阳光似乎非常眷顾屋里团团转的小陀螺，流淌在他身上，缠绵着一层金色的流光。

顾朗低头瞅了瞅手里的相机。

这几天他有事没事按了不少次快门，主角大多是正在沉迷画画的他的乖崽。

画面里的人对镜头毫无所觉，大多是垂首安静而认真地注视着手底下的工作。

顾朗翻了翻这些画面，微微咂舌。

以前可没这种好东西。

以顾朗这种压根不怎么想跟人类多打交道的情况，他对很多东西的印象都还停留在很古早的年代。

以前可没有这种能够将画面记录得这么清晰的工具，大多是依靠画师来将一些宝贵的画面存留下来的。

但年代不同，画师的水准不同，终归是没办法将所有的一切都记录下来。

顾朗看着相机里清晰而温柔的画面，看着画面里的顾白，微微顿了顿。

"人类的这些玩意儿倒也还算不错。"他突然说道。

顾白闻声抬起头来，脑子还没反应过来刚刚听到的内容，就被他的老父亲迎头咔嚓咔嚓拍了好几张照片。

顾白一愣，有些害羞地摸了摸鼻子。

顾朗顺手又拍了几张，只觉得他家乖崽怎么拍怎么好看。

"爸爸你喜欢这个吗？"顾白问道。

顾朗一顿，愣了好一会儿，低头摆弄了手里的单反半晌，整个人都显得有点儿茫然。

顾白一边收拾一边等着他爸茫然完。

在顾白的记忆里，他爸似乎从来没有对某个事物表达过什么兴趣和喜欢的迹象。

以前顾白不懂，但现在他多少明白一些了。

在连最基本的肚子都填不饱的时候，谁会有多余的空闲去琢磨自己有没有什么喜欢的东西？

硬要说他爸喜欢什么，估计就是吃吧。

顾白觉得他这么一问，他爸估计一时半会儿也回不过神来。

果然，直到他开始擦地了，顾朗才缓缓回过神来，随意地说道："嗯，不讨厌。"

顾白点了点头，把地擦完，就给他爸买了一整套的专业设备和大量的摄影类书籍，然后低头摸了摸手绳，犹豫半晌，还是没把老父亲给他的手绳交出去，而是从手绳里翻出个金臂环交给了顾朗。

顾朗接过，还有点儿蒙。

"你不准备留在一个地方的话，还是得有点儿东西傍身的吧爸爸。"顾白说着，往臂环里塞了两张卡，又往里边塞了一些零零碎碎的防身的东西。

末了，他又小声道："我觉得稍微接触一下人类社会挺好的……"

顾朗听他家乖崽这么一说，也应了一声。

顾朗本身是没有什么想法的，反正只要不让他跟那些神兽为伍，基本上他都能听得进去。

乖崽说什么就是什么呗，顾朗想道。

顾白给他的老父亲扣上臂环，看到顾朗认认真真应了，整个人都显得明朗了不少。

他拉着顾朗下了楼，说道："走，陪我去找施工队。"

施工队当然不是普通人的施工队。

距离展览剩下的时间不多了，人类的施工队根本达不到顾白的要求。

一群从事快速施工的灵族在饕餮能吓破胆的注视下，火速跟顾白达成了协议，并倾巢出动，以平生最快的速度无比利落地把顾白的设计图消化完毕，并且按照他的要求做了出来。

S 市艺术博览中心二号楼在短短一周的时间内大变样。

施工期间顾白依旧非常诚实地把过程拍了下来。

反正最后放出去的时候是要加快并且加以剪辑的，时间问题上顾白一点儿都不担心露馅。

施工结束自然就是正式开始画画。

顾朗难得在一个地方留这么久，还耐着性子跟顾白的师长们见了一面。

那些人类看他的眼神有点儿奇怪，不过他眉头一皱，那些人类就讪回去了。

这让顾朗感觉到十分无趣。

他终于在顾白开始画画的时候失去了耐心，揣着顾白给的钱和单反拍拍屁股就走了。

顾白有点儿小失落，但还是抖擞起精神，动笔画了起来。

等到司逸明忙碌完了一堆事务的时候，顾白已经进入了尾声。

司先生一回来就直奔顾白气息所在的地方。

司逸明一走进这里，就被扑面而来的恐怖威压震退了好几步。

准确来说并非威压，而是被顾白在里边以整栋楼的内侧为画布所绘制的画面所震慑。

那是普通人本该永远无法窥见的世界，而在神兽眼中，这灵画之中所包含的意象，足够吓退一大群从未见过劫雷的灵族。

就连司逸明毫无思想准备地贸然进入，也被震退了。

司先生深觉丢脸。

顾白隐约听到了一点儿动静，回过头来，在相对昏暗的空间里清晰地捕捉到了在门口深呼吸的司逸明。

他高兴地挥了挥手："司先生你回来啦！"

司逸明也跟着挥了挥手，做好了心理准备之后，仔仔细细地观察了周围一圈，并觉得他应该邀请自己的同僚们和仇人都来看看。

丢脸的不能只有他一个人，哪怕没有人看见也一样！

"这是准备做什么？"司逸明抬步走进来，问道。

"这是第七层天外天呀。"顾白高兴地答道，"不过不知道为什么，前两天老师他们来过之后，就再也不愿意进来看看了。"

司逸明："……"

普通人类承受一次这种震撼感就够了，他们没有修行察觉不到灵画最深的妙处，但是多看几次也是要做噩梦的。

"我觉得我画得挺好的呀。"顾白挠了挠头，有些不解。

司先生终于还是点了点头："是挺好的。"

至少这画画完之后，以这栋楼为中心，方圆几百里内不会再有什么异常事件发生了。

"这画面跟你以前的风格区别很大。"司逸明评价道。

顾白摇了摇头："我还没画完呢，而且，这次的主题是风暴。"

司先生觉得就算是风暴，把第七层天外天的景象搬过来是不是有点儿用力过度？

不过顾白一副干劲满满的样子画得很开心，他也就不准备多说什么。

顾白把墙面上的画面修饰完了之后，爬下了梯子，然后开始进行最后一步的描绘。

司逸明看着在顾白手下迅速成型的建木幼苗，挑了挑眉，然后走出了这栋建筑，决定找几个在宣传营销口工作的同僚，给这个大展再添一把火。

九月中，每年例行的大型艺术展如期举办。

这一次展览分为两个展馆。

一号楼是常规展览，主要是绘画和雕塑方面的东西，三楼是摄影展。

二号楼就比较特殊了。

二号楼整栋楼都是一个完整的作品。

作品的名字叫《天外天》，作者是最近声名鹊起的新锐艺术家顾白。

有人进去了，一部分人刚进门就面色大变地跑了出来，这一部分人是比较敏锐的。

　　还有一部分人坚强地走进去了，坚持了两分钟不到，就脸色苍白地走了出来，这是绝大部分的普通人。

　　剩下的一小部分人，是走进去之后，过了许久才出来，进去的时候揣着个笔记本，出来的时候本子上已经写满了东西。

　　这一部分人，是看了之前的推广之后，特意跑过来准备一探究竟的。

　　这是一栋从外边看来没有任何异常的建筑。

　　而人一旦踏入展厅，扑面而来的压迫与恐慌感就满溢胸腔，几乎让人无法再生出仔细探究的想法就转头奔逃了出去。

　　但也不是没有扛住了本能的恐惧而留下来的人。

　　整栋建筑内部色调为深沉的暗红，遮挡住光亮的布料很特殊，光线也是格外研究过的，九月的阳光穿过材质特殊的布料照进来，整个空间都呈现出了通透的暗红色，宛如深红色的宝石一样剔透。

　　而其内的画面却并不像宝石一样优雅。

　　它显得非常暗沉而残酷，深紫色的电光撕裂长空，蔓延出无数道骇人的雷电。

　　有风裹着雷搅碎了土地与空气，撞击着炸裂开来，几乎让人能够听见那震撼的轰隆声。

　　整个画面显得扭曲可怕。

　　展厅入口的正对面，穿过两旁层层密布的电光，在满是扭曲近乎血色流淌的视野里，可以窥见有一座高耸入云的山峰。

　　那山峰顶上没入了云层之中，可以隐约看到那云层之后，有漆黑的混浊液体在汹涌翻滚，一副随时都要冲破天幕的阻碍倾泻而下的模样。

　　许多人往往看到这里就感到难受窒息，无法忍耐，转身离开了。

　　而剩余的人，在仔仔细细看过那些扭曲的画面之后，最终将目光落在了并非画面主体，但存在感却出奇高的尽头上。

　　在那座山的最下方，有一点与这画面截然相反的金色。

　　那是一株小小的幼苗，紫色的树干，黑色的树纹，青翠的叶片，正散发着星星点点的金色光亮，小小的一团，勉强将周围不过巴掌大小的地方照亮。

　　那透出来的坚强的生机，让才因为踏入建筑而感到骤然紧绷的氛围的游客倏然放松了下来。

　　它静静地待在那里，对周围的险恶无动于衷，努力而澎湃地散发着生机，就像是抗争之中的火苗，黑暗中最后挣扎着的希望。

　　许多冲着最近声名鹊起的新锐艺术家顾白而来的人都齐齐松了口气，还想着这位什么时候转性了，最终看到那一点儿金色的时候，才恍然明白这人始终如此。

　　以画看人，作画的人心中始终是存留着希望与温暖的。

　　注意到这里的游客们终于放松了下来，再看向周围的画面，便不再显得那么惊人了。

顾白没有去展馆。

人太多是一方面，主要是因为在开展之前，他已经把所有的作品都看过一遍了。

顾白已经不是头一次画这种大型作品了，之前在蓬莱蜃景里帮兔子精们画宿舍的时候，就积攒了这样的经验。

这一次画起大型画作来他也是非常顺手。

他对自己的作品很有信心，但即便如此，多少还是有些在意评论的。

顾白抱着平板电脑，平板电脑上是谢先生给他折腾的一个社交账号。

账号上新发了一个视频，是回应外界对顾白这一次的《天外天》的作品质疑的。

无数人质疑这是个团队作品而非单人作品。

而这个视频作为打脸证据发布出去，并经由一连串埋藏在人类之中的灵族宣传之后，火爆得不像话。

有不少人闻讯去了展馆，绝大多数在震撼之后，瞬间拜倒在了艺术的大裤衩下。

顾白一作成名。

不知有多少艺术方面的人和社交号在夸赞他，也有不少人对此依旧抱以质疑态度。

他的脾气很好，但是面对铺天盖地的质疑多少还是有些不高兴。

他微微鼓着脸，任性地拿着这个账号和司先生的账号，把那些替他说话的人挨个儿点了赞。

点完了赞，顾白就非常满足地觉得自己胜利了。

他美滋滋地看着视频下边的评论，被那些说神仙画画的评论夸得脸涨得通红。

司先生跟灵蛇夫人学会了一道新菜，正在厨房里折腾。

有饭香从厨房里飘出来，透着一股宁静温馨的气味。

"去洗手。"司先生从厨房里探出了头，说道。

顾白闻言，放下平板电脑，起身嗒嗒嗒地走进了厨房："来啦、来啦！"

顾白洗手的时候探头瞅了一眼碗里的茄子煲，闻起来还挺好的，但卖相上有点儿糟糕。

司先生下一锅是他已经熟练掌握的葱煎蛋。

顾白瞅了瞅打好的蛋，小声道："司先生，我想吃番茄炒蛋！"

司逸明偏头看了他一眼，去冰箱里拿了两个番茄，迟疑了一瞬，摸出手机查起了菜谱，笨拙地照着视频做了起来。

顾白关掉水龙头，听着旁边视频里絮絮叨叨的说明，鼻间萦绕着热闹又温柔的烟火气。

他看向窗外，正是繁花盛开之时。

阳光迎面而来，窗明几净，无垢无尘。

番外 1
空巢白泽和
旅行的饕餮

偶尔思维放空的时候，白泽会在自己的记忆洪流之中捡起一两块冲刷不去的沙砾。

他恍惚记得自己以前并不是这样的。

他应当是一个……温和睿智、阅尽千帆万事的沉稳的神兽。

——比玄龟那种纯粹的沉稳和敦厚要多出几分狡猾来。

怎么说他都不该是如今这样，记忆混乱，除了天启的重要事情之外，没有一件事能够让他死死记住的。

白泽坐在自家被整理出来的沙发上发呆。

他家如今跟乱糟糟扯不上一点儿关系，就算他一不小心把东西弄得一团糟了，也很快就能有物业的灵族们揣着一本小册子，上门来帮忙清理。

小册子是顾白整理的，而司逸明则把那些会引人觊觎的好东西都收了起来，放进了一个小挂坠里，戴在了白泽的脖子上，几个会自行发动的进攻型法宝，也被挂在了白泽身上作为饰品。

神兽们为了白泽的身家安全操碎了心，而白泽总是茫茫然、笑眯眯的，似乎并不把己身安危放在心上。

因为他从来都不认为自己会遇上什么危险。

不管是从前还是之后——哪怕是现在，偶尔意识到了自己如今状态不对，他却也有种奇怪的安逸感。

白泽思索了好一会儿，觉得现在这样似乎还是他挺理想的一个状态。

他还想继续深思，但一下子就忘记了自己刚刚在想什么。

他从恍惚中回过神来，似乎这才察觉到手中有那么一分特殊的重量。

他低下头，看到自己手里拿着一个巴掌大小的包裹。

包裹已经拆了一半，这让白泽有些奇怪，不明白为什么手里的包裹会拆了一半。

他注视着手里的包裹，察觉到上边沾着的那一点儿凶恶的气息，那是属于凶兽的，再稍微一探查，白泽发现这气息是属于饕餮的。

人形长得温温柔柔的俊逸神兽，这会儿整张脸上都写满了茫然，低头看着手里的包裹，一边条件反射性地熟练拆包，一边沉思着为什么饕餮会给他寄东西。

白泽记得饕餮——他当然记得饕餮了。

不只记得，白泽对饕餮的印象还尤其深刻。

上古的时候，白泽是不怎么爱出门的，不是蹲在自己的窝里睡觉，就是有别的什么生灵跑来找他。

谁让他是天上地下三界六道无所不知的神兽呢。

白泽上可窥得未来天机，下可推测过往历史，睡着觉都能知道天上地下任何地方发生的任何事情。

上古时找白泽求助的生灵可多了去了。

白泽性格极好，对于能够找到他的窝，跑到他面前来询问他事情的生灵基本上是知不无言。

长此以往，白泽就感觉有些腻了。

他能够知道那些事情没有错，但那些事情并不是他亲眼所见的。

他就像是看故事一样，把那些发生的事情走马观花地看了一遍，对于故事没有任何共鸣。

看久了，白泽就想亲眼去瞅瞅。

他一想就动身，离开了自己的窝，漫无目的地在无垠的荒莽大地上四处溜达。

这一溜达，他第一个撞上的，就是饕餮。

饕餮就是那个无所不吞的饕餮，刚进入成年期没多久，还没闯出什么名堂来。

但作为三界六道无所不知的神兽，白泽当然是知道饕餮的。

白泽远远地看着饕餮逮了几头异兽，一边吃得满嘴满脸血，一边疯狂辱骂天道不公。

白泽抖了抖耳朵，凑近去听了听，发觉饕餮疯狂辱骂上天的原因竟然如此肤浅。

——因为他吃不饱。

没错，跟白泽以为的饕餮天性贪婪凶恶天生反骨，看不顺眼天道想要将之推翻这种有那么点儿哲学思想意味的原因完全不同。

饕餮就是因为饿，吃不饱，所以才那样贪婪凶恶，无所不吞。

贼委屈。

白泽悄悄地跟了饕餮一路，看着饕餮所过之处寸草不生，看着饕餮将所有能够吞进肚子里的东西都吞了，也始终饥饿。

他看着饕餮从字字诛心句句泣血的控诉渐渐变成粗鄙不堪的辱骂，最后像是认命了一样，自暴自弃破罐破摔了。

这份自暴自弃大概体现在他开始专注于找别的兽的麻烦了。

也不只是兽类，但凡是天生地养的灵物却并没有什么缺憾的，都成了饕餮的袭击对象。

白泽不记得自己暗暗跟了饕餮多久，看着饕餮作天作地见啥打啥，折腾得这一片天地鸡飞狗跳，知道点儿内情的白泽多多少少对饕餮有了那么点儿怜悯之心。

那会儿还不分什么瑞兽、仁兽、凶兽之类的，他们都是天生地养的生灵，饕餮感到不公而去咬别的生灵这事，白泽是能理解的，但别的生灵却是不行的。

别的生灵反抗了，饕餮就越发生气。

越生气他就越作，越作就越不被理解。

白泽看着始终独自一人的饕餮，犹豫了一下，还是私心地展望了一下饕餮的未来。

这个未来并不算多详尽，那个时候白泽还没有得到不周山倾塌天河将会造成无数灾难的天启，所以展望的饕餮的未来，是一段漫长的黑暗，在那一片令人绝望的黑暗的尽头，有非常明亮柔软的光芒。

白泽看完这个意象，又看了看发了疯一样跟玄龟打起来的饕餮，干脆地拍拍屁股，溜了。

之后白泽跑去看了不少东西，始终觉得这世间的一切都稍显得无趣。

这份无趣一直持续到人类出现为止。

白泽发觉人类的存在给这天地添上了不少色彩，这让他感到十分新奇。

他经常化作人形混进人类里去，这里逛逛那边看看，非常乐于身体力行地去体验无时无刻不在他的脑子里进行着的人类的生活。

而人类从某种方面来说是非常可怕的——比如同化。

白泽混迹在人类里，渐渐认同了人类的观念，拥有了与人类类似的情感，又有了一些人类朋友。

白泽悄悄地教了这些人类一些修炼之法，但非常遗憾的是他们并没有成仙的资质。

所以这些人类都死了。

白泽被这当头一棒打得有点儿蒙——他明明给他的朋友们找了不少好东西来改善资质和体质，也看到了他们的未来正逐渐通向坦途。

但他们还是死了。

白泽隐隐约约地感觉到这是上天在警告他不要越界。

天生地养的灵物，生而知之，比之普通生灵从起始就要高上好几个阶层，所以他们所服务的对象，就应该是这片天地。

特别是白泽这种尤其受到眷顾的兽——上可窥天机下可推人理，至仁至善，还可得天启。

他这么好的命数可不是耗在给几个人类逆天改命上的。

被一棍子打醒的白泽感觉很难过。他本来就是天性纯和仁善的兽，眼看着已经能够拥有光明未来的朋友因为自己而死，让他消沉了许多年。

白泽浑浑噩噩地过了不知道多少年，等到他再一次看到有生灵出现在他面前的时候，就是被人类的那个黄帝给逮住了。

黄帝拜托白泽给他画精怪图，以此来告诫人类防备那些灵族。

白泽的确能画灵画，但他并不是那么擅长。

当时是神话时代，他要画那些妖魔精怪，普通的画根本画不出来。

白泽很清楚自己如果答应了这事，自己会变成什么样。

他始终觉得很难过。

在失去了那几个朋友，又看了无数属于人类的悲欢离合之后，有了一颗人心的白泽越发觉得孤独难挨。

所以白泽答应了，画完之后就像是忘却了忧愁一样，记忆乱七八糟，没有人向他提问作为引子，他就傻了吧唧的，盯着一朵花能不眨眼地盯一整个花期。

那个时候，饕餮总是撞见白泽。

第一次撞见白泽的时候，他把白泽打了一顿。

第二次撞见白泽的时候，他又把白泽打了一顿。

第三次撞见白泽的时候，他照旧把白泽打了一顿。

打了白泽三次，饕餮也终于知道了白泽是个根本就不会打架的"菜鸡"。

所以第四次遇到白泽的时候，饕餮一声吼把白泽吓得僵在了原地，然后叼着猎物跑到了白泽边上，吃一口肉看一眼白泽，俨然一副把他当成了储备粮的姿态。

但白泽不是以前的白泽了。

白泽的脑子已经坏了。

所以他没过一会儿就忘记了刚才饕餮的威胁，一抬头看到饕餮那张脸，身上就隐隐作痛。

他毫不犹豫，扭头就跑。

饕餮也愣住了，没想到这储备粮竟然这么不给面子。

于是他追了上去。

饕餮和白泽一个追一个跑，跑着跑着，白泽就忘记了自己为什么要跑。

他左右看看，没发觉什么不对，就一屁股往地上一坐，找了朵花，盯着发呆。

发呆到一半，察觉到饕餮的气息了，他又跟火烧屁股一样，刺溜一下脚底抹油。

饕餮感觉自己被遛得像条狗。

就在他气得想冲上去把这傻子吃了的时候，白泽又忘记了饕餮的那三顿打。

饕餮找过去的时候，白泽坐在地上，看看花又看看他，看看他又看看花，然后一拍手，说他看过饕餮的未来了。

饕餮一下子就顶住了饥饿，焦虑地看着白泽。

白泽说在很久很久很久之后，饕餮的未来很漂亮。

饕餮五大三粗的，不知道这话是什么意思。

白泽干脆就说，说不定在很久很久很久之后，有能够让饕餮不再饥饿的契机。

于是饕餮想了想，放过了这个储备粮，继续找别的生灵发疯去了。

后来的日子里，偶尔他会遇到不知道在干什么的白泽，白泽有的时候见了他就跑，有的时候又一副不认识他的样子，有的时候又会对他笑一笑。

后来世事变迁，他们见面的次数实在不算多。

一直到三百年前，白泽预见了天启，挨个儿找了神兽们搞起了灵族聚居地，才再一次跟跑过来发疯的饕餮有了交流。

这个时候他看饕餮的未来已经清晰了许多。

白泽告诉他往西走，并顺手给饕餮上了个人类户口，随手拟了个名字安在了饕餮头上。

硬要说白泽凭借自己的力量拯救了谁，除了天下苍生之外，估计也就是饕餮了。

所以他当然记得饕餮——虽然一会儿记得被饕餮揍，一会儿记得跟饕餮平和地聊天，一会儿又只记得饕餮帮他挖泥巴。

但他的确是记得饕餮的。

白泽拆开了包裹。

包裹里是一堆照片。

白泽看着照片，有了这个引子，想起来了。

顾朗最近沉迷摄影，到哪儿都要拍一拍，技术还挺不错，尤其是在拍暴怒的穷奇的脸这一方面，天赋惊人。

白泽拿着那一沓照片，从芥子空间里摸出了一个相册，挨个儿把照片塞进里头去。

他刚塞完三页，门口就传来了敲门声。

是物业的小灵族，他说有白泽的快递，是顾朗寄来的。

白泽愣了愣，低头看了看手里的相册，又翻了翻之前包裹上的日期。

日期是一个月之前。

白泽蒙了好一会儿，最终瞅了相册和照片半晌，把东西一收，无视了门口敲门的物业小灵族，飞速地穿过客厅，从阳台翻了出去。

天海辽阔，世界和平。

他正适合跟一个不嫌弃他智障的兽一起满世界溜达一下。

番外 2
宝宝和苗苗

蔫蔫的建木苗苗被顾白交给了苍龙。

苍龙五行属木，揣着建木苗苗顺手拽着主土的麒麟，一路风驰电掣地冲回了地面上，找到了当初建木生长的地方。

这地方山清水秀的，当初建木被压断之后，庞大的根脉也跟着倾塌，最终在建木根系的地方形成了一湾颇为广阔的湖泊。

大约是因为灵气充足，这里树木葱郁，连那些野生动物的皮毛都显得油光水滑的，十分健康。

现在这湖泊边上已经建了个豪华高端的度假村，倒是仅此一家而已，生意相当不错，不少人类选择来这里疗养。

苍龙和麒麟是不太管这些的，把这里的情况转达给了司逸明让他处理之后，带着建木苗苗就一头扎进了那片湖泊中央，除了溅起的水花之外没有一点儿别的动静。

等到顾白得到苍龙的邀请去画靥景的时候，时间竟然才过去几个月。

建木大概是真的不适应第三层天外天的环境。

因为它被种进以前建木垮塌的原址的时候，就瞬间变得精神抖擞，短短几个月的时间就在湖底开始疯狂生长，马上就要突破水面了。

建木突破水面就要挡不住啦！

两只神兽完全没想到建木会长得这么快，要不是麒麟路过的时候看了一眼，估计过不了几天就要被人类发现了。

麒麟忙不迭地冲去找了顾白。

顾白这几个月因为那个单人完成的巨大作品而爆红，身价暴涨，讨论度极高。

但他本身并不习惯于引人注目，所以所有的采访和拍摄邀请全都被他拒绝了。

他拒绝得毫不犹豫，一点儿都不拖泥带水。

麒麟跑到九州山海苑来找人的时候，还在门口发觉了几个躲起来的人类。

这些人类大概就是狐狸精他们说过的狗仔。

麒麟没有把他们放在心上，跟看门的犬妖打了声招呼之后，目不斜视地走进了大门。

最近经常听九州山海苑的灵族们抱怨附近藏着的人类多，究其根本，是因为他们在捕捉顾白的消息的时候，发觉了在这个小区里出入的人绝大部分是一些权贵名流。

狗仔们几乎都要怀疑人生了。

这可是个公寓小区！

公寓小区是什么意思？

就是住房面积并不会多大，绝大多数公寓房甚至无法顾及采光、通风那些问题！

那些权贵是傻了才会买这种房子！

但傻了吧唧的有钱人竟然还挺多的。

狗仔们想方设法地想要钻进去一探究竟，但这个小区的管理员实在是太优秀了，以至于他们蹲点蹲了几个月都没能找到进入的方法。

小区里的灵族们可一点都不清楚人类脑子里想的什么。

灵族们的手法可多了，什么空间、采光、通风根本不是问题。

新住户第一次进门的时候，不论是房间大小还是格局还是装修以及一些生活电器、工具之类的东西，都会随着新住户的想象来决定。

何况灵族里有一部分本来就喜欢阴暗潮湿的环境，背光的部分房间是相当合他们心意的。

反正顾白是住得相当合意的，目前也没听说过有哪个灵族就住宿条件提出抗议。

这几个月顾白一直蹲在家里乖乖画画，外界关于他的讨论热度始终居高不下，手里才拿了两个国内含金量比较高的奖项的他，竟然收到了来自艺术之都的邀请，邀请他明年前往参加展会。

顾白最近就在专心致志地绘制应邀的画作。

同时，在年后，他也准备飞过去，前往邀请他的国际性展会举办地绘制壁画。

——当然了，其中也有他最近一出门就总是被人偷偷跟着的缘故在。

顾白细心地雕琢着手底下的画作，手中的笔随着他的心意肆意地变化着粗细。

而如今的二楼大画室里凌乱放着的，可不仅仅有他的那些画作而已。

顾白没忘记做蜃景的练习，如今他用的是自己画出来的画架，屁股底下坐的是自己画出来的凳子，二楼左边贴墙处多了几个柜子，而右边的墙面已经不见了，放眼望去是一片云缭雾绕的苍翠远山。

他坐在这室内，都可以闻见沁凉清新的空气，还有隐隐自远山吹拂而来的风。

在顾白低头调色的时候，他听到了门铃声。

门外站着的是麒麟,他一副急吼吼的样子,看到身上还穿着围裙一身颜料的顾白,着急道:"建木要长出来了!"

顾白一愣,马上就知道麒麟来找他是干什么的了。

他动作麻溜地脱掉了身上染着各种颜料脏兮兮的围裙,还是忍不住感慨道:"这么快的呀?"

麒麟点点头,拽着顾白就直接从窗口翻了出去。

顾白总是有提前做好准备的习惯,所以是看过建木所在的那一片湖泊的,对于这片湖上的蜃景应该怎么画,心里多少是有底的。

司先生已经买下了湖边的那个度假村,顾白想要有所施展也相当方便。

顾白坐在湖边,在手绳里翻找着白泽的画笔。

麒麟看过建木苗苗回来,仰头看了看天,又看了看湖,说道:"蜃景要直通天地,建木枝杈不多,范围倒用不着多大。"

顾白拿着画笔,闻言一愣。

他看了看这片湖泊,又感受了一下周围的灵气:"还是稍微大一些吧,灵蛇夫人说她过些时候要生产了。"

据说灵蛇夫人的宝宝还是他们这群天地灵兽的第一个亲生孩子。

到时候小宝宝出生也不知道会有怎样可怕的天地异象,灵蛇夫人说到时候去蓬莱山蜃景蹲着。

玄武五行主水,待在海外的蓬莱蜃景倒也不错,但是海上灵气四散得厉害,反而不如这片湖泊附近来得集中。

麒麟对于顾白要画多大的蜃景没有什么意见,只是嘱咐他记得把蜃景的入口藏好。

顾白点头应了,麒麟就拍拍屁股走人了。

他很忙的。

天上的垃圾处理厂重新恢复工作了,但地上的神州大阵还没补完呢。

他们一群脑子里就没布阵那根筋的神兽,在神州大阵的修补这件事上举步维艰。

唯一的好消息大概就是补天之后他们把法相留在阵点里,终于可以肆意地随处溜达了。

顾白目送着麒麟离开,转头看了一眼度假村的方向,想了想,还是从手绳里摸出了四个阵盘,坐着飞毯在湖泊上转悠了几圈,画出了个范围,把几个阵盘扔了下去,用来挡住他画蜃景的动静。

等到司逸明补完了一个阵点,回到家却被告知顾白被麒麟给带走而寻过来的时候,顾白已经勾完了蜃景的大致轮廓。

司逸明站在湖边上,能清楚地感觉到这附近的灵气沸腾得像是滚烫的水,全然不似别的地方一样安逸地流淌。

当然不会像别的地方一样了，司先生想道，构建一个蜃景需要的灵气几乎能够把这方圆几百里的灵气抽空。

他仰头看着这个从外边看来并不怎么精巧美丽的蜃景，愣了好半晌，才抬步走了过去。

"外边看起来怎么这么丑？"司先生问小石头。

正在细心地给灵蛇夫人画产房和蜃景内环境，力图让灵蛇夫人待孕生产期间能保持一个爽朗明媚的好心情的顾白一听这话，顿时就鼓起了脸。

"司先生，我才学画蜃景几个月！"他抗议，"这个蜃景只要通天就行了，要什么外观？"

司先生自知说错了话，轻咳了一声，转而赞同道："对，你说得没错，实用就好了，要什么外观？"

顾白鼓着的脸稍微瘪下去了一点点，他瞅着蜃景内部的模样，还有给建木苗苗留下来的巨大的空地，一下子又高兴了起来。

虽然建木如今不能再被称为苗苗了，它都已经快十米高了——不过比起它能长到戳破好几层天外天的完全体，如今这个快十米的建木似乎还真是棵小苗苗。

顾白偏头看向司先生，说道："回头画完了，让灵蛇夫人来这里待产吧，兔子精们也不用为难。"

而且建木生机十足，对于生产应该也有帮助。

司逸明闻言微怔，而后脸上露出了一个明显的笑容，点头说好。

灵蛇夫人的情况他们一群兽都是相当关注的，毕竟所有人都知道玄武和灵蛇夫人有多期待一个孩子。

虽然灵蛇夫人总是被早已经成年了无数年的神兽们绕着走，但神兽们并不能忽视当年她对尚且幼小的他们的帮助。

她终于能有个自己的宝宝，他们都由衷地为她感到高兴。

顾白画好了一条溪流，看着眼前生机勃勃的画面，准备钻进地里去，找到建木根脉，给蜃景画上灵核。

在拿出能让他钻进地里的法宝之前，顾白像是想到了什么，抬头问司逸明："司先生，灵蛇夫人还有什么想要的吗？"

司逸明早先去见了灵蛇夫人，她已经完全陷入了狂热之中。

被顾白这么一问，司逸明顿了顿，摇了摇头："她什么都不缺。"

灵蛇夫人早就已经给她的宝宝准备了万全的东西。

"有这个蜃景就足够了。"司先生说道。

顾白向来是信任司逸明的，既然司先生都说没有什么能送的了，那恐怕是真的没有什么缺乏的东西了。

顾白第一次独立完成蜃景花了两个月的时间。

等到他把灵核画好，蜃景内轰然大震开始自我构建时间与空间的规则的时候，外边已经度过了秋日，变得寒凉起来。

顾白想了想，把这个蜃景起名为通天道，非常通俗易懂。

顾白跟着司逸明去找了灵蛇夫人。

到了冬天显得有些慵懒的灵蛇夫人摸了摸自己看不出来多少起伏的肚子，听到顾白画了个蜃景之后，满面都是惊喜。

她生产的时间渐渐近了，本身就准备再过两天去蓬莱山蜃景里待着待产。

现在有了顾白新画好的蜃景，她自然不会再去蓬莱山——毕竟她在里边待产的话，兔子精们都是要被撵出去的。

因为老婆怀孕期间，玄龟对于一切生物都抱着极强的戒备心。

然后顾白和司逸明就被难得有了攻击性的玄龟先生给轰走了。

司逸明和顾白想了想，还是想要尽快见到新生的小宝宝，于是在度假村里住了下来。

小宝宝出生的那天，灵气激荡，在度假村里蹲着的司逸明顾白迅速冲了出来，眼看着平静的湖面震荡出一圈圈的波纹。

紧随着那一圈圈涟漪荡开的，是岸边显得有些枯黄的草地。

刹那间天地明朗，枯树抽芽，这几座山头就像是被施了什么魔法一样，遍地繁花似锦，再无半点儿冬日的萧条景象。

顾白倒吸一口凉气。

司逸明动作迅速地扔出了好几个阵盘，心想幸好度假村里除了他跟顾白之外没有别的人。

这样的盎然生机一直持续了一周的时间，这一周的时间里，神兽们都扔下了手里的事情，跑到了度假村里来待着。

他们对新的蜃景和新的宝宝都万分期待。

等到灵气的震荡渐渐收敛，蔓延出去好几座山头的生机也慢慢淡去，神兽们才一个接一个地跟着顾白进入了新的蜃景。

在踏入蜃景的瞬间，神兽们跟脱了缰的野马一样刺溜一下冲向了玄武所在的地方。

而司逸明和顾白，则是齐刷刷地看向了建木。

蜃景刚画好时才几十米高的建木，不过短短一个月没有看到，就已变得高耸入云。

顾白愣了好半晌，偏头看向司逸明。

司先生眯了眯眼，指了指建木上边的一个点。

顾白顺着他的指向看过去，微微一怔。

建木树干上扒着一个光着小屁股蛋的小宝宝，小小的一只，正有一下没一下地拱着建木的树干，白净的脸上带着纯粹的笑意，看起来很是喜欢的模样。

"玄武家的小宝宝。"司先生顿了顿，又道，"大概出生的时候离建木很近，直接跟建木的生机连上了，一荣俱荣，以后也会是个不得了的小家伙。"

顾白点了点头，看着那群神兽急匆匆地刹了车又直接冲上天奔着小宝宝去了。

司先生看着那个小宝宝一声不吭。

顾白疑惑地看着不吭声的司先生，看着对方的目光渐渐明白了什么，左右看了一圈，然后从地上捡起一块鹅卵石，塞进了司先生怀里。

司先生一怔："什么？"

"给你当宝宝养呀。"顾白说道。

番外 3
乐园

神州大地重归平静之后，无意再同人类一起生活的灵族们纷纷找上了顾白。他们希望顾白能够为他们绘一卷天地，让他们得以在最适宜的环境里栖居。

但随着顾白的名气越来越大，他的预约已经排到了三年后。

就这三年多的预约，还得亏了司逸明发现得及时，不然顾白恐怕十年里都不是自由之身。

面对司逸明紧皱的眉头，顾白微抿着唇，不太好意思地垂下了脑袋。

"对不起。"顾白小声道。

他实在不擅长拒绝，尤其是在那些给他打电话的人声泪俱下的乞求之下，就更加慌乱失措了，想要拒绝的话就犹犹豫豫吞吞吐吐，再也说不出来了。

司逸明看着顾白，头疼："他们都是装的，就是知道你吃这一套。"

"……"顾白沉默片刻，声音更小了几分，"那……万一是真的呢？"

司逸明眉头直跳："能摸到你的联系方式的人，会治不起病却出得起五位数往上的画钱吗？！"

顾白眨了眨眼，诚实道："您说得对，所以我打了折。"

司逸明深吸口气，感觉自己没话说了。

他抽走了顾白的手机，干脆设置了拒绝陌生人来电："不会拒绝的话，就不要接电话了。"

顾白拿回手机，欲言又止。

司逸明："怎么？"

顾白："快递和外卖也是陌生人来电。"

司逸明略一思考，觉得这很好办："那就让人给你送进来，我看蓬莱那群兔子学会了机械灌溉之后一只只的都挺闲，我去抓几只过来。"

这不好吧?

顾白想着，抬眼对上司逸明逐渐危险的神情，话在嘴里拐了个弯，乖巧地点了点头:"好的哦。"

司逸明看顾白乖乖听话，忍不住给他塞了块水果糖。

顾白撕开糖衣，含着糖扯了扯司逸明的衣袖，含混地喊:"司先生。"

司逸明微微颔首，嗅到空气里尽是清甜的蜜桃香气。

顾白说:"其实还有好多妖怪托翟先生和黄女士来找我。"

"找你做什么?"

"也是想找我绘一卷天地供他们栖居。"

"就会找软柿子。"司逸明冷笑一声，"他们有本事找顾朗来跟你说啊?"

顾白摸了摸鼻子，讪笑。

司逸明看了他一眼:"你答应了?"

"还没有。"顾白摇头，"不过我有个想法。"

顾白想上天外天去，让灵族们都搬上去。

人类和灵族混居，对于双方来说风险都很大。哪怕很多凶恶的灵族已经勉强改了食谱，但也多的是还在沉眠之中未曾醒来的存在;同时，人类心中诞生的魑魅，对于灵族也是一个重大的威胁。

所以顾白觉得还是将两者隔开好。

"天外天现在已经安全了，范围也足够大，普通人类无法窥见，是一个天然间隔的空间，就像传说里的天庭那样，咱们搬上去还能随时观察天象异常，两族相隔，要外出照样打申请……"

顾白絮絮叨叨地说着:"而且，天外天自成一界，我也不需要画太多东西，除了山水地貌之外，房屋洞府和地盘规划，都由他们自己来就好。"

司逸明听着，觉得这事可行。

"我去跟白泽他们商量一下这件事。"他说完，又给顾白塞了颗糖，"电话借我一下。"

顾白乖乖交出了手机。

司逸明拨通了顾朗的电话，在听到顾朗喜气洋洋地喊出"乖崽"之后，轻轻咂舌:"是我。"

顾朗飞快地挂掉了电话。

司逸明眉头一跳。

顾白眨了眨眼，嘴里的糖从左边滚到了右边，鼓鼓的像只仓鼠。

打从白泽跟着顾朗到处旅行起，总是神龙见首不见尾的白泽更加行踪成谜了。

要司逸明讲，那就是顾朗干别的事效率不怎么样，但躲人的功夫确实是一流的。

可惜，非常不巧，司逸明揪住了顾朗的死穴。

司逸明轻轻戳了戳顾白鼓起来的脸："帮帮忙。"

顾白点头："可以，但我今天想吃糯米鸡。"

司逸明一顿："我不会这个。"

顾白闻言，光拿着手机不说话。

司逸明心想顾白可真是胆子大了，都跟他谈起条件来了，明明以前都是他说什么就是什么的。

"套路我你怎么就学得这么快？"司逸明感到有几分无奈，"对那些打电话给你约稿的人，你怎么就不会说'可以但得加钱'呢？"

"那不一样。"顾白微微低着头，有点儿不好意思，"他们是他们，司先生是司先生，在司先生面前，我可以任性一点儿。"

司逸明看着顾白，一下子有点儿说不出话来。

过了小半晌，他抬手掩唇，轻咳了一声："行，我学。"

顾白笑起来，两眼亮晶晶的。

司逸明一边摸出自己的手机搜菜谱，一边指了指顾白的手机。

顾白打通了电话，帮司逸明要来了现在顾朗和白泽的所在地，一边哄着在电话那头骂骂咧咧的顾朗，一边像条小尾巴一样跟在司逸明背后，进了厨房探头探脑，看他对着菜谱学做糯米鸡。

司逸明放下手机："看着倒不难。"

做着其实也不难。

司逸明试着做了两个，第一个因为棉绳系得太紧而爆开了，第二个倒是蒸得完美。

司逸明稍微放凉了一下，把好的那个放进碟子里，准备给跑去客厅里看电视的顾白，刚走出没两步，就听到外边还有别人的声音。

是翟良俊，他闻着鸡味摸过来了。

司逸明脚步一顿，又去把那个做坏的装了出来，在外边两道眼巴巴的视线下，把做坏的那个打发给了翟良俊，好的那个跟顾白对半分了吃了。

翟良俊也不挑食，拿了糯米鸡就喜滋滋地离开，听声音是去敲黄亦凝的门了。

司逸明的行动力很强，强到刚过去一个星期，他就开始出发去各个地方通知那些躲在深山老林里的家伙准备上天外天去了。

不愿与人类共居的灵族们一听这消息都兴奋得不行，连夜拖家带口毫不犹豫地走了，准备趁早占个好地方。

九州山海苑里的居民也搬走了大半，还有一些需要处理后续事务的，也在五年内陆陆续续地离开了。

九州山海苑逐渐被普通人所填充。

在翟良俊也在天外天挑好了地皮搬走之后，司逸明也带着顾白搬去了天上。

第一层的天外天仍旧洁净祥和，却比顾白上一次来时要热闹了很多。

到底是跟人类相处久了，灵族们也学了不少他们的弯弯道道，他们不再只是弄小打小闹的集市，而是像模像样地搞起了实业和技术。

顾白站在第一层，差点儿以为自己走进了哪个超一线城市的 CBD，天上跟地上根本没有什么区别。

司逸明看着顾白满脸的震撼，解释道："他们早已经自觉地分好区了，不喜欢这种热闹的、不喜欢群居的，都在上面几层。"

顾白点了点头，茫茫然地跟着司逸明上了几层，越是往上就越是冷清与肃穆。

亘古的长风在空荡的高天之间吹拂，顾白看到建木幼苗在风中舒适地伸展着枝叶，似乎比一开始看见的时候长高了一些。

再往上，顾白远远地听到凤鸣与龙吟之声，间或有清脆的鸟雀轻啼，金乌与毕方在上空快活地嬉闹，见顾白来了，便凑过来叽叽喳喳地说自己想要什么样的山谷与丛林，又渴盼什么样的流水与日月。

然后他们又争论起了应该给新的天外天起什么样的名字。

金乌说："应该叫天庭，不周山未曾倾塌那会儿，这里就是天庭。"

毕方说："那都是多久之前的皇历了，咱们的新家就该有个新名字，以前的都是封建余孽！"

顾朗带着白泽，闻着顾白的味儿下来了，一听他们争论，顿时就不乐意了。

"你们说了能算什么话？"顾朗瞪着眼，没好气道，"我乖崽才是决定这里的山河日月的人，起什么名字都该他来定才对！"

两只熊熊燃烧着的火鸟相互看看，然后看向了顾白。

顾白挠挠头，听到长风送来不知何人弹奏的温柔的琴瑟声，仿佛传闻之中弥漫乐园的神音天乐。

——这里像极了他们这些与人类格格不入之物的伊甸园。

没有什么起名天赋的顾白停顿片刻，说道："就叫乐园吧。"

人的一生并不是全然是上扬快乐的。

在跌入走投无路的低谷时，总是渴盼能有谁伸出一双手，又或者自己能够再坚强一些。

一个小小的、害羞的、经受过沙砾磨损仍旧以柔软拥抱这个世界的顾白诞生于此。

望有人能从这之中感受到力量与鼓舞。

愿你也能如他一般，历经坎坷，仍能怀抱过往，勇往直前，

与你的注定之人相遇在不远的未来。